苏州大学文学院学术文库

心仪大师 致敬名家名作
——明清传奇论稿

王永健 / 著

苏州大学出版社
Soochow University Press

图书在版编目(CIP)数据

心仪大师　致敬名家名作：明清传奇论稿／王永健著. -- 苏州：苏州大学出版社，2024.11
(苏州大学文学院学术文库)
ISBN 978-7-5672-3884-8

Ⅰ.①心… Ⅱ.①王… Ⅲ.①传奇剧(戏曲)－文学研究－中国－明清时代 Ⅳ.①I207.37

中国版本图书馆 CIP 数据核字(2022)第 011655 号

| 书　　名：心仪大师　致敬名家名作——明清传奇论稿
| XINYI DASHI　ZHIJING MINGJIA MINGZUO
| ——MINGQING CHUANQI LUNGAO
| 著　　者：王永健
| 责任编辑：刘　冉
| 装帧设计：刘　俊
| 出版发行：苏州大学出版社(Soochow University Press)
| 社　　址：苏州市十梓街1号　邮编：215006
| 网　　址：www.sudapress.com
| 邮　　箱：sdcbs@suda.edu.cn
| 印　　装：苏州工业园区美柯乐制版印务有限责任公司
| 邮购热线：0512-67480030　销售热线：0512-67481020
| 网店地址：https://szdxcbs.tmall.com/(天猫旗舰店)
| 开　　本：700 mm×1 000 mm　1/16　印张：28.75　字数：517千
| 版　　次：2024年11月第1版
| 印　　次：2024年11月第1次印刷
| 书　　号：ISBN 978-7-5672-3884-8
| 定　　价：120.00元

凡购本社图书发现印装错误，请与本社联系调换。服务热线：0512-67481020

前　言

　　从历史和美学的观点，就思想和艺术的成就及其深远的社会影响作审视，历来治中国文学史者，无不推重唐诗、宋词、元曲、明清传奇和小说，誉之为"一代文学之所胜"（焦循《易馀籥录》）。明清传奇，是继金元杂剧、宋元和明初戏文之后，又一种独具风采的中国古典戏曲样式，明清两代，名家辈出，杰作如林，在中国戏曲史和中国文学史上占有重要的地位，具有深远的影响。诚如明末戏曲理论家沈宠绥所指出的："名公所制南曲传奇，方今无虑充栋，将来未可穷量，是真雄绝一代，堪传不朽者也。"（《度曲须知》上卷《曲运隆衰》）而在被沈宠绥喻为"曲海词山"的众多明清传奇家所创作的传奇作品中，汤显祖的"临川四梦"，以"情至"新观念为指导，剧作的思想深度和艺术魅力、剧场效果和社会影响，皆达到了明清传奇艺术的最高峰；其中代表作《牡丹亭》，在明末清初更引起了绵延80余年的"《牡丹亭》热"，成为中国戏曲史上一道亮丽的风景、中国文化史上一种罕见的奇观。

　　1982年10月，由文化部、中国戏剧家协会、江西省文化局和中国戏剧家协会江西分会，在南昌和抚州联合举办纪念汤显祖逝世366周年纪念活动以后，围绕着建立"汤学"而展开的汤显祖研究，从此便进入一个新的时期。有关汤显祖的生平思想和文学创作（含传奇和诗词、文赋、尺牍、时文）的研究全面展开，日趋深入，成果丰硕。1986年年底，在北京、南京和抚州等地，又举办了纪念汤显祖逝世370周年的剧作演出和学术研讨活动。2001年5月，联合国教科文组织列昆曲为"人类口述和非物质遗产代表作"之后，昆曲的传承和振兴步入一个新阶段，多种新编排演的《牡丹亭》（其中以白先勇与苏州昆剧院合作编演的青春版《牡丹亭》最为成功），在我国包括台、港、澳地区多所高校，以及海外多国各地成功演出，汤显祖研究和"汤学"的建设又上了一层楼。2015年10月，习近平总书记访问英国时，在伦敦金融城市长晚宴上的演讲中指出："中国明代剧作家汤显祖被称为'东方的莎士比亚'，他创作的《牡丹亭》《紫钗记》《南柯记》《邯郸记》等戏剧享誉世界。汤显祖与莎士比亚是同时代的人，他们两人都是1616年逝世的。明年是他们逝世400周年。中英两国可以共同纪念这两位文学巨匠，以此推动两国人民交流、加深相互理解。"2016年，中国、英国和西班牙三国共同举办了形式多样的活动，以纪念汤显祖、莎士比亚和塞万提斯这三位世界文化名人逝世400周年；2016年9月24日—26日，中国在汤显祖的故乡——江西抚州举办了"中国·抚州汤显祖剧作展演暨国际高峰学术论坛"。中国、英国、西班牙三国共同纪念三位世界文化名人逝世400周年的活动，内容丰富多彩，盛况空前，不仅推动了中国、英国、西班牙三国人民的交流，加强了相互的理解，也有力地推动了汤显祖研究和"汤学"的发展。

关于明清传奇的作家作品，沈宠绥用"曲海词山"来作比喻，实在并不为过。据不完全统计：有姓名或笔名的明清传奇作家共有434人，他们共创作了1895部传奇作品；无名氏作家的传奇作品也在1000部之上。（庄一拂《古典戏曲存目汇考》）作为一种戏曲样式，明清传奇包括案头剧本和舞台演唱，既关系到戏曲文学创作的各种问题，又涉及排场、音律、腔调、表演等舞台技艺问题；至于隆衰嬗变的历史发展，作家风格、流派的千差万别，需要研究的方面可谓纷纭复杂。但就汤显祖与明清传奇的关系而言，笔者以为可以作这样的概括：其一，明清传奇哺育了汤显祖，汤显祖则将明清传奇推向了思想和艺术的最高峰；其二，就明清传奇研究而言，汤显祖和"临川四梦"无疑是头等重要的课题，而研究汤显祖则必须将他置于明清传奇的历史发展中进行；其三，汤显祖与明清传奇的相互影响，乃是"汤学"不可或缺的组成部分。至于"汤学"问题，笔者认为，目前"汤学"已初具规模。作为世界文化名人，汤显祖已为世界多国所熟知，其代表作《牡丹亭》盛演于东西方多国的剧场，已走向了世界；在我国包括台、港、澳地区，阅读欣赏汤显祖作品的读者和观众已大为增加，学者研究汤显祖及其作品的论文和专著不断问世；2016年，"抚州汤显祖国际研究中心"成立，并创刊了《汤显祖学刊》，每年都有汤显祖剧作的演出和相关学术研究活动……这些皆足以证明"汤学"已初具规模，正在健康地成长和发展。

笔者1959年毕业于华东师范大学中文系，是年年底，考取南京大学中文系研究生，师从陈中凡先生攻读"宋元明清文学史"（以明清戏曲和小说为重点），研究生毕业论文题为《洪昇及其剧作研究》。1963年9月底，笔者被分配到江苏师范学院（苏州大学前身）中文系工作，长期主讲"元明清文学史",并开设多门有关明清传奇和章回小说的选修课。改革开放以后,结合本科和研究生教学,笔者开始从事有关明清传奇和章回小说的研究,撰写了一些论文,出版了几本专著。

1981年春,应上海古籍出版社"中国古典文学基本知识丛书"约稿,笔者将自己研究生毕业论文《洪昇及其剧作研究》改写为《洪昇和长生殿》,并于1982年出版。1989年年底,拙著《中国戏剧文学的瑰宝——明清传奇》由江苏教育出版社出版。在这部30余万字的专著中,笔者从历史和美学的观点出发,对明清昆腔系统的传奇作了全面论述,力图从宏观和整体上把握明清传奇,并就20世纪80年代学术界有关明清传奇的作家、作品、流派、理论、批评等方面的争论问题,发表个人的一得之见。

1982年10月,笔者应邀出席了在南昌、抚州举办的汤显祖逝世366周年的纪念活动,提交了两篇论文:《汤词沈律"合之双美"——略谈戏曲史上的汤沈之争》(收入江西省抚州地区纪念汤显祖逝世366周年领导小组办公室编《汤显祖研究论文选》,1982年9月,供会议用)、《"玉茗堂派"初探》(收入江西省文学艺术研究所编《汤显祖研究论文集》,中国戏剧出版社1984年版)。早在出席江西盛会之前,笔者已开始研究吴吴山三妇合评本《牡丹亭》,撰写了《论吴吴山三妇合评本〈牡丹亭〉及其批语》〔发表于《南京大学学报》(哲学社会科学版)1980年第4期〕、《吴吴山〈还魂记或问十七条〉评注》〔发表于《抚州师专学报》(综合版)1983年第2期〕。出席江西盛会更激发了笔者研究汤显祖的浓厚兴趣,笔者开始为四年级本科生和进修教师开设选修课"汤显祖研究"。1986年年底,笔者又应邀赴北京参加了汤显祖逝世370周年的纪念活动,提交了论文《"因情成梦,因梦成戏"——试论"临川四梦"的梦境构思和描写》(发表于《戏曲研究第24辑》,文化艺术出版社1987年版)。1995年和2006年,拙著《汤显祖与明清传奇研究》(有关汤显祖和明清传奇的论文有18篇)、《昆腔传奇与南杂剧》(有关汤显祖和明清传奇的论文有9篇)分别在我国台湾地区出版。

1998年,笔者退休,又返聘工作了一年。1999年起,笔者不再担任正常的教学工作,但退而不休,有关明清传奇和章回小说的科研工作仍在进行,有关学术会议照常参加。在2001年5月昆曲被联合国教科文组织列为"人类口述和非物质遗产代表作"之后,从2003年至2018年,笔者连续参加了8届在苏州召开的中国昆曲艺术节和中国昆曲国际学术研讨会,并在《中国昆曲论坛》上连续发表了8篇有关昆曲史论和昆腔传奇的论文,被聘为《中国昆曲论坛》的编委。另外，这十多年中，笔者还在《东南大学学报》《汤显祖研究通讯》等刊物上发表了多篇有关汤显祖与明清传奇的论文。尚须一提的是，笔者不仅应邀出席了2016年9月在抚州举办的汤显祖逝世400周年的纪念活动，还被抚州汤显祖国际研究中心聘为荣誉研究员，并荣任《汤显祖学刊》编委。

回顾几十年来的学术生涯，不难窥见笔者与汤显祖和明清传奇的难得因缘。如今，笔者把几十年来所撰写的有关汤显祖与明清传奇的论文结集为《心仪大师　致敬名家名作——明清传奇论稿》（这部论文集可说是笔者出版于1989年的《中国戏剧文学的瑰宝——明清传奇》的补充和拓展），意在更全面地反映笔者有关汤显祖与明清传奇研究的全貌，并为读者查阅、批评拙作提供方便。全书分为上下两编，上编为"汤显祖的情、梦与戏探骊"，下编为"明清传奇名家名作评鉴"。

"情"是汤显祖的核心思想，"梦"是汤显祖的理想的反映，而"戏"则是汤显祖艺术地表现其"情"和"梦"的载体。在《复甘义麓》中，汤显祖对情、梦与戏的内在联系作了精准的诠释："性无善无恶，情有之。因情成梦，因梦成戏，戏有极善极恶，总于伶无与。"在笔者看来，汤显祖的情、梦与戏贯穿于他有为而坎坷的一生，贯穿于他的诗词、文赋和尺牍、时文，更贯穿于他的传奇创作和宜伶的演唱指导活动。汤显祖的情、梦与戏，当然表现在他的生平事迹和人格思想之中；在他的诗词、文赋和尺牍、时文中更有直接的表现，在"临川四梦"中则有集中的艺术展现。而形成于汤显祖身后的"玉茗堂派"戏曲家，他们的传奇创作自然也继承和发展了汤显祖有关情、梦与戏的精神和艺术特色。明末清初还有不少传奇名家，虽非"玉茗堂派"，比如吴伟业、阮大铖、李玉、袁于令等人，或在创作思想，或在艺术表现，或在戏曲词语等方面，却也明显地存在汤显祖和"临川四梦"的影响。当然，明清传奇哺育了汤显祖，汤显祖的传奇创作（尤其是早期的作品）也颇受昆山派名家名作的影响；而"汤沈之争"，则开辟了一条"汤辞沈律，合之双美"的明清传奇创作的正道，它不仅成为以李玉为代表的吴县派创作实践的指导思想，也影响了吴伟业、孔尚任和吴江派的后起之秀的传奇创作，由此也可见研究汤显祖与明清传奇的关系这个课题的重要性了。前文已经提及，汤显祖与明清传奇，乃是"汤学"的重要构成部分，应该作为专题进行深入研究。作为一本论文集，拙著对此不可能作全面、系统的研究。但是，从本书的上、下两编所收的拙文中，读者亦不难窥见汤显祖与明清传奇名家名作相互影响和彼此贯通之一斑。

拙稿上编"汤显祖的情、梦与戏探骊"从各个视角，对汤显祖的情、梦与戏作了探索和评论；下编"明清传奇名家名作评鉴"则按时代先后，对十多位名家及其名作作了评论和鉴赏。虽无惊人的发明和创造，却不乏个人的感悟和浅见。笔者既有自知之明，但决不与时俯仰，看重和追求的是只眼独具的一家之言。当然，限于个人的学养，加上年老而文思枯竭，疏漏和谬误在所难免，真诚地欢迎海内外的方家和读者不吝批评指教。

目　录

上编　汤显祖的情、梦与戏探骊

一代伟人汤显祖赞
　　——纪念汤显祖逝世四百周年　/003
汤显祖也是位有创见的史学家和教育家　/009
汤显祖研究与"汤学"　/015
南社诗人马骏声评《牡丹亭》及其他　/022
"因情成梦，因梦成戏"
　　——试论"临川四梦"的梦境构思和描写　/032
"玉茗堂派"初探　/042
汤词沈律"合之双美"
　　——略谈戏曲史上的汤沈之争　/054
论吴吴山三妇合评本《牡丹亭》及其批语　/060
吴吴山《还魂记或问十七条》评注　/074
为一代戏曲大师立传之作
　　——评蒋士铨的《临川梦》传奇　/084
沈际飞汤显祖研究述评　/092
"砥柱洪流，抱琴太古"的"豪杰之才"
　　——黄人《中国文学史》有关汤显祖论述平议　/107

再论汤显祖剧作的腔调问题　/121

明末清初的"《牡丹亭》热"

　　——纪念汤显祖逝世四百周年　/131

下编　明清传奇名家名作评鉴

昆曲大家，传奇杰作

　　——评梁辰鱼和《浣纱记》　/159

沈璟和《属玉堂传奇》平议　/171

关于《鸣凤记》的几个问题　/189

"三家村老"有卓识

　　——略谈明代常熟戏曲家徐复祚　/198

吴江派的健将

　　——沈自晋新论　/205

"愤懑心头借笔头"

　　——从《精忠记》到《精忠旗》　/217

评冯梦龙的《双雄记》和《万事足》　/227

阮大铖评传　/239

王玉峰评传　/254

袁于令评传　/261

论昆山派　/271

昆腔传奇的宝库

　　——评《六十种曲》　/296

"岂徒狭邪之是述，艳冶之是传也哉！"

　　——明代昆腔传奇青楼戏探赜　/306

大诗人的昆曲情结

　　——论吴伟业的戏曲创作　/319

王介人生平考略　/332

清代戏曲家张坚生平考略　/339

《红楼梦》与《玉燕堂四种曲》　/349

《长生殿》也是"借离合之情，写兴亡之感"的传奇　/359

评顾笃璜的《长生殿》节选本　/366

《长生殿》出评 /379
何谓"闹热《牡丹亭》"
　　——与黄天骥、徐燕琳先生商榷 /402
"从此看去,总是别有天地"
　　——《桃花扇》批语初探 /408
沈起凤和他的《红心词客四种》 /425

附录　大器难以晚成　探宝差可自慰
　　——五十年学术生涯回顾 /435

后记 /445

上编

汤显祖的情、梦与戏探骊

一代伟人汤显祖赞

——纪念汤显祖逝世四百周年

读者对汤显祖想来并不陌生,因为他的代表作《牡丹亭》是昆曲的经典名著,在昆曲舞台上已盛演了四百多年。2004 年以来,苏州昆剧院与白先勇先生合作编演的青春版《牡丹亭》更是风靡全国,走向世界,海内外昆曲知音无不赞誉有加。值得指出的是,当《牡丹亭》问世不久,沈德符《顾曲杂言》即指出:"汤义仍《牡丹亭梦》一出,家传户诵,几令《西厢》减价。"正由于《牡丹亭》的问世和盛演产生了广泛且巨大的社会反响,明末清初才出现了"《牡丹亭》热",其声势和影响之大,与持续时间之久,远远超过了 18 世纪后期由歌德的小说《少年维特之烦恼》而引发的"维特热"。不过今天笔者不准备评论《牡丹亭》的思想和艺术,探讨为何《牡丹亭》"几令《西厢》减价";也不想介绍明末清初的"《牡丹亭》热",只想与读者诸君谈谈汤显祖的人品和人格,他那坎坷的仕宦之路和青史留名的为官之道,还有百姓对汤显祖的赞颂。

汤显祖是"行可质天地鬼神,文能安民人社稷"(郑辂思《相圃生祠画像记》)的"一代伟人"(陈石麟《玉茗堂全集·序》)。为什么拙作只谈汤氏之"行",而不论其"文"呢?通过《牡丹亭》的盛演,读者对汤显祖之"文",多少已有所了解,可是对其"行"则还相当陌生。汤显祖不仅是一位杰出的思想家、文学家和戏曲家,也是一位政绩斐然、深受百姓爱戴的好官。在封建时代,清官不一定是好官,但好官一定是清官。为官清廉、不贪腐者,即可称为清官,而好官不仅要清廉,且必须心中有百姓,能够为民请命,为百姓办好事。汤显祖就是这样的好官。介绍一下汤氏的人品和人格、为官之道和政绩,以及百姓对他的赞颂,在深入开展反腐倡廉的今天,笔者以为颇有启示和裨益。

"三宜"和"四香"

汤显祖尝告诫同僚说:"吾辈初入仕路,眼宜大,骨宜劲,心宜平。"

(《寄李孺德》)又在给友人的信中提出,为官者应做到:"不乱财,手香;不淫色,体香;不诳讼,口香;不嫉害,心香。常奉四香戒,于世得安乐。"(《与无去上人》)

"三宜"和"四香",既是汤显祖对同僚友朋的告诫和期望,更是他一生恪守的座右铭。"眼宜大",是说眼光要远大,做到高瞻远瞩,绝不能鼠目寸光,只见个人私利,而忘了身负重任。"骨宜劲",是说在任何情况下,都要坚持真理和正义不动摇。"心宜平",是指待人接物和处事均须心平气和,不浮躁,不刚愎自用。"初入仕路者"需要做到"三宜",在位多年的当官者更应恪守"三宜"。能切实实践"三宜"者,肯定能成为一位好官。至于"四香",说的是为官者绝不可凭借手中之权贪赃枉法,腐化堕落,妒贤嫉能,媚上压下,排斥异己。当官的人"常奉四香戒",方可造福于百姓,使百姓安居乐业,奋发有为。

封建时代的官吏要做到"三宜"和"四香",诚非易事。但胸怀大志、关心民瘼的志士仁人,却能恪守"三宜"和"四香",身体力行。至于汤显祖如何在"三宜"和"四香"上堪为表率,下文自有分解。

"吾不敢从处女子失身也"

汤显祖"少善属文,有时名"(《明史》)。隆庆四年(1570),汤显祖年二十一,举于乡。可是,其后参加了五次会试,四次落第,直到万历十一年(1583),才以极低的名次考中了进士,其中大有玄机可寻。隆庆五年(1571)、万历二年(1574),汤显祖参加会试名落孙山,原因不得而知,可能是他的答卷不合考官的口味。至于万历五年(1577)汤显祖参加会试不第,却与他拒绝首辅张居正的延揽有着直接的关系。《明史·汤显祖传》云:"张居正欲其子及第,罗海内名士以张之。闻显祖及沈懋学名,命诸子延致,显祖谢弗往。"当时张居正执掌朝廷大权已有数年,正当炙手可热之时,为了让他三个平庸的儿子与名士同进进士以增光彩,张居正便托人邀汤显祖和沈懋学与其子同游,并许诺高中进士(所谓"啖以魏甲")。首辅如此延揽,对于追求功名的一般士子而言,岂非天大的好事?可是,汤显祖深以为耻而辞谢不应。结果此科沈懋学状元及第,张居正次子嗣修高中榜眼,而汤显祖则名落孙山。万历八年(1580),三十一岁的汤显祖第四次进京赴会试。当时张居正第三子懋修和乡人王篆又来结纳汤显祖,仍"啖以魏甲",汤显祖仍然辞谢不应,并表示"吾不敢从处女子失身也"(邹迪光《临川汤先生传》）。此科张懋修状元及第，有人在朝门上贴了匿名诗嘲讽云："状元榜眼俱姓张，未必文星照楚邦；若是相公坚不去，六郎还作探花郎。"

汤显祖胸怀大志，亦极自负。他在《答余中宇先生》中尝云："某少有伉壮不阿之气，为秀才业所消，复为屡上春官所消，然终不能消此真气。观察言色，发药良中。某颇有区区之略，可以变化天下。"十年四次春试不第，对汤显祖的打击是很大的，他曾坦率地对友人说："数不第，辗转顿挫，气力已减。"（《与陆景业》）但他并不因此而气馁，仍坚持其"伉壮不阿之气"，以及"变化天下"的大志。万历十年（1582），张居正逝世。次年，三十四岁的汤显祖第五次参加会试，终于中了进士，虽然名次排在第三甲第二百十一名。当时新任首辅张四维之子甲征，后任首辅申时行之子用懋、用嘉也都中了进士。张、申二相嘱其子招汤显祖来拜师，汤显祖依然辞谢不应，结果失去了选庶吉士进翰林院的机会。汤显祖既不肯向张居正低头，更不愿做张、申二相的门生，坚守"白雪有本性，云清无俗娱"（《寄奉学士余公》）的情操，这就是他"骨宜劲"的具体表现。

汤显祖如此"骨劲"，当然当不了庶吉士，进不了翰林院。万历十二年（1584）秋，汤显祖结束了长达一年多的礼部观政（无具体职务，候补等待任命）生涯，被授南京太常寺博士（正七品）。留都的太常寺专司礼乐之事，博士职位则在卿、少卿等之后，是个闲职冷官。对此汤显祖的态度是，"吾读吾书，不问博士不博士也"（邹迪光《临川汤先生传》）。汤显祖在南京任太常寺博士时，王世贞亦在南京，任刑部右侍郎，其弟王世懋则是南京太常寺少卿，是汤显祖的顶头上司。王世贞乃当日文坛盟主，后七子的领袖。可是由于文学主张不同，"骨劲"的汤显祖对王氏兄弟相当冷淡。汤显祖在《复费文孙》中云："王元美（世贞）、陈玉叔同仕南都，身为敬美（世懋）太常官属，不以往还。敬美唱为公宴诗，未能仰答。"万历十六年（1588），汤显祖改官詹事府主簿，次年升任南京礼部祠祭司主事，也只是位从六品的冷官。

上奏反贪檄文《论辅臣科臣疏》

万历中叶，万历皇帝长期不理朝政，首辅专政，结党营私，朝政日益腐败，天灾人祸不断。万历十五年（1587）、十六年（1588），中原、江南连续大饥荒，"精华豪家取，害气疲民受"（汤显祖《丁亥戊子大饥疫》）。

万历十九年（1591）三月、闰三月，西北夜空出现彗星，古人视为不祥之兆。皇帝因上天示警星变而一方面"修省"，一方面又把责任推给言官，说什么"迩来风尚贿嘱，事向趋附"，而言官"无一喙之忠"。汤显祖时任南京礼部祠祭司主事，本非言官，但他关心国家和民瘼，因此"睹时事"义愤填膺，于是挺身而出，尽其"一喙之忠"。此年闰三月二十五日，汤显祖接到邸报，立即草拟《论辅臣科臣疏》，并上呈皇帝。

汤显祖此疏猛烈地抨击了在任辅臣申时行与科臣杨文举、胡汝宁等人狼狈为奸、贪赃枉法的罪行，矛头直指当朝皇帝。疏中重提万历十七年（1589）大理寺左评事雒于仁所上酒色财气四箴事（指出皇帝有酒色财气四大毛病），更感叹万历皇帝的四大可惜（指"爵禄""人才""法度""大有为之时"），指出："陛下经营天下二十年于兹矣，前十年之政，张居正刚而有欲，以群私人嚣然坏之；后十年之政，时行柔而多欲。"最后建议皇帝训谕首辅申时行痛加省悔，内阁二辅许同等人不要观望，立即罢斥杨文举、胡汝宁，选补素知名节的人为都知事，清理整顿内阁与科道监察机构。

三千余字的《论辅臣科臣疏》义正词严，尖锐大胆，振聋发聩，万历皇帝接阅后极为震怒。汤显祖《答张起潜先生》云："睹时事，上疏一通。或曰上震怒甚。"可是汤显祖是响应皇帝的诏令才直言上疏，且言之成理，震怒的皇帝不得不从轻处理。待罪三月后，皇帝谕内阁："汤显祖以南部为散局，不遂己志，敢假借国事攻击元辅。本当重究，姑从轻处了。"（《明实录》）于是汤显祖被贬为广东徐闻县典史。

汤显祖为国事而上疏，绝非一时之兴，而是他关心民瘼的必然行动，由此也见其高尚的人品和人格。而此次上疏虽致其被贬徐闻，但也起到了一定作用：九月，辅臣申时行和许国致仕，科臣杨文举、胡汝宁等受到了行政处分。诚如梅鼎祚《与汤义仍》所说："仁兄去职言事，使具臣泥首自窜，贪夫濡尾不前，郡浮之徒聿役如鬼，不可谓不效矣。"正由于此，汤显祖并不因上疏被贬而后悔，更不是凄凄惨惨地走向徐闻。汤显祖上奏《论辅臣科臣疏》在当时是震惊朝野的大事，在汤显祖十五年的仕宦生涯中则是最光辉的一页，它充分展现了汤显祖作为一个好官的人格魅力。

"留有遗爱在人间"——遂昌善政

汤显祖在徐闻任典史，却参与了"贵生书院"的创建，宣讲"生生之德"的天理，教育百姓珍惜生命。在徐闻一年有余，朝廷即调汤显祖任浙江遂昌县令。汤显祖于万历二十一年（1593）三月到达遂昌。钱谦益说汤显祖"量移知遂昌县，用古循吏治邑。纵囚放牒，不废啸歌"（《汤遂昌显祖传》）。"循吏"者，遵纪守法而关心百姓的官吏也。汤显祖自言："斗大平昌，一以清净理之，去其害马者而已。""害马者"，害群之马，指残害百姓之人也。遵纪守法的循吏必然会站在百姓的立场，为百姓除害、办好事。遂昌地处浙江西南，民风淳朴，风景秀丽，汤显祖誉之为"仙县"。但这里崇山峻岭，地少田薄，交通闭塞，外加盗贼出没，虎患肆虐。面对现实，汤显祖满怀热情，希望通过治理这个山中小县，实现其"改变天下"的大志。五年辛苦不寻常，汤显祖在遂昌可谓善政种种，政绩斐然。概而言之，一是狠抓农业，兴修水利，为了督促农耕，作为县令的汤显祖还送"春鞭"给农民。其《班春二首》诗云："家家官里给春鞭，要尔鞭牛学种田。"二是重教兴学，所谓"不废啸歌"。汤显祖到遂昌的第三日，即拜谒孔庙，察观教育设施。当他看到"学舍、仓庾、城垣等作俱废"（《答王伯皋》），立即决定营建书院和射堂。建成后的书院和射堂，被合称为"相圃书院"，意为培养将相之才的场所。汤知县还亲自给学生讲课，和诸生习射，并撰写了《遂昌县相圃射堂记》和《相圃新成十韵示诸生》。三是仁政惠民。汤显祖在致友人信中曾这样说："弟邑治在万山中，士民雅厚，既不习为吏，一意劝安之，讼为希止。"（《寄荆州姜孟颖》）汤显祖治县"轻刑宽狱"，四年中，"未尝拘一妇人，非有学舍城垣公费，未尝取一赎金"（《与门人叶时阳》）。汤显祖除夕遣囚回家过年，囚犯节后回狱继续服刑；元宵则组织囚犯在城北河桥上观赏花灯。囚犯除夕返家过年和元宵观灯，却没有一个人趁机逃亡。汤知县的威望和感召力由此也可见一斑。当然汤知县的仁政惠民并非只讲仁慈，亦非迁就愚昧。遂昌自宋代以来就开采金银矿产，外地到遂昌采矿伐木者不少，其中不法之徒经常勾结当地的地痞恶霸为非作歹，残害百姓。对此汤知县从不手软，从严整治，曾击杀为首的十数人。四是压抑豪强（"害马者"），抵制朝廷的贪求和搜刮。汤知县推行清廉惠民之政，开创了遂昌"赋成而讼稀"（《答吴四明》）的局面，得到了百姓的拥戴，也遭到了"害马者"的忌恨和反对。为此，汤知县感叹说："士民惟恐弟一旦迁去，害马者又怪弟三年不迁。"（《答李舜若观察》）

万历二十四年（1596）起，神宗皇帝为扩充内府库藏，派出大批宦官充任特使，到处开采金矿，搜刮财富。十二月，听说矿监税使即将来到遂昌。汤知县忧愤而作《感事》诗表述自己的不满："中涓（太监税使）凿空山河尽，圣主求金日夜劳。赖是年来稀骏骨，黄金应与筑台高。"鉴于搜金税使即将来遂昌，联系到朝中"害马者"的所作所为，汤知县深觉"世路之难，吏途殊迫"（《答山阳王遂东》）。于是在万历二十五年（1597）冬，即向吏部告归，回到临川老家，次年春赴京"上计"（地方官到省城或京师接受上级和吏部的考核）后，便毅然弃官回乡。汤显祖辞官后南下，到达扬州钞关时，听说遂昌吏民代表特地北上挽留。汤知县虽感谢遂昌吏民的深情厚谊，也难忘遂昌五年的作宦生涯，但还是悄悄地退隐还乡。

心中有百姓的好官，百姓是不会忘记的；为百姓做了好事的好官，百姓将永远怀念他。在汤显祖弃官还乡家居十年后，遂昌士民还派画师来为汤显祖画像，并立生祠纪念。当时的处州知府郑辂思在《相圃生祠画像记》中称赞汤氏"行可质天地鬼神，文能安民人社稷"。清代康熙年间，遂昌知县缪之弼又为汤显祖新建了遗爱祠。光绪年间的遂昌知县乐桂荣（亦是临川人）则为遗爱祠题联云："先后两临川，我惭时政疏虞，难比昔贤褒众口；古今同邑宰，公独名祠巍焕，尚留遗爱结民心。"

汤显祖也是位有创见的史学家和教育家

汤显祖是明代杰出的戏曲家，反复古主义诗文家，这是人所共知的。可是，汤显祖也是位有创见的史学家，曾重修《宋史》，还是位有理论、有实践的教育家，这尚未引起海内外研究者的重视。作为中国文化思想史上的著名思想家，汤显祖不仅在戏曲和诗文方面成就卓著，在史学和教育领域亦颇有建树。不言而喻，探讨汤显祖在史学和教育领域的建树，也应当是汤显祖研究的重要组成部分。

一、汤显祖重修《宋史》述评

清代著名的史学家全祖望对《宋史》极为不满。在他所撰写的有关读《宋史》的许多跋文和札记中，对《宋史》的批评相当尖锐；特别是对一些该立传的历史人物，《宋史》或"不为立传"，或"诬善失实"，或妄加评论，全祖望更是愤懑不平。（《鲒埼亭集外编》卷二十八《跋〈宋史·陈谦列传〉》《跋〈宋史·胡舜陟列传〉》）他还曾说："少读《宋史》，叹其自建炎南迁，荒谬满纸，欲得临川书，以为蓝本，或更为拾遗补阙于其间。"后因"茬苒风尘，此志未遂"，而深感遗憾。（《鲒埼亭集外编》卷四十三《答临川先生问汤氏〈宋史〉帖子》）全祖望这里所说的"临川书"，就是指汤显祖所重修的《宋史》稿本。

据全祖望答临川李绂问汤显祖《宋史》帖子称，"明季重修《宋史》者有三家，临川汤礼部若士，祥符王侍郎损仲，昆山顾枢部宁人也"。当年，汤显祖"手自丹黄涂乙，尚未脱稿"的这部《宋史》，为明末"长兴潘侍郎昭度抚赣得之，延诸名人，足成其书。东乡艾千子、晋江曾弗人、新建徐巨源皆预焉。网罗宋代野史至十余簏，功既不就，其后携归吴兴"。正由于此，全祖望才对李绂说，这部《宋史》，"不特阁下西江之文献也，亦于吾乡有臭味焉"。

汤显祖的《宋史》稿本，经过潘昭度延诸名人修订，崇祯十七年（1644），"甲申之变"后，归于石门吕及甫（潘昭度婿）。是书在清初的遭遇，全祖望叙述甚详，他说：

> 姚江黄梨洲征君，以讲学往来浙西，及甫请征君为之卒业。征君欣然许之，及甫因取其中所改历志请正，并约尽出其十余簏之野史。成言未果，及甫下世。其从子无党携入京师，将即据其草本开雕，无党又逝。新城王尚书阮亭，仅得钞其目录，故尝谓是书若经黄征君之手，则可以竟成一代之史。即得无党刊其草本，则流传亦易，而无如天皆有以败之。

康熙、雍正之际，这部《宋史》稿本，又归吕无党的姻家花山马氏，未几便"散佚四出，海宁沈氏得之，岁在卯、辰之间（雍正元年癸卯、二年甲辰，即1723—1724）"。其时，全祖望在杭州听说"沈氏以是书求售于仁和赵上舍谷林，亟往阅其大概，力劝收之，而不果"。到雍正十年壬子（1732）冬，全祖望"晤沈氏诸郎于京师，叩以是书存亡，则言已归太仓金氏矣"。想到"是书累易其主，所存仅本纪、列传，而其十余簏之野史，则不知流落何所"，全祖望长叹不已！（《鲒埼亭集外编》卷四十三《答临川先生问汤氏〈宋史〉帖子》）

在全祖望看来，汤显祖和王损仲的《宋史》，"两家皆多排纂之功，而临川为佳"。佳就佳在："其书自本纪、志、表，皆有更定。而列传体例之最善者，如合道学于儒林（梨洲先生论《明史》不当分立道学传，本此)〔1〕；归嘉定误国诸臣于奸佞；列濮、秀、荣三嗣王独为一卷，以别群宗（《宋史》不为荣王立传），皆属百世不易之论。至五闽禅代遗臣之磊磊者多芟，建炎以后名臣多补，庶几《宋史》之善本焉！"

虽然，汤显祖的《宋史》稿本，早已失传。但是，从全祖望的上述评介，已足见汤显祖的史学造诣之深，以及他在重修《宋史》方面的创见。

二、汤显祖的教育思想和教育实践

汤显祖一生，先后创建过三所书院，即徐闻贵生书院、遂昌相圃书院

---

[1] 全祖望《鲒埼亭集外编》卷四十二《移明史馆帖子（五）》亦指出："《宋史》分道学于儒林，临川礼部若士非之。国朝修《明史》，黄征君梨洲移书史局，复申其说，而朱检讨竹垞因合并之。可谓不易之论。"

和临川崇儒书院。这三所书院是在三种不同的情况之下创建的，从中可以看出，汤显祖无论身处逆境，还是身负重任，无论在职，还是赋闲，一贯重视地方教育，并力所能及地从事实际工作。

万历十九年（1591），汤显祖向皇帝朱翊钧上了一道《论辅臣科臣疏》，对于当朝首辅申时行和已故首辅张居正，以及辅臣王锡爵，科臣杨文举、胡汝宁等人，采用刚、柔两手以权谋私的种种不法行径，作了无情的揭露、猛烈的抨击；其矛头所向，直指当朝皇帝。结果，汤显祖因"以南部为散局，不遂己志，敢假借国事攻击元辅"的罪名，被谪官广东徐闻典史。典史，是个不入品的卑官，在县里位于知县、县丞、巡检之后，俗称四老爷。汤显祖直言忠谏，却被贬到雷州半岛南端的小县充当这么一个卑官，其内心之愤懑可想而知。可是，在徐闻一年，汤显祖还是竭尽所能地做了不少有益于地方和百姓之事。创办贵生书院，就是值得大书特书之事。

当时，徐闻的士民，由于种种原因，存在一种"轻生""自贱"的思想。为了教育士民，汤显祖在知县熊敏的支持下，特创办了贵生书院。贵生书院设有博学、审问、慎思、明辨、笃行、格物、致知、诚意、正心、修身、齐家、治国十二间课室。从课室的命名，不难窥见汤显祖的思想并没有超越儒家学说的范围。可是，应该看到，汤显祖强调的"贵生"，也给传统的儒家思想灌注了新的内容。

汤显祖《与汪云阳》曰："其地人轻生，不知礼义，弟故以贵生名之。"在《贵生书院说》中，汤显祖更指出：

> 天地之性人为贵。……故大人之学，起于知生。知生则知自贵，又知天下之生皆当贵重也。然则天地之性大矣，吾何敢以物限之；天下之生久矣，吾安忍以身坏之。《书》曰："无起秽以自臭。"言自己心行本香，为恶则是自臭也。

在《徐闻留别贵生书院》诗中，汤显祖还教导那些有"轻生""自贱"思想的士民们说："天地孰为贵？乾坤只此生。海波终日鼓，谁悉贵生情。"

汤显祖当日在贵生书院是如何用"贵生"之说来教育弟子？弟子的反应又是如何呢？其友刘士和（应秋）的《徐闻县贵生书院记》，为我们提供了一则弥足珍贵的记载，今摘要于下：

> 义仍自为说，训诸弟子……譬之水然，天一之所钟也，万流

之所出也，本自洁直，无有邪秽。湛之久，则不能无易也。方圆曲折，湛于所遇而形易；青黄赤白，湛于所受而色易；咸淡芳臭，湛于所染而味易。易非性也。易而不能反其本初，则还复疑于自性。人生亦由是也。故善观水者，从其无以易水者而已矣；善养生者，去其所以害生者而已矣。心之有欲，如目之有眯，弗拔弗净；如耳之有楔，弗拔弗除。学也者，所以拔尘、拔楔，而复其聪明之常性者也；是故学不可以已……世间薰天塞地，无非欲海。吾人举心动念，无非欲根，势已极矣，学者思一起沉痼之积习，反而偕之大道，自非廓然自信其所以生，而奋然有必为此不为彼之志，欲以迥狂澜而清浊源，此必不几之数也。诸弟子业闻义仍贵生之说，有如瘖者恍焉觉悟，可不谓旦夕遇之乎！（《刘大司成集》卷四）

汤显祖针对徐闻实际创立贵生书院，用"贵生"之说教育士民和弟子，诚如沈际飞所评"随地立教一端"。在晚明这样恶浊的封建社会里，士民产生"轻生""自贱"的思想，这毫不奇怪。汤显祖想以"贵生"之说来解决复杂的社会、人生问题，在当时亦不过是一种美好的理想而已。但是，汤显祖强调"天地之性人为贵"，作为"人"皆有"生"的权利（生存、发展，当然也包括受教育、知礼义的权利）。从这样的认识出发，他要用"贵生"之说来教育士民，使他们自尊、自爱。汤显祖的这种教育思想及其实践活动，在 16 世纪末期，无疑是难能可贵的。

万历二十一年（1593）三月，汤显祖出任浙江遂昌知县。从此直到万历二十六年（1598）三月，才弃官返回故乡临川。"新旧相承，情难自外，惟更有以督教，加爱遗民。"这是汤显祖给前任遂昌知县黄对兹书中所说的话。在遂昌五年，汤显祖确实为当地做了不少"加爱遗民"的好事。为此，当他向吏部递上辞呈后，遂昌吏民代表特地赶到扬州苦苦挽留。后来又为他建立了生祠。直到万历三十七年（1609）汤显祖六十寿诞时，遂昌吏民还推举画师徐昌云赴临川为汤显祖画像，携归悬于生祠内以作纪念。

汤显祖给遂昌的"遗爱"之一，就是重教劝学。他上任伊始，就谒拜孔庙，视察讲堂。在《遂昌县相圃射堂记》中，汤显祖于万历二十一年（1593）三月十八日到遂昌，"又三日，谒先圣庙，甚新。从学官诸生至讲堂，堂敝。其后益庳。问所藏书，无有。问县隅中或有他学舍为诸生讲诵，无有也"。四月朔日，汤显祖又召集诸生操练射箭，"诸生皆对不能，云：

'无射堂也。'",针对这些情况,汤显祖便立即筹建射堂和学舍,甚至捐出自己的俸禄。到八月,新建的射堂即告落成。在射堂左右,各建十五间学舍,每舍容二人,"合之可坐生徒六十人"。射堂和学舍视为整体,汤显祖命名为"相圃书院","欲诸生有将相才焉"(《相圃书院置田记》《平昌尊经阁成,率诸生恭读御箴,下宴相圃,欣言十八韵》)。万历二十二年(1594)一月,汤显祖又重建了"尊经阁",次年,又为书院加建大堂,名曰"象德堂"。从此,"士相师友而游。至夜分,莫不英英然,言言然,讲于《诗》《书》六艺之文。相与为文,机力日以奇畅,大变陈常"(《相圃书院置田记》《平昌尊经阁成,率诸生恭读御箴,下宴相圃,欣言十八韵》)。作为县令,汤显祖也"手批骘其文,时时模经程艺,陈说古昔"(《遂昌县志》卷一《学校》:郑如作《明伦堂记》)。从"育养学校以垂文化"的根本目的出发,为了保证经费来源,汤显祖还为相圃书院置备了学田,并亲自撰写《给相圃租石移文》,着令刻石为记。(《给相圃租石移文》)

"斗大平昌,一以清净理之,去其害马者而已。"(《答李舜若观察》)汤显祖在遂昌五年,"因百姓所欲去留,时为陈说天性大义",加上重教劝学又有实际措施,深得百姓的拥戴,于是出现了"赋成而讼稀"的景象。作为县令,汤显祖"五日一视事,此外唯与诸生讲德问字而已"(《答吴四明》)。遂昌为括苍山脉中的一个小山城,汤显祖虽"以清净理之",并与"害马者"展开斗争。可是,它并非世外桃源,不仅"害马者"时时作祟,朝中当权派对汤显祖的作为也极为不满。"上有疾雷,下有崩湍,即不此去,留能几余?"(《答郭明龙》)于是万历二十五年(1597),汤显祖终于向吏部告归,次年即回到了临川。从此直到逝世,汤显祖在玉茗堂潜心从事传奇、诗文的创作,并热情指导宜伶的戏曲活动。

"顾世局无一处非可笑,兹且日新。"(《与岳石帆》)尽管如此,"天下忘吾属易,吾属忘天下难也"(《答牛春宇中丞》)。为此,汤显祖并没有真正做到"隐而自清",除了文学创作和戏曲活动之外,他还热心于桑梓的公益事业。与高应芳、曾如春等人创建崇儒书院,这是汤显祖重教劝学的又一个实践活动。[1]

汤显祖自言晚年"为情作使,劬于伎剧"(《续栖贤莲社求友文》)。《书瓢笠卷示沙弥修问三怀》诗又曰:"东归见耆宿,问我心何寄?经典欲无学,歌舞时作技。""劬于伎剧"和"歌舞时作技",不止是传奇的创作,

---

[1] 黄文锡、吴凤雏:《汤显祖传》,中国戏剧出版社1986年。

理应包括戏曲的演唱活动。因此,"游在伶党之中"(《如兰一集·序》),多方面地指导宜伶们的排戏、演唱,既充当"导演",又从事艺术教育,这是汤显祖晚年教育实践的一个重要方面。汤显祖怀着对戏神清源师(《寄生脚张罗二,恨吴迎旦口号》的"暗向清源祠下咒,教迎啼彻杜鹃声"下注云:"宜伶祠清源师灌口神。")的景仰,又结合自己多年来的传奇创作和演唱活动的实践经验,撰写了《宜黄县戏神清源师庙记》(简称《庙记》)。在这篇珍贵的戏曲论文中,汤显祖阐说了真情、"情至"对于戏曲表演的重要性,指出了戏曲艺术的感人魅力和社会功能,并对演员的舞台表演提出了具体的要求。可以这样说,《庙记》是汤显祖对宜伶们进行全面的艺术教育的"纲领性文件"。

汤显祖十分重视道德教育,对自己,他提出了"四香":"不乱财,手香;不淫色,体香;不诳讼,口香;不嫉害,心香。常奉四香戒,于世得安乐。"(《与无去上人》)他又告诫当官者曰:"吾辈初入仕路,眼宜大,骨宜劲,心宜平。"(《寄李孺德》)汤显祖一生信守"三宜"和"四香","每爱人以德,而自写其真"。(《玉茗堂尺牍·序》)汤显祖关心和尊重宜伶,"开口便说宜伶"(《送钱简栖还吴二首》沈际飞评语)。他不仅悉心指导宜伶演唱,也注重对宜伶进行戏德教育。《与宜伶罗章二》曰:"往人家搬演,俱宜守分,莫因人家爱我的戏,便过求他酒食钱物。"

综观汤显祖的教育思想,无论是强调"养育学校以垂文化",还是以"贵生"说来教育存在着"自贱""轻生"思想的士民;无论是向往"古者井田学校出于一。各有以养其民,以登于学,诵数而歌舞之。潜裕敏给,以一其情于仁义礼乐之具,而恣之成以仕"(《南昌学田记》),还是身为县令,却沉浸于"与诸生讲德问字"的欢乐之中,皆可看出汤显祖一方面继承了儒家尊师重教的优良传统,另一方面又有初步人文主义的新思想。至于先后创办三所书院,并以宜伶为友,身体力行、重教劝学的教育实践活动,更令人深受感动。我们说汤显祖也是一位富有创见的教育家,这并非溢美之辞,因为汤显祖是当之无愧的。

[原载《抚州师专学报》(综合版)1993 年第 3 期]

汤显祖研究与"汤学"

一、历史的回顾,存在的问题

汤显祖是我国 16 世纪声震文坛和曲苑的伟大思想家、文学家、戏曲家。明末以来,对汤氏的研究无论是传记还是评论,都得到不断发展,但尚未形成专门的"汤学"。中华人民共和国成立后,汤显祖研究进入新的历史时期。30 多年来,在整理汤氏著作,研究汤氏生平、思想及作品等方面,成就是巨大的。这期间大致经历了三次高潮。第一次是在 1957 年前后。1956 年是汤氏逝世 340 周年,当时主要报刊均发了纪念文章,1957 年抚州还召开了纪念大会。黄芝冈和徐朔方的《汤显祖年谱》也先后问世。第二次是在 20 世纪 60 年代前期,是由侯外庐的几篇论文引起的。[1] 论文提出了不少新看法,在学术界引起强烈反响,出现了王季思的《怎样探索汤显祖的曲意——和侯外庐同志论〈牡丹亭〉》等争鸣文章。第三次是在 1982 年 10 月,文化部和有关单位在抚州和南昌联合举办了汤显祖逝世 366 周年纪念活动,仅提交讨论的论文就达 50 余篇,后来选辑成《汤显祖研究论文集》。在这一盛会之前,有关汤显祖的研究论文及专著的数量和质量都已超过了 20 世纪 50 年代和 60 年代;先后问世的专著、校注有《汤显祖评传》《汤显祖诗文集》《汤显祖戏曲集》《南柯梦记》《紫钗记》等。1986 年 11 月,文化部、中国剧协等单位举办"纪念汤显祖逝世 370 周年活动周",活动中心在北京,同时在上海,以及汤氏的家乡和他曾经生活过的地方如江西、江苏、浙江和广东等地,也举办了各种纪念活动和学术讨论活动。这是第三次高潮的继续和发展。

---

[1] 侯外庐的论文:《〈牡丹亭〉外传》(1961 年 5 月 3 日《人民日报》);《论汤显祖〈紫钗记〉和〈南柯记〉的思想性——从歌颂自然情景的"春天"到政治倾向的乌托邦》(1961 年第 7 期《新建设》);《汤显祖〈邯郸记〉的思想与风格》(1961 年 8 月 16 日《人民日报》)。这三篇论文,1962 年 6 月结集成《论汤显祖剧作四种》,由中国戏剧出版社出版。

毫无疑义，30多年来的汤显祖研究取得了很大的成绩。但是，还存在如下问题：

（一）没有把汤显祖和屈原、关汉卿一样作为世界文化名人来研究，也没有把汤显祖研究提到"汤学"的高度。郭汉城曾提到，有位老同志"认为外国有莎士比亚学，中国已经有《红楼梦》学，也不妨有研究汤显祖的'汤学'"（《汤显祖研究论文集·序》）。此言良是，如能从"汤学"的高度来研究汤显祖和"临川四梦"，那么研究的广度和深度将大有提高。

（二）对汤显祖的世界观和创作方法的研究还很不够。例如，汤氏在思想史上的地位，"临川四梦"中的哲理，佛、道思想对汤氏及其传奇创作的影响，江西临川的乡贤们对汤显祖的生活、思想和创作的影响等，都没有较深的研究。

（三）对"临川四梦"的研究很不平衡。如对《牡丹亭》的研究较充分，对《紫钗记》及其前身《紫箫记》就不太重视，对《南柯记》《邯郸记》"二梦"的评论则似乎没有从实际出发。此外，把"临川四梦"作为一个艺术整体进行的综合研究也不够。

（四）用比较文学的方法来研究汤显祖及其"临川四梦"才刚刚开始，有关的论文极少。

（五）对汤氏极有艺术个性和社会意义的诗文缺乏足够的重视，没能作全面、深入的研究。

（六）对作为思想家的汤显祖的哲学思想没有足够的重视，研究才刚起步。

（七）对于汤氏的文学思想和曲学主张，没有将它放在晚明或整个明代的文艺思潮发展，以及中国戏曲理论批评史发展中来加以考察；至于对汤氏与沈璟等人的曲学之争也需要继续深入研究。

（八）汤氏与同时代文化思想界的名人有广泛联系。目前这方面研究仅局限于一小部分人，应该扩大范围。

（九）在汤氏之后是否形成了一个"玉茗堂派"（或"临川派"）的问题，目前很少有人研究。笔者认为，"玉茗堂派"的研究是"汤学"不可或缺的组成部分。[1]

（十）"临川四梦"搬上今天的舞台、银幕，与今天的社会主义精神文明建设和振兴戏曲艺术直接相关，加强这方面的研究理所应当。

---

[1] 王永健：《"玉茗堂派"初探》，载《汤显祖研究论文集》，中国戏剧出版社1984年。

二、坎坷的人生，复杂的思想

汤显祖（1550—1616）的一生大致可分为四个时期，临川时期，南京时期，徐闻、遂昌时期，临川时期。

汤氏十三岁从罗汝芳游，十四岁成秀才，二十一岁中举。二十二岁和二十五岁两次考进士，皆名落孙山。万历四年（1576），游学南京国子监。次年春试又落第，三年后再考亦未中进士，其原因皆为汤氏不愿依附首辅张居正。直到万历十一年（1583），张居正逝世的次年，汤氏才中进士。但又因拒绝首辅张四维、申时行的笼络，只能到南京去做了几年太常寺博士，詹事府主簿、祠祭司主事等"冷官"。

万历十九年（1591），皇帝因"星变"诏群臣上疏谏诤。汤氏上了《论辅臣科臣疏》，直言指责朝政，痛斥当权违法的辅臣和科臣，结果被贬谪为广东徐闻县典史。万历二十一年（1593），由徐闻归临川，再赴遂昌当知县。在任5年内，汤氏"用古循吏治邑"（钱谦益《汤遂昌显祖传》），为百姓做了不少好事，却遭到恶势力的忌恨，正如汤氏所说："士民维恐弟一旦迁去，害马者又怪弟三年不迁。"（《答李舜若观察》）

尽管汤氏在遂昌"为治简易，大得民和"（屠隆《玉茗堂文集·序》），但这里并非世外桃源，为了抗争"害马者"，当神宗派遣的"矿使"将达遂昌时，汤氏毅然弃官归里。在乡居的最后19年中，汤氏集中精力从事传奇、诗文的创作。"二梦"即创作于此时，按传统之说，《牡丹亭》亦完稿于弃官归里之后。

汤氏的时代，明代已进入"世入乱萌"（《答岳石帆》）的末世。汤氏《论辅臣科臣疏》说："奏为星变陈言，辅臣欺蔽如故，科臣贿媚方新，伏乞圣明，特加戒谕罢斥，以新时政，以承天戒事。"在汤氏眼里，当时朝政已腐败不堪，亟须整顿、改革。在思想领域，当时既是程朱理学统治的时代，也是新的意识和观念猛烈冲击旧传统的时代。和李贽、冯梦龙等人一样，汤氏也是晚明反理学思潮的杰出代表；而鼓吹个性解放的"情至"观念抨击封建主义性理，则是这股社会思潮的显著特色。从戏曲艺术的角度来看，汤氏的时代是昆曲艺术大普及、大提高进而全面繁荣的时代。在诗文领域，汤氏的时代则是复古主义和反复古主义激烈论争的时代。在这样一个时代，在人生和仕宦的道路上备遭坎坷的汤氏，他的思想是非常复杂的，而"临川四梦"就是在这种复杂的思想指导下创作的。

第一，汤氏"兼资文武"（《重酬谭尚书并序》），走的虽是读书、应举和做官的老路，但他一生不遗余力地鼓吹"情至"，用以对抗封建主义性理；他敢于直言进谏，为民请命；他"不敢从处女子失身"（邹迪光《临川汤先生传》），屡次拒绝当权者的笼络；他与东林党的早期领袖志同道合。凡此种种，都说明汤氏既是个思想斗士，又是个正直的、有骨气的封建官吏。

第二，汤氏还是位有抱负，并为此奋斗终身的人。他曾自负地说："某颇有区区之略，可以变化天下"（《答余中宇先生》），"欲真为世界倾洗一番"（《寄彭鲁轩侍御》）。但在当时，这一理想是无法实现的。"上有疾雷，下有崩湍，即不此去，留能几余？"（《答郭明龙》）这是汤氏的悲剧，也是社会的悲剧，汤氏曾感叹："今古不同，人道远，天道迩。"（《慰浙抚王公》）汤氏向往的进步的"人道"，一是"情至"；二是"贵生"；三是国泰民安。

第三，汤氏对一"雄"一"杰"极为崇拜，并深受其影响。"见以可上人之雄，听以李百泉之杰，寻其吐属，如获美剑。"（《答管东溟》）达观和李贽由于坚持抨击封建理学，被统治者目为"异端"之尤，最后惨遭迫害。"卓、达二老，乃至难中解去"（《汤显祖诗文集》补遗《策第三问》），汤氏为此异常悲愤。在《答黄荆卿》中，汤氏一语双关地说："古称知己之难，世岂有达观怖死，义人要钱者耶！"汤氏十分赞赏李贽的《焚书》，当听到李贽被迫自杀，特赋七绝以悼念。

第四，汤氏的思想是复杂的，也有变化，但作为核心的"情至"观念却一以贯之。汤氏深受儒学熏陶，但他对宋明理学持批判态度，指出："宋儒之失，在求圣人之精而流于过。"（邹迪光《临川汤先生传》）江西是道教的发源地，禅学又很盛行，佛、道对汤氏的影响是显而易见的。汤氏崇敬罗汝芳，罗氏乃王艮再传弟子，因此汤氏也接受了泰州学派的思想。另外，汤氏"于书无所不读""通天官、地理、医药、卜筮、河渠、墨、兵、神经、怪牒诸书"。（邹迪光《临川汤先生传》）总之，汤氏头脑里各种思想成分都经过消化而变成自己的思想血液。他的世界观是复杂的，也是发展的。比如，汤氏对现实的认识和批判，在广度和深度上，辞官乡居时期显然超过了他的前期；佛、道思想对汤氏的影响，辞官乡居时期又要比前期深得多。不过"情至"观念却一以贯之，而且越来越强烈。汤氏的"情至"观念，不是仅指男女之情，这是个内涵较广的哲学范畴、美学命题。

第五，佛教和道教在当时相当流行。汤氏的祖父"晚言筌于道术"，辄要汤氏以仙游。(《和大父游城西魏夫人坛故址》小序)这样的社会和家庭，使汤氏从年青时就接受了佛、道思想。但有两点需要说明：其一，佛、道思想在"二梦"中有艺术的映现。汤氏晚年滋长的人生如梦思想，对传奇创作产生了不良的影响。但即使在乡居时期，汤氏还是执着于人生的，对丑恶的现实世界持严峻的批判态度，并没有消极避世。汤氏的最后19年也不是在玉茗堂里隐居乐道，而是仍在"为情作使，劬于伎剧"。其二，汤氏对佛、道颇有兴趣，可是，他并不把佛、道作为一种宗教来信仰，而把它们作为一种哲学来研究，想从中探求人生的出路。汤氏曾说："秀才念佛，如秦皇海上求仙，是英雄末后偶兴耳！"(《答王相如》)

第六，汤氏信守"四香""三宜"，个人的道德品性足为人师。汤氏自谓："某少有伉壮不阿之气，为秀才业所消，复为屡上春官所消。然终不能消此真气。"(《答余中宇先生》)他坚信"人自有真品，世自有公论"(《寄汤霍林》)。汤氏的一生，确是十分重视"真品""真气""公论"的。他"每爱人以德，而自写其真"(《玉茗堂尺牍·序》)。汤氏尝告诫当官者曰："吾辈初入仕路，眼宜大，骨宜劲，心宜平。"(《寄李孺德》)他还强调说："不乱财，手香；不淫色，体香；不狴讼，口香；不嫉害，心香。常奉四香戒，于世得安乐。"(《与无去上人》)在举世恶浊的晚明，能做到"三宜""四香"，诚属难能可贵。

总之，把汤氏放在中国16世纪的历史范围之内，对其一生作深入全面的考察，可以得出这样的结论：汤氏不仅是当时伟大的戏曲家、文学家，也是站在时代前列的杰出的思想家、政治家。因此，只有从这四个方面把汤氏的研究提到"汤学"的高度，才能对汤氏这个一代伟人作出实事求是的评价，当然，也包括他的局限性。

三、"临川四梦"是艺术整体，应该对它进行深入的综合研究

汤氏一生创作过5部传奇，但处女作《紫箫记》是与人合作的，且未完成，所以实际上只有4部：《紫钗记》《牡丹亭》《南柯记》《邯郸记》，合称为"临川四梦"或"玉茗堂四梦"。关于"临川四梦"，研究现状是：论者一致认为《牡丹亭》是其代表作，对它的研究比较深透，评价极高；对《紫钗记》不太重视，至于"二梦"则研究不深，评价不当。在笔者看来，"临川四梦"是在以"情至"观念为核心的复杂的世界观，以及"文以意趣神色为主"，强调"灵气飞动"的浪漫主义艺术思想指导下创作的一个

艺术整体，应进行深入的综合研究；对于传统之见，亦可大胆质疑，开展学术争鸣。笔者以为，研究"临川四梦"落脚点不是区分其高下，而是在充分研究其思想和艺术的前提下，找出它们的不同特色和共同点。

"临川四梦"在思想和艺术上的共同点，可以概括为五个字，分别为：

一"本"，故事都有同题材的小说（唐人小说、明代拟话本）作为蓝本，但是，反映的是晚明的现实生活。

二"情"，都贯穿着一个"情"字，《紫钗记》和《牡丹亭》是对"真情"（"善情"）的歌颂，"二梦"则是对"恶情"（"矫情"）的批判。

三"梦"，都有梦境的构思和描绘，富有浪漫主义色彩。汤氏《复甘义麓》强调："因情成梦，因梦成戏。"这八个字值得玩味，"临川四梦"具有空前的思想深度及迷人的朦胧美，与此有密切关系。

四"悲"，都带有一种悲剧的韵味，笼罩着悲剧气氛。汤氏《答李乃始》曰："词家四种（指'临川四梦'），里巷儿童之技，人知其乐，不知其悲。""临川四梦"与"悲"是不可分离的。

五"真"，都真实地反映了汤氏的思想，诸如对现实的批判，对理想的探索，对"情至"的赞美，对封建性理的抨击，以及"谈玄礼佛"，对虚幻思想的宣扬和对虚幻世界的探求，等等。

当然，从《紫钗记》和《牡丹亭》到《南柯记》和《邯郸记》，也存在明显的不同。

首先，《紫钗记》和《牡丹亭》以爱情、婚姻问题为中心，着重"写情"；"二梦"则以宦海浮沉为中心，着重"谈政"。前者是"儿女之梦难除"，后者则非"儿女之梦"，故孙俟居认为"'二梦'破梦"（《答孙俟居》）。

其次，"性无善无恶，情有之"（《复甘义麓》）。《紫钗记》和《牡丹亭》主要歌颂霍小玉和杜丽娘执着追求的"情至"，属于"善情"的范畴；"二梦"则着重批判"恶情"，剧中人物争权夺利、纵情声色、凭权谋私、买官鬻爵等不正当的欲念，皆属于"恶情"的范畴。

再次，《紫钗记》和《牡丹亭》是运用现实主义和浪漫主义艺术方法创作的，在思想上没有受到佛、道思想的干扰；"二梦"除了运用现实主义和浪漫主义艺术方法之外，又运用了象征主义等方法，因而笼罩着一层"谈玄礼佛"的迷雾。

最后，《紫钗记》"犹带靡缛"（吕天成《曲品》评语）；《牡丹亭》虽"气长力足"（李渔《闲情偶寄·词曲部·忌俗恶》），但稍嫌冗杂，且典雅有余，通俗不足；"二梦"则结构严谨，更便于当场，这是其一。其二，

《紫钗记》和《牡丹亭》旦角人物远比生角人物写得精彩出色,"二梦"的重点显然放在生角人物塑造上。其三,《紫钗记》和《牡丹亭》的梦境从时间上来看是短暂的,所占篇幅极有限;"二梦"的梦境长达几十年,占了全剧的绝大部分篇幅,梦境部分是"二梦"的主干,它与入梦之前和梦醒之后组成了统一的艺术体。

(原载《东吴教学》1988 年第 2 期)

南社诗人马骏声评《牡丹亭》及其他

一、汤显祖佚词二首

汤显祖的词作,徐朔方《汤显祖诗文集》仅在第五十卷补遗中收录一首《千秋岁引》,词云:

草展华茵,云披翠幕。画阁张枰向修簿。角端不堪蛮触斗,橘中自有神仙乐。叹古今,争人我,分强弱!高士洞知先一着。

坎止流行心活泼,日把闲情付丘壑。容易莫教莺语老,等闲可使花枝落。觅王郎,招谢傅,偿棋约。

徐先生指出,此词录自汪廷讷《坐隐先生集·坐隐诗余》,当作于万历三十六年(1608),汤氏时客汪廷讷家。

除《千秋岁引》之外,汤氏是否还有词作流传于世呢?多年搜寻,未有收获。近年笔者研究近代著名学者黄摩西,认真拜读其大著《中国文学史》,发现在《明人诗余》部分,选录有汤词二首。现抄录于下:

好事近
帘外雨丝丝,浅恨轻愁碎滴。玉骨近来添瘦,趁相思无力。
小虫机杼隐秋窗,黯淡烟纱碧。落尽红衣池面,又西风吹急。

阮郎归
不经人事意相关,牡丹亭梦残。断肠春色在眉弯,倩谁临远山?
排恨叠,怯衣单,花枝红泪弹。蜀妆晴雨画来难,高唐云影间。

与《千秋岁引》抒发愤世嫉俗、向往山林隐逸的情感不同,《好事近》和《阮郎归》写的是闺怨闺情,这是唐、宋婉约词的传统题材和写法。寥寥二首,当然尚难窥见汤氏词作的独特风韵,但已可见其题材、风格的多样化,不愧为大家作手。

　　黄摩西（1866—1913），原名振元（震元），后更名人昭，字慕韩（慕庵），别号野蛮、蛮、梦暗，中年慕黄道周（石斋）、黄宗羲（梨洲）、黄淳耀（陶庵）和黄周星（九烟）之为人，易名曰人，并自名其居曰"石陶梨烟室"，江苏昭文县（今常熟市）浒浦人。性格狂放，才气横溢。"其于学也，无所不窥，凡经史、诗文、方技、音律、遁甲之属，辄能晓其大概，故其为文，操笔立就，不屑屑于绳尺，而光焰万丈，自不可遏；至其奥衍古拙，又如入灵宝琅，触目皆见非常之物，而拙处亦往往有之。"（《南社丛刻》第十集，黄人《血花飞传奇·序》后吴梅附记）金天羽（松岑）撰《苏州五奇人传》，摩西是其中之一；吴梅则誉之为"近代文才之怪杰"。1901年，摩西被苏州东吴大学美籍校长孙乐文礼聘为国学教习（教授），直至1913年逝世为止。摩西的《中国文学史》，洋洋170余万字，始撰于1904年，至1907年尚未定稿。这是我国学者撰著的第一部文学史巨制，曾任东吴大学图书馆馆长的陈旭轮在《关于黄摩西》中指出，摩西巨著《中国文学史》"清末东吴大学以铅字油光纸印行，用作教材，而坊肆未曾流行，故见者极鲜。此书体大思精，议论宏通。前三册为绪论，黄氏对于国故学、纯文学之见解与主张，均见于兹。中多非常异义可怪之论，如主张白话文学，改革文字，提高小说在文学史上之地位等等，在当时实为独创之见，亦全书之精华也。其后每一时期，有一通论，论列文学升降演变之迹。每一时期，又各附名家代表作品数十篇，是以篇幅浩穰，有二十九册之多，不啻一部历代诗文选"。摩西《中国文学史》所选汤词，未指明出处。不过，摩西学贯中西，博古通今，在东吴大学被誉为"百科全书"，是与章太炎齐名的国学教授。他曾创办小说林书社，主编《小说林》月刊，编纂《普通百科新大辞典》《钱牧斋文钞》《大狱记》，还与沈粹芬合编《国朝文汇》。于学既无所不窥，治学又非常严谨。《中国文学史》所选录的历代作家作品数以千百计，肯定皆有来历。

　　顺便提一下，摩西《中国文学史》不仅对汤显祖的"临川四梦"评价极高，论述详尽，新见迭出[1]；也对汤氏的诗文同样给予了热情的赞美。在《近世文学史·文学暧昧期》论及明前期文学时，摩西对前后七子和公安、竟陵皆持批评态度，但特别指出，"然其间若震川、临川、天池之伦，则砥柱洪流，抱琴太古，如鹏扬扶摇之上，而坐视篱鹢之争粒，则豪杰之

---

[1] 王永健：《黄人论〈临川四梦〉》，载《艺术百家》1995年第4期。

才,诚不绝于世"。汤氏作品,除词二首外,在《明杂文》(嘉靖至崇祯)部分,黄摩西选录了《临川县古永安寺复寺田记》和《宜黄县戏神清源师庙记》等;在《明次期》的诗录部分,选录汤氏之诗多达59首。

二、汤显祖和李至清

汤显祖《问李生至清》曰:

> 麻姑山水蔚蓝天,醉墨横飞倚少年。
> 却被倒城人笑煞,太平桥畔野僧眠。

倒城和太平桥均为临川勾栏地。汤氏此诗对李至清狂放奇特的形象作了生动的描绘,虽有讽刺,实不无赞赏。汤氏另有一首《超然(当是"无"之误)为里儿所挠,赠刀遣之》,则反映了李至清的思想性格,诗云:

> 攘衣偷扇总牢骚,马上头陀气骨高。
> 但是藕丝随遁去,箧中须惜我王刀。

钱谦益《列朝诗集小传》丁集中,在《汤遂昌显祖》后,附有《李生至清》,对李至清的生平遭际,以及他与汤氏的关系有较详细的介绍。请看小传:

> 李生至清,字超无,江阴人。少负轶才,跅弛自放。年十二,负笈游四方,友其名人魁士。遇里中儿,辄嫚骂,或向人作驴鸣,曰:"聊以代应对耳。"里人噪而逐之。年二十,来依余,结隐破山;居三年,别去,剃发于尧峰。余以姚少师姊语规之,未几,果蓄发,鞍鞯从戎。复弃去,薄游江外,谒义仍于玉茗堂,髡发鬖鬖,然时时醉眼伎馆。义仍作诗讽之,所谓倒城、太平桥者,皆临川勾栏地也。江外富人,与超无有连,超无醉后骂富人若圈牢中养物,多藏阿堵为大盗积耳。富人被盗,疑超无畜健儿为之。县令遣尉搜超无箧衍,书尺狼藉,所与往还,皆一时胜流。令指其冠叹曰:"此物戴吾头不久矣。"锻炼具狱,坐超无为盗,谋曲杀之以自解。超无在狱中,飞书赋诗,唾骂县令、富人,蜚语间

入。令益恨且惧，令狱吏扑杀之。李生恃才横死，身填牢户，要为临川通人所共叹息。录临川赠诗，遂牵连及之，无使其无闻也。超无有《问世集》（按：当是《问剑集》之误），临川为序，载《玉茗堂集》中。

李至清初谒汤显祖，是在万历三十六年（1608）的浴佛节（四月初八），时汤氏尚不知其人为谁。次年九月，当李至清"雄然冒武冠"，带长剑再谒汤氏时，汤氏从吴下诸生书中已知其为江阴文士李至清。当时，李至清对汤氏说："业已去书生为头陀，去头陀为将军。弓剑之余，时发愤为韵语，数十首。来豫章，题曰《问剑》。先生宜有以诀（当是'呋'字之误。《庄子·则阳》：'夫吹管也，犹有嗃也；吹剑首者，呋而已矣。'）之。"汤氏为之撰《李超无〈问剑集〉序》。此序除在"问剑"上大做文章，以开导李生之外，还生动地描绘了初见李生之情景，从中不难窥见李生思想性格之奇特。序文劈头就说：

> 岁往浴佛，有驱乌漫刺（驱乌，佛教有驱乌沙弥，指男孩修行者。漫刺，指字迹模糊不清的名片，典出《世说新语·言语》），坐我堂东。揖之，知其奇。留之斋，云：不能断酒也。信宿而都无所断。偶尔破口，公案二三则耳。居常率尔成诗。心有目而目有睛。眉毫鼻吻间，尽奇侠之气。一日，问余何师何友，更阅天下几何人。余曰："无也。吾师明德夫子而友达观。其人皆已朽矣［按：罗汝芳卒于万历十六年（1588），达观万历三十一年（1603）被害于北京狱中］。达观以侠故，不可以竟行于世。天下悠悠，令人转思明德耳。"遂去之盱（盱江，一称抚河、汝水。罗汝芳，江西南城人）。拜明德夫子像。而复过我。则发已覆顶额间矣。曰："先生言侠不可竟行于世，而予之侠猝未可除。因而说剑，为天下大将军得度耳。"余笑曰："有是哉！"

李至清的被诬和曲杀，是由于他不满现实，"跅弛自放"。汤显祖虽欣赏其大志，同情其不幸遭际，但对其"跅弛自放"，颇不以为然。在得知李生被诬下狱后，汤氏曾致书劝慰。《汤显祖诗文集》卷四十八有《与门人李超无》一文：

> 初弟以僧来见，大似可人。长发章门，便作残僧矣。学书学剑，拓落无成，重以交匪之嫌，致有窃铁之议，必自反也，又谁尤焉。第许中丞公江东妙宰，谳刑惟平，来抚吾西，益留慈恕。令公系其至戚，淑问乃其素风，但可矜疑，必从宽政。此时惟有痛自忏悔，尽消业缘。万一可回，自是神君好生之德。若妄拟求援，微彰怨恚，虽有善者，可如之何。怅矣难言，凄其曷尽。

可惜，李至清没有听从汤师的劝告，而县令又必欲置之死地而后快，一位奇侠之士终被曲杀。

众所周知，钱谦益对汤显祖评价极高。尝谓："万历中年，王、李之学盛行。黄茅白苇，弥望皆是。文长、义仍崭然有异。"（钱谦益《列传诗集小传》）又曰："以义仍之才之情，由前而与言秦汉者争，为捋扯割剥，我知其无前人；由后而与言排秦汉者争，为叫嚣隳突，我知其无巨子。"在为汤显祖所撰小传中，钱氏对汤氏之生平介绍言简意赅，对汤氏之道德文章则推崇备至。钱氏虽称赞汤氏的诗文词曲，但对"世但赏其词而已"深感遗憾，可谓慧眼独具。使我们颇感兴趣的是，李至清与钱氏过从甚密，且引为知音。

万历三十六年（1608），李至清自临川访汤显祖回来，曾与钱谦益相会于常熟，其《虞山别受之短歌》（黄人《中国文学史·明次期诗录》）小序云：

> 万历戊申春，余自临川访义仍先生，还江上。将担簦北游，别受之于虞山。与何子季穆夜集履之，之览凤轩，受之即席赋诗赠余云："总为廉纤世上儿，漂零千里一军持。胸中块垒三生误，脚底嶙峋五岳知。使酒浪抛居士发，伴狂真插羽门旗。游燕莫问中朝事，紫柏、龙湖是汝师。"余为之击节高歌，感激流涕，口占短歌奉酬，兼以为别。人生如空中鸟迹，越北燕南，灭没万里。今夜一尊，知非长别，他日寓书临川，以吾二人诗示之。

小序中所录钱氏之临别赠诗，不止突出李至清之狂、奇和"胸中块垒"，还告诫他"游燕莫问中朝事，紫柏、龙湖是汝师"。李贽和达观乃汤显祖所敬仰之人，由于抨击"中朝事"，他们皆遭封建统治者的迫害，先后于万历三十年（1602）、三十一年（1603）惨死于北京狱中。钱氏不希望李至清重蹈李贽、达观之覆辙，这是"紫柏、龙湖是汝师"的一层意思；另一层意思则是，在为人奇特，性格狂放，以及不满现实和针砭时弊等方面，紫柏、龙湖又堪为李至清之师。钱氏不愧为李至清的知己，难怪李至清聆听钱诗，"为之击节高歌，感激流涕，口占短歌奉酬"了。且欣赏其口占之短歌：

> 幽期不为春风殢，十里桃花千里泪。
> 无计饥寒欲卖天，有时肮脏能翻地。
> 交知半穷亦半老，呼鹰走马恨不蚤。
> 是处离魂殉绿波，十年姓氏萎青草。
> 越人病吟楚人泣，长歌歌罢谋长别。
> 才子心花笔下生，旅人愁蕊灯头结。
> 悲风噫云云化鬼，窥帘欲啮词人纸。
> 青眼高歌能送予，眼中临川与吾子。

在李至清这位奇人、狂士的眼中，唯有汤显祖和钱谦益才是他的知交；而汤显祖和钱谦益皆对李生至清另眼相看。这对我们理解汤显祖和钱谦益的思想性格不是也很有启示吗？

三、陆辂与玉茗堂

在临川城内香楠峰下的沙井附近，汤家原有一幢旧屋。万历二十六年（1598）三月，汤显祖弃官归里后，为建新居，又购买了同乡先辈高应芳的旧宅。新居于七月下旬竣工后，汤氏便从文昌旧居搬迁到新居。汤氏当时心情之愉快，以及新居环境之幽美，从《移筑沙井》和《寄嘉兴马乐二丈兼怀陆五台太宰》中可见一斑。

显祖把沙井新居命名为玉茗堂，意在以洁白、高贵、有异香的玉茗花象征自己的人格。玉茗堂是一幢园林式的建筑，钱谦益《汤遂昌显祖传》所说的"鸡埘豕圈，接迹庭户"，只是想当然的描述。据《文昌汤氏宗谱》卷首《抚郡汤氏廨宇规模记》，可见沙井新居以玉茗堂为中心，左为省兰堂，右为寒光堂，后有清远楼，前有芙蓉馆，除此之外，还有四梦台、毓霭池。跨过一道横巷，则是汤氏全家居住的金柅阁（以止车之木金柅命名，表明无意宦游）。

玉茗堂不止环境幽美，其布局亦极具匠心，亭台楼阁上的匾额题联皆富有诗情和哲理。比如寒光堂上显祖的题联"身心外别无道理，静中最好寻思；天地间都是文章，妙处还须自得"，就耐人寻味。可惜，玉茗堂建成尚不足50年，明清易代之际就毁于战火。幸而景仰显祖之道德文章者大有人在，康熙三十三年（1694），常熟人陆辂通判抚州时，曾重葺玉茗堂。显祖侄孙秀琦撰于康熙甲戌仲春的《玉茗堂集·序》提及此事说："今年春，吾郡司马陆公访玉茗遗址，建新祠而祀公焉。"

关于陆辂重葺玉茗堂一事，常熟人单师白（学傅）的《海虞诗话》卷一，有一则记载曰：

> 陆别驾辂，字载商，号次公。陆氏在明为簪缨世族。父名尊礼，构嘉阴园于辛峰亭之下，凿山开沼，亭台绣错，为城中胜地。次公由知恩县擢迁通判抚州府。因重葺玉茗堂，半载告归，堂适落成，遍召太守以下官僚，洎郡中士大夫，送入汤临川木主，出所携吴伶合乐演《牡丹亭》传奇，竟夕而罢。题诗二首：
>
> 百年风月话临川，锦乡心思孰与传。
> 一代人文推大雅，三唐诗格会真诠。
> 常看宦味同秋水，却任闲情逐暮烟。
> 奇绝牡丹亭乐府，声声字字彻钧天。
>
> 也学先生曲谱翻，还魂珍重十年论。
> 偶寻烟月金溪岸，重整风流玉茗垣。
> 白雪当年怜和寡，清高此日校澜翻。
> 不才奈有归田志，却负春秋祀执膰。

时江左传其诗，多属和者。王阮亭《居易录》尝记之。次公既解组，居乡尤乐输金作善事，并拓园池亭馆，皆有题署。《西堂杂俎》有《十五松赠言序》，即其"十五松山房也"也。名辈自钱员沙以下，皆时聚于此，为文酒之会。《园林十咏》如"歌声花底出，月影树梢来"，令人神往于清华境地。年九十三而卒，子宸镕，孙国瑛，曾孙金鳞，皆举人。

四、南社诗人马骏声评《牡丹亭》

南社诗人马骏声的《读〈牡丹亭还魂记〉书后》，对《牡丹亭》的评论，与传统之见大异其趣，值得玩味和评介。为便于研讨，先录全文于下：

炎天埃郁，暑晏尘纷。予隐身于赤柱山中之寄梦楼，据胡床，爇名香，流观明汤若士所编《牡丹亭还魂记》一书。不禁喟然叹曰：我未知其情生于文，文生于情，阅之但令人凄然生伉俪之重。（数语本王武子）忆丁未（光绪三十三年，1907年）元旦，予偕亡室许秀英女士往重庆园观《牡丹亭》一剧。亡室口占一诗，有句云："儿女合离浑似梦，人寰不少牡丹亭。"昔日绮言，今成纤语。吾书《牡丹亭》后，弥增吾沉痛矣。岂挚情所钟，可以生生，可以死死耶？果尔，则长恨一歌将无尽之感，洛神一赋将无永绝之悼矣。毋亦汤若士嗟黍离之愍周，悲麦秀于殷圩，胸充孤愤，特借稗官野史以出之。写儿女之闲情，寓华夷之大义也。世传《牡丹亭还魂记》中所载杜太守者，类于晋武都守李仲文、广州冯孝将儿女事。至于杜守收拷柳生，则类汉睢阳收拷谈生，著者因而演成此曲。然耶？否耶？姑不必论。但予谓《牡丹亭》实为发挥民族主义之著述，决无可疑。至书中所载诸事，本属子虚，不过汤若士惧作而弗传，爰备杜、柳之情，记宋金之史，以求免后世暴君污吏非我族类者，投诸秦火而已。观其《标目》[蝶恋花]一曲有云："忙处抛人闲处住，百计思量，没个为欢处。白日消磨肠断句，世间只有情难诉。"则与屈原幽愁忧思而作《离骚》之旨隐合。故曰：汤若士之有《牡丹亭》，犹孔东塘之有《桃花扇》，郑所南之有《心史》乎。予味其上卷《虏牒》（实《虏谍》）一曲云："三秋桂子，十里荷花。便待起兵百万，吞取（按：原作后有'何难'两字）。"虽托为大金皇帝完颜亮之言，其实即有所指也。至如四十三曲《御淮》云："剩得江山一半，又被胡笳吹断。"又四十六曲《折寇》云："问天（按：原作后有'何'字）意，有三光不辨华夷？把腥膻吹换人间，这远望中原做了黄沙片地。猛冲冠怒起，猛冲冠怒起，是谁弄的，江山如是？"此又似胜国余生，假汤若士之盛名，而抒其沧桑之感。又卷中有云："汉人学得胡儿语，争向城头骂汉人。"（按：此语见十九出《牝贼》）是则直言不讳，以斥昔时虎伥。吾深愿近日苦治蕃书，甘作洋奴以凌同种者一读之。虽然，《牡丹亭记》佳剧本，亦惨剧本也。而吾粤名角若某某，则咸以善演《牡丹亭》剧而知名也。但惜所演者，自梦美至复生而止，乃一男一女之艳史。至若家国兴亡之剧，如《淮警》《移镇》，皆不与焉。则诚大违若士之苦衷矣。浮云长没英雄事，芳草谁怜志士心。藻思绮合，清丽芊绵，是曰《牡丹亭》；炳若文绣，凄若繁弦，是曰《牡丹亭》。吾辈亡国遗民，当斗酒酣饮，拔剑斫地以歌之。

马氏《牡丹亭》的读后感，有两个重点，其一，《牡丹亭》所歌颂的"挚情"，"可以生生，可以死死"，故"阅之但令人凄然生伉俪之重"；其二，"汤若士嗟黍离之愍周，悲麦秀于殷圩，胸充孤愤，特借稗官野史以出之，写儿女之闲情，寓华夷之大义也"。因此，马氏认为"《牡丹亭》实为发挥民族主义之著述"，而对"粤名角若某某"擅演之《牡丹亭》改编本，"自梦美到复生而止，乃一男一女之艳史"，深表遗憾。马氏特别重视《牡丹亭》中有关家国兴亡的折子和关目，并慷慨激昂地声称："吾辈亡国遗民，当斗酒酣饮，拔剑斫地以歌之。"当然这与他的反清民族主义政治态度是分不开的。

马骏声，字小进，号退之，别署梦寄、不进、台山少年，广东台山人，清光绪十五年（1889）生。曾留学美国，1909年南社成立，即参加南社，后又参加同学商兑会。尝自撰一联悬于室间："善亦懒为何况恶，死犹多恨不如生。"景仰邹容烈士，特赴华泾谒邹容墓。民国初，历任众议院议员、大总统府秘书、财政部秘书、广东大元帅府参事、广州大学教授等职。有《鸦声集》《知神随笔》《岭海珍闻录》等著作。

马氏有首《醉题酒家壁》诗，读者从中颇能窥见其胸中的壮志和块垒，以及他那豪奇之气。诗云：

少年意气豪且奇，白马雕弓入燕市。黄金浪掷唱呼鹰，饭牛（春秋时，宁戚困穷，饭牛车下）屠狗皆知己。相逢把臂说恩仇，按剑誓取仇人头。茫茫百感忽来集，共上城南第一楼。折券呼僮取大斗，狂歌纵饮鼓土缶。椎秦（张良令力士椎击秦王于博浪沙）不得志犹存，天下英雄皆好酒（原注：朱元晦有"天下无不好酒之英雄"语）。回首河山尽垢氛，空余壮语凌风云。何年共遂黄龙饮，斫尽胡儿著伟勋。人生行乐须及时，尘寰泱莽我何之？醉折花枝濡淡墨，樽前聊写壁间诗。

如此革命志士读《牡丹亭》，则着眼于剧中的《虏谍》《御淮》《折寇》等折，大力鼓吹其"写儿女之闲情，寓华夷之大义也"，毫不足怪。以"亡国遗民"自居又胸怀"斫尽胡儿著伟勋"的马氏，对视《牡丹亭》为"一男一女之艳史"的改编本深表不满，也是十分自然的。马氏的《读〈牡丹亭还魂记〉书后》，可谓借评论《牡丹亭》，以鼓吹反清民族主义精神之奇文。

值得指出的是，《牡丹亭》确非"一男一女之艳史"。汤显祖所鼓吹的"情至"，除了男女生死不渝之真情外，还包含着家国兴亡之际的臣忠子孝、华夷大义。清初，钱宜在谈及其夫吴舒凫的《还魂记或问十七条》（简称《十七条》）时，尝指出此《十七条》乃"夫子每与坐客谭论所及，记以示予，因次诸卷末。是日晚饭时，予偶言：'言情之书都不及经济。'夫子曰：'不然。观《牡丹亭记》中骚扰淮扬地方一语，即是深论天下形势。'"（梦园藏板《新镌绣像玉茗堂牡丹亭》卷首《还魂记或问十七条》）。

《牡丹亭》十五出《虏谍》，大金皇帝完颜亮在上场白中，说到他要起兵百万，吞取南宋。"兵法虚虚实实，俺待用个南人，为我乡导。喜他淮阳贼汉李全，有万夫不当之勇，他心顺溜于俺，俺先封他为溜金王之职，限他三年内，招兵买马，骚扰淮扬地方，相机而行，以开征进之路。哎哟！俺巴不到西湖上散闷儿也。"吴舒凫认为"骚扰淮扬地方一语，即是深论天下形势"。不言而喻，所谓"骚扰淮扬地方"，当然包括《虏谍》《牝贼》《淮警》《御淮》《折寇》《围释》等出有关宋、金之争和天下形势的内容。《牡丹亭》中的这些涉及宋、金之争的折子，在清代是相当敏感的。乾隆年间，冰丝馆本《牡丹亭》曾按皇帝上谕作了删改和抽撤，不仅完全删去了《虏谍》一出，而且《围释》一出也"遵进呈本略有删节"，删掉的是金国使臣上场一节。另外，剧中字里行间凡稍涉宋、金关系之处，亦皆作了修改。比如，把【征胡兵】曲牌改为【蒸糊饼】，把"金寇南窥"改为"李全作乱"，等等。这也从反面告诉我们，《牡丹亭》虽不是马骏声所谓"实为发挥民族主义之著述"，但剧中有关"宋金之史"的内容不可等闲视之，理应看作其"情至"大旨的一个部分。

[原载《抚州师专学报》（综合版）1996年第4期]

"因情成梦,因梦成戏"
——试论"临川四梦"的梦境构思和描写

汤显祖在《复甘义麓》中曾指出,他的戏曲创作皆"因情成梦,因梦成戏"。白石山眉道人陈继儒在其《批点牡丹亭题词》中亦云:"临川老人括男女之思而托之于梦",并说汤氏运用这种艺术手法鼓吹自己的"情至"观念,其效果远胜于那些"善谈名理者"宣扬封建主义性理之学。众所周知,汤氏的《紫钗记》《牡丹亭》《南柯记》《邯郸记》都有梦境的构思和描写,因而时人称之为"临川四梦"或"玉茗堂四梦"。这四部传奇名著中的梦境构思和描写,与"情至"观念有着内在的联系。这也就是说,作者是为了更巧妙也更有力地鼓吹"情至"观念,才精心构思和描写了迷离恍惚的梦境;而通过不同的梦境构思和描写,又多侧面、多层次地宣扬了他一以贯之的"情至"观念,并使"临川四梦"具有一种朦胧之美。

"临川四梦"不朽的艺术魅力与这种出色的、寓意深远的梦境构思和描写,无疑是分不开的。但是,这样的梦境构思和描写,以及它所表现的梦幻意识,又使人难以把握汤氏剧作的曲意。汤氏当年就曾感叹无人真正能领会其《牡丹亭》的"意趣神色":"玉茗堂开春翠屏,新词传唱《牡丹亭》。伤心拍遍无人会,自掐檀痕教小伶。"这种情况,与100多年后曹雪芹为《石头记》所题一绝:"满纸荒唐言,一把辛酸泪。都云作者痴,谁解其中味。"何其相似乃尔,很值得探究。

在我看来,如要真正深切领会"临川四梦"的"意趣神色",鉴赏其别具一格的艺术特色和朦胧之美,就应该深入探索"临川四梦"的梦境构思和描写。

一、为什么汤显祖在"临川四梦"中如此喜爱梦境构思和描写?

人所共知,梦境是人们在睡眠状态中的一种无意想象,它是人的潜意识的一种活动形态，也是人们认识客观世界的一种特殊形式。当然，梦境毕竟不是现实，尽管"荡荡乾坤都来梦里包"，可是诚如冯梦龙所说的："梦中祈祷卜行藏，醒后依然梦渺茫。直待事完方解梦，劝人休与梦商量。"（《墨憨斋重定梦磊记传奇》末出【尾声】及下场诗）不过，认真思考和剖析一下汤氏一生所做过的重要的梦，以及他对这些梦所作出的解释，亦可从这个特殊的角度窥测他的心理世界。

汤氏堪称写梦的大家，除了"临川四梦"之外，在他的诗文词赋和书信中尚有20多篇记梦、谈梦和释梦之作。沈际飞尝评汤氏《梦觉篇》："临川善于写梦，小小转折处犹工。"此言良是。但是，我们对于汤氏所善写之梦，亦须作具体的分析。纵观汤氏的记梦、谈梦和释梦之作，有这样几点是应该注意的：

第一，汤氏的梦境与一般人的一样，也是一种特殊的心理现象。它既符合中国人的传统看法："求梦得梦，亦思至而神通也。"（《墨憨斋重定西楼楚江情传奇》第二十出《病中错梦》批语）也完全可以用现代心理学的理论来作解释。比如，《赴帅生梦作》《辛卯夏谪尉雷阳，归自南都，痦疟甚。梦如破屋中月光细碎黯淡，觉自身长仅尺，摸索门户，急不可得。忽家尊一唤，霍然汗醒二首》《甲午秋在平昌梦迁石阡守，并为儿蘧梦得玉床，自占石不易阡，素床岂秋兆，漫志之》《丁未夏初，雨夜梦见右武，凄然之色，哽咽有言，记之》《戊申首夏初夕，梦为何国长，恐惧搜索，背人作书生诵〈哀公问政〉章，醒而成韵》《梦谭见日、祁羡仲、韩博罗、区海目如昔时下第出长安，潞河雪舟言别成韵，后绝余和者，羡仲抛盏落地，怆然罢起，觉而纪之二首》等，无不如此。

第二，汤氏的梦境光怪陆离，内容却相当丰富。或反映了他对亲友的真切怀念，或记录了自己和亲人生活中发生重大变故前的内心活动，或关乎政治斗争，或涉及对人生的哲理思考……在在都透露了来自汤氏心理世界的信息。汤氏记梦、谈梦和释梦之作值得重视，其主要原因就在于借此可以探究其复杂的创作思想。

第三，汤氏对梦境的解释，有符合科学之论的积极面，也有宣扬宿命论和虚无主义的消极面。比如，他认为"梦生于情，情生于适"（《赴帅生梦作》），又说："仙人往往闻其名，未见其人。所谓见其人者，皆梦也。而未能有所遇。"但是，"怀仙"和"梦仙"，也是"情理之常，要无足异"（《赵乾所梦遇仙记·序》）。这些见解当然都是符合科学之论的。至于梦中见遂昌城隍为老虎作辩护，为此事后为被击杀之虎建起了"灭虎祠"。这虽然反映了汤氏在灭虎过程中的矛盾心理：既要为民除害，又认为"虎亦天生，贵不如人"；但是也说明他对某些梦境的解释还常有封建迷信的色彩。至于《梦觉篇》，更通过奇幻又寓有哲理的梦境，反映了汤氏内心深处由于"大觉"而向往"寸虚""广虚"的虚无主义思想。

第四，汤氏的梦境心理与他的政治理想，以及在现实世界的坎坷遭际是息息相关的。这就是他详记万历辛卯［万历十九年（1591）］夏，因上《论辅臣科臣疏》被谪南方，在去徐闻路上所做的一场噩梦，并为此撰写了两首七绝的原因。从此以后，汤氏记梦、谈梦和释梦之作显著增多，且对梦境心理产生了一种特殊的兴趣，常常借梦抒情、记事、谈禅、论道、议政。

首先，由此可见，"临川四梦"的梦境构思和描写，与汤氏的"善于写梦"，且对梦境心理产生浓厚的兴趣，有着密切的关系。

其次，我国文化遗产中的写梦传统对汤氏"临川四梦"的梦境构思和描写，也有一定的影响。

从先秦的孔子和庄子，直到曹雪芹的《红楼梦》及近代刘鹗的《老残游记》等谴责小说，中国的思想家和文学家在梦境描写方面取得了卓越的成就，积累了丰富的经验。当年孔子把是否梦见周公作为他的王道理想兴衰的一个重要标志。他曾感叹系之曰："甚矣，吾衰矣；久矣，吾不复梦见周公。"（《论语·学而》）另一位思想家庄子则用美丽、恍惚的梦境来阐说他那"齐物"的哲学思想："昔者庄周梦为蝴蝶，栩栩然蝴蝶也。自喻适志与，不知周也。俄然觉，则蘧蘧然周也。不知周之梦为蝴蝶与，蝴蝶之梦为周与？"（《庄子·齐物论》）汤氏曾说过："世间多少惊蝴蝶，长恨庄生说渺茫。"（《甲午秋在平昌梦迁石阡守，并为儿遽梦得玉床，自占石不易阡，素床岂秋兆，漫志之》）可见庄子借梦境所阐说的哲理对汤氏是产生了影响的。有同志统计，《红楼梦》中描写了24个梦境，据此说曹雪芹在梦境描写及梦幻意识方面受过汤氏及其"临川四梦"的影响，大概不能算是荒谬吧。曹雪芹在《红楼梦》中提到了"临川四梦"，并对其中的《牡丹亭》赞美不已，说戏里有"好文章"。二知道人的《红楼梦说梦》曾把《红楼梦》与《邯郸记》作类比，他说："《邯郸记》《红楼梦》同是一片婆心，玉茗先生为飞黄腾达者写照，雪芹先生为公子风流写照，其语虽殊，然其归一也。"娜嬛山樵《增补红楼梦·自序》亦云："《红楼梦》一书，原有《邯郸》遗意，补之者要不失《邯郸》本旨，庶不失本来面目，倘有类于《南柯》，则画蛇添足矣。"当然，作这样的类比并不科学。但是，《红楼梦》与《邯郸记》无论是在揭露和批判封建社会的种种丑恶方面，还是在宣扬出世思想和色空观念上，确存在相似之处。《邯郸记》中的八仙一再鼓吹普度世人，修行成仙，高唱"不学仙真是蠢"；《红楼梦》中的一僧一道亦宣扬"到头一梦，万境皆空""悲喜千般同幻渺，古今一梦尽荒唐"。（梦觉主人序本《红楼梦》第五回）在借梦境批判末世封建社会和表露虚无思想方面，《邯郸记》以至"临川四梦"，与《红楼梦》一样，都深受我国古代写梦传统的影响。

我国古代的小说和戏曲中有不少以写梦著称的名作，有梦境关目或梦境描写之作就更多了。唐人传奇《枕中记》和《南柯太守传》不用说是写梦名作，它们对汤氏的"二梦"的创作有着直接的影响。在《水浒传》《西游记》《金瓶梅》中，亦有宋公明梦见九天玄女娘娘、魏征梦斩泾河龙王的描写，以及"李瓶儿梦诉幽情""潘金莲托梦守御府""李瓶儿何家托梦"等情节。至于戏曲作品，关汉卿有《包待制三勘蝴蝶梦》和《关张双赴西蜀梦》；《西厢记》中有著名的《草桥惊梦》折；马致远有《邯郸道省悟黄粱梦》，他的《汉宫秋》和白朴的《梧桐雨》，其第四折皆以巧妙的梦境构思和大段抒情见长。在明清传奇中，像《烂柯山·痴梦》《西楼记·错梦》[1]《长生殿·雨梦》等，均为盛演于舞台的昆剧传统折子戏。值得一提的是，有位稍早于汤氏的戏曲家车任远[2]，亦曾创作过"四梦"：《高唐梦》《邯郸梦》《南柯梦》《蕉鹿梦》。上述这些信手拈来的作家作品仅是举例而已，但亦足以说明在梦境的艺术构思和具体描写方面，元、明、清三代盛极一时的戏曲、小说，在前代的基础上已有了很大的提高，诞生于汤氏"临川四梦"之前的那些写梦作品，对汤氏传奇的梦境构思和描写不可能没有影响；而出现于汤氏之后的写梦作品，在梦境构思和描写方面又必然会深受"临川四梦"的影响。"玉茗堂派"戏曲家张坚的《梦中缘》，便是突出一例。

最后，"临川四梦"的梦境构思和描写，既是作者表现"情至"观念的一种美学需要，也与当时的封建专制主义的黑暗统治有关。

"情至"观念是资本主义生产关系萌芽在意识形态领域的一种反映，带有鲜明的初步民主主义色彩。它是汤氏思想体系和美学理想的核心部分，

---

[1] 冯梦龙《墨憨斋重定西楼楚江情传奇·病中错梦》批云："从《草桥惊梦》来，而想路更幻绝，奇绝！"
[2] 车任远，字远之，别署舜水蓬然子。浙江上虞人，生卒年不详，约明万历间在世。其"四梦"仅存《蕉鹿梦》，载《盛明杂剧》。

也是传奇创作的最高任务。汤氏在"临川四梦"中所鼓吹的"情至",不仅指一般的儿女之情,其含义比较广泛;还突出了男女主人公的"梦中之情",而"梦中之情"同样不囿于儿女之情。《牡丹亭题词》指出:"梦中之情,何必非真?天下岂少梦中之人耶?必因荐枕而成亲,待挂冠而为密者,皆形骸之论也。"作者的这种见解理应引起我们的重视。

汤氏生活的时代,皇帝昏庸,首辅独裁,宦官专权,特务横行,封建专制主义发展到了骇人听闻的程度。与此相适应,统治阶级强化封建主义性理之学,"以理杀人"也到了可怕的地步。作为一个有理想、有操守的正直官吏,汤氏在政治上站在开明派一边,曾上疏抨击辅臣和科臣,矛头直指当朝皇帝,结果遭到贬谪的处分。作为一个站在时代前列的思想斗士,汤氏用"情至"观念作为武器,对封建主义性理展开了针锋相对的、坚持不懈的斗争。作为一个伟大的浪漫主义戏曲家,汤氏的传奇创作,一不为歌功颂德而作,粉饰丑恶的现实;二不写才子佳人的庸俗风情戏,为人们遣兴消闲;三不撰神仙道化剧,赤裸裸宣扬出世思想。他强调"为情作使",坚持有为而作。还须指出的是,他与友人合作的《紫箫记》,由于借古喻今,触及时事,得罪了当权者,"未成,而是非蜂起,讹言四方,诸君子有危心"(《紫钗记题词》),结果被迫中途辍笔。考虑到以上这些情况,汤氏在创作更有现实性和战斗性的"临川四梦"时,不得不小心谨慎:除了在题材上借托往代之外,在艺术构思和表现手法上亦采取了"狡猾之笔"。"因梦成戏",借梦讥托,就成了他常用的手法。事实证明,运用这种"狡猾之笔",既可避免引起"是非"和"讹言",使剧作得以广为流传、到处演唱,发挥它应有的社会功能;也能使剧作富有一种别致风格和朦胧之美,给人以特殊的审美享受。

二、"临川四梦"的梦境构思和描写的意蕴所在

"临川四梦"的梦境构思和描写,并非作者随心所欲的胡思乱想,亦不是狠求奇怪、故弄玄虚,而是现实生活的艺术反映,浪漫主义戏曲家的生花妙笔。汤氏强调"梦中之情,何必非真",说明他对传奇中的梦境构思和描写与现实生活的关系,是有正确的认识的。清初吴吴山三妇合评本《牡丹亭》,有则批语说得好:"不以为幻,幻便是真。"明末沈际飞的《题邯郸梦》对这个戏曲美学命题曾作过十分精彩的分析,他说:

> 临川公能以笔毫墨渖，绘梦境为真境，绘驿使、番儿、织女辈之真境为卢生梦境。临川之笔梦花矣！

沈氏此论，原是就《邯郸记》而发，但也完全适用于其他"三梦"，可以说此为"临川四梦"在梦境构思和描写方面的共同特色。

《紫钗记》是在《紫箫记》完成10年之后创作的，这是部以"情"格"权"并战而胜之的传奇。它一方面热情地歌颂了女主人公霍小玉的忠贞之情，誉之为"情侠"；另一方面又无情地揭露了卢太尉以权谋私，给霍小玉和李益带来的祸害。在这个临川第一梦中，全剧五十三出戏，只在一出戏中出现了梦境描写。第四十九出《晓窗圆梦》中，思念李益成病的霍小玉梦见一个"似剑侠"的人，给她送来"一辆小鞋儿"。鲍四娘圆此梦云："鞋者，谐也。李郎必重谐连理。"后来，李益花前遇侠，碰到黄衫客，亦即霍小玉梦中着黄衣的"剑侠"。在他的帮助下，霍、李的爱情终于战胜了卢太尉的强权。由此可见，霍小玉之梦只起到了一种象征作用："剑合钗圆"。若从全剧的思想和艺术构思来作考察，临川第一梦远没有后来的"三梦"来得重要。正由于此，汤氏在《紫钗记题词》中，没有就剧中的梦境发表什么高见。这与其他"三梦"的《题词》中均有关于"情"与"梦"的内在联系的理论阐说，也是很不一样的。从《紫钗记》中梦境描写的实际可以看出，由于当时汤氏对现实社会的认识尚有许多幼稚、天真之处，与后来上疏、被谪和在遂昌当知县后的感受还有一段距离。因此，在创作思想上，他对"梦境"与"真境"的辩证关系的认识也比较肤浅。

在《紫钗记》问世10年之后，《牡丹亭》诞生了。此时的汤氏，与10年之前已不可同日而语。宦海浮沉，增长了阅历，经受了考验，他对现实社会有了相当深刻的认识。早期那种天真、幼稚的想法，诸如对皇帝的幻想，凭"豪侠"和"儒检"可以改变天下的自信，等等，都已被轰毁。与此同时，他执着追求的"情"，已成为相当完整的"情至"观念。[1] 而"为情作使"，运用戏曲形式来鼓吹这种"情至"观念，也更加自觉了。如果说，从《紫箫记》到《紫钗记》标志着汤氏创作思想的一次飞跃，那么，《牡丹亭》是他创作思想又一次飞跃的产物。与这种创作思想飞跃相适应，

---

[1] 汤显祖的"情至"观念，其基本观点有五：（一）"世总为情""人生而有情"；（二）向往"有情之天下"，反对"尊吏法"而灭才情；（三）"性无善无恶，情有之"；（四）情至的对立面是封建主义性理之学；（五）"情至"包括儿女之情，但还有更广泛、更深刻的含义。

在艺术上,《牡丹亭》既发扬了《紫钗记》"描写闺妇怨夫之情,备极娇苦,直堪下泪"的"绝技";又克服了《紫钗记》"犹带靡绮"的缺点。(吕天成《曲品》评《紫钗记》语)更重要的是,在《紫钗记》中已初见成效的浪漫主义方法,在《牡丹亭》中更是发出了耀眼的艺术光彩。梦境的构思和描写增添了传奇色彩,成为临川第二梦的浪漫主义的显著特色。

　　洪昇慧眼独具,指出《牡丹亭》"肯綮在死生之际"。我们可以补充一句:女主人公的由生到死,又由死回生,其契机则在于与男主人公的两次"同梦"。梦境在剧中不止是一个重要关目,起象征的作用。柳生梦见杜小姐而改名梦梅,杜小姐游园惊梦与柳梦梅欢会,乃是《牡丹亭》思想和艺术整体构思中的关键部分。"临川老人括男女之思,而托之于梦"(陈继儒《牡丹亭题词》);"丽娘一梦,《还魂》皆活"(吴梅《顾曲麈谈》)。剧作在梦境上作了精巧的构思和着意的渲染,展现出极其良好的艺术效果。

　　游园"惊梦"是杜丽娘青春觉醒的必然结果,又是其在思想感情上突破"锦屏人"规范的重要一步。"惊梦"之后,杜丽娘"从此无时不在梦中","开口总不放过'梦'字"。(吴吴山三妇合评本《牡丹亭》中《惊梦》《写真》批语)这是完全符合当时杜丽娘式的闺阁千金的生活逻辑和性格逻辑的。在杜丽娘心目中,"梦境"才是"真境",而"锦屏人"的现实生活令人厌烦和痛苦。在她看来,梦中与柳梦梅的欢会,绝非"赚骗"和幻觉,而是真实的、合理的。因此,她留恋梦境也就是追求理想,追求"情至",一言以蔽之,追求自由的恋爱和个性的解放。在《牡丹亭》中,作者"绘梦境为真梦",又绘杜宝、陈最良辈之"真境"为"梦境",不止可见汤氏高超的浪漫主义艺术,也充分表现了他对丑恶的现实世界的有力批判,对理想世界即"有情之天下"的热烈向往。

　　《牡丹亭》也是汤氏"情至"观念形成的一个标志。为此,他在《牡丹亭题词》中,从这本传奇的"梦"与"情"的关系出发,对"情至"观念作了哲学和美学的阐述:

　　　　天下有情宁有如杜丽娘者乎?梦其人即病。病即弥连,至手画形容,传于世而后死。死三年矣,复能溟莫中求得其所梦者而生。(翠娱阁本评云:是"情至")如丽娘者,乃可谓之有情人耳。情不知所起,一往而深,生者可以死,死可以生。生而不可与死,死而不可复生者,皆非情之至也。梦中之情,何必非真。天下岂少梦中之人耶?必因荐枕而成亲,待挂冠而为密者,皆形骸之论也。……嗟夫，人世之事，非人世所可尽。自非通人，恒以理相格耳。第云理之所必无，安知情之所必有耶。（翠娱阁本评云：情之所钟，在我辈善用情耳。不极之死生梦觉，与不及情者何殊。然丽娘之用情，得先生之摹情而显。）

《牡丹亭题词》既是汤氏"情至"观念的宣言书，又是他关于"因情成梦，因梦成戏"的理论阐说。这对于我们正确理解《牡丹亭》的"意趣神色"，以及梦境构思和描写在此剧中的地位和作用，无疑都是至关重要的。

汤氏在遂昌居官5年，于万历二十六年（1598）三月返回故乡临川。两年后，即万历二十八年（1600），汤氏创作了《南柯梦》；次年又完成了《邯郸梦》。虽然"二梦"的创作距离《牡丹亭》的诞生，仅仅二三年时间，从表面上看起来，"二梦"的局限性比《牡丹亭》更为突出。但是，平心而论，在构思和撰写"二梦"时，汤氏的创作思想还是有所变化的。不能说又一次飞跃，但在开拓新的表现领域，在更全面也更直接地揭露和批判腐朽封建王朝的黑暗政治方面，"二梦"自有其独特的成就。在"临川四梦"这个艺术整体中，先后"二梦"应该说是相辅相成，交相辉映。那种有意无意贬抑后"二梦"的论说，显然没有把握汤氏"临川四梦"的总体思想和艺术构思。当然，这样说亦非平分秋色，《牡丹亭》以空前的思想深度和精湛的艺术的完满结合，夺得了汤氏代表作的桂冠，在"临川四梦"中无疑成就最高。

"二梦"一如《紫钗记》和《牡丹亭》，仍然是鼓吹"情至"观念之作；只是作者变换了审美的角度，增加了梦境在全剧的思想和艺术总体构思中的分量。汤氏在与友人谈论"二梦"时说过："性无善无恶，情有之。因情成梦，因梦成戏。戏有极善极恶。"（《复甘义麓》）如果说《紫钗记》和《牡丹亭》是赞美和讴歌"善情"（"真情"），那么"二梦"就是对"恶情"的揭露和批判。[1]

"二梦"取材于唐人传奇中淳于棼"南柯一梦"和卢生"黄粱美梦"的故事，本身就带有明显的寓言哲理性和象征意义。作者在进行艺术的改造制作过程中，以"情至"观念为指导，融合了丰富的现实生活内容。

---

[1] 所谓"恶情"，亦即不正当的欲念。在"二梦"中，如淳于棼为了升官发财、出将入相而不择手段；段功、宇文融为了争权夺利，暗地里施展阴谋诡计；崔氏主动招赘卢生，依靠其裙带关系为卢生谋取前程。凡此种种，皆属"恶情"的范畴。

"二梦"的艺术结构以梦境为中心,皆由三个部分有机组成:主人公入梦之前,主人公在梦中的风云际会,主人公梦醒后的反思和归宿。其中梦境部分是剧作的主干。《南柯梦》全剧四十四出,梦境部分占了三十三出;《邯郸记》全剧三十出,梦境部分占了二十六出。作者运用"幻化"的手法所创造的梦境,真实地反映了晚明光怪陆离的社会生活,具有强烈的批判性。从戏剧冲突来作考察,"二梦"也别具一格,有其特殊性。就全剧而言,主人公入梦之前是戏剧冲突的开端,主人公在梦中的风云际会是戏剧冲突的发展,主人公梦醒为高潮,反思后的归宿则是结局。从梦境部分来看,戏剧冲突的发展也相当完整,通过它既展示了主人公的发迹变泰史,也塑造了反面人物段功、宇文融的舞台形象。从创作方法来分析,"二梦"也是独辟蹊径的。这表现在现实主义、浪漫主义和象征主义三者的结合。是否可以这样说,"二梦"的梦境部分基本上是现实主义的;开头的入梦部分和梦醒后的结尾部分,带有浪漫主义色彩;而从艺术构思和剧作旨意上来考察,又具有象征主义的特征。

　　"二梦"均梦中有讥,而梦外有托。梦中的社会(梦境)是丑恶的,作者持否定和批判的态度,这是现实世界(真境)的艺术反映。可是,梦醒之后,作者对人生的探索、对社会问题的思考,则走向了顶礼仙乡佛土的虚无主义。他幻想用成佛成仙来解决梦中所暴露出来的人世间的种种弊病,消除人生的烦恼和痛苦。这是作者正视"梦境(现实世界)",又找不到出路必然会产生的思想。无疑应该指出汤氏世界观中的这种消极方面,但亦不可苛求这位16世纪的戏曲家。就"二梦"来说,毕竟"梦境"是艺术的主体,它是形象的、感人的;而"真境"则是外加的、抽象的说教。

　　在《邯郸记题词》中,汤氏指出,这本传奇之所以大写"神仙之道",是由于作者另有"不意之忧,难言之事";并说"回首神仙盖亦英雄之大致矣"。在《寄邹梅宇》中又说:"二梦记殊觉恍惚。惟此恍惚,令人怅然。无此一路,则秦皇、汉武为驻足之地矣。"可见,积极从佛、道哲学中寻找人生的出路,是汤氏创作"二梦"的动机之一。那么,为什么又要通过"梦境"来揭露和批判现实社会的黑暗呢?"二梦"思想内容上的这种复杂性,与作者晚年思想上的矛盾是分不开的。汤氏归居玉茗堂之后,一边声称"道者,万物之奥,吾保之而已"(《答邹尔瞻》),"厌逢人世懒生天"(《达公来自从姑过西山》),坚持以"情至"为核心的先进的思想体系;一边又谈玄说禅,向佛、道唯心主义靠得更近了。一边关注政治,坚持"为情作使",积极从事戏曲创作活动;一边又"禅寂意多,渐致枯槁"

(《如兰一集·序》)。这就导致了他所创作的"二梦",当通过梦境抨击丑恶的现实时,他是清醒的,因而笔力雄健,批判有力。可是,当主人公入梦和出梦时,他又变成了个深信"万事无常,一佛圆满"(《南柯梦·情尽》)的糊涂人。冯梦龙尝言:"玉茗诸作,《紫钗》《牡丹亭》以情,《南柯》以幻,独此(指《邯郸记》)因情入道,即幻悟真,阅之令凡夫浊子俱有厌薄尘埃之想,'四梦'中当推第一。世俗以黄粱梦为不祥语,遇吉事不敢演。夫梦则为宰相,醒则为神仙,事孰有吉祥于此者?"(《墨憨斋重定邯郸梦传奇·总评》)观看"二梦"后,"令凡夫浊子俱有厌薄尘埃之想",陶醉于"梦则为宰相,醒则为神仙"的境地,这当然是鉴赏者的问题,但与作者在"二梦"中没有处理好"梦"与"醒"的关系亦有一定的关联。

"临川四梦"在梦境的构思和描写方面,既有共同特点,亦有相异之处。

以"梦"写"情",梦境与"情至"有内在的联系;"幻即是真",所写梦境皆具有艺术的真实性;"虽梦之好恶有别,然皆足以警难醒之痴人也"(孔尚任《与王歙州》)。这是"临川四梦"在梦境的构思和描写方面的共同特点。其相异之处,则主要有四点:

首先,梦境的时间有长短,容量有大小。《紫钗记》的梦境是短暂的,可说是片刻之梦。《牡丹亭》中的男女"同梦"有两次,其中"惊梦"长达一出。在"二梦"中,梦境所占篇幅更有几十出之多。

其次,梦境在全剧中的地位亦不一样。《紫钗记》的梦境仅仅是一个重要关目;《牡丹亭》的男女主人公两次"同梦"不止是一个重要关目,而且是剧作的思想和艺术构思中的关键。到了"二梦"中,梦境更成了剧作的主干部分、立意重心之所在。

再次,就梦与情的关系而言,也各有其不同的审美视角。简言之,《紫钗记》和《牡丹亭》是"善情"的颂歌,"二梦"则着重批判了"恶情"。

最后,梦境的社会效果也有差别,《紫钗记》和《牡丹亭》中的梦境给人以启迪、鼓舞和美的享受,没有什么消极作用。"二梦"的梦境本身是积极的,富有教育、认识和美学意义。可是,与梦境密切相关的入梦前、特别是梦醒后的艺术处理,不可否认产生了一定的消极作用。

1986年10月于吴门葑溪轩
(原载《戏曲研究第24辑》,文化艺术出版社1987年版)

"玉茗堂派"初探

众所周知，汤显祖与沈璟等人曾围绕《牡丹亭》展开过一场曲学争鸣，在这场争鸣的过程中形成了临川派和吴江派。尽管迄今学术界对吴江派的认识、评价尚有分歧，但对这个戏曲流派的研究还是相当重视的，也很有成绩。相比之下，对临川派，即玉茗堂派，不仅缺乏深入的研究，甚至还有同志根本否认有这样一个戏曲流派的存在。在笔者看来，汤沈之争形成了两个主张不同、风格迥异的戏曲流派，而且后来形成了"汤辞沈律，合之双美"的共识。本文仅就玉茗堂派的重要成员和艺术特色作些初步的探讨，意在抛砖引玉，提供讨论。错误和不当之处，祈请方家和读者指教。

一

在与沈璟等人争鸣之时，汤显祖可谓孤军奋战。但这位站在时代前列、才情横溢的戏曲大师，不但以其浪漫主义的"临川四梦"，特别是其中的杰作《牡丹亭》震撼了明末和有清一代青年男女的灵魂，对他们的反对封建礼教、追求个性解放起了积极的作用；而且以其曲学主张和传奇创作直接影响并催生了一批被冠以"玉茗堂派"而当之无愧的戏曲家。

阮大铖标榜效法汤显祖，后世亦有人把他归入玉茗堂派。可是，他那风行一时的"石巢四种"，虽然其中有些关目和曲词亦可以假乱真，但实际上却与汤显祖"临川四梦"的"意趣神色"貌合而神离。诚如《纳书楹曲谱》的编纂者叶堂所评论的："阮圆海自谓学玉茗堂，其实全未窥见毫发。"

真正堪称玉茗堂派的戏曲家，主要有明末的吴炳、孟称舜，清代的洪昇和张坚。

吴梅说："正玉茗之律，而复工于琢词者，吴石渠、孟子塞是也。"（《中国戏曲概论》）

吴炳，字石渠，号粲花主人，宜兴人。他是"词家名手"（黄宗羲《外舅广西按察使六桐叶公改葬墓志铭》），也是一位有民族气节的封建士大夫。据焦循说："吴石渠十二三时，便能填词。《一种情》传奇乃其幼年作也，恐为父呵责，托名粲花。粲花者，其司书小隶也。今所传者四种：《疗妒羹》《画中人》《西园记》《绿牡丹》。"（《剧说》卷五）至今流传的除上述四种外，还有《情邮记》[1]，合称《粲花别墅五种》，或《粲花斋五种曲》。

吴炳的传奇，从构思到关目，从立意到手法，无不有意识地学习"临川四梦"；[2] 至于在曲词上，"字字呕心雕肝，达难达之意，言难言之情"（吴梅《情邮记·跋》）之曲，更比比皆是这类曲词，诚如梁廷枏所指出的，"置之《还魂记》中，几无复可辨"（《曲话》卷二）。

吴炳不满吴江派的范文若所作的《梦花酣》，于是以唐人小说《真真事》为蓝本，创作了《画中人》，"意欲与《还魂》争胜"（吴梅《画中人·跋》）。平心而论，《画中人》确比《梦花酣》高明，颇得《还魂记》风味。他对《牡丹亭》是推崇备至的，在《疗妒羹》中别出心裁地以小青故事入戏，创作出了包括小青"寻丽娘之梦"这样构思奇特的好戏，就是最好的说明。[3] 在这本动人的传奇中，吴炳还借小青之口，赞美《牡丹亭》"有境有情，转幻转艳"（《题曲》）；在第十一出《得笺》中还作了这样的下场诗：

艳曲靡词总厌听，伤心只有《牡亭丹》；
临川剧谱人人读，能读临川是小青。

根据以上这些方面，吴炳作为玉茗堂派戏曲家，笔者以为是毋庸置疑的。

孟称舜，字子若，又字子塞，山阴人，崇祯诸生。他的主要成就在杂剧方面，作品有《花前一笑》、《残唐再创》（又名《英雄成败》）、《眼儿媚》、《桃源三访》（又名《桃花人面》）和《红颜年少》（已佚），传奇有《娇红记》《贞文记》《二胥记》。

孟氏之作，皆以"才情"著称。即使如《残唐再创》北剧，虽是"借黄巢、田令孜一案，刺讥当世"的"感愤时事"之作，同样"极其才情之所之"。（卓珂月《残唐再创·小引》）陈洪绶曾指出："子塞诸剧蕴借旖

---

[1] 《一种情》不见流传，不知是否即《情邮记》的初稿。
[2] 比如，歌颂"情"，肯定"才"；构思上擅长现实和理想的强烈对比，手法上喜用因情入梦、魂游等奇幻关目，既注意女主人公的外貌美，更重视她们心灵美的刻画，充分表现出"一生儿爱好是天然"的本质特点；等等。
[3] 参见《疗妒羹》第九出《题曲》。梁廷枏《曲话》卷二认为，《题曲》一折，"逼似《牡丹亭》"。

旋，的属韵人之笔，而气味更自不薄，故当与胜国诸大家争席。"（《花前一笑》第一折开头眉批）这是符合实际的有识之论。

孟氏编有《柳枝集》和《酹江集》，共选元明杂剧56种。在《古今名剧合选序》中，他对汤沈之争发表了意见，态度是极为鲜明的。他说：

> 迩来填辞家，更分为二。沈宁庵崇尚谐律，而汤义仍专尚工辞，二者俱为偏见。然工于词者不失才人之胜，而专尚谐律者，则与伶人教师登场演唱者何异？予此选去取颇严，然以辞足达情者为最，而协律者次之，可演之台上，亦可置之案头赏观者，其以此作《文选》诸书读可矣！

看法不无偏颇，其意向所属，在玉茗而不在词隐，则是显而易见的。

康熙年间的"南洪北孔"，可说是"以临川之笔协吴江之律"的典范，他们的《长生殿》和《桃花扇》都是"可演之台上，亦可置之案头赏观"的杰作。但是，细加分辨，便可发现两者的区别。孔尚任继承了我国以时事入戏的现实主义传统，走的是《鸣凤记》《清忠谱》的路子；洪昇则更多地接受了汤显祖的浪漫主义精神和手法，不愧为玉茗堂派的佼佼者。

洪昇对《牡丹亭》深有研究，评价极高。他认为此剧"肯綮在死生之际。记中《惊梦》《寻梦》《诊祟》《写真》《悼殇》五折，自生而之死；《魂游》《幽媾》《欢挠》《冥誓》《回生》五折，自死而之生。其中搜抉灵根，掀翻情窟，能使赫蹄为大块，嚅糜为造化，不律为真宰，撰精魂而通变之"（《汤显祖集》附录之"洪昇"条）。棠村相国（梁清标）曾称《长生殿》是"一部闹热《牡丹亭》"，洪昇特为记入《长生殿例言》，并说"世以为知言"。

张坚，字齐元，号漱石，又号洞庭山人，别署三崧先生，上元（今南京）人。生于康熙二十年（1681），至乾隆二十五年（1760）八十岁时尚健在，卒年不详。张坚极有才华，成名亦早，但在科举上很不得志，当了一辈子秀才。为此，特作《江南一秀才歌》以自嘲，愤世嫉俗之情溢于言表。

康熙三十八年（1699），十九岁的张坚"游南郊归，憩啸月斋，隐几假寐，倏若置身峦岫间"，结果做了个酷似《红楼梦》中宝玉神游"太虚幻境"的美梦。由于他认为"梦之所结，情之所钟也"，便创作了《梦中缘》传奇，对"情之所在，一往而深"作了热烈的歌颂。（《梦中缘·自叙》）

这种通过梦幻描绘"情真"的艺术构思,一望而知是受了"临川四梦"的启示。[1] 在《梦中缘》之后,张坚又陆续创作了《梅花簪》《怀沙记》《玉狮坠》,合称"玉燕堂四种"。

张坚有位知交论"玉燕堂四种"云:

> 夫"临川四梦",评者谓《牡丹》情也;《紫钗》侠也;《邯郸》仙也;《南柯》佛也。(引者按:参见王思任《批点玉茗堂牡丹亭叙》)今漱石四种,则合女烈臣忠,配以义侠,参之仙佛,而总于一情。观其梦寐,可以感通死生,莫肯踰忒,履患难而不惊,处污贱而不辱。虽天龙神鬼,物类无知,而情之所在,莫不效灵,咸为我用。呜呼,异矣!(杨楫《梦中缘·序》)

根据"玉燕堂四种"与"临川四梦"的内在联系,定张坚为玉茗堂派是理所当然的。其实,早在乾隆年间,人们就已经把他作为汤显祖的知音看待了,请看邹升恒为《梦中缘》所作的《减字木兰花》题词:

> 多情天赋,彩笔空题肠断句,宋艳班香,一种新声绕画梁。
> 知音何在?玉茗堂前,刚一派色色空空,勘破尘缘一梦中。

二

认真分析一下以上这四位戏曲家的思想和创作,不难发现玉茗堂派戏曲家在传奇的立言神旨和艺术风格方面有着十分鲜明的共同特色。

"上下千古,一口咬定'情'字"(杨古林有关《梦中缘》第一出《笑引·梁州第七》批语),"为情作使",这是玉茗堂派带有根本性的特色。

汤显祖向往"有情之天下",反对"致灭才情而尊吏法"。(汤显祖《青莲阁记》)他一生致力于用传奇这种戏剧形式,形象地阐明"情有者,理必无;理有者,情必无"(汤显祖《寄达观》)的道理,目的在于唤起人们用"情"对抗"理",求得个性的解放和恋爱的自由。这就是他所声称的"为情作使"。可以说,"总为一'情'字不断"(吴吴山三妇合评本《牡丹

---

[1]《梦中缘》第二出《幻缘》对布袋和尚导引钟心和文媚兰的梦魂在花园相会的关目,杨古林有则眉批云:"偏与《还魂》故意犯重,又偏较《还魂》别样出色。"

亭·婚走》批语），既是"临川四梦"所具有的反封建性理的"意趣神色"的基础，亦是汤显祖传奇创作的指导思想。玉茗堂派戏曲家最可贵的一点，就是继承和发扬了汤显祖的以"情至"对抗"性理"的叛逆精神。

李渔在《闲情偶寄·词曲部·忌俗恶》中指出，吴炳的"粲花五种"，"才锋笔藻，可继《还魂》，其稍逊一筹者，则在气与力之间耳。《还魂》气长，《粲花》稍促；《还魂》力足，《粲花》略亏"。这种评论，不无见地。但在笔者看来，吴炳传奇之所以"可继《还魂》"，主要是因为他也是"为情作使"，"才锋笔藻"倒还在其次。

吴炳对于"情"的鼓吹和讴歌可谓不遗余力。在《绿牡丹》中，他宣传了"天钟秀气，偏付娘家（引者按：'娘家'即女儿家）"的思想。（《绿牡丹》第九出《访俊》）在《画中人》中，他高呼"唤画虽痴非是蠢，情之所到真难忍"。在他看来，"太上本无情，最下不及情；不识为情死，那识为情生"（《画中人》第一出《画略》、第十六出《摄魂》下场诗）。在第五出《示幻》中，他还借剧中人之口说道："天下只有一个'情'字，情若果真，离者可以复合，死者可以再生。"在《情邮记·说》中，吴炳认为，"人若无情，有块处一室，老死不相往来已耳"，而"情极至，禽鱼飞走悉可邮使"。这些认识和说法，与汤显祖的《牡丹亭题词》何其相似乃尔！

吴炳在谈及自己的创作缘起时，其"为情作使"之意更可一目了然。请看《情邮记》第一出《约言·临江仙》：

> 生死流迁人似驿，几多驻足时光。黄河日夜水汤汤，愁随刀放下，恼共发除将。
> 只有情丝抽不断，些儿露出疏狂，又拈曲谱按宫商，空中观聚散，局外问炎凉。

孟称舜认为，"昔时《西厢》，近日《牡丹》，皆为传情绝调"（《柳枝集·倩女离魂》批语）。而他自己的剧作，"传情写照，句抉空蒙，语含香润"，写女主人公的"真啼真痛，千死千生，宛然在目，直压倒一部《牡丹亭》矣"。（陈洪绶《桃源三访》批语）他的《娇红记》乃是《牡丹亭》后又一部杰出的爱情戏，剧作既歌颂了王娇娘"同心子，死共穴，生同舍，便做连理共冢，共冢，我也心欢悦"，同时也赞美了申纯的"我不怕'功名'两字无，只怕姻缘一世虚"的反封建"情至"，与《牡丹亭》的旨意更是一脉相承的。

洪昇的《长生殿》第一出《传概·满江红》，是继汤显祖《牡丹亭题词》的又一篇"情至"宣言，词云：

> 今古情场，问谁个真心到底？但果有精诚不散，终成连理。万里何愁南共北，两心那论生和死。笑人间儿女怅缘悭，无情耳。……感金石，回天地。昭白日，垂青史。看臣忠子孝，总由情至。先圣不曾删郑卫，吾侪取义翻宫徵。借太真外传谱新词，情而已。

由于历史时代的不同，洪昇的"情至"观念中还包括汤显祖所未纳入的内容，这就是在国家危亡之际，同样"总由情至"的"臣忠子孝"。可是，《长生殿》在男女关系问题上所鼓吹之"情"，与《牡丹亭》则是完全一致的。在《四婵娟》杂剧中，洪昇一方面颂扬像李清照和赵明诚这样"情缘两得，才貌并佳"的"美满夫妻"；另一方面也肯定"生死夫妻"，因为这种夫妻"生难遂，死要债，嚙住了一点真情，历尽千魔障，纵到九地轮回也永不忘，博得个终随唱，尽占断人间天上"。吴定璋《梦中缘·序》说：

> 太上无情，非无情也，能不堕于情之魔境耳！夫千古至人，莫非情种。

张坚亦是这样的"情种"，诚如杨楫所指出的：

> 临川云："师言性，予言情。"是知情不能已，则发为咏歌；劳人思妇之词，皆意有所托。诗有六义，而比物起兴，更深以挚也。漱石青年负隽才，多奇气，乃扼于时命之不偶。闲居无事，宜其情之抑郁而不伸者，必有所托以自鸣，故诗古文艺之外，尝戏编填词四种。（杨楫《梦中缘·序》）

张坚认为"天地以情生万物"（《梅花簪·自序》），他还曾借剧中人物之口说：

> 既具人形，罔非情类。除是万劫成空，一灵俱渺，那时方可

斩断情根也。……

　　人无情而不生，鬼有情而不死。(《梦中缘》第一出《笑引》)

在《梅花簪》第一出《节概·菩萨蛮》中，他更宣称：

　　纲常宇宙谁维系？千秋节义情而已。石上两心盟，无情却有情。新词非市价，稗语关风化。富贵草头霜，梅花雪里香。

柴次山评此词曰："'情'字，乃四部传奇骨子！"在第四十出《重圆·节节高》中的"只要一灵咬定情根在，死生患难皆无害"处，柴氏又在批语中指出："归到'情'字，方是'梦梅怀玉'（引者按：指'玉燕堂四种'）本旨。"凡此种种，无不说明张坚创作传奇同样是"为情作使"。

以幻笔写真境，借仙鬼以觉世，这是玉茗堂派的另一个显著特色。

浪漫主义是明代中叶以后意识形态领域里出现的新思潮在艺术上的一种反映，具有鲜明的反传统思想的社会意义。汤显祖是继徐渭而起的浪漫主义在戏曲界的杰出代表，他的传奇被誉称为"临川四梦"，已充分说明了其在艺术上的浪漫主义特点。

玉茗堂派形成的时期，昆山腔系统的剧坛上存在着两种对立的创作倾向。一方面，有相当多的戏曲家继承了我国戏曲以时事入戏、针砭时弊的优良传统，坚持走现实主义的道路；在明末清初还掀起了一股竞写抨击魏阉罪恶的传奇的热潮，李玉的《清忠谱》是直接继承《鸣凤记》《蕉扇记》等"时事新剧"的杰作，而孔尚任那部以"明季国初之事"为题材的《桃花扇》，更是以时事入戏的翘楚。另一方面，自明末开始，面对昆山腔越变越贵族化和典雅化而趋向衰落的新形势，为数不少的戏曲家，趋时媚俗，胡编乱造，一味地玩弄巧合、误会、错认等手法，沉溺于男女易装、扮鬼装神、作怪兴妖的惊险关目，把传奇创作引上了"非想非因，无头无绪；只求闹热，不论根由；但要出奇，不顾文理"的"狠求奇怪"的形式主义歧路。

这两种创作倾向，孰优孰劣，戏曲史已经作出了公正的结论。"狠求奇怪"虽能博得一时间某些观众的喝彩叫好，但由于严重的失真，这类传奇是没有艺术生命的。内行如阮大铖，尽管在戏曲导演和舞台美术上苦心经营，不无新意；可是，他的《燕子笺》《春灯谜》等作品并非传奇上品，这是已成定论的正确评价。曾创作过《西楼记》这样好戏的袁于令，一旦沾染上"狠求奇怪"的时疾，写出来的《合浦珠》也便毫无价值，味同嚼蜡。至于"时事新剧"，除了几部杰作之外，亦非尽善尽美。一般地说，由于受"时事"的局限，作家对事件和人物的处理缺乏深思熟虑，这类剧作往往思想性虽强，艺术上却比较粗糙。这也是明清之际的"时事新剧"大量失传的原因之一。

玉茗堂派的戏曲家，在传奇创作上重视艺术形式方面的问题，但鄙弃"狠求奇怪"的形式主义；他们立足于当下，有深厚的现实生活作基础，但与以时事入戏的现实主义的戏曲家也有明显的不同。他们的作品，往往取材于传统的故事（一般都有蓝本），通过男女主人公在爱情和婚姻上的离合悲欢，用浪漫主义的手法来展现情节，结构全剧，刻画性格，描绘环境，以幻笔写真境，借仙鬼以觉世。虽然精心构思了一个现实生活中所不可能有的情节关目（所谓"梦幻"），却与"狠求奇怪"者的"怪幻"有本质上的不同。

沈际飞在《题邯郸记》中评曰：

> 临川公能以笔毫墨沈，绘梦境为真境，绘驿使、番儿、织女辈之真境为卢生梦境。临川之笔梦花矣！

这里关于"梦境"与"真境"的精辟之论，原就《邯郸记》而发，实为"临川四梦"的一个共同特色。吴吴山三妇在《牡丹亭·玩真》的批语中也曾指出，"丽娘梦里觅欢，春卿画中索配，自是千古一对痴人。然不以为幻，幻便成真。"这同样正确地揭示了汤显祖浪漫主义的突出成就。

玉茗堂派其他作家在"绘梦境为真境"的浪漫主义手法的运用上，在对"幻便成真"的认识上，不仅与汤显祖如出一辙，而且青出于蓝而胜于蓝。

吴炳的"粲花别墅五种"，其中《画中人》写了郑琼枝的离魂，《西园记》写了赵玉英的鬼魂，《疗妒羹》写了乔小青的噩梦，《情邮记》则写了王慧娘的美梦。作者如此喜欢采用这种"绘梦境为真境"的构思，是与他对"情"的理解紧密联系在一起的。

在《情邮记·说》中，吴炳指出：

> 有情，则伊人万里，可凭梦寐以符招；往哲千秋，亦借诗书而檄致。非然者，有心不灵，有胆不若，有肠不转，即一身之耳、目、手、足，不为之用。

在《画中人》里，他同样强调：

> 世间何物似情灵，画粉依稀也唤醒；
> 河上三生留古寺，从今重说《牡丹亭》。

《画中人》中的庚秀才之所以能叫出画中美人，完全是由于他执着于"情"，郑小姐说得好："只因你真情感动，把我魂灵叫出来了。"显然，这同样是作者的理解。

孟称舜的《桃源三访》，第一折"入梦"，第三折"寻梦"，能令剧中人"嘘之欲生"；第二折"形容蓁儿似疑似信，半伶俐半痴迷处"，虽非"梦境"，同样极富浪漫主义色彩。他的名剧《娇红记》是个现实主义的爱情悲剧，着重在实境实情的描绘。可是，也仍有个浪漫主义的结尾：男女主人公殉情、合塚之后，坟墓上出现了比翼双飞的鸳鸯。这种艺术构思，既借鉴了《孔雀东南飞》《梁山伯与祝英台》等作品的处理，与孟氏笃信"情至"及"幻便成真"也是分不开的。

作为"闹热《牡丹亭》"的《长生殿》，其前后两半部，在题材、风格和创作方法等方面有着显著的不同。前半部虽也有幻想的浪漫主义成分，主要是艺术地概括了有关史实，通过严格的现实主义描写（所谓"情在写真"），揭露和批判了以李、杨为中心的封建宫廷的腐败，真实地反映了安史之乱前夕李唐王朝深刻的社会矛盾，从而揭示了安史之乱发生（亦即朱明王朝覆灭）的重要原因。在前半部，不但所描写的许多细节是真实的，而且还真实地再现了生活于一代王朝宫廷中的唐明皇和杨贵妃的典型形象。可剧作发展到后半部，虽不乏现实主义的描写，主要还是运用了浪漫主义的幻想，吸取了唐代就流行于民间的神话般的美丽传说（所谓"增益仙缘"），对于李、杨的形象作了有意识的净化和美化，借此歌颂了他们生死不渝的爱情。同时，后半部还通过唐明皇这个悲剧人物的成功刻画、李唐复国的描写，以及《骂贼》《弹词》《私祭》等戏，深化了基于民族意识的兴亡之感这个剧作的中心主题。乾隆年间的叶堂曾评论说：

> 《长生殿》依傍《长恨传》及《长恨歌》成篇，于开宝逸事，摭采略遍，故前半篇每多佳制，后半篇则多出自稗畦自运，遂难出色。

叶堂看到了《长生殿》前后篇的不同，却作出了不正确的评论。其实，只要我们把握住"借太真外传谱新词，情而已"这个指导思想，对洪昇主要采用浪漫主义手法"自运"后半篇的佳处，是不难理解的。

张坚在介绍《梦中缘》创作缘起时明确表明，他是"托人世悲欣离合之故，游戏于碧箫红牙队间，以想造情，以情造境"。而他的这部成名处女作，"一梦始，亦一梦终，惟情之所在，一往而深耳。虽然情真也，梦幻也，情真则无梦非真，梦幻则无情不幻，夫固乌知情与梦之孰为真，而孰为幻耶"（《梦中缘·自叙》）。"梦梅怀玉"的浪漫主义精神和手法，由此可见一斑了。

关于张坚传奇的浪漫主义特色，及其与汤显祖的关系，他的朋友评论得相当充分。比如，焦逢源在长篇题诗中，不止认为张坚的传奇乃是"真真假假是耶非，苍狗须臾变白云；笔可镂空花幻彩，惯从艳语泄禅机"，还对《梦中缘》奇妙的浪漫主义艺术构思作了生动的描述，结尾则云："幻中生幻缘未了，崆峒本是无人道；情至何须问真假，梦长梦短和天老。"联系具体作品，可知这类评论都是符合"玉燕堂四种"实际的真知灼见。比如，《梦中缘》中有《幻缘》《后梦》《戏圆》等集中描绘"梦境"的戏文；《梅花簪》除了刻画"情真""情侠""情痴"外，特别渲染了"情幻"；《玉狮坠》借"灵物多情缔好缘"（第三十出《坠仙》下场诗），从"玉狮坠"引出了悲欢离合，事奇、人奇、文亦奇；至于《怀沙记》，不仅有屈原"魂游"的关目，在《天问》《山鬼》《湘宴》等出有幻境的描绘，而且全剧"以屈子文词重写屈子生面"（《怀沙记·凡例》），"取（屈原）二十五篇之文，猎艳辞，揽华藻，发激楚，被文服"（沈大成《怀沙记·序》），就总体的艺术构思而言，亦不乏浪漫主义的色彩。

"案头蓄之令人思，氍毹歌之令人艳"（无疾子《情邮记·小引》），这是玉茗堂派的又一个艺术特色。

场上案头两擅其美这个特色的形成，是与王骥德、吕天成、冯梦龙、凌濛初等人总结汤沈之争，提出"汤辞沈律，合之双美"的正确主张分不开的。玉茗堂派都以"才情"见长，但在传奇创作上，他们吸取了汤显祖的教训，并不一味逞才使性；在音律上又能虚心向吴江派戏曲家学习。因此，在"汤辞沈律，合之双美"方面，他们是十分自觉的，成绩也是卓著的。

吴炳在《情邮记》第四十三出《正名·红绣鞋》中这样说：

>风流慷慨双奇,双奇。忠肠侠气如飞,如飞。宫调审,韵音齐,词差富,意宗痴,倩周郎试听因依,因依。

这倒并非自诩知音,吴炳的传奇在音律上确实无懈可击。吴梅指出,"石渠诸作,局度虽狭小,而结构颇谨严";由于"深悉剧情甘苦处",场面的冷热处理得亦颇适宜;曲词"则雅而不巧,腴而不艳,字字从性灵中发,遂能于研炼中别开生面,此真剥肤存液之境";至于"填词之法,施诸南北曲,亦惟粲花为工"。(《画中人·跋》)

吴炳在音律上特见功力,与他虚心向叶宪祖求教是分不开的。据黄宗羲说:"石渠院本,求公准许,然后敢出。"(黄宗羲《外舅广西按察使六桐叶公改葬墓志铭》)叶氏是吴江派戏曲家,精工音律,所作词律严正,擅长南北合套的杂剧,其《龙华梦》一剧,祁彪佳《远山堂剧品》评为:"《南柯》《邯郸》之外,又辟一境界矣!"

孟称舜虽然宗汤,重视"才人之胜",但并不把戏曲视为案头之作。他的剧作音律谐和,便于串演。"蕴藉旖旎,绰有余致,而凄清悲怨处,尤足逗人幽泪。正如花下美人,半啼半笑,令见者莫能为情,《会真》不足多也。"陈洪绶这则《眼儿媚》的批语,很好地概括了孟氏的剧作在汤辞沈律融合方面所取得的成就。而他能有此成就,除了因为对汤沈的戏曲主张有正确的认识之外,与他专心研究元杂剧亦殊有关系。这从他精心选编《柳枝集》和《酹江集》,以及对元曲诸大家杰作的批语中,可以见其端倪。孟氏的剧作,无论在"因事以选形,随物而赋象"(孟称舜《古今名剧合选·序》)及曲词的宛畅入情、宾白的妙不可言方面,还是在人物语言的性格化、情语和致语的楚楚动人及家常俗语的不乏风致等方面,无不得益于对元杂剧的借鉴。

从《长生殿·例言》可以看到,洪昇十分重视戏曲在舞台演唱方面的特点,即使演员的服装也很讲究艺术效果。在《例言》中,他还特别谈到了"文采"和"音律"的问题,他说:

>予自惟文采不逮临川,而恪守韵调,罔敢稍有逾越。盖姑苏徐灵昭氏为今之周郎,尝论撰《九宫新谱》,予与之审音协律,无一字不慎也。

"文采不逮临川",这亦未必;严守昆山腔的格律,则有口皆碑。吴人赞

《长生殿》云:"爱文者喜其词,知音者赏其律。以是传闻益远,畜家乐者攒笔竞写,转相教习。优伶能是,升价什佰。"(《长生殿·序》)梁廷枏在《曲话》中则称颂《长生殿》"为千百年来曲中巨擘",说它"以绝好题目,作绝大文章,学人、才人,一齐俯首"。从历史记载可知,洪昇的这部传奇不仅康熙年间"勾栏争唱",轰动一时;而且在有清一代的歌场舞榭,亦流播如新。叶堂所编《纳书楹曲谱》收《长生殿》折子戏近全剧之一半,足以说明它的舞台生命和社会影响。

张坚,"娴于音律,词调本吴江沈伯英《南九宫谱》,阴阳悉叶,去上必谐,即偶有变通,而蝉联伸缩,自然成声,按板固无劣调,口诵亦极铿锵"(《梦中缘·跋》)。张坚主张戏曲"词贵清真,雅俗共赏",既"秾艳典丽",又"显豁明畅"。(《怀沙记·凡例》)对于人物、情节,他强调"涉笔成趣,为氍毹场上渲染生动"(《玉狮坠·自叙》)。与洪昇一样,张坚也非常重视舞台演唱,为了既使《梦中缘》便于"全演",又"免致优伶任意剪裁",他特作"删就演本,以待同好"(《梦中缘·跋》)。

1982年9月完稿于吴门罗家花园
(原载《汤显祖研究论文集》,中国戏剧出版社1984年版)

汤词沈律"合之双美"

——略谈戏曲史上的汤沈之争

明代万历年间,昆山腔戏曲艺术进入鼎盛时期。当时,"缙绅、青襟,以迨山人、墨客,染翰为新声者,不可胜纪"(王骥德《曲律》),出现了俊彦云集、群星灿烂、百花争艳的局面。就在这个时期,汤显祖与沈璟之间发生了一场学术争鸣。汤沈之争并不是偶然的,这场争鸣对于当时和后世戏曲艺术的发展有着极为深远的影响。

汤沈之争的导火线是《牡丹亭》。汤氏"一生'四梦',得意处惟在《牡丹亭》"(王思任《批点玉茗堂牡丹亭·叙》)。可是,沈璟及其同好根据他们的曲学主张,不仅认为《牡丹亭》不合昆腔格律,不便俗唱,而且对其作了删改。沈璟的改本甚至易名为《同梦记》(又称《合梦记》《串本牡丹亭》,此本未见流传)。[1] 汤氏对此大为恼火,曾斩钉截铁地嘱咐演员说:"其吕家改的(指吕玉绳改本),切不可从。虽是增减一二字以便俗唱,却与我原作的意趣大不同了。"(《与宜伶罗章二》)他还针对沈璟不客气地声称:"彼乌知曲意哉?余意所至,不妨拗折天下人嗓子!"

汤氏并非一概反对改编本(比如,他对袁宏道改编的《红梅记》就持肯定态度),当然更不是妄自尊大,拒不接受别人的批评。他之所以如此激烈地反对沈、吕等人的改本《牡丹亭》,归根结蒂是因为要捍卫自己的曲学主张。

"临川尚趣",而"吴江守法",汤沈对于戏曲艺术的观点和戏曲创作的看法是针锋相对的。诚如王骥德所说,"临川之于吴江,故自冰炭"(王骥德《曲律》)。

沈璟的曲学主张,概而言之有三:一是严守"音律",二是崇尚"本色",三是力主"返古"。

---

[1] 除沈璟外,窜改《牡丹亭》的还有吕玉绳、臧晋叔和冯梦龙。吕、沈改本已佚;冯氏改本名为《三会亲风流梦》,载于冯氏《墨憨斋定本传奇》。冯氏《小引》云:"梅、柳一段姻缘,全在互梦,故沈伯英题曰《合梦》,而余则题为《风流梦》云。"或谓吕改本,即沈改本。

沈氏认为"名为乐府,须教合律依腔",为此,他大声疾呼"大家细把音律讲"。(《词隐先生论曲》,附刻于《博笑记》卷首,亦见冯梦龙《太霞新奏》)沈氏"斤斤三尺,不欲令一字乖律"(王骥德《曲律》),为的是使昆山腔规范化,这是正确的。面对不知音律为何物,"止熟一部'四书',便欲作曲"(祁彪佳《远山堂曲品》);"俚儒之稍通音律者,伶人之稍习文墨者,动辄编一传奇"(沈德符《顾曲杂言》);"手撮一二桩故事,思漫笔以消闲"(冯梦龙《双雄记·叙》)等不良的创作倾向,强调严守音律,力求昆山腔规范化,也是有积极意义的。问题在于,沈氏把音律的重要性绝对化了,说什么"宁协律而词不工,读之不成句,而讴之始协,是曲中之工巧",甚至高喊:"宁使时人不鉴赏,无使人挠喉捩嗓。"(《词隐先生论曲》)如此矫枉过正显然很容易导致形式主义,而轻视剧作的思想内容。

崇尚"本色"和力主"返古",虽然在《词隐先生论曲》中并没有论及,可是,从沈氏所编纂的《增定查补南九宫十三调曲谱》(简称《南九宫谱》),以及王骥德、祁彪佳、徐复祚等人对《属玉堂传奇》的一鳞半爪的评论中,仍可窥见这两方面的主张。崇尚"本色",强调通俗、自然,反对错彩镂金,原是我国古典戏曲创作的一个优良传统,当然值得肯定。遗憾的是,沈氏的传奇创作并没有认真实践这种主张,成为"本色"的楷模;而赞同他的曲学主张的戏曲家们,对"本色"二字的理解和论述,又分歧颇大,所以,这个主张的影响远不及严守"音律"来得深远。至于沈氏力主"返古",既是为了反对"时文气",也是他鼓吹音律第一的需要。应该说主张戏曲创作效法宋元戏文,自有积极的一面。因为宋元戏文与人民的联系紧密,生活气息浓,战斗性强。可是,斤斤"返古",轻视和忽视当时的"新传奇",显然也有很大的局限性。

作为一个富有叛逆精神的浪漫主义戏曲家,汤显祖有意识地用男女"情至"来对抗封建礼法,这是他的戏曲创作的出发点和根本目的。他反对音律第一的观点。他并非不懂昆山腔格律,也不是故意乖律,只是他更重视剧作的思想内容,以及个人的独特风格。他主张"凡文以意趣神色为主",并反问沈氏一派道:"四者到时,或有丽词俊音可用,尔时能一一顾九宫四声否?如必按字摸声,即有窒滞迸拽之苦,恐不能成句矣。"(《答吕姜山》)《独深居点定玉茗堂集》的评者沈际飞曾正确地指出:"惟情至可以造立世界,惟情尽可以不坏虚空。而要非情至之人,未堪语乎情尽也。"(《题南柯梦》)汤显祖是个地道的"情至之人",因此诚如沈氏所说,他

"言一事，极一事之意趣神色而止；言一人，极一人之意趣神色而止"（《玉茗堂文集题词》）。

当然，汤氏才气横溢，又特重基于"情至"的"意趣神色"，故在《牡丹亭》和其他剧作中，冲破昆山腔格律樊篱，导致乖律而不便俗唱之处，确实是存在的。比如，《牡丹亭》有七分之一的曲子，须作适当调整才便于当场表演，其中的《冥判》出无法照原本搬演。但是，这是白璧之瑕，既无损于《牡丹亭》的价值，也不影响它的舞台生命。那种认为汤显祖根本不懂昆山腔，他的《牡丹亭》是按宜黄腔格律撰写的，或纯属"江西弋阳土曲"（凌濛初《谭曲杂札》）等说法，都是毫无根据的。钮少雅的《格正牡丹亭》和叶怀庭的《纳书楹四梦全谱》充分证明了这一点；而《牡丹亭》盛演不衰，成为最受欢迎的昆曲传统剧目这个历史事实，更是对上述无稽之谈最有力的驳斥。

汤沈之争，不仅探讨了有关传奇的思想内容与音律、语言等形式之间的关系，创作与表演之间的关系；也涉及对汤氏的《牡丹亭》和其他剧作，以及沈氏的《属玉堂传奇》的评价问题。论争双方，旗帜鲜明，各执己见，并不轻易改变和放弃自己的观点，因此争论是相当激烈的。汤氏认为沈璟不懂"曲意"，还曾赋诗讥笑删本《牡丹亭》曰："醉汉琼筵风味殊，通仙铁笛海云孤。总饶割就时人景，却愧王维旧雪图。"（《见改窜牡丹词者失笑》）沈氏则在《词隐先生论曲》中宣称："纵使词出绣肠，歌称绕梁，倘不谐律吕也难褒奖。"项庄舞剑，意在沛公，此说针对汤氏而发也是显而易见的。但是，双方都并不因此而意气用事，仍能互相尊重。当时，沈璟是戏曲界极有威望的人，又有一批信徒和同好。可是，他并不以势压人，对汤氏的文采风流还是十分推崇的；对《牡丹亭》也只是认为它不合音律，并不非议它的内容和文词，更没有否定它的价值。（《南词新谱·凡例》）汤显祖名噪剧坛，他的"《牡丹亭》一出，家传户诵，几令《西厢》减价"（沈德符《顾曲杂言》），在社会上引起了强烈的反响。可是，他也认为"吴中曲论良是"（《答吕姜山》），没有全盘否定沈璟的曲学主张。当听到孙如法说"尝闻伯良（王骥德字）艳称公才，而略短公法"时，汤氏回答说："良然。吾兹以报满抵会城，当邀此君共削正之。"（王骥德《曲律》）

沈璟于万历十七年（1589）辞官返吴江，开始专心研究曲学，创作传奇；汤显祖于万历二十六年（1598）弃官归临川，并于是年完成了《牡丹亭》。沈氏改《牡丹亭》当在万历二十六年（1598）之后，汤沈之争亦当在此年之后。沈氏卒于万历三十八年（1610），汤氏则卒于万历四十四年

（1616）；在沈汤相继逝世之后，吴江派的王骥德、吕天成、范文若、冯梦龙、沈自晋、袁于令等人，以及沈德符、祁彪佳、徐复祚、凌濛初、张琦等人，仍在从各个方面继续深入探讨汤沈之争所涉及的曲学问题，并发表了自己的看法。所以，汤沈之争前后延续几十年之久，明代后期著名的戏曲作家和评论家，几乎都卷入了这场曲学争鸣。

正由于此，汤沈之争对于明末清初昆山腔戏曲艺术的发展，产生了十分深远的影响。

首先，在汤沈之争的过程中，自然地形成了两个戏曲流派，这就是吴江派和临川派（或称玉茗堂派）。

关于吴江派，沈璟从子沈自晋在其代表作《望湖亭》传奇的第一出中作了生动的介绍：

> 词隐（按：沈璟之号）登坛标赤帜，休将玉茗称尊（按：可见他们是有意识地与汤氏争鸣称雄的），郁蓝（按：吕天成别号郁蓝生）继有榭园人（按：叶宪祖别署榭园居士、榭园外史），方诸（按：王骥德号方诸生）能作律，龙子在多闻（按：冯梦龙，号龙子犹，他是个多才多艺、有多方面成就的作家）。
>
> 香令（按：范文若一字香令）风流成绝调，幔亭（按：袁于令又号幔亭仙史、幔亭峰歌者）彩笔生春。大荒（按：卜世臣号大荒逋客）巧构更超群，鲰生（按：沈自晋自谦之词）何所似？颦笑得其神。

这首【临江仙】，既概括了吴江派的主要成员，以及他们各自的特长；也揭示了这派的领袖，以及他们论争和竞争的对立面。从这篇"宣言"中，人们不难看到，在与汤氏的学术争鸣中诞生了一个有领袖、有理论、有创作，人多势众，旗帜鲜明的戏曲流派。有的同志认为，仅凭这首词作就说有一个吴江派，实不可靠。他们否认历史上曾经发生过汤沈之争。[1] 在我们看来，胶柱鼓瑟，吹毛求疵，并不是科学的态度。用今天关于流派的定义去乱套古代的文艺现象，不可能得出正确的结论。人们对于汤沈之争完全可以有不同的认识和评价，但历史上曾经发生过汤沈之争这个事实，却是无法否认的。

---

[1] 叶长海：《沈璟曲学辩争录》，载《文学遗产》1981年第3期。

至于【临川派】，情况比较特殊。由于汤显祖不像沈璟那样"登坛标赤帜"，当他与沈璟等人争鸣之时，可说是孤军奋战。因此，历来被认为是临川派的一些戏曲家，既非汤氏门生，也没有受过他的亲炙，只不过是后世戏曲史家和评论家的一种概括。比如，吴梅说："正玉茗之律而复工于琢词者，吴石渠、孟子塞是也。"（吴梅《中国戏曲概论》）叶堂则指出，阮大铖"以尖刻为能，自谓学玉茗堂，实未窥其毫发"（《纳书楹曲谱续集》）。

其次，汤沈之争不止形成了吴江派和临川派，还出现了第三种曲学主张，这就是汤词沈律"合之双美"论，或称之为"以临川之笔协吴江之律"（吴梅《中国戏曲概论》）说。这个理论首先是由王骥德和吕天成提出来的。他俩都是吴江派的重要成员，可是随着汤沈之争的不断深入，当他们认真地研究了汤沈的创作和理论之后，终于对这两位戏曲大师的长处和弱点，作出了实事求是的评论，进而提出了汤词沈律"合之双美"的主张。

王骥德说："吴江守法，斤斤三尺，不欲令一字乖律，而毫锋殊拙；临川尚趣，直是横行，组织之工，几与天孙争巧，而屈曲聱牙，多令歌者龃舌。"（王骥德《曲律》）吕天成完全同意王氏关于"松陵具词法而让词致，临川妙词情而越词检"的评论，并明确地提出："不有光禄（沈璟曾任光禄寺丞），词硎不新；不有奉常（汤显祖曾任南京太常博士），词髓孰抉？倘能守词隐先生之矩矱，而运以清远道人之才情，岂非合之双美者乎？"（《曲品》卷上）

除王、吕之外，持有类似看法的戏曲家还有沈宠绥、凌濛初、孟称舜等人。

沈氏在《弦索辨讹序》中，认为"矜格律则推词隐，擅才情则推临川"，可是两人亦各有局限。为此，他感叹"作者固难，知音者更自不易"，而做到汤词沈律兼美更是难上加难。在凌氏看来，汤显祖"颇能模仿元人，运以俏思，尽有酷肖处，而尾声尤佳；惜其使才自造，句脚、韵脚所限，便尔随心胡凑，尚乖大雅"。沈璟则"审于律而短于才，亦知用故实、用套词之非宜，欲作当家本色俊语，却又不能，直以浅言俚句，挪拽牵凑"（凌濛初《谭曲杂札》）。孟氏褒汤贬沈的倾向非常鲜明，认为："工于词者，不失才人之胜；而专尚谐律者，则与伶人教师登场演唱者何异？"可是，他也正确地指出："沈宁庵尚谐律，而汤义仍专尚工辞，二者俱为偏见。"[1]

---

[1] 张琦《衡曲麈谭》亦认为汤辞沈律如能兼美，则"辞、调两到，讵非盛事与？惜乎其难之也"。

汤词沈律"合之双美"的主张，完全符合戏曲艺术的特殊规律，也是汤沈之争所得出的最有意义的结论。明末清初崛起于吴县的以李玉为杰出代表的曲派，其最重要的特点，第一是从生活到创作，都带有金元"书会才人"的色彩；第二是在艺术上，达到了汤词沈律"合之双美"的要求。这派戏曲家的传奇创作成就卓著，其主要原因就在于此。康熙年间剧坛上的两颗耀眼的明星"南洪北孔"，同样是在汤词沈律"合之双美"的创作道路上取得巨大成功的。

最后，从明代万历到清朝康熙年间，我国古典戏曲理论批评进入了硕果累累的大丰收时期。汤沈之争、吴江派和临川派的形成、汤词沈律"合之双美"主张的提出，对此显然有着很大的促进作用。

沈璟《南九宫谱》《唱曲当知》，沈自晋《广辑词隐先生增定南九宫词谱》（简称《南词新谱》），还有冯梦龙《墨憨斋词谱》（已佚）的编纂，其主要目的是阐明吴江派的曲学主张，促使昆山腔格律规范化；王骥德的理论专著《曲律》［自序于万历三十八年（1610）］，吕天成的批评专著《曲品》［自序于万历三十八年（1610），书成后又续有增补］，也都是在汤沈之争的过程中撰写的。它们虽然并非专为这场争鸣而作，但这场争鸣既开阔了作者的思路，也丰富了著作的内容。汤词沈律"合之双美"论的提出，就是这方面最好的例证。其他如冯梦龙、沈际飞、袁于令和张岱等人有关戏曲美学的灼见，与汤沈之争也有着千丝万缕的联系。另外，从李渔的《闲情偶寄》（《词曲部》和《演习部》），以及"南洪北孔"有关历史剧的创作和排场敷演等方面的论述中，人们同样可以看到汤沈之争的理论结晶。特别需要提及的是，汤沈之争还促使两位著名的戏曲音乐家做了两件了不起的大好事：钮少雅的《格正牡丹亭》，"逐句勘核其宫调，倘有不合，改作集曲，使通本皆得被之管弦，而不易原文一字"。而叶堂采用同样的方法，编撰了《纳书楹四梦全谱》。这种高明的改法，既不影响原作的"意趣神色"，又使《牡丹亭》等剧作能更好地搬上舞台演唱，他们不仅诚为玉茗之功臣，亦为昆山腔戏曲艺术作出了不朽的贡献。

（原载《汤显祖研究论文选》，江西省抚州地区纪念汤显祖逝世366周年领导小组办公室1982年版）

论吴吴山三妇合评本《牡丹亭》及其批语

伟大的浪漫主义戏曲家汤显祖，向往"有情之天下"，反对"致灭才情而尊吏法"。（汤显祖《青莲阁记》）他自谓创作传奇是"为情作使"（汤显祖《续栖贤莲社求友文》），目的在于向被封建主义禁锢得喘不过气来的人们，形象地阐说"情有者，理必无；理有者，情必无"（汤显祖《寄达观》）的道理。在程朱理学甚嚣尘上的时代，汤显祖这位敢标新、能立异的思想斗士，满怀着对于被不合理的社会制度和反动的意识形态所束缚、摧残的妇女的同情，呕心沥血地创作了他一生中最得意的《牡丹亭》，并在《题词》中明白点出，这是部鼓吹男女"情至"之作。鼓吹"情至"，就是反对封建之"性理"。《牡丹亭》不愧是男女"情至"的热情颂歌、讨伐程朱理学的战斗檄文。

这样一部蕴含着深刻的思想意义和巨大的美学价值，又有着动人的艺术魅力的"异端"剧作，在 380 多年前问世，当然要震惊全国，并在社会上产生强烈的反响。"汤义仍《牡丹亭》一出，家传户诵，几令《西厢》减色。"[1] 当时，围绕着这部传奇，汤显祖与吴江派之间发生了一场大论战，其实也从一个方面说明了这部杰作影响之巨大。

诚然，坚持封建主义的士大夫，像剧中的杜宝之流，是不会欣赏《牡丹亭》的。"玉茗堂开春翠屏，新词传唱《牡丹亭》；伤心拍遍无人会，自掐檀痕教小伶。"（《玉茗堂诗》之十三《七夕醉答君东》）汤显祖的这种感慨，就是针对统治阶级攻击、贬抑《牡丹亭》而发的。可是，在当时的人民群众中，特别是那些与杜丽娘有着共同命运的妇女阶层中，能体会到《牡丹亭》的思想内容，且为其所感动，进而在不同程度上具有反封建行为的人，却并不鲜见。"《牡丹亭》一记，颇得闺客知己。如娄东俞二姑，冯小青，吴山三妇皆是也。"（《顾曲麈谈》）吴梅此说，是有事实根据的。

关于娄东俞二姑，汤显祖曾有《哭娄江女子》二首，并有小序略记其

---

[1] 引自沈德符《顾曲杂言》。笔者认为，《牡丹亭》把男女的爱情、婚姻问题，自觉地提到了个性解放的高度，这是"令《西厢》减色"的重要原因。

事。至于冯小青和吴山三妇之事，下文将要详论。除此之外，像杭州的女伶商小伶，唱到《寻梦》因悲痛激动而死在舞台上；扬州女子金凤钿，读《牡丹亭》而致书汤显祖，自愿委身以事等记载，[1] 也都被人们津津乐道地传为美谈。这些有关《牡丹亭》在各类妇女中引起强烈共鸣的事例，虽不无传奇色彩，未必都实有其事，但这种与欧洲的"维特热"大可媲美的"《牡丹亭》热"的出现，已足以说明这部传奇同广大群众，特别是妇女的生活和要求，有着多么密切的关系。

一、三妇合评本《牡丹亭》的价值

从《牡丹亭》诞生，到康熙中期，历史又前进了将近一个世纪。可是这部传奇对广大妇女的影响有增无减。吴吴山三妇合评《新镌绣像玉茗堂牡丹亭》的雕版刊印及广为流传，就是一个很有力的例证。

三妇合评本《牡丹亭》，于康熙甲戌［三十三年（1694）］冬暮刻成。（钱宜《还魂记·纪事》）所谓三妇，乃吴人[2]的先后三个妻子，即已聘将婚而殁的陈同，结婚三年病故的谈则，以及续娶的钱宜。陈同死于康熙四年（1665），其批点《牡丹亭》当在前几年；谈则病逝于康熙十四年（1675）。故三妇合评本《牡丹亭》，从陈同收集"玉茗定本"，加注评语，直到最后经钱之手刻印出版，前后共30多年。这是一个下了功夫校勘评点的《牡丹亭》好本子。关于三妇合评本成书的缘由和过程，在吴人、谈则和钱宜所写的序文、纪事中，有详尽、生动的记述。

陈同从小酷爱诗书，对《牡丹亭》颇有研究，曾比较了各种版本，也阅读过不少评论。后来她得到了"玉茗定本"，于是"爽然对玩，不能离手，偶有意会，辄濡毫疏注数言，冬釭夏簟，聊遣余闲，非必求合古人也"。她对《牡丹亭》上卷所作批语，是吴人在她死后通过其乳母得到的。陈同于弥留之际，曾口授其妹书录了好几首七绝，其中有一首云："昔时闲论《牡丹亭》，残梦今知未易醒；自在一灵花月下，不须留影费丹青。"（三妇合评本《牡丹亭》的吴人序文和钱宜眉批）由此也不难看出这位少女对《牡丹亭》的爱好，以及这部传奇在她心灵上所泛起的波澜。

---

［1］指《硕房蛾术堂闲笔》《剧说》《三借庐笔谈》的有关记载。
［2］吴人，又名仪一，字璨符，又字舒凫，因所居名吴山草堂，号吴山，浙江钱塘人，髫年人太学，名满都下。工诗文词曲，与同里洪昇并驰名江浙间，曾评点洪昇《闹高唐》《孝节坊》诸剧，并为《长生殿》作序、论文。

谈则也是位"雅耽文墨，镜奁之侧，必安书簏"的才女，著有《南楼集》三卷。当她嫁到吴家，发现了陈同批点的《牡丹亭》旧稿之后，爱不释手，甚至能背诵陈同的批语。于是，"暇日仿（陈）同意，补评下卷。其杪芒微会，若出一手，弗辨谁（陈）同，谁（谈）则"（三妇合评本《牡丹亭》的吴人和钱宜序文）。

在谈则逝世十余年之后，吴人又娶了钱宜为妻。当钱宜发现了陈、谈的《牡丹亭》评点本，"怡然解会，如（谈）则见（陈）同本时，夜分灯炧，尝敧枕把读"。一天，钱宜"忽忽不怿"，对吴人说："宜昔闻小青者，有《牡丹亭》评跋，后人不得见。见'冷雨幽窗'诗（小青诗云：'冷雨幽窗不可听，挑灯闲读《牡丹亭》。人间亦有痴于我，岂独伤心是小青。'）凄其欲绝。今陈阿姊评，已遗其半，谈阿姊续之。以夫子故掩其名久矣，苟不表而传之，夜台有知，得无秋水燕泥之感。宜愿卖金钏为锲板资。"于是在吴人的支持下，钱宜主持了附有陈、谈二人批语的《牡丹亭》的编辑、雕版事宜。她自己"偶有质疑，间注数语"，标明"钱曰"。另在谈则钞本中，杂有吴人"以《牡丹亭》引证风雅"的一些评语，钱宜标明"吴曰"，并作夹批处理。他们三人之评则作眉批，以示区别。（三妇合评本《牡丹亭》的吴人和钱宜眉批）

一夫三妇合评一部著名剧作，在中国戏曲史上是罕见的，这件事本身就带有一定的传奇色彩。诚如顾姒在三妇合评本《牡丹亭》跋中所指出的："文章有神，其足以垂后者，自有后人与之神会。设或陈夫人评本残阙，无谈夫人续之；续矣而秘之箧笥，无钱夫人参评，又废手饰以梓行之，则世之人能诵而不能解，虽再阅百余年，此书犹在尘雾中也。今观刻成，而丽娘见形于梦，我故疑是作者化身矣！"三妇合评本《牡丹亭》出于一夫三妇之手，事情是如此巧合，评语又独具一格，因此很快就广为流传，脍炙人口。可是也引起了某些人的怀疑，他们认为实际上批语均出自吴人之手，只是借说三妇所评为其传名而已。[1] 关于这个问题，吴人《还魂记或问十七条》中，专门有一条作了回答。虽吴人的辩白并不有力，但因此而对三

---

[1] 清凉道人不仅怀疑三妇能评《牡丹亭》，甚至认为这种本子不当"刊版流传"，当以"不传为藏拙"。他在《听雨轩笔记》中说："夫吴山所聘所娶，咸能读书识字，事或有之，若云所评，系三妇相继而成，则其中当有分别之处，兹何以心思笔气，若出一人？鄙见论之，大约为吴山所自评，而移其名于乃妇，与临川之曲，同一海市蜃楼，凭空驾造者也。从来妇言不出阃，即使闺中有此韵事，亦仅可于琴瑟在御时作赏鉴之资，胡可刊版流传，夸耀于世乎？且曲文宾白中，尚有非闺阁所宜言者，尤当谨秘；吴山只欲传其妇之文名，而不顾义理，书生呆气，即此可见也。是书当以不传为藏拙。"

妇评点《牡丹亭》表示怀疑，是没有根据的，足以暴露了怀疑者轻视妇女的封建思想。明清之前，著名的女作家和女批评家并不少见，明末在吴江还诞生了我国著名的女剧作家叶小纨[1]，清初闺秀诗人更比比皆是。为什么妇女就不能从事戏曲批点工作，写出精彩的评语呢？当然，陈、谈、钱在批点过程中，也难免要与吴人切磋、商讨，并吸取他的意见。但怎么能因此而否认三妇的著作权呢？其实，自《牡丹亭》问世之后，闺人评跋，不知凡几，可惜大都如风花波月，漂泊无存。张元长《梅花草堂二谈》所载俞二娘之注《牡丹亭》即是一例。吴人表妹李淑在为三妇本所写的跋中，也曾引录了这件事。据李淑说，"俞娘之注《牡丹亭》也，当时多知之者，其本竟泯没不传"。联系汤显祖《哭娄江女子》和序，可见俞二娘评注《牡丹亭》，实乃当时广为流传之新闻。

三妇合评本《牡丹亭》在《牡丹亭》研究史上的意义，应该作何估价呢？还是让我们先看看妇女的评论吧：

> （玉茗《还魂记》）书初出时，文人学士，案头无不置一册。唯庸下伶人，或嫌其难歌，究之善讴者，愈增韵折也。当时玉茗主人，既有以自解，而世之文人学士，反覆申之者尤多。世乃共珍此书，无复他议。然而批却导窾，抉发蕴奥，指点禅理文诀，以为迷途之津梁，绣谱之金针者，未有评定之一书也。今得吴氏三夫人本，读之妙解入神，虽起玉茗主人于九原，不能自写至此。异人异书，使我惊绝。嗟呼！自存天地以来，不知几千万年，而乃有玉茗之《还魂》；《还魂》之后，又百年余，而乃有三夫人之评本。自今才媛不世出，而三夫人以杰出之姿，间钟之英，萃于一门，相继成此不朽之大业。自今以往，宇宙虽远，其为文人学士，欲参会禅理，讲求文诀者，竟无以易乎闺阁之三人，何其异哉！何其异哉！予家与吴氏世戚，先后睹评本最早。既为惊绝，复欣然序之。（林以宁[2]《还魂记·题序》）

在吴江派"诸家改窜，以就声律，遂致原文剥落"，"又经陋人批点，全失

---

[1] 叶小纨，字蕙绸，其母沈宜修乃沈璟从子沈自征之胞姊。小纨所撰剧作，今仅存一种《鸳鸯梦》杂剧，载小纨父叶绍袁所编《午梦堂集》。

[2] 林以宁，字亚青，洪昇表兄弟钱肇修妻，钱塘人。与同里柴静仪、钱凤纶、冯娴、顾姒、张昊、毛媞组成蕉园七子诗社。柴、冯和林均工绘事。参见三妇合评本《牡丹亭》钱宜眉批。

作者情致"（三妇合评本《牡丹亭》顾姒跋文）的情况下，三妇能尽力搜求"玉茗定本"，严加校勘，精心合评，并雕版刊行，"使书中文情毕生，无纤毫憾，引而伸之，转在行墨之外"（三妇合评本《牡丹亭》顾姒跋文），其意义之重大理应载入中国戏曲史和理论批评史。而对于《牡丹亭》版本的研究，三妇本也是颇有参考价值的。[1] 至于三妇同样从感受到封建礼教压抑的闺阁妇女的角度，对《牡丹亭》的"意趣神色"，进行了与程朱理学针锋相对的、独具只眼的品评，从中不但可以看出她们作为真正批评家的勇气，也足见《牡丹亭》所宣扬的初步民主主义思想对于清初妇女的深远影响。

二、三妇合评本《牡丹亭》的批语

吴人在序中谈到陈同所评《牡丹亭》上卷时，曾说："评语亦痴，亦黠，亦玄，亦禅，即其神解，可自为书，不必作者之意果然也。"其实，这不仅是陈同评语的特色，亦可看作三妇合评的共同特色。纵观三妇的全部批语，个人认为，所谓"亦痴"者，是指三妇的思想感情和艺术情趣是与汤显祖相通的，故能与剧中人物产生强烈的共鸣，为青年男女生死不渝之情所倾倒，为表现这种"情至"的精湛艺术所陶醉，并在批语中对此作了足以体现时代精神的、恰如其分的阐说。所谓"亦黠"者，是指三妇评得巧，有文采，较蕴藉；批语既妙趣横生，又发人深省。所谓"亦玄，亦禅"者，乃指三妇既热谙传奇创作、演唱之三昧，又深知当时妇女身受封建礼教压迫的痛苦，因而"诠疏文义，解脱名理，足使幽客启疑，枯禅生悟"（三妇合评本《牡丹亭》李淑跋文）。三妇批语内容相当丰富，现择其要者略论于下。

---

[1] 上海古籍出版社出版的《汤显祖戏曲集》，是经钱南扬先生精心校点的，无疑是目前最好的本子。可惜限于时间，钱先生在校点《牡丹亭》时，未能参阅三妇合评本，这令人不无遗憾。因为有些地方三妇本比其他本子，显然更为合理和确切。试举几例说明之，《诊祟》出【金索挂梧桐】："小小香闺，为甚伤憔悴？"三妇本作"有甚伤憔悴"，并评曰："'有甚伤憔悴'，直言其有何忧伤，亦如杜老云：'知道个甚么也。'坊刻作'为甚伤憔悴'，是猜疑语，不合，且与首曲'为甚轻憔悴'犯重矣！"《婚走》出【不是路】第二支："无闲会，今朝有约明朝在，酒滴青娥墓上回。"三妇本作"无闲谓"，并评曰："'无闲谓'，言别无闲说，惟约看坟耳，他本作'会'，误。《寻梦》出【豆叶黄】："忝一片撒花心的红叶儿。"三妇本作"忝一片撒花心的红影儿"，并评曰："撒花红影掩映，梦情丽语也。俗本作'红叶'，谬甚！"

"总为一'情'字不断"(《婚走》出批语)

王思任《批点玉茗堂牡丹亭·叙》对"临川四梦"的"立言神旨"作了十分精辟的分析。他说:"《邯郸》仙也;《南柯》佛也;《紫钗》侠也;《牡丹亭》情也。"一部《牡丹亭》,的确在"情"上做足了戏。三妇对此理解得极为透彻(似乎比之男性批评家更为深切),因而也能紧紧抓住这个"情"字,作了具体的评论。

在《标目》出批语中,三妇开宗明义就揭出了"情"和"爱":"情不独儿女也,惟儿女之情最难告人。故千古忘情人,必于此处看破。然看破而至于相负,则又不及情矣!"并且强调"儿女、英雄同一情也","世境本空,凡事多从爱起"。在《婚走》出又说:"《魂游》所云'生生死死为情多',即无生债也。""无情则无生,情根不断,是无生债也。"《圆驾》出结尾处再次拎出"情"字:"做人无情,何可胜数;做鬼有情,直是难得也。"三妇如此从正面肯定《牡丹亭》所鼓吹的男女"情至",当然也就是从反面批判了扼杀"儿女之情"、男女之爱的程朱理学。

《长生殿》作者洪昇认为《牡丹亭》"肯綮在死生之际。记中《惊梦》《寻梦》《诊祟》《写真》《悼殇》五折,自生而之死;《魂游》《幽媾》《欢挠》《冥誓》《回生》五折,自死而之生。其中搜抉灵根,掀翻情窟,能使赫蹄为大块,隃糜为造化,不律为真宰,撰精魂而通变之"。三妇围绕"情"字对《牡丹亭》所作的批语,与洪昇的评论有异曲同工之妙。难怪吴人听到洪昇的这种真知灼见,禁不住"大叫叹绝"了。[《昭代丛书·三妇评牡丹亭杂记》末附洪之则(洪昇女)跋]

三妇在批语中,一方面强调杜、柳的一片"痴情",笃于"情至",赞美他俩在梦中所结下的奇缘,"纯是神情,断非色相"(《幽媾》出批语);另一方面又尖锐地指出:"闻卖花声而不动情者,直村牛痴狗耳!"(《闺塾》出批语)感叹"今人以选择门第,及聘财嫁装不备,耽阁良缘者,不知凡几。风移俗易,何时见桃夭之化也!"(《惊梦》出批语)一正一反,反封建的观点异常鲜明!

三妇赞扬杜丽娘为"千古情痴",认为她痴就痴在达到了"情至"的高度:

回生实难,丽娘竟作此想,说来只是情至。(《诊祟》出批语)
"为柳郎"三字,认得真,故为情至。(《冥誓》出批语)

> 伤春便埋，直以死殉一梦，至此喜心倒极，忽悲忽叹，无非至情。(《婚走》出批语)

三妇也称许柳梦梅的"志诚"，认为这种"志诚"同样根源于"情至"：

> 偏是志诚人容易着迷，稍不志诚，便将无可奈何，一念自开解矣！(《欢挠》出批语)
>
> "许了俺为妻真切"，全以立誓为重。一篇大意，尽此二句，后复上白内，又申言之。(《冥誓》出批语)
>
> 必定为妻，方见钟情之深。若此际草草，便属露水相看矣！(《冥誓》出批语)

针对当时社会上基于男女"情至"的爱情和婚姻必然横遭波折的现实，三妇不但强调"情至"的重要，还着重指出："情之所钟，要会'寻'，又要会'守'，柳、杜得力，皆在此二字。"(《回生》出批语)她们认为："只拈着'柳、梅'二字，不肯放过。才不放过，便是有缘。丽娘认定'梦儿非远'，柳生认定'情人不在天涯'，皆是极得力处。"(《幽媾》出批语)在三妇看来，作者在剧中通过《惊梦》《寻梦》《写真》《玩真》《魂游》《幽媾》《冥誓》《回生》等极富浪漫主义的关目的描绘，突出了柳、杜"情痴"的主导面，这对表现剧作的主题和男女主人公的性格，是极为有力的，因为"愈痴愈见情至"(《幽媾》出批语)。而杜、柳之"痴"，又突出地表现在既善于"寻"，又坚持"守"这两个方面：

> "寻"字是笃于情者之所为。(《寻梦》出批语)
>
> 丽娘以"守梅根"自矢，老判又教以"守破棺星"。后柳生亦"守闲灯火"以待之。守者，情之根也。(《冥判》出批语)

试想，丽娘偶然游园，"忽临春色，蓦地动魄，那不百感交集"(《惊梦》出批语)，于是因伤春而"惊梦"。但梦后若不执着于情，悄向花园寻看；在无处寻柳的情况下，若不决意"守梅"，并"以身殉梦"，那怎会引出以后的奇事，终与柳生结成美满良缘？再说，柳生拾画之后，若不一片情痴，一味志诚，寻觅和守住梦中人和图中人，那又怎会与丽娘"幽媾"和"冥誓"？而在丽娘"回生"之后，柳生若不忠于"立誓"，守住一灵不放，又怎会于战乱之时，为丽娘北上淮扬，备受折磨。在封建礼教的严酷统治之下，忠于情而又如此会"寻"和能"守"的志诚男子，当然难能可贵。也正是从这点出发，三妇在《硬拷》出有则批语特别赞美柳生说：

> 此记奇不在丽娘，反在柳生。天下情痴女子，如丽娘之梦而死者不乏，但不复活耳。若柳生者，卧丽娘于纸上而玩之，叫之，拜之；既与情鬼魂交，以为有精有血而不疑；又谋诸石姑，开棺负尸而不骇；及走淮扬道上，苦认妇翁，吃尽痛棒而不悔，斯洵奇也。

翠娱阁本刻者在《牡丹亭题词》中曾说："情之所钟，在我辈善用情耳。不极之死生梦觉，与不及情者何殊。然丽娘之用情，得先生之摹情而显。"我们可以作这样的补充：汤显祖之"摹情"，又得三妇之合评而更为发扬光大。

> 幻便是真。（《玩真》出批语）

沈际飞在《题邯郸梦》中评论说：

> 临川公能以笔毫墨渖，绘梦境为真境，绘驿使、番儿、织女辈之真境为卢生梦境。临川之笔梦花矣！

这则关于"梦境"和"真境"的精辟之见，虽原就《邯郸记》而发。但它也完全适用于《牡丹亭》，甚至可以说它是"临川四梦"的一个共同特色。对于《牡丹亭》，沈际飞在《题词》中也有类似的分析："临川作《牡丹亭》词，不词也，画也，不丹青，而丹青不能绘也。非画也，真也；不啼笑而啼笑，即有声也。"陈继儒同样认为"临川老人括男女之思，而托之于梦"，故"化梦还觉，化情归性，虽善谈名理者，其孰能与于斯"。（《批点牡丹亭题词》）无独有偶，三妇在合评中，对《牡丹亭》在"梦境"和"真境"处理上的特色，也有相似的评论。

《牡丹亭》在"梦"上作了精巧的艺术构思和着意渲染，三妇在"梦"上也进行了多方面的探索：

> 游园原为消遣,乃乘兴而来,兴尽而去;恐去后惘然,益难消遣耳。然无可奈何,只得如此发付玩。"到不如"三字,浓情欲滴也。(《惊梦》出批语)
>
> 忽然游园,因之感触,忽然回家,已自情尽。又从春色上生出一段风勾月引,为入梦之因。(《惊梦》出批语)
>
> "睡情谁见",谁知我梦耶?"幽梦谁边",我欲梦谁耶!此时小姐已梦情勃勃矣。(《惊梦》出批语)

由于剧作对小姐的"梦情勃勃"作了细腻的描绘,对她的"入梦之因"作了合乎情理的分析,因而"惊梦"之后,丽娘"从此无时不在梦中"(《惊梦》出批语),"开口总不放过'梦'字"(《写真》出批语),并不使人感到突兀,反而读者会觉得这是符合当时丽娘这类闺阁千金的生活逻辑和性格逻辑的。作者极写《训女》《闺塾》《寻梦》等"真境",乃是为了让丽娘自然地进入"梦境"。可是,越渲染"梦境",便越突出"真境"。在"梦境"中,丽娘为了自由和爱情,既会"寻"又能"守",终于得到了幸福。在"真境"中,她却连午睡和游园的自由都没有,更不容说爱情了。可是,也正因为封建礼教的束缚和压抑太厉害了,偶尔游园,她便会"惊梦",且从此离不开"梦境"了。显然,在丽娘的心目中,"梦境"才是"真境"。在她看来,梦中与柳生的幽欢,这绝非"赚骗"和幻觉,而是真实的。她追求"梦境",也就是追求理想;她留恋"梦境"中的一切,也就是厌恶"锦屏人"的生活。在《牡丹亭》中,绘"梦境"为"真境",绘"真境"为"梦境",不仅可见汤显祖积极浪漫主义艺术的高超,也充分表现了他对丑恶的现实世界的有力批判。

三妇在《玩真》出有则批语说:

> 人知梦是幻境,不知画境尤幻。梦则无影之形,画则有形之影。丽娘梦里觅欢,春卿画中索配,自是千古一对痴人。然不以为幻,幻便是真。

说得多好啊!在封建统治阶级极力推行程朱理学,加强对妇女的精神戕害的明清两代,像《牡丹亭》所描绘的杜、柳这一对千古痴人,难道只是汤显祖主观的幻影吗?"幻便是真",尽管作者运用的是浪漫主义创作方法,但除了杜宝之流的封建老顽固,陈最良式的"村牛痴狗"之外,又有谁不承认《牡丹亭》真实地反映了当时的现实生活，不为杜、柳能大胆地冲破封建礼教的罗网，超越生死的界限，执着地追求自由和爱情的叛逆精神所感动呢？正是由于人们深信"幻便是真"，才使得许多与杜丽娘具有共同命运的妇女，因她所处的"真境"和所追求的"梦境"而产生了强烈的共鸣，进而萌生了反封建的思想和行为。

> 从不语中看出情来。（《幽媾》出批语）

《牡丹亭》的女主人公，既是个被封建礼教严实禁锢的千金小姐，又是"一生儿爱好是天然""生生死死为情多"的千古情痴。她执着地追求自由和爱情，可是只有在"梦境"中才能袒露自己内心深处的一切。根据杜丽娘这样的典型环境中的典型性格，汤显祖在塑造这个形象时，突出地运用了心理刻画的艺术手段，对人物在特定情境中的复杂的内心世界作了深入挖掘。三妇凭其女性特有的敏感，能洞悉丽娘灵魂深处的奥秘，因此，有关这方面的批语，对于我们深入研究杜丽娘这个艺术形象是极有启示的。

《寻梦》这出戏，对丽娘"惊梦"后独自悄向花园"寻梦"过程中的心理和情怀，写得多么深刻，细腻，有神理！

自《忒忒令》至《江儿水》的九支曲子，淋漓尽致地描绘了丽娘"寻梦"的行动和心情。丽娘"寻梦"的过程，亦即"真境"与"梦境"（现实与理想）的矛盾斗争过程。《忒忒令》《嘉庆子》《尹令》《品令》《豆叶黄》五曲，写她离开"真境"，重温了"梦境"中和柳生欢会的情景。三妇在这五曲的批语中，对于丽娘彼时彼地的神情和内心，作了极为细致的分析。请看：

> 曰"可是"，曰"似"，意自有在。故见景而犹若疑之，写得神情恍惚。（《忒忒令》批语）
> 光景宛然如梦，梦中佳境那得一一想出，极力形容，四段已种丽娘病根。（《嘉庆子》批语）
> 索之三世，了不可得，乃得诸梦中，如之何弗思。（《尹令》批语）
> 揣字深妙，有许多勉强意在。（《品令》批语）
> "做意周旋"，非澜浪语。乃追忆将昏时一种和爱情景，故着"俺可也"三字摹之。"慢掂掂"，正与"紧咽咽"相对。（《豆叶

黄》批语)

才"一会分明",又"等闲昏善",描写幽欢,色飞意夺。(《豆叶黄》批语)

丽娘在"梦境"中"寻来寻去,都不见了"。于是,又由"梦境"回到"真境"。"好不动人春意"的"美满幽香",与"好不伤心"的"凄凉冷落",顿时形成了强烈的对比,从而表现了丽娘对于"梦境"的留恋。《玉交枝》和《月上海棠》二曲,极写丽娘为了"要再见那书生",想重入"梦境"而不可得的痛苦。"真境"是如此严酷,"教人抓不到魂梦前"。可是,丽娘坚信与柳生幽欢的"梦境",只要努力是完全可以追求到的。三妇对《月上海棠》所作的批语说得好:"忽迷忽悟,想出神来,试思梦与想,所争几何!"

"丽娘千古情痴,惟在留真一节;若无,此后无可衍矣。"(《写真》出批语)丽娘《写真》,在剧中确实是相当重要的关目。在这出戏里,作者对于决意"以身殉梦"的丽娘的内心世界,也作了极为生动的刻画。由此,人们既可以像看特写镜头似的欣赏丽娘外形之美,也能进一步窥探她那痴迷于"情至"的精神美。

微微从春香口中惜其消瘦,引出写真。偏是小姐不知自瘦,若自谓瘦损,一向宽解去了,那得情至。(《写真》出《朱奴儿犯》批语)

丽娘决定"自行描画",为的是怕"一旦无常,谁知西蜀杜丽娘有如此之美貌乎?"对此,三妇评曰:"游园时好处,恨'无人见';写真时美貌,恐'有谁知',一种深情。"丽娘"写真"时,心上早已"有个人儿",而她的伤春病倒,也完全是与这个人儿在梦中的相会幽欢所致。她"写真"就是为了有朝一日,让她的梦中情人看到她的美(外形和精神之美)。可是,在"真境"中,丽娘到哪儿去寻找这个意中人呢?这种复杂的内心活动,使得丽娘提笔描画之前,不能不伤心地叹惜、堕泪。"因伤憔悴,自写春容,对此丹青,那不堕泪,故不遽尔捉笔,先自叹惜一番。"(《写真》出《刷子序犯》后说白处批语)。三妇的这类分析,对于读者更好地理解丽娘的心扉,是颇有裨益的。

仍是千金身分。(《幽媾》出批语)

在"梦境"中，杜丽娘是自由的、大胆的，浑身洋溢着青春的活力；同时，又使我们感到她"仍是千金身分"。这不能不说是剧作在塑造这个不朽典型上的高超艺术。

孟称舜曾评论说，《牡丹亭》和《西厢记》"皆为传情绝调"，《倩女离魂》则"兼二剧之美"；而《牡丹亭》的"格调"，"原祖元郑光祖的《倩女离魂》"。(《新镌古今名剧柳枝集·倩女离魂》"楔子"眉批) 对此三剧的评价，孟说尚可讨论。可是，在运用浪漫主义"传情"这一点上，它们之间的继承、发展关系是十分明显的。就充分写出女主人公的性格的复杂性而言，《牡丹亭》更接近于《西厢记》，只是杜丽娘比之崔莺莺更为热情、大胆，也更富有反封建的叛逆精神。

丽娘游园前的梳妆打扮，游园时那种"没情没绪"的神态，固然可以"想见千金腔范"(《惊梦》出批语)；《寻梦》和《写真》时那种蕴藏心底的痛惜之情，读者亦能透过外在形态窥见像她这样的名门闺秀所特有的精神世界。当她大胆、主动地走向柳生住处幽欢时，剧作仍充分地描写了她那千金小姐的"身分"和"腔范"。《牡丹亭》无论是写"真境"或"梦境"中的丽娘，还是写她的"游魂"，都不忘其"千金身分""千金腔范"的一面，这无疑增强了这个人物的真实性和感染力。三妇在批语中，经常指出并分析这一特点，对于读者更全面地把握丽娘生活的典型环境及其复杂性格，也是有帮助的。

《肃苑》出，在春香独白中谈到丽娘对"去后花园走走"的反应时，三妇批曰："说得如此端庄，方是千金小姐身分。并后文满纸春愁，不为唐突也。""虽衙内闲嬉，一而'沉吟'，再而'低回'，又必选日，真是娇羞。"《闹殇》出，对丽娘"一病伤春死了"后，春香哭她的《红衲袄》曲，三妇认为"小儿女带哭数说"，"全是刻画小姐端庄"。《幽媾》出，当"魂旦"上场独白并唱《朝天懒》时，三妇批曰："千金小姐，踽踽凉凉来寻幽会，其举止羞涩乃尔。"当丽娘听到柳生梦中念"他年若傍蟾宫客，不在梅边在柳边"，"打悲介"唱第二支《朝天懒》，惊醒了柳生时，三妇又批曰："展香魂而近前，艳极矣！观其悲介，仍是千金身分！"当柳生开门，蓦见丽娘，为艳丽非凡的娇娃降临而惊诧时："(旦作笑闪入) (生急掩门) (旦敛衽整容见介) 秀才万福！"对此三妇再次指出："'急掩门'，有惟恐失之，畏人知之二意。'敛衽'，仍是小姐腔范。"在关于《耍鲍老》和《滴滴金》

二曲的批语中，三妇也提醒读者要注意作者重视对丽娘"仍是千金身分"这一面性格特点的描写。在丽娘"回生"而"婚走"之后，作者还特地写了她嘱咐柳生牢记"春容诗句"，指出了她"心热功名"的思想。三妇在《如杭》出《尾声》处批曰："挽合恰好，千金小姐未有不心热功名者。丽娘题诗时，早安排作状元之妻矣！"

杜丽娘既然是个执着于自由和爱情的"千古情痴"，剧作和三妇批语如此强调她的"千金身分"和"千金腔范"，会不会影响人物形象的完整性，有损于反封建礼教的思想内容呢？回答是否定的。因为只有这样描写，才符合生活本质的真实，令人深信"幻便是真"，更觉丽娘"情至"之可贵。浪漫主义必须以现实主义为基础，《牡丹亭》塑造丽娘的成功经验，也为这条艺术规律提供了很好的例证。

> 善于留蓄，文情溢在纸外。（《魂游》出批语）

孟称舜说得好："曲之难者，一传情，一写景，一叙事。然传情、写景，犹易为工；妙在叙事中绘出情景，则非高手未能矣！"（《新镌古今名剧柳枝集·智勘魔合罗》"楔子"眉批）《牡丹亭》不仅具有"叙事中绘出情景"之妙处，诚如三妇所指出的，它还能"从情中出景，景复含情"（《急难》出批语），做到"善于留蓄，文情溢在纸外"。汤显祖不愧为传情、写景和叙事的高手！

《牡丹亭》末出名曰《圆驾》，可说也是大团圆作结。但它的大团圆别开生面、不落俗套。颇有掉尾一振之力，而无强弩之末通病。三妇在《圆驾》出有则批语曰：

> 传奇收场，多是结了前案。此独夫妻、父女，各不识认，另起无限端倪。始以一诏结之，可无强弩之诮。

《牡丹亭》长达五十五出，首出《标目》照例是说明创作缘起，介绍全剧梗概。从第二出《言怀》到三十五出《回生》，重点写丽娘游园惊梦，伤春成病；以及死后三年，丽娘鬼魂又与柳生相会幽媾、冥誓，回生后结成了夫妇。这里表现了杜、柳的自由恋爱（"情"）与封建礼教（"理"）的尖锐冲突，"梦境"与"真境"的明显对立。结果是"情"战胜了"理"，理想战胜了现实。从三十六出《婚走》至末出《圆驾》，写杜、柳这对情种虽已结成了美满婚姻，可是杜宝一口咬定回生、成婚的丽娘是"妖魔""鬼乜邪"，斥骂柳生是"棍徒""劫坟贼"，非但拒不承认他们的爱情和婚姻，反而力主"诛除妖贼"。显而易见，《闹宴》《硬拷》《圆驾》仍然反映了男女自由恋爱与封建礼教的矛盾，理想与现实的斗争。作者不草草大团圆完事，而对结尾作了如此精巧的艺术处理，既是为了进一步强调"情"与"理"的斗争的尖锐性，也是为了更好地突出杜宝和柳生的性格特征。三妇在批语中对此作了精辟的解说：

> 无数层波叠嶂，以一诏为结断，莫敢或违。设使冰玉早自怡然，则杜公为状元动也，柳生为平章屈也，一世俗事矣！必如此而杜之"执古"，柳之不屈，始两得之。

类似的事例在剧作中还有不少。三妇针对这类事例，在批语中，一方面，对于汤显祖那种"叙事中绘出情景""从情中出景，景复含情""善于留蓄，文情溢在纸外"的精湛艺术，作了极为精彩的分析；另一方面，还对作者运用自如的"善于留蓄"的艺术手法进行了归纳概括（例如"缓法""击动""遥应""照映""伏脉""补写"等），并援引典型例子作了生动的评说。三妇这种批语为数不少，它既有助于提高读者鉴赏古典戏曲的能力，对今天的戏剧创作者也是不无启迪的。

[原载《南京大学学报》（哲学社会科学版）1980年第4期]

吴吴山《还魂记或问十七条》评注

吴吴山三妇合评本《牡丹亭》，无论从版本的角度考察，还是就戏曲的理论批评而言，都是很值得重视的。吴吴山的《还魂记或问十七条》（简称《十七条》）是三妇本的一个重要组成部分，对于《牡丹亭》的研究极有参考价值。[1]

据康熙甲戌[三十三年（1694）]秋分日钱宜所记，此《十七条》乃"夫子（按：指吴吴山）每与坐客谭论所及，记以示予，因次诸卷末。是日晚饭时，予偶言：'言情之书都不及经济。'夫子曰：'不然。观《牡丹亭》记中骚扰淮扬地方一语，即是深论天下形势。'"由此可见，《十七条》乃吴吴山平日与坐客谈论《牡丹亭》的记录，集中地反映了这位戏曲评论家对《牡丹亭》的认识和评价。

三妇合评本《牡丹亭》流传虽广，但版本亦多，有的版本未附《十七条》。今据梦园藏板的《新镌绣像玉茗堂牡丹亭》卷首的《还魂记或问十七条》，特作简注，略加评论，以供同好，并质高明。

一、或问吴山①曰——《礼》："女未庙见②而死，归葬于女氏之党，示未成妇也。"子于陈未取也，而评《牡丹亭》概称三妇，何居？

曰：庙见而成妇，谓子妇也，非夫妇之谓也。女之称妇，自纳采时已定之，而纳征则竟成其名。故纳采③辞曰："吾子有惠贶室某。"室者，妇人之称。纳征④则曰："征者，成也。"至是，而夫妇可以成也。《礼》：取女有吉日，而女死，婿齐衰⑤而吊，既葬而除之。夫死，亦如之。女之可夫，犹婿之可妇矣。夫何伤于《礼》与？

注：① 吴人，又名仪一，字瑑符，又字舒凫，因所居名吴山草堂，号吴山。浙江钱塘人，髫年入太学，名满都下。工诗文词曲，与同里洪昇并驰名江浙间，曾评点洪作《闹高唐》《孝节坊》诸剧，并为《长生殿》作序、论文。吴吴山三妇，乃吴人的先后三个妻子，即已聘将婚而殁的陈同，

---

[1] 王永健：《论吴吴山三妇合评本〈牡丹亭〉及其批语》，载《南京大学学报》（哲学社会科学版）1980年第4期。

结婚三年病故的谈则,以及续娶的钱宜。

② 语见《礼记·曾子问》。古代婚礼,妇到夫家,次日天明始见夫之父母;若夫之父母已死,则于三月后到庙中参拜,称庙见,然后择日而祭。

③ 纳采:古代婚礼"六礼"之一。男家媒人向女家提亲,女家答应议婚后,男家备礼前去求婚。《仪礼·士昏礼》:"昏礼,下达,纳采用雁。""吾子有惠""吾子有贶",亦见《仪礼·士昏礼》。

④ 纳征,亦称纳币,古代婚礼"六礼"之一。纳吉之后,男家以聘礼送给女家。《仪礼·士昏礼》:"纳征:玄𫄸、束帛、俪皮。"郑玄注:"征,成也。使使者纳币以成昏礼。"

⑤ 齐衰:旧时丧服名,为五服之一,次于斩衰。服用粗麻布做成,以其缉边,故称齐衰。

〔评〕有人因吴山未娶陈同,而称三妇合评为非礼,吴山据理辩驳。提出这个问题,显然是带有挑衅意味的。实质上,它反映了当时一部分正统派文人对于妇女从事戏曲理论批评的不满和非议。

二、或曰:曲有格。字之多寡,声之阴阳去上限之,或文义弗畅,衍为衬字。限字大书,衬字细书,俾观者了然,而歌者有所循。坊刻《牡丹亭记》往往如此。今于衬字,何概用大书也?

曰:元人北曲多衬字,概用大书。南曲何独不然。衬字细书,自吴江沈伯英辈①始斤斤焉,古人不尔也!予尝闻歌《牡丹亭》者,"袅晴丝,吹来闲庭院",格本七字,而歌者以"吹来"二字作衬,仅唱六字,具足情致。神明之道,在乎其人;况玉茗原本,本皆大书,无细书衬字也。

注:① 沈伯英辈:指以沈璟为首的吴江派戏曲家,该派主张严守音律,故对衬字的书法亦极讲究。

〔评〕这里议论的是,衬字在刻本上该用"大书",还是"细书"?这是个技术性的问题,亦表明了吴山不满沈璟等人的斤斤三尺,而尊重玉茗原本的书法。至于吴山以"袅晴丝"句为例,意在说明恰到好处的衬字对作品"情致"的表达,与正格有同样的作用。

三、或谓《牡丹亭》多落调出韵,才人何乃许邪?

曰:古曲如《西厢》"人值残春蒲郡东""才高难入俗人机"。①"值"字、"俗"字作平,则拗。《琵琶》支、虞、歌、麻诸韵互押,正不失为才人。若断断韵调,而乏斐然之致,与歌工之"乙尺四合"②无异,曷足贵乎?

曰:子尝论评曲家,以西河大可氏《西厢》为最。今观毛③评,亟称词例。《牡丹亭》韵调之失,何不明注之也?

吴山曰：然！不尝论说书者乎，意义讹舛，不可不辨。若一方名、一字画，偶有互异，必旁搜群籍，证析无已。如蟫④食宇，亦为不知务矣。声律之学，韵谱具在。故陈（同）未尝注，谈（则）亦仿之。且南曲中多用北曲方语，亦非词例，并语有费说者，概不复注云。

注：① 分别见《西厢记》第一本的"楔子"《幺篇》、第一折《混江龙》。

② 歌工之"乙尺四合"，意即乐工、曲师按曲谱歌唱曲子，虽不"落调出韵"，却无"斐然之致"。

③ 毛奇龄，字大可，又名甡，人称西河先生，浙江萧山人。明季诸生，康熙时授翰林院检讨，充《明史》纂修官，博学好辩，素晓音律，著述甚富，后人辑为《西河合集》。

④ 蟫：蠹鱼。

〔评〕 自沈璟等人按其严守音律的曲学主张改《牡丹亭》之后，人们常常指摘《牡丹亭》的"落调出韵"。汤显祖才气横溢，又特重基于"情至"的"意趣神色"，故而在《牡丹亭》和其他剧作中，冲破昆山腔格律樊篱，导致乖律而不便俗唱之处，确实是存在的。自明末以降，人们对于"才如玉茗，尚有拗嗓"（祁彪佳《远山堂曲品·凡例》）的理解和评价很不一致。有人认为汤氏根本不懂昆曲格律，有人说汤氏原本是按"弋阳土曲"创作《牡丹亭》的。在吴山看来，"声律之学，韵谱具在"，《牡丹亭》"落调出韵"之处不注自明；而汤氏会如此，乃是为了追求剧作"斐然之致"。这种见解，显然与汤氏所说的"凡文以意趣神色为主"的主张相一致。

四、或问曰：有明一代之曲，有工于《牡丹亭》者乎？

曰：明之工南曲，犹元之工北曲也。元曲传者无不工，而独推《西厢记》为第一。明曲有工有不工，《牡丹亭》自在无双之目矣！

〔评〕 明代人常把《牡丹亭》和《西厢记》相提并论，如沈德符《顾曲杂言》云："汤义仍《牡丹亭梦》一出，家传户诵，几令《西厢》减价。"张琦《衡曲麈谭》亦谓"杜丽娘一剧，上薄《风》《骚》，下夺屈、宋，可与实甫《西厢》交胜"。吴人同样认为《牡丹亭》"自在无双之目"，可说所见略同。他为何如此推崇《牡丹亭》，请看下一条。

五、或曰：子论《牡丹亭》之工，可得闻乎？

吴山曰：为曲者有四类——深入情思，文质互见，《琵琶》《拜月》其上也；审音协律，雅尚本色，《荆钗》《牧羊》其次也；吞剥坊言谰语，《白兔》《杀狗》之流也；专事雕章逸辞，《昙花》《玉合》之亚也，案头场上，交相为讥。下此无足观矣。《牡丹亭》之工，不可以此四者名之。其妙在神情之际。试观记中佳句，非唐诗即宋词，非宋词即元曲。然皆若若士之自造，不得指之为唐、为宋、为元也。宋人作词，以运化唐诗为难；元人作曲亦然。"商女后庭"①，出自牧之；"晓风残月"②，本于柳七。故凡为文者，有佳句可指，皆非工于文者也。

注：① 杜牧《泊秦淮》："商女不知亡国恨，隔江犹唱后庭花。"

② 柳永《雨霖铃·寒蝉凄切》："今宵酒醒何处？杨柳岸，晓风残月。"

〔评〕吴人对四类戏曲作品的评价言简意赅，颇中肯綮。他认为《牡丹亭》"妙在神情之际"，不仅有"佳句"，更能从唐诗、宋词、元曲中汲取养料，"自造"伟词，故其工"不可以此四者名之"，评论可谓精当至极。

六、或曰：宾白何如？

曰：嬉笑怒骂，皆有雅致。宛转关生，在一二字间。明戏本中故无此白。其冗处，亦似元人；佳处，虽元人弗逮也。

〔评〕《牡丹亭》的宾白，有佳处，亦有冗处，而佳处最主要的就在于"嬉笑怒骂，皆有雅致"。吴人的评论，是完全符合剧作的实际的。

七、或问：坊刻《牡丹亭》本，《婚走》折，舟子又有"秋菊春花"一歌①；《淮警》《御淮》二折，有"箭坊""锁城"二浑②，何此本独无也？

曰：舟子歌，乃用唐李昌符《婢仆》诗，其一章云："春娘爱上酒家楼，不怕归迟总不忧。推道那家娘子卧，且留教住要梳头。"言外有春日载花，停船相待之意。二章云："不论秋菊与春花，个个能噇空腹茶；无事莫教频入库，一名闲物要些些。"则与舟子全无关合，当是临川初连用之，后于定本削去。至以"贱房"为"箭坊"，及"外面锁住李全""里面锁住下官"诸语，皆了无意致，宜其斧从芟柞也。

注：① 一般本子均有"舟子歌"，唯字句稍有出入。钱南扬校《汤显祖戏曲集》云："春娘爱上酒家子楼，不怕归迟总弗子愁。推道那家娘子睡，且留教住要梳子头"，"不论秋菊和那春子个花，个个能噇空肚子茶。无事莫教频入子库，一名闲物他也要些子些"。

②《淮警》出，军人持箭上，与李全有关于"箭房"（谐音"贱房"）的插科打诨。《御淮》出，有"外面锁""里面锁"的插科打诨。

〔评〕对于"舟子歌"的删削，吴人的看法和推测都是合理的。至于剧中那些"了无意致"的插科打诨，加以"斧从芟柞"，也是很恰当的。《牡丹亭》在思想上存在历史和阶级的局限，在艺术上亦有缺陷，这是无法否认的，也是不必回避的客观存在。吴人评论的实事求是的态度，也是值得肯定的。

八、或问：记中杂用哎哟、哎也、哎呀、咳呀、咳也、咳咽诸字，同乎？异乎？

曰：字异而义略同，字同而呼之有轻重疾徐，则义各异。凡重呼之为厌辞，为恶辞，为不然之辞；轻呼之为幸辞，为娇羞之辞；疾呼之为惜辞，为惊讶辞；徐呼之为怯辞，为悲痛辞，为不能自支之辞。以此类推，神理毕现矣。

〔评〕问得好，答得亦妙。以小见大，探微知理，足见他们赏析戏曲作品的良苦用心。

九、或曰：《牡丹亭》集唐诗，往往点窜一二字，以就己意，非其至也。

曰：何伤也！孔孟之引诗，有更易字者矣。至《左传》所引，皆非诗人之旨，引诗者之旨也。

曰：落场诗皆集唐，何但注而不标也？

曰：既已无不集唐，故玉茗元本不复标集唐字也。落场诗不注爨色①，亦从元本。

注：①爨色：宋、金杂剧、院本，又称爨或爨弄。据《梦粱录》载，宋杂剧中有末泥色、引戏色、副净色和副末色之称。这里"爨色"当指剧中角色。明、清传奇，下场诗由剧中的角色分别吟诵。

〔评〕汤显祖考虑和处理剧作的一切问题，确实皆从"己意"出发。下场诗既集唐诗，又往往点窜一二字，实际上还是为了更好地表现作者之"旨"。

十、或云：若士集诗，腹笥①乎？獭祭②乎？

曰：不知也。虽然难矣。陈（同）于上卷未注三句，谈（则）补之；谈（则）于下卷亦未注一句，钱（宜）疏之。予涉猎于文，既厌翻检，而钱（宜）益睹记寡陋。唐人诗集，及《类苑》《纪事》《万首集句》诸本，篇章重出，名氏互异，不一而足。钱（宜）偶有所注，挂漏实多。它如"来鹄"或云"来鹏"，"崔鲁"一作"崔橹"；"谁能谭笑解重围"③，皇甫冉句也，讹刻刘长卿；"微香冉冉泪涓涓"④，李商隐诗也，谬为孙逖，不胜枚举。皆不复置辨，览者无深摭掎焉。

注：①腹笥：以腹比笥（藏书之器），言学识丰富。《后汉书·边韶传》："腹便便，五经笥。"

② 獭祭：獭捕得鱼陈列水边，犹如祭祀，称为獭祭鱼。《礼·月令》（孟春之月）："鱼上冰，獭祭鱼，鸿雁来。"后称罗列典故、堆砌成文为獭祭鱼。

③ 诗见《同温丹（一作司）徒登万岁楼》，此诗一作刘长卿所作。

④ 诗见《野菊》，此诗一作孙遂所作，题为《同和咏楼前海石榴》。

〔评〕"篇章重出，名氏互异"，在戏曲创作中是难免的。博学如汤显祖亦不例外。这方面的问题，是三妇本校勘、评注的一个内容，当然挂一漏万也是可以理解的。

十一、或问：若士复罗念庵云"师言性，弟子言情"①。而《还魂记》用顾况"世间只有情难说"②之句，其说可得闻乎？

曰：人受天地之中以生，所谓性也。性发为情，而或过焉，则为欲。《书》曰"生民有欲"③，是也。流连放荡，人所易溺。宛丘之诗④，以歌舞为有情。情也而欲矣。故传曰："男女饮食，人之大欲存焉。"⑤至浮屠氏以知识、爱恋为有情，晋人所云"未免有情"，类乎斯旨。而后之言情者，大率以男女爱恋当之矣。夫孔圣尝以好色比好德⑥，诗道性情，《国风》好色，儿女情长之说，未可非也。⑦若士言情，以为情见于人伦，人伦始于夫妇；丽娘一梦所感，而矢以为夫，之死靡忒，则亦情之正也。若其所谓因缘死生之故，则从乎浮屠者也。王季重论玉茗"四梦"：《紫钗》，侠也；《邯郸》，仙也；《南柯》，佛也；《牡丹亭》，情也。⑧其知若士言情之旨矣。

注：① 汤氏复罗念庵之书，不见今传本文集。陈继儒《批点牡丹亭题词》引汤氏答张位之言曰："某与吾师终日共讲学，而人不解也。师讲性，某讲情。"

② 诗见《送李侍御往吴兴》。

③ 《尚书·旅獒》。

④ 《诗·陈风·宛丘》："子之汤（荡）兮，宛丘之上兮。"

⑤ 《礼·礼运》："饮食男女，人之大欲存焉。"

⑥ 《论语·子罕》："吾未见好德如好色者也。"

⑦ 孔子曾说："《关雎》乐而不淫，哀而不伤。"（《论语·八佾》）朱熹则指出，十五《国风》"多出于里巷歌谣之作，所谓男女相与歌咏，各言其情者也"。（《诗集传·序》）

⑧ 参见《批点玉茗堂牡丹亭·叙》。

〔评〕有意识地用"情"对抗"性"（或"理"），这是汤显祖传奇创作的出发点。作为一个站在时代前列的杰出的思想家，"情"也是汤氏复杂的世界观的核心。"情"当然包括儿女之情,但并不专指儿女之情,其含义是比较广泛的。吴山的阐说,以及他所首肯的王思任之论,无疑是深谙"若士言情之旨"的。

十二、或者曰:死者果可复生乎?

曰:可!死生一理也。圣贤之形,百年而萎,同乎凡民,而神常生于天地。其与民同生死者,不欲为怪以惑世也。佛老之徒,则有不死其形者矣。夫强死者尚能厉,况自我死之,自我生之,复生亦焉足异乎。予最爱陈女(同)评《牡丹亭题词》云:"死可以生,易;生可与死,难。"①引而不发,其义无极。夫恒人之情,鲜不谓疾疹所感,沟渎自经,死则甚易;明冥永隔,夜台莫旦,生则甚难。不知圣贤之行法俟命,全而生之,全而归之,舍生取义,杀身成仁,一也。孔子曰:"朝闻道,夕死可矣。"②又曰:"原始反终。"③故知死生之说,死不闻道,则与百物同澌蕆④耳。古来殉道之人,皆能庙享百世,匹夫匹妇,凛乎如在。死耶?生耶?实自主之。陈女兹评,黯与道合,不徒佛语涅槃⑤,老言谷神⑥也。

注:① 陈同的《牡丹亭题词》批语全文如下:"初梦欢会于牡丹亭上,后于牡丹亭内进还魂丹,故标题《牡丹亭还魂记》,或分称之,盖省文云。""情不知所起,即佛氏十二因缘之无明也。曲中'情根一点是无生债',与此相发。""死可以生,易;生可与死,难。有情人试参之。"钱宜对陈同此批语又作批曰:"情随境生,无不自知者。观'忽忽花间起梦情'之句,则知所起矣。陈姊以无明解之,深彻死生之故。"

②《论语·里仁》。

③《易·系辞上》:"原始反终,故知死生之说。"

④ 澌:竭尽。蕆:束茅以表位次。

⑤ 涅槃:梵文的音译,意即灭度,佛教所宣扬的最高境界,指经过长期修行,即能寂灭一切烦恼和"圆满"一切"清净功德"。

⑥ 谷神:《老子》——"谷神不死,是谓玄牝,玄牝之门,是谓天地之根,绵绵若存,用之不勤。"河上公注:"谷,养也,人能养神则不死也;神,谓五藏之神也。"

〔评〕《牡丹亭》通过艺术形象体系所宣扬的生死观,是建立在"情至"的基础之上的,而这种"情至"又是与程朱理学的"存天理,去人欲"相对立的。吴山在这里肯定"圣贤"之"神常生于天地""殉道之人,皆能庙享百世",意在阐明"死生一理",而非鼓吹孔孟之道。陈同认为,只有真正的"有情人"才能做到"死可以生""生可与死",这与汤氏的生死观是完全一致的。吴山非常赞赏陈同此说，说明他亦持同样的生死观。

十三、或又曰：临川言"理之所必无，情之所必有"①，理与情二乎？

曰：非也。若士言之而不欲尽也。情本乎性，性即理也。理贯天壤，弥六合者也。言理者莫如六经；理不可通者，六经实多。无论玄鸟降生②，牛羊腓字③，其迹甚怪。即以梦言，如商赉良弼④，周与九龄⑤，孔子奠两楹⑥，均非情感。周礼掌梦献梦⑦，理解傅会；左氏所纪，益荒忽不论已。⑧然则世有通人，虽谓情所必无，理所必有，其可哉！

注：①《牡丹亭题词》："第云理之所必无，安知情之所必有。"

② 《诗·商颂·玄鸟》："天命玄鸟，降而生商。"玄鸟：燕子。

③ 《诗·大雅·生民》："诞寘之隘巷，牛羊腓字之。"诞：发语词。寘：弃置。腓字：庇护。

④ 《书·说命上》："梦帝赉，予良弼。"良弼：贤良的辅佐。

⑤ 文王谓武王曰："女何梦矣？"武王对曰："梦帝与我九龄。"九龄：九十年。

⑥ 两楹：殿堂的中间。《礼·檀弓上》："殷人殡于两楹之间，则与宾主夹之也。……予畴昔之夜，梦坐奠于两楹之间。……予殆将死也。"后世以"奠楹"为死的婉称。

⑦ 掌梦：掌梦之官。献梦：《周礼·春官·占梦》——"季冬，聘王梦，献吉梦于王，王拜而受之。"占人以梦占吉凶，故于季冬献群臣之吉梦于王，以示吉祥之兆。

⑧ 这里是指《左传》上有些关于梦的记载荒诞不经。

〔评〕吴山所说的"情本乎性，性即理也"，是有其前提的。那就是肯定"情至"，否定官方所宣扬的程朱"性理"。在汤显祖的哲学思想中，"情"与"理"亦是统一的，即统一于对传统的情理观的否定，而对具有初步民主思想性质的情理观的求索。

十四、或问若士言"梦中之情，何必非真"①，何谓也？

曰：梦即真也。人所谓真者，非真也，形骸也。虽然梦与形骸，未尝贰也。不观梦构（媾）而精遗，梦击跃而手足动摇乎。形骸者，真与梦同，而所受则异。不声而言，不动而为，不衣而衣，不食而食，不境而无所不之焉。梦之中又有梦，故曰："天下当少梦中之人也。"②

注：① 参见《牡丹亭题词》。

② 参见《牡丹亭题词》。

〔评〕吴山"梦即真也"之说，也就是三妇特别强调的"幻便成真"。

《玩真》出，三妇有则批语云："人知梦是幻境，不知画境尤幻。梦则无影之形，画则有形之影。丽娘梦里觅欢，春卿（柳梦梅）画中索配，自是千古一对痴人。然不以为幻，幻便成真。"《牡丹亭》的"梦中之情"，并非作者心造之幻影，而是当时现实生活的艺术反映。因此，一方面"何必非真"，另一方面又"梦即真也"。

十五、或称：评论传奇者，类作鄙俚之语，以谐俗目。今《牡丹亭》评本，文辞雅隽，恐观者不皆雅人，如卧听古乐也。

曰：是何轻量天下也，天下不皆雅人，亦不绝雅人。正使万俗人讥，不足恨；恨万俗人赏，一雅人讥耳！

〔评〕戏曲家创作剧本，应该相信观众绝非全是不懂艺术的"俗人"；评论家评论剧作，亦应相信读者中"不绝雅人"。吴人坚信"天下不皆雅人，亦不绝雅人"，足见其"不轻量天下"的高见卓识。

十六、或曰：子所谓钞入苕溪本者，尝见之矣。陈评上卷可得见乎？

吴山悄然而悲，喟然而应之曰：癸丑〔康熙十二年（1673）〕之秋，予馆黄氏，邻火不戒，尽燔其书，陈（同）之所评，久为灰尘。且所谓苕溪本者，今亦亡矣！

曰：何为其亡也？

曰：癸酉〔康熙三十二年（1693）〕冬日，钱女（宜）将谋剞劂录副本成。日暮微霰，烧烛焊酒，促予检校，漏下四十刻，寒气薄肤，微闻折竹声。钱谓此时必大雪矣，因共出推窗，见庭树枝条，积玉堆粉。予手把副本，临风狂叫，竟忘室中，烛花爆落纸上，烟达帘外，回视烓烓然，不可向迩。急挈酒瓮倾泼之，始熄。复簇炉火然灯，酒纵横流地上，漆几焦烂，烛台融锡，与残纸煨烬，团结不能解。因叹陈（同）本既灾，而谈（则）本复罹此厄，岂二女手泽不欲留于人世，精灵自为之耶？抑有鬼物妒之邪？残釭欲灺，雪光易晓，相对凄然久之。命奴子坎墙阴梅树旁，以生绢包烬团瘗之，至今留焦几，志予过焉。

〔评〕问及苕溪本《牡丹亭》，吴山之所以会"悄然""喟然"，乃是因为念及三妇合评本《牡丹亭》成书之不易。

十七、或曰：女三为粲，美故难兼。徐淑、苏蕙，不闻继媲；[①]韦丛、裴柔，亦止双绝。[②]子聘三室，而秘思妍辞，后先相映，乐乎，何遇之奇也！抑世皆传子评《牡丹亭》矣，一旦谓出三妇手？将无疑子为捉刀人乎？

吴山曰：疑者自疑，信者自信，予序已费辞[③]，无为复也。且诗云："人知其一，莫知其他。"[④]其斯之谓矣。予初聘陈（同），曾未结缡，天阏[⑤]

不遂;谈(则)也三岁为妇,炊臼遽征;钱(宜)复清瘦善病,时时卧床殆不起。予又好游,一年三百六十日,无几日在家相对,子以为乐乎,否也?

注:① 徐淑:后汉秦嘉之妻,在与秦嘉别离之日,徐淑所作赠诗、家书,词旨凄丽,为后人所艳称。苏蕙:符坚时秦州刺史窦滔之妻,在窦滔被徙期间,曾织锦为回文旋图诗以赠滔,宛转循环以读之,词甚凄婉。嫩:美。

② 韦丛、裴柔事,不详。

③ 在为三妇合评本所作的《还魂记序》中,吴山曾详细地介绍了陈同、谈则、钱宜收集、核勘、批点和刊刻《牡丹亭》的情况。

④《诗·小雅·节南山》。

⑤ 天阏:亦作夭遏,摧折。

〔评〕三妇合评本《牡丹亭》出于一夫三妇之手,事情是如此巧合,评语又独具一格,因此刊刻之后,很快就广为流传了。可是,也引起了某些人的怀疑,他们认为批语实际上均出自吴山之手,只是借说三妇所评为其传名而已。这种怀疑实在是以小人之心度君子之腹,足以暴露他们轻视妇女的封建思想。其实,在清初,像三妇这样有文学修养的妇女,从事戏曲评点工作,写出精彩的批语,是毫不奇怪的。当然,谈则和钱宜在批点过程中,与吴山切磋、商讨,并吸收了他的意见,这也是完全有可能的。

吴人在《十七条》中的辩驳,虽并不有力,但确是事实,有李淑的《跋》为证:

  吴山四哥,聘陈嫂,娶谈嫂,皆蚤夭。予每读其所评《还魂记》,未尝不泫然流涕。以为斯人既殁,文采足传,而谈嫂故隐之。私心欲为表章,以垂诸后。四哥故好游,谈嫂殁十三年,朱弦未续。有劝之者,辄吟微之"取次花丛懒回顾,半缘修道半缘君"之句。母氏迫之,始复娶钱嫂。尝与予共事笔砚,酬花啸月之余,取二嫂评本参注之,又请四哥卖金钏,雕板行世。

1982 年 11 月初稿
1983 年 3 月修改于吴门罗家花园
[原载《抚州师专学报》(综合版) 1983 年第 2 期]

为一代戏曲大师立传之作
——评蒋士铨的《临川梦》传奇

蒋士铨，字心馀，号藏园，江西铅山人，与袁枚、赵翼鼎足而三，在清代诗歌史上被誉为"江右三大家"；他还是"南洪北孔"之后又一位重要的戏曲家。其《临川梦》虽"离奇变幻"，"竟使若士先生身入梦境，与'四梦'中人一一相见"。（梁廷枏《曲话》）但其大关节目基本符合汤氏事迹，点染、虚构亦皆有史料为依据。

一

本文拟对《临川梦》这部为汤显祖立传之作，作一番肤浅的评论，以就正于方家同好。

蒋士铨作为一位戏曲家，有这样一些特点：

首先，蒋氏的时代，是昆山腔戏曲艺术已进入以"南洪北孔"为标志的最后一个阶段。蒋氏一生作有传奇、杂剧十余种，流行的就有《藏园九种曲》（亦称《红雪楼九种曲》），这充分说明他对昆山腔戏曲艺术的酷爱和造诣。当然，正由于昆山腔戏曲艺术这时已由雄踞剧坛的霸主时代进入日趋衰弱的最后阶段，蒋氏的剧作，其思想内容和艺术成就，以及舞台生命和社会影响，已无法与前贤相提并论了。

其次，蒋氏作为一个有独特风格的诗人，他的诗学对其戏曲创作的影响亦极为深刻。梁廷枏和李调元在各自的《曲话》中曾对蒋氏的戏曲创作与诗歌素养的关系，以及《藏园九种曲》的艺术特色，进行过很好的探索。梁氏指出："蒋心馀太史九种曲，吐属清婉，自是诗人本色。不以矜才使气为能，故近数十年作者，亦无以尚之。"李氏则谓："铅山编修蒋士铨曲，为近时第一。以腹有诗书，故于随手拈来，无不蕴藉，不似笠翁辈一味优伶俳语也。"

最后，蒋氏对汤显祖这位同乡前辈，从人品到剧作，真可谓推崇备至，无限敬仰。诚如杨恩寿所说"先生(指汤显祖)官职不显,毕世沉沦,诚受笔墨之障。蒋心馀瓣香玉茗,私淑有年"(《词余丛话》卷三)。蒋氏的剧作效法玉茗,亦不乏鼓吹"情至"的内容。但就其总体而言,宣扬"忠雅"有余,歌颂"情至"不足。诚如阮龙光在《第二碑·序》中所指出的:"凡此移宫换徵之清音,要皆扬烈表忠之健笔。"因此,把蒋氏看作"玉茗堂派"的殿军,是不妥当的。

蒋氏创作《临川梦》,为汤显祖树碑立传,起因于当时有人把汤氏看作单纯的"词人"或"学人"。在《临川梦·自序》中,蒋氏在驳斥了这种说法之后,不胜感慨地说:

呜呼!临川一生大节,不迓权贵,递为执政所抑,一官潦倒。里居二十年,白首事亲,哀毁而卒,是忠孝完人也。观其星变一疏,使为台谏,则朱云、阳城矣;徐闻之讲学明道,遂昌之灭虎纵囚,为经师,为循吏,又文翁、韩延寿、刘平、赵瑶、钟离意、吕元膺、唐临之流也,词人云乎哉!

在这篇自序中,蒋氏还明确指出:"予恐天下如客者多矣(按:指视汤氏为词人、学人者),乃杂采各书及《玉茗集》中所载种种情事,谱为《临川梦》一剧,摹绘先生人品,现身场上,庶几痴人不以先生为词人也欤!"不仅如此,蒋氏还一改传奇"家门"的习惯写法,在第一出正戏《拒弋》之前,特列《提纲》,用一首【蝶恋花】词,再次表明了自己在自序中所阐明的创作动机:

气节如山摇不动,玉茗堂中。说透痴人梦,铁板铜弦随手弄,娄江有个人知重。唤做词人心骨痛,史册弹文,后世谁能诵。醒眼观场当自讼,古来才大难为用。

"玉茗堂",是汤显祖在临川的故居。汤氏用临川特有的一种古树奇花——玉茗花命所居堂名,意在表示弃官归里后仍要保持"纯白""高尚"的品节。玉茗堂原来规模很大,景色亦颇秀美。可惜在清顺治二年(1645)毁于兵燹。康熙年间,陆铬任抚州通判,在玉茗堂原址建了一祠,并立玉茗堂原碑,不久又毁于火。蒋氏的《临川梦·自序》撰于乾隆甲午年〔三十九年(1774)〕,距汤氏逝世已逾一个半世纪了。当时,玉茗堂已毁,而汤氏又遭到了不公正的评价。面对现实,蒋氏在《临川梦》第二十出结束全剧的【尾声】中感慨地叹道:"堂前玉茗今枯槁,把'四梦'都从一梦销。可叹这梦境相承梦难了!"而这样的"不了之了,如是可了!"(钱世锡眉批)的结局,又使蒋氏袖手旁观"人间世"的形形色色"造化儿牵傀儡丝"的表现,诸如"鸡虫课丧""乌鼠姻缘""腐僧谈理""下士言情"等,发出了"新词唱罢独伤神,过眼烟云总未真"的感慨。

由此可见,蒋士铨选择汤显祖一生的事迹来创作《临川梦》传奇,绝不是一时兴致所致,亦非为了遣兴消闲,而是有其深思熟虑的旨意的。蒋氏是满怀激情来创作这部立意深远、构思奇特的人物传记剧的,而他的激情则来自对传记主人公汤显祖的人品和"四梦"的敬仰。

二

《临川梦》除了《提纲》之外,正戏共二十出。这在动辄上下两部、长达四五十出的明清传奇作品中,也是一种改革。在有限的篇幅里,如何表现传记主人公丰富的一生呢?

众所周知,汤显祖胸怀壮志,但宦海浮沉;虽一生失意,但在当日的政治舞台上又是个风云人物。至于他的传奇创作和曲学见解,又冲击了旧的传统,对后世的戏曲艺术有深远的影响。概而言之,汤氏创作过"临川四梦",是位浪漫主义戏曲家;他又有政治见解和异端思想,是个留有遗爱的良吏。为这样一位历史名人立传的剧作,如何把汤氏一生的重要事迹,与其带有传奇色彩的故事结合起来;如何把他的宦海浮沉(指作为循吏的所作所为),与他的曲海求真(指作为戏曲家借传奇抒写胸中块垒和鼓吹"情至"新观念)结合起来,这就成为作者艺术构思中的根本问题。

《临川梦》在这两个结合方面是匠心独具的。蒋氏撷取了汤显祖一生中带有关键性的几件大事:万历五年(1577),拒张拉拢,进士落选;万历十九年(1591),星变上书,被谪徐闻;万历二十一年(1593)至二十五年(1597),遂昌任上,小试抱负。这几件事作为贯串全剧的经线,突出了汤氏由于"不迤权贵",屡为"执政所抑"的遭际,其用意在于以形象体系表明汤氏实乃"忠孝完人",世人但赏其词曲是何等的荒谬。当然,蒋氏并不否认汤显祖是杰出的戏曲家,他也很清楚,要为汤氏立传,忽视"临川四梦"的创作是万万不可的。因此,蒋氏凭借其想象,把与汤氏创作"临川四梦"有关、又足以鼓吹"情至"观念的关目,作为纬线穿插于上述几件大事之间。为了剧情发展的需要，蒋氏还改动了"临川四梦"的创作时间和地点。

蒋氏在《临川梦·自序》中曾特别指出："独惜娄江女子，为公而死，其识力过于当时执政远矣。特兼写之，以为醉梦者愧焉。"娄江女子之事，并非子虚乌有，它生动地表明了《牡丹亭》强烈的社会反响。正由于此，汤氏特作《哭娄江女子二首》，并在小序中对此事作了详细的介绍。蒋氏独具只眼，在《临川梦》中对娄江女子之事大加渲染，甚至用其贯串剧作的始终。这样的艺术处理，既增强了戏剧性和情趣，又巧妙地把汤氏和读者，把读者和"四梦"中的梦幻人物糅合起来，不仅使得浪漫主义的色彩相当浓郁，也说明了玉茗先生的真正知音在民间。

汤显祖是位浪漫主义戏曲家，"临川四梦"又都是"因情成梦，因梦成戏"之作。因此，为汤氏立传的传奇，如果不着眼于浪漫主义，显然不可能真实地表现汤显祖的精神面貌。如前所说，蒋氏的艺术构思是充分注意到了这个特点的。在《临川梦·自序》中，他曾阐说过自己的见解：

> 嗟乎，先生以生为梦，以死为醒。予则以生为死，以醒为梦。于是引先生既醒之身，复入于既死之梦，且令"四梦"中人与先生周旋于梦外之身，不亦荒唐可乐乎！

在全剧二十出中，如此"荒唐可乐"的戏文占了相当的比重。从十六出开始，直到二十出，均写"梦中言梦"：十六出《访梦》，写俞二姑鬼魂赴临川访汤氏；十七出《集梦》，"四梦"中的人物卢生、淳于棼和霍小玉在临川与汤氏会晤；十九出《说梦》，出现了觉华自在天王对"四梦"中人的"一番棒喝"；二十出《了梦》则写汤氏入梦，与众仙真即"四梦"中人物相会于玉茗堂中。"梦境相承梦难了""'四梦'难从一梦销"。可以说，《临川梦》是在梦中达到高潮，又在梦中结束全剧的。

蒋氏将这部为汤显祖立传的传奇取名为《临川梦》，于此可以体会作者之用意。《临川梦》在梦字上做足了戏文，既有其积极意义，亦暴露出了作者的局限性。汤氏的"二梦"，确实反映了官场如梦、人生虚幻的出世思想。但是，汤氏的一生是与"权贵""执政"抗争的一生，为其立传，突出"为梦中人说梦"，显然与汤氏鼓吹民主主义的"情至"观念，反对封建主义性理的主导思想相悖。

《临川梦》写到了汤显祖与"权贵""执政"之间的政治斗争，也反映了作为一个循吏在地方官任上的德政。可是，作者用的是侧笔、略写，重点则放在汤氏创作"四梦"，借戏抒情。因此，《临川梦》虽然塑造了汤显祖这位"忠孝完人"的悲剧形象，但给人印象更深刻的是沉浸于"四梦"创作激情的浪漫主义戏曲家的风采。把汤显祖单纯看作"词人"，当然并不可取。但是像《临川梦》这样的剧作，理应多侧面地塑造一个有政治抱负和异端思想的杰出的浪漫主义戏曲家的丰满形象。蒋氏有这样的创作意图，遗憾的是，《临川梦》并没有达到这样的高度。作者如能删去有关宁夏哮承恩叛乱之类的关目，腾出篇幅加强描写汤显祖与"权贵""执政"之间的政治斗争或渲染汤显祖作为异端思想家的光彩（如增添与达观交往的关目），则既能更好地表现其"铁心肠，江西老，倔强难缠"的性格，又可增强剧作思想的深刻性。

三

作为人物传记剧，《临川梦》尚有许多不足之处。但是，它把一代戏曲家搬上舞台，描绘了汤显祖与"权贵""执政"的政治斗争，以及其借戏抒情，创作了不朽的"临川四梦"；并通过俞二姑轶事，形象地反映了"四梦"在当日社会上的巨大反响，还是很有意义的。

"人间只有情难尽，情外生情特认真。"（《殉梦·尾声》）剧中俞二姑的这句唱词，倒颇能说明汤显祖的"为情作使，劬于伎剧"的本质特点。应该说，《临川梦》中的汤显祖是具有这样的特点的人物形象。

第三出《谱梦》中汤显祖与夫人研讨《牡丹亭》，还有第四出《想梦》中俞二姑对汤显祖的评价，这类关目纯属虚构，却相当生动地表现了汤显祖借传奇鼓吹"情至"的反传统观念的精神，以及他对"情至"的深刻含义的理解。《谱梦》用两支【金络索】分别从"官人口中说杜女"，从"娘子口中说柳生"（钱世锡眉批），在介绍了《牡丹亭》的情节大要之后，汤显祖与吴氏有段对话，颇能说明问题。请看：

（旦）官人文心之妙，一至于此。只怕没有这等可意之事哟。
（生）娘子，但云理之所必无，不妨情之所或有。管他则甚！（奴捧茶上，即下）（生）
【前腔】情将万物羁，情把三涂系。《小雅》《离骚》结就情天地。娘子，这丽娘与柳生，是夫妻爱恋之情；那杜老与夫人，是儿女哀痛之情；就是腐儒、石姑，亦有趋炎附势之情；推而至于盗贼虫蚁，无不各有贪嗔痴爱之情。唯有忠臣孝子义夫节妇，能得其情之正耳。人苟无情，盗贼禽兽之不若，虽生犹死，富贵寿考，曾何足云。是生来觉与知，共迷痴。认不出鬼做人身，人做鬼。那一边兵戈扰攘加官职，这一搭云雨荒唐怕别离，难收拾，有谁能参透箭锋机。娘子，我这一本《牡丹亭》呵，几年间拨尽寒灰，吸尽空杯，成一串鲛人泪。

《想梦》极写俞二姑酷爱《牡丹亭》，以及她对汤显祖的无限崇敬之情。"此篇制题结想，可谓空外抛空，幻中寻幻，妙手灵心，不可思议。"（钱世锡眉批）在这出戏里，作者借俞二姑之口，歌颂汤君，批判蠢材："汤君哪，汤君，你有这等性情了悟，岂是雕虫篆刻之辈。世上那些蠢材，看了此曲，不以为淫，必讥其艳，说你不过是一个词章之士，何异痴人说梦。那里晓得你的文章，都是《国风》《小雅》之变相来哟。"在这出戏中，作者还运用俞二姑的梦境，表演了《牡丹亭》的重要片段，并对汤显祖作了热情赞美："我看这本词曲，虽是他游戏之文，然其中感慨激昂，是一个有血性的丈夫。他写杜女痴情，至死不变，正是借以自况，所谓其愚不可及也。"（钱世锡眉批）从剧中俞二姑所说"那冥官念我因牵文字之缘，不同情欲之感，将奴永脱轮回，任凭游戏"，以及佛所宣称的"不俗即仙骨，多情乃佛心"，足以证明蒋士铨亦是"情至"观念的信奉者和鼓吹者。[1]《临川梦》把"情至"看作汤显祖人品的一个不可或缺的部分来加以歌颂，当然有进步意义。不过，对于"情至"的理解，蒋氏与汤氏还是有距离的。第十九出《说梦》，当成了仙的霍小玉问觉华自在天王："弟子以何凤孽受彼负心之报？"觉华自在天王回答说："大凡男女婚姻，必须父母之命，方得其正。你灯前留盼，花下坠钗，罪等牵情，罚宜饮恨。"[2] 在这里，不是可以清楚地看出《临川梦》对"临川四梦""意趣神色"的某种歪曲吗？

蒋氏在《临川梦》中，使汤显祖"现身场上"，除了表彰汤氏的"不迩权贵"和"为情作使"外，还有许多借古喻今讽世的神来之笔：用插科打诨来针砭时弊。请看《抗疏》出的一段插科打诨：

---

[1] 在《香祖楼》中，蒋士铨认为："情字包罗天地，把三才穿贯总无遗。"
[2] 钱世锡眉批云："扶植人伦，主持风教，谁云是戏？"这同作者观点一样。

（丑）老爷请茶，咦，老爷今日填词，为何穿起冠带来？（生）我在此写本。（丑）敢是要学杨继盛老爷么？（生）正是。（丑）如今没得严嵩，要参那个？（生）狗才多讲，还不进去！（丑）老爷弗要管闲事，你终日做曲子，天下事无非是戏，何必认真！（生）唉！还不走！（丑）这顶纱帽要出脱了。

又如《谱梦》出，梅国祯奉书汤氏，言及张居正已死，明年癸未会试，不可再迟，这时汤夫人发问："官人，那张江陵也是大有本领之人，何以一旦得罪名教至此？"于是汤氏对张居正作了评论，并提出了"从来权奸之辈不可一日无官，不可一刻去位"的精辟之见。在《说梦》出，当觉华自在天王对功名富贵、尚义气、权术、守本分、报应等一一作了评说之后，霍小玉的仙魂问道："青史何如？"觉华自在天王回答道："青史也是梦，订几本大账簿，记载些好本纪、穷世家、混列传，轮流着邪正君臣填注脚，打一回长算盘，扣除了坏心肠、劣皮毛、丑嘴脸，准折出圣贤忠孝细分腮。"在末出《了梦》中，作者还借"睡神"之口说道："只有两种东西，极是醒醒，凡要发财的，便来钻进去，上上粪坑；要升官的，便来扒进去，看看尸骨，那种臭味，连我也熏得头疼，无奈世上的人求之不得，这也凭他罢了。"诸如此类的插科打诨，情趣盎然，嬉笑怒骂，对于时俗弊病的揭露和针砭，可谓入骨三分，发人深思。

对于蒋士铨的戏曲作品在艺术上的成就，评论家都是极为推崇的。杨恩寿《词余丛话》评曰：

《藏图九种》为乾隆时一大著作，专以性灵为宗。具史官才学识之长，兼画家皱瘦透之妙，洋洋洒洒，笔无停机。乍读之，几疑发泄无余，似少余味，究竟无语不炼，无意不新，无调不谐，无韵不响。虎步龙骧，仍复周规折矩，非凫西、笠翁所敢望其肩背。其诗之盛唐乎？

平步青则认为"蒋清容先生《红雪楼九种曲》，逼真玉茗"四梦"，为国朝院本第一。"（平步青《小栖霞说稗》）王季烈《螾庐曲谈》亦谓："蒋士铨之曲，学汤显祖作风，而能谨守曲律，不稍逾越，洵为近代曲家所难得。"《临川梦》是《藏园九种曲》中的上乘之作，在艺术上足以代表蒋氏戏曲的风格特色。《临川梦》"学汤显祖作风"是多方面的，也是显而易见的。大至艺术构思，小到细节描写，无不激荡着积极的浪漫主义精神，这是一。曲词典雅优美，极富玉茗所特有的"意趣神色"，这是二。"史官才学识之长"和"画家皱瘦透之妙"的结合，使《临川梦》的不少戏文，既洋溢着诗情画意，又蕴含有深刻的哲理，这是三。吴梅《中国戏曲概论》曾指出："至《临川梦》则凭空结撰，灵机往来，以若士一生事实，现诸氍毹，已是奇特，且又以'四梦'中人一一登场，与若士相周旋，更为绝倒。"

在艺术上，《临川梦》还有一个特点也是值得指出的。这就是为了增强人物传记剧的历史真实性，许多重要关目和细节描写，不仅有史实为基础，还化用了汤显祖有关原作，用玉茗文字写玉茗生面。比如《抗疏》出诚如钱世锡所评："此篇全用汤公本疏裁剪成文，疏密合度。""入文为曲，一气卷舒，不见裁缝痕迹，可云玉金一炉，无所不化。"又如《送尉》出描绘汤显祖离开徐闻，与秀才们告别时，"即用贵生本记"（钱世锡眉批）。在《花庆》出中，甚至连汤显祖给李三才的复信，亦采用了原书中的语句。还有一个例子，亦是耐人寻味的。也是在《花庆》出，汤显祖父母喜赏玉茗花时，汤氏父母与汤氏有这样一段对话：

（副净）儿呀，昨日看见苏州传来一个本子，不知是谁将你的《牡丹亭》删改了许多。（生）孩儿已题诗一首在上。（外）念来。（生）醉汉琼筵风味殊，通仙铁笛海云孤。总饶割就时人景，却愧王维旧雪图。（外大笑介）他们固强作解事，你忒煞自负了些。

这个信手拈来的小插曲，却关乎当日汤显祖与沈璟之间的一场曲学大论争，蒋士铨如此措辞，实际上也透露了他对这场论争的评价。

［原载《苏州大学学报》（哲学社会科学版）1988 年第 2 期；收入《蒋士铨研究论文集》，江西人民出版社 1989 年版］

沈际飞汤显祖研究述评

明末清初，随着汤显祖"临川四梦"的广为流传，尤其是《牡丹亭》的盛演不衰，形成了延续几十年的"《牡丹亭》热"，也涌现出一批颇有影响的汤显祖研究家。其中，对汤显祖的诗文、词赋、尺牍、时文和戏曲作全方位的研究，且颇有创见者，当推沈际飞，其堪称汤显祖研究大家。对沈际飞的生平，时人查考者寥寥；而对其汤显祖研究，也很少有人进行探讨。今天我们要建立"汤学"，必须对各个历史时期的汤显祖研究作梳理和整合。明末清初是汤显祖研究的重要时期，可谓"汤学"的发轫期。因此，必须对包括沈际飞汤显祖研究在内的所有汤显祖研究进行分析和评论，笔者这篇拙作聊作引玉之砖。

一、沈际飞生平及其《玉茗堂选集》的编纂出版概况

研究"临川四梦"者，无不熟知崇祯年间独深居所点定的《玉茗堂四种曲》。独深居者，沈际飞的堂名也。关于沈际飞的名字、别号和籍贯，先来查看一下他的自述。

《玉茗堂选集》中沈际飞在序文末自署"崇祯岁丙子积阳旦日，苏郡后学沈际飞天羽甫纂于晓阁"[1]。按丙子，即崇祯九年（1636），天羽当是沈际飞之字，晓阁当是独深居中的一座建筑物。同年，温陵陈洪谧龙甫撰《玉茗堂选集·序》末段，提及沈际飞则曰："吴士沈子天羽，嗜古自立，慨慕先生而论次其集以行，属序于余。"[2]

《玉茗堂选集》的《文集题词》《赋集题词》，沈际飞均署"吴门沈际飞书"。而《尺牍题词》，沈际飞则署"鹿城后学沈际飞载书"。按鹿城，即昆山。

在《玉茗堂四种曲》的四篇题词中，《题紫钗记》后缺半页，未见署

---

[1] 徐朔方：《汤显祖诗文集》，上海古籍出版社1982年，第1527页。
[2] 徐朔方：《汤显祖诗文集》，上海古籍出版社1982年，第1528页。

名;《题牡丹亭》署"震峰沈际飞书于独深居";《题南柯梦》署"震峰居士沈际飞漫书";《题邯郸梦》亦署"震峰居士沈际飞漫书"。震峰居士,当是沈际飞的别号。

由此可见,沈际飞字天羽,别号震峰居士,苏州府昆山县人。

据徐扶明《牡丹亭资料考释》介绍,沈际飞著有《草堂诗余新集》。[1]

在《玉茗堂选集·序》中,沈际飞尝言:"余沉沦制义,积有年所,而不得其效。乃肆力古业,一遇异书,辄损衣食购之。盈架连屋,身蠧此中,而集则弃去,存者不数种,盖性莫可强也。"[2] 由此可见,沈际飞也曾热衷于制义,开始也想走读书中举做官的道路。可是"沉沦制义,积有年所,而不得其效"。于是"肆力古业",读书、爱书、搜书和出版书,走上了"嗜古自力"之路,即成了书肆主人(独深居,当是其书肆之名号)。出于对汤显祖的"慨慕",而"论次其集以行"。沈际飞从热爱汤显祖的诗文词赋和戏曲,到收集、编纂和出版汤显祖的集子,又进而全面研究汤显祖。如果笔者的这种分析不错的话,作为书肆主人,对汤显祖的研究能达到如此的广度和深度,实在令人刮目相看,自叹不如。诚然,明末清初有文化和艺术修养的书肆主人也并不鲜见(如毛晋等),他们在读书、搜书、藏书,以及编纂出版各类书籍方面的建树,应该在中国出版史上大书一笔,世人决不能因为他们在科举道路上的沦落、没有功名而轻视他们。

明万历三十四年(1606),汤显祖的老友帅机等选定的《玉茗堂文集》在南京刊行。天启元年(1621),韩敬编印了《玉茗堂集》,通称《汤若士全集》,收汤显祖三十岁后的诗文,未收戏曲及早年的《红泉逸草》《雍藻》《问棘邮草》。崇祯九年(1636),沈际飞为汤显祖编纂的《玉茗堂选集》完稿,这部选集包括沈际飞点定的《玉茗堂四种曲》和《问棘邮草》,以及韩敬编刻的《玉茗堂集》的选录,另有三篇新收的作品,分为诗集、文集、赋集、尺牍和时文。

康熙三十二年(1693),陈石麟在《玉茗堂集·序》中指出:"惟《玉茗堂集》韩求仲、沈何山二先生校雠详核,而韩本为尤精。然屡经兵燹之余,刻于姑苏者,日久板刓。虽积学之士,罕睹其书;即当事诸公下檄征求,亦苦搜罗之难。"[3] 陈石麟序中所说的韩求仲,当是韩敬;那沈何山

---

[1] 徐扶明:《牡丹亭研究资料考释》,上海古籍出版社1987年,第70页。厉鹗《绝妙好词笺·跋》云:"有明三百年乐府家……徒奉沈氏《草堂》为金科玉律,无怪乎雅道之不振也。"

[2] 徐朔方:《汤显祖诗文集》,上海古籍出版社1982年,第1527页。

[3] 徐朔方:《汤显祖诗文集》,上海古籍出版社1982年,第1523页

是否即沈际飞呢？目下尚无文献资料可以考证。但查汤秀琦撰于康熙三十三年（1694）仲春的《玉茗堂全集·序》，劈头即云："先《玉茗集》旧有韩求仲、沈天羽二刻，近皆散佚无存。乃阮氏凌云、正岳二甥，有志斯道，杰然哀赀而梓之。悉照韩刻旧本，而《玉茗》之大观复成。"[1] 而阮岘、阮嵩撰于同年季春朔日的序中，亦有"其集有韩、沈二选本。然沈本漫灭不可校雠，余因取韩本详为订定，捐赀重镌"[2]。以上三序的作者，皆韩、沈刻本并称。另外，尽管明末清初屡经兵燹，沈刻本虽散佚较多，且"漫灭不可校雠"，但直到康熙三十三四年（1694—1695）前后，沈刻本仍流传于世。1962年秋，中华书局上海编辑所出版《汤显祖集》，收入汤显祖存世的全部诗文戏曲作品。钱南扬校点戏曲，虽以明毛晋汲古阁校刻本为底本，但沈际飞独深居点定的《玉茗堂四种曲》仍然是五种校本之一。而徐朔方编年笺校的诗文集，沈刻本《玉茗堂选集》，亦是重要的参校本，并采用了大量的沈氏评点。以上的历史事实，足以说明沈际飞在汤显祖戏曲和诗文的编纂、刻印和流传方面，都曾作出过重要的贡献。

二、沈际飞评汤显祖的古文

沈际飞堪称明末清初汤显祖研究的大家，以笔者之见，原因有五：其一，沈际飞编纂点定的《玉茗堂四种曲》和《玉茗堂选集》，在明末清初流传广泛，有相当大的影响；其二，沈际飞的评点能着眼于汤显祖作品的全局，且能紧密联系汤显祖的进步思想和崇高人格；其三，沈际飞不随大流，但善于吸取同时代人的高见卓识，颇多独创之见；其四，沈际飞的评论褒贬允当，不虚美，不避短，实事求是；其五，取舍极严，坚持高标准。在《玉茗堂选集·序》中，沈际飞指出："然则不尽存之，必为之扬榷取舍者，拣金于沙，而复拣金于金，所汰弥多，所存弥精。"[3] 以下笔者将就汤显祖的文集、诗集、赋集、尺牍、时文和戏曲的评论、评点，分别作些分析和评议，以印证上述之鄙见。

首先，沈际飞在《玉茗堂选集·文集题词》中发表了他对汤显祖古文的评价："若士积精焦志于韵语，而竟不自知其古文之到家。秋纤修短，都

---

[1] 徐朔方：《汤显祖诗文集》，上海古籍出版社1982年，第1524页。
[2] 徐朔方：《汤显祖诗文集》，上海古籍出版社1982年，第1526页。
[3] 徐朔方：《汤显祖诗文集》，上海古籍出版社1982年，第1527页。

有矩矱。机以神行，法随力满。言一事，极一事之意趣神色而止；言一人，极一人之意趣神色而止。何必汉、宋，亦何必不汉、宋。若士自云：汉、宋文字，各极其致是也。"[1] "凡文以意趣神色为主"，这是汤显祖《答吕姜山》[2] 中提出的一个论曲词的重要的美学观点："凡文以意趣神色为主。四者到时，或有丽词俊音可用，尔时能一一顾九宫四声否？如必按字模声，即有窒滞迸拽之苦，恐不成句矣。"沈际飞此处有评云："作四剧得力处。"在《文集题词》中，沈际飞拈出汤显祖的这个美学观点，评论其古文，说明在沈际飞看来，这同样是汤显祖作古文的"得力处"。沈际飞如此评论汤显祖的古文，可谓别具只眼，抓住了汤显祖古文的灵魂。

其次，沈际飞援引汤显祖对"国初文字"，以及"古文赋"自秦、西汉至唐代诸家的评论，回答了《文集题词》开头所提出的问题："秦汉而上，其文少而愈贵；宋元而下，其文颐而愈贱。何也？"[3] 在汤显祖看来："国初文字宋龙门开山，方逊志已弱，李梦阳以下，骨力强弱巨细不同，等赝文耳。""古文赋，秦、西汉而下率以不足病，唐四杰、子美而外，亦无有余，从其不足而足焉，斯已几矣。"[4]

最后，沈际飞指出："知临川真与有余之解，可以言文，可以言临川之文。"因为"临川无所不足，故一篇之中写理入微，援情穷变，涕泗歌舞，有并时而集，异时而擅者，真也，有余也，非汉、宋字句之谓也。后生学人优孟于汉、宋字句，而是汉非宋，或易宋难汉，且不知有宋龙门，亦何知临川之所以临川哉"[5]。

与沈际飞同样认为真正知临川古文者不多的是钱谦益。万历四十三年（1615），钱谦益友人许子洽谒汤显祖于临川，携所著古文以归，集为十卷，嘱钱谦益作序。钱谦益拜读后叹曰："嗟乎，义仍诗赋与词曲世或阳浮慕之，能知其古文者或寡矣。"[6] 钱谦益论古文推重曾巩和王安石："夫曾、王者，岂足以尽古文哉。其指意犹多原本六经，其议论风旨去汉、唐诸君子犹未远也。"[7] 在钱谦益看来，"义仍少刻画为六朝，长而湛思道术，熟

---

[1] 徐朔方：《汤显祖诗文集》，上海古籍出版社1982年，第1532页。
[2] 徐朔方：《汤显祖诗文集》，上海古籍出版社1982年，第1337页。
[3] 徐朔方：《汤显祖诗文集》，上海古籍出版社1982年，第1531页。
[4] 徐朔方：《汤显祖诗文集》，上海古籍出版社1982年，第1532页。
[5] 徐朔方：《汤显祖诗文集》，上海古籍出版社1982年，第1532页。
[6] 徐朔方：《汤显祖诗文集》，上海古籍出版社1982年，第1532页。
[7] 徐朔方：《汤显祖诗文集》，上海古籍出版社1982年，第1533页。

于人世之情伪，与夫文章之流别。凡序记志传之文，出于曾、王者为多"[1]。因此钱谦益推重汤显祖的古文，指出："以义仍之才之情，由前而与言秦、汉者争为捫扯割剥，我知其无前人；由后而与秦、汉者争为叫嚣嗔突，我知其无巨子。而回翔弭节，退而自处于曾、王，世之知曾、王者鲜，则知夫义仍者洵寡矣！"[2]

沈际飞在《玉茗堂选集》中所选录的汤显祖古文，有评点者不少，涉及内容、作法、布局和语言等方面。值得注意的，一是沈际飞的评点，既有肯定、赞赏，也有否定、批评；二是沈际飞的评点，大多言简意赅，绝少生发议论；三是喜用一两句话，甚至一两个字来概括，但读者仍不难窥其不烦之要言、精辟之创见。这里略举数例，以见一斑。

《大司空心吾张公年谱·序》，沈评云："条条达达，凫短鹤长，各适于体。分两段，筋转脉摇。结老到不弱。"[3]《睡庵文集·序》，沈评云："拖沓沾滞，有段落行止，古文中之下乘。"又评"有以秀郁而苍发"十句云："大都形似，文章处墨气烘染极妙。"又评"发端未识"四句云："时文气。"[4]《云声阁草序》，沈评云："夷澹恢渺，开近时江右文派。"[5]《寿方麓王老先生七十序》，沈评云："清转之笔，褒刺美好具焉。"又云："最厌寿言中智乐仁寿天寿平格等语，此文洗而空之矣。"[6]

沈际飞欣赏汤显祖的"情至之文"，沈评曾云："情至之文，不忍卒读。"评文中"见短发萧萧印月下"云："添颊毛矣。"评"至云母子之间，徒以声相闻者十四年"云："读至此，余不觉汝然掩袂矣。余犹及见元长先生，虽丧明，口授文字，能追取昔人尘土面目，而悲喜啼笑如生。况乎写似自家骨肉乎。"[7]

汤显祖赞赏奇士之奇文，其《序丘毛伯稿》指出："天下文章所以有生气者，全在奇士。士奇则心灵，心灵则能飞动，能飞动则下上天地，来去古今，可以屈伸长短生灭如意，如意则可以无所不如。"沈评汤显祖此论云："仗气爱奇，刘公干如是。"[8]沈际飞又引翠娱阁本评汤显祖的《合

---

[1] 徐朔方：《汤显祖诗文集》，上海古籍出版社1982年，第1532页。
[2] 徐朔方：《汤显祖诗文集》，上海古籍出版社1982年，第1533页。
[3] 徐朔方：《汤显祖诗文集》，上海古籍出版社1982年，第1015页。
[4] 徐朔方：《汤显祖诗文集》，上海古籍出版社1982年，第1017页。
[5] 徐朔方：《汤显祖诗文集》，上海古籍出版社1982年，第1026页。
[6] 徐朔方：《汤显祖诗文集》，上海古籍出版社1982年，第998页。
[7] 徐朔方：《汤显祖诗文集》，上海古籍出版社1982年，第1044页。
[8] 徐朔方：《汤显祖诗文集》，上海古籍出版社1982年，第1080-1081页。

奇·序》云:"序中是为奇劲,奇横,奇清,奇幻,奇古,其狂言鬼语不入焉,可知奇矣。"[1]

岳飞之"莫须有"悲剧,后人多有议论。汤显祖《岳王祠志·序》,沈评云:"抚事揆情,杀王之罪,不独桧专之矣。"[2] 由此可见沈际飞的卓越史识。汤显祖《别荆州张孝廉》,沈评云:"掩抑歔欷,雍门悲调,气骨故自肮脏。"[3] 从中亦可见沈际飞的别具只眼。

沈际飞批评汤显祖《青莲阁记》"起堆垛",又批评"然而雄心末金"六句"四六碍气";却赞赏"末段必传"。因为在末段中,汤显祖提出了"世有有情之天下,有有法之天下""今天下大致灭才情而尊吏法"的"情至"观点。[4]

《遂昌县灭虎祠记》,沈评云:"笔意顿跌有法,真能为古文者。"[5]《宜黄县戏神清源师庙记》,沈评云:"小中现大,似《庄子》诸篇。"又评"恍然如见中秋之人"三十六句云:"文字极奔放恣纵,却是自道其得意处。故腕下神来。"评"一汝神"十一句,则云:"归本于道,临川先生作文把柄处。"[6] 此等探究汤显祖的古文作法,皆深有体会,对读者启示颇多。

沈际飞对汤显祖古文的评点,虽多片言只语,却总结了汤显祖的古文作法。比如,沈评《为守令喻东粤士大夫子弟文》云:"篇中无数转折,如龙峡不可寻。"[7] 又如,《前朝列大夫饬兵督学湖广少参兼佥宪澄源龙公墓志铭》,沈评云:"头绪段落极多,而回策如索,读之一气不可裁截。"[8]《明大中大夫江西右参政完朴潘公墓志铭》,沈评云:"须于抗坠承接顿放之间微会其妙。"[9] 在《遂昌新作土城碑》的评点中,沈际飞指出:"长行文逶迤层折,是临川所长。"[10]

---

[1] 徐朔方:《汤显祖诗文集》,上海古籍出版社1982年,第1078页。
[2] 徐朔方:《汤显祖诗文集》,上海古籍出版社1982年,第1059页。
[3] 徐朔方:《汤显祖诗文集》,上海古籍出版社1982年,第42页。
[4] 徐朔方:《汤显祖诗文集》,上海古籍出版社1982年,第1112–1114页。
[5] 徐朔方:《汤显祖诗文集》,上海古籍出版社1982年,第1122页。
[6] 徐朔方:《汤显祖诗文集》,上海古籍出版社1982年,第1130页。
[7] 徐朔方:《汤显祖诗文集》,上海古籍出版社1982年,第1160页。
[8] 徐朔方:《汤显祖诗文集》,上海古籍出版社1982年,第1186页。
[9] 徐朔方:《汤显祖诗文集》,上海古籍出版社1982年,第1192页。
[10] 徐朔方:《汤显祖诗文集》,上海古籍出版社1982年,第1143页。

三、沈际飞评汤显祖的诗

"临川诗集独富。"[1] 沈际飞选汤诗极为严格，《诗集题词》指出："昔人有宁割爱不贪多之说，而予因是汰其什五。敢云操戈，殆窃附于割爱之云尔。"

总的看来，沈际飞对汤诗的评价不高，认为汤诗远逊于其古文。其一，选诗"汰其什五"；其二，"全诗赠送酬答居多。惟赠送酬答，不能无扬诩慰恤，而扬诩慰恤不能切着，于是有沈称休文，杨称子云之类。称名之不足，则借夫楼颜榭额以为确然。而有时率意率笔以示确然，未能神来情来，亦非鄙体野体，徒见魇劣"[2]。清初的朱彝尊也有类似的评论，故其《静志居诗话》认为汤显祖"诗终牵率，非其所长"，而对汤显祖的戏曲却评价极高："显祖填词妙绝一时，语虽斩新，源实出于关、马、郑、白；其《牡丹亭》曲本，尤极情挚。"

沈际飞对汤诗的评点，摘句评点多，对全诗作富有理论色彩的分析少；且常用一两句，甚至一两个字。有些好理解，也颇允当；有些则流于空泛，难以捉摸。比较有价值的评点，集中于这样几个方面：一是对汤诗艺术渊源的探索；二是对汤诗的艺术赏析；三是重视汤诗的序；四是对汤诗缺点、毛病的指摘；五是特别赞赏汤诗中那些具有天然之趣的风土咏物作品。

必须指出的是，沈际飞评汤诗，对于汤公高尚人格及其循吏作为深为钦佩和赞颂。沈评《平昌君子堂》云："循吏在眼。"又云："临川公作吏乃尔，不愧万家灯火。诗亦非浪传者矣。"[3] 又沈评《平昌送何东自归江山》云："何翁佛手，若士婆心，数行见之。诗固不佳，叙不可以不传。"[4] 又评《诀世语七首》云："大破结习，觉考亭家礼为繁。"[5] 沈际飞此等识见，实难能可贵。

沈际飞对汤诗艺术渊源的探索，颇有启示意义。比如《宿浴日亭因出小浪望海》，沈评云："日车、咸池、扶桑、若木、扶余、崦嵫，叠用厌

---

[1] 徐朔方：《汤显祖诗文集》，上海古籍出版社1982年，第1529页。据徐朔方统计，包括已发现的佚诗，汤显祖存世诗作有2358首。

[2] 徐朔方：《汤显祖诗文集》，上海古籍出版社1982年，第1529页。

[3] 徐朔方：《汤显祖诗文集》，上海古籍出版社1982年，第511页。

[4] 徐朔方：《汤显祖诗文集》，上海古籍出版社1982年，第480页。

[5] 徐朔方：《汤显祖诗文集》，上海古籍出版社1982年，第662页。

目。"又云:"似昌黎,不免堆砌。"[1] 又如《再次吴明府韵寄太史仲父之作》,沈评云:"锦心绣句,不下盛唐。"[2]《漫书所闻答唐观察四首》,沈评则云:"所闻不知何指,但见意调泽融畅足,逼唐。"[3] 再如《送武部周元孚归黄州》"王气"二句,沈评云:"此等句,钟、谭知己。"[4]《送饶司理顺德》,沈评"厚禄"二句云:"着句老杜往往有之。"[5]《出都晚登里二泗道院高阁》,沈评云:"摹初唐。"[6]《上之回》,沈评云:"骚语多奇,升庵逊步。"[7]

沈际飞对汤诗的艺术赏析,同样既赞美其优点,亦指出其弊病。比如,《寄户部周元孚三首并序》,沈评其第三首云:"妙得天然之趣。"[8]《答蹇平阳二首》,沈评云:"用典故不必尽解,却自觉其奇妙。"[9] 又如,沈评《秋忆黄州旧游》云:"何等明艳,声琅琅可调。"[10] 沈评《鲁桥望山》则云:"铺缀得法,结句有情。"[11]

沈际飞特别赞赏汤诗中那些情景双合、本色生情,有天然之趣的小诗。比如,《雁荡迷路》:"借问采茶女,烟山霞路几重。屏山遮不断,前面剪刀峰。"[12] 又如《阳谷店》:"独来阳谷店,绕屋是青山。似有江南色,萧萧檐树间。"沈评云:"画。"[13]《青山桥》,沈氏则批评云:"诗乏远致,所语画肉。"[14] 对于汤显祖在徐闻创作的一些有关当地风土人情的诗篇,沈际飞赞不绝口。比如,《海上杂咏三十首》,沈评云:"可备风土志。"[15]《徐闻留别贵生书院》,沈评云:"棒喝。"[16]《送卖水絮人过万州》,沈评

---

[1] 徐朔方:《汤显祖诗文集》,上海古籍出版社 1982 年,第 417 页。
[2] 徐朔方:《汤显祖诗文集》,上海古籍出版社 1982 年,第 540 页。
[3] 徐朔方:《汤显祖诗文集》,上海古籍出版社 1982 年,第 474 页。
[4] 徐朔方:《汤显祖诗文集》,上海古籍出版社 1982 年,第 262 页。
[5] 徐朔方:《汤显祖诗文集》,上海古籍出版社 1982 年,第 173 页。
[6] 徐朔方:《汤显祖诗文集》,上海古籍出版社 1982 年,第 186 页。
[7] 徐朔方:《汤显祖诗文集》,上海古籍出版社 1982 年,第 90 页。
[8] 徐朔方:《汤显祖诗文集》,上海古籍出版社 1982 年,第 108 页。
[9] 徐朔方:《汤显祖诗文集》,上海古籍出版社 1982 年,第 111 页。
[10] 徐朔方:《汤显祖诗文集》,上海古籍出版社 1982 年,第 135 页。
[11] 徐朔方:《汤显祖诗文集》,上海古籍出版社 1982 年,第 196 页。
[12] 徐朔方:《汤显祖诗文集》,上海古籍出版社 1982 年,第 477 页。
[13] 徐朔方:《汤显祖诗文集》,上海古籍出版社 1982 年,第 241 页。
[14] 徐朔方:《汤显祖诗文集》,上海古籍出版社 1982 年,第 276 页。
[15] 徐朔方:《汤显祖诗文集》,上海古籍出版社 1982 年,第 432 页。
[16] 徐朔方:《汤显祖诗文集》,上海古籍出版社 1982 年,第 435 页。

云："风土诗。"[1] 又如《黎女歌》，沈评云："风土志。"[2]《槟榔园》，沈评云："平实，是咏物诗。"[3]

四、沈际飞评汤显祖的赋

丘兆麟《玉茗堂选集·序》尝谓："时论称先生制文、传奇、诗赋昭代三异。曷异尔？他人拟为，先生自为也。拟为者学唐学宋，究竟得唐宋而已。自为者性灵发皇，天机灭没，一无所学，要以自得其为先生。此先生所以过人，而天下人厌王、李者思袁、徐，厌袁、徐者思先生。故先生诗可以刻也。"[4] 汤显祖的赋作，《玉茗堂选集》选录了不少。在《赋集题词》中，沈际飞对汤赋作了总的评论。

沈际飞论汤赋，首先感叹："赋岂易言哉！"究其原因，在沈际飞看来，就在于"其讽咏类歌诗，谏净拟书疏，事实愈《尔雅》，感托寓滑稽。自唯屈平离逸忧国，而辞旨一本于忠厚恻隐，世乃以经目之。若徒夸闳衍，比于唐人对语之俳；而或能脱略，又入于宋人散语之文，未见其能赋也"[5]。若用沈际飞的评点语来说，赋自有其独特的"赋体"和"赋情"。

沈际飞认为，在文学创作上，"人各有能有不能，能填词或不能骚赋；而文章落官腔，则又未免多一进士为之祟矣"，而"若士笔力豪赡，体亦多变。但远于性情，如后山所谓进士赋体，林艾轩所谓只填得腔子满"。因此赋的创作对于临川来说，"犹夐夐乎难之哉"[6]。

沈际飞认为，汤赋"有二体：一祖《骚》，如至方不能加矩，至圆不能过规。多僻字险句。一祖汉、晋，感物造端，材智深美，洋洋洒洒，而浮曼浅俚处，亦不乏。大抵铺张扬厉，长于序述。于风比兴雅颂之义，未之有获焉"[7]。

与评论古文一样，沈际飞评汤赋，十分重视其艺术手法和技巧，赞赏其长处，批评其缺点。比如《四灵山赋》，沈评云："顿跌起伏，虚实并游，

---

[1] 徐朔方：《汤显祖诗文集》，上海古籍出版社1982年，第436页。
[2] 徐朔方：《汤显祖诗文集》，上海古籍出版社1982年，第437页。
[3] 徐朔方：《汤显祖诗文集》，上海古籍出版社1982年，第276页。
[4] 徐朔方：《汤显祖诗文集》，上海古籍出版社1982年，第1531页。
[5] 徐朔方：《汤显祖诗文集》，上海古籍出版社1982年，第1535-1536页。
[6] 徐朔方：《汤显祖诗文集》，上海古籍出版社1982年，第1536页。
[7] 徐朔方：《汤显祖诗文集》，上海古籍出版社1982年，第1536页。

如蛇蜕龙行，不愧赋。"[1]《浮梁县新作讲堂赋》中"徒观其四达之为势也"七句，沈评云："景物巨丽。"又评"然则无清英之意者不可以及远"二句云："器赅道即象寓理者，吾欣赏此。"又评"体用合而用正"二句云："说得完。"[2]

沈际飞评汤赋，常与古人作比较，借以提出批评。比如，沈评《愁霖赋》云："魏、晋间多赋此类，参看之便知古旨远，今人意近。"[3]

沈际飞评汤赋，同样重视其序文。比如，评《高致赋》云："一序极磊砢之致。"[4]《庭中有异竹赋》，沈评其"采齐而步视"句云："丑句。"又评其"故孤生者常直"四句云："比物连类，是得赋情。"[5]《怀恩念赋》，沈评其序云："得赋体矣。觉怀恩念三字一赋反浅。"[6] 又如《嗤彪赋》，沈评云："事奇，一序已足。"[7]《大司马新城王公祖德赋》，沈评云："叙事佳，似有此序，可无此赋。"[8] 沈际飞在对汤赋的评点中，赞美或批评，与其评点汤诗一样，常用一二词语加以概括，比如古味，好景，能尽物类，可思，篇终深甚，远甚，快论等；比如时文气，欠变化，不成句，率笔，意陋，说理则腐，丑句等。

五、沈际飞评汤显祖的尺牍

汤显祖的尺牍数量相当多，它对后人研究汤显祖的交游、思想和人格，为人处世和为官之道，以及文学观点和诗文、戏曲的创作，皆有十分重要的参考价值。沈际飞对汤显祖的尺牍评价极高。他收在《玉茗堂选集》中的《尺牍题词》，可谓文短而意深情长。现录其全文如下：

> 为诗磨韵调声，为赋繁类捴藻，为文镕经铸史，为词曲工肇妍笑：皆有意立言，久而后成。至于裁书叙心，春容千言，寂寥数字，挥毫辄就，开函如谭，自非内足于理，外足于辩，学无余

---

[1] 徐朔方：《汤显祖诗文集》，上海古籍出版社1982年，第964页。
[2] 徐朔方：《汤显祖诗文集》，上海古籍出版社1982年，第970页。
[3] 徐朔方：《汤显祖诗文集》，上海古籍出版社1982年，第924页。
[4] 徐朔方：《汤显祖诗文集》，上海古籍出版社1982年，第976页。
[5] 徐朔方：《汤显祖诗文集》，上海古籍出版社1982年，第915页。
[6] 徐朔方：《汤显祖诗文集》，上海古籍出版社1982年，第972页。
[7] 徐朔方：《汤显祖诗文集》，上海古籍出版社1982年，第945页。
[8] 徐朔方：《汤显祖诗文集》，上海古籍出版社1982年，第952页。

沈，品无留伪者，其书不工；虽工，而不可与千万人共见也。汤临川才无不可，尺牍数卷尤压倒流辈。盖其随人酬答，独摅素心，而颂不忘规，辞文旨远。于国家利病处绷绷详言，使人读未卒篇，辄憬然于忠孝廉节。不则惝恍沈潗，泊然于白衣苍狗之故，而形神欲换也。又若隽泠欲绝，方驾晋、魏，然无其简率。而六朝以还议论滋多，不复明短长之致，则又非临川氏之所与也。呜呼，不以临川之牍射聊城，而徒供寒暄登答，烂熳云烟，亦何足以竟其用哉！选成为之三叹。[1]

沈际飞首先对尺牍与诗文、词曲的不同特点进行了区分，指出："汤临川才无不可，尺牍数卷尤压倒流辈。"在分析了汤显祖尺牍压倒流辈的原因之后，沈际飞又强调汤显祖尺牍，既"隽泠欲绝，方驾晋、魏"，又避免了晋、魏的"简率"，以及六朝以还的"议论滋多"的弊病。

南丰门人朱廷诲《尺牍原序》尝谓："师牍每爱人以德，而自写其真。其妙且丽，诸名公叙不啻详矣。"[2] 沈际飞评点汤显祖的尺牍，同样十分看重曾巩尺牍的这个特点。比如《与司吏部》，沈评云："若士妙腕，最善写骨肉深情。"[3]《与李稠原》："常自谓得见俊人能令自品俊，见痴人正自转痴耳。"沈评云："不见鉴人而人在鉴中乎。妙理未有。"[4]《与宜伶罗章二》："我平生只为认真，所以做官做家都不起耳。"沈评云："唾壶足碎。"[5] 汤显祖做官、做家和做人，都极认真，这是他人格高尚的表现，也是沈际飞激赏得敲碎唾壶的原因。

沈际飞非常欣赏汤显祖尺牍中的警句，常拈出加以评点。比如，《寄彭鲁轩侍御》："身为男子，高步中原，他更何论。"沈评云："吾辈须具此一副襟期。"[6]《答真宁赵仲一》："官根断续何论，但勿断命根尔。"沈评云："长歌甚于痛哭。"[7] 又如，《与姚承庵》："不知敬体无破，可打破之敬，非敬也。"沈评云："乃知临川不是假道学。"[8]《答黄荆卿》："世岂

---

[1] 徐朔方：《汤显祖诗文集》，上海古籍出版社1982年，第1536-1537页。
[2] 徐朔方：《汤显祖诗文集》，上海古籍出版社1982年，第1538-1539页。
[3] 徐朔方：《汤显祖诗文集》，上海古籍出版社1982年，第1226页。
[4] 徐朔方：《汤显祖诗文集》，上海古籍出版社1982年，第1420页。
[5] 徐朔方：《汤显祖诗文集》，上海古籍出版社1982年，第1427页。
[6] 徐朔方：《汤显祖诗文集》，上海古籍出版社1982年，第1437页。
[7] 徐朔方：《汤显祖诗文集》，上海古籍出版社1982年，第1302页。
[8] 徐朔方：《汤显祖诗文集》，上海古籍出版社1982年，第1334页。

有达观怖死，义仍要钱者耶！"沈评云："八字凿然。"[1]《答刘士和》："天下事体深之十分止可得五六分也。"沈评云："大识见，大议论，以数字出之。"[2]

六、沈际飞评汤显祖的制义

在《玉茗堂选集·序》中，沈际飞曾概述了明代制义著名作者的情况："我明以制义帅士，士一志毕虑，故不工而得之，以余力为古，或求工而失焉。龙门到今，他不具论，如于麟、弇州数子，号称巨擘，而句积殊门，章就纷杂，意骛于多，自见其浅，亦复使学人浅也。"沈际飞还对江右在历史上有影响的学者和作家作了如此的评述："盖江山之秀，劲挺出之为忠义，则有弋阳庐陵；沉涵泳之为理学，则有南丰鹅湖；恬漠守之为清节，则有彭泽南州；晶英喷之为文章，则有六一涪翁。若制义之自为派，夫何足云。"对于汤显祖的制义，沈际飞则在序文中作了这样的评论："殆裹诚慕义，强执孤行，而踽踽不进，思穷力蹷，故大放厥词。欢忻悲叹，法戒作止，莫不假是以托情，缘情而着体。非瞭然于中者勿言，非诚有于己者勿述。文至于此，谓之古宜也。"

值得指出的是，在《与门人吴来复》中，汤显祖尝言："门下固为清吏后，而文史足用。止时义一路，未肯降心以从。比如转丸振落。能以鄙言从事，时亦弋获否？"沈评"止时义一路"二句云："义仍淹迹文史，鞭心词赋，向人便劝走时义一路，随方化导耳。"[3] 在读八股时文、走科入仕的时代，汤显祖如此教导门人走"时义一路"，也不足为奇；他本人的制义名闻当世，同样也是可以理解的。

徐朔方笺校的《汤显祖诗文集》卷50所录汤显祖时文，二篇选录于《隆庆庚午江西乡试录》，二篇选录于沈际飞所编纂的《玉茗堂选集·文集》卷6。《天下之政出于一》，沈评"然而二之者"数句云："一篇要领。"评"嘻，天下之政亦多矣"数句云："浑浑穆穆，谁能辨此。"评"盖顼以前"数句则云："上观千岁，下观千岁。"评"独守器持文之主"数句云："归重守文，大识大体。"评"奈何与嬖臣贱隶同弱共君而分之政乎"数句云：

---

[1] 徐朔方：《汤显祖诗文集》，上海古籍出版社1982年，第1330页。
[2] 徐朔方：《汤显祖诗文集》，上海古籍出版社1982年，第1247页。
[3] 徐朔方：《汤显祖诗文集》，上海古籍出版社1982年，第1527页。

"他人有此论头，那得此辈（笔）力。"沈总评云："长江顺流，却波涛万顷，转眼即变，不可方物。是天下大文字，不可多数。"[1] 汤显祖的《拟大驾北征次玄石坡擒胡山清流泉勒铭凯还群臣贺表》，沈评开头数句云："气象俨然。"评"窃惟六服罔不承德"数句云："述古有典有则，不事纤丽。"评"兹盖伏遇皇帝陛下"数句云："颂圣，心口自异。"评"虎豹前不见蹄林之慕"数句则云："字字飞舞，句句精神。"总评："典坟经史，罗贯胸中，任口吐出，莫非珠玑，表家宗匠。"[2] 举此二例，足可具体而微地略窥沈际飞对汤显祖制义的评价了。

七、沈际飞评汤显祖的戏曲

明崇祯年间，沈际飞于独深居点定的《玉茗堂四种曲》，是只作评点而不作改动的评点本，现藏国家图书馆。沈际飞为四种曲各撰写了一篇题词，阐述了他对"临川四梦"的艺术构思和立言神旨的理解。《题词》虽篇幅不长，但可见沈际飞乃是一位熟谙汤显祖全部文学创作的实际，并作了认真研究和评点的批评家，对于玉茗堂四种曲皆有独到之见。

沈际飞的《题紫钗记》，抓住了三点，其一，他同意作者"自题曰：'案头之书，非台上之曲。'"，故指出："《紫钗》之能，在笔不在舌，在实不在虚，在浑成不在变化。"其二，沈际飞指出，正由于《紫钗》乃"案头之书"，"惟咏物评花，伤景誉色，秾缛曼衍，皆《花间》《兰畹》之余，碧箫红牙之拍"。换言之，《紫钗》尚未摆脱《紫箫》追求骈绮之美的局限，追步"梁、梅派头"，在第修藻艳上下功夫。其三，沈际飞肯定剧作主要人物的个性鲜明，赞云："小玉愚，李郎怯，薛家姬勤，黄衫人敢，卢太尉莽，崔、韦二子忠，笔笔实，笔笔浑成，难言其乖于大雅也。"但沈际飞又指出："自古阅今，不必痴于小玉，才于李郎，婉于薛姬。"由此可见，在沈际飞看来，剧中的小玉是个既痴又愚、因痴而愚的人物；李郎是个有才而又怯的人物；薛姬则是个又勤又婉的人物，在他们身上都有着作者的"托喻"[3]。由于沈际飞的《题紫钗记》缺了半页，有关如何理解和评价该剧"案头书与台上曲果二"，我们已无法得知了，这是很令人遗憾的。

---

[1] 徐朔方：《汤显祖诗文集》，上海古籍出版社 1982 年，第 1497–1498 页。
[2] 徐朔方：《汤显祖诗文集》，上海古籍出版社 1982 年，第 1499 页。
[3] 徐朔方：《汤显祖诗文集》，上海古籍出版社 1982 年，第 1540 页。

沈际飞的《牡丹亭题词》，首先指出，汤显祖"模数百载以上之事"，而创作出"必然之景之情而令人信疑，疑信；生死，死生，环解锥画"的作品。他采用了奇幻恍惚的方法，即沈际飞所谓的"飞神吹气"之法，创造了一个极富传奇色彩的剧作，使"后数百载而下，犹恍惚有所谓怀女、思士、陈人、迂叟，从楮间眉眼生动"。描绘似幻似真，幻即是真，而人物能超越生死，歌颂了"生生死死为情多"的情至观念。沈际飞强调说："临川作《牡丹亭》词，非词也，画也；不丹青，而丹青不能绘也；非画也，真也；不啼笑而啼笑，即有声也。"其次，沈际飞指出，汤显祖作《牡丹亭》，在艺术上继承了唐音、宋调和元剧，更充分发挥了自己的艺术独创性。最后，沈际飞赞赏汤显祖把剧中的人物写活了：看似"柳生呆绝，杜女妖绝，杜翁方绝，陈老迂绝"；实际上，"柳生未尝痴也，陈老未尝腐也，杜翁未尝忍也，杜女未尝怪也"。[1] 换言之，汤显祖写出了人物性格的复杂性。

沈际飞的《题南柯梦》，借"昔人之言"和"世俗之事"，通过淳于梦的"南柯一梦"，启发"不及情之人"和"溺情之人"的觉醒，进而指出："惟情至，可以造立世界；惟情尽，可以不坏虚空。而要非情至之人，未堪语乎情尽也。"在沈际飞看来，"世人觉中假，故不情；淳于梦中真，故钟情"；但"淳于未醒，无情也"。[2]

沈际飞的《题邯郸梦》指出，邯郸卢生梦中的悲欢离合的经历，以及剧作所描写的"梦中之炎凉""梦中之经济""梦中之治乱"，皆是人生真实社会，亦即汤显祖时代真实社会的艺术反映。沈际飞特别欣赏的是，"临川公能以笔毫墨沉，绘梦境为真境，绘驿使、番儿、织女辈之真境为卢生梦境。临川之笔梦花矣"[3]。在沈际飞看来，人生如梦，汤显祖的《南柯记》和《邯郸记》，其艺术魅力就在于通过梦境，真实地反映了他生活的时代，批判了恶情，歌颂了真情，宣扬了"情至"新观念。

有关沈际飞的《玉茗堂四种曲》的评点，笔者因年老多病无法赴北京查阅，这部分的内容，只能阙如了。本文最后尚须指出以下几个问题：

首先，《玉茗堂四种曲》的立言神旨，鼓吹"情至"是"临川四梦"之立言神旨，前二梦以赞颂善情为主，后二梦则以批判恶情为主，这是今

---

[1] 徐朔方：《汤显祖诗文集》，上海古籍出版社1982年，第1540-1541页。
[2] 徐朔方：《汤显祖诗文集》，上海古籍出版社1982年，第1541页。
[3] 徐朔方：《汤显祖诗文集》，上海古籍出版社1982年，第1542页。

日汤学研究者的共识。明末的沈际飞同样认为赞颂和鼓吹"情至"乃"临川四梦"的立言神旨,这在其《题南柯梦》中表述得十分清楚。

其次,前文论述沈际飞评点汤显祖的古文部分,曾援引过汤显祖《答吕姜山》"凡文以意趣神色为主",沈评云:"作四剧得力处。"不言而喻,这当然也是汤显祖作诗词文赋乃至尺牍的"得力处"。这可谓汤显祖文论的基本观点。

再次,在前文沈际飞评点汤显祖古文部分,笔者还曾引汤显祖《序丘毛伯稿》"天下文章所以有生气者,全在奇士"段,沈评云:"仗气爱奇,刘公干如是。"[1] 汤显祖之爱奇、尚奇、崇奇士,由此可见。在《张元长嘘云轩文字序》中,汤显祖还指出:"天下大致,十人中三四有灵性。能为伎巧文章,竟伯什人乃至千人无名能为者。则乃其性少灵者与?"沈际飞评此文云:"通言可佩。"[2] 正由于汤显祖"为情作使"以鼓吹"情至"为己任;而他又是个爱奇、尚奇、崇奇士、爱灵气的奇人。因此,在戏曲创作的方法上,他自然而然地走上了浪漫奇幻之路。诚如茅暎《题牡丹亭记》所指出的:"第曰传奇者,事不奇幻不传,词不奇艳不传,其间情之所在,自有而无,自无而有,不魂奇愕贻者亦不传,而斯记有焉。"[3]

最后,汤显祖《答李乃始》指出:"词家四种,里巷儿童之技,人知其乐,不知其悲。"沈际飞评云:"四种极悲乐二致,乐不胜悲,非自道不知。"[4] 汤显祖的"临川四梦"到底属于何种性质,悲剧乎?悲喜剧乎?至今论者见解不一,汤、沈二氏之见,或可促使研究者深入思考。

---

[1] 徐朔方:《汤显祖诗文集》,上海古籍出版社1982年,第1081页。
[2] 徐朔方:《汤显祖诗文集》,上海古籍出版社1982年,第1077-1078页。
[3] 徐扶明:《牡丹亭研究资料考释》,上海古籍出版社1987年,第51页。
[4] 徐朔方:《汤显祖诗文集》,上海古籍出版社1982年,第1385页。

"砥柱洪流，抱琴太古"的"豪杰之才"

——黄人《中国文学史》有关汤显祖论述平议

清末民初，最早用西方先进的美学思想和文学理论研究汤显祖的学者，当推黄人（摩西）。在他那部前无古人、后无来者的巨著《中国文学史》中，对于汤显祖及其诗文词赋和传奇创作的评论，其深度和广度，独创性和科学性，以及对后人的启迪，都是站在时代的前列的。虽然林传甲《中国文学史》正式出版于黄人《中国文学史》之前（1904），但同样始撰于1904年的黄人《中国文学史》，其规模、体例、篇幅，以及独创性、开拓性和中国作风、中国气派，都是林传甲《中国文学史》所无法望其项背的。而在黄人《中国文学史》之后陆续问世的其他几部《中国文学史》，其规模、体例、篇幅，以及独创性、开拓性和中国作风、中国气派，亦无法与黄人《中国文学史》相媲美。进入21世纪后，虽出现了好多种新编《中国文学史》，但黄人《中国文学史》仍然是一部独具特色和风采、值得另眼相看的学术巨著。

进入21世纪以来，汤显祖的"临川四梦"越来越为海内外的戏曲爱好者所喜爱，各种版本的昆曲《牡丹亭》更是风靡天下；汤显祖研究越来越受到学人的重视，"汤学"日趋成熟，影响也越来越深远。而毋庸置疑的是，作为东吴大学的国学教习，黄人始撰于1904年的《中国文学史》对于汤显祖及其作品的评论，代表了20世纪初叶中国学者有关汤显祖研究的最高水平，其中不少观点和论述至今仍被汤显祖研究者奉为圭臬。黄人《中国文学史》可超而不可越，后人完全可能且应当超过黄人《中国文学史》，但不能越过《中国文学史》。今天，我们要研究"汤学"史和汤显祖，离不开黄人《中国文学史》中有关汤显祖及其诗文词赋和传奇创作的论述。为了探清晚明以来汤显祖研究的历史，促进"汤学"的发展，笔者不揣谫陋，撰写拙文，抛砖引玉；偏颇不妥之处，尚祈海内外方家和读者批评指正。

一

　　黄人（1866—1913），原名振元，字慕庵（一作慕韩）。中年易名黄人，字摩西，别署蛮、野蛮、梦暗、诗虎。江苏昭文县（今常熟市）人。近代著名学者，南社杰出诗人。1901 年，东吴大学聘黄人为国学教习，其执教达 13 年之久，在国学教学和研究方面建树良多。其自为诗词，有《石陶黎烟阁诗》《摩西词》。所著《中国文学史》皇皇三十巨册（常见排印本为二十九册，国学扶轮社出版；苏大图书馆另藏有手抄的一册），始撰于 1904 年，边编撰，边供教学用，初稿完成于 1907 年。与徐念慈等人在上海创办小说林书社和《小说林》杂志，所撰《小说小话》对当时的"小说界革命"贡献良多。又与沈粹芬等合辑《国朝文汇》，"存录一千余家，为文一万余首，不名一家，不拘一格"（黄人《国朝文汇·序》），颇多清廷禁止之作。黄人还曾精心编纂了大型工具书《普通百科新大辞典》，在昌明国粹、融化新知方面，为后来人导夫先路。黄人所辑录的清初文字狱和晚清太谷学派资料，具有明显的反清倾向。令人遗憾的是，由于国内仅有少数图书馆藏有黄人《中国文学史》，迄今阅读和研究过黄人《中国文学史》的人仍然不多，致使黄人有关汤显祖研究的论述还鲜为人知。笔者执教四十余年的苏州大学，其前身即为东吴大学。苏大图书馆不仅藏有两套黄人《中国文学史》，还藏有不少有关东吴大学的资料；而已故钱仲联先生又与黄人的同事金叔远等人有所交往。因此，二十年前，笔者就开始研究黄人及其《中国文学史》，曾在台湾《中国书目季刊》发表了《中国文学史的开山之作——黄摩西所著中国首部〈中国文学史〉》（1995 年第 29 卷第 1 期），在大陆出版了《"苏州奇人"黄摩西评传》（苏州大学出版社 2000 年版），还发表了几篇黄人关于古代戏曲和汤显祖传奇的论文。2004 年 11 月，北京大学中文系、苏州大学文学院联袂召开"中国文学史百年研究国际研讨会"，笔者在大会上宣读了《先驱者的启示——纪念黄人〈中国文学史〉撰著百周年》（发表于《中国雅俗文学研究第一辑》，上海三联书店 2007 年版）。在发言中，笔者曾这样说：

　　　　百年来中国文学史的研究，上半叶多因袭日本学者的体例，诚如朱自清先生所指出的："早期的中国文学史大概不免直接的以日本人的著作为样本，后来是自行编纂了，可是还不免早期的影响。"1949年以后,又多借鉴苏联的路子。真正富有中国特色的独具一格的《中国文学史》,可说是凤毛麟角。近二十多年来,随着思想的解放,先后问世的几部《中国文学史》,比如章培恒、骆玉明主编的《中国文学史》,郭预衡主编的《中国文学史》,李修生、赵义山主编的《中国分体文学史》等,开始探索新的理念、思路、体制和方法,初步显示了时代精神和中国特色。正是在中国特色和时代精神上,笔者景仰和赞赏黄人的《中国文学史》。可以毫不夸张地说,黄人始撰于1904年的《中国文学史》是一部既具有鲜明的中国作风和中国气派,又激荡着时代精神的《中国文学史》,值得今天的中国文学史的研究者和撰著者认真研究和借鉴。

黄人《中国文学史》的体例与分期,有着明显的开拓性和独创性。全书有总论、略论(第三编《文学之种类》亦属"略论"范畴)和分论三大块,分别就文学和文学史的一般原理,中国文学和中国文学史的概况和特色,以及中国文学在各个历史时期(自先秦至明、清)的发展历程和重大理论问题,作了全面、深入又独具只眼的论述。黄人从中国社会的历史演变出发,把中国文学分为上世、中世和近世三个时期;而根据对中国文学兴衰嬗变的考察,黄人又把中国文学史大别为四期,即全盛期(自先秦至两汉)、华丽期(自两晋六朝至金、元)、暧昧期(明代)和第二暧昧期(清代)。

在《略论》中,黄人评论"暧昧期"时指出:"我国文学有小劫一,次小劫三,大劫一,最大劫二。"在他看来,秦始皇焚书坑儒是"小劫";南北朝时期的分裂,五代十国时期的动乱,以及蒙古贵族集团入主中原是三次"次小劫";汉武帝的"罢黜百家,独尊儒术"为"大劫";明、清两代的封建专制主义则是"最大劫"。明、清两代,"茫茫毒雾,横塞于文学之天地,使长夜不旦,而七圣皆迷",因此黄人便将明、清文学分别归入"暧昧期"和"第二暧昧期"。从文学与政治的关系角度来审视,黄人的这种分期不无根据和道理;对于我们深入研究中国文学发展史,这样的分期亦颇有启示。难能可贵的是,黄人虽然对黑暗的封建专制制度、中华民族的暂时分裂、民族对民族的压迫对于中国文学发展所起的消极作用,有着清醒的认识,作了充分的估计。但是也深谙"文学之反动力"(引者按:指文学对社会所起的积极反作用)的原理,坚信"无路易十四之骄横,则卢骚氏之高文不当一钱之价值;无日耳曼第二之暴敛,则显理氏之演说亦为无病呻吟"（黄人《中国文学史·略论·文学之反动力》）。因此，黄人并不因为中国文学史上发生过无数次"小劫""次小劫""大劫""最大劫"，而否定一切。黄人否定的是黑暗的封建专制制度、文化专制主义，以及国家的分裂和民族的压迫；对于元明清三代的戏曲和小说及有价值的诗文词赋还是充分肯定的。

黄人把明代归入文学之"暧昧期"，是有鉴于"不通文史"的明太祖朱元璋的"视文人学士如仇，必文致其罪，诛夷之、屈辱之以为快"；他又"创八股文取士之法，变劣文学之种性，俾沉沦万劫而不可拔"。而明朝的历代君主又秉承朱元璋之衣钵，竭力推行封建专制主义，于是造成了"二百四十年之士大夫，刖者、大辟者、杖毙、妻女入教坊者，几无代无之。此日之文学界，以视两汉、唐、宋，真天道之与畜生饿鬼矣"（《中国文学史·分论·第四章近世文学史·文学暧昧期》）。

黄人《中国文学史》将明代文学史分为两期：自洪武至隆、万为前期，天、崇为后期，并强调"明季之文多愤"这一特点："盖二百年中所不敢下笔，不敢著想者，至宗社沦亡，如狱破典狱者去，而此沉沦狱底之囚，乃摆脱其缧绁，而欲一抒其胸中郁勃矣。故汉、唐、宋末之文多哀，而明季之文多愤，且消极思想多于积极思想。"（《中国文学史·分论·第四章近世文学史·文学暧昧期》）

黄人又把明代前期文学分为两派，"寻常诗、古文、词为一派，而以传奇与八股为一派"，指出："不特前者为沿袭，而后者多为创设，即精神思力所倾向，亦多在后者。瓦砾矢溺，有至道存焉。若因其俚俗庸腐而损弃之，则不足见一代之特色。而作者之苦心孤诣委曲以出之者，亦将埋没辎轩风采。而西史于俗谣、世剧亦入文学范围，敢窃比之。"黄人视八股文为创设，似着眼于形式，尚可商榷；但他对明人传奇的重视由此已可见一斑。

谈到"明之旧文学"，黄人《中国文学史》认为："以诗为最，杂文次之。若骈偶之文，则虽喜摹六朝以上，而多涂泽而少气骨。"在《中国文学史》中，黄人对明代前后期的诗文流派演变作了精细的梳理。尽管黄人把明代归入文学之"暧昧期"，对明代前后期各流派的诗文批判甚严，但他对归有光、汤显祖、徐渭等人却另眼相看，誉之为"砥柱洪流，抱琴太古，如鹏扬扶摇之上，而坐视篱鷃之争粒"的"豪杰之才"。在"明后期文学代表"中，黄人又对汤显祖作了这样的评介："少有志天下事，所交李化龙、李三才、梅国桢皆通显，有建树。显祖一发不中，蹭蹬穷老。所居玉茗堂，文史狼藉，宾朋杂坐，俯仰啸歌，萧然意得。……少以文章自命，其论古文,则谓本朝以宋濂为宗,李梦阳、王世贞辈虽气力强弱不同,等赝文耳,识者鄙之。"由此可见,黄人《中国文学史》是站在文学史家的高度,以真正批评家的勇气和识见,从明代文学的特殊性及其历史演变这个视角来研究和论述汤显祖及其文学创作的,故而慧眼独具、不同凡响。

黄人《中国文学史》在"明杂文"(嘉靖至崇祯)部分("杂文"指古文和赋),选录了汤显祖的《匡山馆赋》《游罗浮山赋》《临川县古永安寺复寺田记》《宜黄县戏神清源师庙记》。在"明次期诗录"部分,则选录了汤显祖各体诗作多达五十余首。现录诗题如下:

《答丁右武稍迁南仆丞怀仙作》《过太常博士宅》《京察后小述》《三十七》《顾膳部宴归三十韵》《雨花台所见》《黄冈西望寄王子声》《读张敞传》《相如》《部中鹤》《胡克逊》《宿浴日亭因出小浪望海》《丽水风雨下船棘口有怀》《答姜仲文》《遥和诸郎夜过桃叶渡》《送前宜春理徐茂吴》《听说迎春歌》《送俞采并示姑熟子弟》《送臧晋叔谪归湖上,时唐仁卿以谈道贬,同日出关》《吹笙歌送梅禹金》《署客曹浪喜》《榆林老将歌》《边市歌》《江东歌》《夏州乱》《黎女歌》《送安卿》《送郑见素游江东》《寄嘉兴马乐二丈兼怀陆五台太宰》《河林有韵》《初入秣陵,不见帅生,有怀太学时作》《答君东天津夜泊》《送刘子极归饷兰州》《寄右武滁阳》《平昌得右武家绝决词,示长卿,各哽泣不能读,起罢去便寄张师相感怀成韵》《卧邸寄帅思南》《遣梦》《广陵偶题二首》《有友人怜予乏劝为黄山白岳之游》《信陵君饮酒近妇人》《司马德操谓庞德公妻子作黍元直欲来》《黄金台》《七夕醉答君东》《胡姬抄骑过通渭》《鹦鹉赋》《辛丑大计闻之哑然》《送张伯昇世兄入燕》《少小》《口占奉期建安三月三》《与李太虚》《送别刘大甫》《柳丝楼感事二首》。

汤显祖词作,徐朔方笺校《汤显祖诗文集》仅在第五十九卷补遗中,收入一首【千秋岁引】。词云:

草展华茵,云披翠幕。画阁张枰向修簿。角端不堪蛮触斗,橘中自有神仙乐。叹古今,争人我,分强弱!

高士洞知先一着。坎止流行心活泼,日把闲情付丘壑。容易莫教莺语老，等闲可使花枝落。觅王郎，招谢傅，偿棋约。

徐先生指出，此词录自汪廷讷《坐隐先生集·坐隐诗余》，当作于万历三十六年（1608），汤氏时客汪廷讷家。

除【千秋岁引】之外，汤显祖是否还有词作流传于世呢？多年搜索，未有收获。可是在黄人《中国文学史》的《明人诗余》部分，发现了汤词两首。现抄录于下，供同好欣赏：

> 帘外雨丝丝，浅恨轻愁碎滴。玉骨近来添瘦，趁相思无力。
> 小虫机杼隐秋窗，黯淡烟纱碧。落尽红衣池面，又西风吹急。
> （【好事近】）
> 不经人事意相关，牡丹亭梦残。断肠春色在眉弯，倩谁临远山？
> 排恨叠，怯衣单，花枝红泪弹。蜀妆晴雨画来难，高唐云影间。（【阮郎归】）

与【千秋岁引】抒发愤世嫉俗、向往山林隐逸的情感不同，【好事近】和【阮郎归】写的是闺怨闺情，这是唐宋婉约词的传统题材和写法。寥寥二首，当然尚难窥见汤显祖词作的独特风韵，但已可见其题材、风格的多样化，不愧为大家作手。

二

日本笹川种郎《中国文学史》（东京博文馆，1898）对于戏曲、小说等通俗文学相当重视。林传甲《中国文学史》（1904）则对戏曲、小说等通俗文学，仍然坚持中国历代封建正统文人的鄙视态度。他批评笹川氏说：

> 日本笹川氏撰《中国文学史》，以中国曾经禁毁之淫书，悉数录之。不知杂剧、院本、传奇之作，不足比于古之《虞初》，若载于风俗史犹可，（坂本健一有《日本风俗史》，余亦欲萃《中国风俗史》，别为一史）笹川载于《中国文学史》，彼亦自乱其例耳。况其胪列小说、戏曲，滥及明之汤若士、近世之金圣叹，可见其识见污下，与中国下等社会无异。

很可玩味的是，黄人《中国文学史》有关戏曲、小说的论述，与林传甲截然不同，而与笹川氏《中国文学史》可谓英雄所见略同。（黄人是否读过笹川氏《中国文学史》？因无文献资料可证，不敢妄加猜测）到底谁的"识见污下"，是林传甲，还是笹川种郎和黄人？今天的读者当然是极易判断的。而一百多年前黄人撰著《中国文学史》时，对于戏曲、小说等通俗文学的推重，对于汤显祖及其"临川四梦"的激赏，则充分反映了他先进的文学理论和文学史观。这是显而易见的，也是令人钦佩的。笔者确认，黄人对汤显祖、徐渭等明代深受新的哲学思潮影响的戏曲家另眼相看，给予了极高的评价，是基于他先进的历史观、文学观和戏曲观。为此，在评议黄人对汤显祖"临川四梦"的论述之前，笔者还将用一定的篇幅对黄人先进的戏曲观略作评介。

黄人《中国文学史》把金元杂剧和明人传奇视为"一代文学之代表"。在论述元代文学时，黄人指出诗、古文、词等正统文学"纤弱险怪，绝无可录"，在《略论·文学华离期》中，黄人指出：

> 惟歌曲一道，根于天赋，不以文野而殊，而衰宋社会，竞倚新声，其窈眇风雅，亦非易及。唯苏、辛末流，叫嚣奔突，与吹笳鸣角之风气相近（《桯史》中所载完颜亮诸词，似为北曲之滥觞），遂演为长声，著之功令，而风会所趋，竭文士、乐工之精力，亦能别开生面，凌轹古今。气粗而健，词俚而俊，以雕饰词藻者当之，反觉斧凿痕多，苍莽气少。今览《元人百种曲》及《西厢》《琵琶》诸院本（乐府虽并称金、元，然金曲已不传，惟《武林遗事》及《辍耕录》间留其目耳），不可谓非文界之异军苍头也。

黄人把元人杂剧和《琵琶记》这类南曲戏文名著，视为"文界之异军苍头"，足为有元"一代之代表"。如此卓见，与后来王国维《宋元戏曲考》（1912）肯定元曲为"一代之文学"、元杂剧为"一代之绝作"，真可谓前后辉映。由于黄人《中国文学史》流传不广，长期以来，研治中国戏曲史者，只提王国维，而不提黄人；只推崇《宋元戏曲考》，誉之为中学与西学结合的产物、科学的思维方式和研究方法的结晶，而不知《中国文学史》也是同样的杰构。

对于明人传奇，黄人《中国文学史》认为它是冲破了"骄横政体"之束缚而形成的一种"新文体"。在黄人看来，明人传奇虽是"化合蒙兀之曲文、小说而成一种特别之文辞"，但比之元曲和章回小说又进了一步。因为"元曲虽脱古今乐府之范围，独辟一径界，然亦为客观的而非主观的。其命题也，不过取晋、唐稗官野史之故事，离合装点，以合九宫十三调之节奏，以演狐、狙、末、保、参鹘之排场，千篇一律，无甚深意存焉！章回小说，亦多为历史的，而非社会的。而排裹变化，又不便于世俗之歌吟咏叹。至明人始淘汰虏族伧荒之气，而饰之以词藻；裁剪稗乘丛秒之观，而纳之以科白。凡朝政之得失，身世之悲愉，社会之浇醇衰盛，执简所不敢争，削青所不敢议，竿牍往复所不敢一齿及者，辄借儿女之私昵，仙释之诡诞，风云月露、关河戎马之起落万态，著为传奇以抒写之。在文学界上，其俸格为最下，而其容积则最富（与历史等），律令亦最严（与八股等），应用于社会之力量则又最大"。黄人还特别指出：

  盖寻常文学，惟影响于文学界中，即通俗小说，亦必稍通文学者，始有影响。若夫传心情于弦管，穷态度于氍毹，使死的文学变为活的文学，无形的文学变为有形的文学，则传奇之特色焉！

黄人对于明人传奇和元人杂剧的比较分析，当然亦有偏颇之见。如说元杂剧带有一种"虏族伧荒之气"，其"命题"往往"千篇一律"，且缺乏取材于现实社会生活的作品，等等。不过黄人推崇明人传奇是"新文学""活的文学"，认为它在剧场艺术上比元杂剧又前进了一步，这是符合中国戏曲发展规律的科学论说。尚须指出的是，黄人既欣赏喜剧，也赞美悲剧，但反对庸俗的大团圆结局。他认为结束于草桥店"惊梦"的《西厢记》，以及"篇幅虽完，而意思未尽"的《桃花扇》，"固非千篇一律之英雄封拜、儿女团圆者所能梦见也"（《小说小话》）。另外，黄人论曲，反对落入窠臼，赞赏脱套之作；肯定北曲之本色当行，亦皆继承了明清论曲的优良传统。（《中国文学史·分论·明之新文学》）

三

  在明代戏曲作家中，黄人最为推崇的无疑是徐渭和汤显祖。在黄人看来，徐渭作为南杂剧界的巨擘，汤显祖作为昆腔传奇界的翘楚，观其剧作的思想和艺术成就，实乃"砥柱洪流，抱琴太古，如鹏扬扶摇之上，而坐视篱鹦之争粒"。黄人指出："明人杂剧，以《四声猿》为冠，纯乎金元家数。盖北曲不难于典雅，而难于本色，天池生庶几矣。"由此可见，黄人也是个本色论的推崇者。对于汤显祖及其"临川四梦"，黄人更以大量的篇幅作了详尽、精辟的评介。

首先，黄人充分肯定了汤显祖的人品及其"情至"观念。他说：

> 明之中叶，士大夫好谈性理之而多矫饰，科第利禄之见，则深入骨髓。若士一切鄙夷，故假曼倩诙谐，东坡笑骂，为色庄中热者下一砭针。其自言曰："他人言性，吾言情。"又曰："理之所必无，安知情之所必有？"又曰："人间何处说相思，吾辈钟情如此。"盖惟至情可以超生死，通真幻，忘物我，而永无消灭。否则形骸尚虚，何论勋业；仙佛尚妄，况在富贵。世之持买椟之见者，徒赏其节目之奇，词藻之丽；而鼠目寸光者，则诃为绮语，诅以泥犁，尤为可笑。

其次，黄人认为《牡丹亭》首出"标目"的【蝶恋花】，提示了"《牡丹亭》全书宗旨及'三梦'宗旨"。这就是说，"临川四梦"从不同的侧面形象地阐明了汤显祖所坚持的"情至"观念。而在晚明和清初，"情至"观念是与封建主义性理相对抗的社会新观念，初步具有人文主义的色彩。正是从这个先进的观念出发，黄人对"临川四梦"的思想和艺术成就作了高度评价。他认为，"即以思想论"，"临川四梦""亦足与庄、骚、太玄、参同、首楞严方驾"。就艺术言，汤显祖"运古如戏，化腐为新，为填曲者别开一新天地。至关目、科白，皆七襄云锦之妙，观止矣"。

再次，黄人对"临川四梦"的具体评论，亦颇多前人所未言之新见。比如黄人认为，《牡丹亭》"书之本旨，谓一梦而亡，则较但问名而殉一从者，其情尤挚，天下至愚，即天下之至情也。男女之情必至此方臻极点。柳生人格虽劣，而《拾画》《叫画》，其痴情尚足相偶。故一入《幽媾》《冥誓》折，而死者可生矣"。黄人还指出，《冥判》中的判官，"若士自况也，试以若士历史比例之"。黄人认为《紫钗记》是"临川四梦"中"最妖艳之作"，其中《折柳》"有意与《会真·长亭》赌胜，虽未必易帜，要可抗颜行"。又说《七夕》这折戏，"压倒则诚《赏秋》"。黄人还指出，《邯郸记》"此书欲唤醒江陵"。诸如此类的评论，虽亦不无偏颇，但皆足以引起读者和研究者的深思。

最后，黄人对"临川四梦"作了多侧面的比较分析，一方面批判地继承了明末王思任等人的戏曲理论，另一方面又提出了新见，启迪了同时代曲学家以及后人对于"临川四梦"的深层次研究。请玩味黄人的高论：

> 玉茗四梦，鬼（《离魂记》）、侠（《紫钗记》）、仙（《邯郸记》）、释（《南柯记》），分配富贵功名，渲染儿女闲情，而提挈以梦，人生目的尽于是矣。《离魂》最脍炙人口，然事由虚构，遣词命意，皆可自由。其余三梦，则皆据唐人小说为蓝本。其中层累曲折，不能以意为之，剪裁点缀，煞费苦心。《紫钗》之梦怨，离合悲欢，尚属传奇本色。《邯郸》之梦逸，而科名封拜，本与儿女团圞相附属，亦易逞曲子，师长技。独《南柯》之梦，则入于幻，从蝼蚁社会杀青，虽同一儿女悲欢，宦途升降，而必言皆有物，语不离宗。庶与寻常有间。使钝根人为之，虽绞尽脑汁，终不能得一字也。而此君乃因难见巧，随手拈来，头头是道。奇情壮采，反欲突出三梦上，天才洵不可及也！是盖能纳须弥于芥子，现金身上茎草者。徒以棘端刻七十猕猴，方其巧致，犹买椟之见也。

在这里，黄人着重比较了"临川四梦"的艺术方法和艺术风格。接着，他又对"临川四梦"的主人公进行了角度全新的探究，提出了不同凡响的见解：

> 就表面观之，则"四梦"中之主人，为杜女也、霍郡主也、卢生也、淳于酒徒也。而作者之意，则当以冥判、黄衫客、吕翁、契元禅师为主人。盖前四人为场中之傀儡，而后四人则提掇线索者也。前四人为梦中之人，而后四人则梦外之人也。既以鬼、侠、仙、释为宗旨，则主观之主人，即属于冥判等，而杜女诸人，仅为客观的主人而已。玉茗之天才，所以超出于寻常传奇家百倍者，正以寻常传奇家但知有客观的主人，而不知有主观的主人，非徒以词藻胜之也。（《中国文学史·分论·明之新文学·临川四梦》）

如此评论汤显祖及其"临川四梦"，真可谓"发前人所未发，也多今人所未言"，对于我们研究"汤学"无疑是大有启示的。

有一个问题，必须在此提及的，那就是吴梅关于汤显祖思想和"临川四梦"主人公的论述，不仅观点与黄人一致，甚至用语亦几乎相同。吴梅的《"四梦"总论》曰：

> 明之中叶，士大夫好谈性理，而多矫饰，科第利禄之见，深入骨髓。若士一切鄙弃，故假曼倩诙谐，东坡笑骂，为色庄中热者下一针砭。其言曰："理之所必无，安知情之所必有？"又曰："人间何处说相思，我辈钟情似此。"盖惟有至情，可以超生死、忘物我，而永无消灭，否则形骸具虚，何论勋业；仙佛皆妄，况在富贵。世人持买椟之见者，徒赏其节目之奇、词藻之丽，固非知音；而鼠目寸光者，至诃为绮语，诅以泥犁，尤为可笑。夫寻常传奇，必尊生角。若《还魂》柳生，则秋风一棍，黑夜发邱，而俨然状头也。《邯郸》卢生，则奁具贪缘，邀功纵敌，而俨然功臣也。至十郎慕势负心，襟裾牛马；废弁贪酒纵欲，匹偶虫蚁，一何深恶痛绝之至此乎？故就表面言之，则"四梦"中主人，为杜女也，霍郡主也，卢生也，淳于棼也。即在深知文义者言之，亦不过曰：《还魂》，鬼也；《紫钗》，侠也；《邯郸》，仙也；《南柯》，佛也。殊不知临川之意，以判官、黄衫客、吕翁、契玄为主人。所谓鬼、侠、仙、佛，是曲中之主，非作者意中之主。盖前四人为场中之傀儡，而后四人则提掇线索者也。前四人为梦中之人，后四人为梦外之人也。既以鬼、侠、仙、佛为曲意，则主观之主人，即属于判官等，而杜女、霍郡主辈，仅为客观之主人而已。玉茗天才，所以超出寻常传奇家者，即在此处。[1]

黄人和吴梅关于汤显祖及其"临川四梦"的论述大致相同或完全相同，应该作何解释呢？

吴梅"曾为摩西助教授者数年。吴氏之学，或亦得虽属力于摩西之陶铸，未可知也"（陈旭轮《关于黄摩西》）。黄人与吴梅忘年之交，两人志同道合，情谊深厚。吴梅对黄人的道德文章备及推崇，黄人对吴梅亦另眼

---

[1] 参见《中国戏曲概论·明人传奇》。亦见北大陈平原教授在巴黎发现的吴梅三册《中国文学史》。按：吴梅《中国文学史》曰辑，而非撰或编；其内容与黄人《中国文学史》颇多相同之处，当非他的独立著作，实为他参与撰写的黄人《中国文学史》的一种辑录本，或是据黄人《中国文学史》另编写以供教学用的讲义。

相看。在执教东吴大学时，吴梅又曾协助黄人撰著《中国文学史》等著作。因此，黄人和吴梅对汤显祖及其"临川四梦"的评论，当是两人潜心研讨后的共识。吴梅《郑西谛辑〈清人杂剧〉（二集）叙》也提供了这方面的信息。吴梅曰："往与亡友黄君摩西，泛论明、清两朝文学，造诣各有浅深，皆有因而无创。摩西谓明人之制艺、传奇，清之试帖诗，皆空前之作，余深韪其言。"

黄人的《中国文学史》还选录了为数众多的"临川四梦"的折子戏和曲子。兹录黄人选录的篇目及其批语如下：

《牡丹亭》，批语曰：或谓讥太仓昙阳子而作。昙阳本事，具见明人著述，无可牵涉。惟梨花枪或影射顺义王耳。书之本旨，谓一梦而亡，则较但问名而殉一从者，其情尤挚，天下至愚，即天下之至情也。男女之情必至此方臻极点。柳生人格虽劣，而《拾画》《叫画》，其痴情尚足相偶。故一入《幽媾》《冥誓》折，而死者可生矣！

1.《标目》【蝶恋花】批语：《牡丹亭》全书宗旨，及"三梦"宗旨，皆揭此一词，读者可自悟。

2.《惊梦》：【绕地游】……【山桃红】。

3.《寻梦》：【懒画眉】……【意不尽】。

4.《写真》：【齐破阵】……【尾声】。

5.《虏谍》：【一枝花】……【北尾】。

6.《诘病》：【三登乐】……【驻马听】第三支。

7.《诊祟》：【金落索】……【尾声】。

8.《牝贼》：【北点绛唇】【番卜算】。

9.《闹殇》：【金珑璁】……【红衲袄】第二支。

10.《冥判》：【混江龙】……【赚尾】，批语：判官，若士自况也，试以若士历史比例之。

11.《拾画》：【锦缠道】。

12.《忆女》：【玩仙灯】【香罗带】。

13.《玩真》：【莺啼序】……【尾声】。

14.《魂游》：【水红花】……【醉归迟】。

15.《幽媾》：全折。

16.《换挠》：【捣练子】……【醉太平】。

17. 《冥誓》：全折。

18. 《秘议》：【五更转】……【前腔】第三支。

19. 《调药》：【女冠子】。

20. 《回生》：【啄木鹂】【尾声】。

21. 《婚走》：【意难忘】【尾声】。

22. 《折寇》：【玉桂枝】。

23. 《遇母》：全折。

24. 《圆驾》：【黄钟北】……【醉花阴】【北尾】。

《紫钗记》，批语曰：以唐人小说《霍小玉传》为蓝本，初名《紫箫》，因有触讳，改定为《紫钗》。若士四种中最妖艳之作。

1. 《插钗》：【越调满庭花】【绵搭絮】。

2. 《述娇》：【唐多令】……【祝英台】第二支。

3. 《坠钗》：【园林好】……【玉楼台】。

4. 《议婚》：【雪狮子】……【太师引】第二支。

5. 《闺谑》全折。

6. 《望捷》：【傍妆台】……【前腔】第二支。

7. 《絮别》：【步步娇】……【醉扶归】第二支。

8. 《折柳》：全折。批语：有意与《会真·长亭》赌胜，虽未必易帜，要可抗颜行。

9. 《倩访》：《销金帐》《前腔》。

10. 《欸榄》：【粉蝶儿】【煞尾】。

11. 《七夕》，批语：此折压倒则诚《赏秋》矣。【高大石】【念奴娇】【意不尽】。

12. 《裁诗》：【破阵乐】……【扑灯娥】第二支。

13. 《遇侠》：【双调仙吕合套新水令】……【煞尾】。

14. 《钗圆》：【山坡羊】……【尾声】。

《邯郸记》，批语曰：此书似欲唤醒江陵。

1. 《度世》：【赏花时】……【煞尾】。

2. 《房动》：全折。

3. 《大捷》：【一枝花】。

4. 《勒功》：全折。

5. 《死窜》：全折。

6. 《织恨》：【摊破地锦花】……【尾声】。

7.《召还》：【红芍药】……【会河阳】。

8.《合仙》：【点绛唇】……【尾声】。

《南柯记》，批语的第一段，即前文所引："玉茗四梦，鬼、侠、仙、释……犹买椟之见也。"第二段，即前文所引："就表面观之，……非徒以词藻胜之也。"末段则谓："唐人《南柯》本传，非尽子虚乌有也。盖蚁为有社会之动物，其组织政府，经营畜牧，常则觅产寻地，战则献馘执俘（皆见动物学书中，不详述），人类半开化之国所不及也。则槐安、檀罗，固情所或有，而亦非理所必无也。佛眼平等，菩萨现身三恶道，南柯一事，即谓之悟境，而非梦境可也。又《首楞严经》云：'纯情则堕，纯想则飞。'入梦，情也；出梦，想也。此五万户蝼蚁所以生天，而淳于棼所以立地成佛。"

1.《侠概》：【正宫破齐阵】【仙吕捣练子】【尾声】。

2.《树国》：全折。

3.《就征》：【中吕驻云飞】【前腔】。

4.《尚主》：【仙吕锦堂月】……【侥侥令】。

5.《玩月》：【普天乐】……【小桃花】。

6.《围释》：全折。

7.《生恣》：全折。

8.《寻寤》：全折。

9.《转情》：【寄生草】【幺篇】【煞尾】。

10.《情尽》：【南吕香柳娘】……【清江引】。

（原载《汤显祖研究通讯》2012年第1期）

再论汤显祖剧作的腔调问题

一

明末至清末的戏曲文献,虽有不少批评汤显祖剧作"落调失韵"的记载,却从未讨论过它的腔调问题。沈璟、吕玉绳、冯梦龙、臧晋叔、徐日曦(硕园)等人,尽管因不满其音律而窜改过《牡丹亭》,但并不否认《牡丹亭》是昆腔传奇。凌濛初《谭曲杂札》指出《牡丹亭》"受江西弋阳土曲""随心入腔"之影响;袁宏道认为《紫钗记》"虽有文采,其骨格却染过江曲子风味";臧晋叔说汤显祖"惯听弋阳之耳",故《南柯记》杂有"弋阳土语"。可是,凌、袁、臧三氏均未说《牡丹亭》《紫钗记》《南柯记》是按弋阳腔格律和排场创作的传奇。范文若《梦花酣·序》虽谓汤氏剧作,"多宜黄土音,腔板绝不分辨,衬字衬句凑插乖舛,未免拗折人嗓子",却亦未说汤氏剧作是按宜黄腔格律和排场创作而成。

第一个提出汤显祖剧作腔调问题的是徐朔方先生。他笺校的《汤显祖诗文集》,在《宜黄县戏神清源师庙记》的笺文中,明确指出:《牡丹亭》"原不为昆山腔作……其不协律处一曲或数见,盖原为便宜伶,不便吴优也,协宜黄腔之律而无意协昆腔之律也"。而"《玉茗堂传奇》改编者特多,变宜黄为昆山也"。[1] 徐朔方先生确认《牡丹亭》"原不为昆山腔作",是一部"协宜黄腔之律而无意协昆腔之律"的传奇,其实是为汤显祖剧作的"落调失韵"辩护,用心良苦。但袒护的结果,却把汤显祖剧作推出了昆剧传奇的范畴,引出了对汤氏更为不利的新问题。为此,钱南扬先生于1963年春在《南京大学学报》第2期发表了《汤显祖剧作的腔调问题》,与徐朔方先生商榷。钱先生从三个方面反驳了徐先生的上述论断,得出了这样的结论:

---

[1] 徐朔方:《汤显祖诗文集》,上海古籍出版社1982年。1992年10月,徐朔方参加台北"汤显祖与昆曲艺术研讨会",提交的论文《牡丹亭和昆腔》,重申此说。

>总而言之，无论从哪一方面来看，找不到一些汤曲是"宜黄腔"的迹象。再从汤曲本身来看……都合乎昆山腔的规律。

钱先生的大作发表至今（2006年），已有四十三年了。可是，关于汤显祖剧作的腔调问题，不仅仍然众说纷纭，而且越来越复杂。除了赞同徐先生的观点：汤剧"原不为昆山腔作"，协的是"宜黄之律"[1] 之外，尚有"宜黄海盐腔"[2]，并非专为某腔而作[3]等说。还有一些论著，虽不指明汤剧的腔调，但认为"临川四梦"并不属于昆山腔系统[4]。总之，近二十多年来，认为汤显祖剧作不属昆山腔系统的论著比比皆是，此观点似已成为主流之说。但令人遗憾的是，论者大多无视钱先生四十多年前在《汤显祖剧作的腔调问题》中反驳徐说的精辟论述，又拿不出过硬的新论据，只是照搬复述徐先生的论述而已；或强作解释，随心发挥，想当然式地提出匪夷所思的新说。至于近十多年来先后问世的几部有影响的新编《中国文学史》，对汤显祖剧作的腔调问题，大多避而不论（比如，章培恒、骆玉明主编的《中国文学史》，郭预衡主编的《中国古代文学史》，张炯、邓绍基、樊骏主编的《中华文学通史》，等等）。这种处理方法，亦值得商榷。以笔者之浅见，作为一部新编的《中国文学史》，对于如"汤显祖剧作的腔调"这样重大的问题，似不能避而不论；理应经过编者的审慎考证，或发表一家之言，或介绍上述诸说，以引起学界的研究和争鸣。

二

在汤显祖剧作的腔调问题上，笔者完全同意钱南扬先生的看法。钱先生是笔者20世纪60年代初负笈南京大学读研究生时的老师，笔者聆听过他

---

[1] 叶德均：《戏曲小说丛考·明代南戏五大腔调及其支流》，中华书局1979年。高宇：《我国导演学的拓荒人汤显祖》，载《戏剧艺术》1979年第1期。曾永义：《论说戏曲·论说"拗折天下人嗓子"》，台湾联经出版社1979年。又，日本学者岩城秀夫亦认为，"显祖的作品却是按照属于海盐腔系统的宜黄腔写的，不合昆曲曲调"。参见其《中国戏曲演剧研究·汤显祖的戏曲》，江巨荣译文载《曲苑第二辑》，江苏大学出版社1986年。

[2] 黄芝冈：《汤显祖编年评传》，中国戏剧出版社1992年。杨荫浏：《中国古代音乐史稿》，人民音乐出版社1981年。

[3] 周育德：《汤显祖研究若干问题之我见》，1997年6月台北中研院文哲所主办"明清戏曲国际研讨会"论文。

[4] 郭英德：《明清文人传奇研究》，北京师范大学出版社1992年。许建中：《明清传奇结构研究》，中州古籍出版社1999年。

的南戏研究专题。钱先生虽不是我的导师,但我像尊敬导师陈中凡先生那样尊敬钱先生;从钱先生那里我得到了真诚的关怀、有益的教导和启示。至今我还保存着毕业论文《洪昇及其剧作研究》的初稿,上面有陈中凡先生的亲笔修改;还有钱先生附贴于论文上的许多小纸条,纸条上钱先生写着一条条工工整整的意见。当然,在汤显祖剧作的腔调问题上,我之所以赞同钱先生的看法,并不是由于钱先生是我的老师,我们师生之间有着难得的因缘;而是因为钱先生的《汤显祖剧作的腔调问题》考论精当,言之成理,有着不可辩驳的逻辑说服力。

在钱先生1963年发表《汤显祖剧作的腔调问题》之后,我一直关注着学术界有关汤剧腔调问题的争鸣动态。1979年,我在上海戏剧学院的《戏剧艺术》第1期上,拜读了高宇先生的《我国导演学的拓荒人汤显祖》。高文赞同徐朔方先生的见解,力主汤剧是按宜黄腔格律创作的传奇。当时,我重读了钱先生的大作,撰写了一篇与高文商榷的论文,投寄《戏剧艺术》,但未被采用。1986年,当我撰著《中国戏剧文学的瑰宝——明清传奇》时(该书1989年11月由江苏教育出版社出版),我便把那篇与高文商榷的论文,改写成了第六章《汤沈之争和汤词沈律"合之双美"的曲学主张》中的一节。该章共分两节,第一节《"汤沈之争"的起因、实质和影响》,第二节《汤显祖剧作的腔调问题》。现在我把第二节的全文一字不易地移录于下。从中可以看出,在钱先生《汤显祖剧作的腔调问题》的启示下,我当时对汤显祖剧作腔调问题的浅见。以此参加关于这个尚未取得共识的重要问题的学术争鸣,并纪念归道山已将20周年的钱南扬先生。《中国戏剧文学的瑰宝——明清传奇》第六章第二节《汤显祖剧作的腔调问题》的全文如下:

> 关于"汤沈之争",还有一个问题是需要深入研究,并开展学术争鸣的。这就是,汤显祖的《牡丹亭》和其他"三梦",到底是按照什么声腔格律创作的?亦即"临川四梦"的腔调问题。
>
> 第一,要加以澄清的问题是,汤显祖是否不懂曲律,创作"临川四梦"不重视"九宫四声"?
>
> 在《答凌初成》中,汤显祖承认:"不佞生非吴越通,智意短陋,加以举业之耗,道学之牵,不得一意横绝流畅于文赋律吕之事。"在他的剧作中,"笔懒韵落,时时有之"。在沈璟、冯梦龙等格律派戏曲家看来,"此案头之书,非当场之谱,欲付当场敷演,

即欲不稍加窜改而不可得也",“填词落调及失韵处，不得不为一窜耳"。

"新词催泪落情肠，情种得来玉茗堂。"作为一个富有叛逆精神的浪漫主义戏曲家，汤显祖有意识地用"情至"来对抗封建主义性理，这是他的传奇创作的出发点和根本目的。他反对音律第一的观点，但他并非不懂曲律，也不是故意乖律。与音律等形式相比，汤显祖更重视的是剧作的思想内容，以及个人的独特风格。他主张"凡文以意趣神色为主"，并反问格律派戏曲家说："四者到时，或有丽词俊音可用，尔时能一一顾九宫四声否？如必按字模声，即有窒滞迸拽之苦，恐不成句矣。"《独深居点定玉茗堂集》的评者沈际飞曾正确地指出："惟情至可以造立世界，惟情尽可以不坏虚空。而要非情至之人，未堪语乎情尽也。"汤显祖是个地道的"情至之人"，因此诚如沈际飞所说，他"言一事，极一事之意趣神色而止；言一人，极一人之意趣神色而止"。当然，汤显祖才气横溢，又特重基于"情至"的"意趣神色"，强调"曲意"甚于"音律"。因此，在《牡丹亭》和其他"三梦"中，冲破昆曲格律樊篱，以致乖律而不便"当场"和"俗唱"之处，确实是存在的。比如，据有的专家统计，《牡丹亭》有七分之一的曲子，须作适当的调整才能当场敷演，其中的《冥判》出无法照原本搬诸舞台。但是，这是白璧之瑕，既无损于"临川四梦"的思想和艺术价值，也不影响它们的舞台生命。须知，剧作家的剧本要当场敷演，总要作些必要的窜改（或由伶人，或作者自己，或由其他戏曲家来担任此项工作），一字不易，一处不改，悉依原作演唱的剧本是绝无仅有的。何况，汤显祖剧中"屈曲聱牙，多令歌者咋舌"之处，实在是出于无奈。清胡介祉对此颇有体会，他说："盖先生以如海才，拈生花笔，兴之所发，任意所之，有浩瀚千里之势，未尝不知有轶于格调之外者，第惜其词而不之顾也。"

关于汤显祖"临川四梦"的腔调问题，学术界尚众说纷纭。概而言之，主要有三种看法：一是昆山腔，二是海盐腔，三是海盐腔系统的宜黄腔。

徐朔方认为："现有充分材料证明汤显祖的'四梦'原为海盐腔的一个变种即宜黄腔而创作，后来用昆曲演出是经过适当改编后的事。这样一个明摆的事实，直到现代才得到澄清，可见在

《浣纱记》以后文人为昆曲创作传奇的气势很盛，经1606年由沈璟的《南九宫十三调曲谱》完成曲牌格律的规范化，而统治剧坛达二三百年之久。"《汤显祖传》的作者黄文锡、吴凤雏则断言："事实上，显祖的剧作本来就不是为'吴歌'而作，而是为适合宜伶演唱，按海盐腔曲牌填词的。"实际上，早在明末，凌濛初就曾指出，"临川四梦"之所以在音律方面存在着缺陷，诸如"随心胡凑，尚乖大雅""填调不谐，用韵庞杂，而又忽用乡音，如'子'与'宰'叶之类"等等。究其原因，在于"只以才足以逞而律未谙，不耐检核，悍然为之，未免护前；况江西弋阳土曲，句调长短，声音高下，可以随心入腔，故总不必合调，而终不悟矣"。显而易见，凌濛初认为汤显祖的"临川四梦"是按"江西弋阳土曲"的格律创作并演唱的，所谓"江西弋阳土曲"，实即是指海盐腔系统的宜黄腔。

在我们看来，"临川四梦"是按"海盐腔曲牌填词的"，"原为海盐腔的一个变种即宜黄腔而创作"的说法，既无充分的材料证明，更不符合明摆着的事实，是大可商榷的。

沈璟和王骥德、吕天成、冯梦龙、凌濛初、臧懋循等人，皆异口同声批评《牡丹亭》和其他三本传奇存在着"填词不谐"，用韵庞杂，"落调及失韵"等毛病，因而不便"俗唱"，甚至"多令歌者咋舌"。可是，除了凌濛初之外，没有哪一个人指出汤显祖的传奇原来就不是按昆山腔格律创作的作品。相反，这些戏曲家一致推崇汤显祖的才情，甚至称赞他为"绝代奇才，冠世博学"，"原非学力所及，洵是天资不凡"。他们深感遗憾的是，汤显祖由于太强调"曲意"，相对来说不太重视"音律"。因此，在创作实践中常常"使才自造"，以致不合昆山腔的格律，有乖大雅。

第二，再从汤显祖来看，他说过"生非吴越通"，对昆山腔的格律并没有作过精深的研究；他也承认"笔懒韵落，时时有之"。但是，当沈璟、吕玉绳等人与他探讨和争论有关《牡丹亭》的音律问题时，他也从未说过，他的《牡丹亭》和其他传奇作品，原本就不是按昆山腔格律创作的。如果，"临川四梦"确实是按海盐腔或海盐腔变种宜黄腔格律创作的，汤显祖完全可以理直气壮地申明，并进行有力的辩解。汤显祖只说过："《牡丹亭记》要依我原本，其吕家改的，切不可从。"但他没有说："《牡丹亭记》要依我原本，因我是按海盐腔或宜黄腔格律创作的，其吕家改的，切不可从，因它是按昆山腔格律创作的。"

第三，前面已经提到过，明末清初苏州的著名民间曲师钮少雅，他的《格正牡丹亭》（全称《按对大元九宫词谱格正全本牡丹亭还魂记》），采用集曲之法，不改动原作一个字，使《牡丹亭》完全符合昆曲格律。乾隆年间的苏州著名戏曲音乐家叶堂，采用同样的方法，编纂了《纳书楹四梦全谱》，使"临川四梦"按昆曲格律当场敷演而毫无困难。如果说，"临川四梦"原本是按海盐腔或宜黄腔格律创作的传奇，那怎么能仅用集曲之法，不改动一字，就合乎昆曲格律，便于吴歈演唱呢？另外，乾隆年间诞生的《吟香堂曲谱》（冯起凤编纂），是一部著名的昆曲曲谱，石韫玉《吟香堂曲谱·序》指出，《牡丹亭》"当其脱稿时，翌日而歌儿持板，又翌日而旗亭已树赤帜矣"。石氏在这里所说的《牡丹亭》，是用昆曲演唱当是没有问题的。

第四，《汤显祖传》谈到，"临川四梦"虽按海盐腔曲牌填词，但"海盐腔从浙江传来，与赣东的乡音土调结合后，自然会有一些变化，这从《牡丹亭》的唱词宾白夹有不少方言的情况也可以明显看出，这是戏曲在其发展过程中的必然现象，也是一种富于生气的表现"。在说到汤显祖剧作在格律上的"越轨"作法时，《汤显祖传》的作者又指出："显祖当时这些'越轨'的作法，不但被艺术实践证明是成功的，并且也得到了不少人的承认。沈璟的侄儿沈自晋就从'四梦'中选出二十多支曲牌作为谱例。这对于当时的沈璟等人来说，是并不缺乏一种讽刺意味的。"

其实，"临川四梦"的二十多支曲牌作为昆曲传奇的谱例被收入《增定南九宫曲谱》和《九宫大成南北词宫谱》，这正好证明"临川四梦"并不是按海盐腔或宜黄腔格律创作的，否则怎能作为昆曲传奇的谱例呢？

第五，根据现有的文献记载，汤显祖和沈璟的时代，即"临川四梦"和《属玉堂传奇》诞生的万历年间，昆曲风行天下，被誉为"正声""雅音"；按昆曲格律和排场创作的传奇由各地的"家乐"和戏班在舞台上盛演不衰。如果，"临川四梦"果真是按海盐腔或宜黄腔格律创作的，它能在当时誉满全国、声震剧坛吗？"汤义仍《牡丹亭梦》一出，家传户诵，几令《西厢》减价"，在万历年间昆曲传奇的鼎盛时代，说《牡丹亭》是用"江西弋阳土曲"，是用海盐腔或宜黄腔的格律创作的，这可能吗？

基于以上的事实和分析，我们认为"临川四梦"是按昆曲格律和排场创作的传奇。由于汤显祖特别重视剧作的"曲意"，把"意趣神色"放在"九宫四声"之上，加上"使才自造"，以致"落调及失韵"，确有不合昆曲格律的毛病。同时，"临川四梦"皆作于沈璟的《南九宫谱》之前，因此，若用沈璟规范化的昆曲格律来衡量《牡丹亭》和其他"三梦"，当然乖律而不便"当场"之处就更多了。这也就是沈璟、吕玉绳，以及后来的冯梦龙、臧晋叔等人"窜改"《牡丹亭》的理由。当然，尚需补充说明的是，"临川四梦"是昆曲传奇，它是汤显祖按昆曲格律和排场创作的剧本。但是，在当时和后世，人们经过改动，"临川四梦"也完全可以用其他声腔（如海盐腔，或海盐腔的变种宜黄腔等）来演唱。[1]

今天重新审视撰写于20世纪80年代中期的这一节文字，笔者自认为大体上还是言之成理，站得住脚的。只是关于凌濛初对汤显祖剧作的批评，显然是理解错了，应该加以纠正。另外，关于汤显祖时代与汤显祖剧作腔调的关系，则尚须作些补充。

凌濛初《谭曲杂札》评汤显祖曰：

> 近世作家如汤义仍，颇能模仿元人，运以俏思，尽有酷肖处，而尾声尤佳；惜其使才自造，句脚、韵脚所限，便尔随心胡凑，尚乖大雅。至于填调不谐，用韵庞杂，而又忽用乡音，如"子"与"宰"叶之类，则乃拘于方土，不足深论，止作文字观，犹胜依样画葫芦而类书填满者也。义仍自云："骀荡淫夷，转在笔墨之外，佳处在此，病处亦在此。"彼未尝不自知。只以才足以逞而律实未谙，不耐检核，悍然为之，未免护前；况江西弋阳土曲，句调长短，声音高下，可以随心入腔，故总不必合调，而终不悟矣。而一时改手，又未免有斫小巨木、规圆方竹之意，宜乎不足以服其心也——如"留一道画不□耳的愁眉待张敞"，改为"留着愁眉待张敞"之类。

---

[1] 为节省篇幅，文中原有注文皆不附录。

在这里，凌氏批评汤显祖逞才而未谙昆曲格律，又受"江西弋阳土曲"可以随心入腔的影响，故《牡丹亭》常有落韵失调之病。但凌氏并未因此把《牡丹亭》看作非昆山腔的剧作。笔者在前面那节文字中，在引用了凌氏之批评后，说："显而易见，凌濛初认为汤显祖的'临川四梦'是按'江西弋阳土曲'的格律创作并演唱的，所谓'江西弋阳土曲'，实即是指海盐腔系统的宜黄腔。"这样的结论是错误的，应该加以纠正。

弄清汤显祖时代传奇和南杂剧声腔的总体情况，也有助于判断汤显祖剧作的腔调问题。根据大量的戏曲文献记载，一言以蔽之，汤显祖的时代是"四方歌曲皆宗吴门"，昆山腔新声已确立了"雅音""正声""官腔"的地位，昆腔传奇和南杂剧已进入了大发展、大普及的鼎盛时期。其时，古老的余姚腔早已湮没无闻，与昆山腔同样"体局静好"、在格律上有相通之处的海盐腔亦明显不敌昆山腔。王骥德撰于万历三十八年（1610）的《曲律》明确指出："旧凡唱南调者，皆曰海盐，今海盐不振，而曰昆山。"至于"其调喧"，喜用乡语，曲文粗俗，以"加滚"为特点，"锣鼓喧闹，唱口嚣杂"的弋阳腔，虽仍然相当流行，尤其在北方地区弋阳戏班和伶人还占相当的优势；万历年间编纂的大量曲选中，也常选录弋阳腔系统的传奇折子戏。但是，江南各地的"家乐"却已很少演唱弋阳腔的全剧和折子戏，上流社会厌恶弋阳腔更甚。请问：生活于这样的时代，睿智如汤显祖，他创作"临川四梦"会逆戏曲发展的历史潮流，摒弃昆山腔而选用偏于一隅的海盐腔系统的宜黄土腔吗？作为一位站在时代前列的伟大思想家、文学家和戏曲家，汤显祖创作"临川四梦"会无视当时昆腔传奇和南杂剧称雄全国剧坛的现实，而选用名不见经传的宜黄土腔吗？

三

近十多年关于汤显祖剧作的腔调问题，有三篇论文很有参考价值，特向关心这个问题的方家和读者推荐，并作简要的评介。

一篇是台湾师范大学蔡孟珍教授的《汤显祖"拗折天下人嗓子"质疑——兼谈〈牡丹亭〉的腔调问题》，该文刊发于台湾师范大学文学院《教学与研究》第16期（1994年6月5日出版）。论文针对叶德均、徐朔方等"强调《牡丹亭》原为宜伶而作，本属宜黄腔而非昆腔"，"就汤氏提出拗折嗓子说之背景及《牡丹亭》本身之体局与格律数端，秉实事求是态度予以辨析，冀得汤氏原作所用腔调之实貌，并对《牡丹亭》格律备受非议之原委提出说明"。除引言和结尾外，全文共分三个部分：一、汤显祖拗折嗓子说乃一时愤激语。经过考辨，作者的结论是："汤显祖所谓'拗折天下人嗓子'，其实只是一时过激之语，他的本意在摆脱格律末节，追求独抒性灵，达到'意趣神色'的高妙艺境。正如高明《琵琶记》提出'也不寻宫数调'，旨在揭橥戏曲创作宜有裨风教，不应仅着眼于形式上的格律，吾人自然不能据以遂谓高氏剧作无宫可寻，无调可数。"二、《牡丹亭》体局系传奇系统。首先，作者认为，要判断《牡丹亭》究竟属于何种声腔，必须先考察它产生的时代背景，而就戏曲历史发展背景而言，汤氏《牡丹亭》正具备昆腔传奇的诸种特色。其次，作者指出："就声腔剧种之演唱特色而论，《牡丹亭》不可能为弋阳腔或宜黄腔而作，当然这与汤氏本人的鉴赏品味有关。"最后，作者针对徐朔方、叶德均断定《牡丹亭》为宜黄腔的主要根据（徐朔方认为汤显祖诗文集中所言唱演四梦的艺人皆为宜伶而非昆伶；叶德均则认为明郑仲夔《冷赏》卷四《声歌》所言宜黄谭大司马纶所改良之"新调"，即为宜黄腔），作了详尽的考辨。三、《牡丹亭》格律符合昆曲要求。作者强调："首先，翻开汤著五十五出《牡丹亭》，其联套结构皆符传奇格律已如上述，且每出用曲牌皆为昆曲曲牌，而不杂他种声腔曲牌。……其次，明清诸曲家对汤显祖剧作的不合律虽有颇多非议，《牡丹亭》亦屡遭标涂改窜，改本之多，不下五种，然若实际就诸改本与汤氏原作予以比较分析，则不难发现汤作并非真如论者所说的那么不堪救药。"

蔡孟珍教授的另一篇论文，题为《〈牡丹亭〉场上表演的几个问题》，刊载于《汤显祖研究通讯》（2005年第2期）。论文共分三大部分：一、《牡丹亭》为弋阳、宜黄诸腔而作质疑；二、旧台本之场上化趋势；三、新台本之排场舞美问题。该文不止探讨了汤氏的原本《牡丹亭》所引发的诸种问题，具体评析了明代五种《牡丹亭》改本；还对世纪之交先后出现的美籍先锋派导演彼得·塞勒斯的实验性歌剧《牡丹亭》（1998—1999，3小时），陈士争执导的五十五出《牡丹亭》（1999年7月，20小时），王仁杰缩编、郭小男执导的上昆新版《牡丹亭》（1999年8月—2004年4月，7小时），以及白先勇青春版《牡丹亭》（2004年4月，6小时），作了比较评论。第一部分《牡丹亭》为弋阳、宜黄诸腔而作质疑，又分为：一、《牡丹亭》之创作与腔调无关质疑；二、《牡丹亭》为弋阳腔而作质疑；三、《牡丹亭》为宜黄腔而作质疑；四、海盐腔与昆山腔之消长；五、《牡丹亭》唱演之昆化历程；六、《牡丹亭》依腔合律之辩正。作者通过这六个问题的论析，重申了《汤显祖"拗折天下人嗓子"质疑——兼谈〈牡丹亭〉的腔调问题》的观点，全文考论精详，言之成理，亦有不可辩驳的逻辑说服力。

笔者要推荐评介的最后一篇佳作，同样刊发于《汤显祖研究通讯》（2005年第2期），题为《〈纳书楹牡丹亭全谱〉成因及特点分析》。虽然这是河北大学郝福和的硕士论文，但视角新颖、创见颇多，值得另眼相看。论文的重点是第二部分《纳书楹牡丹亭全谱》的特点分析，但第一部分《纳书楹牡丹亭全谱》的成因——《牡丹亭》用腔失律，其重要性也不可忽视。作者通过对《牡丹亭》本腔的分析，以及对《牡丹亭》失律现象和《纳书楹牡丹亭全谱》产生过程的论述，提出了自己对汤显祖剧作腔调问题的看法："《牡丹亭》的本腔是有地方特色的昆腔"，"如果把《牡丹亭》的本腔定义为'具有临川特色的昆腔'，将更加符合实际"。

在汤显祖剧作的腔调问题上，蔡孟珍教授和郝福和硕士的观点，是与钱南扬先生的观点一脉相承的，因此笔者深表赞同。不过，蔡教授论文中有一小节标题为《〈牡丹亭〉唱演之昆化历程》，如此标题容易产生误会。《牡丹亭》是汤显祖按昆山腔格律和排场创作的昆腔传奇，其唱演无所谓"昆化历程"，存在的只是修正其落韵失调等瑕疵，在唱演上精益求精。至于郝福和硕士的论文，把《牡丹亭》的本腔定义为"具有临川特色的昆腔"，鄙见以为虽出于好心，实大可不必。须知画蛇添足，往往会引出新的问题。笔者对蔡、郝论文的这一点小批评，似有吹毛求疵之嫌，不知蔡、郝两位高明以为然否？

笔者希望至今仍认为汤显祖剧作"原不为昆山腔作"的研究者，认真拜读钱南扬先生的《汤显祖剧作的腔调问题》，并参考蔡孟珍教授和郝福和硕士的三篇论文。若仍然坚持己见，请拿出证据，并作科学的论证。人云亦云，固执己见，无助于学术的发展，也无助于对汤显祖剧作的腔调问题作出科学的结论。

（原载《2006中国·遂昌汤显祖国际学术研讨会论文集》，西泠印社出版社2008年版）

明末清初的"《牡丹亭》热"

——纪念汤显祖逝世四百周年

引言

1774年,歌德的《少年维特之烦恼》问世了。这部融合了作者及其朋友耶鲁撒冷的生活经历和体验的书信体小说,描述了这样一个故事:少年维特爱上了绿蒂姑娘,而同样深爱维特的绿蒂姑娘却已与阿尔贝特订婚了。为此,维特深深地陷入了失恋的痛苦而不能自拔。维特一度强迫自己离开绿蒂,试图在工作中求得精神上的寄托,可是种种努力均以失败而告终。绝望的爱导致了维特对生活的绝望,他最后走上了自杀的绝路。

《少年维特之烦恼》真实地反映了18世纪后期德国知识分子的精神苦闷,对德国社会作了有力的批判。诚如恩格斯在《诗歌和散文中的德国社会主义》中所指出的,歌德创作的维特,建立了"一个最大的批判的功绩"[1]。由于《少年维特之烦恼》道出了时代的要求和人民的心声,具有鲜明的时代精神和深刻的社会意义,出版和流传之后,在德国和欧洲引起了巨大的社会反响,出现了一股"维特热"。不少青少年在爱情中受到了挫折,便纷纷仿效维特,走上了自杀的绝路。少年维特的烦恼和悲剧,无疑具有一定的反封建的进步意义,但他的自杀却是一种消极的反抗,反映了德国资产阶级反封建斗争的软弱性。为了防止读者产生误解,而步维特的后尘,并引导读者对维特和绿蒂的爱情悲剧根源作正确的探究,1775年,当《少年维特之烦恼》再版时,歌德特地创作了一首题为《绿蒂与维特》的小诗,附录于小说正文之前,诗曰:

---

[1] 马克思、恩格斯:《马克思恩格斯全集》第四卷,人民出版社1985年,第259页。

青年男子谁个不善钟情?
妙龄女人谁个不善怀春?
这是我们人性中的至洁至纯,
啊,怎么从此中有惨痛飞迸?

可爱的读者哟,你哭他,你爱他,
请从非毁之前,救起他的声名;
你看呀,他出穴的精魂(一作"灵")正在向你耳(一作"目")语:
请做个堂堂男子哟,不要步我后尘。

(郭沫若翻译)

令人颇感兴趣、并值得研究的是,在歌德《少年维特之烦恼》出版(1774)之前176年,明代伟大的思想家、文学家和戏剧家汤显祖的《牡丹亭》问世了。这部昆腔传奇杰作诞生后不久,"家传户诵,几令《西厢》减价"[1],盛演不衰,风靡全国;在明末清初的中华大地上形成了一股声势巨大的"《牡丹亭》热";其社会反响之大,震撼人心之深,持续时间之长,均远远超过了100多年之后德国和欧洲的"维特热"。

美国学者蔡九迪在《异人同梦:吴吴山三妇合评牡丹亭考释》[2]中对"《牡丹亭》热"有这样的论述:

> 1598年,汤显祖写成传奇《牡丹亭还魂记》……此剧一出便形成一股热潮。不仅在剧场上盛行,而且在阅读群中亦颇受欢迎。杭州一位相当有名的闺秀林以宁(1655年生,1730年时仍在世)就曾写道:"书初出时,文人学士案头无不置一册。"而在现代中国学者看来,当时人们对杜丽娘之推崇有如18世纪晚期风靡欧洲的"维特热"(王永健《论吴吴山三妇合评本〈牡丹亭〉及其批语》,《南京大学学报》1980年第4期,第18-27页)。和歌德小说一样,《牡丹亭》是对"至情"最热烈的歌颂,且"数得闺阁知音"(杨复吉《三妇评牡丹亭杂记·跋》,1776)。

---

[1] 沈德符:《顾曲杂言·填词名手》,载《中国古典戏曲论著集成四》,中国戏剧出版社1959年,第206页。

[2] 中国戏曲学会汤显祖研究分会、浙江省遂昌县文联、遂昌县汤显祖研究会:《汤显祖研究通讯》2004年第1期。

蔡九迪在这里提到了笔者1980年发表的《论吴吴山三妇合评本〈牡丹亭〉及其批语》一文的重要观点。这是笔者首次将"《牡丹亭》热"与"维特热"相提并论。由于拙作重点评论三妇合评本《牡丹亭》及其批语，故对"《牡丹亭》热"仅提及而已。1987年11月24日，笔者曾在香港《大公报》上刊发了短文《明末清初的"〈牡丹亭〉热"》，限于篇幅，此文也只对"《牡丹亭》热"略作介绍，仍然未作深究。不过，"《牡丹亭》热"这个有趣的研究课题始终萦绕于笔者心头，笔者一直想撰写一篇有深度和新意的论文，总因难度较大而一再迁延未果。现在离2016年汤翁逝世四百周年越来越近了，笔者不顾年迈体衰，终于奋战两月而成稿。拙作虽不尽如人意，但夙愿终于实现了，私心仍颇觉欣慰。当然一得之见，也仅供海内外同好参考，抛砖引玉而已。

"《牡丹亭》热"形成的原因探究

任何一种"热"在一定的历史时期内形成，都有其复杂的原因，绝非少数人能煽动起来的。一部文学名著在一定的历史时期形成一股社会热潮，如明末清初的"《牡丹亭》热"，如18世纪后期的德国和欧洲的"维特热"，亦复如此。中国传统的经史子集，在历史的长河中，经历代专家的研究，逐渐形成某种专门的学问，如诗经学、楚辞学、选学、龙学等，它们虽然与"《牡丹亭》热"和"维特热"的表现形态不一样，但其形成同样离不开一定的历史、社会和文化方面的原因。

在中国的通俗小说和戏曲领域，一部名著诞生后，由于巨大的社会影响而在一定的历史时期形成一股社会热潮，或形成一门专门学问，是极为罕见的，迄今公认的只有"《牡丹亭》热"和"红学"。究其原因，就在于一部小说或戏曲名著，在一定的历史时期，要形成一股社会热潮，或一门专门学问，必须具备一定的主客观条件。首先，这部作品必须具有空前的思想深度，真实地反映时代的精神，表达百姓的心声；其次，这部作品必须具有极高的艺术成就和极强的艺术感染力；再次，这部作品必须拥有各阶层的广大读者群和研究者群（如果它是一部剧作，则必须盛演不衰，拥有各阶层的广大观众群）；最后，这部作品必须得到当时统治者的首肯或默许，至少不干涉其出版、发行和演出。以上四者，缺一不可。而最后一个条件在封建社会尤其重要，一部作品即使具备了前三个条件，若不符合最后这个条件，也难以形成社会热潮或专门学问。比如，"南洪北孔"的《长生殿》和《桃花扇》，作为昆腔传奇的杰作，其思想深度、艺术成就和艺术感染力，以及社会影响，均不在《牡丹亭》之下。可是由于其题材和内容触犯了清王朝的根本利益，尽管在康熙朝，"两家乐府盛康熙，进御均叨天子知；纵使元人多院本，勾栏争唱孔洪词"（金埴《鹫门吟带·题阙里孔稼部尚任东塘〈桃花扇〉传奇卷后》）；但康熙以降，《长生殿》极少全本演出，而《桃花扇》连折子戏也鲜见搬诸舞台，更遑论形成一股社会热潮或专门学问了。

汤显祖的《牡丹亭》既有深刻的思想内容，又有非凡的艺术成就，舞台演出更有强烈的艺术感染力。它写的是儿女之情和梦、他们的青春和理想，其题材和情节对明清两朝的统治者来说均无违碍之处。同时，作为汤氏一生最得意之作，《牡丹亭》集中反映了作者的"情至"新观念。剧作肯定和赞美了青年男女追求个性解放和爱情、婚姻自由的理想，以及他们的抗争行为；揭露和批判了压抑人性、束缚爱情和婚姻自由的封建主义礼法，强烈而真实地反映了时代的精神和百姓的心声。汤氏采用浪漫主义的艺术方法，描写杜丽娘和柳梦梅在梦中相识、相会和相爱，以及杜丽娘为情而死又为情死而复生这种超现实、超时空的奇幻情节，既具有极强的艺术表现力和感染力，又避免了对封建礼法的直接冲击以致遭到统治者的干涉。故而问世之后，家传户诵，到处演唱，风行全国，使深受封建礼法压抑和束缚的广大青年男女，尤其是女子产生强烈共鸣，从而引起巨大的社会反响。这就是"《牡丹亭》热"形成且热浪滚滚的历史、社会和文学方面的原因。

晚明"《牡丹亭》热"述评

《牡丹亭》问世之后，首先在汤显祖的亲朋好友间传播，随即士大夫文人纷纷加以评论，引来了一片赞誉之声。《牡丹亭》成稿于明万历二十六年（1598）。汤氏友人黄贞甫得到汤氏的新作《牡丹亭》后，随即转赠给沈德符。沈氏如获至宝，赞曰："真是一种奇文，未知于王实甫、施君美如何？恐断非近日诸贤所办也。"沈氏虽也指出《牡丹亭》美中之不足："奈不谙曲谱，用韵多任意处"，但仍然肯定其"才情自足不朽也"，并且特别指出：

"汤义仍《牡丹亭梦》一出，家传户诵，几令《西厢》减价。"[1] 黄贞甫在《复汤若士》中，则写下了初读《牡丹亭》的感受："政雀鼠喧阗时，得《牡丹亭记》披之，情魂俱绝，游戏三昧，遂而千秋乎？妒杀，妒杀！"[2] 梅鼎祚从吕玉绳处得到《牡丹亭》，读后深感"丽事奇文，相望蔚起"，特致信汤显祖表示要撰写有关《牡丹亭》的评论："当为兄弁数语，以报章台之役。"[3]

吕玉绳之子吕天成，则在其《曲品》[自序于万历三十八年（1610）]中，评《牡丹亭》曰："杜丽娘事甚奇！而着意发挥，怀春慕色之情惊心动魄。且巧妙叠出，无境不新，真堪千古矣！"

潘之恒所言："抱恙一冬，五观《牡丹亭记》，觉有起色。信观涛之不余欺，而梦鹿之足以觉世也。"他与汤氏有同样的"情至"观，故认为《牡丹亭》"是能生死死生，而别通一窦于灵明之境，以游戏于翰墨之场"；"杜之情痴而幻，柳之情痴而荡，一以梦为真，一以生为真，惟其情真，而幻、荡将何所不至矣"。[4]

汤显祖尝有诗赞袁宏道曰："每爱袁郎思欲飞，仍传子建足天机。"[5] 袁氏评《牡丹亭》云："《还魂》笔无不展之锋，文无不酣之兴，真是文人妙来无过熟也。"[6] 袁氏还将《牡丹亭》视为"案头不可少之书"[7]，可与《左传》《国语》《离骚》、杜诗，以及韩柳欧苏之文相比。

上述这些汤氏之好友，或为戏曲家，或为戏曲评论家，或为散文大家，他们对于《牡丹亭》的赞评，不仅有助于《牡丹亭》的迅速传播，还引来了更多文人士大夫对《牡丹亭》的关注和品评。

---

[1] 沈德符：《顾曲杂言·填词名手》，载《中国古典戏曲论著集成四》，中国戏剧出版社1959年，第206页。

[2] 黄汝亨：《寓林传》卷二十五，载徐扶明《〈牡丹亭〉研究资料考释》，上海古籍出版社1987年，第82页。

[3] 梅鼎祚：《鹿裘石室集》卷十一《答汤义仍》，载徐扶明《〈牡丹亭〉研究资料考释》，上海古籍出版社1987年，第82页。

[4] 潘之恒：《鸾啸小品》，载徐扶明《〈牡丹亭〉研究资料考释》，上海古籍出版社1987年，第83页。

[5] 徐朔方：《汤显祖诗文集》卷十七《怀袁中郎曹能始二美二首》，上海古籍出版社1982年，第715页。

[6] 袁宏道：《评玉茗堂传奇》，载徐扶明《〈牡丹亭〉研究资料考释》，上海古籍出版社1987年，第83页。

[7] 李雅、何永绍：《龙眠古文》附吴道新《文论》，载徐扶明《〈牡丹亭〉研究资料考释》，上海古籍出版社1987年，第84页。

可是就在汤氏的亲朋好友齐声赞评《牡丹亭》之时，也有一些戏曲家虽然也赞赏《牡丹亭》的主旨，称道《牡丹亭》的文采，却认为这部传奇杰作在音律上存在诸多缺憾，是案头之作。因此他们便亲自动手，"尽行删改，以便演唱"（吴震生《刻才子牡丹亭·序》）。

最早出现的《牡丹亭》改本，当是"吕家改的"本子和沈璟的串本《牡丹亭》。其一，汤显祖在《与宜伶罗章二》中叮嘱："《牡丹亭》要依我原本，其吕家改的，切不可从。虽是增减一二字，以便俗唱，却与我原做的意趣大不同了。"[1] 在《答凌初成》中，汤氏更指出："不佞《牡丹亭记》大受吕玉绳改窜，云便吴歌。不佞哑然笑曰：昔有人嫌摩诘之冬景芭蕉，割蕉加梅。冬则冬矣，然非摩诘冬景也。其中骀荡淫夷，转在笔墨之外。"[2] 或曰："吕玉绳常在汤、沈之间起着桥梁作用，因此很可能是汤氏把沈改本误与吕家改本。"或曰："不仅无吕天成改本，也无他老子吕玉绳改本；汤氏本人说过有吕家改本，此乃沈璟改本之误。"[3] 上述二说，其根据是王骥德的《曲律》："吴江曾为临川改易《还魂》字句之不协者，吕吏部玉绳以致临川，临川不怿，复吏部曰：彼恶知曲意哉，我意所至，不妨拗折天下人嗓子。"笔者认为，汤氏曾看到过吕家改本，但有关沈改本的情况，则是吕玉绳在信中转告的，汤氏并未见过沈改本。而据王氏《曲律》这段话，绝难断定吕氏曾将沈改本寄给汤氏。吕氏曾将沈氏《曲论》寄汤氏，并不能因此断定吕氏也曾把沈氏《同梦记》寄给汤氏。故据此确认汤氏所说"吕家改的"《牡丹亭》，即是沈改本《牡丹亭》，是难以成立的。其二，据吴吴山三妇合评本《牡丹亭》的批语："又吕、臧、沈、冯改本四册，则临川所讥割蕉加梅，冬则冬矣，非摩诘冬景也。"可见她们是看到过吕家改本的，此乃确有吕家改的《牡丹亭》的一大佐证。其三，汤氏不说吕玉绳改的，而曰"吕家改的"，此话大可玩味，很有可能吕家改的《牡丹亭》，乃是吕玉绳及其儿子吕天成合作而成，本子上甚至署上吕氏父子之名。

沈氏的《牡丹亭》改本，即《同梦记》，吴梅不仅见过，还曾作过校录。《瞿安日记》丙子年（1936）六月二十六日曰："校《牡丹亭》下卷，尽半日力，得十二折。沈宁庵《还魂》改本，止有唐刻，今既校录，可备

---

[1] 徐朔方：《汤显祖诗文集》卷四十九《与宜伶罗章二》，上海古籍出版社1982年，第1426页。
[2] 徐朔方：《汤显祖诗文集》卷四十七《答凌初成》，上海古籍出版社1982年，第1345页。
[3] 徐扶明：《〈牡丹亭〉研究资料考释》，上海古籍出版社1987年，第54-55页。

临川曲掌故矣。快甚！"次日日记中，吴梅又有校沈改本的记载云："盖沈宁庵所改《还魂》止有唐刻，今人但知臧改，沈改则无人见，并知者亦鲜。昔人谓临川近狂，吴江近狷，今合狂狷于一册，亦大可喜，益笑冰丝馆本之陋矣。"[1]

后来沈璟的《同梦记》不知去向，吴梅的校录稿亦未见流传。明末沈自晋《南词新谱·词曲总目》有记载云："《同梦记》，词隐沈先生未刻稿，即串本《牡丹亭》改本。《南词新谱》卷十六【越调】和卷二十二【双调】，选录了《同梦记》的两支曲子：【蛮牌令】和【真珠帘】。"吕家改本《牡丹亭》，则未见传世。虽然我们已无法评判沈、吕二氏的改本《牡丹亭》，但由于这两种改本而引发的汤显祖与沈、吕二氏关于《牡丹亭》的音律和意趣神色的曲学争论，却延续了几十年之久，且还涉及臧晋叔、冯梦龙、徐日曦、吕硕园等人的《牡丹亭》改本。这场旷日持久的曲学大争论，不仅有助于昆腔传奇理论批评的发展，得出了"汤辞沈律，合之双美"的科学结论，也助力了方兴未艾的"《牡丹亭》热"。

《牡丹亭》在沈、吕二改本之后，又陆续出现了臧改本、冯改本（《三会亲风流梦》），以及吕硕园和徐肃颖的改本。

作为汤显祖的同僚和朋友，臧晋叔在汤氏死后，曾在《玉茗堂传奇引》《元曲选序》《元曲选序二》中，一再论及"临川四梦"，且多有指责。如谓汤氏"南曲绝无才情""识乏通方之见，学罕协律之功，所下句字，往往乖谬，其失也疏"；又如臧氏亦说《牡丹亭》"此案头之书，非筵上之曲"，甚至批评说："今临川生不踏吴门，学未窥音律，艳往哲之声名，逞汗漫之词藻，局故乡之闻见，按无节之弦歌，几何不为元人所笑乎？"臧氏的《牡丹亭》改本，不仅随便改动曲词，调换场次，还将原作缩成三十六折。虽也有其合理和可取之处，但不当和值得商榷的地方极多。因此刻印虽精，但批评者不乏其人。明朱墨本《〈牡丹亭〉凡例》指出："臧晋叔先生删削原本，以便登场，未免有截鹤续凫之叹。"[2] 茅元仪则对臧改本"删其采，锉其锋，使其合于庸工俗耳"[3] 极为不满，尝面责臧氏。

冯梦龙对汤显祖及其《牡丹亭》评价极高，其《风流梦·小引》劈头即云："若士先生千古逸才，所著'四梦'，《牡丹亭》最胜。王季重叙云：

---

[1] 王卫民：《吴梅全集》卷十四，河北教育出版社2002年，第761页。
[2] 徐扶明：《〈牡丹亭〉研究资料考释》，上海古籍出版社1987年，第52页。
[3] 茅元仪：《批点〈牡丹亭〉序》，载徐扶明《〈牡丹亭〉研究资料考释》，上海古籍出版社1987年，第50页。

'笑者真笑，笑即有声；啼者真啼，啼即有泪；叹者真叹，叹即有气。丽娘之妖，梦梅之痴，老夫人之软，杜安抚之古执，陈最良之腐，春香之贼牢，无不从筋节窍髓，以探其七情生动之微。'此数语直为本传点睛。"有鉴于汤氏"强半为才情所役"，"独其填词不用韵，不按律"，不便于正宗的昆腔格律敷演，冯梦龙也"僭删改以便当场"。冯改本虽易名为《三会亲风流梦》，或删除，或改作，或合并，将原作压缩为三十七出，但不仅符合昆腔音律，便于当场；而且其总评和眉批、夹批，对当时和后世的戏曲编剧、导演和演员，也颇有参考价值。

编刻于明崇祯年间的《六十种曲》，不仅收入了"临川四梦"和《紫箫记》，还选录了硕园删改本《还魂记》。这种绝无仅有的做法，充分说明了编者毛晋对于汤显祖及其剧作的推崇，也是当时"《牡丹亭》热"的一种表现形态。为什么《六十种曲》独选硕园本《还魂记》呢？徐扶明《〈牡丹亭〉研究资料考释》所录有关硕园修改《还魂记》的短文提供了一些信息：硕园幼年就景慕汤显祖，"曾获其《紫箫》半剧，日夕把玩，不啻吉光之羽。迨'四梦'成，而先生之奇倾储以出，道妙风宗，衹自抒其所得，匪与世人争妍月露，比叶宫商也"。在文中硕园也谈到了为何要对《牡丹亭》"稍为点次"的原因："《牡丹亭记》脍炙人口，传情写照，政在阿堵中。然词致奥博，众鲜得解，剪裁失度，或乖作者之意。余稍为点次，以畀童子。"硕园乃毛晋之友，毛晋看到硕园的点次本《还魂记》，"见而悦之，欲付剞劂"。笔者以为这是毛晋赞赏其多删而少改的修订原则。硕园尊重汤氏的原作，重视其意趣神色，多删而少改，硕园本与其他大删大改的改本，显然不可同日而语。在笔者看来，硕园本《还魂记》只能说是原作的删节本，而毛晋赞赏的恰恰正是这个特点。

徐肃颖的改本，因原作《牡丹亭》首出《标目》下场诗，有"杜丽娘梦写丹青记"，故易名为《丹青记》。徐氏传世的两种传奇，均为名著的改编本：《丹桂记》是周朝俊《红梅记》的改本；《丹青记》现存万历刊本，署汤显祖撰，陈继儒批评，徐肃颖删润，萧儆韦校阅。

上述诸种明人的《牡丹亭》改本，因人而异，或恪守昆腔音律，改动不合昆腔音律的曲词；或着眼于排场，调整不便当场的人物、情节和场次；或删繁就简，缩长为短（主要删除李全叛乱副线上的折子，以及那些不便演唱的场次和曲白），以便俗唱。不管从哪个角度来看，这些即便存在着诸多缺憾的改本及其批语，对于《牡丹亭》的流传、普及和提高，也均有一定的积极作用，视之为扩大汤氏和《牡丹亭》影响力的功臣，实不为过。

而由《牡丹亭》的改本所引发的曲学争论，作为"《牡丹亭》热"的重要表现形态，更不可等闲视之。

在上述诸种《牡丹亭》改本问世的同时，又陆续出现了多种《牡丹亭》的评点本，它们只评点而不作任何删改。可以说，这既是"汤沈之争"引发的曲学大争论的成果之一，也是"《牡丹亭》热"的又一种表现形态。在这里对各种评点本略作介绍：

泰昌本《牡丹亭》，现藏国家图书馆，《古本戏曲丛刊初集》据以影印。卷首有茅元仪《牡丹亭记·序》、茅暎《题牡丹亭记》和《凡例》四则。此本插图题字中有落款于庚申中秋者［庚申为明泰昌元年（1620）］，此本书眉上引录了不少臧晋叔的批语。茅元仪和茅暎对臧氏有关《牡丹亭》的评价，以及任意删改的做法，都极不认可。他们认为《牡丹亭》"不惟远轶时流，亦当并辔往哲"。他们之所以刊刻自己的评点本，是因为"欲备案头完璧，用存玉茗全编"，"与有情人相与拈赏"。

天启清晖阁本《牡丹亭》，现藏国家图书馆，书名为《清晖阁批点玉茗堂还魂记》，即王思任评点本。王思任（1575—1646），字季重，号遂东，浙江山阴人。其《批点玉茗堂牡丹亭叙》撰于明天启三年（1623），这是一篇全面评论《牡丹亭》思想和艺术的重要论文，历来为研究者所推崇。在叙文中，王氏对汤显祖的人格、思想、才学和文学创作推崇备至；对《牡丹亭》立言神旨和人物的评析，言简意赅，允当精辟。白石山道人陈继儒的《王季重批点牡丹亭题词》，则不仅推崇汤氏及其《牡丹亭》，也赞扬了王氏的评点："汤临川最称当行本色，以《花间》《兰畹》之余彩，创为《牡丹亭》，则翻空转换极矣！一经王山阴批评，拨功髑髅之根尘，提出傀儡之啼哭，关汉卿、高则诚曾遇如此知音否？"陈继儒在《题词》中，还拈出了"括男女之思而托之梦"这个《牡丹亭》的艺术构思特点，发人深思。

崇祯独深居本《牡丹亭》，现藏国家图书馆。独深居乃沈际飞的别号，沈氏字天羽，自署震峰居士。他于崇祯年间点定《玉茗堂四种曲》。其《玉茗堂诗集题词》署"崇祯丙子积阳日苏郡后学沈际飞天羽甫纂于晓阁"。［崇祯丙子，即崇祯九年（1636）］沈氏的《玉茗堂尺牍题词》，则署"鹿城沈际飞"，据此可知，沈氏当为苏州府昆山县人。沈氏可谓当时研究汤显祖的专家，对汤氏诗文和传奇的评论，皆别具只眼。其《题还魂记》指出："临川作《牡丹亭》词，非词也，画也；不丹青，而丹青不能绘也；非画也，真也；不啼笑而啼笑，即有声也。以为追琢唐音乎，鞭棰宋词乎，抽翻元剧乎？当其意得，一往追之，快意而止。非唐，非宋，非元也。"对

《牡丹亭》的艺术独创性作了极高的评价。在《玉茗堂文集题词》中，沈氏指出："若士积精焦志于韵语，而竟不自知其古文之到家。秾纤修短，都有矩矱。机以神行，法随力满。言一事，极一事之意趣神色而止；言一人，极一人之意趣神色而止。何必汉、宋，亦何必不汉、宋。若士自云，汉、宋文字各极其致也。"在这里，沈氏对汤氏文学创作（古文、诗词和戏曲）意趣神色方面的艺术独创性的论断极有见解。

明末蒲水斋校刊本《牡丹亭》，现藏国家图书馆。正文首行书名《牡丹亭记》，后署"临川玉茗堂编，公安洒雪堂批，新都蒲水斋校"。洒雪堂乃公安袁宏道之室号，此本当为袁氏的评点本。

明末柳浪馆评点本《牡丹亭》，郑振铎藏，书名《柳浪馆批评玉茗堂还魂记》。

明清易代之际，由于战乱以及政治、经济等因素的影响，文人士大夫、缙绅富商的"家乐"受到了相当程度的冲击。但是，戏曲艺术并没有遭到毁灭性的破坏，包括《牡丹亭》在内的昆腔传奇和南杂剧名作，仍然唱演不衰。由晚明转入明清易代之际，《牡丹亭》依然好评如潮。

王骥德《曲律》尝批驳臧晋叔所谓"临川南曲绝无才情"之说："夫临川所诎者，法耳，若才情，正是其胜场，此言非公论。"王氏认为："《还魂》妙处种种，奇丽动人。然无奈腐木败草，时时缠绕笔端。"在王氏看来："使其约束和鸾，稍闲声律，汰其剩字累语，规之全瑜，可令前无作者，后鲜来哲，二百年来，一人而已。"在《曲律》中，王氏还将汤显祖和沈璟作了比较评论："吴江守法，斤斤三尺，不欲令一字乖律，而毫锋殊拙；临川尚趣，直是横行，组织之工，几与天孙争巧，而屈曲聱牙，多令歌者咋舌。"此等评论，皆独具只眼，耐人寻味。[1]

张琦《衡曲麈谭》则评汤氏《牡丹亭》曰："临川学士旗鼓词坛，今玉茗堂诸曲，争脍炙人口。其最著者杜丽娘一剧，上薄《风》《骚》，下夺屈、宋，可与王实甫《西厢》交胜；独其宫商半拗，得再调协一番，辞调两到，讵非盛事欤？惜乎其难也！"[2]

李渔的《闲情偶寄》曾多处论及汤显祖及其《牡丹亭》。李渔认为："汤若士，明之才人也，诗文尺牍，尽有可观；而其脍炙人口者，不在尺牍

---

[1] 中国戏曲研究院：《中国古典戏曲论著集成》卷四，中国戏剧出版社1959年，第164、165、170页。

[2] 中国戏曲研究院：《中国古典戏曲论著集成》卷四，中国戏剧出版社1959年，第270页。

诗文，而在《还魂》一剧。"[1] 李渔力主戏曲语言"贵显浅"，推崇元曲。在他看来："无论其他，即汤若士《还魂》一剧，世以配飨元人，宜也！问其精华所在，则以《惊梦》《寻梦》二折对。予谓：二折虽佳，犹是今曲，非元曲也。"这种着眼于戏曲艺术特点，力主"贵显浅"的一家之言，颇有见地。谈到科诨的"忌俗恶"，李渔对《还魂》和吴炳《粲花五种》作了比较评析："吾于近剧中取其俗而不俗者，《还魂》而外，则有《粲花五种》皆文人最妙之笔也。《粲花五种》之长，不仅在此，才锋笔藻，可继《还魂》；其稍逊一筹者，则在气与力之间耳。……《还魂》力足，《粲花》略亏。虽然若士之四梦，求其气长力足者，惟《还魂》一种，其余三剧，则与《粲花》比肩。"[2]

黄周星对汤显祖极为推崇，但对《牡丹亭》的评价却不高。其《制曲枝语》云："曲至元人，尚矣！若近代传奇，余惟取汤临川'四梦'。而'四梦'之中，《邯郸》第一，《南柯》次之，《牡丹亭》又次之，若《紫钗》不过与《昙华》《玉合》相伯仲，要非临川得意之笔也。"[3]

袁于令尝以佛理、佛法为喻评汤氏"四梦"曰："临川先生作《紫钗》时，仙骨已具，豪气未除；作《邯郸》时，玄关已透，佛理未深；作《南柯》时，佛法已跃跃在前矣，犹作佛法观也；及至作《还魂》之日，儿女之事，惧证菩提游戏之谈，尽归大藏生生死死，死死生生，不生不死，不死不生，了然矣！不言佛，而无不是佛矣；后即有作，亦不必再进竿头一步矣。"[4] 袁氏此评，虽不易理解，却大可玩味。

张岱反对传奇创作中的狠求奇怪之风，他认为："汤海若昔作《紫钗》，尚多痕迹；及作《还魂》，灵奇高妙，已到极处。《蚁梦》《邯郸》，比之前剧，更能脱化一番，学问较前更进，而词学较前反为削色。盖《紫钗》则不及，而'二梦'则太过，过犹不及，故总于《还魂》逊美也。"张岱曾对袁于令说："兄作《西楼》，只一情字，《讲技》《错梦》《抢姬》《泣试》，皆只情理所在，何尝不热闹，何尝不出奇，何取节外生枝，屋上起屋耶。……今《合浦珠》是兄之'二梦'，而《西楼》为兄之《还魂》；'二

---

[1] 中国戏曲研究院：《中国古典戏曲论著集成》卷四，中国戏剧出版社1959年，第7-8页。
[2] 中国戏曲研究院：《中国古典戏曲论著集成》卷七，中国戏剧出版社1959年，第23，62-63页。
[3] 中国戏曲研究院：《中国古典戏曲论著集成》卷七，中国戏剧出版社1959年，第121页。
[4] 沈际飞：《牡丹亭还魂记·集诸家评语》，载独深居评点本《玉茗堂四种·牡丹亭还魂记》，国家图书馆藏。

梦'虽佳,而《还魂》终不可及也。"(张岱《娜嬛文集·答袁箨庵》)

　　文人学士对《牡丹亭》的评论林林总总。虽有批评和指摘,对其不合昆腔音律的批评尤为尖锐。可是,肯定和赞美其曲意和文采却是主流。人们爱读《牡丹亭》,"书初出时,文人学士案头无不置一本"[1]。有人自述:"童子时爱读此记,读之数十年,自恨于佳处尚未能悉者。"为此感叹说:"世有见玉茗堂《还魂记》而不叹其佳者乎？然欲真知其佳,且尽知其佳,亦不易言矣!"[2]

　　当文人学士案头无不置一本《牡丹亭》,读得津津有味,以致家传户诵,几令《西厢》减价之时;各地的"家乐"和民间戏班,或用汤氏原作,或用各种删改本(甚至便于俗唱的自改本),纷纷将《牡丹亭》搬上昆曲舞台(或用其他声腔演唱的戏曲舞台)。诚如石韫玉《吟香堂曲谱序》所说:"汤临川作《牡丹亭》传奇,名擅一时,当其脱稿时,翌日而歌儿持板,又翌日而旗亭树赤帜矣!"各地舞台上的"《牡丹亭》热",是与文人学士阅读、评点、删改《牡丹亭》同步进行的,它是"《牡丹亭》热"不可或缺的组成部分。如果说,汤显祖友朋对《牡丹亭》的爱好和鼓吹,引起了晚明文人士大夫对《牡丹亭》的评点热,而吕玉绳、沈璟等人对《牡丹亭》的删改,引发了明末清初戏曲评论家的曲学大争论。那么,各地"家乐"和民间戏班竞演《牡丹亭》,则把"《牡丹亭》热"迅速地推向民间和市井,并给这股社会文化的热潮增添了传奇色彩和市民气息。

　　《牡丹亭》最早的演出,当在万历二十七年(1599)秋,地点在临川汤显祖新建的玉茗堂,其《七夕醉答君东》诗可以为证。之后,汤氏友朋的"家乐",也陆续开始演出《牡丹亭》。邹迪光《调象庵稿》云:"义仍既肆力于文,又以其绪余为传奇,丹青栩栩,备有生态,高出胜国词人之上。所为《紫箫》《还魂》诸本,不佞率令童子习之,亦因是以见神情,想丰度。诸童搬演曲折,洗去格套,羌亦不俗。"《牡丹亭》的演唱,从汤氏友朋的"家乐"逐渐扩展到文人士大夫、富商缙绅之"家乐"和民间戏班,到明末清初甚至出现了"唱尽新词无俗韵,最善临川玉茗堂"[3]的局面。据梧子《笔梦》记载,《牡丹亭》是常熟钱岱"家乐"的拿手剧目。明清时期涌现了不少擅演《牡丹亭》男女主角的名伶。比如,潘之恒《鸾啸小

---

[1] 林以宁《还魂记题序》,载徐扶明《〈牡丹亭〉研究资料考释》,上海古籍出版社1987年,第72页。

[2] 徐扶明:《〈牡丹亭〉研究资料考释》,上海古籍出版社1987年,第74页。

[3] 徐扶明:《〈牡丹亭〉研究资料考释》,上海古籍出版社1987年,第144页。

品》中记载的吴越石家擅演杜丽娘的"二孺",张大复《梅花草堂笔谈》记载的擅演杜丽娘的赵必大。又如曹寅词中赞美的白头朱老,曹寅说他"当场搬演,汤家残梦偏好"(曹寅《楝亭诗钞·念奴娇题赠曲师朱音仙(朱老乃前朝阮司马进御梨园)》)白头朱老即朱音仙,原是阮大铖"家乐"的演员,直到曹寅时代,他演出"汤家残梦"依然风采偏好,年轻时的风采可以想见。

"玉茗堂开春翠屏,新词传唱《牡丹亭》;伤心拍遍无人会,自揾檀痕教小伶。"[1] 沈际飞评汤氏此诗云"有大不平",此诗确值得玩味。《牡丹亭》问世之后,家传户诵,"家乐"和民间戏班争相演唱,评者蜂起,一片赞誉之声。面对如此大好情势,汤氏为何要不平和伤感呢?是因为评点者不解《牡丹亭》的意趣神色?抑或是针对任意删改者而言?杨懋建《长安看花记》尝言:"嗟夫!解人索难,自古已然;小伶自教,固犹愈于执涂人而语之。不然而西子骇麋,其不遭按剑者几希。"以笔者之浅见,汤氏之不平和伤感,主要是针对文人士大夫过分赞赏文采而忽视曲意文化内涵的评论而发。当听到广大市井平民,尤其是妇女,因阅读、观看《牡丹亭》,心灵受到震撼产生强烈共鸣后,汤氏只会感到欣慰和喜悦,却无不平和伤感。在汤氏心目中,《牡丹亭》的真正知音,乃是那些能深切领会剧作旨意的市井平民,尤其是对封建礼法压抑感同身受的广大妇女。

《玉茗堂诗》卷十一有汤氏作于万历四十三年(1615)的《哭娄江女子二首》,其序曰:"吴士张元长、许子洽前后来言,娄江女子俞二娘,秀慧能文词,未有所适。酷嗜《牡丹亭》传奇,蝇头细字批注其侧。幽思苦韵,有痛于本词者。十七惋愤而终。元长得其别本寄谢耳伯,来示伤之。因忆周明行中丞言,向娄江王相国家劝驾,出家乐演此。相国曰:'吾老年人,近颇为此曲惆怅!'王宁泰亦云。乃至俞家女子好之至死,情之于人甚哉!"诗云:

其一

画烛摇金阁,真珠泣绣窗。
如何伤此曲,偏只在娄江?

其二

何自为情死?悲伤必有神。

---

[1] 徐朔方:《汤显祖诗文集》卷十八,上海古籍出版社1982年,第735页。

> 一时文字业，天下有心人。

由诗序可知，汤显祖逝世前一年创作这两首诗，其情感之冲动，其一来自娄江女子俞二娘的"十七惋愤而终"；其二则有感于王相国为"家乐"演唱《牡丹亭》。《牡丹亭》的艺术感染力冲击和震撼了娄江的一个小姑娘和一位老相国，他俩皆可谓"天下有心人"，前者"为情死"，后者"为此曲惆怅"。汤氏认为这都是由于他的"文字业"而引发的伤心事，为此深觉不安。可是如作深一层的探究，笔者以为，汤氏得知娄江的这一老一小、一男一女由《牡丹亭》而引发的伤心事，他的内心应该是深觉欣慰的。因为他们都是真正领会《牡丹亭》曲意的知音。尤其是俞二娘，因酷嗜《牡丹亭》，深受其"情至"的影响，最后"为情死"的悲剧，更说明了汤氏和《牡丹亭》的真正知音，乃是广大深受封建礼法压抑的平民女子。

娄江俞二娘的悲剧深深感动了汤显祖，而娄江俞二娘的悲剧及汤氏的《哭娄江女子二首》，又深深地感动了150年后的著名戏曲家蒋士铨。蒋氏心仪汤显祖，在他创作于乾隆三十九年（1774）的为汤翁立传的《临川梦》中，凭借其丰富的艺术想象力，将俞二娘的"伤心事"写入了剧中，精心塑造了一个酷嗜《牡丹亭》的俞二姑形象，并敷演成《谱梦》《想梦》《殉梦》《寄曲》《访梦》《了梦》等极富感染力的戏文，此乃剧作的一条副线。这不仅形象地反映了"临川四梦"及明末清初"《牡丹亭》热"在当时社会上所产生的巨大反响；也生动地表达了作者对汤翁的人格、思想和文学创作的敬仰和追慕。需要补上一笔的是，蒋士铨在《临川梦·自序》中指出："独惜娄江女子，为公而死，其识力过于当时执政远矣。特兼写之，以为醉梦者愧焉。"此说很值得玩味和深思。

晚明，像俞二娘这样因酷嗜《牡丹亭》而最后"为情死"的真人与真事还有不少。根据其具体情况，大致有这样几种类型：

其一，因婚姻不如意，受《牡丹亭》影响，为情感疾而死，如冯小青。冯小青与俞二娘不同的是，嫁人为妾，丈夫冯生乃一伧父；婚后二年，深受大妇虐待，含恨感疾而死。冯小青生前酷嗜《牡丹亭》，有绝句曰："冷雨幽窗不可听，挑灯闲看《牡丹亭》；人间亦有痴如我，岂独伤心是小青？"[1]

其二，擅演《牡丹亭》的女伶，因爱情、婚姻不如意，演出《牡丹亭》

---

[1] 冯梦龙：《情史》，岳麓书社1986年，第463—467页。

时伤心过度，死于舞台之上，如崇祯时的杭州商小伶（蒋瑞藻《小说考证》引《硎房蛾术堂闲笔》，鲍倚云《退余丛话》）。鉴于封建社会女伶地位低贱，备受欺压和凌辱，这类事例当不止商小伶一人，值得关注和重视。

其三，闺阁少女爱读《牡丹亭》《西厢记》等传情之作，因内心郁闷而夭折，如吴江叶小鸾。关于叶小鸾的夭折，情况比较复杂，但与她爱读《牡丹亭》有关，容后文再述。需要指出的是，闺阁少女因酷嗜《牡丹亭》，深受其影响而酿成悲剧者，乃明末清初"《牡丹亭》热"最令人痛心的一种表现形态。

至于传说扬州的金凤钿，读《牡丹亭》成疾，决心留此身以待汤显祖，临死嘱婢以《牡丹亭》曲殉。（邹弢《三借庐笔谈》）内江女子因爱读《牡丹亭》，访若士于西湖；见若士乃"皤然一翁，伛偻扶杖而行"，失望投水而死。（焦循《剧说》卷二引黎潇云语）此类民间传说，虽纯属子虚乌有，但也从一个侧面反映了"《牡丹亭》热"的群众性特点。

关于冯小青和叶小鸾，这里再作些补充。

明末有关冯小青故事的记载甚多，除冯梦龙《情史》外，尚有张岱《西湖梦寻》、张潮《虞初新志》卷一《小青传》等。而取材于冯小青故事的昆腔传奇和南杂剧作品也不少，如吴炳的《疗妒羹》、朱京藩的《风流院》、来集之的《小青娘挑灯闲看牡丹亭》、徐士俊的《春波影》、陈季方的《情生文》、无名氏的《西湖雪》等。其中不少剧作都有小青挑灯观看《牡丹亭》的关目；而《风流院》更以小青为主角，以汤显祖为风流院主，以柳梦梅、杜丽娘为院仙。《春波影》杂剧全名《小青娘情死春波影》，作于明天启乙丑（1625），也是专写小青为情而死的故事。由于众多戏曲、小说的渲染和鼓吹，小青在后世也颇有影响，杭州西湖孤山有小青之墓。诚如明末卓人月《春波影序》所说："天下女子饮恨有如小青者乎？小青之死未几，天下无不知有小青者。"清初人对冯小青其人其事的真实性是有不同看法的。但有一点必须指出，"天下无不知有小青者"，这与小青酷嗜《牡丹亭》有着密切的关系。因此有关小青的故事，以及取材于小青故事的小说和戏曲作品的风靡，实在也是"《牡丹亭》热"中的一波热浪而已。

叶小鸾，乃明末吴江叶绍袁和沈宜修夫妇之三女，她才貌惊人，小小年纪却向往仙游，所作诗词的出世思想十分明显。诚如乃父所评："多凄凉之词，无一秾丽气"，真可谓"一清沏骨，冷气逼人"。崇祯五年（1632），年仅16的小鸾将嫁而逝。虽然叶小鸾并非因读《牡丹亭》为情而死，但她与纨纨和小纨二位姐姐的诗词创作，皆离不开愁和闷，以及由此萌生的出世思想，这与明末的社会黑暗、动乱有关，与叶氏姊妹也感受到封建礼教的无形压抑（她们的婚姻皆非源自自由恋爱）不无关系。小鸾曾在坊刻的附有崔莺莺和杜丽娘画像的《西厢记》和《牡丹亭》上，题过六首《题美人遗照》。乃父叶绍袁在批语中指出："何尝题画，自写真耳！"《牡丹亭》对叶小鸾的影响，由此也可见一斑了。请玩味小鸾《题杜丽娘小照》三首：

> 凌波不动怯春寒，觑久还如佩欲珊；
> 只恐飞归广寒去，相愁不得细相看。
>
> 若使能回纸上春，何辞终日唤真真；
> 真真有意何人省，毕竟来时花鸟嗔。
>
> 红深翠浅最芳年，闲倚晴空破绮烟；
> 何似美人肠断处，海棠和雨晚风前。[1]

上述有关市井女子因酷嗜《牡丹亭》，最后或为情而死，或为情而愁闷，最有力，也最生动地说明了《牡丹亭》鼓吹"情至"、抨击封建主义礼法的现实意义和社会影响；而市井女子成为《牡丹亭》的真正知音，也最生动地说明了《牡丹亭》的时代精神——为青年男女的自由恋爱和自主婚姻而呐喊，为青年男女的个性解放而呼唤，为青年男女追求"一生儿爱好是天然"的理想而鼓劲，从而赢得了青年男女的强烈共鸣。汤显祖《牡丹亭题词》尝谓："梦中之情，何必非真？天下岂少梦中人耶！"上述市井女子皆可谓天下之"梦中人"也！

改作、仿作和续作，既是对《牡丹亭》的一种特殊形态的评论，又是扩大《牡丹亭》传播的一种途径，它们同样是明末清初"《牡丹亭》热"的表现形态。有关《牡丹亭》的改作情况，上文已有所论述，这里再就《牡丹亭》的仿作和续作略作介绍。

《牡丹亭》风靡全国之后，心仪汤显祖和瓣香"临川四梦"的戏曲家，在汤氏"情至"观念和浪漫主义艺术方法指引下，努力效法"临川四梦"，

---

[1] 以上引文均见叶绍袁纂于崇祯九年（1636）的《午梦堂集》。关于叶小鸾之事，可参见王永健：《吴汾诸叶，叶叶交光——晚明吴江叶氏三姊妹现象初探》，载《苏州文艺评论》，江苏教育出版社2008年。

尤其是《牡丹亭》创作传奇和南杂剧，于是明末清初逐渐形成了"玉茗堂派"，其主要成员有吴炳、孟称舜、洪昇、张坚等。这派曲家深得《牡丹亭》基于"情至"的意趣神色的真传。而一般效法《牡丹亭》的戏曲家，却往往只是在个别折子中刻意模仿《牡丹亭》的某些情节、关目和曲词。虽然某些方面，甚至某些折子，可以达到以假乱真的水平，但他们与玉茗堂派戏曲家仍不可同日而语。明末阮大铖、范文若的某些作品，就是最明显的例证。

明末清初，模仿《牡丹亭》的传奇不少，它们的出现，也是"《牡丹亭》热"的一种表现形态。范文若《梦花酣·自序》尝云："此事微类《牡丹亭》而幽奇冷艳，转折恣态自谓过之……"《梦花酣》敷演萧斗南与谢蒨桃的爱情故事，在情节和曲词上模仿《牡丹亭》的痕迹十分明显，也有相当的水平。明末王元寿的《异梦记》，敷演王奇俊与顾云容的爱情故事，其第八出《圆梦》、第九出《思想》，也明显地模仿《牡丹亭》的《惊梦》和《寻梦》。自署吴郡西泠长的《芙蓉影》，敷演文士韩樵与妓女谢娟娘的爱情故事。其第三出《情诉》也有堕入烟花的谢娟娘伤心阅读《牡丹亭》的关目，其情境和曲词颇有《牡丹亭》的神韵。朱京藩的《风流院》今存明刊本。朱氏怀才不遇"抑郁不得志，穷愁悲愤，乃始著书以自见"。（柴绍然《风流院·叙》）其《风流院》敷演小青的悲剧。朱氏自叙说："小青为读《牡丹亭》，一病而夭，乃汤若士害之，今特于记中有所劳若士以报之。"这部传奇和冯小青的悲剧，与汤氏及其《牡丹亭》的关系太密切了。作者凭其丰富的艺术想象力，写小青为冯致虚之妾，被大妇折磨而死，魂入风流院；而舒新弹拾得小青题诗，因相思其魂亦进入了风流院。经风流院主汤显祖和南山老人帮助，小青与舒新弹死而复生，结为夫妇。有关剧中人物的生死经历和思想感情，不少折子的关目安排，以及剧作的曲词，模仿《牡丹亭》的斧痕显而易见。梅孝巳原著、冯梦龙改定评点的《洒雪堂》，敷演贾娉娉借尸还魂，与魏鹏终成眷属的爱情故事。第二十九出有冯批云："死别略似《牡丹亭》，而凄凉过之。"此出写贾娉娉病逝的情景，近似《牡丹亭》的《闹殇》。第三十二出写冥府怜悯贾娉娉亡魂的情景，亦近似《牡丹亭》的《冥判》。康熙年间的龙燮亦是位心仪汤显祖的戏曲家，所谓"新声又见江花梦，旧曲还恋玉茗堂"（高珩题词）。龙燮的传奇《江花梦》，敷演书生江云仲，与袁餐霞、鲍云姬一夫两妻的爱情故事，与汤显祖的"情至"观念显然不可同日而语。但剧作的有些折子，如第二出《梦笺》，亦竭力模仿《牡丹亭》中的《惊梦》。

模仿《牡丹亭》之作，集中于明末清初。但直到乾隆年间，还有廖古檀的《遗真记》、黄振的《石榴记》、潘炤的《乌阑誓》、张衢的《芙蓉楼》、张道的《梅花梦》等剧。在这里，笔者还想对黄图珌仿《牡丹亭》之作《栖云石》传奇略作介绍。黄氏生于康熙三十八年（1699），卒年不详，江苏华亭（今上海松江区）人。曾官杭州、衢州同知，著有《看山阁集》六十四卷，并有《雷峰塔》《栖云石》等传奇数种。《栖云石》，又名《人月圆》，三十二出，首署看山阁乐府，峰泖蕉窗居士填词。在《自序》中，黄氏提出了"吾尝谓情之为患最大"的美学命题，指出："独情之所钟，始终不易磨灭，不畏变化，不穷真假。不借始，不能终，磨不能灭，千变万化，似真疑假。于是生可以死，死可以生，生死不能自主。此情之所钟，自亦不知也。"由此可见，黄氏的所谓"情之为患最大"，与汤氏的"情至"观念是一脉相承的。故他模仿《牡丹亭》创作《栖云石》也是为了鼓吹"为患最大"之情，亦即"情至"观念。诚如张廷乐评语所说："我辈钟情玉茗传奇，以情之不死以创其说于前；此借旧事翻新，曲曲传神，情无不至，意无不达。"《栖云石》敷演姑苏士人文世高，与兵科刘老爷之女秀英的生死之情，剧作之旨意和情节，与《牡丹亭》相似，故有人题诗曰："《栖云石》比《牡丹亭》，香艳无分尹与邢。只恐呆呆痴女看，浑无才笔自通灵。"

如果说《牡丹亭》的改作，主要是从艺术上（尤其是音律上）对汤氏原作的窜改；《牡丹亭》的仿作，则主要在艺术上（尤其是关目、曲词、风格上）效法汤氏的原作。那么《牡丹亭》的续作，则可谓对汤氏原作旨意的反动。明末清初的《牡丹亭》续作，今存者有陈轼的《续牡丹亭》和王墅的《后牡丹亭》。

陈轼，字静机，福建侯官人，崇祯十三年（1640）进士，由南海县擢御史，入清未仕，晚留寓浙江，著有《道山堂诗集》。今存《续牡丹亭》，藏南京图书馆，题《续牡丹亭传奇》，署静庵编，祓翁阅，二卷四册，共四十二出。另有古吴莲勺庐抄存本，藏国家图书馆。姚燮《今乐考证》之国朝院本，著录静庵一种：《续还魂》，一名《续牡丹亭》。《续牡丹亭》敷演杜、柳姻缘后事，《曲海总目提要补编》的《续牡丹亭》条谓："因汤载柳乃极佻达之人，作者欲反而归之于正。"故剧中的"梦梅自通籍后，即奉濂、洛、关、闽之学为宗，每日读《朱子纲目》，还纳春香为妾。盖以团圆结束，补《还魂》所未及云"。即此一端，已可见《续牡丹亭》反《牡丹亭》之意趣神色之一斑了。

王墅,字北畴,安徽芜湖人,约生于康熙年间,创作有《后牡丹亭》《拜针楼》传奇两种。焦循《剧说》:"《牡丹亭》又有《后牡丹亭》,必说癞头鼋为官清正,柳梦梅以理学与考亭同贬,凡此者,果不可以已乎?"

明末清初的戏曲家,受《牡丹亭》与临川其他传奇的影响,对《牡丹亭》无论进行改作、仿作,还是续作,都是当时"《牡丹亭》热"丰富多彩的表现形态之一,值得另眼相看。当然,众多《牡丹亭》的改作、仿作和续作,不符合汤氏原作意趣神色之处颇多,甚至还出现了"递相梦梦"(王思任《春灯谜·序》),"活剥汤义仍,生吞《牡丹亭》"(《洒雪堂》第三出眉批)的怪现象,这也是当时传奇创作领域"狠求奇怪"以及以翻案为奇的一种表现。此种不良的风气,直到乾隆年间依然存在,对此,凌廷堪曾有尖锐的批评说:"玉茗堂前暮复朝,葫芦怕仿昔人描;痴儿不识邯郸步,苦学王家雪里蕉。"(《校礼堂文集·论诗绝句》)

最后,尚须一提的是,万历后期已有戏曲选本选录《牡丹亭》的折子戏,比如,《珊瑚集》(序撰于1616年)选录了《言怀》的两支曲子,《月露音》(万历刊本)选录了《惊梦》《寻梦》《写真》《闹殇》《玩真》《游魂》《幽媾》《硬拷》等出,《乐府红珊》(序撰于1602年)选录的《牡丹亭》折子戏,则比《月露音》还多;崇祯年间出版的《怡春锦》选录了《惊梦》《寻梦》《幽媾》,《醉怡情》则选录了《入梦》《惊梦》《寻梦》《拾画》《冥判》,《玄雪谱》选录了《言怀》(易名《自叙》)、《硬拷》(易名《吊打》)。

康熙前期的"《牡丹亭》热"一瞥

如果说,晚明是"《牡丹亭》热"的第一个高潮,那么,明清易代之际,则是其低谷。在这个朝更世变的战乱时期,虽然昆腔传奇和南杂剧的创作,并未受到致命的打击。但是昆曲艺术的发展受到了一定的影响,"《牡丹亭》热"也冷了一阵子。当历史进入了康熙中叶,随着清廷统治的稳固,全国的大一统,昆曲艺术重新振兴,昆腔传奇和南杂剧的创作再登高峰,"《牡丹亭》热"随即掀起了它的又一个高潮。这个高潮有三大标志:一是"南洪北孔"这两颗新星闪耀剧坛,"两家乐府盛康熙",《长生殿》《桃花扇》与《牡丹亭》不无关系;二是吴吴山三妇合评本《牡丹亭》和程、吴合评本《才子牡丹亭》的先后问世,震撼了当时的社会各界,尤其是闺阁妇女;三是康熙三十三年(1694),陆辂重建玉茗堂。

洪昇的《长生殿》被棠村相国誉为"闹热《牡丹亭》",洪昇对此深表赞同;而洪昇的《长生殿·例言》,乃是继汤显祖《牡丹亭题词》后的又一次"情至"宣言。《长生殿》不仅在歌颂"情至"的主旨上,与《牡丹亭》一脉相承;而且其意趣神色,也颇有玉茗之风,洪昇无疑是玉茗堂派的一员大将。洪昇还曾对《牡丹亭》作过精彩的评论。《吴吴山三妇评〈牡丹亭〉杂记》载有洪昇之女洪之则跋文中尝记其父评论《牡丹亭》的一段话:"肯綮在死生之际,记中《惊梦》《寻梦》《诊祟》《写真》《闹殇》五折,自生而之死;《魂游》《幽媾》《欢挠》《冥誓》《回生》五折,自死而之生,其中搜抉灵根,掀翻情窟,能使赫蹄为大块,崦嵂为造化,不律为真宰,撰精魂而变通之。"尚须一提的是,激赏吴吴山三妇合评本《牡丹亭》的才女、"蕉园五子"之一的林以宁乃洪昇表兄弟钱肇修之妻,而三妇之丈夫吴吴山则是洪昇的挚友。

孔尚任虽非玉茗堂派戏曲家,亦未见其评点《牡丹亭》的高论。但在《桃花扇》这部经典名著中,孔氏却让女主人公李香君高唱了《牡丹亭》的两支曲子。在笔者看来,由此已可窥见孔氏对《牡丹亭》的赞赏了。

陆辂重建玉茗堂,虽非大事,却极具象征意义;它也可说是"《牡丹亭》热"第二个高潮的一个标志性事件。玉茗堂原建于明万历二十九年(1601),明清易代之际毁于兵燹。清康熙三十三年(1694),常熟人陆辂任抚州通判,捐俸钱重建玉茗堂于故址。洪昇和孔尚任的挚友金埴,在其《不下带编》中有记载云:"常熟陆次公辂,康熙中判抚州,重建玉茗堂于故址,大会府僚及士大夫,出吴优演《牡丹亭》剧二日,解帆去。辂自赋诗纪事,江以南和者甚夥。时阮亭王公官京师,闻而艳之,寄诗落花如梦草如茵云云。如许风致,耐人吟咏。"常熟人单师白的《海虞诗话》卷一有关陆辂重建玉茗堂一事则记载了陆辂的纪事诗:

陆别驾辂,字载商,号次云。陆氏在明为簪世族。父名尊礼,构嘉阴园于辛峰亭之下,凿山开沼,亭台绣错,为城中胜地。次公由知恩县擢迁通判抚州府。因重葺玉茗堂,半载告归,堂适落成;遍召太守以下官僚,洎郡中士大夫……所携吴伶合乐演《牡丹亭》传奇,竟夕而罢。题诗二首云:

百年风月话临川,锦绣心思孰与传。
一代人文推大雅,三唐诗格会真诠。
常看宦味同秋水,却任闲情逐暮烟。

奇绝《牡丹亭》乐府，声声字字彻钧天。

也学先生曲谱缮，还魂珍重十年论。
偶寻烟月金溪岸，重整风流玉茗垣。
白雪当时怜和寡，清商此日校澜翻。
不才奈有归田志，却负春秋祀执幡。

　　1980年，笔者研究吴吴山三妇合评本《牡丹亭》，撰写了《论吴吴山三妇合评本〈牡丹亭〉及其批语》。正是在这篇论文中，笔者提出了与德国和欧洲的"维特热"大可媲美的"《牡丹亭》热"这个研究课题。笔者确认汤显祖的真正知音是广大深受封建主义礼法压抑的平民百姓，尤其是妇女。因此，十分自然地从吴吴山三妇合评本《牡丹亭》及其巨大的社会反响，联想到了"《牡丹亭》热"。如本文第一部分所论述的"《牡丹亭》热"形成于明末清初绝非偶然，自有其深刻的社会原因。明末清初，传统的封建主义礼法压得平民百姓，尤其是妇女透不过气来，而为青年男女的爱情和美梦、青春和理想高唱赞歌的《牡丹亭》，却通过一个极富人性、人道和人情的浪漫主义故事，向天下有情人指明了追求爱情和美梦、青春和理想之路。这就是为什么可怜一曲《牡丹亭》，能震撼天下儿女之心的原因。

　　酷嗜《牡丹亭》的女性读者和观众，热衷于在闺阁中精心评点这部情至的颂歌，为的是大力宣扬作者的"情至"新观念，为天下与杜丽娘同样深受封建主义礼法压抑，又渴望获得人性的解放、爱情和婚姻的自由的广大妇女呐喊、助威和鼓劲。妇女评点《牡丹亭》，并不始于吴吴山三妇。早在明末，就有俞二娘、黄淑素等人，已在做评点工作了。遗憾的是，俞二娘对《牡丹亭》的"密圈旁注"，仅留下了零星数语。黄淑素的《牡丹亭评》著录于卫泳编纂的《晚明百家小品》，卫泳评指出："其评跋诸传奇，手眼别出，想路特异，此拈情死情生，又于谑庵批点之外，添一眉目。至云禅门机锋，更得玉茗微旨。"

　　前文所述，晚明许多附有评点的《牡丹亭》改本和刻本，皆出于男性批评家之手。闺阁妇女，像俞二娘那样读《牡丹亭》时"且读且疏"，"饱研丹砂，密圈旁注，往往自写所见，出人意表者"[1]虽也不乏其人，但大多湮没无闻。康熙三十三年（1694），吴吴山三妇合评本《牡丹亭》问世

---

[1] 徐扶明：《〈牡丹亭〉研究资料考释》，上海古籍出版社1987年，第89页。

了，这是由三位闺阁妇女评点的刻本。她们以妇女的立场和视角，对《牡丹亭》所作的独具只眼的评点，震撼了中华曲坛，产生了迥异于男性批评家的社会影响。从《牡丹亭》的诞生，到康熙中期，历史又前进了将近一个世纪。可是《牡丹亭》这部为青年男女争取人性解放和爱情婚姻自由而呐喊和鼓劲的昆腔传奇，在广大妇女中的影响，却有增无减。吴吴山三妇合评的《新镌绣像玉茗堂牡丹亭》的雕板刊行，以及广为流传，就是一个有力的例证。

三妇合评本《牡丹亭》，刻成于康熙三十三年（1694）冬。所谓三妇是指吴人的先后三位妻子。吴人，又名仪一，字荼符，又字舒凫，因所居名吴山草堂，又字吴山，浙江钱塘人。髫年入太学，名满都下。工诗文词曲，与同里洪昇并驰江浙间；曾评点洪昇的《闹高唐》《孝节坊》等剧，并为《长生殿》作序和论文。吴人的先后三个妻子，即已聘将婚而殁的陈同，结婚三年病故的谈则，以及续娶的钱宜。陈同死于康熙四年（1665），其批点《牡丹亭》，当在前几年。谈则病逝于康熙十四年（1675），故三妇合评《牡丹亭》，从陈同搜集"玉茗定本"，加注评语，直到最后经钱宜之手刻印出版，前后长达三十多年。这是一个下了功夫校勘、评点的《牡丹亭》好本子。关于三妇合评本成书的缘由和过程，在吴人、谈则和钱宜所撰的序文、纪事中有着详尽、生动的记述。

陈同从小酷嗜诗书，曾对《牡丹亭》的各种版本作过比较，也读过不少评论。后来她得到了"玉茗定本"，于是"爽然对玩，不能离手，偶有意会，辄濡毫疏注数语；冬釭夏簟，聊遣闲间，非必求合古人也"。她对《牡丹亭》上卷所作批语，是吴人在她死后通过其乳母得到的。陈同弥留之际，曾口授其姊书录了好几首七绝，其中一首云："昔时闲论《牡丹亭》，残梦今知未易醒；自在一灵花月下，不须留影费丹青。"（以上有关陈同的材料，参见三妇合评本《牡丹亭》吴人序文和钱宜批语）由此不难窥见，这位少女对《牡丹亭》的至爱，以及《牡丹亭》在她心中所泛起的波澜。

谈则也是位"雅耽文墨，镜奁之侧安书麓"的才女，她著有《南楼集》三卷。当她嫁到吴家，发现了陈同批点的《牡丹亭》旧稿之后，便爱不释手，甚至能背诵。于是"暇日仿（陈）同意，补评下卷。其杪芒微会，若出一手，弗辨谁同，谁谈"。在谈则逝世十年之后，吴人又娶了钱宜为妻。当钱宜发现了陈、谈二夫人的《牡丹亭》评点本"怡然解会，如（谈）则见（陈）同本时，夜分灯炧，尚欹枕把读"。一天，钱宜"忽忽不悦"，对吴人说："宜昔闻小青者，有批《牡丹亭》跋，后人不得见。见'冷雨幽窗'诗，凄其欲绝。今陈阿姊评已逸其半，谈阿姊续之。以夫子故掩其名久矣！苟不表而传之，夜台有知，得无秋水燕泥之感。宜愿卖金钏为锲板资。"于是在吴人的支持下，钱宜主持了附有陈、谈二人批语的《牡丹亭》的编辑、校勘和雕板事宜。她自己"偶有质疑，间注数语"，标明"钱曰"。另在谈则的钞本中，曾杂有吴人"以《牡丹亭》引证风雅"的一些评语，钱宜标明"吴曰"，并作夹批处理。陈、谈、钱三人之评则作眉批处理，以示区别。

一夫三妇合评一部天下闻名、风靡昆曲舞台的名剧《牡丹亭》，此事本身就带有强烈的传奇色彩。诚如顾姒在三妇合评本《牡丹亭》跋中所指出的："文章有神，其足以垂后者，自有后人与之神会。设或陈夫人评本残缺，无谈夫人续之；续矣而秘之箧笥，无钱夫人参评，又废手饰以梓行之，则世之人能诵而不能解，虽再阅百余年，此书犹在尘雾中也。今观刻成，而丽娘见形于梦，我故疑是作者化身矣！"三妇合评本《牡丹亭》，出于一夫三妇之手，事情如此巧合，评语又独具风采，因此很快就广为流传，且脍炙人口，这也有力地促进了"《牡丹亭》热"的升温。它在《牡丹亭》的研究史上，又该作何评价呢？还是让我们先看看当日闺阁才女的评论吧：

> 书初出时，文人学士，案头无不置一册。唯庸下伶人，或嫌其难歌，究之善讴者，愈增韵折也。当时玉茗主人既有以自解，而世之文人学士，反复申之者尤多。世乃共珍此书，无复他议。然而批郄导窾，抉发蕴奥，指点禅理文诀，以为迷途之津梁、绣谱之金针者，未有评定之一书也。今得吴氏三夫人本，读之妙解入神，虽起玉茗主人于九原，不能自写至此。异人异书，使我惊绝。嗟呼！自存天地以来，不知几千万年，而乃有玉茗之《还魂》；《还魂》之后，又百年余，而乃有三夫人之评本。自古才媛不世出，而三夫人以杰出之姿，间钟之英，萃于一门，相继成此不朽之大业。自今以往，宇宙虽远，其为文人学士，欲参会禅理，讲求文诀者，竟无以易乎闺阁之三人，何其异哉，何其异哉！予家与吴氏世戚，先后睹评本最蚤。既为惊绝，复欣然序之。盖杜丽娘之事，凭空结撰，非有所诬，而托于不字之贞，不碍承筐之实，又得三夫人合评表彰之，名教无伤，风雅斯在，或尚有格，而不能通者，是真夏虫不可与语冰，井蛙不可与语天，痴人前，安可与之喃喃说梦也哉！（林以宁《牡丹亭还魂记题序》）

在吕玉绳、沈璟、臧懋循等"诸家改窜以就音律,遂致原文剥落","又经陋人批点,全失作者情致"的情况下,吴吴山三妇能尽力搜求"玉茗定本",严加校勘,精心合评,并雕板刊行,"使书中文情毕生,无纤毫憾,引而伸之,转在行墨之外",(以上引文均见三妇合评本《牡丹亭》顾姒跋)理应载入《牡丹亭》的研究史和中国戏曲理论批评史。在三妇从同样感受到封建礼法压抑的女性视角,对《牡丹亭》的主旨及其意趣神色所作的评点中,不但可以看出她们作为真正批评家的勇气,也反映了《牡丹亭》所宣扬的"情至"新观念对于清初妇女的深远影响。有关吴吴山三妇批语的特色和价值,可以参见拙作《论吴吴山三妇合评本〈牡丹亭〉及其批语》,这里就略而不论了。

作为明末清初"《牡丹亭》热"第二个高潮期的最后一波热浪,三妇合评本《牡丹亭》的出现,为明末清初的"《牡丹亭》热"作了一个完美的总结,给广大的《牡丹亭》迷留下了难忘的情感冲击和心灵震撼,其社会影响是十分深远的。

在吴吴山三妇合评本《牡丹亭》诞生三十多年后的雍正年间,又有一位闺阁才女程琼,有鉴于吴吴山三妇对《牡丹亭》的批点过于简短,不足以阐明剧作的寓意,在其丈夫吴震生的支持之下,对《牡丹亭》作了匠心独具的注解、注释和评点。初稿《绣牡丹》刊刻于雍正年间,修订稿改名为《才子牡丹亭》;乾隆二十七年(1762)重新梓行时,又题《笺注牡丹亭》。[1] 它的独特之处,在于"宛如百科全书般的丰富内容、情色化的评点,以及它的女性批者选择女性作为预设的读者"[2]。由于评点的情色化,乾隆年间《笺注牡丹亭》曾被列为禁书。"奇文共欣赏,疑义相与析。"《笺注牡丹亭》这部堪称中国古代戏曲评点本的异类奇书,同样值得认真研究。鉴于《笺注牡丹亭》问世之日,明末清初的"《牡丹亭》热"已告结束,因此本文也只能遗憾地割爱不论了。

结语

明末清初的"《牡丹亭》热",当开始于《牡丹亭》问世后十年左右,

---

[1] 史震林:《西青散记》,台北广文出版社1982年,第176页。
[2] 华玮:《〈牡丹〉能有多危险?——文本空间、〈才子牡丹亭〉与情色天然》,载《文化艺术研究》,2012年第3期。

直至清康熙的前半期，前后长达八十余年。晚明是"《牡丹亭》热"的第一个高潮期，明清易代之际是低谷，清康熙前半期则是第二个高潮期。

明末清初的"《牡丹亭》热"内容丰富，而表现形态多种多样：既有《牡丹亭》的改作、仿作和续作，又有各具特色的《牡丹亭》的评点本；既有"家乐"和民间戏班的竞相搬演《牡丹亭》，又有阅读、欣赏和演出后的各种反应；既有文人士大夫的曲学争论，又有伶人演唱的逸事异闻；既有闺阁才女的圈注评点，又有市井妇女的吟玩成痴。从各种视角，广泛而连续不断地反映了《牡丹亭》文本和演出的巨大社会反响。

明末清初的"《牡丹亭》热"，出现于昆腔传奇和南杂剧大普及、大繁荣的黄金时期，它的出现，既是昆腔传奇和南杂剧大普及、大繁荣的一个突出的表现，又有力地促进了这种大普及和大繁荣。

明末清初的"《牡丹亭》热"结出了丰硕的成果，择其要者有四：

其一，使广大的读者和观众，尤其是妇女，接受了一次生动的"情至"新观念的洗礼和教育，唤醒和促进了他们的情至意识。

其二，引发了"汤沈之争"这一场曲学大争论，并最后形成了"汤辞沈律，合之双美"的共识。这对昆腔传奇和南杂剧的发展具有十分深远的意义。

其三，在"《牡丹亭》热"中还形成了瓣香汤显祖及其"临川四梦"的玉茗堂派，其代表曲家是晚明的吴炳和孟称舜、清初的洪昇和张坚。除张坚之外，其他三人均生活于明末清初"《牡丹亭》热"的高潮时期。玉茗堂派有三大特点：首先，"上下千古，一口咬定情字"（杨古林《梦中缘》首出《梁州第七》批语），"为情作使"，这是玉茗堂派带有根本性的特点；其次，以幻笔写真境，借仙鬼以觉世，这是玉茗堂派在艺术表现上的显著特点；最后，"案头蓄之令人思，氍毹歌之令人艳"（无疾子《情邮记·小引》）。

其四，汤显祖生前深为人们不理解《牡丹亭》的曲意而苦闷感慨，但明末清初的"《牡丹亭》热"，不止有力地表明了广大观众和读者，尤其是妇女对《牡丹亭》曲意的理解和赞赏；而且对于汤氏的人格、思想和文学创作也作了全面的肯定和歌颂。汤显祖病逝于万历四十四年（1616），可以说，他生前已看到了"《牡丹亭》热"的端倪；而他身后那波澜壮阔的"《牡丹亭》热"，乃是广大的文人士大夫和平民百姓，对汤氏最深情的纪念，也是最公正、最热烈的称颂。汤氏若死后有知，当含笑于九泉矣！

余论

2001年5月，联合国教科文组织评定中国的昆曲为"人类口述和非物质遗产代表作"，这为昆曲的抢救、传承和振兴带来了契机。在党和政府的正确领导下，昆曲的抢救、传承和振兴工作，取得了举世公认的成就。昆曲开始走出国门，面向世界，已成为名副其实的全人类的文化遗产。令人颇觉欣慰的是，在抢救、传承和振兴昆曲的过程中，又一次出现了"《牡丹亭》热"。自2003年2月起，白先勇先生携手苏州昆剧院及两岸四地昆曲知音所新编的青春版《牡丹亭》，揭开了这次新的"《牡丹亭》热"的帷幕。诚如白先生所说："青春版《牡丹亭》，自2004年台北首演以来，十年间已上演二百二十场。自台北出发，巡演遍及两岸四地、大江南北，远渡重洋，到美国西岸，观众人数达五十万，主要城市有台北、香港、北京、天津、上海、苏州、杭州，中国南方到达桂林、广州、厦门等地；以至美国、英国、希腊，几乎场场爆满，创下昆曲演出史的记录。"[1] 更令人惊讶的是，在青春版《牡丹亭》一炮打响之后，各地昆剧院团新改编的十多种《牡丹亭》，也陆续演出于海内外舞台，争奇斗艳。在新世纪第一个十年之内出现的新的"《牡丹亭》热"，它以昆曲的振兴为指归，以昆曲走进高校，接近青年，走向世界为其显著特点。毋庸置疑，近十多年来的"《牡丹亭》热"，与明末清初的"《牡丹亭》热"相比较，虽自有其特点、表现形态和成果，但同样值得关注和研究。限于篇幅和主题，拙文只能在文末提一下，不展开论述了。

癸巳年（2013）酷夏初稿，深秋修定于吴门葑溪轩

（原载《汤显祖学刊》创刊号，商务印书馆2017年版；《中国昆曲年鉴2017》辑评为优秀论文并转载）

---

[1]《青春版〈牡丹亭〉制作感言——写在参加第十届中国艺术节演出之际》，《姑苏晚报》2013年10月13日。

下编

明清传奇名家名作评鉴

昆曲大家，传奇杰作

——评梁辰鱼和《浣纱记》

引言

去年（2006年）4月的一个周六下午，也是在这里，我曾作过一次讲座，题为《昆曲与苏州》。那次讲座，我从宏观的视角，介绍了昆曲与苏州的不解之缘，重点论述了苏州的戏曲音乐家、戏曲剧作家、戏曲理论批评家、戏曲出版家，以及"吴中子弟"和观众，对昆山腔的改革和发展、对昆曲艺术的繁荣和昌盛所作出的历史性的贡献。今天，我要讲的题目是《昆曲大家，传奇杰作——评梁辰鱼和〈浣纱记〉》。这是从微观视角作个案的研究。在明清两代的昆曲发展史上，创作过昆腔传奇的戏曲家多达七八百人，他们创作的昆腔传奇作品有两千多部，因此古人以"曲海词山"来形容。但是，不是什么人都可以称为昆曲大家，也不是什么作品都可以誉为传奇杰作的。依我之浅见，只有精通昆曲格律，对昆山腔的发展改革和昆曲艺术的繁荣昌盛作出过重大贡献的戏曲家，方能称为昆曲大家；只有在思想和艺术上具有较高成就，对当时和后世产生过较大影响，且有长久的舞台生命力的剧作，方能誉为传奇杰作。今天要介绍的梁辰鱼则堪称昆曲大家，而他的代表作《浣纱记》不愧为昆腔传奇的杰作。梁辰鱼的时代，人们对古老的昆山腔进行了重大的改革，梁氏不仅是改革后的昆山腔新声的积极推广者，而且还是位发扬光大者；他是最早采用改革后的昆山腔格律和排场作传奇作品的戏曲家之一，他的《浣纱记》还开创了明清传奇创作的新路子，即"借离合之情，写兴亡之感"的新路子。作为昆腔传奇的经典之作，《浣纱记》不仅在明清两代盛演不衰，影响深远；至今它的折子戏和改编本，还活跃在海内外的昆曲舞台上，2005年，在第三届昆曲艺术节上，苏州昆剧院演出的《西施》，也是《浣纱记》的改编本。毋庸置疑，研究梁辰鱼和《浣纱记》，不仅可以加深我们对《昆曲与苏州》这个课题的理解，也能为今天应该如何抢救、保护和振兴昆曲，提供有益的历史经验。下面讲三个问题：梁辰鱼生平概论；《浣纱记》的思想和艺术；《西施》简评。

一、"逸气每凌乎六郡，而侠声常播于五陵"：梁辰鱼生平概论

梁辰鱼（1519—1591）[1]，字伯龙，号少白，又署仇池外史，昆山人，以例贡为太学生。著有昆腔传奇《浣纱记》和《鸳鸯记》（已佚），昆腔南杂剧《红线女》（收《盛明杂剧》一集）和《红绡伎》（已佚），南散曲集《江东白苎》；另有《鹿城集》和《江东廿一史弹词》（已佚）。

梁辰鱼《拟出塞》云："逸气每凌乎六郡，而侠声常播于五陵。鲁连子之羽可以一飞，陈相国之奇或能六出。假以樊侯十万之师，佐之李卿五千之众，则横行鸡塞，当双饮左右贤王之头，而直上狼居，必两系南北单于之颈。"梁氏原是个胸怀大志，兼具"逸气"和"侠声"的奇人志士，又是位倜傥好游的风流才子。可是，生不逢时，奸佞专权，朝政腐败，吏治黑暗，梁氏屡试不第，四十岁那年，参加了顺天乡试，仍名落孙山。钱谦益《列朝诗集小传》丁集《梁太学辰鱼》指出，梁氏"好任侠，善度曲"和"倜傥好游"，从此个性特点亦不难窥见梁氏对现实社会的不满和反抗。

梁氏仗着祖先留下的家产，广交天下豪杰奇士。张大复《皇明昆山人物传》卷八，对梁氏的"好任侠"有十分生动的描述："行营华屋，招徕四方奇杰之彦"；"或鹖冠褐裘，拥美女，挟弹飞丝，骑行山石"；"千里之外，玉帛狗马，名香琛玩，多集其庭。而击剑扛鼎，鸡鸣狗盗之徒，乃至骚人墨客、羽衣草衲，世出世间之士，争愿以公为归"。对于王侯权贵，梁氏则持狂而傲的态度，据说"尚书王世贞、大将军戚继光特造其庐，辰鱼于楼船箫鼓中，仰天歌啸，旁若无人"（《五石脂》）。诚如友人屠隆所云："（梁氏）入媚其妻子，而出傲其王侯。"（《鹿城集·序言》）其实梁氏的"好任侠"，不仅反映了他对现实的不满，也寄托了他那无法实现的伟大理想。《浣纱记》第二出，范蠡上场诗中的"少小豪雄侠气闻"，实际上乃是

---

[1] 梁辰鱼《鹿城集》卷二十一《丁卯冬日过周荡村别业，与玉堂弟夜坐作》："先人别业沧江畔，四十年余一度来。……自笑明春同半百，梅花残腊莫相催。"可见丁卯年，梁氏四十九岁。丁卯，是明穆宗隆庆元年（1567），由此推算，梁氏当生于武宗正德十四年（1519）。或曰梁氏名辰鱼，字伯龙，均与"龙"字有关，当生于正德庚辰年［正德十五年（1520）］。梁氏卒年，则据张大复《皇明昆山人物传》记载"得岁七十有三"，当在万历十九年（1591）。

作者梁辰鱼的自白。"豪雄侠气"的范蠡，是梁氏心目中的偶像，他多么希望像范蠡那样为国建功立业啊！

梁氏自谓"余幼有游癖，每一兴思，则奋然高举"（《江东白苎》卷下《秋日登谷水驿楼感旧作》）。其实，梁氏的"游癖"始终存在，他一生多次出游，"足迹遍吴、楚间，欲北走边塞，南及滇云，尽览天下名胜，不果而卒"（钱谦益《列朝诗集小传》丁集《梁太学辰鱼》）。需要指出的是，梁氏遨游天下，除了谋生和游览之外，还有一个目的，那就是："与天下豪杰上下其议论，驰骋其文辞，以一吐胸中奇耳！"（文徵明《鹿城集·序》）梁氏胸怀大志，却报国无门，其胸中不止有"奇"，更多块垒和不平，渴望向知心者一吐为快。

梁氏不仅有高深的文学修养，且喜音乐，善度曲，啭喉发响，声出金石。明人的文献记载，皆谓梁氏是最早按魏良辅等人革新的昆山腔新声创作散曲和剧作的戏曲家之一，不仅独得其传，且有所发明。屠隆《鹿城集·序言》谓："伯龙少时好为新声，是天下之艳丽。"钱谦益则云："昆有魏良辅者，造曲律；世所谓昆山腔者自良辅始，而伯龙独得其传。"（钱谦益《列朝诗集小传》丁集《梁太学辰鱼》）因此吴伟业将梁氏与魏氏相提并论，其《琵琶行》云："里人度曲魏良辅，高士填词梁伯龙。"梁氏还"教人度曲，设大案西向坐，序列左右，递相叠和"。教唱的当然是昆山腔新声的曲子。梁氏凭其文学和音乐素养、对昆曲艺术的热爱和造诣，以及风流倜傥的生活方式，"为一时词家所宗。艳歌清引，传播戚里间。白金文绮，异香名马，奇技淫巧之赠，络绎于途。歌儿舞女不见伯龙，自以为不祥也"（徐石麒《蜗亭杂订》）。

关于梁辰鱼的生平，可以作这样一个小结：梁氏是个有理想和抱负的志士奇人，又是个在文学和音乐方面均有造诣的风流才子。从科举仕宦角度看，梁氏可谓生不逢时，当了一辈子的太学生，连举人也没考上。可是作为一个戏曲家，梁氏又是幸运的，因为昆山腔的改革成功、昆曲艺术的蓬勃发展，使梁氏大展其才；他的度曲实践，以及南杂剧和南散曲，尤其是昆腔传奇《浣纱记》的创作，为昆曲艺术作出了不朽的贡献。

二、"吴阊白面冶游儿，争唱梁郎雪艳词"：《浣纱记》的思想和艺术

梁氏的《浣纱记》问世后，立即被搬上昆曲舞台，从此盛演不衰，"至

传海外"（徐石麒《蜗亭杂订》）。王世贞《嘲梁伯龙》诗云："吴阊白面冶游儿，争唱梁郎雪艳词。"[1] 直到清代乾隆年间，《浣纱记》仍然是盛演不衰的昆曲经典剧目，《纳书楹曲谱》和《缀白裘》所收《浣纱记》折子戏均达十三出，其中的《回营》《转马》《打围》《进施》《寄子》《采莲》《泛湖》等出，在今天的昆曲舞台上还经常演唱。为什么《浣纱记》盛演不衰，影响深远呢？这就需要分析一下它在思想和艺术方面的特点和成就了。

《浣纱记》的创作时间，尚未发现明确的文献记载。但刊刻于万历元年（1573）的《鼎雕昆池新调乐府八能奏锦》，已选收了《浣纱记》的三出戏：《别吴归国》《吴王游湖》《打围行乐》。可见，《浣纱记》至迟当完稿于隆庆末年（1572）或万历元年（1573）。又据沈德符《万历野获编》记载，梁氏于《浣纱记》"初出时"游青浦，知县屠隆酒宴间演唱《浣纱记》，并捉弄梁氏（因第十四出《打围》中有"摆开摆开摆摆开"的俗语，梁氏被罚灌了三大碗污水）。既云"初出时"，当指剧本完稿之时，屠隆任青浦知县，时在万历七年（1579），因此屠隆在酒宴上演出的《浣纱记》不可能是完稿于隆庆末年或万历元年的本子，当是梁氏的修定本。

《浣纱记》是最早用昆山腔改革后的新声格律和排场创作的传奇之一，也是影响最大的早期昆腔经典作品。但是，《玉玦记》《红拂记》《鸣凤记》等均问世于嘉靖年间。因此，时至今日，仍有不少论著说《浣纱记》是第一部昆腔传奇，这是不符合历史事实的。

《浣纱记》末出《泛湖》，范蠡和西施轮唱北曲和南曲，淋漓尽致地抒发了兴亡之感和离合之情。两人一叶扁舟泛湖而去之前，还合吟了一首诗："尽道梁郎识见无，反编勾践破姑苏。大明今日归一统，安问当年越与吴。"这首全剧的下场诗很值得玩味。从此诗可见，当时平庸之辈对梁氏《浣纱记》中吴越兴亡的处理是颇有非议的。在他们看来，"大明今日归一统"，而《浣纱记》"反编勾践破姑苏"，太不合时宜了，这说明作者缺乏高明的识见。更有甚者，还有人责问梁氏说："君所编吴为越灭，得无自折便宜乎？"（冯梦龙《古今谭概》"机警部"第二十三）意谓作者是吴人，却写"吴为越灭"，长他人志气，灭自己威风，是"自折便宜"。在笔者看来，梁郎不是"识见无"，而是识见高天下。为什么这样说呢？

首先，考察一下梁氏生活的时代。梁氏生活的时代，"大明归一统"，已有两个世纪了，与春秋末期吴越争霸时代确实不可同日而语。可是，从

---

[1] 朱彝尊《明诗综》卷五十二梁辰鱼下评语，"雪艳词"指《浣纱记》。

内有昏君和奸佞，外有北方边患和东南倭乱来看，归一统已有二百多年的大明帝国，与吴越争霸的乱世，又有着某些相似之处。梁氏取材于《吴越春秋》的老故事，创作《浣纱记》这部新传奇，显然并非发思古之幽情，而是寓有借古喻今之深意：表彰吴越两国的忠臣义士，抨击昏君和奸佞，总结历史的经验教训，以为现实的鉴戒。当然，除了借古喻今、针砭大明时弊之外，梁氏以吴越往古之事创作《浣纱》新记，也是为了抒发个人的愤懑之情。请玩味首出的【红林檎近】这首词：

> 佳客难重遇，胜游不再逢。夜月映台馆，春风叩帘栊。何暇谈名说利，漫自倚翠偎红。请看换羽移宫，兴废酒杯中。
> 骥足悲伏枥，鸿翼困樊笼。试寻往古，伤心全寄词锋。问何人作此？平生慷慨，负薪吴市梁伯龙。

梁氏平生慷慨有大志，但科举失意，报国无门，犹如"骥足伏枥""鸿翼困笼"，难以施展自己的才学和抱负，就像当年发迹前的朱买臣那样，只能"负薪吴市"。梁氏创作《浣纱记》时，其内心之悲愤和伤感，由此可见。他是多么希望像"豪雄侠气"的范蠡那样，为国为民做一番惊天动地的事业啊。

其次，《浣纱记》敷演春秋末年吴越争战兴亡，以及西施和范蠡的离合之情，取材于有关的正史和野史。就题材而言，是个老而又老的故事。可是，从思想内容来考察，《浣纱记》乃是一部推陈出新之作。尽管借古喻今，却激荡着时代的风雷，富有现实意义。

关于吴越争战兴亡之事，最早见于《左传》《国语》等史籍，但记载简略，且尚无西施入吴之事。司马迁《史记》，亦有《越王勾践世家》《伍子胥列传》等记载。最早将吴越争战之事与西施故事联结在一起的是汉代赵晔的《吴越春秋》。此书取材于史籍之外，又杂糅了民间传说。《四库全书总目提要》评此书云："近小说家言，自是汉晋间稗官杂记之体。"比如在《勾践阴谋外传》中，大夫文种向勾践上"九术"，其四曰："遗美女以惑其心而乱其谋。"勾践于是派人寻访美女，于苎罗山得西施、郑旦，教以歌舞，三年后派范蠡将她们送给吴王，吴王大悦。《越绝书》（作者当是东汉人，或曰袁康）也有类似的描述。唐代旧题陆广微的《吴地记》，则云："西施入吴，三年始达。在途与范蠡通，生一子。"李白则有《咏西施》诗作。

有关吴越争战兴亡和西施、范蠡离合悲欢的故事，在宋代以后，引起了文学家的兴趣，于是各种形式的文学作品便大量出现，并在民间广为流传，以至家喻户晓。宋代有话本《吴越春秋连像平话》；董颖的《道宫·薄媚》，则用大曲十遍歌咏了西施故事。它所描写的吴越争战兴亡与西施故事已相当丰富，西施形象也相当丰满。比如，勾践被吴王赦回后，大夫文种献计："破吴策，唯妖姬。有倾城妙丽，名西施，岁方及笄。算夫差惑此，须致颠危。"西施被送到吴国后，"忠臣子胥，预知道为邦祟。谏言先启，愿勿容其至"。但吴王却"嫌胥逆耳"留下了西施，"迷乐事，宫闱内，争知渐国势陵夷，奸臣献佞，转恣奢淫，天谴岁屡饥。从此百姓，离心解体"。吴亡后，"从公论合去妖类"，遂将西施处死。这部大曲作品，在故事情节和人物塑造上，对梁氏创作《浣纱记》颇有影响。金代院本，也有《范蠡》，今佚。元关汉卿则曾创作有《姑苏台范蠡进西施》杂剧，亦佚。另外，宫天挺的《会稽山越王尝胆》杂剧亦未见流传；赵明道的《灭吴王范蠡归湖》杂剧，仅存【双调】一套。

梁氏创作《浣纱记》，当然对前人同题材的作品有所继承和借鉴，但其推陈出新是显而易见的。

从历史到历史剧，这在我国有着悠久的传统，古代戏曲家也在这方面积累了丰富的经验。1962年茅盾在《关于历史和历史剧》中，用一节专门论述了这方面的问题，标题就叫《从历史到历史剧：我国的悠久传统和丰富经验》。不过，笔者以为，"从历史到历史剧"，这只是个笼统的概括说法。这里的"历史"，应该包括正史和野史（亦即"近小说家言"的"稗官杂记之体"）。历史剧似可大别为两类：基本上忠于史实，又经艺术加工的历史剧；史实与传说相结合而更多传奇色彩的历史传奇剧（或可称为历史故事剧）。比如，电视剧《雍正王朝》《康熙王朝》之类，可归入历史剧；《戏说乾隆》《康熙微服私访记》之类，则可归入历史传奇剧。

《浣纱记》的主角无疑是范蠡和西施，这两个人物在历史上均实有其人。剧作以吴越争战兴亡的全过程为背景，这也是符合历史事实的。剧中的其他重要人物，如吴王夫差、太宰伯嚭、伍子胥，以及越王勾践、大夫文种等，亦都是历史人物。但是，作为情节主线的范蠡与西施悲欢离合的故事，则基本取材于《吴越春秋》《越绝书》。至于西施为范蠡的未婚妻、范蠡进西施谋吴、西施负有特殊使命（以绝色迷惑吴王）等关目，则是梁氏依据民间传说的艺术创造。因此，笔者认为《浣纱记》只能归入历史传奇剧的范畴，不能作为历史剧。那么，梁氏为什么要把《浣纱记》写成历史传奇剧呢？这又需要联系他的创作动机了。

纵观古今取材于《吴越春秋》故事的剧作，其侧重点往往因人而异，因时而异。但主要有三种选择：一是侧重于勾践的卧薪尝胆，十年生聚，十年教训，发愤图强，复国雪耻，如元杂剧《越王尝胆》，20 世纪 60 年代初曹禺执笔的话剧《胆剑篇》，等等；二是把范蠡和西施的悲欢离合作为重头戏，把吴越争战兴亡作为背景来处理，如关汉卿的《进西施》，20 世纪 70 年代江苏昆剧院新编的《西施》，等等；三是把范蠡和西施的悲欢离合与吴越兴亡嬗变紧相结合，这就是梁氏《浣纱记》所选择的创作路子。在笔者看来，《浣纱记》思想和艺术构思上的这个特点，为昆腔传奇"借离合之情，写兴亡之感"的创作路子开了先河；对于吴伟业的《秣陵春》，以及"南洪北孔"的《长生殿》和《桃花扇》的创作，显然有着积极的启示和影响。

取材于《吴越春秋》故事的剧作，除了上述三种主要构思和路子之外，还有没有其他的构思和路子呢？当然还有，比如，明清无名氏的《倒浣纱》，这是一部翻案戏，翻案也是一种构思和路子。《倒浣纱》，在作者固然有其寓意：谴责封建帝王杀功臣的罪行。不过，它既没有《吴越春秋》的史实作依据，亦与民间流传的范蠡和西施故事相去甚远，所以不大能为广大群众所接受。《倒浣纱》创作于《浣纱记》之后，其剧情梗概是这样的：范蠡奉命伐吴，因知勾践难以共安乐，故事先安排好了妻子和二子赴齐国。破姑苏时，范蠡得西施，恐为越国之患，沉西施于太湖，自己则变服泛舟赴齐；同时遗书文种，劝他急流勇退。勾践灭吴之后，听信定国将军皋鱼的话，既打碎了范蠡的金像（勾践铸金像纪念范蠡事，见《史记》），又族诛了文种。最后，伍子胥寄养于齐国的儿子（已为齐国驸马），借了齐兵攻越，越国大败，勾践逃上禹陵，为暴雷震死。勾践死后，齐兵亦退，周天子重立吴、越之后代；范蠡则由齐迁陶，称陶朱公，弃家修道终成正果。明末清初的人情世故，总以翻案为奇，戏曲家也喜创作翻案戏。对于翻案戏亦应具体作品具体评析，笔者以为翻案戏不好写，更难写好。《倒浣纱》最不能为观众所接受的是，一方面仍写范蠡与西施本有婚约，为施展美人计，不得已将西施送入吴宫；另一方面又写范蠡历数西施的三大罪，将西施沉于太湖之中。

或谓《吴越春秋》故事最有意义的，就是勾践的卧薪尝胆，发愤图强。茅盾的《关于历史和历史剧》说："不客气地说，《浣纱记》的思想性是不高的，因为它并没有着意描写勾践的卧薪尝胆，发愤图强，而用不少的篇幅写了夫差的听信奸佞,杀害忠良,沉湎酒色。"这种看法不无偏颇,不客气地说,它刻印着极"左"思潮的印记。《浣纱记》的价值,并不在于它的几个人物有所影射,如夫差影射嘉靖帝,伯嚭影射严嵩父子,伍子胥则影射杨继盛等忠良;而在于《浣纱记》不仅为昆腔传奇开辟了"借离合之情,写兴亡之感"的创作路子,本身也具有鲜明的时代特色和深刻的社会意义。剧作将范蠡和西施的悲欢离合与吴越的争战兴亡紧相结合,既抨击了吴王夫差的昏庸腐败,又歌颂了范蠡"为天下者不顾家",以及西施"国家事极大,姻亲事极小"的崇高精神。在这里,笔者还想谈谈西施其人,以及《浣纱记》中的西施形象。

在民间,有关《吴越春秋》的故事,人们最感兴趣且流传最广的,并非吴王夫差和越王勾践的争战兴亡故事,也不是范蠡、文种和伍子胥的故事,而是西施的故事。西施是被历代文人同情和赞颂的绝代佳人,是被侮辱和损害的悲剧人物,她与貂蝉、王昭君、杨玉环被誉为古代四大美女。《战国策·齐策》曰:"世无毛嫱、西施,王宫已充矣。"旧注云:"毛嫱,赵王嬖妾;西施,吴王姬。"《太平御览》卷三百八十一引《庄子》云:"西施、毛嫱,人之所美也,鱼见之深入,鸟见之高飞。"西施其人,屡见于先秦诸子著作。西施,春秋越国苎萝(今浙江诸暨)人。一作先施,"先""西",古音相同。又称西子,《孟子·离娄下》曰:"西子蒙不洁,则人皆掩鼻而过之。"注云:"西子,古之好女西施也。"在《孟子》《墨子》《庄子》以及西汉初年的《新书》《新语》等有关西施的文献中,西施只是个绝色美女而已,并没有把她与吴越兴亡的争战联系起来。直到东汉的《吴越春秋》,才把西施与吴越兴亡联系起来。《吴越春秋·勾践阴谋外传》记述越国被吴国打败后,大夫文种进破吴"九术",其四即"遗美女以惑其心而乱其谋"。又云:"得苎萝山鬻薪之女曰西施、郑旦,饰以罗縠,教以容步,习于土城,临于都巷,三年学服而献于吴。"把西施这一民间美女,与吴越争战兴亡挂起钩来,将她经过包装,赠送给吴王,让她充当美人计的主角,这是《吴越春秋》作者的创造。从此以后,取材于《吴越春秋》的戏曲作品,无不将西施作为一个举足轻重的人物。到梁氏的《浣纱记》,对执行美人计的西施,更作了极大的丰富和全新的处理,于是西施这个人物也就更为突出,更得人心,成了我国古代家喻户晓的著名艺术形象。梁氏对西施的全新处理,主要是指他在剧中突出了西施"为国事"而牺牲"姻亲","粉身碎骨以报恩人"的精神,把西施塑造成为一心报国的女强人、不忘恩情的女英雄,说《浣纱记》是西施的颂歌,亦不为过。遗憾的是，由于《浣纱记》在艺术上存在严重的缺陷，作为贯串全剧的男女主人公，范蠡和西施的形象都难称丰满和生动。

《浣纱记》还有一个问题，人们的认识尚有分歧，那就是全剧以范蠡和西施"泛湖"结尾，如此构思和处理该作何评论？

茅盾《关于历史和历史剧》认为，《浣纱记》"最后范蠡、西施'泛湖'，却又加上个命定论的解释，说范蠡是灵霄殿金童，西施是天宫玉女，范蠡随勾践入臣吴国三年，西施为夫差妾，都是注定孽缘，不得不了的"。在茅盾看来，由于"全书最后是'泛湖'的消极思想和命定论，那就把一桩激动人心的历史事件归结为'莫论兴与废，世事如儿戏'"。笔者以为，茅盾此论尚可商榷。

诚然，把范蠡和西施看作仙人下凡，这是命定论的解释，的确不足为训。但笔者以为《浣纱记》以范蠡和西施"泛湖"收场，巧妙地揭露了越王勾践可共患难、不可同欢乐的封建帝王的本质，又使为国立了大功的农家女西施不落入被封诰命夫人的俗套，使急流勇退的范蠡也更见光彩。如此处理，既符合观众的愿望：给为"国家事"而牺牲了个人"姻亲事"的范蠡和西施存一个美满的结局，又打破"奉旨完婚大团圆"的俗套；既带有喜剧的情趣，又具有悲剧的意蕴。真可谓寓意深远，余韵无穷，令人遐想，耐人寻味。难怪龚炜《巢林笔谈》击节称好："予于传奇最喜《泛湖》一出。每当月白风清，更阑人静，手拨琵琶而切响，曲分南北兮迭赓，且唱且弹，半醒半醉，恍若一片孤帆飞渡行春桥矣！"

范蠡和西施最后"泛湖"而归的构思，应该说也是有史书记载依据的。《史记·货殖列传》就说范蠡既雪会稽之耻后，"乃乘扁舟浮于江湖，变名易姓，适齐为鸱夷子皮，之陶为朱公……十九年中，三致千金之事"，《越绝书》则谓西施乘范蠡之船，"同泛五湖而去"。明清易代之际的吴伟业，其《戏题仕女图》之一《一舸》咏西施值得玩味，诗曰："霸越亡吴计已行，论功何物赏倾城？西施亦有弓藏惧，不独鸱夷变姓名。"吴伟业此诗也暗示了吴亡后，西施随范蠡泛湖隐居的可能性。《浣纱记》以"泛湖"结束全剧的构思，就是在上述这些历史记载和民间传说基础上的一种合理想象和艺术创造。

尚须指出的是，从戏曲、音乐的视角来看，《泛湖》也是十分精彩的一出戏。作者运用南北合套，西施唱南曲，范蠡唱北曲，一南一北，一刚一柔，轮番咏歌，从声情上充分表现了此时此刻男女主人公复杂的思想感情，很能引起观众的强烈共鸣，达到曲终而意未尽的艺术效果。

在思想内容上，除了将范蠡和西施的悲欢离合与吴越的争战兴亡紧相结合这一特点之外，还有一个特点也是作者的推陈出新，那就是剧作既热情歌颂了越国范蠡和西施的爱国行为，也充分肯定了吴国伍子胥的爱国行为。两者是否自相矛盾，而有损于剧作主题的统一性呢？回答是否定的。"春秋无义战"，那时的爱国行为，与后世的爱国主义不可同日而语。吴越争霸，双方的文臣武将站在各自国家的立场，都可看作爱国。楚王无道，伍子胥流亡吴国，助吴"西服强楚"，这并不算叛国。那么，他忠于吴国，反对越国君臣的阴谋诡计，当然是种爱国行为。至于范蠡的"为天下者不顾家"，以及西施为了国家甘愿牺牲个人的爱情和幸福，更是热爱祖国的行为。

在艺术上，《浣纱记》有三个成就，也存在着三个缺陷。

明代评论家对《浣纱记》艺术性的评论，有正确的看法，也有片面之论。比如，吕天成《曲品》说："《浣纱》罗织富丽，局面甚大。第恨不能谨严，中有可减处，当一删耳。"这是有分析的中肯之见。至于徐复祚《曲论》认为："梁伯龙作《浣纱记》，无论其关目散缓，无骨无筋，全无收摄。"此论就显得片面，很难说实事求是。依笔者之浅见，《浣纱记》在艺术上有三个成就。其一，在艺术构思上，《浣纱记》把一生一旦的悲欢离合之情，与吴越争战兴亡紧相结合，开创了昆腔传奇"借离合之情，写兴亡之感"的创作路子，影响深远。其二，在艺术结构上，范蠡和西施的戏贯串始终，主线分明；吴越双方的故事，对比鲜明；"泛湖"结局，则别出心裁。其三，恪守昆山腔新声的格律和排场，为昆山腔新声的传播和发扬光大作出了巨大的贡献。

当然，在艺术上《浣纱记》也存在不少问题，主要有三个缺陷。第一，没有很好地遵循戏曲艺术的规律，未在描写历史事件过程中精心刻画人物，情节冲击、掩盖性格的现象比较严重，致使男女主人公的形象不够丰满，夫差、伯嚭、勾践等重要人物缺乏深度；第二，全剧长达四十五出，头绪纷繁，关目松散，失之冗长，确有可删可减之处；第三，明代有评论者认为《浣纱记》语言太俗。笔者以为，在戏曲语言上，《浣纱记》的毛病不在"出口便俗"，而在追求"工丽"，以"骈绮"为美，过于雕琢，说白用四六骈文过多，本色自然语太少。《浣纱记》在艺术上的上述缺陷，并不说明作者艺术功力不够，原因在于既受到了剧作题材和所要表现的主题的影响，也与梁氏的个性特点和当时传奇创作追求骈绮之美的时尚有关。梁辰鱼的南散曲艺术性颇高，为时人所称道。张琦《衡曲麈谭》评云："《吴越春秋》

善述史学而不平实，且宾白工致，具见名笔，第其失在冗长。若《江东白苎》一辞，读之有学士风，张伯起评以'掷地金声'，殆非虚语。"梁氏的南杂剧《红线女》，无论结构，还是人物和语言，均无《浣纱记》的毛病，这也是值得思考和研究的问题。

三、简评苏州昆剧院新编演出的《西施》

20世纪30年代，有关《吴越春秋》的戏剧作品，有欧阳予倩的《浣纱女》、梅兰芳的《西施》，都是京剧，且都以西施为主角。60年代初，有集体创作、曹禺执笔的话剧《胆剑篇》，它突出了越王勾践卧薪尝胆、发愤图强的主题，完全是配合当时政治形势宣传的作品；此剧曾引起了有关历史真实与艺术真实关系的学术争鸣，茅盾所撰《关于历史和历史剧》带有总结这场争鸣的味道。70年代，江苏省昆剧院演出了蔡敦勇改编的昆剧《西施》；80年代，白桦创作了话剧《吴王金戈越王剑》。2001年，香港顾铁华振兴昆曲基金会筹划并改编了《范蠡与西施》，由华文漪饰西施，顾铁华饰范蠡，灌制了碟片。2006年，在第三届中国昆曲艺术节上，苏州昆剧院演出了郭启宏改编的《西施》。演出后见仁见智，众说纷纭，这里略作评论。

苏昆的《西施》名曰《浣纱记》的改编本，实为取材于梁作的新创作。全剧共八出：《迎施》《教技》《入吴》《采莲》《定计》《思归》《伐吴》《归湖》，在三小时内演完。《浣纱记》原作长达四十五出，前半部二十二出（从首出《家门》到二十二出《访女》）写第一次吴越争战，越国失败，重点是写越国失败后的情景。勾践通过吴国的伯嚭求降，越国君臣被囚于吴国，石室养马，勾践问疾尝粪，得赦放归……这些世人所熟知的情节关目，在《西施》中均被大刀阔斧地删去了。原作后半部二十三出，改编者选取了其中的八出，其他情节关目，或省或略，或隐至幕后，或融入新作，总之把戏集中于西施身上。

首出《迎施》，是在原作第二十三出《迎施》基础上重写的；第二出《教技》，与原作第二十五出《演舞》相比，内容更丰富了；第三出《入吴》，对原作第二十八出《见王》也有所增删；第四出《采莲》、第五出《定计》，虽仍用原作的出名，但情节也有所改动和丰富；第六出《思归》，是在原作第三十三出《死忠》的基础上，将原作第三十二出《谏父》、第三十四出《思忆》的情节综合在一起，刻画了西施对伍子胥这个忠臣的崇敬；第七出《伐吴》，借鉴了原作第四十二出《吴刎》，写吴王夫差自杀而死；

第八出《归湖》，采用了原作末出《泛湖》的曲牌和南北合套，只是改由西施唱北曲，范蠡等人唱南曲。

就剧本而言，改编者是下了功夫的，也显示出其文学功力和创新思维。问题在于，今天我们抢救、保护昆曲，是像《西施》这样大刀阔斧、伤筋动骨地改编好，还是像顾笃璜二十八出《长生殿》那样，只删节不改好，此其一。其二，更成问题的是，苏昆的《西施》改编本搬上舞台后，观众是否确认其为昆曲，我的回答应该是否定的（2006年7月出席第三届国际昆曲研讨会的代表，在昆山观看了《西施》演出后，绝大部分人的回答也是否定的）。而顾氏节选、整理的二十八出《长生殿》，在海内外的演出实践，已经充分证明了观众对其的认可和喜爱。其三，从昆曲的舞台表演艺术层面来作审视，苏昆《西施》的演唱，还不及20世纪70年代江苏省昆剧院《西施》的演唱。一望而知是非传统的表演，总的印象是比较时尚，新的手段，即现代话剧表演的手段，冲淡了昆曲传统表演的特色；男女主角王小午和王芳的演技虽好，但无法使《西施》的演出富有浓郁的昆曲韵味。《西施》的演唱，新则新矣，可惜离传统的昆曲艺术远了，时尚有余，昆味不足，是其致命伤，很难令观众信服这是一出地道的昆曲。

苏昆《西施》的改编和演出，再一次提出了今天抢救、保护昆曲应该走什么路的问题。《西施》走的是上海昆剧团《班昭》之路，《班昭》是新创作的剧本，仅就剧本而言，这是一个好剧本，它成功地塑造了一位古代女学者的形象；但其舞台表演形式基本上是话剧加昆唱，观众实难确认其为昆曲。《西施》虽说是《浣纱记》的改编本，但是改编者对原著大动手术（含主题、情节、关目、结构、语言），重起炉灶，舞台演唱又破坏了传统的昆曲表演形式，美其名曰：传统经典注入时尚元素，结果只能给人"话剧加昆唱"的印象。顾笃璜节选、整理的二十八出《长生殿》，却走了另一条路：文学剧本，对原著只删不改；舞台演唱，则恪守昆曲传统表演形式（当然在服饰、舞美等方面也较多考虑了当代人的审美情趣），显然与上述路子迥然不同。两种方法，两条路子，哪一条有利于昆曲艺术的抢救和保护，传承和振兴？《浣纱记》的改编和演出何去何从，关系到作为"人类口述和非物质遗产代表作"的昆曲的前途和命运，值得重视和深思！

2007年3月6日草于吴门葑溪轩

（据2007年《苏州大讲台》"文学苏州名家系列讲座"讲稿整理而成）

沈璟和《属玉堂传奇》平议

沈璟既是一位对昆曲音律有精深研究的专家，又专于创作实践，撰有《属玉堂传奇》十七种。在明代万历年间，沈璟是与汤显祖齐名的戏曲大家，是吴江曲派公认的领袖。无论在戏曲理论方面，还是在传奇创作方面，沈璟对于昆曲艺术的发展都作出了巨大贡献。可是长期以来，虽然沈璟与汤显祖相提并论，但论者往往褒汤贬沈，对沈璟的研究既不全面又不深入，对他的评价亦欠公允。重新评价沈璟和《属玉堂传奇》，今天的明清戏曲研究者责无旁贷。笔者不揣谫陋，试从生平和思想、曲学主张和《属玉堂传奇》三个方面，结合一些研究者的评论，对沈璟作一番新的探讨，发表一点不成熟的个人之见，以就正于海内外同好和读者。

一、沈璟的生平和思想

早在1939年，凌敬言已发表《词隐先生年谱及其著述》。近年沈璟年谱的新著又相继问世。[1]

沈璟（1553—1610），字伯英，晚年更字聊和，号宁庵，又号词隐生。江苏吴江人。沈家是吴江的望族。沈璟的高祖沈奎，《吴江沈氏诗集录·沈奎传》说他："为文辞不失矩度……足开吾家文学之先。"曾祖沈汉，正德十六年（1521）进士，授刑科给事中。"嘉靖二年，以灾异指斥时政；尚书林俊去位，复抗争之，天下翕然，称敢言户部。"后因抗颜被罢官，家居二十年卒。（王鸿绪《明史稿》）祖父沈嘉谋，官上林署丞，"平生有厚德，以孝义称"（《吴江沈氏诗集录·沈嘉谋传》）。父沈侃，"慷慨重然诺，急人难，轻财好施……生平竭财聚精于读书教子，此外皆非所习，即勉强为之，性终不近也"。可是，屡试不售，遭遇相当可悲："以府庠生宾兴者再，以太学生应南北都试者五。长子璟成进士数年，犹以青衿赴北雍，率次子

---

[1] 凌作载1939年第5期《文学年报》。近年沈璟年谱新著有：徐朔方《沈璟年谱》、李真瑜《沈璟年谱》。

瓒蓬首青衣，蟄蹩棘闹中，以冀一遇，而竟不售。"（沈瓒《沈氏家传·瀛山公传》）

沈侃本人科举很不得意，三个儿子却都有功名。除沈璟于万历二年（1574）中进士之外，沈瓒于万历十四年（1586）亦中进士，历官刑部郎中、江西按察司佥事；沈璨，万历十六年（1588）举浙江武试解元，官至广东潮州府总兵。沈氏三兄弟能"雍容以取科第"，是与沈侃"训督诸子严急，不遗余力"分不开的。值得一提的是，沈璟的弟弟沈瓒"素工于诗"，著有《静晖堂集》（已佚）和《近事丛残》。在汤显祖上疏被贬谪后，沈瓒曾作《汤祠部义仍上书被遣，长句送之》，对显祖推崇备至。沈璨则"喜轻侠，不屑事章句"。（以上见于《沈氏家传》的《定庵公传》和《宜庵公传》）

沈璟生于明嘉靖三十二年（1553），卒于万历三十八年（1610）。比汤显祖晚生三年，早卒六年。他的一生，可划分为三个时期。

万历二年（1574，二十二岁）前，为读书应举时期。

沈璟从小"颖悟绝人"，"有神童之称"。垂髫之年，父亲"率之游归安唐一庵、陆北川两先生之门，两先生甚器赏之"。"其为诸生也，太守广平蔡公、司理泰和龙公、御史南昌刘公，皆以国士待之，文誉蔚兴，人共指为异日庙堂瑚琏之器。"[1] 万历元年（1573），二十一岁，举应天乡试第十七名；次年会试第三名，廷试二甲第五名。

万历二年（1574）中进士至万历十六年（1588，三十六岁），为在京作宦时期。

沈璟中进士后在兵部观政，当年授兵部职方司主事。万历四年（1576）因病告归，家居三载。万历七年（1579），回朝出补礼部仪制司主事，升本司员外郎。万历九年（1581），转吏部稽勋司员外郎。万历十年（1582），调考功司员外郎，因父亲逝世，在家丁忧。万历十三年（1585），丁忧期满回朝，补验封司员外郎。万历十四年（1586），因上《定大本详大典疏》请立储，并为皇太子母恭妃请封号，忤旨，左迁行人司司正，奉使归里。万历十六年（1588），还朝，为顺天同考试官。八月，升光禄寺丞，但次年即辞官归里。

---

[1] 以上参见《沈氏家传》本传。陆北川，即陆隐，字汝成，嘉靖二十三年（1544）进士，曾任南赣巡抚、南京兵部右侍郎。唐一庵，名枢，字惟中，嘉靖五年（1526）进士，官刑部主事，罢归后"讲学著书，垂四十年"。唐氏师湛若水，字元明，号甘泉，为理学甘泉学派之创始人。

万历十七年（1589）辞官返里，至万历三十八年（1610）逝世，为放情词曲时期。

王骥德《曲律》云："词隐自吏部转光禄寺丞，适有忌者，壮岁辞官返乡。"沈璟辞官时年仅三十七岁，确是"壮岁辞官"，而且从此再也没有出仕。归里后放情词曲，专心从事戏曲音律的研究和传奇创作。诚如王骥德所说："屏迹郊居，放情词曲，精心考索者垂三十年。"（《曲律·杂论》）当然，在乡居期间，沈璟也做了些有益于家乡的工作。如响应吴江知县刘时俊的倡议，捐款兴修孔道塘水利等。

综观沈璟的一生，有以下几点值得重视。

首先，在科举的道路上，沈璟可说一帆风顺；在仕宦的道路上，他一直在做京官，且步步高升。这与汤显祖是大不一样的，个中原因很值得进行比较研究。汤显祖于万历十九年（1591）因上《论辅臣科臣疏》，被贬谪徐闻典史；沈璟于万历十四年（1586）上《定大本详大典疏》，亦被左迁行人司司正，并奉使归里。直言上疏皆忤旨贬官，从表面上来看似乎是一样的。但是，显祖所论乃朝政大事，他抨击了当政的不法辅臣和科臣；沈璟所谏不过是皇家内部事务，与国计民生无关。身在同一个时代，面对同一个昏君，汤、沈二人在人生的道路（科举、仕宦）上，为何会出现不同的遭遇，由此可见其端倪。

其次，沈璟主动辞官之时，适逢他大有作为的最佳年龄。那么，他的"壮岁辞官"原因何在？传统之见是，由于沈璟在顺天乡试中录取了首辅申时行的女婿李鸿，引起了朝中物议，因此便辞官归里。据现有的文献资料记载，这种看法基本上是符合实际的。不过，有的研究者认为，沈璟录取李鸿，说明他是"执政的追随者"（徐朔方《论汤显祖及其他》中的《汤显祖和沈璟》），此论笔者认为尚可商榷。

沈璟与申时行虽有师生和同乡的关系，但他录取李鸿并非出于私心。康熙二十三年（1684）纂修的《吴江县志》云："（沈璟）为顺天同考官，所得士有李鸿，为时行婿。言者以为私，璟不自白；及鸿成乙未（万历二十三年）进士，知上饶，与税监忤，疑谤始息。"且李鸿中进士时，申时行早已告归，假使李鸿当年真是"开后门"才高中，又有谁在申时行不当首辅的情况下，再去开"后门"录取李鸿当进士呢？可见，因"李鸿事件"而斥责沈璟是"执政的追随者"，未免有些主观武断。况且，沈璟因"李鸿事件"而归里后，从此不再出仕，直至终老。这说明他的"壮岁辞官"，还有更深层的原因。我们认为，这要从当时朝政的特点以及沈璟的为人这两个方面去作考察。

沈璟中进士为官之时,正当张居正当权之际。由于万历皇帝尚年幼,干练而有作为的张居正专权,朝廷上出现了"言官与政府日相水火"的局面。万历十年(1582),张居正去世,申时行继任首辅。诚如汤显祖《论辅臣科臣疏》所指出的:"前十年之政,张居正刚而有欲,以群私人嚣然坏之。后十年之政,时行柔而有欲,又以群私人靡然坏之。"由于申时行"柔而有欲","初,言路为张居正所抑,至是争锋砺锐,搏击当路"(《明通鉴》卷六十八)。因为皇帝昏庸,结果"言官与政府日相水火"的局面变本加厉。

沈璟"入朝束发而忠鲠"(吕天成《曲品》)面对"言官与政府日相水火"的复杂的政治斗争,其处境是相当艰难的。"李鸿事件"把他卷入了政治斗争的漩涡,"言者以为私,璟不自白",这并非说明他理屈词穷,实是有苦难言。他采取辞官的行动,既表明自己的清白,也反映他对当时复杂的政治斗争的厌恶。沈璟与汤显祖不一样,他并无"变化天下"的壮志雄心。但是,为人正直,为官勤政,"为兵、礼两曹时,边徼厄塞及各将领主名,皆有手记入夹袋中,各宗藩名封等册,亲自校勘,不入吏手,老吏抱牍尝之,每咋舌退。为吏部询访人材,不令人知,若管富阳之选侍御史,其一也"(《沈氏家传》)。

最后,沈璟"雅善歌,与同里顾学宪道行先生并蓄声伎,为香山、洛社之游……生平故有词癖,谈及声律,辄娓娓剖析,终日不置"(《曲律·杂论》)。有两件事足以说明沈璟对戏曲的爱好已达到了痴癖的程度:一件事是,由于沈璟"从事音律,二子未免失学",为此其二弟沈瓒在万历二十五年(1597),曾"躬为塾师以课之。一门之内,一征歌度曲,一寻章索句,论者比之顾东桥兄弟云"(《沈氏家传》);另一件事是,当沈璟归里后,"出入酒社里。闻有善讴,众所属和,未尝不顾耳而注听也"(李鸿《南词新谱·序》)。由于顾大典和沈璟雅爱昆曲艺术,吴江蓄养"家乐"成风,昆曲传奇盛演不衰,也涌现出了不少戏曲家(包括戏曲作家、理论家和音乐家)。清潘柽章《松陵文献》卷九有记载说:

> (顾大典)家有清商一部,尝与客引满尽觞,流连竟日,天情萧远,不见喜愠之色。性和易,醉即为诗,或自造新声,被之管弦。时吏部员外郎沈璟年少,亦善音律,每相唱和。邑人慕其风流,多畜声伎,盖自二公始也。

沈璟家居期间，交往最多的是戏曲家。吕天成《义侠记·序》云：

> 松陵词隐先生，表章词学，直剖千古之谜。一时吴越词流，如大荒逋客、方诸外史、桐柏中人，遵奉功令唯谨。

这里所提到的卜世臣、王骥德、叶宪祖，连同吕天成本人，皆在曲学理论上深受沈璟的影响，后来都成了吴江曲派的重要成员。毛允燧在《曲律跋》中提到，"吾邑词隐先生为词坛盟主，鲜所当意，独服膺先生（按：指王骥德），谓契解密，大江以南一人"。沈璟的《南九宫谱》就是在王骥德的促进下完稿的；王骥德的《新校注古本西厢记》，亦曾请沈璟批点，该书还附录沈璟致王骥德的《词隐先生手札二通》。吕天成《曲品》对沈璟推崇备至，评价尚称允当；他还曾为沈璟的《义侠记》作序。在乾隆年间杨志鸿抄本《曲品》上还有沈璟的词作《寄郁蓝生》，以及沈璟给吕天成的一封书信。在信中，沈璟曾云："翰教远颁，以妙制传奇十帙及小剧见示。……总之，音律精严，才情秀爽，真不佞所心服而不能及者。"

沈璟的思想亦较复杂，儒、释、道的成分都有，其中又以儒家的正统思想为主。沈璟出身于诗礼传家的大族，少年时又从理学甘泉学派的重要人物唐一庵学习，深受儒家思想的影响是十分自然的。他三十三岁所撰《吴江县重修儒学记》，对吴江县重修儒学之举大加赞赏，说儒学培育出来的学生，"若得志而拔毛渐之，为仪之鸿也，在上而美化也，以保泰也；其不得志而鸿冥渐之，居贤德，善俗也；善俗亦以保泰也，保泰一也。夫太上为洙泗，道德归焉耳；其次为邹鲁，犹有孔氏文学之遗焉；又其次为闽越，斯朱氏之徒哉"。在沈璟看来，儒学培育出来的人才，无论"得志"，还是"不得志"，在"保泰"，即效力封建王朝，以保其长治久安这个根本点上，是完全一致的。其区别仅仅在于：得志居官，"在上而美化也"；在野不当官，则"居贤德，善俗也"。美风化和善风俗，虽然做法不同，但其目的都是"保泰"。沈璟的这种说法，实际上也就是对儒家的"达则兼济天下，穷则独善其身"的活用而已。对于孔子、孟子和朱熹之学，沈璟认为有高下之分，但都是肯定的。沈璟的《属玉堂传奇》，在内容上强调"合世情，关风化"（吕天成《曲品》引孙如法论南剧"十要"）的"作劝人群"（沈璟《埋剑记》首出语），其"命意皆主风世"（吕天成《义侠记·序》），与他的儒家正统思想，显然有着内在联系。

《松陵绝妙词选》中有一首沈璟的《水调歌头·警悟》，很可窥见沈璟

"壮岁辞官"之后对人生的一种虚无主义看法。词云：

> 万事几时足，日月自西东。无穷宇宙，人如粒米太仓中。一葛一裘经岁，一钵一瓶终日，达者旧家风，更著一杯酒，梦觉大槐宫。
> 又何须，吓腐鼠，叹冥鸿。神奇臭腐，从来造物也儿童。休说弥须芥子，看取鹍鹏斥鷃，小大若为同。但问红牙在，顾曲擅江东。

此词未详写作年月，但肯定是居乡时期的作品。沈璟"壮岁辞官"，当然是不得志的。晚明时代不得志的士大夫谈禅以排解苦闷，蔚成风气。说沈璟思想中亦有释道成分，此词亦可作证。不过，虽然不得志，沈璟仍牢记着"保泰"大任，因此他要通过戏曲艺术来进行"善俗"和"美化"的工作。同样因为政治原因而辞官居乡，并专心从事戏曲创作，汤显祖是"为情作使，刕于伎剧"，沈璟则强调"善俗"和"作劝人群"。这是"临川四梦"在思想和艺术上远比《属玉堂传奇》更有社会意义和美学价值的根本原因。同时，"醒狂次公肠已断，风流公谨愁应绝。畅开怀，妙选伎，延年诀"（《红蕖记》首出语），"除是恁，点检笙歌，访寻罗绮消得"（《双鱼记》首出语）。沈璟沉湎于戏曲艺术，痴迷程度并不亚于汤显祖，可是，这种痴迷带有较多的遣兴消愁的成分。与直到六十五岁"犹在此为情作使，刕于伎剧"的汤显祖相比，总感到沈璟缺少的是"情至"观念。

吴江属苏州府，地处大运河畔，以丝织业著称，晚明已出现资本主义萌芽。万历二十九年（1601）和三十年（1602），苏州曾爆发了以葛成为首的反对税监孙隆的市民反封建斗争，影响很大。当时居家的沈璟对这场市民运动看法如何，缺乏文献资料，无法得知。但是，他有一首《送周文岸太史还朝》[1]很可玩味，诗云：

> 五载居庐痛蓼莪，九重侧席望岩阿。
> 然藜已照青油舫，载笔还催白玉珂。
> 平准无书须著述，盐梅有鼎待调和。

---

[1] 诗载《吴江沈氏诗集录》。关于对该诗的理解，参见朱万曙《沈璟三考》，载《戏曲研究第21辑》。

东南杼轴曾留意，讲幄应传说论多。

周文岸，名道登，沈璟同乡，万历二十六年（1598）进士，他曾因病家居五年，后又入朝为官。天启时，官至东阁大学士，因与魏忠贤阉党有矛盾，被削籍归里。沈璟此诗当作于周文岸家居结束重新入朝之时。在诗中，沈璟对这位同乡后辈相当推崇。值得注意的是尾联，"东南杼轴曾留意"，是否可以理解为，沈璟和周文岸对于东南地区的资本主义萌芽，以及发生于苏州的以丝织工人为核心的市民运动曾作过研讨，为此沈璟希望周文岸还朝后继续留意"东南杼轴"（包括新兴的工场手工业和市民的要求），多多发表正直的言论。

作为戏曲家，沈璟在曲学（包括曲论、曲谱和传奇、散曲的创作）方面造诣极深，且有相当的成就，可以说是一位全能的戏曲家。

在曲论和曲谱方面，沈璟的著作颇富。有《增定查补南九宫十三调曲谱》（简称《南九宫谱》），《遵制正吴编》（一名《正吴编》），《论词六则》，《唱曲当知》，《古今词谱》，《评点时斋〈乐府指迷〉》，《北词韵选》，《词隐先生杂著》，《古今南北词辨体》，【二郎神】套曲《词隐先生论曲》（今存明刊本《博笑记》卷首，又见《太霞新奏》），【莺啼序】套曲等。可惜除了《南九宫谱》和【二郎神】套曲外，其余均未见流传。

沈璟所作传奇有十多种，吕天成《曲品》卷上曾说，沈璟"红牙馆内，誊套数百十章；属玉堂中，演传奇十七种"。在卷下"新传奇品"的沈璟名下，亦云："所撰传奇十七本。"但在《义侠记·序》中，吕天成又说："先生红牙馆所著传奇杂曲凡十数帙，顾人罕得窥。"《属玉堂传奇》十七种，按吕天成《曲品》评论次序为《红蕖记》《埋剑记》《十孝记》《分钱记》《双鱼记》《合衫记》《义侠记》《鸳衾记》《桃符记》《分柑记》《四异记》《凿井记》《珠串记》《奇节记》《结发记》《博笑记》《坠钗记》（一名《一种情》）。其中《红蕖记》《埋剑记》《双鱼记》《义侠记》《桃符记》《坠钗记》《博笑记》流传至今，已收入《古本戏曲丛刊》初集和三集。据沈自晋《南词新谱》，知《四异记》《珠串记》《结发记》为未刊稿本，已佚。其他七种，均未见流传。唯《十孝记》有较多曲文尚存于明胡文焕《群音类选》。《十孝记》《凿井记》《分钱记》的少量曲文作为谱例被收进了《南九宫谱》和《南词新谱》。（赵景深《明清曲谈·沈璟传奇辑逸》）至于《结发记》，吕天成《曲品》卷下曾指出："是余所作传奇，致先生而谱之者。"可是，在《义侠记·序》中，吕天成又说《结发记》乃沈璟稿本。到底是沈、吕合作，还是沈璟另有同名传奇，无材料查考，目前只能存疑。另外，沈璟还有《牡丹亭》的改串本《同梦记》（又称《合梦记》《串本牡丹亭》），已佚，仅有【真珠帘】【峦山忆】两曲收在《南词新谱》；沈璟的《琵琶记》考订本，亦未见传本。据吕天成《曲品》可知，沈璟最得意之作是《合衫记》，这部传奇取材于元杂剧《相国寺公孙合汗衫》故事。"曲极简质"，"第不新人耳目"，虽吕天成曾为之刊刻，却未见流传。

沈璟的散曲作品有《情痴癔语》一卷、《曲海青冰》二卷，均佚，但在《太霞新奏》《吴骚合编》《彩笔情辞》《南词新谱》中，尚可辑得套曲四十套、杂宫调一曲、小令二十三支。沈璟所编《南词韵选》，选录了朱有燉、陈大声、王九思、康海、唐寅、祝枝山、李日华、杨慎等二十五家明人散曲，其中亦有沈璟本人和无名氏之作。

沈璟不仅是位全能的戏曲家，且善书、工诗。他的诗文作品有《属玉堂稿》二卷，未见传本。《沈氏诗录》选录了十四首，有评语曰："词隐近体雄健清丽，亦宗盛唐。"这与其弟《静晖堂集》走的是一路，有人评沈璟诗曰："古体近谢，近体诗气空笔健，得少陵一体。"沈璟词作，传世者寥寥。除《致郁蓝生》之外，清周铭所编《松陵绝妙词选》中尚有四阕。沈璟的散文作品亦不多见，除《词隐先生手札二通》、致吕天成的书信一封之外，仅有撰于万历十三年（1585）八月的《吴江县重修儒学记》。

二、沈璟的曲学主张

沈璟从子沈自友曾说："海内词家，旗鼓相当，树帜而角者，莫若吾家词隐先生与临川汤若士。"（《鞠通生小传》）就沈璟本人而言，足以与汤显祖相角胜者，仅仅是他对昆曲音律的研究，以及曲学主张而已。在传奇创作上，其《属玉堂传奇》数量虽富，但艺术造诣上实难与"临川四梦"匹敌。

长期以来，学术界既承认沈璟是音律专家，对昆曲音律有精深的研究，又认为他的"声律论"和"本色论"，带有形式主义倾向。（张庚、郭汉城《中国戏曲通史·沈璟及其作品》）

沈璟的曲学论著大多已经失传，但根据现有的材料，尚可概括其曲学主张的大概："合律依腔""癖好本色""斤斤返古"。

强调戏曲作品必须"合律依腔"，这是沈璟曲学主张的核心。在【二郎神】套曲《词隐先生论曲》中，沈璟对于这个主张作了集中的、充分的论

述。现录其全文如下:

〔二郎神〕何元朗,一言儿启词宗宝藏,道:欲度新声休走样!名为乐府,须教合律依腔。宁使时人不鉴赏,无使人挠喉捩嗓,说不得才长,越有才越当着意斟量!

〔前腔〕参详,含宫泛徵,延声促响,把仄韵平音分几项;倘平音窘处,须巧将入韵埋藏;这是词隐先生独秘方,与自古词人不爽。若遇调飞扬,把去声儿填他几字相当。

〔啭林莺〕词中上声还细讲,比平声更觉微茫;去声正与分天壤,休混把仄声字填腔。析阴辨阳,却只有那平声分党;细商量阴与阳,还须趁调低昂。

〔前腔〕用律诗句法须审详,不可厮混词场。〔步步娇〕首句堪为样,又须将〔懒画眉〕推详。休教卤莽,试一比类,当知趋向。岂荒唐,请细阅《琵琶》,字字平章。

〔啄木鸟〕《中州韵》,分类详,《正韵》也因他为草创。今不守《正韵》填词,又不遵中土宫商。制词不将《琵琶》仿,却驾言韵依东嘉样。这病膏肓,东嘉已误,安可袭为常!

〔前腔〕《北词谱》,精且详,恨杀南词偏费讲。今始信旧谱多讹,是鲰生稍为更张;改弦又非翻新样,按腔自然成绝唱。语非狂,从教顾曲,端不怕周郎。

〔金衣公子〕奈独力,怎堤防,讲得口唇干空闹攘,当筵几度添惆怅。怎得词人当行,歌客守腔,大家细把音律讲。自心伤,萧萧白发,谁与共雌黄。

〔前腔〕曾记少陵狂,道:细论诗晚节详,论词亦岂容疏放。纵使词出绣肠,歌称绕梁,倘不谐音律也难褒奖。耳边厢,讹音俗调,差问短和长。

〔尾声〕吾言料没知音赏,这流水高山逸响,直待后世钟期也不妨。

万历年间,昆曲进入鼎盛时期,有些文人并不懂得戏曲艺术的规律,所作传奇并不符合昆曲的格律,或虽合格律但不规范,这类传奇搬上舞台时演唱困难较多,效果不佳。更有甚者,不知戏曲音律为何物,所作传奇只能供之案头,无法被诸管弦。诚如吕天成《曲品》所指出的,"博观传奇，近时为盛。大江左右，骚雅沸腾；吴浙之间，风流掩映。第当行之手不多遇，本色之义未讲明"。在沈璟看来，"名为乐府，须教合律依腔"，为此，他著书立说，潜心研究昆曲格律，并大声疾呼"大家细把音律讲"。沈璟如此"斤斤三尺，不欲令一字乖律"（《曲律·杂论》），为的是"词人当行，歌客守腔"，并使昆山腔规范化，这无疑是完全正确的。面对"止熟一部'四书'，便欲作曲"（祁彪佳《远山堂曲品》），"俚儒之稍通音律者，伶人之稍习文墨者，动辄编一传奇"（沈德符《顾曲杂言》），"手撦一二桩故事，思漫笔以消闲"（冯梦龙《双雄记·叙》）等不良的创作倾向，强调传奇严守音律，并力求昆山腔规范化，也有其积极意义。问题在于，沈璟把音律的重要性绝对化了，说什么"宁协律而词不工，读之不成句，而讴之始叶，是曲中之工巧"（吕天成《曲品》）；甚至高喊"宁使时人不鉴赏，无使人挠喉捩嗓"。如此矫枉过正，显然很容易导致形式主义，而轻视剧作的思想内容和戏曲艺术的整体美。

　　沈璟关于严守音律的主张，也是有所继承的。这就是他所说的："何元朗，一言儿启词宗宝藏，道：欲度新声休走样！"何良俊在评《拜月亭》等几种戏文时曾说："词虽不能尽工，然皆入律，正以其声之和也。夫既谓之辞，宁声叶而辞不工，无宁辞工而声不叶。"（何良俊《曲论》）同时，沈璟关于严守音律的主张，曾得到了一大批戏曲家的赞同和推崇，在当时的戏曲界有较大影响。诚如吕天成《曲品》所称赞的："运斤成风，乐府之匠石；游刃余地，词坛之庖丁。此道赖以中兴，吾党甘为北面。"比如，汪廷讷在其《广陵月》中，就曾借剧中人李龟年之口，发表与沈璟完全一致的主张："天地元声开宝藏，名虽小技，须教协律依腔。欲度新声休走样，忌的是挠喉捩嗓。纵才长，论此中规模，不易低昂。"

　　沈璟曾对王骥德说："所寄《南曲全谱》，鄙意癖好本色，恐不称先生意指。"（《词隐先生手札二通》）祁彪佳《远山堂曲品》评《红蕖记》云："字字有敲金戛玉之韵，句句有移宫换羽之工，至于以药名、曲名、五行、八音及联韵、叠句入调，而雕镂极矣。先生此后一变为本色，正惟能极艳者，方能极淡。"为什么沈璟在创作《红蕖记》时"雕镂极矣"，后又"癖好本色"呢？他所癖好的"本色论"，到底该作何评价呢？研究者的看法不尽相同。我们认为，当沈璟意识到"字雕句镂，正供案头耳"（吕天成《曲品》）之后，便转而"癖好本色"。因此，说沈璟的"本色论"是从形式出发，与当行割裂，这样的见解亦不无片面。诚然，凌濛初曾尖锐地批评沈璟说：

> 沈伯英审于律而短于才，亦知用故实、用套词之非宜，欲作当家本色俊语，却又不能，直以浅言俚句掤拽牵凑，自谓独得其宗，号称"词隐"。

这种批评有正确的地方，但因此而否定沈璟"癖好本色"的曲学主张，却是没有道理的。崇尚"本色"，强调戏曲语言的通俗、自然，反对错彩镂金，原是我国古典戏曲创作的一个优良传统，当然值得肯定。遗憾的是，沈璟的传奇创作并没有认真实践这种主张，成为"本色"的楷模；同时，在理论上，沈璟也没能作充分的论述；再加上赞同他的曲学主张的戏曲家们，对"本色"二字的理解和论说，又有明显的分歧，所以"癖好本色"，其影响远不如"合律依腔"来得深远。

至于"斤斤返古"，乃王骥德对沈璟曲学主张的一种概括。他在《曲律》中，说沈璟"其于曲学，法律甚精，泛澜极博，斤斤返古，力障狂澜，中兴之功，良不可没"。又指出："词隐于板眼，一以返古为事。"吕天成在《蕉帕记》的序文中，亦曾说："词隐取程于古词，故示法严；清远翻抽于元剧，故遣调俊。"

"斤斤返古"的主张，沈璟没有进行理论阐说，但在他的《南九宫谱》中体现得相当充分。"斤斤返古"，既是为了反对昆曲传奇的"时文气"，也是沈璟强调戏曲音律重要性的必然结果。应该说，主张昆曲传奇创作效法宋元戏文，自有其积极的一面。因为，宋元戏文与人民的联系紧密，生活气息浓郁，时代性和现实性都比较强烈，与明初的"以时文为南曲"的倾向迥然不同。可是，"斤斤返古"，轻视和忽视当代的"新传奇"，认为"新传奇"在音律上皆不足为法，这当然是很明显的局限性。

沈璟的曲学主张，放在特定的历史中作全面的考察，既有其合理性，起到过积极的作用；亦存在局限性，产生了消极的影响。沈璟在【二郎神】套曲中，感叹"讲得口唇干空闹攘，当筵几度添惆怅"，"吾言料没知音赏"，并非说明他的曲学主张全错了，恰恰反映他的曲学主张中有针砭时弊的正确方面。诚如徐复祚《曲论》所指出的：

> 至其所著《南曲全谱》《唱曲当知》，订世人沿袭之非，铲俗师扭捏之腔，令作曲者知其所向往，皎然词林指南车也，我辈循之以为式，庶几可以不失队耳。

总体来说，沈璟的《属玉堂传奇》能严守规范化的昆山腔格律，做到"合律依腔"，便于当场。他早期的作品《十孝记》有不少折子戏被选入《群音类选》，中后期的名作更为当时的戏班和观众所喜爱。如：《义侠记》一问世，"吴下竞演之"；《桃符记》"时所盛传"；《四异记》"今演之，快然"。同时，沈璟尽管"斤斤三尺"，但在创作实践中，亦时有突破曲律的现象。王骥德《曲律》对此很不理解地说："（沈璟）生平于声韵、宫调言之甚悉，顾于己作，更韵更调每折而是，良多自恕，殆不可晓耳。"其实，沈璟在创作中"更韵更调"，正说明他并不死守曲律，是优点而非缺陷。王骥德批评他在曲律的运用上"良多自恕"，说明他在这方面比之沈璟更为保守。

三、《属玉堂传奇》

沈璟的《属玉堂传奇》当然无法与"临川四梦"媲美。但是，说"沈璟的作品，思想内容是宣扬封建道德和宿命论，反对农民起义，维护封建秩序的""艺术性又差"（《中国戏曲通史·沈璟及其作品》），亦不大实事求是。

吕天成《义侠记·序》说："先生诸传奇，命意皆主风世。""命意皆主风世"，可说是《属玉堂传奇》在思想内容方面的突出特点。历来对沈璟的传奇作品评价不高，批判较多，主要也缘于此。对于《属玉堂传奇》的"风世"命意如何认识和评价，这无疑是沈璟研究中的一个关键性问题。

提倡戏曲创作的"命意皆主风世"，强调戏曲艺术的"风世"功能，并不是沈璟的创造。自从高明在《琵琶记》中提出了"不关风化体，纵好也徒然"之后，强调"风世"就成了戏曲创作的一个传统。所谓"风世"，就是讽喻世态人情之意，属于戏曲艺术的社会功能范畴。戏曲家创作作品，注意甚至强调"风世"，本身并不错，问题在于用什么样的思想意识和道德观念来强调"风世"。如果用封建主义的思想观点和伦理道德来强调"风世"，甚至把戏曲艺术作为孔孟之道、程朱理学的说教工具，那么这种曲学主张当然是落后的、反动的，而在这种曲学主张指导下创作出来的作品，也不可能有人民性。如丘濬的《伍伦全备记》、邵璨的《香囊记》这类戏文作品。如果剧作家一能真实地反映社会生活，二能针砭时弊，三能借古喻今、古为今用，那么这样的"命意皆主风世"之作，又有什么不好呢？明代不少进步的戏曲家，亦强调戏曲作品必须有"风世"（"风化""风教"）

的作用，冯梦龙就是其中之一。他在《墨憨斋定本传奇》的序、跋、评中，不仅大谈"风化"，亦常讲"忠孝节义"，但从未有人批评冯氏是高明的信徒，是丘濬和邵璨一流的腐儒，总是把他看作鼓吹"情至"观念的健将。由此可见，对于倡导"风世"的曲论，以及"命意皆主风世"之作，需要具体作品具体分析，不能从抽象概念出发，一概而论。

那么，沈璟的《属玉堂传奇》，其"命意皆主风世"又该如何看待呢？

沈璟生活的时代，"天下波颓风靡，为日已久，何异于病革临绝之时"。沈璟目睹世风日下，道德沦丧，故而创作"命意皆主风世"之传奇，以贯彻其儒之"不得志"者，"居贤德，善俗也；善俗亦以保泰也"的政治主张和道德信仰。如前所述，沈璟对孔、孟和朱熹等代表的儒家正统思想是持肯定态度的，因此，他的"风世"与高明的"风化"、丘濬的"伦理"，在本质上是一样的；其"命意皆主风世"之作，也存在封建主义的思想意识和伦理道德局限性。不过，我们也要看到，《属玉堂传奇》中鼓吹的那些与丑恶的世情相对立的道德品质，虽不属于"情至"观念的范畴，却亦不能统统归于封建伦理道德范畴，多少带有一点人民性。《义侠记》末出《恩荣》最后一支曲子云：

人生忠孝和贞信，圣世还须不弃人。厄言似假，千秋万载垂正论。世情真假尽经过，傀儡场中面目多；忠义事存忠义传，太平人唱太平歌。

这支【意不尽】，确实含有沈璟的不尽之意。对"世情真假尽经过"的沈璟来说，他在传奇作品中对丑恶而虚假的"世情"的揭露和批判，还是有积极社会意义的。

另外，还有一点要提及的，当资本主义萌芽产生和有了一定的发展之后，人们对金钱的追求更迫切，也更不择手段了。沈璟有些传奇作品就反映了为追求金钱而不顾传统道德所引发的社会悲剧，这些作品，从表面上看作者仍然在歌颂封建的道德伦理，实质上其"命意"已带有了新的时代色彩，显然也有可取之处。

《红蕖记》是沈璟最早创作的传奇，是一部爱情戏。原作《郑德麟传》中无足轻重的郑德麟的表亲，在《红蕖记》中却变得相当有分量了。沈璟称此人为"古遗民"，渲染了他与郑德麟的情谊，这不啻是对晚明见利忘义世风的讽刺和批判。吕天成《曲品》指出，此作"着意著词，曲白工美"；

但"先生自谓:字雕句镂,正供案头耳。此后一变矣"。

《埋剑记》和《双鱼记》,作于《红蕖记》之后,其"命意"亦以歌颂友情,讽刺和批判见利忘义的世风为主。《埋剑记》取材于唐人传奇《吴保安传》,在《家门》中,沈璟介绍了创作缘起:

> 达道彝伦,终古常新,友朋中无几何存。朝同兰蕙,暮变荆榛,又陡成波,翻作雨,复为云。所以先贤著绝交文,畏人间轻薄纷纷。我思前事,作劝人群,可继萧朱,追杜左,比雷陈。

剧作着力塑造了吴保安这个舞台形象,他不满现实:"当面输心背面笑,嗟世态之悠悠;覆手作雨翻手云,恨交情之落落。"当他的好友郭仲翔身陷蛮地之时,他不顾妻儿,到边地经营绢匹十数载,历尽千辛万苦,终于从蛮民手中赎回了郭仲翔。剧作在歌颂吴保安重信义、讲友情的同时,又通过颜花面(此为新创造的人物,是郭仲翔之岳父),狠狠地鞭挞了见利忘义之徒。

《双鱼记》系据元马致远《荐福碑》杂剧改编而成,但又创造了两个新的人物形象:邢春娘和石若虚。邢春娘和刘皞自幼订婚,两人情真意切。后春娘在随父赴任途中遇"贼军",父母双亡,春娘则被恶人卖入妓院。为了不负刘皞的情意,她不惜破面明志。石若虚不满"世路知交尽",因而十分看重与刘皞的友情。与邢春娘和石若虚相对立的是大户留浩,文种略得志之日,他逢迎未恐不及,对在文家当塾师的刘皞,亦另眼相看。但当文种略不当大名留守时,他便翻脸无情,并百般辱骂刘皞。这些都是原作中所没有的关目,说明沈璟的《双鱼记》也是针砭世风的有为之作。

《义侠记》取材于《水浒传》,着重表现了武松的"仗义除奸"和"济弱锄强",也是在"义侠"上做戏文。《家门》【临江月】云:

> 眼见人生无百岁,何妨终日逍遥。花间席上暗香飘。和风春倚袖,明月夜闻箫。
>
> 今古英雄称义侠,报恩雪忿名高。请看名将出衡茅。谈言微中处,莫认滑稽曹。

在这里,作者对为何要表彰武松的"义侠"说得很清楚了。吕天成对此剧的评论,更进一步论说了为什么《义侠记》能起"风世"的作用。《义侠记·序》评曰：

> 武松一萑苻之雄耳，而闾里少年靡不侈谈脍炙。今度曲登场，使奸夫、淫妇、强徒、暴吏种种之情形意态，宛然毕陈。而热心烈胆之夫，必且号呼流涕，搔首瞋目，思得一当以自逞，即肝脑涂地而弗顾者。以之风世，岂不溥哉！

《义侠记》的矛头所指是现实社会中的"奸夫、淫妇、强徒、暴吏"，为此，当沈璟听说半梦主人将刊刻此剧时，曾致书吕天成曰："此非盛世事，亟止勿传。"《义侠记》问世之后，"吴下竞演之"，这充分说明这类"风世"传奇，并非为封建道德张目之作。

作于《义侠记》之后的《桃符记》，取材于元杂剧《后庭花》，但有改动。剧作描绘了贫家女子裴青鸾悲惨的一生，反映了晚明社会的黑暗。

《博笑记》是沈璟创作的最后一部传奇，所敷演的十个故事，"杂取《耳谈》中可喜可怪事"（祁彪佳《远山堂曲品》评语）：

> 巫举人痴心得妾　　乜县丞竟日昏眠
> 邪心妇开门遇虎　　起复官遘难身全
> 恶少年误鬻妻室　　诸荡子计赚金钱
> 安处善临危祸免　　穿窬人隐德辨冤
> 卖脸客擒妖得妇　　英雄将出猎行权[1]

《博笑记》剧作运用喜剧和闹剧艺术的手法，多角度地反映了晚明恶浊的世态人情，寓"可叹可悲之意"于"似讥似讽"之中。（茗柯生《刻〈博笑记〉题词》）诚如有的研究者所指出的，沈璟创作《博笑记》，并不只在于博取观众之一笑。不过，此剧也确能博取读者和观众的不绝笑声，作为讽刺性的喜剧和闹剧，这也是应该肯定的。就作者的寓意来看，大部分故事也有针砭时弊的积极意义。比如，《乜县丞竟日昏眠》，揭示了晚明官僚和乡宦颓靡的精神状态；《起复官遘难身全》《巫举人痴心得妾》《诸荡子计赚金钱》，抨击了诈骗钱财的丑恶行径；《恶少年误鬻妻室》，剖析了见利忘义之徒的卑鄙灵魂。至于《邪心妇开门遇虎》，警诫寡妇要守节，不可

---

[1] 实际上《博笑记》敷演了十一个故事，"兄弟争金"，在《家门》中有所介绍。

起邪心，否则没有好结果，其"命意"是不可取的。可是，《巫举人痴心得妾》，对抛弃骗子丈夫，与"心存志诚"的巫举人私奔的妇人，又作了肯定。这说明沈璟在"情"和"理"的问题上也是存在矛盾的。不顾及作者矛盾的心理、复杂的思想，一味狠批《邪心妇开门遇虎》的反动命意，这也是片面之论。

说到沈璟在"情"与"理"关系问题上的矛盾思想，也有必要评介一下《属玉堂传奇》中的爱情戏。

《红蕖记》是沈璟辞官归里不久创作的一部爱情戏，问世之日早于《牡丹亭》。剧作虽未突出"情"与"理"的斗争，但也热情地赞美了韦楚云和曾丽玉对爱情的追求。"旦：这些情偏难尽说。小旦（笑唱）：两下里含笑相看，心儿一样热。"这样的描绘还是颇能动人心弦的。《勾引水窗》，写郑德麟与韦楚云隔船相望，在月光渔火之下，郑德麟以红笺传情，韦楚云则以钩竿相接，又以红绡作答，亦富有诗情画意。

《坠钗记》，王骥德《曲律》说"盖因《牡丹事记》而兴起者"，这说明此剧作于《牡丹亭》之后，且受到了《牡丹亭》的影响。剧中作者将何兴娘和崔嗣宗处理为自幼订婚的青年男女，这可使这对男女的爱情不违背封建礼教。但是，何兴娘因得不到崔嗣宗的爱情，抑郁成疾以致死后又一灵不灭，与崔嗣宗做了一载人鬼夫妻。很明显，在女主人公"为情而死"，以及死后仍执着于情，与所爱的人"幽媾"等方面，《坠钗记》是《牡丹亭》的翻版。为什么恪守儒家正统思想的沈璟，会接受《牡丹亭》的影响，而创作《坠钗记》呢？一言以蔽之，沈璟在"情"与"理"的关系问题上，思想是复杂的。他既信奉儒家的正统思想，又能正视现实；而"情至"观念等社会新思潮，以及鼓吹"情至"观念的爱情戏，如《牡丹亭》等，对沈璟的思想也不可能没有冲击。因此，他所创作的爱情戏，一方面歌颂了儿女之真情，另一方面又宣扬了封建主义性理，命意就显得相当矛盾。

沈璟的传奇，艺术性当然并不高。但是，《属玉堂传奇》在艺术上亦有它的特色，并取得了一定的成就。

沈璟的传奇，题材比较广泛，类型亦较多样。最值得注意的，一是对下层社会的人情世态描绘较多，塑造了一些小市民的形象；二是有不少作品取材于明代的小说、杂著。如《义侠记》取材于《水浒传》；《坠钗记》取材于瞿佑《剪灯新话·金凤钗记》；《博笑记》"杂取《耳谈》中可喜可怪事"，《耳谈》乃明王同轨所作笔记。沈璟传奇的有些题材，后为凌濛初和冯梦龙编写拟话本所采用。如《巫举人痴心得妾》，凌濛初改编为《张溜儿热布迷魂局，陆蕙娘立决到头缘》，收入了《拍案惊奇》《四异记》；冯梦龙加工为《乔太守乱点鸳鸯谱》，收入了《醒世恒言》。

我们认为，对旧规则的突破，实际上就是一种新的创造。因此，从戏曲形式嬗变的角度来看，《属玉堂传奇》在体制形式上的变革和创新，理应给予充分的肯定。

传奇动辄四五十出，冗长难演。沈璟走张凤翼《红拂记》之路，所作传奇篇幅较短。[1] 如《坠钗记》和《桃符记》三十出，《义侠记》三十六出。在压缩篇幅的同时，沈璟还减少了每折戏的只曲，在这方面可说开了孔尚任的先河。[2] 至于严守格律，在"合律依腔"方面，沈璟之作更是无懈可击。凡此种种，无不说明精通音律、有粉墨登场经验的沈璟[3]，深谙昆曲艺术之三昧，创作传奇不忘便于当场。

更应当提出的是，沈璟还"特创新体"。天启年间的茗柯生，在《刻〈博笑记〉题词》中指出：

> 特创新体，多采异闻。每一事为几出，合数事为一记，既不若杂剧之拘于四折，又不若传奇之强为穿插……

茗柯生所谓的"特创新体"，指的就是《博笑记》。《博笑记》全剧二十八出，但敷演了十一个故事，每个故事的出数不拘，相对独立，比较灵活机动。另一部失传的《十孝记》，在一部作品中分别敷演了历史上十个孝子的故事，与《博笑记》在体制上有相同之处。[4] 但它有统一的"命意"，即宣扬封建孝道，这与《博笑记》又有区别。实际上，《博笑记》和《十孝记》这种体制形式，亦并非沈璟首创，在他之前早诞生了用昆曲演唱的南杂剧，其折数不拘，且有一剧包含几个故事的作品（或相对独立，或有统一"命意"）。沈璟的"特创新体"，显而易见是借鉴了南杂剧的体制。不过，这种借鉴还是有创新的，因为《博笑记》和《十孝记》并不是昆曲

---

[1]《紫钗记》末出臧晋叔批云："自吴中张伯起《红拂记》等作，止用三十折，优人皆喜为之。遂日趋于短，有至二十余折矣。"

[2] 孔尚任的《桃花扇》，"长折，止填八曲，短折或六或四"，目的是便于当场，又不令优人任意删改。

[3] 吕天成《曲品》（乾隆杨志鸿钞本），说沈璟"妙解音律，兄妹每共登场；雅好词章，时招僧妓佐酒"。

[4] 吕天成《曲品》评《十孝记》云："有关风化，每事以三出，似剧体，此自先生创之。末段徐庶返汉、曹操被擒，大快人意。"

南杂剧，而是地道的昆曲传奇。

　　沈璟"癖好本色"，虽对"本色"和"当行"的关系并无精当之见，对"本色"的理解，亦有其片面性。但在戏曲语言的通俗化方面，还是有可圈可点的实践的。他的传奇，既能活用宋元戏文、杂剧的本色语言，又恰当地吸收了吴地方言。如：《四异记》的"丑、净用苏人乡语"；《博笑记》中亦有苏州人惯用的俗话（"老学相""小火囤"之类）。更值得一提的是，沈璟能用通俗的语言，通过曲、白和科介的巧妙配合，生动地描绘出各种舞台场面，像《义侠记·除凶》中武松打虎这样成功的舞台场面，在《属玉堂传奇》中还是不乏其例的。

（原载《2008年沈璟暨昆曲"吴江派"学术研讨会论文集》，山东画报出版社2009年版）

关于《鸣凤记》的几个问题

《鸣凤记》是一部有特色、有创新、有成就的剧作,在明清戏曲史上也有着深远的影响。国内外有关中国戏曲史和文学史的著作,都有专门章节论述《鸣凤记》。遗憾的是,关于这部传奇的几个重要问题,迄今仍然或以误传误,或存疑不论,或众说纷纭。因而,就有关《鸣凤记》的几个有分歧的问题进行讨论,对于这部名著,以至中国戏曲史和文学史的深入研究,都是至关重要的。笔者草写本文,意在抛砖引玉,错误、疏漏在所难免,渴望得到研治戏曲的专家和同志的批评、指教。

一、《鸣凤记》的作者是谁?

《鸣凤记》的作者到底是谁?就笔者所知,至今中外学者的说法,仍不外乎以下三种:一是王世贞;二是无名氏;三是王世贞门人。而这三种说法,其实都来自明清人的意见。所以,关于这个问题,穷原竟委,还得从明清两代戏曲家的评论谈起。

明代的著名戏曲家无不认为《鸣凤记》是无名氏的作品。吕天成《曲品》[1],于卷下品评剧作时,将剧作分为"旧传奇""新传奇""作者姓名有无可考"三类,而把《鸣凤记》列于第三类的第二位,其评语曰:"纪诸事甚悉,令人有手刃贼嵩之意。词调尽畅达可咏,稍厌繁耳。江陵时(按:张居正做宰相在万历朝)亦有编《鸾笔记》,即此意也。"[2] 王骥德在《曲律》中,曾三次谈到王世贞,可是只字未提《鸣凤记》。而且在王骥德看来,王世贞为数极少的散曲作品,"用韵既杂,亦词家语,非当行曲"。此外,如沈德符的《万历野获编》,也未提及《鸣凤记》乃王世贞所作之

---

[1]《曲品》自序作于万历三十八年(1610),书成又续有增补,收有汤显祖于万历四十一年(1613)所作的《邯郸记》,可证。

[2] 北京大学图书馆藏黑格"清河郡"钞本上,有朱笔添注"王凤洲作"四字,显系清人所加。又,《鸾笔记》传奇的作者和内容,无考。

事。徐复祚的《曲论》，曾谈到王世贞作《卮言》和《别集》，就是没有提及他作《鸣凤记》。在评论中，他还这样说："王弇州一代宗匠，文章之无定品者，经其品题，便可折衷，然于词曲不甚当行。"凌濛初的《谭曲杂札》，亦无关于《鸣凤记》作者的记载；且和王骥德、徐复祚一样，也认为王世贞对于曲的造诣不深。流传至今的《远山堂曲品》，只是个残稿，所收四百六十种传奇作品中，并无《鸣凤记》。但在"能品"类的《飞丸记》评语中，祁彪佳提到了这部传奇，然并没有涉及它的作者。沈自晋《南词新谱》"古今入谱词曲传剧总目"著录了《鸣凤记》，可是也未提作者。

从以上列举的文献资料可见，明代的多数戏曲家，非但不把《鸣凤记》的著作权归于大名鼎鼎的王世贞，而且一致认为他对于戏曲并非"当行""谈曲多不中窍"，仅有的少量散曲作品也只是"词家语"而已。当然，在明代认为《鸣凤记》出自王世贞之手的戏曲家，也是有的。比如，毛晋汲古阁原刻本《鸣凤记》，卷首总目题"明王世贞撰"。冯梦龙也曾说过"读王凤洲《鸣凤记》而不下泪者，必非忠臣"的话。（毛评《琵琶记》卷首引前贤评语）另外，《坚瓠集》广集卷三，有关海盐子弟金凤扮演严东楼的记载中，也说《鸣凤记》乃王世贞新作。

到清代，情况突然大变，一般人都认为《鸣凤记》和《金瓶梅》出于"嘉靖间大名士"之手，而这位"大名士"，即王世贞。[1] 可是，他们并没有拿出什么可靠的证据来。会把美名强加给王世贞，原因诚如茅盾同志所分析的，第一，"王世贞是明朝后七子的领袖人物，在当时威信颇高，容易使人把不著名的惊人之作猜度是他的手笔"；第二，因为剧作"辛辣地揭露了严嵩父子的罪恶，而王世贞的父亲王忬是被严嵩害死的"；第三，"王世贞和杨继盛有交情，对杨继盛因劾严嵩父子而弃市极为不平，而在《鸣凤记》中，杨继盛却是一个主角"。（《关于历史和历史剧》）

在清人的记载中，值得注意的是《鸣凤记》实为王世贞门客所作的说法。《曲海总目提要》卷五，说《鸣凤记》"系王世贞门客所作，以杨继盛为凤鸣朝阳也"。焦循《剧说》卷三，则说得更为具体：

<blockquote>
《弇州史料》中《杨忠愍公传略》与传奇不合。相传《鸣凤》
</blockquote>

---

[1] 参见高奕《新传奇品》、无名氏《传奇汇考标目》、梁廷枏《藤花亭曲话》和姚燮《今乐考证》等著录和评论。乾隆年间的凌廷堪，在其《论曲绝句三十首》（载《校礼堂诗文集》）中，也认为《鸣凤记》是王世贞所作，其诗曰："弇州碧管传《鸣凤》，少白乌丝述《浣纱》；事必求真文必丽，误将剪彩当春花。"

传奇，弇州门人作，惟《法场》一折（按：第十六出《夫妇死节》），是弇州自填词。初成时，命优人演之，邀县令同观。令变色起谢，欲亟去。弇州徐出邸抄示之曰："嵩父子已败矣！"乃终宴。

《鸣凤记》"系王世贞门客所作"并非无稽之谈。笔者从清嘉庆七年（1802）刻本、王昶等所纂《直隶太仓州志》卷六十《杂缀》三"纪闻"中找到一则记载，证实了《鸣凤记》确非王世贞所作，而是其邑人唐仪凤的作品。为了借王世贞之大名行于世，唐仪凤接受了王世贞的建议，把《鸣凤记》的著作权卖给了王世贞。现录其全文如下：

> 《凤里志》云：唐仪凤，吾州凤里人。[1] 才而艰于遇，弃举子业。撰《鸣凤》传奇，表椒山公（按：杨继盛字仲芳，别号椒山，人称杨椒山）等大节。梦椒山谓曰："子当为鸡骨哽死，今以阐扬忠义，至期吾当救之，更延一纪。"觉而异之。一日偕友游马鞍山（按：昆山又名玉山、马鞍山），食肆中鸡汁面，楚甚不堪，几至垂毙。抵暮恍见一手自空而下，直探其喉，取骨出而愈。后果又活十二年乃终。传奇之成也，曾以质弇州先生，先生曰："子填词甚佳，然谓此出自子，则不传；出自我，乃传。盖势有必然，吾非欲掠美，正以成子之美耳。"仪凤许之，弇州乃赠以白米四十石，而刊为己所编。然吾州里皆知出自唐云。或又谓：唐初无子，作此（按：指《鸣凤记》）后，梦椒山公抱送二子（以下原缺）[2]

这则记载，虽杂有封建迷信的荒诞传说，却非常清楚地说明了《鸣凤记》的作者及其与王世贞的关系。尽管尚无其他材料佐证，但根据明清两代有关《鸣凤记》作者的诸多记载，唐仪凤作《鸣凤记》是可信的。万历以后所修的各种《太仓州志》中，均无有关唐仪凤的任何记载，这也足见

---

[1] 太仓州所属镇洋、嘉定、金山、崇明四县，均无名"凤里"的市镇。惟太仓城西北四十余里有镇名"双凤"，又名"双林"。"凤里"当即"双凤"。《凤里志》似明代人所撰，惜未见流传。

[2] 崇祯十五年（1642）、康熙十七年（1678）增刻本钱肃乐等所纂《太仓州志》，无此项记载。民国八年（1919）刊王祖畬等所修《太仓州志》卷二十七《杂记上》，则有类似的记载，惟无唐仪凤为鸡骨所哽之事。

他确是个"才而艰于遇"的默默无闻之士。因同乡关系,唐仪凤当与王世贞有交往,也很可能曾为王氏门客。至于他在创作《鸣凤记》的过程中,得到过王世贞的指点和帮助,甚至如焦循所说,王氏还自填《法场》一折,这同样是很有可能的。

对于唐仪凤的生平及其创作《鸣凤记》的情况,尚有待于进一步查考。但是,既然发现了《凤里志》上的这则记载,把《鸣凤记》的著作权归还给唐仪凤,也是理所当然的。不过,我们也得承认,《鸣凤记》得以广泛流传并产生巨大的影响,这与挂上了王世贞的大名确实有关。可是,这种"势有必然",难道还值得我们肯定和提倡吗?

二、《鸣凤记》创作于什么时候?

《鸣凤记》嘉靖年间撰成,并随即搬上舞台,这是没有疑义的。但需要进一步弄清创作过程和定稿的时间。因为《鸣凤记》创作过程和定稿的时间,既涉及这部传奇所写的"前后同心八谏臣"(《鸣凤记》第一出《家门大意》下场诗)反严嵩集团斗争的始末,也关系到哪个剧作是按魏良辅等人革新后的昆山腔格律创作的第一部传奇。因此,这并不是无关紧要的小问题。

前文所引焦循《剧说》中的一则记载,茅盾同志曾指出,其后半部分"似有夸张、附会之处。理由是:严嵩勒令致仕、世蕃充军,在嘉靖四十一年五月,此谓王世贞出示邸抄云云,则《鸣凤记》初演,应在严氏父子失势之当年,但《鸣凤记》不但写了严嵩失势,还写了严世蕃终于伏法、严家籍没、夏言等被害者恢复名誉等等。查林润劾严世蕃、罗龙文,并奉旨逮捕二人,在嘉靖四十三年,至于夏言等被害者恢复名誉,更在其后,剧本如初演于严嵩失势之时,剧作者何能预写此后数年之事?故知请县令看戏、出示邸抄云云,不免附会"(《关于历史和历史剧》)。虽然茅盾同志的这种分析有相当的说服力,不过笔者以为《剧说》所记,当有一定根据,未必是夸张、附会之词。因为我们可以作这样的解释:唐仪凤激于权奸济恶、欺君、误国的义愤,在严嵩父子炙手可热之日,已开始了《鸣凤记》的创作(这可以说是人民以传奇为武器所进行的反权奸的正义斗争)。嘉靖四十一年(1562)五月,当严氏父子罢官、失势的消息传到太仓,《鸣凤记》的初稿便搬上了舞台,以庆贺反严嵩集团斗争的初步胜利。初演之后,随着反严嵩集团斗争的深入开展,唐仪凤又陆续对初稿作了补充、修改和提升。直到嘉靖末隆庆初（因为隆庆初夏言才得到平反），《鸣凤记》才定稿。剧作结构比较松弛，特别是夏言、杨继盛被害后的几次反严嵩集团斗争，戏剧冲突写得很不紧凑，无法迭现高潮。这与不断增添新的关目，很可能大有关系。我们认为，明确了《剧说》所记王世贞宴请县令同观初演的《鸣凤记》，是这个传奇的初稿，茅盾同志所提出的疑难问题，也就可以迎刃而解了。

那么，初稿完成于嘉靖四十一年（1562）的《鸣凤记》，是不是按魏良辅等人革新后的昆山腔格律创作的第一部传奇呢？

这个问题还得从《浣纱记》谈起。因为历来治戏曲史的学者，几乎无一例外地都把梁辰鱼的《浣纱记》看作按魏良辅等人革新后的昆山腔格律创作的第一部传奇；而且认为昆山腔的新声，开始只限于清唱散曲，故影响不大。直到《浣纱记》搬上舞台演唱之后，才得以发扬光大，终于成了压倒其他戏曲声腔的"雅音""正声"。[1] 我们并不否认梁辰鱼和他的《浣纱记》为传播昆山腔新声所作出的贡献，但若把按昆山腔新声格律创作的第一部传奇的桂冠，戴在《浣纱记》头上，这是不符合历史事实的。明万历年间沈德符在《顾曲杂言》"梁伯龙传奇"条中，记载了《浣纱》初出，"梁游青浦，屠纬真为令"，"即命优人演其新剧为寿"时，屠隆以污水故意捉弄梁辰鱼一事，这使我们知道了《浣纱记》的初演时间。屠隆万历五年（1577）进士，为青浦县令是在万历七年（1579）[2]，则《浣纱记》当作于此年之前。《鸣凤记》初演于嘉靖四十一年（1562）五月，而《浣纱记》初演于万历七年（1579），怎么能把《浣纱记》誉为按昆山腔新声格律创作的第一部传奇呢？

早在20世纪60年代初，已有同志对这个传统说法提出了质疑，并指出按时间来看，《玉玦记》才是按昆山腔新声格律创作的第一部传奇。[3] 令人奇怪的是，这种颇有见地的新观点，并没有引起学术界应有的重视。笔者完全同意这种看法，在这里略作补充。

《玉玦记》的作者郑若庸，字仲伯，号虚舟，昆山人。他的生卒年月虽很难确定，但早于唐仪凤和梁辰鱼，这是可以肯定的。《玉玦记》写王商与秦庆娘悲欢离合的故事，吕天成评论说："典雅工丽，可咏可歌，开后人骈

---

[1] 明清人早持这个看法了，参见《剧说》卷二所引的《芳畬诗话》和《梅花草堂笔谈》之说。

[2] 参见《鄞县志》有关屠隆的记载。

[3] 蒋星煜：《昆山腔发展史的再探索》，载《上海戏剧》1962年第12期。

绮之派。每折一调，每调一韵，尤为先获我心。"(《曲品》) 在徐渭于嘉靖三十八年（1559）自序的《南词叙录》中，已收入了《玉玦记》。由此可见，此"记"的创作时间，当在嘉靖三十八年（1559）之前。这也就是说，《玉玦记》撰写于《鸣凤记》之前几年，比《浣纱记》当然更早了。

以魏良辅为首的一大批吴中曲师、乐工，对昆山腔进行革新的工作，大约开始于正德末嘉靖初，这从祝允明的《猥谈》和魏良辅的《南词引正》中可以得到佐证。祝允明卒于嘉靖五年（1526），他站在保守的立场，于《猥谈》中曾批评昆山腔说"数十年来，所谓南戏盛行，更为无端。……今遍满四方，辗转改益，又不如旧"；并把革新后的昆山腔新声，斥为"杜撰百端，真是胡说"。而从曹含斋写于嘉靖二十六年（1547）的《南词引正·叙》，则可以推知《南词引正》的写作时间当在此之前。众所周知，魏良辅的《南词引正》，系统地总结了他自己和吴中民间曲师、乐工演唱实践的经验，是为了推广革新后的昆山腔而撰写的一部唱曲理论专著。嘉靖三十八年（1559）前后，经过魏良辅等人革新后的昆山腔，虽然还"止行于吴中"，可是"流丽悠远，出乎三腔（按：弋阳腔、余姚腔和海盐腔）之上，听之最足荡人"（徐渭《南词叙录》）。因此，我们很难设想，作为昆山戏曲家的郑若庸，在这个时候创作的《玉玦记》，还会顽固地按昆山腔旧格律而不采用昆山腔新声。也正由于《玉玦记》是首先按昆山腔新声格律创作的一部传奇，因此，王骥德一方面严厉地批评说："近郑若庸《玉玦记》作，而词益工，质几尽掩。"可是另一方面又不得不承认："南曲自《玉玦记》出，而定调之饬，与押韵之严，始为反正之祖。"

总之，若从创作的时间来看，历史的事实是，按革新后的昆山腔格律创作的传奇，第一部是《玉玦记》，第二部是《鸣凤记》，第三部才是《浣纱记》。当然，由于《玉玦记》的思想内容没有什么特色，艺术上也存在"故事太多"（徐渭《南词叙录》），缺乏"生动之色"（沈德符《顾曲杂言》）等毛病，虽"此记极为今学士所赏，佳句故自不乏"（徐复祚《曲论》），"内《游西湖》一套（按：第十二出《赏花》)，尤为时所脍炙"（沈德符《顾曲杂言》），但在明清戏曲史上的地位和影响，是远不及《鸣凤记》和《浣纱记》的。

三、《鸣凤记》是什么性质的剧作？

我国的古典戏曲作品，就其内容的性质而言，可大别为三类：传统剧、历史剧和时事新剧（也就是当时的现代剧）。《鸣凤记》显然不属于传统剧这一类；可是它究竟是历史剧呢，还是时事新剧？直到今天，研究者的看法仍有分歧。

茅盾同志在《关于历史和历史剧》第五部分曾这样说：

> 《鸣凤记》写于严嵩未败之时，而初演于严嵩刚倒之时，在当时它实在不能算是历史剧，而是现代生活剧。但是剧本的故事和人物既已载入史册，现在我们就把它当作历史剧来看待罢。

在有关历史和历史剧的讨论中，人们往往把《鸣凤记》作为历史剧的代表作来加以分析。最近有位同志在研究《桃花扇》的文章中，在论及怎样描写反面人物时，提到了《鸣凤记》和《清忠谱》，仍然认为这是两部成就较高的历史剧。[1]

茅盾同志指出，《鸣凤记》"在当时它实在不能算是历史剧，而是现代生活剧"，这是非常正确的。问题在于，既然它是当时的"现代生活剧"，那么，现在理应把它作为时事新剧来研究，而不应把它当作历史剧来看待。如把《鸣凤记》划入历史剧的范畴，既不符合艺术描写的实际，也会有意无意地贬低这部传奇的价值。因为，《鸣凤记》取材于嘉靖年间的现实政治斗争，又创作和演出于嘉靖年间，是一部具有鲜明的战斗倾向的时事新剧。在明清戏曲史上，它的诞生有着划时代的意义。

《鸣凤记》的主要人物和故事，都是嘉靖年间的真人真事。"严嵩专政，误国更欺君；父子盗权济恶，招朋党浊乱朝廷"（《鸣凤记》第一出《家门大意》〔满庭芳〕）；"事君不惧频加辱，不剪奸雄死不休"（《鸣凤记》第二十七出《幼海议本》下场诗）的"八谏臣"，与严嵩集团进行反复的斗争，是嘉靖年间震惊朝野、影响深远的重大政治事件。名不见经传的戏曲家唐仪凤，在严嵩父子飞扬跋扈得势之时，继承了我国古剧以时事入戏，积极干预生活的优良传统，敢于面对现实，站在正义力量一边，冒着不测之祸，及时地、大胆地把这场政治斗争搬上了舞台，这是难能可贵的。更值得赞许的是，在封建专制统治异常严酷的明代中叶，在昏庸、残忍又迷信鬼神的嘉靖皇帝当政之日，《鸣凤记》围绕河套失地和倭寇入侵等重大时事，不仅真实地描写了忠良权奸之间五个回合的生死斗争，揭示了"忠佞

---

[1] 黄天骥：《孔尚任与〈桃花扇〉》，载《文学评论》1980 年第 1 期。

由来是两途"(《鸣凤记》第六出《二相争朝》下场诗)这个历史经验;歌颂了忧国忧民、敢作敢为的忠良,鞭挞了结党营私、专权误国的权奸,从而猛烈地抨击了腐败的朝政。而且还把批判的矛头直指貌似英明的嘉靖皇帝,有力地揭露了他信用奸佞、杀害忠良的罪恶。在剧作中,有好多地方,虽有诸如"龙飞嘉靖圣明君"(《鸣凤记》第一出《家门大意》【西江月】),"皇明圣治称嘉靖"(《鸣凤记》第四十一出《封赠忠臣》【节节高】)之类称功颂德之词,但这些议论,显然是一种"假语村言",而绝非由衷之话。因为无论是剧作的题材和主题,还是剧作的社会效果,对于这位嘉靖皇帝都是大不敬的。正是在这些方面,充分表现了作者唐仪凤进步的政治立场和艺术家的勇气。

既然《鸣凤记》不是历史剧,而是一部名副其实的时事新剧,当然也就不存在什么历史真实与艺术真实的关系问题。由于它在真人真事的基础上进行了高度的艺术概括,使剧作所反映的生活,比实际生活更高、更集中;使主要人物形象(包括正反面两类),比实际人物更典型、更有代表性。从而使剧作更具有普遍性和现实主义的批判性。明清戏曲发展的历史,对于《鸣凤记》这部时事新剧的价值,以及它对后世戏曲创作积极深远的影响,已经作出了最有说服力的结论。关于这一点,只要指出以下几个方面,已足以说明问题了。首先,《鸣凤记》为万历年间大量时事新剧的创作开了风气之先,成了这类描写当时社会生活(所谓"传时事")的"新传奇"的楷模;[1] 其次,《鸣凤记》与明末清初大批戏曲家竞写时事剧这股热潮的出现,也有着直接的关系。当时,这类传奇揭发了魏忠贤阉党的罪恶,批判了天启、崇祯年间黑暗的封建专制主义,同样具有现实的战斗性;[2] 最后,对于以李玉为杰出代表的吴县派戏曲家正视现实、注重时事入戏的创作倾向,以及李玉的《清忠谱》和孔尚任的《桃花扇》这两部杰作的诞生,《鸣凤记》的启迪作用也是显而易见的。尽管思想深度和艺术成就存在高下之别,但不可否认,《清忠谱》走的完全是《鸣凤记》所开辟的

---

[1] "传时事"语,见祁彪佳《远山堂曲品》《冰山》评语;"新传奇"语,见吕天成《曲品》卷下。据《远山堂曲品》记载,在《鸣凤记》之后,明人以反映严嵩集团的罪恶,以及杨继盛、沈炼等忠良与之斗争的传奇,尚有秋郊子的《飞丸记》等四部。另据《郎潜纪闻》和《清史列传》卷七十一,可知清初吴绮曾"奉诏谱杨继盛传奇"。

[2] 张岱《陶庵梦忆》卷七有记载曰:"魏珰败(按:崇祯二年,即1629年,三月颁布法办阉党文告),好事者作传奇十数本。"据《远山堂曲品》《剧说》等记载,确有十数本传奇,可惜大部分已佚失了。又,吴伟业《清忠谱·序》也曾指出:"逆案既布,以公事(按:指周顺昌反阉党被害事)填词传奇者凡数家,李子玄玉所作《清忠谱》最晚出。"

传奇创作的新路子；而在《桃花扇》的《骂筵》出中，作者以严、赵比马、阮，让李香君唱出"赵文华陪着严嵩，抹粉脸席前趋奉；丑腔恶态，演出真《鸣凤》。俺做个女祢衡，挝渔阳，声声骂；看他懂不懂"的【忒忒令】曲子，看来并不是偶然的。

[原载《江苏师范学院学报》（哲学社会科学版）1980年第3期]

"三家村老"有卓识

——略谈明代常熟戏曲家徐复祚

自从以魏良辅为首的一大批吴中的民间曲师、乐工对昆山腔进行革新以后,苏州府便成了当时戏曲活动的中心。从明代中叶到清代中叶,二百多年间,苏州府所辖各县,戏曲家人才辈出,名剧作指不胜屈,可谓济济可观,彬彬盛哉!

常熟乃苏州重镇,是明清两代江南著名藏书之处,历来是人文荟萃之地。在昆山腔的全盛时期,常熟同样俊彦云集,戏曲家徐复祚就是其中一位有多方面成就的佼佼者。

一

徐复祚,原名笃儒,字阳初(一作旸初),后改讷川,号暮竹,别号阳初子、洛诵生、休休生、忍辱头陀等;生于明嘉靖三十九年(1560),卒年不详。徐氏祖父徐栻,字世寅,嘉靖丁未科〔按:嘉靖二十六年(1547)〕进士,除宜春知县,擢南京御史,因得罪奸相严嵩,被贬官浙江。后又历任应天府尹、右都御史、刑部左侍郎和南京工部尚书等职,终又以言忤张居正而罢官归里。徐栻"扬厉中外,为政务,捍御灾,躬俭约以励风俗","居家孝友,恤故旧"。[1]至于徐复祚父亲的情况,无文献可征,名、字亦不知。

徐复祚"以诸生入国学,才度两美,工词曲"。嘉靖年间的苏州著名戏曲家张凤翼,是徐妻的世父,两人经常切磋有关戏曲的问题;在曲学方面,

---

[1] 参见《重修常昭合志稿》卷二十五"人物"之四"耆旧"。据王应奎《柳南随笔》卷二的有关记载可知,徐家蓄有"家乐",有不少人精于度曲演剧,故诗人程孟阳〔卒于崇祯十六年(1643)〕在《徐君按曲歌》(按:徐君指徐锡祚,乃徐复祚族人)中称赞说:"九龄十龄解音律,本事家门俱第一。"同邑瞿稼轩以给谏家居,为园于东皋,水石台榭之胜,亦擅绝一时。邑人有"徐家戏子瞿家园"之语,目为"虞山二绝"。

徐氏颇受张凤翼的启示和影响。(徐复祚《曲论》)徐复祚所作传奇有《红梨记》《投梭记》《宵光记》，杂剧有《一文钱》和《梧桐雨》(已佚)，散曲有《徐复祚小令》(已佚)。钱谦益认为徐氏之小令，可与高明之《琵琶记》相媲美。(钱谦益《初学集》卷八十五《徐复祚小令·序》)徐氏还编辑过《南北词广韵选》，这是一部中国曲学散曲、戏曲选集，可惜亦未见流传。他曾有志于改订同乡好友孙柚"取司马长卿以琴心挑文君事"所作的传奇《琴心记》，后也因故未逮。(徐复祚《曲论》)

《三家村老委谈》三十六卷，又称《花当阁丛谈》，这是徐复祚的一部笔记性质的著作，主要记载了明代的掌故杂事。其中有关戏曲的部分，早由邓实辑录于《何元朗徐阳初曲论》；后来《新曲苑》所收，以及《中国古典戏曲论著集成》所收，除邓辑徐作部分之外，另外又从《借月山房汇钞》里所收的八卷本《花当阁丛谈》之中，录出了邓辑本所未收的若干条附录于后。

徐复祚尚有《燕山丛录》二十二卷和增补《大明律》，惜未能流传。(《重修常昭合志稿》卷四十四《艺文》)

徐复祚博学多才，著作甚富；他的传奇和杂剧有独特的风格，他的戏曲理论亦多高见卓识；在《曲论》中，他又自云得到《元曲选》编者臧晋叔的推许[1]。可是，徐复祚在当时却名不见经传，同时代的戏曲家吕天成，在《曲品》中，既不提徐复祚其人，亦不录他的传奇和杂剧。到明末清初，有的戏曲评论家，对《红梨记》和《一文钱》评价很高，但并不知作者就是徐复祚。例如，凌濛初，生活于徐复祚同一时代[2]，又是个精于小说和词曲的作家，极为推重琴川本《红梨记》，却不知何人所作。在康熙刻本《南音三籁》中，凌氏评论说：

> 此琴川本《红梨记》也，不知何人所作。其填词皆当行，尽有逼元(人)处，而按律亦严整。便当举陈(大声)提冯(惟敏)，即张(凤翼)、郑(若庸)、梁(辰鱼)、梅(鼎祚)等，且远拜下风，况近日武林本《红梨记》乎？然入选者反有在彼不在

---

[1] 徐复祚曾说："晋叔最爱余诸传，逢人便说，且托友人相邀过彼，而余贫老不能往。未几而晋叔物化，负此知己，痛哉！"

[2] 凌濛初生于万历八年(1580)，卒于崇祯十七年(1644)。

此者,岂曲亦有幸不幸哉!特录诸曲,以公好事。[1]

在《谭曲杂札》中,凌氏又强调说:

> 《红梨花》一记,其称琴川本者,大是当家手,佳思佳句,直逼元人处,非近来数家所能。才具虽小狭于汤(显祖),然排置停匀调妥,汤亦不及,惜逸其名耳!中所作北词,乃点窜元人张寿卿之笔,惜其不用原文而更其宫调,以致《混江龙》失腔,然其文足观也。同时有武林本,不堪并存。

徐复祚不为时人所知,他是个"诸生入国学"的布衣,社会地位低下,而所作戏剧却立意不凡,常有创新,因此"每以作词见嫉于人"。为此,他在《曲论》中曾不无愤慨地说:

> 夫余所作者,词曲,金、元小伎耳,上之不能博高名,次复不能图显利,拾文人唾弃之余,供酒间谑浪之具,不过无聊之计,假此以磨岁月耳,何关世事!安所谤讪,而亦烦李定诸人毒吻耶?

在《红梨记》第一出《荟指》中,徐氏又一次表白说:

> 论卖文,生涯拙,岂是夸多,何曾斗捷。从来抱膝便长吟,觉一霎时壮心暂折。也无甚搬枝运节,也无甚阳秋衮钺。若还见者吹毛,甘骂老奴饶舌。

于此,不仅能够了解徐复祚的"卖文生涯",窥见他的胸中垒块,对他为什么自称"忍辱头陀""三家村老",也可找到合理的解释了。在明末这种腐败恶浊的封建社会里,徐复祚的"忍辱"正是反抗的一种表现;尽管遭到别有用心者或封建正统派的"毒吻"和"吹毛",无论在戏曲创作还是在戏曲理论方面,这位"三家村老"的才学、卓识和成就,都远在某些名闻四海的大名士之上。

---

[1]《红梨记·路叙》后的评语。按:琴川,乃常熟别名,故用以代指常熟。琴川本《红梨记》(或称《红梨花》),即指徐复祚本,以别于《快活庵评本红梨记》(即武林本,其作者未详)。

二

徐复祚最有特色、成就最显著的剧作,是传奇《红梨记》和杂剧《一文钱》。在明末和有清一代,它们都是剧场演唱最脍炙人口的名著。明末和清代各种戏曲选本收入这两部剧作的情况,就是这方面最好的例证。[1]

《红梨记》作于明万历三十八年(1610)[2]。虽然,徐复祚自称此本传奇"也非关朝家事业,也非关市曹琐屑,打点笑口频开,此夜只谈风月"(《红梨记》第一出《荟指·瑶轮第五曲》)。但实际上,徐氏诸剧均含有"阳秋衮钺",《红梨记》更是如此。可以说,这是一部借离合之情,揭权奸之恶的传奇作品。

《红梨记》以金兵南犯汴京,徽、钦二帝被掳这段家国兴亡的动乱历史为背景,通过山东解元赵汝州和汴京名妓谢素秋之间的悲欢离合,有力地抨击了残害平民、卖国求荣的佞臣王黼,揭示了皇帝昏庸无道,"奸邪用法原无法"(《红梨记》第九出《献妓》下场诗)的黑暗社会。

诚如凌濛初所指出的,徐复祚的《红梨记》,是在元代张寿卿《红梨花》杂剧的基础上再创作而成的。它敷演的虽是才子佳人的老故事,可是,由于作者增饰了新的关目,进行了新的处理,绝非"只谈风月"的俗戏,实是有为而作的佳品。联系徐复祚创作这本传奇时朝政腐败,边患加剧,更可见蕴藏于剧作中的寓意。

关于《红梨记》在艺术上的特色和成就,前引凌濛初的评论,已可窥见其一斑了。这里尚须指出的是,这本传奇关目新鲜,针线亦密,构思巧妙;《咏梨》《计赚》等出,虽以元杂剧为基础,但艺术处理别具风格,曲词借鉴之处,并无蹈袭之迹,却有创新之意。另外,全剧三十出戏中,生、旦早于第二出已有情诗交往,可是在第十九出,两人才"初会";而这时男主人公赵汝州,尚不知与他相会的女子即是自己思慕已久的谢素秋;直到第二十九出,他俩才真正团聚相爱。如此精巧别致的结构布局,在明清传

---

[1] 在明末的《新镌出像点板北调万壑清音》《新镌绣像评点玄雪谱》《新刻出像点板时尚昆腔杂曲醉怡情》中收了《红梨记》不少折子戏。乾隆年间所编的《缀白裘》,所收《红梨记》折子戏多达十出;《一文钱》也收了三折,占全剧的一半。明末毛晋汲古阁《六十种曲》收《红梨记》全本。明末沈泰所编《盛明杂剧》收《一文钱》全本,题"破悭道人编,栩庵居士评"。

[2] 参见徐复祚《曲论》,同时可知《投梭记》(记谢幼舆折齿事)和《梧桐雨》(记玉环马嵬事)则撰于《红梨记》之后,具体时间无考。

奇史上也是罕见的。

杂剧《一文钱》，当作于崇祯五年（1632）之前。因为祁彪佳在崇祯五年（1632）七月初三的日记中，曾提到在北京"即赴朱佩南席，观《彩笺》半记及《一文钱》剧。"（《祁忠敏公日记·栖北见言》。按：《彩笺》乃明无名氏之作）该杂剧后来被收入崇祯年间山水邻刊《四大痴》传奇集，被称为《财痴》[1]，足见在明末即被人们重视。

徐复祚有个别号叫作"破悭道人"，他的《一文钱》淋漓尽致地揭露和嘲讽了剥削阶级的贪婪和悭吝。剧作塑造的百万富翁卢至员外，作为一个悭而且贪的艺术典型，其形象的丰富性和深刻性，大可与西欧大作家笔下的夏洛克、阿巴贡和葛朗台相争胜。卢至的信条是："财便是命，命便是财"，"家有千万，小处不可不算"。所以，一方面，他妄想财从天降："几时得奇珍异宝万斯箱，金玉煌煌映画堂，砗磲玛瑙垒垣墙，夜明珠百斛如拳样，七尺珊瑚一万双。"另一方面，诚如他的妻子所感叹的"员外家资千万，妻儿日日饥寒"，因为他限定"每人一日给米二合，其余一概不管"。拾到了一文钱时，他开始对钱笑着唱道："自古道一钱为本，把这文钱放去，明年是两个，后年就是四个了；但耐心守去，休论万贯千缗。"这天恰好是"阿兰节会"，他故意去郊外走走，"倘或撞见相熟朋友吃他一碗饭，可不省了自家的"，为此在家没有吃饭。肚子实在饿得难受，他只得忍痛"撒漫"这拾到的一文钱了。当他反复计算着买什么合算时，刚巧听到卖芝麻的叫声，便买了一文钱的芝麻。怕狗和鸟儿抢吃，他便一个人"到山上树木丛密的所在"去享受芝麻的美味了。"家私铜斗般，气量芝麻大"，这就是卖芝麻者对卢至的鉴定。

栩庵居士曾评《一文钱》曰："此剧足为钱虏针砭，宗门棒喝。"（《盛明杂剧·一文钱》第一折眉批）这是符合这部讽刺喜剧艺术描写实际的。据说徐复祚创作《一文钱》，是以其族人徐启新为原型的。（王应奎《柳南随笔》卷二）既有艺术的夸张，嬉笑怒骂皆成文章，又有浓厚的生活气息，真实可信。读后不止令人捧腹，而且发人深省。栩庵居士在批语中指出"悭者必贪"，这是极有见地的。因为贪婪和悭吝原是剥削阶级的本质特征，在封建社会和资本主义社会里，像卢至、葛朗台这类"见了钱财，犹如蝇

---

[1] 其余三本为：李逢时的《酒痴》，一名《酒憨》，即《酒魔君》，写"姜应诏得不义之财，遂以酒败家"；无名氏的《色痴》，即《蝴蝶梦》，写"庄子扇境，其妻劈棺事"；孟称舜的《气痴》，即《残唐再创》，写"黄巢以不第造反事"。

子见血；及至入手，又分文不用"的贪而且悭的"钱虏"，真可说是比比皆是；他们能做出那种可笑、可鄙的丑态，也是不足为奇的。在明代末年，徐复祚署名"破悭道人"，创作《一文钱》这部杂剧，其现实主义的批判性是显而易见的，也是值得充分肯定的。

三

徐复祚生活和从事戏曲活动的时代，正当吴江派称盛剧坛之日。徐复祚将沈璟的曲学专著《南曲全谱》和《唱曲当知》，推许为"皎然词林指南车"；称赞沈璟"自是词家宗匠"，他的十数种传奇"无不当行"。可是，同时又批评沈璟由于"严于法"，"时时为法所拘"，所以像《红蕖记》这样的剧作，"遂不复条畅"，不符合"本色"的要求。众所周知，吴江派虽也提倡"本色"，但既缺乏理论阐说，同派戏曲家对"本色"的理解又各有不同；而在他们的创作实践中，"本色"的特点又不能一以贯之。

徐复祚的剧作，不论是传奇还是杂剧，既讲究"音韵宫商"，又重视"当行本色"。诚如凌濛初所一再强调的，"其填词皆当行，尽有逼元处，而按律亦严整"。"用韵甚严。度曲宛转处，近自然；尖丽处，复本色。非烂熟元剧者，不能有此。若再能脱化旧句，便有（可）夺元人之席。"（《南音三籁》所载《红梨记·潜窥》后评语）徐复祚的代表作《红梨记》和《一文钱》，均以"当行本色"著称，而他论曲亦以"当行本色"为宗。他在《曲论》中所论说的曲学主张，最主要的也是最有价值的部分，表现在以下三个方面：

首先，徐复祚认为戏曲作品与文章不同，有它自己的特点，必须"字字当行，言言本色"。他认为："文章且不可涩，况乐府出于优伶之口，入于当筵之耳，不遑使反，何暇思维，而可涩乎哉！"为此，他要求"传奇之体，要在使田畯红女闻之而趯然喜，悚然惧"；反对"徒逞其博洽，使闻者不解为何语"。对于那种"调唇弄舌，骤听之亦堪解颐，一过而嚼然矣，音韵宫商，当行本色，了不知为何物"的传奇，即使出于名家之手，如袁于令的《西楼记》，徐氏也是极为不满的。

其次，徐复祚强调"有为之作"，反对道学家利用戏曲作品进行陈腐的"风教"。他极为推重徐渭《四声猿》中的《渔洋三挝》（按：写祢衡击鼓骂曹的《渔阳弄》），称赞它是"有为之作也，意气豪侠，如其为人，诚然杰作"。徐渭"性跅弛不受羁络""其人高亢狷洁"（沈德符《敝帚轩剩语》

卷上），《渔阳弄》等杂剧，确实洋溢着一种愤世嫉俗的叛逆精神。徐复祚的看法，可谓独具只眼的精辟之论。徐复祚十分赞赏何元朗关于"施君美《拜月亭》胜于《琵琶》"的评价，认为何氏是个在曲学方面深有造诣的专家；同时非常不满王世贞以"无大学问"为《拜月亭》"一短"，又以"无风情、无裨风教"为"二短"的见解，不客气地批驳说："不知声律家正不取于弘词博学也"，"不知《拜月》风情本自不乏，而风教当就道学先生讲求，不当责之骚人墨士也"。正是基于这种曲学主张，徐复祚继徐渭之后，对传奇创作中那股"以时文为南曲"（徐渭《南词叙录》）的逆流，又一次进行了猛烈的批判，指斥"《香囊》以诗语作曲，处处如烟花风柳"，可是"丽语藻句，刺眼夺魄。然愈藻丽，愈远本色""《龙泉记》《伍伦全备》，纯是措大书袋子语，陈腐臭烂，令人呕秽，一蟹不如一蟹矣"。

最后，徐复祚主张戏曲创作既要来源于现实生活，讲究真实，又要进行典型化的艺术处理。关于高明创作《琵琶记》，明朝历来有种种的传说，或谓讽刺友人王四，或谓写唐朝相国牛僧孺家故事，或谓用雪蔡伯喈之耻，或谓蔡邕实晋元帝时慕容喈之误。[1] 在徐复祚看来，凡此种种，都是不知《琵琶记》乃戏曲作品的无知妄说。他正确地指出说："要之传奇皆是寓言；未有无所为者，正不必求其人与事以实之也。"徐复祚不仅强调艺术真实，也极为重视在艺术上的创新；他最反对蹈袭而落入俗套。他推尊董《西厢》，也赞美王《西厢》，认为"实甫之传，本于董解元，解元为说唱本，与实甫本可称双璧"。董《西厢》首先用说唱诸宫调形式敷演崔、张故事，王《西厢》则用杂剧而能青出于蓝，二者都有艺术上的创新，这就是徐复祚认为"可称双璧"的原因。需要指出的是，徐复祚还一反王《西厢》评论中的传统看法，认为："《西厢》之妙，正在于《草桥》一梦，似假疑真，乍离乍合，情尽而意无穷，何必金榜题名，洞房花烛而后乃愉快也？"徐复祚这一反问，提出了中国古典戏曲理论批评中的一个重要观点，这种有关悲剧的美学思想，后来为清初的金圣叹所接受，他评点的《第六才子书》就干脆删去了《惊梦》以后的各折戏，变崔、张"金榜题名、洞房花烛"为悲剧结局。[2]

[原载《江苏师范学院学报》（哲学社会科学版）1981年第2期]

---

[1] 参见田汝成《留青日记》、王世贞《艺苑卮言》、弘治本《琵琶记》白云散仙序、姚福《清溪暇笔》中的有关记载。

[2] 当然，金圣叹这样删改《西厢记》，还有别的目的，因与本文无关，恕不赘言。

吴江派的健将

——沈自晋新论

提起沈自晋,研治中国戏曲史者自然会想起他关于吴江派的"宣言":

> 词隐登坛标赤帜,休将玉茗称尊。郁蓝继有榭园人,方诸能作律,龙子在多闻。香令风流成绝调,幔亭彩笔生春,大荒巧构更超群。鲰生何所似?颦笑得其神。(《望湖亭》第一出《叙略》【临江仙】)

吴江派,不仅有公认的领袖和共同的曲学主张,而且人多势众。仅【临江仙】提及的就有沈璟、吕天成、叶宪祖、王骥德、冯梦龙、范文若、袁于令、卜世臣和沈自晋九人。实际上除此九人之外,服膺沈璟曲学主张的吴江派戏曲家还有不少,仅吴江沈氏家族[1],就有沈自晋的从弟沈自南、沈自继、沈自友、沈自征,以及沈自征之妻张倩倩、外甥女叶小纨[2]、沈自晋长子沈永隆等人。需要指出的是,在吴江派众多的戏曲家中,由沈自晋来发表吴江派"登坛标赤帜"的"宣言",并公然揭示其竞争对手——汤显祖,这充分说明沈自晋是坚定的吴江派。他自谓"颦笑得其神",已掌握了吴江派的曲学精髓。他从小随堂伯父沈璟为东山之游,崇尚家学,对曲学贡献良多。由他来揭橥吴江派的曲学旗帜,自然顺理成章。

得吴江派曲学之神的沈自晋,不愧为吴江派的健将。他是位全能的戏曲家,曲学理论、曲谱编纂、传奇和散曲的创作,皆有自己的特色和一定

---

[1] 1928年年初,夏承敬《鞠通乐府·跋》云:"尤西堂先生尝言:'吴江沈氏,词人之渊薮也。'词隐开疆,鞠通继之,乃至香阁彤管,亦题黄娟幼妇。"

[2] 朱彝尊《静志居诗话》卷二十二评沈自征云:"君庸亦善填词,所撰《鞭歌妓》《霸王秋》诸剧,慨当以慷,世有《录鬼簿》者,当目之为第一流。"按:沈自征,国学监生,其杂剧《杜秀才痛哭霸亭秋》《傻狂生乔脸鞭歌妓》《杨千庵诗酒簪花髻》,合称为"渔阳三弄",今俱存《盛明杂剧》。叶小纨的《鸳鸯梦》撰于崇祯九年(1636),沈自征作序。

成就。其代表剧作《望湖亭》取材于吴江的真人真事，是明末清初世情喜剧中的佳作；而《南词新谱》较沈璟原本《南九宫十三调曲谱》更为精详，至今被曲家奉为金科玉律。至于《鞠通乐府》则真实地反映了明清易代之际一位具有民族气节的隐士的逃难生涯和内心世界。

关于沈自晋，前辈学者凌景埏先生撰有《鞠通先生年谱及其著述》（载《文学年报》1940 年第 1 期），赵景深先生的《明清曲谈》（古典文学出版社 1957 年版）中也收有《明代曲家沈自晋》。张树英先生点校的《沈自晋集》（中华书局 2004 年版），提供了一些新的材料，笔者读后有一些新的想法，于是不揣浅陋，撰写了本文，尚祈海内外同好赐教。

一

沈自晋（1583—1665），字伯明，晚字长康，号西来[1]，乙酉之变隐居吴山时，又别号鞠通、鞠通生[2]。吴江沈氏家族，吕天成《曲品》誉之为"金、张世裔，王、谢家风，生长三吴歌舞之乡，沈酣胜国管弦之籍"。父辈沈珫，官至都察院右副都御史；沈璟，历任兵部、礼部、吏部主事员外郎、光禄寺丞；沈瓒，历任南京刑部江西司主事、江西按察使金事。沈自晋父沈暄"秉性冲夷淡泊"，"与人终身无喜愠之色"；"弱冠补邑弟子员，从事帖括，日夜咕哗，再举宾兴，而终以数奇不偶……公素不事生产，以诸子家骎骎起，稍具甘旨，公亦泊然无所问；惟兀坐一小楼，肆力古学，凡篡录古今正史及百家稗官野乘，不下数十卷，题曰《阅古笔记》。年七十九而易箦"。（《吴江沈氏家谱・传记・容襜公传》）

沈自晋受沈氏家风和父亲的影响，"为人恂恂，弱不胜衣，无王、谢轻浮风气"；"少而颖朗，饬躬清谨，纯孝性成，色养无怠。赴'鹡鸰'之难，感泣路人；敦'葛藟'之恩，谊深急难"。沈自晋亦不热衷功名富贵，"弱冠补博士弟子员，声噪黉序，不屑俯首帖括，沉深好古，旁及稗官野乘，无不穷搜"（沈自友《鞠通生小传》）。沈自晋受沈氏家族文艺熏陶，诗文词曲皆有造诣，"于书无所不览，而尤精通音律，锦囊彩笔，尝随其从伯词隐先生为东山之游，一时海内词家，如范香令、卜大荒、袁幔亭、冯犹龙诸君子，群相推服"（《吴江沈氏家谱・传记・鞠通公传》）。沈自晋自谓：

---

[1]《鞠通公传》："初生时，其大父春训公梦金山一僧来投寄，故又自号西来。"
[2]《吴江沈氏诗集录・沈自晋传》："鞠通者，古琴中食桐蛀，有之能令弦自和曲者也。"

"自哂生平,诗文或仅免于曳白[1],而填词庶几其出蓝。"[2]

明末是个大厦将倾的乱世,时值中年的沈自晋,与沈氏家族的其他人一样,尽管忧国忧民,但仍过着红牙檀板、诗酒风流的生活。收入冯梦龙于天启七年(1627)编选的近人新作散曲集《太霞新奏》的沈自晋十四首作品,就是最好的例证。明清易代之际,面对"兴亡一旦"[3],沈自晋强烈地感受到了天崩地裂的剧变。他虽不像其族弟沈自炳那样,参加吴江进士吴易所组织的义兵反清抗争,而是选择了逃难、隐居之路,但其坚持遗民立场,坚决不与清政府合作。对于甲申(1644)之变,沈自晋深感悲愤,请读其《甲申三月作》:

【商调字字啼春色】【字字锦】唐风警太康,宵旰劳宸想。箕畴诵取刚,呵谴谁非当?叩穹苍,为甚地裂天崩,天崩也一似朽枯飒亡!惊惶,【莺啼序】唬得人刲胆摧肠。痛髯龙留图殉国,悲莘凤断魂辞幌。【绛都春】感时衔恨,鹃啼絮舞,普天同怆![4]

对于乙酉年(1645)清兵南下,"兵刀,闪得我东窜西逃"(《鞠通乐府·越溪新咏》【古轮台】《乱后山居,咏怀陈孝翁妹丈》)的凄惨情景,沈自晋父子更是记忆犹新,永难忘怀。事隔多年,一想起乙酉年清兵开进吴江之事,沈自晋尚心有余悸。其【仙吕八声甘州】《癸巳闰六月廿四游荷荡》中有这样一曲,曰:

虽则是暑往秋来人未老,早把十日秋光向花下抛。游人且莫返游荷棹,忘此日遇兵刀?记得昔年此闰,恰当交夏杪,教我魄骇魂惊逐浪飘。今欢笑,更得个梨园鼓吹,曲苑檀槽。

这首散曲后沈自晋特加注云:"乙酉五月,予避乱于乡,至闰六月,兵

---

[1] 曳白:《新唐书·苗晋卿传》"(张)奭持纸终日,笔不下,人谓之'曳白'"。意谓白纸上只字未写。

[2] 《鞠通乐府·不殊堂近稿·七十自慰》后附录《自题小像》,诗末附注:"乙未十一月初三日,鞠通戏笔。"

[3] 《鞠通乐府·黍离续奏》【六犯清音】《旅次怀归》中语,题下注明此曲作于"乙酉冬,寓子昂村旧庄"。

[4] 沈自晋长子沈永隆亦有【正宫双红玉】《甲申除夕咏》,云:"痛思君,半载尽此今宵。羞看旧吏颁新朔,忍见新符换旧桃。"

入江城，掠过同川，是日又仓皇东走，正廿四日也。"

经过了乙酉、丙戌年的颠沛流离，最终沈自晋在吴山越溪落脚，建起了越溪小筑[1]，从此一直隐居于此。后，长子沈永隆亦从父隐居越溪小筑。自经变乱，九死一生，原本达观、随缘的沈自晋，显得更为安贫乐道，自得其乐。《七十自慰》《八十自慰》《穷愁自哂》等曲，皆真切地反映了他当时的思想感情。

沈自晋现存传奇作品有《翠屏山》和《望湖亭》，未见流传的则有《耆英会》。

《翠屏山》仅存雍正九年（1731）瑞宜堂葛氏钞本，有残缺，《古本戏曲丛刊》据此影印。《望湖亭》则有明末刊本、清初玉夏斋《十种传奇》本（《古本戏曲丛刊》据此影印），以及民国年间海盐朱希祖钞校明刊本。《耆英会》仅存佚曲五支（载《南词新谱》），此剧是词友虞君请沈自晋为其父称寿而作，《越溪新咏》【画眉扶皂罗】题为："伯范长兄八十初度，诸昆弟约为捧觞。适词友虞君倩予作《耆英会》传奇，为其尊人称寿。传成，且将泛往，归期可待，赋此以订。"从曲中的"渔阳鼙鼓下江东，寂寞玄亭老鞠通，遥怜有客问雕虫"可知，《耆英会》当作于乙酉、丙戌之乱后，即沈自晋隐居吴山之后。沈自友《鞠通生小传》和《吴江沈氏家谱·传记·鞠通公传》，或谓"散曲如《赌墅余音》《越溪新咏》《不殊堂近稿》及《续词隐九宫谱》《耆英会》诸剧，亦将次刻行"，或谓"其他杂著则有《赌墅余音》《越溪新咏》《不殊堂近稿》及《续耆英会》剧本"，可见连沈自友也未见过《耆英会》这部传奇。

至于清代姚燮《今乐考证》将《一种情》列为沈自晋的作品。今人庄一拂《古典戏曲存目汇考》，据此亦将《一种情》归为沈自晋所作。张树英先生的《沈自晋集·序》指出，《一种情》，又称《坠钗记》，实为沈璟所作。考证精详，很有说服力。可以补充指出的是，《鞠通乐府》沈自南序和金天羽序，皆不提《一种情》；沈自友《鞠通生小传》《吴江沈氏家谱·传记·鞠通公传》，叙及沈自晋的传奇，亦都不提《一种情》。

沈自晋现存散曲作品，有《鞠通乐府》三卷，其卷名为《黍离续奏》《越溪新咏》《不殊堂近稿》，诚如张树英先生《沈自晋集·序》所指出的，皆寓有深意，"从这三卷散曲的命名足以见出沈自晋的爱国情怀是执着的、

---

[1]《黍离续奏》【红衲袄】《山中久雨，有怀城居诸兄弟》附注云："越溪小筑在笠顶峰下，北去三里，即吴山祖茔也。"

深沉的、一贯的"。《鞠通乐府》之外，沈自晋今存散曲尚有十四首被选入冯梦龙编纂的《太霞新奏》；收入《南词新谱》的，也有十一首。至于《赌墅余音》，则未见流传，张树英先生《沈自晋集·序》谓："据卷名当是在明代尚未覆亡时他陪伴沈璟作东山之游学后的作品。"

沈自晋的《鞠通乐府》，无论是描写乱世逃难的苦况，记叙隐居吴山时的清贫恬淡生活，还是抒发乱世中对故乡、亲友的怀念之情，以及自己的高尚志节，诸如【渔家傲】《再乱出城，暮奔石里问渡》，【二犯月儿高】《新居频梦故里》，【红衲袄】《山中久雨有怀城居诸兄弟》，【解三酲】《久雨乍晴，同大儿一步春畦，感怀赋此》，【胜如花】《避乱思归》，【玉芙蓉】《雨窗小咏》，【仙吕二犯傍妆台】《感怀偶咏》等，皆真切动人，具有一定的社会意义。在艺术上，沈自晋的散曲同样既恪守音律，又讲究文采，也体现了"汤辞沈律，合之双美"的主张。

沈自晋对自己的诗艺评价不高，诗作流传亦甚少。乾隆五年（1740）沈祖禹辑《吴江沈氏诗集录》，仅录其诗三首，说"诗未成集"。《南词新谱凡例续记》中有《和子犹辞世原韵》七律二首；吴江敦厚堂本《鞠通乐府》中插附于散曲间的诗作，则有十七首。诚如张树英《沈自晋集·序》所说，这十七首诗弥足珍贵，从中可以清楚地看出沈自晋坚定的民族气节。辛卯年［顺治八年（1651）］贺长兄伯范八十寿辰曰："钓叟自垂纶在手，逸民岂屑仗于朝。"赠顾茂伦五律则云："宛尔丹青似，俪然意象真。愁心随浊浪，蹋足破迷津。鱼鸟益人迹，烟霞涤战尘。褰裳成独往，洁已正全伦。""丁亥［顺治四年（1647）］六月，闻吾宗有弃妻重娶，贪其财而屈膝于匪类者，众人皆嗤之。"沈自晋除作散曲《夏日偶题》外，更以"七言一绝赋所闻"，诗曰："燕云乌衣欲傍人，桥边野草亦逢春。男女媲此黄金膝，礼乐攻吾白璧身。"（《鞠通乐府·不殊堂近稿》）由此可见，沈自晋在乱世仍然重视传统的美德。至于《七十自慰》后附录的《自题小像》，乃是首长短不拘的古代自由诗，达观、诙谐的情趣溢于言表，足以窥见沈自晋隐居吴山时的精神面貌和内心世界。

二

沈自晋在曲学上的贡献，主要有二：一是传奇《翠屏山》和《望湖亭》的创作和盛演不衰（前者是昆腔传奇和南杂剧众多"水浒戏"中的一部佳作，后者则有力地推动了明末清初喜剧创作的热潮），促进了昆曲艺术的发展；二是《南词新谱》的编纂，进一步规范了昆腔格律，而《望湖亭叙略》的【临江仙】，则竖起了吴江曲派的旗帜，扩大了吴江曲派的影响。

在传奇创作上，沈自晋赞成"汤辞沈律，合之双美"；力倡"以巧笔出新裁，纵横万变，而无逾先词隐三尺"[1]。他现存的《翠屏山》和《望湖亭》，不仅具有鲜明的艺术个性，而且充分体现了他的曲学主张，在同类作品中皆不愧为上乘之作。

将《家门》【满庭芳】的剧情简介，与《翠屏山》今存的二十七出剧本相对照，可以清楚地看出，雍正九年（1731）瑞宜堂葛氏钞本只是残本，有关杨雄、石秀投奔水浒后，石妻"刘氏寻踪远遁，遇英豪、指引重逢"的关目已佚[2]。《翠屏山》取材于《水浒传》，但有新的创造。众所周知，元杂剧中有不少"水浒戏"；明初朱有燉《诚斋乐府》中也有两本"水浒戏"。李开先的《宝剑记》是按海盐腔格律创作和演唱的"水浒戏"，别具一格，影响不小。而在昆山腔新声盛行之后，传奇和南杂剧中有影响的"水浒戏"，明代就有陈与郊的《灵宝刀》（林冲戏）、沈璟的《义侠记》（武松戏）和许自昌的《水浒记》（宋江戏），它们盛演于各地，影响较大。在明代诸多"水浒戏"中，笔者以为，沈自晋的《翠屏山》和李开先的《宝剑记》乃是其中的翘楚。

《翠屏山》有以下几点值得重视：

首先，沈自晋创作《翠屏山》之时，正是农民起义风起云涌、大造大明王朝反的时代。虽然剧中的梁山"望丹书下九重，召英豪共佐投明宋。待朝廷颁诏来宣，那时节叩首重瞳"，但作者肯定"水泊聚英雄，替天行道，义气相同。梁山为寨，各人要并力心同"（《翠屏山》第十五出【好事近】）。沈璟的《义侠记》，着重表现了武松的"仗义除奸"和"济弱锄强"，其矛头所指是现实社会中的"奸夫、淫妇、强徒、暴吏"。但当沈璟听说半梦主人将刊刻《义侠记》时，顾虑重重，曾致书吕天成曰："此非盛世事，亟止勿传。"（吕天成《曲品》）两相比较，可以看出，在歌颂最后投奔梁山的义侠英雄上，沈自晋要比沈璟来得坚定。

其次，吕天成《义侠记·序》评曰：

武松一崔苻之雄耳，而闾里少年靡不侈谈脍炙。今度曲登场，

---

[1] 语见《南词新谱·凡例续记》，此乃沈自晋称许范文若和王骥德之语。
[2] 《南词新谱》所收三支佚曲，不见现存剧本，亦足以说明它乃残本。

使奸夫、淫妇、强徒、暴吏种种之情形意态，宛然毕陈。而热心烈胆之夫，必且号呼流涕、搔首瞋目，思得一当以自逞，即肝脑涂地而弗顾者。以之风世，岂不溥哉！

与《义侠记》一样，《翠屏山》敷演石秀、杨雄义杀裴如海和潘巧云的故事，其矛头同样指向"奸夫、淫妇、强徒、暴吏"，充分显示了石秀、杨雄的豪杰本色和义侠行为。与《义侠记》相比较，《翠屏山》多了些英雄气概，少了些封建说教。

最后，在艺术上，作者对《水浒传》的有关情节关目，作了必要的改动，使裴如海和石秀的冲突展开得比较充分。剧中还有不少戏剧性很强、引人入胜的好戏，如《缀白裘》中所收的《戏叔》《送礼》《海楼》《反诳》《杀山》。从《缀白裘》中所收的《翠屏山》折子戏，以及《义侠记》的"吴下竞演之"（吕天成《曲品》），也说明了晚明百姓对"水浒戏"的喜爱。

《望湖亭》本事见诸冯梦龙编纂的《情史》卷二"情缘卷"的《吴江钱生》。故事发生在万历初年的吴江，当取材于真人真事。天启七年（1627）成书的《醒世恒言》第七卷《钱秀才错占凤凰俦》，则是冯梦龙据《吴江钱生》敷演而成的拟话本小说。沈自晋传奇《望湖亭》则以这篇拟话本小说为蓝本。其情节关目与小说大致相同，但也有所增饰。主要人物的名字有所改动（钱青为钱万选，颜俊为颜秀，高秋芳为高白英），又新添了高白英的舅父金本谦，颜母义女黄小正。

《望湖亭》情节引人入胜，结构巧妙新颖，语言通俗本色；作者的倾向鲜明，对"恶情"（含丑恶的世态人情，不合人性和情理的欲望）的讽刺是辛辣的。其结尾诗曰："丑脸如何骗美妻？作成表弟得便宜。可怜一片吴江月，冷照鸳鸯湖上飞！"从《醉怡情》和《缀白裘》所选的《望湖亭》不少折子戏（如《自嗟》，即《照镜》），足见此剧自明末至清中叶一直盛演于昆曲舞台。

关于《望湖亭》有这样一些问题值得研究：

其一，《望湖亭》是喜剧，论者对此并无异议。但过去一般都把它归入讽刺喜剧或风情喜剧，这尚可商榷。近读徐子方先生《两部独具特色的中国古代世态喜剧——关汉卿〈救风尘〉〈望湖亭〉杂剧剖析》（《艺术百家》2005年第2期），颇受启发。徐文引用英国现代戏剧理论家阿·尼柯尔的理论："这类喜剧——风俗喜剧——之所以具有这一名称，不言而喻，主要来源于当代戏剧中所表现的社会风尚、社会愚蠢与传统习惯。"[1] 徐先生认为："从严格的理论意义上衡量，我们宁愿称此类喜剧为世态喜剧而不仅仅称为'风俗喜剧'，因为一般看来，'世态'中除了风俗以外，还包括其他的社会人生问题，覆盖面要大得多。"

笔者同意徐文的观点，且认为沈自晋的《望湖亭》既不同于孙仁孺的《东郭记》、徐复祚的《一文钱》这类讽刺喜剧，与沈璟《博笑记·乜县丞》这样的幽默喜剧也大异其趣，同样应该归于世态喜剧的类型。不过，在笔者看来，与其称此类喜剧为世态喜剧，不如称之为世情喜剧，因为明清小说中就有一类世情小说。

明代后期，在昆腔传奇和南杂剧领域，喜剧创作和演出蔚然成风，其中不少作品就可以归于世情喜剧的范畴。由于元杂剧和明初戏文中世情喜剧的影响，再加上《金瓶梅》等世情小说的启示，明末清初更出现了创作世情喜剧的热潮。诚如徐文"摘要"所指出的，世情喜剧作品"不仅有着讽刺喜剧人物，而且有着幽默喜剧人物，更有着颂剧人物。实际上包含了远较一般幽默喜剧和讽刺喜剧更为复杂的创作激情"。就《望湖亭》而言，剧中既有讽刺喜剧人物（颜秀），也有颂剧人物（钱万选）和幽默喜剧人物（县令）；剧作不止表现了"社会风尚"（如凭借钱财和权势胡作非为、大户人家的婚嫁习俗）、"社会愚蠢"（如丑汉想娶美女）与"传统习惯"（如婚姻讲究门当户对），更从儿女之情的视角，反映了晚明的世态人情。这种世态人情含"善情"和"恶情"两个层面，"善情"体现在钱万选和高白英身上，"恶情"则在颜秀等人的言行中有充分的表现。

其二，在第三十五出《昼锦》的最后一曲和下场诗中，作者道出了创作《望湖亭》的旨意（含思想和艺术两个层面）：

【意不尽】多情莫笑无情憨，节操须关名教场。羞称艳冶，词还正雅规放荡。

梨园至再请新声，请得新声字字精。只管当场词态好，何须留与案头争。

从思想层面来看，沈自晋的《望湖亭》肯定和歌颂了"多情"以及"多情"者的"节操"（指男女主人公被迫合卺，在洞房中能恪守礼教的行

---

[1] 阿·尼柯尔：《西欧戏剧理论》，中国戏剧出版社1985年，第290页。

为）；他创作这部有关儿女之情和婚姻的传奇，不在"艳冶"（亦即风情）上做戏文，重在以"正雅"规劝"放荡"的行为。对"无情"的"戆大"，即颜秀这个丑汉的"恶情"（见美女高白英，便千方百计、不择手段地想弄到手，既不讲情，更无视礼），则持嘲讽和批判态度。

就艺术层面而言，沈自晋创作《望湖亭》，着力于"新声"和"当场"。他重视"新声"，但仍强调"字字精"，亦即恪守昆曲音律，做到字字句句合律依腔；他重视"当场"，看重剧作的舞台演唱效果，不在案头剧本上玩弄花样。为了能吸引观众，做到雅俗共赏，沈自晋还强调传奇创作必须"巧镌图像"（《鞠通乐府·越溪新咏·偶作》），即用巧妙的艺术手法，精心结构，安排情节关目，塑造有个性的人物形象。

其三，在形式体制上，《望湖亭》亦不无创新。首出，作为副末开场的"家门"，到晚明已程式化了：不是用一首词概括剧情大概；就是用两首词，一首概括剧情大概，另一首则表述作者的创作主张。《望湖亭》则用了三首词：第一首【临江仙】，不啻吴江派的曲学宣言；第二首【满庭芳】，概括了剧情大概；第三首【红渠歌】，则对剧中的主要人物作了评判，表明了作者强烈的爱憎。如此"家门"，可谓别出心裁，沈自晋的创新精神实在难能可贵。

在艺术上，《望湖亭》的成就比较全面：结构严谨，开端、发展、高潮和结局组织得跌宕起伏；情节关目安排，双线勾连，前后对照，有极强的戏剧性；主要人物形象性格突出，正面人物不简单化，反面人物不漫画化；全剧恪守昆曲格律，句句合律依腔；戏曲语言本色当行，通俗易懂，吴地山歌、风俗和方言，则增添了剧作的吴文化色彩，给读者留下了深刻的印象。全剧喜剧情趣盎然，令观众忍俊不禁，在笑声中受到启示。

其四，或曰："《望湖亭》也有着明显的局限，它根源于沈自晋在思想上漠视妇女幸福。钱万选顶替颜秀去求婚，洞房内三宵隔被，一心成全颜秀的婚事，报答姨母表兄的戚属亲情，但他从来不曾想过，若由于自己参与诓骗，使高小姐最终嫁了颜秀，岂不毁了这个才高貌美的好姑娘之终生幸福？沈自晋对钱万选的赞赏实有很大的片面性。"（张树英《沈自晋集》）评者作此评论时，忘记了《望湖亭》乃是一出世情喜剧，若不如此构思和描写，喜剧的情趣与效果从何而来？要说作者思想上的局限，笔者以为主要表现于结局的处理上：不仅让钱万选高中状元，与高小姐如愿以偿，而且让其姨母又送义女黄小正给钱万选为妾，让他"拥双艳"；另外，在钱状元和管大人的帮助下，"矻不上风光的颜伯雅"，也当上了"洞庭山巡简"

的九品官。如此节外生枝,无异于画蛇添足,不仅没有增添喜剧情趣,还足以暴露了作者根深蒂固的封建思想。

还有论者认为,剧中设置文昌帝君二番显灵,以示钱万选的姻缘功名皆是天定的;剧中还出现玉皇敕旨,风神作法兴风降雪,以示惩恶褒善,这都反映了作者的封建迷信思想[1]。在笔者看来,生活于晚明的沈自晋,是很有可能有封建迷信思想的。但这些关目的设置,主要还是受了当时传奇创作领域"狠求奇怪"歪风的影响,而不是作者的封建迷信思想所致。《望湖亭》中的那些"狠求奇怪"的关目,歪曲了生活和艺术,当然也是历史的局限性。

三

《增定查补南九宫十三调曲谱》,简称《南九宫谱》,沈璟编纂于万历二十二年(1594)。此谱历来为吴江派戏曲家所推崇,影响很大。冯梦龙《太霞新奏自序》评曰:

> 先辈巨儒文匠,无不兼通词学者。而法门大启,实始于沈铨部。《九宫谱》之一修,于是海内才人,思联臂而游宫商之林。

事实上,在指导思想和材料分析等方面,《南九宫谱》皆远不及《汇纂元谱南曲九宫正始》(简称《九宫正始》)。《九宫正始》编纂者为徐于室和钮少雅。徐于室,松江人,明大学士徐阶的曾孙;钮少雅,长洲人,民间曲师。他们长期合作编纂《九宫正始》,是曲坛上的一大佳话。他们从天启五年(1625)开始,花了十二年工夫,修订了七次,《九宫正始》尚未完成。徐氏于崇祯九年(1636)春病逝后,钮少雅继续工作,终于在崇祯十五年(1642)完成全稿。但钮氏精益求精,细加修订,直到清顺治三年(1646)才最终定稿。这部前后经过二十多年、九易其稿的巨著,力求以元代天历、至正(1328—1368)间的著名戏文的"原文古调""为章程";"如有不足,则取明初一二补之。至如近代名剧名曲,虽极脍炙,不能合律者,未敢滥收"。(《九宫正始》卷首《臆论》"精选"条)这种推本穷源的研究,加上严密细致的考订、实事求是的辨析,使《九宫正始》成为最有

---

[1] 郭英德:《明清传奇史》,江苏古籍出版社2001年。

权威性的南曲谱，历来为治南曲者所推崇。

沈璟的《南九宫谱》，是以武进人蒋孝（惟忠）的《旧编九宫谱》为基础编纂而成的。《南九宫谱》中的错误和疏漏之处不少，徐、钮二氏在《九宫正始》中就曾纠正了百条以上。当然，沈璟在整理昆山腔的曲调上是有功绩的；从南曲谱的历史发展方面来考察，沈璟的《南九宫谱》也有一定的实用价值和理论价值。特别是对吴江派的曲学主张，沈璟的这部曲谱更起了发扬光大的作用。

成书于万历年间的《南九宫谱》，到崇祯年间已经不能满足昆腔传奇和南杂剧的发展需要了。原因主要在于，它所列举的戏文材料，与当时创作的昆腔传奇和南杂剧并不完全吻合。为此，在冯梦龙的促进和支持下，沈自晋便担当起了修订补充的重任。关于《南九宫谱》的重修过程，沈自晋在撰于顺治四年（1647）秋的《重定南词全谱凡例续纪》中有详尽的记载。必须指出的是，冯梦龙的嘱托、促进和支持，以及提供的《墨憨词谱》，还有范氏将其先父范文若的"遗稿相示"，对沈自晋修《南词新谱》起了至关重要的作用。

沈自晋《和子犹辞世原韵》其二曰：

> 感托遗编倍怆然，填修乐府已经年。豕讹几字疑成梦，枣到三更喜不眠。词隐琴亡凭汝寄，墨憨薪尽问谁传？芳魂逝矣犹相傍，如在长歌短叹边。（《南词新谱·凡例续记》附注）

乙酉年（1645）仲春，沈自晋开始重修词谱的工作，而"烽火须臾，狂奔未有宁趾。丙戌夏，始得侨寓山居，犹然旦则摊书搜辑，夕则卷束置床头，以防宵遁也"。每当沈自晋看到冯梦龙的《墨憨词谱》未完稿及其他词作（这是冯氏易箦时嘱咐儿子冯赞明交给沈自晋的）时，总是"展玩怆然，不胜人琴之感"。因为在沈自晋看来，"虽遗编失次，而典型具存，其所发明者多矣"。对于《墨憨词谱》未完稿，沈自晋作了实事求是的评析：

> 阅来稿，自《荆》《刘》《拜》《杀》，迄元剧古曲若干，无不旁引而曲证。及所收新传奇，止其手笔《万事足》，并袁作《真珠衫》、李作《永团圆》几曲而已。余无论诸家种种新裁，即玉茗、博山传奇，方诸乐府，竟一词未及。岂独沉酣于古，而未遑寄兴于今耶？抑何轻置名流也！

沈自晋还就冯梦龙与自己修南曲谱的异同，作了比较分析：

> 太抵冯则详于古而忽于今，予则备于今而略于古。考古者谓，不如是则法不备，无以尽其旨而析其疑。从今者谓，不如是则调不传，无以通其变而广其教。两人意不相若，实相济以有成也。虽然，先词隐传流此书以来，填词家近守规绳，尚忧荡简；歌曲家人传画一，犹恐逾腔。至文士不知音律，漫以词理朴塞为恨者有之。乃今复如冯以拙调相错，论驳太苛，令作者歌者益觉对之惘然，绝不拣取新词一二，点缀其间，为词林生色。吾恐此书即付梨枣，不几乎爱者束之高阁，否则置之覆瓿也！敢以是质诸知音。

沈自晋修《南词新谱》，不仅得到了族弟沈自南、沈自继等人的促进、帮助，也得到了同派戏曲家后代的关心和支持。沈自继为了帮助沈自晋"早继词隐芳规，缵成一代之乐府"，特访问范文若的"两公子于金阊旅舍，以倾盖交，得出其尊人遗稿相示……得曲样新奇者，誊及百余阕，珍重而归"。

沈自晋编纂《南词新谱》的原则是，"遵旧式，禀先程，重原词，参增注，严律韵，慎更删，采新声，稽作手，从诠次，俟补遗"。其坚定的吴江派立场显而易见："先吏部隐于词而圣于词，词家奉为律令，岂惟家法宜然？""先词隐三尺既悬，吾辈寻常足守。倘一字、一句轻易动摇，将变乱而无底止。"但是，根据几十年来新词日繁的曲坛现状，沈自晋又"肆情搜讨"新声。在他看来，"新词家诸名笔，如临川、云间、会稽诸家，古所未有。真似宝光陆离，奇彩腾跃；及吾苏同调（如剑啸、墨憨以下），皆表表一时，先生亦让头筹（《坠钗记》【西江月】词中推称临川云），予敢不称膺服？凡有新声，已采取什九。其他伪文采而为学究，假本色而为张打油，诚如伯良氏所讥，亦或时有。特取其调不强人，音不拗嗓，可存以备一体者，悉参览而酌收之"。在"采新声"方面，沈自晋的尺度放得较宽，也较科学。据不完全统计，《南词新谱》仅首次选录的曲牌，就增补了二百七十四支。增补大量"新声"，既是沈自晋的一大贡献，充分体现了他在曲学上与时俱进的精神，也是《南词新谱》的一大特色，使它更具有实用价值。

（原载《中国昆曲论坛2005》，苏州大学出版社2006年版）

"愤懑心头借笔头"

——从《精忠记》到《精忠旗》

《曲海总目提要》卷九"精忠旗"条,曾援引冯梦龙的话说:

> 旧有《精忠记》,俚而失实,识者恨之。从正史本传,参以《汤阴庙记》事实,编成新剧,名曰《精忠旗》。

关于冯氏详定《精忠旗》,有以下几点值得注意:

首先,《精忠记》,一说无名氏作,实为姚茂良所撰。[1] 冯梦龙时代的有识之士,对这本戏文十分不满。原因就在于它"俚而失实",未能反映出岳飞时代和岳飞本人的历史真实。

其次,《墨憨斋新定精忠旗》是这样署名的:"西陵李梅实草创;东吴龙子犹详定。"李梅实生平无考,他的草创本亦不见流传。李本是昆山腔传奇,诞生在姚本之后,这是可以肯定的。在详定本《精忠旗》的末出《存殁恩光》中,冯氏作了这样的收场:

> 【尾声】贤奸今古同芳臭,愤懑心头借笔头,好教千古忠臣开口笑。
> 据宋史分回出折,按旧谱合调谐宫,不等闲追欢买笑,须猛省子孝臣忠。

由此可见,冯氏详定李梅实的草创本,主要是为了更好地塑造一个具有历史真实性和艺术魅力的岳飞形象,"好教千古忠臣开口笑";同时也是

---

[1] 毛晋《六十种曲》收《精忠记》,题为无名氏作。《曲海总目提要》卷十三"精忠记"条亦曰:"不知谁作。"祁彪佳《远山堂曲品》不题《精忠记》作者姓名。吕天成《曲品》、高奕《新传奇品》、无名氏《传奇汇考标目》,《精忠记》俱署"武康姚静山作"。按:姚茂良,字静山,明代成化年间人,剧作除《精忠记》外,尚有《金丸记》《双忠记》等。

为了让它更符合规范化的昆山腔格律，以便当场。

再次，《精忠旗》名曰"详定"，实为新编。冯氏详定的根本原则是，"从正史本传，参以《汤阴庙记》事实"，亦即"据宋史分回出折"。而他确定这样的原则，显然是为了纠正姚本"俚而失实"的毛病。

最后，大概李氏草创本剧名仍叫《精忠记》，冯氏为了一新面目，以示新旧本有别，便干脆更名为《精忠旗》。"精忠旗"是岳家军打了胜仗后宋高宗赵构赐给岳飞的，这在姚本和详定本中均有描写。冯氏以"精忠旗"命名详定本，实对害死岳飞的祸首赵构含有讽刺、抨击之意，这与他借古喻今的创作意图亦不无关系。

明代以岳飞抗金事迹为题材的戏曲作品为数不少，其中以姚本、李本和冯氏详定本为最著名。[1] 如能把这三部作品加以对比分析，那将是一个饶有兴味而发人深思的课题。遗憾的是，李本已失传，无法作这样的研究工作了。不过，将姚氏《精忠记》与冯氏详定本《精忠旗》进行一番比较，看看它们在剧作旨意和艺术处理方面有哪些差别，并探讨一下产生这些差别的社会的、文学的原因，不止有助于理解古典戏曲中的爱国主义主题，对于今天新编历史剧，也是颇有借鉴意义的。

姚氏《精忠记》和冯氏详定本《精忠旗》都是悲剧，前者三十五出，后者三十七出，[2] 篇幅相近；在关目的设置和戏剧冲突的安排方面，它们也有类似之处。可是，在立意上，这两本岳飞戏存在明显的不同。这就是说，虽然它们对于悲剧主人公岳飞，都作了充分的肯定和热情的歌颂；可是通过岳飞的悲剧，《精忠记》着意渲染的是臣忠子孝和因果报应，而《精忠旗》则突出了爱国主义。

"忠奸从来不共生。"（《怜主》[3]）《精忠记》描写了南宋朝廷中抗金复国与求和投降两股势力的斗争，作者热烈地颂扬了岳飞和岳家军抗金的爱国精神："居安岂可忘危，宝剑长磨，忠肝义胆谁敌。直待要扫荡胡尘，方遂我平生豪气"（《赏春》）；"兵甲洗天河，待一统中原方可"（《应诏》）；"雄威纠纠杀金酋，已教胆丧魂消。他弃甲潜逃，从此边疆不再扰。

---

[1] 明代的岳飞戏，还有《岳飞破虏东窗记》（已收入《古本戏曲丛刊》）、《宋大将岳飞精忠》（《孤本元明杂剧》）、《金牌记》（已佚，《远山堂曲品》有评论）和《如是观》（已收入《古本戏曲丛刊》）等。

[2] 吕天成《曲品》列姚茂良的三部剧作于"旧传奇"类，以区别于用昆山腔新声格律创作的"新传奇"；同时，姚氏生活的成化年间，昆山腔亦未经魏良辅等人的革新。据此可见，《精忠记》当是戏文作品，而非昆山腔传奇。

[3] 姚本出目均为两个字，冯本出目均为四个字，故不再详注姚本或冯本，仅注出目。

主和议南北、真堪笑,这都是误国权奸机巧。我自全忠孝,愿皇图巩固,万民安乐"(《班师》)。与此形成鲜明对比的是,对于秦桧等权奸的"大金盟誓,专言和议"(《蜡书》),出卖祖国,陷害忠良的罪恶行径,作者作了无情的揭露和有力的鞭挞。特别值得指出的是,剧作在《诛心》一出(后世常演的《疯僧扫秦》折子戏),通过"疯僧"叶守一对秦桧的冷嘲热讽,集中表达了人民对卖国奸臣的义愤。而当岳飞父子被诬惨死之后,作者还借岳夫人和岳小姐之口,愤怒地谴责赵构"全不念汗马功劳,害忠良真可惜",感叹"圣上"不明,"忠臣尽节为冤鬼"(《毕命》)。因此,从总的倾向而言,《精忠记》不失为一部有价值的岳飞戏,它对后来的同题材剧作(包括李本和冯氏详定本)是有影响的。

"方显忠良谗佞,千古漫评论。"(《提纲》)《精忠记》谴责卖国奸佞,表彰爱国忠良,这主题无疑是积极的。可是,作者的构思却跳不出一般的忠奸斗争的框子,没能深入地挖掘岳飞时代的"忠奸从来不共生"的特殊性,以及岳飞"精忠报国"的思想核心。结果,既不合时宜地突出了岳飞思想中的消极面(忠君),把岳飞一家写成忠孝节义种种俱足的典范;通过岳飞父子的悲剧,又落入俗套地宣扬了因果报应的封建迷信,以及一切皆空的虚无主义。

为了突出岳飞父子的"臣忠子孝",剧作把岳飞这样一个既爱国又忠君的思想复杂的英雄,写成全无政治头脑的愚忠武将。在《严刑》出,岳飞"赤心报国遭罪戾",可是,在狱中,他思考的是:"尽节全忠下狱牢,千般拷打要成招。黄泉有日冤相报,方显男儿恨不消。"他忧虑的是:"我岳飞岂不要屈招,争奈我有两个孩儿,把军马扎住朱仙镇上。他若知我受此冤屈,必然领兵前来报冤,那时难全父子忠孝之名。"于是,向万俟卨表示:"情愿亲写书札,取我两个孩儿来京,一同受罪,方全我父子忠孝名节。"结果,奸佞用他的亲笔信,把岳云和张宪骗到京城,打入死狱。更有甚者,在《同尽》出,当奸佞决定把岳飞三人吊死于风波亭上时,岳飞不仅毫无反抗,只高喊"自古忠臣不怕死,怕死不忠臣",而且还亲自将尚有反抗之心的岳云和张宪捆绑起来,以防他们"有变"。

为了突出岳飞父子的"臣忠子孝",剧作还鼓吹"冤冤相报";"生为忠义将,死为正直神";"生为朝廷奸佞,死受阴司报应"。(《表忠》)在《兆梦》《说偈》《应真》《冥途》等戏中,作者设置了一些荒诞不经、不合情理的关目,如让秦桧到灵隐寺"修斋忏悔","愿岳家父子早早超升";让岳飞父子在阴司合勘秦桧夫妇和万俟卨等奸佞。这样的艺术处理,虽然有惩恶扬善的意义，但它不仅冲淡了岳飞父子悲剧的严肃性，更宣扬了因果报应的宿命论，所谓"人生切莫使奸心，若使奸心祸必侵；莫道阴阳无报应，冤冤相报自来寻"（《同毙》）。更令人不满的是：在《赴难》出，岳飞三人在狱中受严刑逼供时合唱的四支《楚江秋》，尽管也表白了"赤心报国每尽忠""忠心为国能尽诚"，感叹"冤屈事如山重"，悔恨"今日落伊套中""恨秦桧专权宠"；但其基调却是人生如梦的虚无思想："安邦的也是空，勤劳的也是空，都做了一枕华胥梦！""功多的也是空，名高的也是空，都做了一枕庄周梦！""功高的也是空，名高的也是空，都做了一枕南柯梦！""忠贞的也是空，怀奸的也是空，都做了一枕蕉鹿梦！"这种不分"忠贞的"和"怀奸的"，把一切都化为梦幻的思想，与岳飞父子坚持抗敌而被赵构、秦桧害死的历史事实，是多么地不协调。

众所周知，历史上的岳飞，虽憎恶结党营私、置国耻君仇于脑后的权奸宵小，反对向金朝称臣、与仇敌议和的投降主义，但对宋室社稷却是赤胆忠心，面临南北正分裂的局面，他心存报国，志欲平边，迎还二帝。在南宋特定历史条件下，岳飞力主抗金，维护祖国统一的爱国主义，必然与他对封建王朝和皇权的忠肝义胆联系在一起。由于当时的南宋统治集团，面对外患分化成主战派和投降派，而宋高宗赵构则是投降派的后台[1]，因此岳飞被秦桧等人诬陷，以"莫须有"罪名被处死的千古奇冤，是不可避免的。这是岳飞个人的悲剧，也是当时国家的悲剧。

冯氏详定的《精忠旗》，在剧作的前半部也描写了岳飞对皇帝的忠肝义胆、对"圣旨"的诚惶诚恐的一面。这样写，是为后面岳飞被诬遇害的悲剧作铺垫，起到激发观众对以赵构和秦桧为首的投降派的义愤作用。但是，冯氏比姚氏高明，他既要通过传奇为岳飞雪耻洗冤，又清醒地意识到："浪演"而不"纪实"，尽管有良好的愿望，也将有损于岳飞形象和岳飞事迹的真实性。[2] 为此，他在《家门大意》中，开宗明义地阐述了这样的创作意图：

---

[1] 赵构承认："讲和之策，断自朕志，秦桧但能赞朕而已。"（《宋史新编》卷十）

[2] 吕天成《曲品》评《精忠记》云："此岳武穆事，词简净。演此令人眦裂。予欲作一剧，不受金牌之召，直抵黄龙府擒兀术，反（返）二帝，而正秦桧法，亦一大快事也。"虽吕氏并没有创作出这样的岳飞戏，但明末出现的《如是观》（作者张大复，一说吴玉虹），就是一部"浪演"而不"纪实"的翻案戏，它写岳飞拒绝班师，大破金兵，终于迎还二帝，并揭露了秦桧夫妇私通金国的阴谋，秦桧夫妇明正典刑。

【蝶恋花】发指豪呼如海沸，舞罢龙泉，洒尽伤心泪。毕竟含冤难尽洗，为他聊出英雄气。千古奇冤飞遇桧，浪演传奇，冤更加千倍。不忍精忠冤到底，更编纪实《精忠记》。

为了更好地突出岳飞的爱国主义，并深刻地揭示其悲剧的社会意义，冯氏作了多方面的努力。

首先，加强了对岳飞抗金活动及其被害悲剧的历史背景的描绘。

姚本《精忠记》通过有关人物的唱词、说白，对岳飞的时代虽也有所介绍。可是，由于缺少集中的形象的描绘，人们对当时特有的历史氛围总感受不深。冯氏为了加强历史背景的介绍，以及历史气氛的渲染，从两个角度作了相当巧妙的安排。其一是，在主人公岳飞上场之后，紧接着在第三出《若水效节》里，一面介绍被虏"君王与后妃，换却衣衫，去同奴隶"，沦陷区"看苍生直恁苦流离，被驱来无异犬和鸡"的场面；一面突出爱国忠臣李若水骂贼不屈而死的壮烈行为。这样写的目的，诚如眉批所说："二帝北辕事难使，故借李侍郎效节，备写一时流离之惨。"[1] 其二是，穿插描写其他爱国将领、爱国志士和广大群众反对投降、力主抗金的活动。这对岳飞的爱国行动及其悲剧起到了很好的烘托作用。比如，在《世忠诘奸》出，写韩世忠责问秦桧："'莫须有'三字，何以服天下？"在《隗顺埋环》出，写狱卒隗顺为"留取忠臣骸骨全"，冒着风险半夜将岳飞尸体偷运出城外埋葬。而《金牌伪召》比之姚本的《班师》，更为曲折、生动、细致地描写了在一道道金牌飞来之时岳飞内心的矛盾斗争过程。作者相当突出地反映了父老百姓、两河豪杰的抗金决心和爱国精神，在写第九、第十两道金牌来到时，还特地交代了韩世忠、刘锜等俱已班师。这一笔说明在当时的态势下，岳家军已丧失了继续进击金兵的有利条件，所谓"如今孤掌难鸣了"。如此精细的处理，既有力地表明岳飞从违旨抗敌到奉召班师并不是出于愚忠，又进一步揭露了朝中弄权奸佞的阴险狠毒。在穿插描写中，更为感人的是《施全愤刺》出，它写殿司小校施全，因"忠良灭迹，奸佞横"，在祭奠岳飞后行刺秦桧，不幸未中而被捕就义的壮举。这个关目，在《精忠记》中亦有，但《行刺》远不及《施全愤刺》来得内容充实而激动

---

[1] 冯氏详定本《精忠旗》批语，虽未注明批者姓名，但综观《墨憨斋定本传奇》，可以肯定出于冯梦龙之手。

人心。[1] 施全挺身行刺秦桧不中被害事，发生在绍兴二十年（1150），这与发生在靖康二年（1127）绛州军民拒绝朝廷割地求和诏令，怒杀"割地使"聂昌，"抉其目而脔之"（《宋史纪事本末》卷六十三、《宋史》卷二百五十三），都充分反映了南宋广大人民和爱国志士，在岳飞的时代，是与主战派站在一起，坚决反对投降主义的。这显然是岳飞爱国主义的源泉，也应是衡量岳飞戏符合历史真实的一个重要标准。而就这方面来看，冯氏详定本无疑也高出姚本一筹。

其次，作者对悲剧主人公岳飞的形象，作了细腻、真实的刻画。

姚本也写到岳飞的"精忠报国"，不过缺少具体的关目加以渲染，概念化、抽象化，观者对此感受不深。冯氏详定本在这方面不惜笔墨，给人以有血有肉的启示。在第二出《岳侯涅背》，写岳飞在副元帅宗泽部下任秉义郎时，听到金兵陷京师，二帝被掳后，即命张宪在自己背上"深刻'尽忠报国'四字"，为的是："如今为臣子者，都则面前媚主，背后忘君，我今刻此四字于背上呵（唱）唤醒那忘君背主的要他回顾！"虽这里岳飞口不离"君主"，但在剧作的规定情境中，这个"君主"并不仅仅指徽钦二帝和宋室江山，显然也是国家的象征。因此，岳飞的"精忠报国"，虽与忠君思想紧紧结合在一起，可是爱国主义是其主要内容。

"精忠报国"，是历史上岳飞的指导思想，也是《精忠旗》的"大头脑"[2]，更是悲剧主人公岳飞的戏剧贯串动作。难能可贵的是，冯氏既真实地写出了岳飞忠于宋朝和宋君的封建思想，但又没有在这里止步，同时又用重彩浓墨表现了岳飞以国事为重、坚持抗金复国、迎还二帝乘舆的宏图大志和爱国雄心。请听岳飞奉旨出师之前，对部下的一次动员：

> 你每将士听者，寻常用兵，必先胜负；今日胜负不比寻常。你每踹一块地，顶一片天，何处逃朝廷名分；穿一领衣，吃一口饭，尽都是主上深恩。（哭介）如今试举眼望二帝乘舆，流泪隔万重沙漠，开口问域中疆土，伤心属一片荒烟。（又哭介）（众俱拭泪泣介）

---

[1]《施全愤刺》有则批语云："写施全口气，描出当时人心，一段公愤，淋漓快绝。秦奸至此，大损威重，不得不认做心风（疯）汉矣。演者要怒中带奸，方妙。"

[2] 此出有批语云："刻背是《精忠》大头脑。扮时作痛状，或直作不痛，俱非。需要描写慷慨忘生光景。"

"忠肝义胆，淋漓喷薄，闻此而不发竖泪下者，非人也！"眉批此言，是深解岳飞当时思想感情的见解。值得指出的是，也就在《岳侯誓旅》这一出，作者还写了岳飞的法不徇私和关怀患病军士，并借众军士赞美说："元帅爱人如子，用兵如山，真所谓情义兼尽也。"吴宣抚送赠美姬，岳飞回答："国耻、君仇，敢贪恋娉婷？"众将敬献美酒，岳飞谢绝："从此后，朝夕自儆，若要我饮酒呵，除非到黄龙府后，痛饮共群英。"这类典型细节的描写，都增强了以"精忠报国"自励的岳飞形象的立体感。

另外，作者笔下的岳飞，心中装有沦陷区那些日夜盼望"王师"的父老百姓，也看到了站在抗金斗争第一线的两河豪杰的力量。因此，他在十二道金牌催逼之下，最后决定班师，是准备"待回朝面疏君王"，以便争取君王将这场正义的圣战进行到底。直到在"父子同遭系"的情况下，他仍然"怕只怕国事从今不可为"（《忠臣被逮》）。岳飞确实不忘"精忠"，但"报国"之心同样拳拳，冯氏详定本如此塑造岳飞形象，是完全符合历史真实与艺术真实统一的要求的。

再次，秦桧、万俟卨等卖国权奸，是岳飞的对立面，是重要的反面人物。姚本《精忠记》，由于采用了简单的漫画化手法，又渲染了因果报应，故对秦、万等人的憎恶之情虽然溢于言表，却只能给人以概念化的印象，卖国权奸作为艺术形象是失败的。而冯氏详定本，对于这些反面人物的处理，以历史事实为依据，并进行了成功的艺术加工。比如，秦桧，在剧中是投降派的头面人物，"丞相主持和为贵"（《银瓶绣袍》），可说是他的思想核心。秦桧曾被金人掳获，金人"要把中原困窘，成和议暗须人"，便收买了他，并在岳飞乘胜前进的形势下，让他"使间谍，阴逃遁"。（《逆桧南归》）因此秦桧回到临安，便秉承宋高宗的旨意，卖力推行"和议"，即投降的路线。岳飞立志抗金复国，迎还二帝，必然与秦桧发生尖锐的冲突，岳飞拥兵在外，朝廷与金的"和议"势难成功；同时，岳飞心向二帝，又触犯了宋高宗的利益。结果，深得宋高宗宠信的秦桧一党，便制造了"莫须有"冤狱，诬陷并处死了岳飞父子，投降派战胜了主战派。就在这种符合情理的戏剧冲突中，冯氏一方面运用各种手法，多侧面地刻画了秦桧这个"手辣从来不用刀，更兼心计有千条"（《奸相定谋》）的卖国权奸的形象，另一方面又深刻地揭示了岳飞悲剧的社会原因。

最后，诬陷并处死岳飞的不是秦桧一个人，而是推行投降主义的主和派，所以宋高宗赵构对这件千古奇冤是罪责难逃的。陆游早就尖锐地指出："公卿有党排宗泽，帷幄无人用岳飞。"（《夜读范致能〈揽辔录〉，言中原父老见使者多挥涕,感其事作绝句》)明代的王世贞在一首《满江红》词中亦曾说:"十二金牌丞相诏,风波片纸君王狱。"《曲海总目提要》同样认为:"(岳飞)风波亭之死,虽由秦桧,而高宗若不欲杀飞,则桧亦当不敢,故曰,'君王狱'也。"这些看法,都是符合历史事实的。冯氏正视这个事实,在狠狠鞭挞秦桧及其同党的同时,对宋高宗也给予了无情的嘲讽和有力的批判。在这方面,冯本比姚本描写更为具体,倾向也更为鲜明。历史上为岳飞平反的是孝宗赵昚,所以详定本《家门大意》中的"好皇帝翻案大襃封"这句下场诗,无异于是说宋高宗赵构实乃制造岳飞冤狱的坏皇帝。更有意思的是,在《阴府讯奸》出,当冥王审问时,秦桧除了招认"主和"之错外,还特别指出岳飞的"祸由自取",说:"他一心要把二帝迎还,却置皇上于何地?皇上因此与他不合,不专是我秦桧主意。"这虽是奸佞开脱罪责之词,却不无道理,冯氏在这里无非是借此抨击宋高宗赵构而已。

综上所述,姚本《精忠记》着意渲染岳飞"忠孝一门真异德"(《毕命》),冯氏详定本《精忠旗》则突出地表彰了岳飞的爱国主义。与此相应的,《精忠记》在岳飞下狱、岳云和张宪被捕等关键问题上,存在着"俚而失实"的缺陷;而《精忠旗》则"据宋史分回出折",在历史真实与艺术真实统一方面取得了可喜的成就。这种立意和处理上的高下之别,既与姚茂良和冯梦龙的世界观、戏剧观有密切的关系,同他们生活的时代的影响也是分不开的。

祁彪佳《远山堂曲品》评《精忠记》云:

> 虽庸笔,亦不失音韵。《金牌宣召》一折(按:即第十二出《班师》),大得作法。惜闲诨过繁,末以冥鬼结局。前既枝蔓,后遂寂寥。

联系姚氏的另一部歌颂安史之乱中张巡、许远抗敌殉国的《双忠记》,我们不难发现:取材于历史上忠臣义士的故事,借以宣扬"忠肝义肠";喜欢采用荒诞关目,或"以冥鬼结局",或"以阴魂聚首"。这就是姚茂良戏剧创作的指导思想和弊病。由此也可窥见姚氏世界观和戏剧观之一斑。

冯梦龙既是吴江派的一员健将,又是个多才多艺、富有创新精神的戏曲家和小说家。他非常不满"世人但以故事阅传奇",要求人们把戏曲作品作为"一具青铜,朝夕照自家面孔"。(《墨憨斋详定酒家佣传奇·序》)当时,吴江派中曾有人主张"只管当场词态好,何须留与案头争"(沈自晋

《望湖亭》末出下场诗）。冯氏却认为，只有场上案头两擅其美，才是传奇佳品。为此，他既重视情真意新、文采斐然，又讲究韵严调协、便于排场，强调恪守"词家三法"，即"曰调；曰韵；曰词"（冯梦龙《太霞新奏·凡例》）。在明末戏曲界"只求闹热，不论根由；但要出奇，不顾文理"之风甚嚣尘上之时，冯氏"不等闲追欢买笑"，以严肃认真的态度，从思想内容到艺术形式"详定"《精忠旗》，亦足以看出其进步的世界观和戏剧观。

吕天成《曲品》、祁彪佳《远山堂曲品》，在品评姚茂良的《金丸记》时，都指出，"此词出在成化年，曾感动宫闱"。据此可推测，姚氏当是明代成化年间（1465—1487）人。

明朝建立之后，蒙古贵族仍不时骚扰。正统十四年（1449）蒙古瓦剌也先南下，明军在土木堡败于瓦剌军，英宗亲征被掳，史称"土木堡之变"。后来，英宗回朝，"夺门"复位之后，不仅下令废代宗为王，幽杀于西门，还严办主战派人物，主持北京保卫战的于谦被杀且灭族。姚茂良很可能亲身经历过这一事变，从《精忠记》也不难看出借古喻今的寓意。不过，在姚氏生活的宪宗时代，民族矛盾并不突出，形势迥异于南宋初年。值得注意的是，由于统治阶级竭力提倡程朱理学，在这个时期的戏曲创作领域，出现了一股"以时文为南曲"（徐渭《南词叙录》）的逆流。开其端者是宜兴老生员邵璨，虽然他所著《香囊记》以徽、钦二帝被掳，宋室南渡和岳飞抗金为背景，敷演张九成的故事，可是他也公开宣称"传奇莫作寻常看，识义由来可立身"；大声疾呼："为臣死忠，为子死孝，死又何妨？"接着，大官僚、名儒丘濬也染指戏文，效法《香囊记》，创作了"分明假托扬传，一场戏里五伦全备"的《伍伦全备记》，同样高喊："书会谁将杂曲编，南腔北曲两皆全；若于伦理无关紧，纵是新奇不足传。"（第一出《副末开场》中的【鹧鸪天】和【西江月】）姚茂良和邵璨、丘濬是同时代人，《精忠记》没有处理好岳飞忠君和爱国的关系，着意渲染忠孝节义，与"以时文为南曲"的逆流显然不无关系。

明代中叶以后，明王朝与崛起于东北的后金之间的冲突日趋激烈，当时的形势颇似历史上南宋与金国的对峙局面。崇祯四年（1631）皇太极在劝降明将祖大寿时就曾说："尔国君臣，惟以宋朝故事为鉴。"正因此，从嘉靖以迄崇祯，岳飞抗金被害故事，便成为小说家的热门题材，《大宋演义中兴英烈传》（熊大木）、《大宋中兴岳王传》（余应鳌）、《岳武穆精忠报国传》（于华玉）等接连问世，大受欢迎。据我们推测，李梅实的《精忠记》

当创作于这个时期，而冯氏的详定《精忠旗》大概也创作于这个时期[1]。

有的同志认为，万历四十七年（1619），辽东经略熊廷弼在阉党陷害下被斩首并传首九边；崇祯元年（1628）兵部尚书袁崇焕，由于皇太极使用反间计，加上阉党的攻击，被凌迟而死，这两件冤狱很可能促使冯梦龙详定《精忠旗》。[2] 熊、袁乃当时抗清（包括其前身后金）名将，他俩确实又是"冤同武穆愁天地"，何况熊廷弼又是冯氏故交，故上述看法颇有道理。不过，值得指出的是，袁崇焕之冤案，在《清太宗实录》披露其真相之前，"不惟崇祯帝恨其引我朝兵胁和，即举朝之臣及京师内外，无不訾其卖国者"（赵翼《二十二史札记》）。冯氏在当日，恐亦难坚信袁之无罪。在我们看来，生当明末边患严峻的时代，作为一个有胆识的爱国戏曲家，冯梦龙"愤懑心头借笔头"，详定《精忠旗》，犹如他编写《中兴伟略》《中兴实录》《甲申纪事》等通俗历史著作一样，都是为了鼓吹爱国主义思想。《精忠旗》不止为岳飞这位历史上的爱国忠臣雪耻洗恨、歌功颂德，也借岳飞抗金被秦桧等人诬陷杀害的悲剧，为他生活时代的所有爱国忠臣评功摆好、鸣冤叫屈，这也是无可否认的事实。

[原载《江苏师范学院学报》（哲学社会科学版）1982年第2期]

---

[1]《群奸构诬》出有则眉批云："小人见君子义合，只说趋奉，犹今之排挤正人，便说朋党。"此则批语，亦可看作冯氏于明末详定《精忠旗》的旁证。

[2] 冯其庸：《读传奇〈精忠旗〉》，载《中国戏剧》1961年第C4期。冯文对拙作启示颇多，特此致谢。

评冯梦龙的《双雄记》和《万事足》

一

冯梦龙尝云:"余发愤此道(按:指整理南曲传奇)良久,思有以正时尚之讹。因搜戏曲中情节可观而不甚奸律者,稍为窜正。年来积数十种,将次第行之,以授知音。"(《双雄记·叙》)流传至今的冯氏"窜正"本传奇,尚有十四种。1960年,中国戏剧出版社已影印出版,书名为《墨憨斋定本传奇》。在这十四种传奇中,署上冯氏编著大名的,仅有《双雄记》和《万事足》。

《墨憨斋重定双雄记传奇》署名为"古吴龙子犹编,松陵沈伯明校";《墨憨斋订定万事足传奇》则曰"姑苏龙子犹新编,同邑袁幔亭乐句"。沈伯明(自晋)和袁幔亭(于令),与冯氏同为吴江派健将。冯氏本人就是精通音律的行家,这两部传奇特请沈、袁两人作"校"和"乐句",足见其创作态度的严谨。

《双雄记》和《万事足》,冯氏既标"重定"和"订定",又曰"编"和"新编",到底是冯氏的创作,还是与其他十二种传奇一样,亦属在旧作基础上的改本?关于这个问题,明清两代的记载是有分歧的。

先看《双雄记》,冯氏在为王骥德《曲律》所作的序中指出:"余早岁曾以《双雄》戏笔,售知于词隐先生。"这个自述,提供了《双雄记》的创作时间,却没有解决"此剧是冯氏的创作,还是他对旧本的改作"这个问题。

《曲海总目提要》卷九"双雄记"条曰:

> 明冯梦龙改本也。其始不知何人所撰。记前《总评》云:世俗骨肉参商,多因财起。丹三木之事,万历庚子、辛丑间[万历二十八、二十九年(1600—1601)]实有之。是记感愤而作,虽云伤时,亦足警俗。按梦龙,崇祯间人,去丹三木事未远,而原

作者又在梦龙之先,当是目击时事而为此记者。其事无可考据[1]。

《曲海总目提要》编者确认《双雄记》为冯氏"改本",可是姚燮《今乐考证》又说此剧乃冯的"新创稿"(《今乐考证》著录八《国朝院本》。按:冯氏乃明初人,理应列入《明院本》内)。同一时代的著作,却有如此不同的记载,哪一家可靠呢?

"丹三木之事",发生在冯氏的家乡;根据这件"时事"敷演的《双雄记》,最早当作于万历二十九年(1601)。这时,冯氏已二十八岁了。如果确有"旧本",冯氏不可能不知其作者;也不会一反其"窜正"传奇的惯例,不署上原作者的名字。我们再查一下明末人的记载,那么《双雄记》的作者问题就可迎刃而解了。

吕天成《曲品》卷下,明白无误地把《双雄记》的著作权归于冯梦龙。他说:

> 闻姑苏有是事。此记似为人泄愤耳。事虽卑琐,而能恪守词隐先生功令,亦持教之杰作也。

祁彪佳更进一步认为,《双雄记》系冯梦龙少年时笔,是他受人之托将发生在当地的"丹三木之事"敷演成戏的。《远山堂曲品》评是剧曰:

> 此冯犹龙少年时笔也,确守词隐家法,而能时出俊语。丹信为叔三木所陷,并及其义弟刘双,而刘方正者,不惜倾赀救之。世固不乏丹三木,亦安得有刘方正哉! 姑苏近实有其事,特邀冯君以粉墨传之。

吕、祁二氏是冯梦龙同时代人,吕氏亦属吴江派戏曲家,他们的记载应该是可信的。那么,《曲海总目提要》的说法,是否纯属无稽之谈呢? 在笔者看来,"丹三木之事",乃当时苏州家喻户晓的新闻,有人(包括当地的戏班伶人)以此为题材编过剧本,这是完全可能的;有人(包括当地的戏班伶人)请求"吴下三冯"之一的冯梦龙"以粉墨传之",这更合情理。因此,《曲海

---

[1] 今传本《双雄记》并无《总评》,可见《曲海总目提要》当另有所本。

总目提要》才说《双雄记》乃冯氏"改本","其始不知何人所撰"。

至于《万事足》,《曲海总目提要》介绍说:

> 明冯梦龙撰。其剧前《总评》云:旧有《万全记》,词多鄙俚,调复不叶,此记缘饰情节而文之。

值得注意的是,今传本《墨憨斋定本传奇》所收《万事足》,只有《叙》,而无《总评》。《叙》中没有提及"旧有《万全记》"。更令人大惑不解的是,吕氏《曲品》和祁氏《远山堂曲品》,根本没有品评《万事足》。高奕《新传奇品》,著录了墨憨斋传奇三本:《万事足》《风流梦》《新灌园》,却未录《双雄记》。《风流梦》原作是汤显祖的《牡丹亭》,《新灌园》是张凤翼《灌园记》的改本。那么《万事足》的情况又怎样呢?

从《今乐考证》称《万事足》为冯梦龙的"新创稿",以及焦循关于此剧本事的介绍(《今乐考证》著录八《国朝院本》和《剧说》卷四),可以肯定这本传奇是冯氏的创作。《曲海总目提要》所说的《万全记》,当是同题材的另一本传奇,并非《万事足》的原作。而收入《曲海总目提要》卷二十六的《万事足》,是同名不同内容的传奇作品。

《双雄记》是冯梦龙青年时代的作品,《万事足》则创作于冯氏的晚年。崇祯七年(1634)八月,冯氏由岁贡任福建寿宁知县,直到十一年(1638)离任回里。《万事足》就是冯氏在寿宁创作的传奇,末出《封荫团圆》提供了这方面的有力佐证,其下场诗云:

> 山城公署喜清闲,戏把新词信手编。但愿闺人除妒嫉,不愁家谱绝流传。夫妻恩爱原无碍,朋友周旋亦可怜。少壮几时须远虑,休言万事总由天。

从冯氏所撰《寿宁待志·风俗》可知,闽人"多习戏","大家有庆喜,好事者则于福安迎之,演戏缠头俱出客席,主人但具餐而已。民间酿饮,演一二出不佳,即换别本"。冯氏在寿宁任上,是位关心民生疾苦、能与民同乐的知县。他目睹寿宁百姓喜爱戏曲艺术,因而创作了《万事足》,以便寓教于乐,这样的推测,看来也是合理的。[1]

---

[1] 关于冯梦龙在寿宁的"德政",参看《寿宁待志》。

二

冯梦龙作为一位杰出的通俗文学家，他有个显著的特点，就是个人的创作少，旧本的"窜正"多。这在小说和民歌方面是如此，在戏曲方面则更为突出。冯氏博学多才，又精通音律；他既有进步的文学观，又有丰富的生活阅历。为什么他不把时间和精力集中在个人的创作上，却全力以赴地从事搜集、整理、修订、改编别人的旧作呢？这是个饶有兴味而值得研究的课题，这里略作说明，容后再作专题论述。

在明清传奇中，即使是一些名家名剧，也往往典雅有余而通俗不足，文学性强而戏剧性不能贯穿整体。[1] 这种美中不足，在晚明表现得尤为显著。冯梦龙对为数不少的传奇作品（包括一些脍炙人口的大家的成名之作）加以"窜正"，主要是在通俗化和戏剧性上下功夫，俾使这些作品在雅与俗的统一、文学性与戏剧性的统一方面，百尺竿头更进一步，不仅便于当场演唱，也更耐人案头赏析。从现存的《墨憨斋定本传奇》来看，就总体而言，经冯氏新定、窜定、详定、重定的剧作，舞台演唱的效果，比原作无疑要强得多。至于剧作的思想性和艺术性，则不可作一刀切的评论。但是，除了个别剧作之外，[2] 绝大部分也都做到了青出于蓝。应该说，冯梦龙"窜正"数十种明代传奇，是他对我国古典戏曲事业所作出的巨大贡献，他理应在戏曲史和文学史上占有一席地位。不过，平心而论，他所创作的《双雄记》和《万事足》，除了比较通俗、韵协音和、便于当场之外，无论是思想内容，还是艺术成就，皆非上乘之作。[3] 相比而言，早期的《双雄记》尚有一定的社会意义；晚年的《万事足》实乃当时戏曲创作领域"狠求奇怪"思潮的产物。对照一下冯氏的戏曲理论和这两部传奇的实际，可以清楚地看出，冯氏的传奇创作与他的戏曲理论，既有一致之处（严守沈璟所倡导的规范化的昆山腔格律；剧作应当场上案头两擅其美），也有不统一的地方。冯氏创作的这两部传奇，并没有达到他在戏曲艺术方面所追求

---

[1] 这是学兄董健同志的见解，我很同意此说。董健：《赋予古剧以新的艺术生命——谈昆剧〈玉簪记〉的改编》，载《江苏戏剧》1984年第2期。

[2] 冯氏改《牡丹亭》为《风流梦》，虽便于演唱了，但确实存在违背汤氏原作的"意趣神色"这个大毛病。

[3] 吕天成《曲品》列《双雄记》为上之下品，《远山堂曲品》则列它为"能品"，还是偏高了。

的这样一种美学境界：典雅和通俗的统一，以便雅俗共赏，智愚同乐；文学性和戏剧性的统一，使剧作既有迷人的舞台魅力，又经得起案头的玩味。造成这种主观动机和客观效果不一致、戏曲理论和创作实践相脱节的原因，是相当复杂的。现在就让我们从《双雄记》和《万事足》的艺术实际来具体地探讨一下这个问题吧。

《双雄记》虽非佳作，却是一部颇有特色的传奇。

首先，这是冯梦龙青年时代的剧作，在主人公身上反映了作者的某些思想感情。

前文已提到，冯氏此剧最早当作于万历二十九年（1601）。众所周知，明代自嘉、隆以降，皇帝昏庸，首辅专权，宦官乱政，国势日衰。万历年间，东南沿海仍有倭寇的侵扰，而东北地区，与女真族贵族统治集团的矛盾又越来越激烈。青年时代的冯梦龙，虽然一面读书应考，一面过着"逍遥艳冶场，游戏烟花里"（王挺《挽冯梦龙诗》）的风流生活。但是，屡试不第的遭际，使他深怀报国无门、壮志难酬之悲愤。吕天成说《双雄记》"似为人泄愤"之作。纵观剧作的故事和人物，此记确是"泄愤"之作。不过并非单纯"为人泄愤"，实际上也是借"丹三木之事"，抒作者胸中不满现实的愤懑。请看《家门大意》的【东风齐著力】：

月下花丛，金炊玉馔，满座春风。猛拚沉醉，何事逞雕虫？多少人忧人乐，难依样做哑装聋。新声奏，悲歌慷慨，尽寄编中。

造事有穷通，看好花蔓草，颠倒枯荣。羊肠九折，心面总难同。才说好还天道，早消磨一半英雄。挥毫处，满腔侠气，日贯长虹。

《双雄记》的创作意图，以及冯氏当时的风流生活和内心世界，在这里说得再清楚不过了。在剧中，冯氏的"悲歌慷慨"和"满腔侠气"，也经常借"双雄"之口作了尽情的抒发。比如，在第二出《剑授双雄》中，丹信一上场便发出了这样的感慨：

【双调引·夜行船】书剑学成文武用，奇男子少小英雄。千里红驹，一鸣丹凤，未遇暂同蟪蠓。

在自我介绍中，这位主人公又强调："目今边陲多事，正忠臣枕戈之日，英

雄脱颖之秋。欲待挟策东游,求取功名。"而另一位主人公刘双,紧接着上场,也唱出了如此感慨的曲子:

【仙吕引·紫苏丸】王侯将相原无种,笑谈间气如泉涌。那风流两字更休题,玉琴声断相思梦。

其次,《双雄记》是一部以苏州地区的真人真事敷演而成的"时事"新剧。

嘉、隆间诞生的《鸣凤记》,开创了取材于现实斗争、反映重大时事的传奇创作新路子。在《鸣凤记》的带动下,明代后期形成了一股竞写"时事"新剧的现实主义热潮。这股热潮,不仅对以李玉为杰出代表的吴县派戏曲家产生了巨大的影响,对吴江派中的某些人,如袁于令和冯梦龙,亦有明显的促进作用。"丹三木之事",虽非国家大事,亦不涉及政治斗争。但从一个侧面,深刻地反映了晚明社会的黑暗、道德的沦丧。剧中的丹三木,为了吞并侄儿的财产,不择手段地逼死妻子,并以劫财杀婶之罪陷害侄儿丹信。结果丹信及其义弟刘双祸从天降,被屈打成招,关入死牢。这样的冤狱,既说明了世风日下、人情浅薄,也暴露了当时吏治的腐败。

冯氏据"丹三木之事"敷演《双雄记》,并不是照搬生活,把真人真事图解一番,而是经过了精心构思和加工的。剧中虽插入了诸如太湖龙王幻作白马先生点化、赠剑和拯溺"双雄"等荒诞不经的关目,但基本情节和人物还是很有现实意义的。为了深化这种由侵夺财产而酿成冤狱的情节,冯氏一方面把东南沿海的倭寇骚扰和西北边陲的外族挑衅作为故事的背景,从而赋予"双雄"以为国立边功的大志和机会;另一方面又把"骨肉之变"与"贪酷的官府"紧相勾连,使观众通过这件公案,清楚地看到,明末"钱房"的为非作歹、讼师的阴谋诡计,以及官吏的贪赃枉法,给平民百姓带来了多大的祸害;当时的社会风气,是何等的恶浊。

最后,通过插科打诨,以及其他的神来之笔,有力地针砭时弊,是《双雄记》的又一特色。

比如,剧作通过饥民的对话,以及贾爱民的"自家写照",用嬉笑怒骂的笔触、插科打诨的方式,淋漓尽致地嘲讽了贪赃枉法的钦差大臣。第十三出《公庭初枉》有这样一段戏文:

(净)阿呀,这等荒年,怎生度日?闻得朝廷差什么官府赈济饥民，叫做贾吃屎。（外）是贾给事。（净）啐！我只道是吃屎的官，不知好歹。（外）便是。我们挣着性命嗷嗷待哺，谁想一到衙门不是放告，定是拜客，更兼玩水观山，呼浆索酒，一味骚扰地方，把赈济二字，全不提起，如何是好！（净）我们众百姓齐到察院前跪门苦求，或有给放的日子。……（丑扮皂隶上）近贵非真贵，当权且弄权；全凭一片竹，赚尽四方钱。哎！什么人在此扰攘？（众）我等是饥民，特来跪门。（丑）跪门，跪门，打断你们的脊筋。呸！你要钱粮到口还早哩。前日府县请我老爷游西湖，我老爷见那酒海肉山，前歌后舞，口口声声道好个杭州，那里是荒年，把各处文书一齐束起，休想批发。快去，快去！……（众）（坐地哭介）（丑）哎！这不是化斋粮的所在，老爷知道不当耍。若不信，有告示在此。你看：如有假托赈济缘由，聚群鼓噪，渎扰衙门者，即时拿解，重责究罪。（众）啐！我们想是走错了，要投个救命王，反撞了催命鬼。（丑）还不走，拿进去就是个死。（众讦介）

不必多加说明，晚明官吏的贪赃枉法、饥民的悲惨遭遇，已生动地呈现在舞台上了。再看第十七出《兄弟同难》中那位贾给事的"自家写照"：

〔番卜算〕身显赖皇朝，半是吾时运，为官无过得钱多，莫论清勤慎。下官姓贾，名爱民，官拜给事中之职，现任苏杭赈济之差。你道此差何由而得，前日户部复本之后，要选风力科臣出差，下官亦与其列。圣上见下官名字，龙颜大喜，道这爱民的官儿去得。奉旨有点的用，就是下官有点。（笑介）圣上只取我爱民之名，却不知我是姓贾，这是大大侥幸，这也不在话下。

这里，不仅揭露了贾爱民的丑恶嘴脸，连带也抨击了当朝皇上的昏庸。

再如，剧作指出"苏杭城里，名唤三多：官府多，乡官多，举人、秀才多"（《赏荷造谋》出）；通过七十岁老妇代七十五岁丈夫报名从军，与招募东征兵站官吏的穿插，揭露了"如今两京各营，多少发白齿落、腰驼背曲的里面"（《刘翁辨枉》出）的军队实况。在《双雄奏凯》出，作者还借刘双之口，感慨地说："议天下事易，任天下事难，任天下事易，成天下事难。如今为将者，大抵筑室道傍，因循岁月。似我每今日，若非出万死一生之计，怎得妆功。"诸如此类的针砭时弊，在剧作中比比皆是，为此剧增添了现实主义风采。

《双雄记》末出《封拜团圆》最后一支【意不尽】云：

悲欢顷刻皆妆就，善恶分明看到头，韵协音和传不朽。

剧中的"双雄"，经历了一番折磨，最后"平倭定乱""封拜团圆"；而丹三木则"一场火着得介干净，大人小人走得一个弗留，铜皮锡皮烧得半点弗剩，又吃烟熏瞎了眼睛"，最后忏悔不迭，触阶而死。剧作的倾向性，真可谓"善恶分明"。《双雄记》又名《善恶图》，并不是偶然的。在晚明这样的封建末世，惩恶扬善的旨意，难免夹杂因果报应的消极因素，但还是有其积极作用的。

在艺术上，《双雄记》"韵协音和"；一反明代传奇动辄四五十出的通病，全剧三十六出，主线鲜明，结构谨严，便于当场。除了这些优点之外，此剧最值得肯定的是，成功地塑造了丹三木这个利欲熏心的土财主形象，以及戏曲语言的本色当行。

作为一个"钱虏"，丹三木与《一文钱》中的卢员外，都是很有典型性的舞台形象。在贪婪悭吝这一点上，他们都深刻地反映了地主阶级对于财富的疯狂占有欲。可是，丹三木比卢员外更加凶狠，也更加腐朽，因而更能揭示晚明地主阶级的时代色彩和反动本质。

冯氏重视剧作的"韵协音和"，也强调本色当行。《双雄记》的曲词、宾白，既通俗易懂，又富有艺术表现力。往往虽用事，唱来却人人都晓，且切合人物的真情实感和性格特征。特别有意义的是，第三出《倭奴犯属》中，有两支用日语音译填词的【清江引】，别具一格。少数民族的语言入曲，在元杂剧中并不鲜见。但用外国语言填词，在元明戏曲作品中却并无先例，乃是冯氏的首创。这两支【清江引】是这样的：

【其二】多奴（眉批：多奴，叫人。以下注释均见眉批），未纳恁打俚（说话）。法古（走），法古计（快走）！其奴瞎咀郎（杀），快都河河水（多杀），客打乃（刀）、弹俄皮（鸟铳）、外（助语）耶里（枪）。

【其三】挨里（他）番助山山水（好羞），所个尼（我）坡水水（要）明哥多（极好）那革答（大将军），乌礼加（买卖）高高的（好），何南蛾（妇人）何何水（多么）于牌水（香）。

康熙年间，曹寅的杂剧《太平乐事》第八折《日本灯词》，全折五支曲中有四支以日语音译填词，且有三曲分别标上了【倭曲头】【倭曲肚】【倭曲尾】的曲牌名。曹寅这种"怪怪奇奇，古所未有"[1]的曲子，实在是冯梦龙《倭奴犯属》中那两支【清江引】的继承和发展。

三

如前所考，《万事足》是冯梦龙在福建寿宁知县任上的创作。崇祯七年到十一年（1634—1638），并非太平盛世。寿宁虽是个偏僻的小山城，却亦不是世外桃源。这从冯氏所撰的《寿宁待志》，已可窥见大略。在社会矛盾重重、变乱将至的时代，冯氏不从现实生活中选取题材，创作带有时代特色的新传奇，却看中了明初永乐年间进士出身的大官僚陈循为友人高谷悍妻治妒的风流韵事[2]，不仅敷演成一本鼓吹夫权制的剧作，还郑重其事地在叙中大发谬论，这不能不令人深感遗憾。我们先来看看冯氏的"治妒"奇文吧。

冯氏劈头就说什么"妇人无仪，不妒为仪。然形妒者十之八，心妒者十之二，不妒者千百而一二耳"。在他看来，"妒虽天性，强半酿成于男子"。其原因就在于"非渐于爱，即敝于弱。爱则养娇，弱则过让，而结之以一字曰惧。惧者，妒之招也"。这样的分析亦不无道理，问题在于冯氏对于陈循为高谷悍妻治妒的肯定，对于"梅夫人委曲进妾，成夫之美"的赞颂。他说：

> 古之治妒者，多谬托巫师神鬼之教，以儆惕淫悍，然或有信有不信。乃若朋友治妒，未之前闻。陈循事载楮记室，以一击之义勇，延高公之祀于中翰，事极痛快。而邢氏知过能改，亦有足

---

[1] 洪昇的批语。
[2] 《剧说》卷四云："《菽园杂记》云，高公谷无子，置一妾。夫人素悍，每问之，不得近。一日陈学士循过焉，留酌。聚话及此，夫人于屏后闻之，即出诟骂。陈公掀案作怒而起，以一棒扑夫人，至不能兴，且教之曰：'汝无子，法当弃汝。今置妾，汝复间之，是欲绝夫后也。汝不改，吾当奏闻，置汝于法。自是妒少衰。生中书舍人岍，乃陈公一怒之力也。'冯犹龙本此作《万事足》传奇。"按：陈循，字德遵，明泰和人，永乐进士。官翰林修撰，正统中官户部右侍郎，景泰中官华盖殿大学士，英宗复位，谪戍铁岭卫。著作有《芳洲集》《东行百韵集句》。《明史》卷二百一十六、《明史稿》卷一百五十三、《列朝诗集·小传乙》有传。

多。至梅夫人委曲进妾，成夫之美，则更出于寻常贤孝之外，可与《关雎》《樛木》嗣音。

这也就是冯氏要创作《万事足》的原因。他还希望这本传奇演出后能发挥其风教作用：

> 览斯剧者，能令丈夫爱者明，弱者有立志，胜捧诵佛说怕婆经多多矣。其闺人或览而喜，或览而怒。喜则我梅，怒则我邳。孰贤孰不，孰吉孰凶，到衰老没收成时，三更梦醒，自有悔者。此自为身家百年计，勿恃陈状元棒喝不到为幸也。（《万事足·叙》）

由此可见，冯梦龙在男女的爱情和婚姻问题上，尽管具有与传统的封建礼教相对立的"情至"观念。可是，在对待"妇人之妒"方面，却明显地表现出了他那阶级和历史的局限性。剧名《万事足》，何谓"万事足"呢？上述作者的创作意图、剧作的思想和艺术构思，以及其艺术形象体系，都已经作出了回答。末出《封荫团圆》中，陈循对梅夫人说的几句话，可说是对回答的一个概括：

> 夫人，当初读书城隍庙时，只愁不第，谁想连报高魁，又且位登台辅。当初窦氏未来之时，只愁无子，谁想连生二凤，又且荫袭翰林。人生至此，万事足矣！

如此的"人生万事足"，乃是地地道道的封建统治阶级的思想。通过舞台艺术形象津津乐道地宣扬这种腐朽思想，同样是冯梦龙局限性的表现。

以"治妒"为题材的传奇，在明代不乏其作。最著名的，在《万事足》之前有汪廷讷的《狮吼记》，与冯作同时则有吴炳的《疗妒羹》。这类剧作，都是在丈夫娶妾，天经地义，"妇人无仪，不妒为仪"的统治阶级思想指导下创作的，立意大成问题。因此，剧作渗透着封建士大夫的道德观念和审美情趣，虽有局部的精华，但就整体而论，封建性糟粕是主要的。

《万事足》同样如此。剧作将两位夫人作了鲜明的对比：梅氏力劝丈夫陈循纳妾，为的是不绝陈门宗嗣，被誉为"盛德贤妻"；邳氏悍妒，百般阻挠丈夫高谷纳妾，被斥责、痛打。最后，"劝夫治妾"的梅氏，"化戾为和"的邳氏，还有"柔顺符坤"的窦氏（陈循之妾），"坚贞表节"的柳氏（高谷之妾），都因具有"成夫之德，堪为励俗之资"，受到了皇帝的褒奖、诰封。更为恶劣的是，剧作还借梅氏之口，公然赞美一夫多妻制度，肯定"不孝有三，无后为大"的封建道德，梅氏对邡氏这样说：

> 有妻有妾，从古已然。可惜拙夫是个穷秀才，若是富贵之时，便娶五六房，何碍于理。……昔郭汾阳婢妾满房，牛僧孺金钗十二，这都是英雄豪兴，贤达风流，五六房不谓之过。（《访友托妻》出）

在劝丈夫纳妾时，这位"贤妻"还如此唱道：

> 【解三酲】三不孝最先无，艰于嗣，怎绍箕裘。（今日你有子扫墓，尚怀风木之悲，异日你我之墓，何人祭？一妻二妾从来有，体固执，莫踌躇。（《买妾求嗣》出）

像梅氏这样不妒的妇人，到底是哪个阶级的"贤妇"，不是昭然若揭吗？为这样的"贤妇"树碑立传的剧作，是不值得肯定的。

《万事足》有两句下场诗云："世间多少不平事，最是男儿怕妇人。"（《高科进谏》出）作者创作此剧，意在帮助"怕妇人"的男儿治妒妻。《筵中治妒》出，敷演陈循斥责、痛打邡氏关目，有则眉批云："此折与三十三折，乃全部精神结穴处。曲虽多，不可删改。"用封建的伦理道德规训和制服妒妇，使她们同意丈夫纳妾，这就是《万事足》的"全部精神结穴处"。而这个"结穴处"恰恰集中反映了剧作的封建性糟粕。

还需要指出的是，晚明传奇创作领域"狠求奇怪"的歪风甚嚣尘上。诚如张岱所说："传奇至今日怪幻极矣！生甫登场，即思易姓；旦方出色，便要改妆。兼以非想非因，无头无绪；只求闹热，不论根由；但要出奇，不顾文理。"（《答袁箨庵》）对于这种泛滥成灾、影响极坏的反现实主义创作思潮，有识之士无不深恶痛绝。比如，李渔就曾说："近日传奇，一味趋新，无论可变者变，即断断当仍者，亦加改窜以示新奇。"他还指出，"近日传奇"，独工于"活人见鬼""事涉荒唐"；而观众（包括"贵戚通侯"和"最有识见之客"）的"时好"，也是"见单即点，不问情理之有无，以致牛鬼蛇神塞满氍毹之上"。（《闲情偶寄·词曲部》的《格局第六》和《减头绪》，《闲情偶寄·演习部》的《选剧第一》）

冯梦龙对于晚明的传奇创作，亦是持批评态度的。不过，他着重批评的是剧作的不守音律和不便当场，对于"狠求奇怪"之风，却并没有发什么高论。比如，他在《曲律·叙》中这样评论说：

> 数十年来，此风忽炽，人翻窠臼，家画葫芦，传奇不奇，散套成套。讹非关旧，诬日从先；格喜创新，不思乖体。恒钉自矜其设色，齐东妄附于当行。乃若配调安腔，选声酌韵，或略焉而弗论，或涉焉而未通。

此《叙》撰于天启五年（1625）。早在创作《双雄记》的时代，他就有类似的见解了。且看《双雄记·叙》：

> 夫北词畅于金元，杂剧本勾栏之戏。后稍推广为传奇，而南词代兴，天下便之。《荆》《刘》《蔡》《杀》而后，坊本彗出，日益滥觞。高者浓染牡丹之色，遗却精神；卑者学画葫芦之样，不寻根本。甚至村学究手撼一二桩故事，思漫笔以消闲；老优施腹烂数十种传奇，亦效颦而奏技。中州韵不问，但取口内连罗，九宫谱何知，只用木头活套。作者逾乱，歌者逾轻，调周别乎宫商，惟凭口授；音不分乎清浊，只取耳盈。或因句长而极妄增（如《荆钗记》"小梅香"之类），或认调差而腔并失（如《琵琶记》"把土泥独抱"之类）。弄声随意，平上去入之不清（如读"怼"为上声，"葬"为去声之类）；识字未真，唇舌齿喉之无辨（如"娘""你"为舌尖音，宜北不宜南，又不可以中州韵为据也）。

冯梦龙对于汤显祖和沈璟的曲学论争，亦持"合之双美，离则两伤"的正确观点。但是，按其曲学主张，他无疑是沈璟高足，属于吴江派。传奇创作"狠求奇怪"之风，在吴江派戏曲家身上早已显露了端倪。冯氏反对"传奇不奇"之病，在《双雄记》中，穿插了太湖龙王变幻莫测的关目，这样的艺术构思和处理，并不能增强浪漫主义的色彩，反而暴露了作者封建迷信和因果报应思想。到了《万事足》中，装神弄鬼、作怪兴妖的关目充斥全剧，真是"热闹至极，反见凄凉"（《答袁籜庵》）。因此，在我们看来，这本传奇是晚明"狠求奇怪"思潮的产物。

（原载《戏曲论丛第 2 辑》，兰州大学出版社 1989 年版）

阮大铖评传

阮大铖既是依附阉党、投降清朝的有明一代奸臣之殿，又是创作过十多种传奇、对昆曲艺术有一定贡献的戏曲家。中华人民共和国成立以后的三十多年间，作为一位诗人和戏曲家，阮大铖并没有受到中国文学史和中国戏曲史研究者对其应有的重视。但是，作为《桃花扇》传奇中的一个反面人物，阮大铖的丑恶形象却深入人心。阮大铖廉耻丧尽，咎由自取，不可宽宥。人们憎恶其为人，殃及他的诗歌和传奇创作，亦情有可原。不过，平心而论，阮大铖在中国文学史，特别是中国戏曲史上还是占有一席地位的。

一、遗臭万年的一生

阮大铖，字集之，号圆海，又号石巢、百子山樵，[1] 原籍安徽怀宁，后迁居安徽桐城。生于明代万历十四年（1586）[2]，卒于清代顺治三年（1646）。

叶灿《咏怀堂诗·序》云：

> 公少负磊落倜傥之才，饶经世大略，人人以公辅期之。居掖垣谔谔有声，热肠快口，不作寒蝉噂嗫态。逡巡卿列，行且柄用；一与时忤，便留神著述。家世簪缨，多藏书，遍发读之。又性敏，捷目数行下，一过不忘。无论经世子集、神仙佛道诸鸿章巨简，即琐谈杂志、方言小说、词曲、传奇，无不荟蕞而掇拾之。聪明之所溢发，笔墨之所点染，无不各极其妙，学士家传户诵。而全

---

[1] 阮大铖寓居南京时，筑园名"石巢"；他又有"百子山别业"，亦称"百子山庄"。
[2] 阮大铖《乙亥元旦雨中试笔》之二，有"庸思四十九年非，眼底青山兴不违"之句。按，乙亥为明崇祯八年（1635），是年阮大铖五十岁，由此上推四十九年，即万历丙戌〔十四年（1586）〕。

副精力，尤注射于五、七字之间。扶摘刻削，吟或一字，未安，即经历岁时，必改窜深稳乃已。真有"语不惊人死不休"者。

王思任则说阮大铖："早慧，早髯，复早贵。肺肝锦洞，灵识犀通，奥简遍探，大书独括。曾以文魁发燥，表压会场，奉使极旗亭邮道之踪，补衮益山龙谷藻之美。著作建明，别有颠尾。时命偶谬，丁遇人疴，触忌招訾，渭泾倒置。遂放意归田，白眼寄傲，只于桃花扇影之下顾曲辩挝。"（《春灯谜·叙》）

叶、王二氏对阮大铖的评价不无溢美之词，但仍有其参考价值。

纵观阮大铖的一生，可划分为四个时期：万历四十四年（1616）中进士之前，为读书应举时期；万历四十四年（1616）至崇祯元年（1628），为宦游北京时期；崇祯二年（1629）至十七年（1644），为匿居南京时期；崇祯十七年（1644）至顺治三年（1646），为南明弘光朝倒行逆施及降清时期。

众所周知，宦党专权乱政，是明代腐败政治的一大特点。自武宗以降，阉党势力日盛。嘉靖年间的严嵩权奸集团，以及历仕隆庆、万历两朝的张居正派，皆以阉党为靠山。到天启年间，宦官魏忠贤为司礼秉笔太监，他与熹宗朱由校的乳母客氏（被封为"奉圣夫人"）狼狈为奸。当时，魏、客家族任锦衣卫要职，收罗党羽，排斥正人，迫害东林党人，形成了更为凶残、黑暗的阉党专制统治。

阮大铖原来亦倾向东林党，但在阉党炙手可热的权势下，他为了追名逐利，便背叛东林，投身魏阉门下。天启初，阮氏由行人擢给事中，以忧归。"同邑左光斗为御史有声，大铖倚为重。"（《明史》卷三八〇"奸臣"本传）天启四年（1624）春，阮氏取代魏大中授吏科给事中。尽管他畏惧东林攻己，不到一月，即遽请急归。但这是阮大铖从东林党转向阉党的明显标志。这年三月，魏忠贤到涿州进香[1]，阮大铖辞归经过涿州。从此阮氏曾于途次向魏忠贤进献东林党黑名单——《百官图》之说，便不胫而走，甚至被载入了《明史》。由于《百官图》不见流传，此说是否属实，尚有待发掘资料，并作考证。同时，在投靠阉党之后，阮氏到底干了哪些罪恶勾当，亦需进一步查考。但是，不管怎么说，在明末东林党与阉党这场事关

---

[1]《酌中志》："涿州去京师百余里，其涿郡娘娘，宫中咸敬之，中官进香者络绎。……天启甲子春，逆贤进香涿州。"

正义与邪恶的政治斗争中,阮大铖首鼠于东林党、阉党之间,进行政治投机,其奸佞小人的庐山真面目已暴露无遗。

天启四年(1624),阮大铖起官太常少卿,但"一官再起,七十日捧檄归矣"。个中原因,当与他投靠阉党,为士林所不齿有关。他自谓:"流言蜚及里中,文学耆旧走台为白",并感慨地说:"任有流言同巷伯,幸多耆旧似襄阳。高天视听须公等,燕地何烦六月霜。"[1]

天启七年(1627),朱由校死,朱由检即位。朱由检据贡生钱嘉征所控魏忠贤的十大罪恶,于此年十一月,下令逮捕魏忠贤,并押解凤阳,魏忠贤自缢于河北阜城;客氏被笞杀,魏、客家族亦全部处死,并没收其财产。

在魏忠贤失势自杀,而阉党尚未彻底崩溃之际,阮大铖故伎重演:首鼠于东林党与阉党余孽之间,进行政治投机。《明史》阮大铖传有记载云:

> 忠贤既诛,大铖函两疏,驰示维垣,其一专劾崔、魏,其一以七年合算为言。谓天启四年以后,乱政者忠贤,而翼以呈秀;四年以前,乱政者王安,而翼以东林。传语维垣,若时局大变,上劾崔、魏疏;脱未定,则上合算疏。会维垣方并指东林、崔、魏为邪党,与编修倪元璐相诋,得大铖疏,为投合算疏以自助。

虽然,杨维垣出于个人政治上的考虑,上了"合算疏",这似乎违背了阮大铖的原意。但阮氏同时炮制两疏,并要杨维垣根据时局的发展作出决定,足见阮氏的狡诈,也说明他的阉党立场并无丝毫改变。

崇祯元年(1628),朱由检又尽逐魏阉党羽,起用东林党人。可是,起用的东林党人只尚空谈,一味报私仇,无所建树。阉党余孽,如周延儒、温体仁、薛国观等人则乘虚而入,又相继入阁执政。就在这样的情况下,阮大铖任光禄卿,后因御史毛羽健劾其党邪,罢去。翌年三月,朝廷"定逆案",阉党被法办者三百二十余人。阮大铖亦名列"逆案",论徙三年,输赎为民。从此直到崇祯十七年(1644)趁乱而起为止,阮氏始终匿居姑孰(今安徽当涂)、南京、牛首山等地,这是他一生中最失意、落魄的时期。

---

[1] 以上引文,均见《咏怀堂诗外集》乙部《余自甲子[按:天启四年(1624)]春深耕鸠岭,一官再起,七十日捧檄归矣。流言蜚及里中,文学耆旧走台为白,三代倘存,余饮羽如饴也,诗以志感》。

当然，在阮大铖看来："吾辈舍功名富贵外，别无所以安顿，此身乌用须眉男子为也，吾终不能混混汩汩，与草木同朽腐矣！"（《咏怀堂诗·序》）因此，他并不甘于寂寞。避居南京初，阮氏"颇招纳游侠，为谈兵说剑，觊以边才召"。他还竭力巴结复社名士，甚至采用卑劣手段拉拢侯方域[1]。为此，复社诸子于崇祯十一年（1638）草《留都防乱公揭》张贴于市，阮氏声名狼藉，被迫躲在牛首山祖堂寺。张福乾所谓："顾使先生十五年来，役役长安道上，则亦进思尽忠，退思补过，勤渠军国之不暇。"（《咏怀堂辛巳诗·序》）[2]）这不过是门人对老师的颂扬之说。从这个时期的诗作来看，阮氏虽不无悔恨，但"补过"二字是谈不上的。

阮大铖"十七年闲居草野"（夏完淳《续幸存录》）时期，从名利这个角度来看，他是大倒其霉，处境十分狼狈。可是，就他的诗歌和传奇创作而言，却是硕果累累。阮氏的诗作，现存《咏怀堂诗集》四卷、《外集》二卷、《丙子诗》二卷、《戊寅诗》一卷、《辛巳诗》二卷，[3] 皆作于"闲居草野"的崇祯年间。

王士禛《池北偶谈》云：

> 金陵八十老人丁胤，常与予游祖堂寺，憩呈剑堂，指示予曰："此阮怀宁度曲处也。阮避人于此山，每夕阮与狎客饮，以三鼓为节。客倦罢去，阮挑灯作传奇，达旦不寝以为常。《燕子笺》《双金榜》《狮子赚》诸传奇，皆成于此。"

阮氏共作传奇十一种[4]，其中最著名的是流传至今的《石巢四种》，其余诸剧均佚。《春灯谜》《牟尼合》《双金榜》《燕子笺》合称为"石巢四种"，显然是为了纪念匿居南京石巢园这段生活。据自序可知，《春灯谜》作于崇祯六年（1633）；之后，阮氏在姑孰花了十六天时间创作了《牟尼合》（香草垞禅民《牟尼合·序》）；据韦佩居士序可知，《燕子笺》作于崇祯十五年（1642）。至于《双金榜》，据作者《小序》可知，春雨二十日填成于姑孰，当作于《牟尼合》之后、《燕子笺》之前。由此可见，"石巢四种"亦

---

[1] 参见侯方域《壮悔堂文集》卷三《癸未去金陵日与阮光禄书》，卷五《李姬传》。
[2] 此序作于崇祯十五年（1642）闰十一月。
[3] 丙子为崇祯九年（1636），戊寅为崇祯十一年（1638），辛巳为崇祯十四年（1641）。
[4] 焦循《剧说》卷六著录五种，即《石巢四种》《忠孝环》《桃花笑》《井中盟》《狮子赚》。庄一拂《古典戏曲存目汇考》又著录《老门生》《翠鹏图》《赐恩环》三种。

作于阮氏"闲居草野"的崇祯年间。

崇祯十七年（1644）四月，李自成的农民起义大军开进北京，崇祯皇帝朱由检自缢煤山，朱明王朝的中央政府覆灭。吴三桂引清兵入关，黄河以北的广大地区战火纷飞。五月，凤阳总督马士英勾结操江提督刘孔昭，南京守备徐弘基，靖南伯黄得功，总兵刘泽清、刘良佐、高杰等，在南京拥立福王朱由崧，建立了弘光小朝廷。

阮大铖与马士英，万历四十四年（1616）"同中会试"；阮氏蛰居南京时期，马氏亦流寓金陵，两人聚会牛首，诗酒唱酬，过从甚密。马氏对阮氏的"文章经济"极尽吹捧之能事。从阮氏的《寿马瑶草年伯母六十》《与马瑶草同宿范华阳居，瑶草述其逝姬有感》《同瑶草中丞夜赋》等诗，亦可见他与马氏气味相投，对马氏歌颂备至。在《除夜述怀寄瑶草》之四中，阮氏赞美马氏曰："吾友寒岁松，亭亭表森著。一身备川岳，巍然九州誉。拯时策若屯，安禅性长豫。"此诗作于崇祯十一年（1638），当时，阮氏还感慨"时运如风潮，来往不可期"（《除夜述怀寄瑶草》之一）。崇祯十七年（1644），马士英已成了南明王朝的权相，于是阮大铖死灰复燃，也由"野老"一跃而成兵部添注右侍郎，未几兼右佥都御史，累官兵部尚书。在清兵大举南下，弘光朝风雨飘摇之日，小人得志的阮大铖置家国兴亡于脑后，对东林、复社人士打击报复，肆意迫害。诚如侯方域所说，阮大铖日暮途穷之日，尚且施展其"阴毒左计"，"万一复得志，必至杀尽天下士以酬其宿所不快"。（《癸未去金陵日与阮光禄书》）

阮大铖东山再起，在弘光朝坏事干尽，绝非偶然。这既与他前期投靠阉党有内在的联系，与他嗣机发迹、一泄私愤的阴暗心理，更有直接的关系。

匿居姑孰、金陵和牛首等地期间，阮大铖以"野人""野老"自居，一再声称：

> 野心端合旅樵渔，自喜岑牟久遂初。（《谢范司马质公见讯》）
> 野人但种春田黍，自领乌犍饮碧潭。（《丘中闻时事》）
> 乱日加餐推麦饭，野人努力向渔蓑。（《柬董冀州里淳》）
> 野人细订春畴约，易地同耕谷口云。（《至淮阴感赋》）

他自谓："本是江海人，甘就礼法缚。此梦醒何迟，醒矣不复阖。据梧长闭门，杖藜或行药。"（《述怀柬顾与治徐州来》）还说："自负隐情深"（《筑室百子山寄冯相国鹿庵》），"自负能遗世"（《春望蛟台有怀圣羽庐居》）。他非常满意"著书余岁月，攘击大江滨"（《柬瞿起田二十韵》）的隐居生活。他感叹"世情何足道，涸清不堪闻"（《与丰之山中夜话，次日游天阙诸胜》），"虿笑尘世里，举俗费跻攀"（《九日薄暮泊汀江》）。他宁愿"自养青芝媚谷神，不烦白眼阅世人"（《同丰之、仲芳过孟麟吉山别业用仲芳韵》）；甚至"一生笑受读书累，万事争如对酒贤"（《初度感怀呈萧大行伯玉、黄给谏水帘、马中丞瑶草、葛参军震甫》），"失计学干禄，长歌怀采薇"（《忆石巢水云、兰若诸衲》）。

阮大铖似乎已经看破红尘，决心终老山林了。可事实果真如此吗？

"话到平生未易休"（《寒月招集葛震浦、黄四长、潘次鲁、家衡之兄感旧作》），作为诗人，阮大铖欣赏自然之美；但作为"逐客"，他身在江湖田间，却无肥遁之思。"人事已如此，安危仗有天。谁移元祐碣，一为勒燕然。谣诼皋夔窘，凭陵蜀雒坚。不然边徼火，何以烛甘泉。"（《张金吾以书见讯赋答》）"罪言何謇謇，共察补天心。一问豺当道，宁惭鹤在阴。孤情华月曙，幽梦晚香深。偶影秋篱下，因君发楚吟。"（《书姚侍御心甫》）从这两首诗的字里行间不难窥见，被迫隐遁山野之日，阮氏虽不无失足之遗憾，但耿耿于心的乃是对政敌的仇恨。

崇祯九年（1636），阮大铖曾云："追忆平生出处，获际升平，身历华胥，栩栩如梦。繇今思之，此可复得耶？"（《咏怀堂丙子诗自序》）夏完淳说他"十七年闲居草野，只欲一官"（《续幸存录》），真是一针见血。因此，弘光政权的建立、马士英的当权，对阮大铖来说不啻是千载难逢的好机会。在短短的一年中，阮氏穷凶极恶，恣意妄为。

顺治二年（1645）四月，清兵攻占扬州，屠城十日，明督师兵部尚书兼东阁大学士史可法壮烈牺牲；五月，清兵攻陷南京，弘光皇帝朱由崧被俘；六月，苏州、杭州等地先后陷落；闰六月，鲁王朱以海监国于绍兴，唐王朱聿健称帝于福州。面对南明王朝的土崩瓦解和清兵的烧杀掳掠，东南各省的广大人民在号泣悲伤，也在浴血反抗。可是，身为弘光朝兵部尚书的阮大铖，在朝更世变之日作了最后一次丑恶表演：南都失守后乞降投敌，并充当清兵的马前卒，从攻仙霞关，僵仆石上死。[1]就这样，阮大铖成了有明一代奸臣之殿，遂为士林所不齿，遗民所腐心，后世所唾骂。

---

[1]《明史》本传又据野乘记载，说阮大铖降清后，"方游山，自触石死，仍戮尸云"。

二、对昆曲艺术的发展有一定贡献的"石巢四种"

"石巢四种"是阮大铖的成名作,也是他的传奇代表作。它们不止在崇祯年间和弘光王朝被勾栏争唱,在有清一代盛演不衰;迄今仍有不少折子戏作为昆曲传统曲目,为广大观众所欣赏。

《燕子笺·家门》的【西江月】云:

> 老卸名缰拘管,闲充词苑平章。春来秋去酒樽香,烂醉莫愁湖上。
>
> 燕尾双叉如剪,莺歌全副偷簧。晓风残月按新腔,依旧是张绪当年情况。

"石巢四种"就是阮氏在这样的心态之下创作的。当时,阮氏"危败余生,风烟避地"(《咏怀堂丙子诗自序》),炽热的名利之心,迫于形势不得不有所"拘管"。于是,他杜门谢客,畜养"家乐",研究"新腔",自编自导传奇剧本,从昆曲艺术中贪欢一晌。阮氏原是个"五陵裘马亦堂堂,买笑春风锦瑟房"(《朱大参完素,予三十年交,十年别矣,未卜金陵感赋》)的风流才子,虽落魄金陵,"闲充词苑平章","依旧是张绪当年情况"。如此品性,如此生活,在崇祯年间,阮氏只能精心制作"石巢四种"这样的传奇,却无法创作出深刻反映现实、无愧于时代的杰作。姜绍书《韵石斋笔谈》评得好:

> 崇祯末年,不惟文气芜弱,即新声词曲,亦皆靡靡亡国之音。阮圆海所度《春灯谜》《双金榜》《牟尼合》《燕子笺》诸乐府,音调旖旎,情文宛转,而凭虚凿空,半是无根之谎,殊鲜博大雄豪之致。

不过,阮大铖既有极好的文学修养,又谙熟昆曲艺术之三昧。因此"石巢四种""有情有文,有事有态"(韦佩居士《燕子笺·序》),作为舞台剧本还是有一定成就的。而通过阮家戏班的精心排练,这四部传奇的舞台演唱令人耳目一新,这对昆曲艺术的发展亦有促进作用。

关于"石巢四种",有这样三个问题是需要深入研讨的:

第一，阮大铖的这四部传奇是"骂世"，即"讥刺当世"之作，抑是"解嘲"，即"悔过"之书？

第二，阮大铖是"深得玉茗之神"，抑是"全未窥其毫发"？

第三，明末清初传奇创作领域里的"狠求奇怪"倾向，与"石巢四种"有什么关系？

张岱认为，阮大铖"所编诸剧，骂世十七，解嘲十三，多诋毁东林，辩宥魏党，为士君子所唾弃"（《陶庵梦忆》）。但自明末以迄近代，对于阮氏的传奇是"骂世"之作，抑是"悔过"之书，评论者的看法并不一致。

明末的陈贞慧，在其《书事七则·防乱公揭本末》云：

> （阮大铖）所作传奇，无不诽谤圣明，讥刺当世。如《牟尼合》以马小二（按：当是芮小二之误）通内；《春灯谜》指父子兄弟为错，中为隐谤……

康熙年间的顾彩，在《桃花扇·序》中，注意到"石巢四种""率皆更名易姓，不欲以真面目示人。而《春灯谜》一剧尤致意于一错二错，至十错而未已"。透过这种艺术构思和手法，顾彩得出了这样的结论：

> 盖心有所歉，词辄因之。乃知此公未尝不知其生平之谬误，而欲改头易面以示悔过；然而清流诸君子，持之过急，绝之过严，使之流芳路塞，遗臭心甘。城门所殃，浡至荆棘铜驼而不顾。祸虽不始于夷门（指侯方域），夷门亦有不得谢其责者。

在这里，顾彩认为在"石巢四种"中，阮大铖表示了"悔过"之意；至于他对阮氏在弘光朝倒行逆施的分析，与夏完淳如出一辙[1]。

梁廷枏同样认为："《春灯谜》之十错认，亦似有悔过之意，隐然露于楮墨之外。"他赞赏"《燕子笺》一曲，鸾交两美，燕合双姝，设景生情，具征巧思"。鉴于阮氏"已得罪名教""况其文章之未必能醉人心腑"，他对"石巢四种"持"置而不论"的态度。（梁廷枏《曲话》）

近人王季烈和吴梅的看法亦不相同，在《螾庐曲谈》中，王氏说："或

---

[1] 夏完淳《续幸存录》曰："圆海原有小人之才，且阿珰亦无实指，持论太苛，酿成奇祸，不可谓非君子之过。"

云圆海作此本（指《燕子笺》），以刺倪鸿宝。"吴氏则云："《燕子笺》新艳，《春灯谜》为悔过之书，所谓十错认，亦圆海平旦清明时，为此由衷之言也。"（《中国戏曲概论》卷中《明人传奇》）在《瞿安读曲记·双金榜》中，他又说："圆海诸作，果各有所隐射欤？今读诸剧，唯《双金榜》一种，略见寄托之迹，顾亦非诋毁东林也。"

在笔者看来，阮大铖自认为是被东林党人诬陷而成为"逐臣"的，在被迫匿居草野期间，其内心世界是相当复杂的。一方面，作为一个戏曲家，他对昆曲艺术有浓厚的兴趣，且有充裕的时间从事传奇的编导工作，而剧作问世后又颇受欢迎，当然不无慰藉。另一方面，他自己失足阉党，痛定思痛，从个人利益出发，难免产生悔恨；但更多的则是对东林、复社人士的怨毒。因此，"石巢四种"蕴有"骂世"和"悔过"的内容，这是可以理解的。其实，"石巢四种"对现实生活中丑恶面的揭露和批判，对时弊（诸如科场和官场的恶习）的针砭，皆可归于"骂世"的范围。不言而喻，这样的"骂世"是值得肯定的。至于"悔过"之意，在《咏怀堂诗集》中有较明显的表露。但我们不能把"石巢四种"中的情节和人物，与阮氏的经历和思想，以及现实中的某些事与人作简单的比附。有的研究者认为，"石巢四种"的主人公及其家属，都因一个冤狱而"陷入困境，或流离奔走、妻离子散，或名逆罪案，身陷囹圄。如《燕子笺》中霍都梁被栽上风月传情、暗通关节的罪名；《春灯谜》中宇文彦因误上官舫，被指控为'赖皮军贼'；《双金榜》中皇甫敦被误断为盗珠通海的要犯；而《牟尼合》中萧思远则被污蔑犯有图谋不轨的大罪。这些罪名虽与作者个人遭受并无直接关联，但剧中人物蒙冤受屈的命运与作者当时的狼狈处境却不能说毫无关系"[1]。这样的分析是言之成理的。"石巢四种"剧中人的"受奇冤异苦"（《双金榜·托嗣》），与阮大铖的自以为"受奇冤异苦"，确实存在一定的联系，评论者的"骂世""解嘲""寄托"云云，皆与此有关。

阮大铖是"深得玉茗之神"，抑是"全未窥其毫发"？关于这个问题，清代的评论家分歧颇大，近人亦复如此。

王思任对"'四梦'熟而脍炙四天之下，四天之下，遂竞与传其薪而乞其火，递相梦梦，凌夷至今"的状况，很不以为然。他指出，"（清远）道人去廿余年，而皖有百子山樵出"。在评论《春灯谜》时，王氏则云："山樵之铸错也，接道人之憨梦也。梦严出世，错宽入世。至梦与错交行于世，

---

[1] 黄钧：《阮大铖〈石巢四种〉平议》，载《文学遗产》1986年第5期。

以为世固当然，天下事岂可问哉！"（王思任《春灯谜·叙》）

　　文震亨在《牟尼合·题词》中说阮大铖的《春灯谜》，"识者推重，谓不特串插巧凑，离合分明，而谱调谐叶，实得词家嫡宗正派，非拾膏借馥于玉茗'四梦'者比也"。乾隆年间的叶堂，批评阮氏："以尖刻为能，自谓学玉茗堂，其实全未窥其毫发。笠翁恶札，从此滥觞。"（《纳书楹曲谱》评语）吴梅则谓："圆海之词，自谓学玉茗，确有相合处。叶怀庭谓其优孟衣冠，为笠翁之滥觞，似亦未免太过。"（《曲海目疏正·明人传奇部》）在《中国戏曲概论》中，吴梅还说："实则圆海固深得玉茗之神也。"

　　那么，阮大铖自己对汤显祖及其"临川四梦"又是如何评价的呢？

　　崇祯六年（1633），《春灯谜》脱稿后，阮氏尝言："余词不敢较玉茗，而差胜之二。"其一，"玉茗不能度曲，予薄能之"，故所作传奇"易歌演"；其二，"余乡为吴首，相去弥近，有裕所陈君者"，故所作传奇符合昆曲音律。（《癸酉三月望日编〈春灯谜〉竟偶书》）在与渔山子的讨论中，阮氏还言："近代'两梦'传奇，足厌人意。……至'两梦'传奇之外，复有他本中多拗句，更多屋下架梁，令人愦愦，不暇举其凡。"（渔山子《牟尼合·序》）由此可见，阮大铖虽服膺汤显祖的才情，却与沈璟等人一样，认为他不谙昆曲音律，自己则并没有以"玉茗堂派"自居。

　　笔者以为，"玉茗堂派"戏曲家所作传奇，在思想和艺术上有三大特色。

　　"上下千古，一口咬定'情'字"（杨古林《梦中缘·笑引》眉批），"为情作使"（汤显祖《续栖贤莲社求友文》），热烈鼓吹"情至"新观念，这是"玉茗堂派"根本性的特色。

　　"以幻笔写真境""借仙鬼以觉世"（陈震《梦中缘·序》），洋溢着浓郁的浪漫主义气息，这是"玉茗堂派"的另一个显著特色。

　　"案头蓄之令人思，氍毹歌之令人艳"（无疾子《情邮记·小引》），案头场上两擅其美，这是"玉茗堂派"的又一个特色。

　　明末的吴炳、孟称舜，以及清代的洪昇、张坚，他们的传奇作品在思想和艺术上无不具有这样的特色，因此他们都是"玉茗堂派"的重要成员。[1]

　　阮大铖以才子自居，又确是昆曲艺术的行家。他所作传奇，有的在构思和关目上颇受"临川四梦"的影响，如《燕子笺》；至于与"临川四梦"

---

[1]　王永健：《"玉茗堂派"初探》，载《汤显祖研究论文集》，中国戏剧出版社1984年。

相似的曲词，则比比皆是。吴梅曾指出，像《春灯谜·旅泊》的【一江风】，"颇有玉茗风度也"（《顾曲麈谈·谈曲》）。尽管如此，若以上述三个特色，从总体上来衡量"石巢四种"，结论只能是：阮大铖全未窥见玉茗之毫发，他不应归属于"玉茗堂派"。

"狠求奇怪"是阮大铖时代传奇创作领域一股甚嚣尘上的歪风，它与"石巢四种"有没有关系呢？

明末清初的昆曲传奇，除了走玉茗浪漫主义之路外，还存在两种对立的创作倾向。一方面，有相当多的戏曲家继承了中国古代戏曲以时事入戏、针砭时弊的优良传统，坚持走现实主义道路，还掀起了竞写抨击魏阉罪恶传奇的热潮。以李玉为杰出代表的"吴县派"，在这方面成就卓著。另一方面，面对昆曲传奇的贵族化、典雅化与市民化、大众化的两极分化，为数不少的戏曲家，趋时媚俗，胡编乱造，一味地玩弄技巧，在误会、错认、巧合等手法上花样翻新；同时，热衷于男女易装、扮鬼装神、作怪兴妖的惊险关目，把传奇创作引上了"非想非因，无头无绪；只求闹热，不论根由；但要出奇，不顾文理"的形式主义歧路，张岱称之为"狠求奇怪"（《答袁箨庵》）。阮大铖虽非"狠求奇怪"的始作俑者，但"石巢四种"的艺术构思和手法离不开错认和巧合，甚至一错、二错以至十错，对这股创作逆流无疑起了推波助澜的作用。在昆曲导演和舞台美术等方面，阮氏苦心经营，颇有发明创造；他所精心制作的"石巢四种"，谱调谐洽，便于当场，在喜剧艺术的表现手法上亦不无新奇可取之处。另外，阮氏的剧作，首尾关合，一丝不漏，枝节生动，深得戏曲结构之奥秘。这些都应该充分肯定，并加以借鉴。但是，没有初步民主主义的"情至"观念作指导，加上"狠求奇怪"的创作倾向，这就决定了阮大铖的"石巢四种"娱乐价值有余，而文学价值不足，皆非上乘之作，仅供优孟衣冠耳。

三、在山水田园诗方面别树一帜的《咏怀堂诗》

阮大铖得罪士林，声名狼藉，以致在有清一代，他的文学创作除《燕子笺》和《春灯谜》等传奇之外，其诗歌，如《咏怀堂诗》，很少有人谈及或评论。

钱谦益尝阿阮大铖，阮氏对钱氏亦颇推崇。可是，钱氏所编纂的《历朝诗集》仅录阮氏诗七首，且不加评骘。康熙年间，朱彝尊编纂《明诗综》，甚至不收阮作，只附论于李应昇诗前曰："金壬反复，真同鬼蜮，虽有《咏怀堂诗》，吾不屑录之。"乾隆时纪昀等纂修《四库全书》，亦未收《咏怀堂诗》。此后的藏书家于阮氏诗甚少著录，因而《咏怀堂诗》世间遂少流行之刻本。

当然，对《咏怀堂诗》给予极高评价者，也是有的。比如，马士英称赞阮大铖为"明兴以来一人而已"（《咏怀堂丙子诗·叙》）；张福乾同样把阮氏视为"一代之诗人、文人"（《咏怀堂辛巳诗·序》），这姑且不论。近代推崇阮氏诗作者，亦不乏其人。陈三立在《咏怀堂诗》上批曰：

  大铖猾贼，事具《明史》本传，为世唾骂久矣。独其诗新逸可诵，比于严分宜、赵文华两集似尚过之，乃知小人无不多才也。芳洁深微，妙绪纷披，具体储、韦，追踪陶、谢。不以人废言，吾当标为五百年作者。

章太炎亦有批道：

  大铖五言古诗，以王、孟意趣而兼谢客之精炼。律诗微不逮，七言又次之。然榷论明代诗人，如大铖者甚少矣。潘岳、宋之问险诐不后于大铖，其诗至今存。君子不以人废言也。

把阮大铖看作"明兴以来一人而已"，甚至"标为五百年作者"，显然并不允当。就诗作的思想和艺术而论，明清两代超越阮氏之诗人，可以历数出一大批。不过，应该承认，阮氏不愧为明代一位有艺术个性的诗人，他在山水田园诗的创作上别树一帜，是有一定成就的。

阮大铖的友朋，如叶灿、邝露等人，以及近人陈三立、章太炎等，皆指出《咏怀堂诗》远祧《三百篇》，近祖陶（渊明）、谢（灵运）、储（光羲）、韦（应物）、王（维）。阮氏在诗论中亦再三指明了这一点。《读陶公诗，偶举大意，示圣羽、价人、五一、慧玉》一诗，阮氏揭橥了自己的诗学主张。在"有论"（小序）中，他说：

  靖节诗萧机玄尚，直欲举大风、柏梁、短歌、公宴，汉魏间雄武之气，一扫而空之。以登于《考槃》《北门》之什，似《离骚》、歌、辨亦在，然疑出入中也。至齐、梁、三唐，彼何知有此世代，而区区谓其简澹，有以相胜，此后人弗论世而管蠡柴桑者矣。乃易世而有辋川、太祝、京兆三子者，又能变化，以广其意。令从陶入《三百》，功力倍取资博，而意象更觉日新，则后起群贤不可不勉也。

在诗中，阮氏阐说了小序中的见解后，联系自己说："余复后数子，步趋益孔艰。三复《考槃》诗，钟镛无敢喧。咏已望柴桑，天云将何言。"在《与杨朗陵秋夕论诗》中，阮氏纵论千载诗坛，对陶渊明更是推崇备至："天不生此翁，六义或几息。厥后王与储，微言增羽翮。"谈到元明两代之诗，阮氏则感叹道："胜国兼本朝，一望茅苇积。滔滔三百年，鸿蒙如未辟。"在与叶灿的交谈中，阮氏对自己的诗歌创作作了这样的总结："吾诗渊于《三百篇》，而沉酣于《楚骚》《文选》，以陶、王为宗祖，以沈、宋为法门，而出入于高、岑、韦、柳大家之间。"（《咏怀堂诗·序》）阮氏诗作体式多样，风格多彩，虽不兼揽众长，却以五言擅长，与此不无关系。[1]

在《咏怀堂诗》中，山水田园诗占有极大的比重。总体而论，阮氏笔下的山水田园，渗透着作者隐逸山林的闲适之情，他能以闲淡之笔，写空灵之境，使人窥见大自然之奥秘，领略大自然之美。作为一位艺术个性鲜明的诗人，阮大铖确有一股崇拜自然之热诚，这是难能可贵的。

卧起春风中，百情感有触。偶立闻空香，缓步历潜绿。虫豸亦怀暄，云动徇所欲。余方守故情，女萝咏岩曲。时复释道书，南亭事遥瞩。悠然江上峰，无心入恬目。谁能忍此怀，弗为群贤告。（《园居诗》之二）

春风荡繁圃，孰物能自持。人居形气中，何得不因之。情逐舞花乱，吟随鸣鸟滋。循此遂百年，我心诚伤悲。希古良有获，元化亦可窥。试策追高霞，濯影清江湄。曳曳空山萝，岂不寒与饥。聊用违所伐，亦自拯其卑。率此孤云心，悦是贞松姿。世人或相笑，余情终不移。（《述怀》之一）

《咏怀堂诗》中的山水田园诗，类似的名篇不少。至于超脱物象、别具神理的写景佳句，则不胜枚举。诸如"屏居成独坐，池水与心清。林月自然至，

---

[1] 近人胡先骕在《读阮大铖咏怀堂诗集》中，对阮氏的各体诗作有言简意赅的评论，可资参考。

尘机何处生？"（《雨后池上坐月，有怀薛比部谐孟》）"真机满山夜，梵止草虫鸣。即境已忘辨，观心无可清。"（《山野》）要可抗手王、孟，俯视储、韦，至若"放心浩劫外，置眼无生前"（《莫园柬余驾部集生》），"尘累尽唐捐，空明入非想"（《十五夜西峰看月》），"喧寂了非我，平等旨奚二"（《宗白寓隣庵，时相过析疑义》），则非精研内典确有心得之人不能道。

当然，以上所述仅着眼于艺术上的鉴赏。若联系崇祯年间的社会生活，应该说，阮氏的这类匠心独具的山水田园诗，其思想性和现实意义是不强的。江南山水虽然令人陶醉，田园生活尽管富有诗情画意。可是，在战乱频仍、民不聊生、哀鸿遍野的年代，到哪儿去寻找这世外桃源，又有几人能尽情欣赏这大自然之美？

阮大铖在石巢和百子山庄啸傲出水，寄情风月，虽有牢骚和怨恨，却颇为自得。但是，他毕竟是个热衷于功名权势的小人，"此际负薪谁复耐，烦君一写楚臣情"（《赠顾生》）。他东山再起的愿望十分强烈，何况身处这样的时代："世事何年靖戎马"（《述怀柬刘中丞蓼生》），"渔樵梦亦入军声"（《方司成书田见过感赋》）。因此，重大时事，阮氏并非不闻不问，而是时有感怀[1]。于是，在"故园萧条不可思，农臣无路策安危"（《寄王石云》）的情况下，阮氏也写了一些"感时事"之作。这类诗包括三个内容：

一是有感于"寇警"，如《同越卓凡饮马瑶草水亭，闻寇警感赋》《圣羽避乱至山，尽谈枞川被贼之状》《石言十二首》《空城雀》等。在这类诗中，阮氏对农民起义竭尽诬蔑、攻击之能事，显系封建性糟粕。

二是有感于"虏警"，如《园中种菊闻云中虏警》《感辽事四首》《舟中雨夜听王将军贞吉谈辽事》《闻关门警》等。在这类诗中，阮氏站在朱明王朝的立场，对"未入关之新国屡有指斥"（陈三立《咏怀堂诗·题词》）。

三是有感于朝政，如《丘中闻时事》《秋雨卧病感时事成诗四章》等。在这类诗中，阮氏往往借题发挥，抒发个人胸中之块垒。

以上三类"感时事"之作，当然不无价值。不过，作者不以社稷民生为重，诗中极少真情实感，往往摭拾陈言排比题意，艺术价值也远逊于他的山水田园诗作。

阮大铖尝谓："一移名利扰，为作友朋谋。"（《从青山晓发至黄池逢式

---

[1] 阮大铖《咏怀堂丙子诗自序》亦云："夫诗而不能志时者，非诗也。"

谷、时生、绳先、奕予旅酹》）在《咏怀堂诗》中，酬应诗的数量也不少。阮氏的交游，即使在"闲居草野"期间，也并不止于马士英之流，还是相当广泛的。"嘉会属群彦"（《采莲曲江微雨，晚霁，同兹园大人、长子叔、前之弟泪诸词客赋》），他与史可法、吴伟业、钱谦益、谭友夏、王季重、冯梦龙、杜子皇、侯方域、方孔昭和方密之父子等重臣、名流，皆有诗酒酬唱。但是，由于阮氏德性凉薄，对人不真，加上隐遁山林之日，亦非真的排除了"名利扰"。故而他与友朋的酬应诗，虽不乏佳篇，但大多言不由衷，缺乏感人的力量。即使悼念之作，如《春寒感怀先恭人》《归次咏怀堂哭先恭人》《雨中忆家大人子处，先慈殡室，并以纪念世道人心之变》等，亦无发自心底之沉痛哀音。当然，《咏怀堂诗》中的酬应、赠答、悼念诗作，对于全面深入理解阮氏的生平、思想和交游，还是很有参考价值的。值得一提的是，在《咏怀堂丙子诗》中，有首《赠毕今梁》，自注云："今梁，西洋教士。"从诗意可见，这位西洋教士是个天文研究者。在明代诗人的集子中，这样的赠答诗尚属罕见，兹录于此，奇文共欣赏：

若士乘桴自沃洲，十年日月共中流。书经雷电字长在，手摘星辰较不休。闲御鹏风观海运，默调龟息与天游。知君冥悟玄元旨，象外筌蹄亦可求。

（原载《中国历代著名文学家评传 续编二》，山东教育出版社1989年版）

王玉峰评传

一

王魁和敫桂英的离合悲欢故事,自宋元以来,可说是家喻户晓,影响深远。取材于这个故事的折子戏,成为各个剧种的传统剧目,迄今仍活跃在各地的戏曲舞台上。"王魁负桂英",业已成为鞭挞负心薄情郎的一句俗语了。可是,诞生于明代万历年间的昆山腔传奇《焚香记》,却是一部王魁不负桂英的翻案之作。

《焚香记》的作者王玉峰,江苏松江(今上海市松江县)人。(吕天成《曲品》王玉峰小传)或谓月榭主人即王玉峰别号[1],此说尚可商榷,因为现有的文献资料,虽然一鳞半爪,却足以证明王玉峰并非月榭主人。

吕天成《曲品》卷上,评王玉峰为"下之上"品;另列月榭主人,评为"下之中"品。姚燮《今乐考证》的著录六"明院本",著录月榭主人传奇一种,即《钗钏》[2];著录七"明院本",又著录王玉峰传奇一种,即《焚香》。显而易见,吕、姚二氏并没有把王玉峰和那位署名月榭主人的戏曲家看作同一个人。

据乾隆五十六年(1791)杨志鸿钞本《曲品》所附沈璟寄赠吕天成的【双调·江头金桂】散套推算,吕天成当生于明万历八年(1580),卒年大致在万历四十六年(1618)。今知万历十年(1582)左右,王玉峰尚在世。(庄一拂《古典戏曲存目汇考》王玉峰小传)吕氏的《曲品》初稿定稿于万历三十八年(1610),杨志鸿钞本的吕氏自序,作于万历四十一年(1613)。此时,离王玉峰去世不过二十多年,虽然吕氏对王玉峰的生平所

---

[1]《曲海总目提要》卷十四《焚香记》提要,人民文学出版社编者按曰:"此剧为明王玉峰撰。玉峰字同谷,别号月榭主人。江苏松江人,所作传奇四部,《焚香记》《钗钏记》,今存,《羊觚记》《三生记》,佚。"

[2] 祁彪佳《远山堂曲品》对月榭主人的《钗钏记》有评论。

知甚少，但《曲品》中有关王玉峰及其剧作的记载，应当是可靠的。

关于王玉峰所作传奇，明清重要曲录和曲话，如《新传奇品》附录《古人传奇总目》、姚燮《今乐考证》和梁廷枏《曲话》，均只著录《焚香记》一种。唯《传奇汇考标目》别本另著录《羊觚记》和《三生记》。吕氏《曲品》卷下评《焚香》则曰：

> 王魁负桂英，做来甚悲楚。别有《三生记》《茶船记》，则载双卿事，词不及此。

王玉峰的生平事迹，尚有待进一步查考。传为汤显祖所撰《〈焚香记〉总评》指出：

> 其填词皆尚真色，所以入人最深，遂令后世之听者泪，读者颦，无情者心动，有情者肠裂。何物情种，具此传神乎！

在许多出戏的出末评论中，这位评点者还一再称赞作者"胸有余墨"，誉之为"词坛妙手"和传奇家中的"化工笔"。从此，不止可以了解当时人对《焚香记》的推崇，亦能窥见王玉峰的为人和思想之一斑。王玉峰既是个"情种"，又是位"词坛妙手"，其能独辟蹊径，别出心裁，创作出王魁不负桂英的《焚香记》传奇，这也就不足为奇了。

二

王魁，在历史上是实有其人的。他名俊民，字康侯，莱州掖县（今属山东）人。北宋仁宗嘉祐年间（1056—1063）曾高中状元（周密《齐东野语》卷六"王魁传"条）。记载王魁生平事迹的古籍，除宋朝周密《齐东野语》外，尚有宋朝夏噩《王魁传》（佚）和无名氏《王魁歌》；元朝柳贯亦有《王魁传》。李献民《云斋广录》卷六《王魁歌引》云：

> 故太学生王魁，嘉祐中，行艺显著，籍籍有声。……而卒致妖祟，以殒厥身，可胜惜哉！贤良夏噩尝传其事，余故作歌以伤悼之云尔。

《曲海总目提要》卷十四《焚香记》提要则曰：

> 嘉祐中御试，王安石详定，官俊民状元及第。次年赴徐州任。明年［按：指嘉祐八年（1063）］为应天府解官。得狂疾于贡院中。

由于历史上的王魁原是这样一个人物，故而徐渭在《南词叙录》中，认为"宋元旧篇"戏文《王魁负桂英》"亦俚俗妄作也"。陆游尝感叹："身后是非谁管得，满村听唱蔡中郎。"作为一个"籍籍有声"的历史人物，结果成了戏曲作品中被批判的形象，在这一点上，王魁与蔡邕是完全相同的。这是一个很值得研究的社会现象和文学现象。

自从民间艺人根据上述有关王魁的记载，创作了官本杂剧《王魁三乡题》和戏文《王魁负桂英》之后，王魁和桂英的故事，便成了元明清三代戏曲家创作的热门题材。据文献记载，戏文除《王魁负桂英》[1]之外，尚有《王俊民休书记》[2]，以及明人所作的《桂英诬王魁》[3]等。杂剧则有尚仲贤的《海神庙王魁负桂英》[4]，明初杨文奎的《王魁不负心》[5]。另外，《传奇汇考标目》别本，还著录了一本《王状元扯休书》，作者署名杨酷叫。令人非常遗憾的是，以上所提，除若干残曲之外，均未能够流传下来，这为我们深入研究这个传统题材的历史演变带来了不少困难。不过，从上述这些极有限的资料亦不难看到，自宋元以迄明代万历年间，取材于王魁和桂英故事的剧作，历来就有两种不同的立意、构思和处理。一种是王魁负桂英，这是悲剧；另一种则是王魁不负桂英，亦即桂英诬王魁（因不明真相而咒骂、谴责王魁负心），成了一出悲喜剧。应该说，在宋元明清，王魁和桂英故事的这样两种立意、构思和处理，皆有其现实生活作依据，亦都具有批判封建社会和科举制度的积极意义，只是角度和重点有所不同而已。

众所周知，宋元戏文中写婚变题材的作品相当多，社会反响也很大，

---

［1］《南词叙录·宋元旧篇著录》，《九宫正始》题作《王魁》，注云"元传奇"。钱南扬《宋元戏文辑佚》收存残曲十八支。

［2］《永乐大典·目录》和《南词叙录·宋元旧篇》皆著录。

［3］《南词叙录·本朝》著录。

［4］《元人杂剧钩沉》辑存【双调·新水令】一套。

［5］《太和正音谱》著录。

这自有其深刻的社会原因。婚变题材的戏文,男主人公的思想品质及其对糟糠之妻的态度,不外有三种类型。第一类,如《张协状元》中的张协。他落难时,"大雪天下身无寸缕,投古庙泪珠涟涟"。后来,他得到王贫女"相怜",并与王贫女"成姻眷"。可是,在赴京应试、状元及第之后,他忘恩负义,甚至恩将仇报。第二类,如《荆钗记》中的王十朋。他高中状元后,万俟丞相要强招他为婿。但他的态度极为坚定:"俺只为撇不下糟糠妻,苦推辞桃杏新室。"为了不辜负钱玉莲的挚情,他宁愿"夕贬朝阳路八千",在得知钱玉莲死讯后,"他独处鳏居,决不可再娶",主要也是出于对结发妻子的情爱。第三类,如《琵琶记》中的蔡伯喈。这是个介于张协和王十朋之间的人物,思想性格比较复杂。他辞试,父母不从,这是悲剧的起因;高中状元后,他辞官,皇帝不从;辞婚,则牛相不从。于是悲剧便深化了。他虽违心入赘牛相府,且有贤惠的牛小姐在身边,但并没有一刻忘怀年迈的双亲,以及受苦的发妻赵五娘。"几回梦里,忽闻鸡唱,忙惊觉,错呼妇归,同问寝堂上。"他始终生活于矛盾和苦痛之中。在他看来,一切的不幸,皆是读书所造成的。

这三种不同类型的封建士子,对于我们认识科举制度和封建社会都是很有意义的;而他们本身亦各有其审美价值。因此,取材于王魁和桂英故事的剧作,无论是写成王魁负桂英,还是写成桂英诬王魁,本身并不涉及作家识见和剧作立意的高下之别。认为写王魁不负桂英,就是为封建社会涂脂抹粉,思想倾向有问题,反映不真实,这种观点显然是不正确的。

三

古代小说家喜欢为名著作续书,戏曲家则喜欢写翻案戏。可是,古代评论家,往往把名著的续书斥为"狗尾续貂",对翻案戏的评价亦不高。其实,对于名著的续书和翻案戏,应该具体作品具体分析,不可一概而论。

王安节在一则批语中曾指出:"近日人情世故,总以翻案为奇。"(李渔《闲情偶寄·词曲部·结构第一·戒荒唐》)"以翻案为奇"的剧作,并不始于明末清初,但以明末清初为盛。这种情况的产生,既与当时的社会矛盾和世态人情有密切的关系;也是昆山腔戏曲艺术发展到一个重要转折时期的必然反映。王玉峰的《焚香记》,至迟作于万历十年(1582)之前。他把这部传奇写成王魁不负桂英,既是这个传统题材固有的一种立意、构思和处理,与隆庆、万历以降,戏曲领域"总以翻案为奇",甚至一味"狠求奇怪"（张岱《答袁箨庵》）的创作倾向，也是分不开的。不过，《焚香记》虽是部"以翻案为奇"之作，却是富有时代精神和现实意义的传奇。

万历年间是昆山腔戏曲艺术的鼎盛时期，戏曲家辈出，剧作如林。在争奇斗艳的曲苑，传统的题材若不花样翻新、立意新奇、别具一格，是很难博得戏班青睐和观众喜爱的。以王魁和桂英的故事为题材的剧作，如果仍然在王魁负心、桂英复仇等关目上着意敷衍，便很难推陈出新。于是，王玉峰创作《焚香记》，走桂英诬王魁的这条路，突出了"王魁守义，贵不易妻；桂英坚志，死不改节"（《辨非》出海神宾白），淋漓尽致地渲染了王魁和桂英的生死不渝之情，在《焚香盟誓》《阳告》《阴告》这些大关目上做足了戏文。剧作通过艺术形象体系，意在告诉人们：真正的有情人总会"重欢庆"，"莫把海誓山盟作等闲"；而"施奸计巧安排"的恶人，虽能得逞于一时，终不会有好下场。

就《焚香记》所着重表现的"情"来看，剧中男女主人公忠于"焚香盟誓"，不把"海誓山盟作等闲"，就是执着于"情至"。这与当时汤显祖所热烈鼓吹的"情至"新观念是完全一致的。而《焚香记》对观众所进行的扬善惩恶、忠贞守义等说教，虽有其消极面，但在世风日下的晚明，仍有它的积极意义。

作为一部爱情戏，《焚香记》如此构思和处理，使它与同时代的《紫钗记》《牡丹亭》《红梅记》《玉簪记》《娇红记》《红梨记》《西楼记》等相比较，虽然思想和艺术有高下、精粗之别，其个性特点却是十分鲜明的。这也是它为人称道，盛演于明清戏曲舞台的原因之一。

关于《焚香记》思想、艺术的特点和成就，《〈焚香记〉总评》曾作了精辟的分析："作者精神命脉，全在桂英冥诉几折，摹写得九死一生光景，宛转激烈。"剧中，王魁高中状元后，面对韩丞相招亲，虽"这姻亲天上人间少"；但他坚持"负不得糟糠义、死生约"，并发自肺腑地宣称："肯忍将艰难中恩爱忘却。"（《辞婚》出）而桂英误会王魁负情而死，以及"冥诉"，真实地反映了"身为下贱，心比天高"的妇女对于不幸遭遇的控诉，以及对于悲剧命运的抗争。作为一个被侮辱和被损害者，她的这种控诉和抗争，是有批判力量的，也是富有艺术感染力的。《焚香记》正是由于在思想和艺术上有不同于其他爱情戏的特点和成就，才能在当时为群众所喜闻乐见，常搬诸红氍毹，而其中的《阳告》等出，成了昆曲的传统折子戏。

如果联系晚明社会的丑恶世态和人情，我们更可看出《焚香记》为王魁翻案的良苦用心。

明代后期，一方面政治极端腐败，内外交困，社会异常黑暗；另一方面，随着资本主义萌芽的出现，产生了一批"钱虏"（《盛明杂剧·一文钱》栩庵居士眉批）。他们不知传统道德为何物，也不知天下有"羞耻"二字，凭借手中的金钱为所欲为，无恶不作。《焚香记》中的金员外，就是这样的"钱虏"。借王魁不负桂英，唾骂"钱虏"，针砭俗肠，这也是《焚香记》出新的一个方面。

"身荣又向豪门赘"（《明冤》出），写王魁负桂英的剧作，其立意和构思，显然着重于抨击负心薄情郎王魁。在晚明这个特定的历史时期，这虽然也有社会意义，但缺乏时代精神。把王魁塑造成一个"贵不易妻"，坚守"焚香盟誓"，有信义的志诚情种，作者可以满腔热情地通过王、敫的悲欢离合，鼓吹"情至"观念；剧作的矛头也自然地转向了利用金钱处心积虑破坏王、敫美满婚姻，不择手段谋夺桂英为妾的财主金垒，以及为了金钱逼令养女改嫁甚至接客的鸨母。这样的立意和构思，比谴责"贵易妻"的负心薄情郎，有了更多的时代色彩、更为深刻的社会意义。

四

对《焚香记》的艺术评价，明清时代有两种截然相反的意见。有的评论者称赞它是一部"不可多得"的传奇佳作；亦有人批评它"有意剿袭而为之"。

《〈焚香记〉总评》认为，这部传奇最值得称道的是，剧中体现了作者"精神命脉"的几出戏。它们既有艺术创新，又有思想光彩，不愧出于"情种"的"传神手"。在这位评论者看来，《焚香记》虽然"大略近于《荆钗》，而小景布置间仿《琵琶》《香囊》"，确有"颇类常套"的关目，如金垒换书、韩相招婿、传报凶信等；另外，无聊的"星相卜祷之事亦多"。可是，"此等波澜，又甔甈上不可少者"；何况此记"独妙手串插结构，便不觉文法沓拖，真寻常院本中不可多得"。在许多出的出末评论中，这位"玉茗堂评本"的评论者，不仅再次肯定了《焚香记》在人物塑造和结构艺术方面的成就，还对它的本色当行语言赞扬备至。比如，第八出评曰："填词直如说话，此文家最上乘，亦词家最上乘也，妙绝，妙绝！"第九出又评曰："曲白色色欲真，妙手也！词坛有此，称化工矣！"

可是，梁廷枏的评论，仅仅列举了《焚香记》情节关目与名作雷同之处，并给它扣上了一顶"有意剿袭"的大帽子。他说：

《焚香记》"寄书""拆书",关目与《荆钗记》大段雷同。金员外潜随来京,孙汝权亦下第留京,一同也;卖登科人寄书,承局亦寄书,二同也;同归寓所写书,同调开肆中饮酒,同私开书包,同改写休书,无之不同,当是有意剿袭而为之。

根据《焚香记》艺术描写的实际,对比分析一下以上两种评论,不难得出这样的结论:"玉茗堂评本"的评点者之见,要比梁廷枏的评论更全面,更公正,也更具只眼。

总之,按历史的和美学的观点来评价《焚香记》,应该说,无论在思想上还是在艺术上,这都是一部有特色、有成就和有影响的传奇作品。中华人民共和国成立以来的各种《中国文学史》和《中国戏曲史》,在论及明代万历年间的传奇作家作品时,都要论及王玉峰的《焚香记》,这是很有道理的。当然,这部传奇的局限性也是显而易见的。比如,有关海神判案、王魁生魂受审及青牛祖师救人等关目,不止"涉仙人荒诞之事,便无好境趣"(祁彪佳《远山堂曲品》对《玉掌》的评语),还宣扬了封建迷信和因果报应。另外,剧中还有一些庸俗无聊的插科打诨。尽管存在诸如此类的局限性,但我们仍然建议,今天的读者和观众,在阅读和观赏王魁负桂英的剧作同时,也阅读和观赏一下王魁不负桂英的《焚香记》,并进行一番比较和鉴别,这是有趣味又有意义的事。

(原载《中国古代戏曲家评传》,中州古籍出版社 1992 年版)

袁于令评传

袁于令兼擅戏曲和小说，他的《西楼记》是部有特色、有影响的传奇名作；他的《隋史遗文》则在敷演隋唐故事的同题材小说中占有重要的地位。明末，袁于令的名声不小，深得同派戏曲家的推崇。沈自晋称许袁于令"彩笔生春"（沈自晋《望湖亭》首出【临江仙】）。范文若借剧作的下场诗赞曰："曲学年来久已荒，新推袁、沈（自晋）擅词场"（《勘破靴》末出下场诗）；"幸有钟期沈、袁在，何须摔碎伯牙琴"（《生死夫妻》末出下场诗。《生死夫妻》和《勘破靴》均佚，引诗见《南词新谱·凡例续记》）。祁彪佳《远山堂曲品》评云："《西楼》写情之至，亦极情之变。若出之无意，实亦有意所不能到。"张岱《答袁籜庵》，则誉《西楼记》乃袁于令之《还魂》。清初，袁于令曾任荆州太守等职，士林对其甲申、乙酉年间（1644—1645）的政治表现，又颇多非议，并由此出现了流言蜚语。

袁于令（1592—1674）[1]，初名晋，又名韫玉；字令昭；号凫公，又号籜庵；别署幔亭仙史、幔亭歌者、幔亭过客、吉衣道人、吉衣主人、剑啸阁主人等，江苏吴县（今苏州市）人。出身于官宦之家，祖父袁年，明万历八年（1580）进士，历官陕西按察使；父袁堪，万历二十八年（1600）举人，历官广东肇庆同知。（汪琬《尧峰文钞·袁氏六俊小传》）

"吴郡佳公子，风流才调，词曲擅名。"（吴伟业《梅村诗集·赠荆州守袁大韫玉序》）袁于令万历年间为诸生，年青时"侠骨才情，天赋无两"（陈继儒《墨憨斋重定西楼楚江情·原叙》），尤雅好戏曲。据《南音三籁》记载，流传至今的三部传奇：《西楼记》《珍珠衫》《鹔鹴裘》，皆袁于令少年之作。袁于令曾师事著名戏曲家叶宪祖，被黄宗羲誉为"词家巨手"（黄宗羲《南雷文定前集·外舅广西按察使六桐叶公改葬墓志铭》）。

---

[1] 袁于令《南音三籁·序》，署"康熙戊申仲春书于白门园寓，七十七龄老人籜庵袁于令识"。按：康熙戊申，即康熙七年（1668），是年袁于令七十七岁；由此上推，袁于令当生于明万历二十年（1592）。至于袁于令卒于康熙甲寅［十三年（1674）］，董含《三冈识略》有明确的记载。

纵观袁于令的一生，可划分为三个时期：

明末，在苏州爆发了以颜佩韦等五义士为首的反阉党暴政的市民运动；袁于令的老师叶宪祖也因反对阉党门徒为魏忠贤建立生祠，被罢了工部郎中的官职。于是，袁于令便创作了抨击阉党罪恶的传奇《瑞玉记》和《玉符记》，投身于反阉党的正义斗争。

《玉符记》，卓人月说它"直陈崔、魏事"，是一部"感愤时事而立言"之作。（卓人月《残唐再创小引》）关于《瑞玉记》，乾隆十三年（1748）纂修的《苏州府志》有一则记载可资参考：

袁箨庵于令作《瑞玉》传奇，描写逆珰忠贤私人巡抚毛一鹭，及织造局太监李实构陷周忠介公事甚悉，词曲工妙。甫脱稿，即授伶人。群绅士约期邀袁集公所观唱演。是日，群公毕集，而袁尚未至。伶请曰："剧中李实登场尚少一引子，乞足之。"于是，群公各拟一调。俄而袁至，告以故，袁笑曰："几忘之！"即索笔书【卜算子】云："局势趋东厂，人面翻新样。织造平添一段忙，待织就弥天网。"群公叹服，遂各毁其所作。一鹭闻之，持厚币密致袁祈请，袁乃易一鹭曰："春锄。"[1]

《玉符记》和《瑞玉记》，皆是现实性极强的"传时事"新剧，可惜均未见流传。

崇祯十七年（1644），李自成的农民军攻入北京，崇祯皇帝自缢于煤山；不久，清兵在吴三桂的导引下，开进山海关，占领北京，建立了新王朝。此时，袁于令正在北京，他所谓"遭乱北都"，就是指这些重大的变故。顺治二年（1645）冬，袁于令出仕清朝，为工部官员；与龚鼎孳、曹溶等人过从甚密。顺治三年至四年（1646—1647），袁于令离京，监督山东临清关。（孟森《心史丛刊二集·〈西楼记〉传奇考》）因此，说袁于令在清兵兵临苏州城下之时，曾代士绅作迎降，以功"议叙荆州太守"云云，显然与事实不符。这种流言蜚语，很可能是江南抗清志士的附会之说，反映了他们对袁于令在北京依附清王朝的不满。近人孟森《〈西楼记〉传奇考》则谓，袁于令"或系驰草俾苏人遵用，其身并未离北"。看来此说亦难

---

[1] 文载《苏州府志》卷八十"杂记"三。类似的记载，亦见焦循《剧说》卷三，文字稍有不同。关于毛一鹭贿赂袁于令改易剧中人物毛一鹭之名，是附会，抑是实事，尚有待考证。

以成立，附此聊供参考。

顺治四年（1647），袁于令迁任湖北荆州知府。可是，为官生涯并不得意，尤侗有则记载颇可玩味。《艮斋杂说》卷五曰：

> 箨庵守荆州，一日谒某道。卒然问曰："闻贵府有三声。谓围棋声、斗牌声、唱曲声。"袁徐应曰："下官闻公亦有三声。"道诘之，曰："算盘声，天平声，板子声。"袁竟以此罢官也。[1]

顺治十年（1653），湖广抚臣题参袁于令等人"侵盗钱粮"，袁于令终被罢官。这次被劾和罢官，是否与袁于令反唇相讥道台署中"亦有三声"有关，并无材料可证。不过，从尤侗的这则记载，既可窥见袁于令官僚生涯的特点，也透露了他的宦海浮沉与其"游戏调笑"的性格不无关系。据陈继儒《题〈西楼记〉》说，袁于令平日"世人与之庄语，辄垂首欲睡。间杂以嘲弄谐谑，曼歌长谣，不觉全副精神转入声闻酒知见香中"。如此性格的戏曲家，原非当官料子，被罢官并不奇怪。

袁于令离开荆州以后，"失职空囊，侨寓白下，扁舟归里，惆怅无家"（吴伟业《梅村诗集·赠荆州守袁大韫玉序》），从此开始了一生的第三个时期。

"袁箨庵流寓金陵，落魄不得志。大书门联云：佛言不可说，不可说；子曰如之何，如之何。"（尤侗《艮斋杂说》卷五）"落魄不得志"，仍然"嘲弄谐谑"，同样表现了袁于令的性格。"老泪沾歌板""咳唾成宫商"，从戏曲艺术中寻找欢乐和慰藉；在金陵，以及出游苏、杭和扬州等地，与友朋欢聚唱和，这是袁于令晚年生活的重要内容。[2]

袁于令有"剑啸阁传奇"九种，流传至今的有四种，即《西楼记》《珍珠衫》《鹔鹴裘》《窦娥冤》。其中《窦娥冤》系改编本，原作《金锁记》乃叶宪祖所撰。《旷园偶录》尝云："袁于令生平得意在《金锁》，而今人盛行《西楼》。"此说恐怕未必确实。《西楼记》名震一时，当是袁于令的得意之笔，无疑是他的代表作，故有关《西楼记》的传说和评论也比较多。已佚的传奇，除《玉符记》和《瑞玉记》外，尚有《汨罗记》《合浦记》《长

---

[1]《顾丹五笔记》亦有类似的记载。此轶事，吴敬梓曾改造为《儒林外史》的情节。
[2] 参见王士禛《香祖笔记》、焦循《剧说》、吴之纪《春日袁荆州令昭过访百花洲》、宋荦《漫堂年谱》。

生乐》。"《汨罗记》，极状屈子之忠愤。"[1]《合浦记》可说是晚明"狠求奇怪"歪风影响下的产物。张岱为此特作《答袁箨庵》，对此剧作了严肃的批评。指出它"热闹之极，反见凄凉"，同样存在"只求闹热，不论根由，但要出奇，不顾文理"的弊病。《长生乐》，明末和清代的曲录未见著录，今存同治四年（1865）曹春山校订本，不知是否出于袁于令之手。袁于令所作杂剧，有《双莺传》和《战荆轲》。《远山堂曲品》赞《双莺传》"逸韵遄飞，妙在于多情之面目，得豪侠肝肠"。明末，此剧被沈泰收入了《盛明杂剧》。

袁于令多才多艺，除传奇和杂剧外，也创作过小说。流传至今的《剑啸阁批评秘本出像隋史遗文》，就出于袁于令之手。另外，他还著有诗文集《留砚斋稿》《及音室稿》，编纂了《北曲谱》。

"幔亭峰是有歌名"（《墨憨斋重定西楼楚江情传奇》第三十六出下场诗），袁于令"素擅知音之誉"（袁圆客《南音三籁》增语），对曲律颇有研究。为此，《南曲谱》编纂者沈谦，曾撰《与袁令昭先生论曲谱书》，和其商讨曲谱问题。袁于令对戏曲家不严守音律的现象，大不以为然。在《南音三籁·序》中指出："后之作者，率意填词，动辄旁犯，淆乱正阕，形之讴歌，相习传讹，巧为赠腔，任其出入，几使排名莫定，板逗无准，而词曲遂不可问矣。"也正由于此，他赞扬凌濛初所编《南音三籁》："词不轻选，板不轻逗，句有赠字，调无赘板，能使作者不伤于法，读者不越乎规，有功于声教不浅。"显而易见，袁于令的曲学主张深受沈璟的影响，时贤和后人把他列入吴江曲派，其乃名副其实。

在严守音律的同时，袁于令又十分强调"真情"在戏曲艺术中的作用。他认为王玉峰《焚香记》传奇之总评，"惟一真字足以尽之耳"。在《焚香记·序》中，袁于令对此作了极为精辟的论述。他说：

> 乐府之淫滥，无如今日矣！所称江南胜部，自王实甫、高则诚而下，王弇州首推《拜月亭》，犹曰：所嫌者曲终不能使人泪下。斯言也，真深得词家三昧。盖剧场即一世界，世界只一情人。以剧场假而情真，不知当场者有情人也。顾曲者尤属有情人也。即从旁之堵墙而观听者，若童子，若瞽叟，若村媪，无非有情人

---

[1] 祁彪佳《远山堂曲品·汨罗》评语。评语还说："记成乃为秦灰，不可得见，惟散其事于《神女》《双栖记》中。"由此可见，袁于令还创作过《神女记》《双栖记》传奇。

也。倘演者不真,则观者之精神不动。然作者不真,则演者之精神亦不灵。

联系《西楼记》"写情之至""只一情字"(祁彪佳《远山堂曲品·西楼》评语,张岱《答袁箨庵》),不难看出袁于令效法汤显祖"临川四梦"的痕迹。

《西楼记》首出《标目》的【临江仙】下阕曰:

试看悲欢离合处,从教打动人肠。当筵谁者是周郎?纵思敲字句,无敢乱宫商。

袁于令就是在这种创作思想指导下创作《西楼记》和其他剧作的。《西楼记》则充分体现了袁于令既重视音律美,又强调真情"动人肠"的曲学主张。

《西楼记》当创作于崇祯五年(1632)之前。[1] 它写的虽是才子和名妓恋爱的老故事,可是凭借作者的艺术才情,加上社会上广为流传的相关轶事,这本传奇在明末清初曾盛演不衰,影响不小。陈继儒《墨憨斋重定西楼楚江情传奇·原叙》说:

自《西楼记》出,海人达官文士,冶儿游女,以至京都戚里,旗亭邮驿之间,往往抄写传诵,演唱殆遍。想望西楼中美少年风流眉目,而不知出于金阊袁白宾也。白宾氏侠骨才情,天赋无两。其游戏调笑,虽单调片语,可附《世说》。《西楼》其有为为之。极幻,极怪,极艳,极香,读之可以想其人矣。

陈继儒的这段话,既具体地介绍了《西楼记》在当时演唱成功以及大受欢迎的实况,又生动地描述了袁于令的性格爱好和才情,同时还对这部传奇作了耐人寻味的肯定性评价,很有参考价值。

据说《西楼记》中的女主人公穆素徽实有其人,她是位名妓,旧居苏州四通桥,与袁于令因果巷的住宅相近。穆素徽后为吴江大富豪沈同和所

---

[1] 据祁彪佳《日记》记载,他于崇祯五年(1632)、六年(1633)、九年(1636)三次观看过《西楼记》的演出。

狎。有次沈、穆出游虎丘，袁于令看到后颇有意于穆。同行的门客冯某，私察袁于令爱穆之意，便自作主张，登上沈舟夺穆而回袁府。结果，沈同和大怒，告到官府，袁父害怕惹祸，便送袁于令到衙门。为了这件风流韵事，袁于令不仅被革去了诸生学籍，且被系入狱。《西楼记》就是他在狱中有感而作的，剧中的风流才子于叔夜实指作者，池同、赵祥则分别影射沈同和及其友赵凤鸣。

在笔者看来，诸如此类把《西楼记》传奇看作袁于令"自叙传"的说法，虽然加强了它的传奇色彩，大大提高了它的知名度。但这种索隐式的观点，既不符合事实，又混淆了艺术和生活的区别，无助于实事求是地评论《西楼记》的思想和艺术。

张岱慧眼独具，指出《西楼记》"只一情字"，可谓袁于令之《还魂》。这为我们理解和评价它的思想内容提供了一把钥匙。袁于令虽属吴江曲派，但《西楼记》却继承了《牡丹亭》歌颂"情至"的反封建主义性理的传统。剧作通过于叔夜与穆素徽的悲欢离合，强调"婚姻事难论高低"，热情地赞美了男女主人公的"生死情难变"。

在艺术上，《西楼记》从构思、关目、曲词到梦境描写，亦颇得《牡丹亭》的"意趣神色"，但又有自己的特色。全剧四十出，"死生一曲【楚江情】"贯穿于于叔夜与穆素徽的悲欢离合，既主题突出，又引人入胜。其中《讲技》《错梦》《抢姬》《泣试》等出，皆是情理所有，脍炙人口。另外，剧作"奉谱严整，辞韵恬和"（张琦《衡曲麈谭·作家偶评》），"协调当行，当时无两"（《剧说》卷三引《旷园偶录》）；词俱雅致，时有俟语，在音律美和语言美上也达到了较高的水平。

《剑啸阁批评秘本出像隋史遗文》，今存崇祯刻本，署名吉衣主人。十二卷六十回，卷首有撰于崇祯癸酉［六年（1633）］玄月的自序。由此可见，这部小说当成书于崇祯初年。

诚如前文所说，对于戏曲创作，袁于令既强调严守音律，又讲究真情动人。因此，他的传奇和杂剧皆"彩笔生春"，便于当场。应该说，袁于令虽属吴江曲派，但"汤辞沈律，合之双美"的曲学主张，对他的戏曲创作是很有影响的。

对于小说创作，袁于令则提出了小说"传奇也"，"传奇贵幻""文不幻不文，幻不极不幻"的美学命题。《隋史遗文·序》劈头就说：

    史以"遗"名者何？所以辅正史也。正史以纪事；纪事者何，

> 传信也。遗史以搜逸：搜逸者何，传奇也。传信者贵真：为子死孝，为臣死忠，摹圣贤心事，如道子写生，面奇逼肖。传奇者贵幻：忽焉怒发，忽焉嬉笑，英雄本色，如阳羡书生，恍惚不可方物。

在这里，袁于令正确地区分了历史题材的小说与正史的界限。他所强调的"幻"，包含两层意思：第一，创作历史题材的小说，理应与"正史以纪事"不同，不必"传信"，而应该"搜逸"（"传奇"）。序文指出，《隋史遗文》就是"什之七皆史所未备"。第二，在小说创作中，应该采用"幻"的方法，即浪漫主义艺术方法。序文指出，《隋史遗文》"顾个中有慷慨足惊里耳，而不必谐于情；奇幻足快俗人，而不必根于理。袭传闻之陋，过于诬人；创妖艳之说，过于凭已。悉为更易，可仍则仍，可削则削，宜增者大为增之"。这就是说，《隋史遗文》虽以民间传说和讲史话本为基础，但作者运用"幻"的方法，即浪漫主义艺术方法进行了新的处理。

在《〈西游记〉题辞》中，袁于令通过对杰出神魔小说《西游记》的评论，又一次阐述了小说"传奇""贵幻"的美学命题。他强调说：

> 文不幻不文，幻不极不幻。是知天下极幻之事，乃极真之事；极幻之理，乃极真之理。

在这篇《〈西游记〉题辞》中，袁于令对于幻与文、幻与真的认识，虽不无偏颇，但其推崇"幻"和"驾虚游刃"的艺术方法，即浪漫主义艺术方法，对于明清小说的发展，还是很有积极意义的。

《隋史遗文》就是在这样的小说美学思想指导之下创作的，它可说是袁于令小说美学思想的一次成功的艺术实践。

《隋史遗文》是一部历史演义小说，它敷演了隋唐之际的兴废争战故事。《隋史遗文》又是一部英雄传奇小说，全书以秦琼为中心人物，以他一生的三部曲（当官军首领，镇压农民起义；上瓦岗山寨，群雄聚义造反；投奔李世民，成为李唐王朝的开国元勋）为经线，运用"驾虚游刃"之法，通过富有传奇色彩的情节，塑造了众多的英雄好汉。历史演义与英雄传奇的巧妙结合，是《隋史遗文》在思想和艺术上的一大创新，也是它在明清两代取材于隋唐故事的许多同类小说中占有重要地位的主要原因。

早在两宋的瓦舍勾栏中，"说话人"开讲隋唐两代故事，已成为颇有艺术吸引力的重要节目。(《梦粱录·小说讲经史》)明初,诞生了鼓词体话本《大唐秦王词话》[1]。这部词话,全书分八卷六十四回。从隋炀帝大业十二年(616)颁诏李渊为太原留守写起,以十八家称王、六十四路烟尘为典型环境,着重描写了秦王李世民反隋建唐的历程,结束于李世民登基后与突厥订立渭水之盟。这前后十年的大关节目,大体上参照了司马光的《资治通鉴》。明代中叶,出现了熊大木的《唐书志传通俗演义》(又名《唐书演义》《唐国志传》),以及林瀚的《隋唐志传通俗演义》(又称《隋唐两朝志传》)。

《唐书志传通俗演义》,卷首有李大年撰于嘉靖三十二年(1553)的《唐书演义·序》。小说的情节,略同于《大唐秦王词话》,只是增添了唐太宗贞观年间的若干故事,结束于唐太宗东征高丽。这部作品虽已采用了散文评话的体裁,但是,"紊乱《通鉴纲目》"(李大年《唐书演义·序》),又缺乏艺术的想象,并不是一部成功的历史演义小说。

《隋唐志传通俗演义》,卷首有林瀚的序,此序撰于正德三年(1508)。序中说,这部小说是他在"罗(贯中)氏原本"的基础上,"遍阅隋唐诸书所载英君名将、忠臣义士,凡有关风化者,悉为编入"而成。今存"万历己未[四十七年(1619)]岁季秋既望金阊书林龚绍山绣梓"刊本,书题"东原贯中罗本编辑""西蜀升庵杨慎批评"。孙楷第先生早就指出:"此杨慎评本《隋唐志传》号为林瀚编次者,其书当出于词话。其增唐季事,当即万历间书贾所为。所载瀚序,盖依托耳。"(《日本东京所见小说书目》)笔者同意孙先生之见。根据这部小说的内容,以及拙劣的构思和文笔推测,确实不可能出于正德年间官至兵部尚书的林瀚之手。实际上,它是金阊书贾根据有关隋唐之际兴废争战的正史记载、民间传说和戏曲词话,以及熊大木《唐书志传通俗演义》的故事和人物拼凑捏合而成。全书一百二十二回,前九十一回写隋唐之际二十多年的争战兴亡史,后三十一回则涵盖了唐太宗贞观以后二百多年的"全唐史"。头重脚轻,处理显然不当。从此足见作者的历史和艺术素养均较平庸。不过,多方吸收来自民间的各种隋唐故事,大大增强了小说的英雄传奇色彩,则是《隋唐志传通俗演义》的一大特点和可取之处。

与上述几部有关隋唐历史的小说相比较,袁于令的《隋史遗文》无疑是后来居上,青出于蓝。理应对其另眼相看,深入研究。

---

[1] 今存明刊本,原为郑振铎收藏。

袁于令于崇祯年间创作出《隋史遗文》，并非事出偶然。自两宋以来，由于"说话人"不断讲说隋唐之际的兴废争战故事，加上以此为题材的戏曲、说唱作品大量出现，隋唐故事不止家喻户晓，且为广大群众所喜闻乐见。袁于令对此题材产生兴趣，萌发艺术冲动，从事《隋史遗文》的创作，这是十分自然的。此其一。其二，从《隋史遗文》的自序，以及小说独辟蹊径的艺术构思和处理，不难看出，袁对诞生于《隋史遗文》前的几部敷演隋唐故事的小说是不满的。事实证明，《隋史遗文》既避免了它们在处理历史与小说问题上所存在的缺陷；在取材、构思和艺术方法上，又有了新的创造。其三，崇祯年间，天下大乱，农民起义风起云涌，且越演越烈，其形势与隋末颇有相似之处。这种形势对于袁于令的创作思想、总体构思和艺术方法，不可能不产生影响。《隋史遗文》从内容到形式，能令读者耳目一新，与以上这三点确有内在的联系。

诚如前文所指出的，袁于令对于敷演历史人物和历史故事的小说，有自己的美学见解。他不仅有"诗笔"，且具"史才"。因此，在前人基础上创作《隋史遗文》时，他摆脱了《资治通鉴》《通鉴纲目》体例的束缚。这也就是说，《隋史遗文》不再按史家的编年顺序，把隋唐二代的嬗变，处理成以帝王为中心的改朝换代史。南宋爱国词人陈亮在《上孝宗皇帝疏》中，有句名言曰："有非常之人然后可以建非常之功。"隋末可谓"非常"之时代，故而"建非常之功"的"非常之人"，比比皆是。袁于令既有陈亮同样的卓见，又相信时势造英雄这个真理。因此，在考察隋唐这段历史时，他把艺术的视角投向了天下大乱、群雄并起的时势（"非常"之时代），以及以秦琼为中心的瓦岗山寨众好汉（"非常之人"）。这是《隋史遗文》总体构思上的特点。作者非同一般的"史才"，于此亦可见一斑。

需要指出的是，《隋史遗文》中有关秦琼的一系列故事，诸如，辅佐李世民打天下之前的"当锏卖马""幽州见姑娘""烛焰烧捕批"，以及辅佐李世民削平群雄过程中的种种动人情节，乃是袁于令的艺术新创造（当然，对"说话人"有关秦琼的"说话"，以及杂剧、戏文和传奇作品中有关秦琼的关目，肯定有所借鉴、吸收）。《隋史遗文》中有关秦琼的系列故事，传奇色彩浓郁，极富戏剧性，很能引人入胜。作者正是借助这些新鲜故事，生动地展现了秦琼的人生三部曲，多侧面地刻画了这个盖世英雄的性格特征，使秦琼的言行和命运紧紧地吸引住读者的心。小说对与秦琼这个中心人物有关的群雄，特别是瓦岗山寨的众好汉，也通过动人的故事作了描绘和刻画。不过，相比之下，秦琼的形象有血有肉，显得丰满充实；其他英雄好汉的形象，虽亦各有其精彩的镜头，但在艺术上袁于令对其所下功夫不深，有流于一般之弊。不言而喻，要想全面地展现隋末唐初这个时代的风貌，倾注感情全力创造出像秦琼这样突出的英雄典型，无疑是非常必要的。但同时塑造出个性鲜明的英雄群像，显然也是不可或缺的。《隋史遗文》在这方面是存在明显缺陷的。这方面的艺术缺陷，在后来的《说唐》中得到了较好的弥补。

《隋史遗文》在思想内容上的难能可贵之处，除了冲破正史的体制，以乱世英雄作为贯穿全书的中心人物之外，还突出地表现在对隋炀帝杨广残暴、荒淫的揭露和批判上。对隋炀帝的否定，就是对群雄起义的肯定；对隋王朝黑暗统治的抨击，就是对取而代之施行仁政的唐王朝，特别是太宗李世民的称颂。把问题提到一定的历史阶段加以审视，这样的艺术处理，并非袁于令局限性的表现，恰恰是《隋史遗文》值得肯定的一个重要方面。

(原载《中国通俗小说家评传》，中州古籍出版社1993年版)

论昆山派

在昆曲发展史和明清传奇发展史上是否存在昆山派,迄今治曲者尚有分歧。

最早提出存在昆山派的是吴梅,他在《中国戏曲概论》"明人传奇"中有两处论及明代戏曲家的"流别"和"家数",亦即流派问题。其一曰:

> 若夫作家流别,约分四端。自《琵琶》《拜月》出,而作者多喜拙素。自《香囊》《连环》出,而作者乃尚词藻。自玉茗"四梦"以北词之法作南词,而偭越规矩者多。自词隐诸传,以俚俗之语求合律,而打油钉铰者众。于是矫拙素之弊者用骈语,革辞采之繁者尚本色。正玉茗之律而复工于琢词者,吴石渠、孟子塞是也。守吴江之法而复出以都雅者,王伯良、范香令是也。[1]

在这里,吴梅概括了明代戏曲家的四种创作特色:"喜拙素""尚词藻""以北词之法作南词""以俚俗之语求合律"。以今人的流派观来区分,即可分别归入本色派、工丽派、临川派和吴江派。吴梅又曰:

> 有明曲家,作者至多,而条别家数,实不出吴江、临川和昆山三家。惟昆山一席,不尚文字,伯龙好游,家居绝少,吴中绝技,仅在歌伶,斯由太仓传宗(太仓魏良辅,曾订《曲律》,歌者皆宗之,吴江徐大椿为再传弟子),故工艺独冠一世。[2]

在这里,吴梅明确指出,有明曲家不出吴江、临川和昆山三派,并认为昆山派的代表人物梁辰鱼"不尚文字",又"好游",故该派缺乏鼓吹本派曲学主张的论著,其"绝技"(当含剧作艺术风格特点)在"歌伶"的

---

[1] 王卫民:《吴梅戏曲论文集》,中国戏剧出版社 1983 年。
[2] 王卫民:《吴梅戏曲论文集》,中国戏剧出版社 1983 年。

舞台表演中可以看得很清楚，且代有传承，在魏良辅《曲律》和沈宠绥、徐大椿等人的论著中亦有所论述。

笔者赞赏吴梅的精辟见解和论述，确信昆曲发展史和明清传奇发展史上存在昆山派。早在1989年出版的拙著《中国戏剧文学的瑰宝——明清传奇》（江苏教育出版社出版）的第三章，就论述了《最早诞生的一批昆曲传奇和昆山曲派》，其中第三节题为《昆山曲派初探》。遗憾的是限于当时的认识水平，对昆山派的论述比较简略肤浅。岁月匆匆，二十多年过去了，如今笔者对昆山派有了一些新的认识，因此在重读了昆山派诸家的作品之后，想就昆山派的诸多问题再作一番探索。

一、昆山派是昆山腔和昆腔传奇历史发展的必然产物

昆山派的形成是与昆山腔的历史发展息息相关的，也与第一批昆腔传奇的诞生有着密切的关系。

昆山是昆山派的发源地。早在南宋末年，南曲戏文由温州、杭州等地向北传播到江苏昆山等地，与当地源远流长的民歌（吴歌）、方言和土戏相结合，便逐步形成了南曲戏文五大声腔之一的昆山腔。任何戏曲声腔都是先供清唱，再搬诸舞台成为剧唱；仅供清唱的声腔是不存在的，昆山腔亦不例外。有元一代，昆山腔既可供文人雅士清唱，也能用它来敷演南戏作品。元末明初，顾阿瑛的"玉山佳处"，聚集了高则诚、杨维桢、倪瓒等文人雅士，以及顾坚等乐工曲师，他们定期举行雅集，对当时偏于一隅尚较"土"的昆山腔进行了雅化的艺术加工。于是昆山腔开始向西流传到了南京，明太祖朱元璋也有所风闻。从弘治、正德开始，直到嘉靖中叶，吴中地区以魏良辅为杰出代表的一大批民间乐工曲师，对昆山腔作了全面的改革；而梁辰鱼、张凤翼等吴中戏曲家，既参与了这次昆山腔的改革工作，又首先接受了改革后的昆山腔新声（水磨调），并按其格律和排场创作出了第一批昆腔传奇。从此直到明末清初，吴中地区一直是昆曲艺术的中心、昆腔传奇创作的重镇。在这样的背景下，逐步形成了有着明显的吴文化艺术风格特点的昆山派，实乃顺理成章的历史必然。

明代的几位著名戏曲评论家，在评论作家作品时，已出现了"派"和"派头"等术语，从中也不难窥见确有昆山派的存在。

吕天成在《曲品》中指出，由于今人不能真正领会"本色当行"之真

谛，"传奇之派遂判而为二：一则工藻缋少拟当行，一则袭朴澹以充本色"[1]。若以此审视昆山派，则昆山派无疑属于"工藻缋少拟当行"之派。

吕氏《曲品》卷下"旧传奇品"评《拜月》曰："元人词手，制为南词，天然本色之句，往往见宝，遂开临川玉茗之派。"[2] 评《香囊》又曰："词工、白整、尽填学问。此派从《琵琶》来，是前辈最佳传奇也。"[3] 吕氏《曲品》卷下"新传奇品"评《玉玦》云："典雅工丽，可咏可歌，开后人骈绮之派。"[4] 评《玉合》云："词调组诗而成，从《玉玦》派来。大有色泽。伯龙极赏之，恨不守音韵耳。"[5] 评《四喜》则云："二宋事佳，词亦工美。上虞有曲派，此公甚高。"[6]

凌濛初《谭曲杂札》评《明珠记》云：

> 尖俊宛展处，在当时固为独胜，非梁、梅辈派头，闻其为乃兄仪部点窜居多，故《南西厢记》较不及远甚耳。元美以"未尽善"一语概之，以其不甚用故实，不甚求丽藻，时作真率语也。赖有"凤尾笺""鲛绡帕""芙蓉帐""翡翠堆"等语未脱时尚，故犹得与伯龙辈同类而共评；不然，几至不齿及矣。我谓"未尽善"正在此，不在彼。其北尾云："君王的兀自保不得亲家眷，穷秀才空望着京华泪痕满。"直逼元人矣！此等句，近世唯汤义仍间有之耳，岂当时余子所及乎。[7]

凌氏《谭曲杂札》还指出了张凤翼受梁辰鱼的影响："自梁伯龙出，而始有工丽之滥觞，一时间名赫然"[8]；"张伯起小有俊才，而无长料。其不用意修词处，不甚为词掩，颇有一二真语、土语，气亦疏通；毋奈为习俗流弊所沿，一嵌故实，便堆砌耕棨，亦是仿伯龙使然耳"[9]。

祁彪佳《远山堂曲品》评《玉合记》亦云：

---

[1] 中国戏曲研究院：《中国古典戏曲论著集成六》，中国戏剧出版社1959年。
[2] 中国戏曲研究院：《中国古典戏曲论著集成六》，中国戏剧出版社1959年。
[3] 中国戏曲研究院：《中国古典戏曲论著集成六》，中国戏剧出版社1959年。
[4] 中国戏曲研究院：《中国古典戏曲论著集成六》，中国戏剧出版社1959年。
[5] 中国戏曲研究院：《中国古典戏曲论著集成六》，中国戏剧出版社1959年。
[6] 中国戏曲研究院：《中国古典戏曲论著集成六》，中国戏剧出版社1959年。
[7] 中国戏曲研究院：《中国古典戏曲论著集成四》，中国戏剧出版社1959年。
[8] 中国戏曲研究院：《中国古典戏曲论著集成四》，中国戏剧出版社1959年。
[9] 中国戏曲研究院：《中国古典戏曲论著集成六》，中国戏剧出版社1959年。

骈丽之派，本于《玉玦》，而组织渐近自然，故香色出于俊逸。词场中正少此一种艳手不得，但止题之以艳，正恐禹金不肯受耳。[1]

综观上述诸家之评，可见明代的戏曲评论家已有意识地用"派""派头"来区分不同艺术风格的戏曲家；而在他们看来，郑若庸、梁辰鱼、张凤翼、梅鼎祚等人属于同一"派"，具有共同的"派头"。由于"开后人骈绮之派"的郑若庸、梁辰鱼皆为昆山人，故吴梅命名此派为昆山派是十分确当的。

若读者认真体会上述诸家关于"派"和"派头"的论述，弄清所述戏曲家之间的渊源关系，再联系有关戏曲家作品的艺术实际，那么哪些戏曲家可以归入昆山派，也就显而易见了。在二十多年前出版的拙著《中国戏剧文学的瑰宝——明清传奇》中，笔者将昆山戏曲家郑若庸、梁辰鱼，苏州（含长洲和吴县）戏曲家张凤翼、许自昌，太仓戏曲家唐仪凤，安徽宣城戏曲家梅鼎祚，以及浙江鄞县戏曲家屠隆列入了昆山派。今天重新审视昆山派的成员，笔者有两点补充论述。

其一，苏州戏曲家陆采，凌濛初《谭曲杂札》认为其"尖俊宛展处""非梁、梅派头"。而查其代表作《明珠记》，又是用改革前的昆山腔或海盐腔演唱的旧传奇。故二十多年前笔者初探昆山派时，并未将他列入昆山派。如今仔细品味凌氏"赖有'凤尾笺''鲛绡帕''芙蓉帐''翡翠堆'等语未脱时尚，故犹得与伯龙辈同类而共评"之语，重新研读了《明珠记》，笔者认为陆采仍应列入昆山派。

其二，昆山"二顾"和朱鼎似亦应列入昆山派（没有把握，仅提出供研讨）。昆山"二顾"是指顾希雍（懋仁）和顾仲雍（懋俭）。吕天成《曲品》卷上评"二顾"曰："二顾，盖文士而抱坎壈之悲，书生而具英雄之概者。"[2]《曲品》卷下著录顾懋仁传奇《五鼎》，并有评云："主父恩仇分明，写出最肖；且不与生叶，甚新。然《五鼎》欠发挥，徒寄之言耳。"[3]著录顾懋俭传奇《椒觞》，有评云："陈元亮事真，此君似有感而作。梁伯龙极赏之。是甚有学问者。"[4]可惜昆山"二顾"之作均已失传。无法窥

---

[1] 中国戏曲研究院：《中国古典戏曲论著集成六》，中国戏剧出版社1959年。
[2] 中国戏曲研究院：《中国古典戏曲论著集成六》，中国戏剧出版社1959年。
[3] 中国戏曲研究院：《中国古典戏曲论著集成六》，中国戏剧出版社1959年。
[4] 中国戏曲研究院：《中国古典戏曲论著集成六》，中国戏剧出版社1959年。

其庐山真面目了。

朱鼎的《玉镜台》尚存,吕天成《曲品》卷下有评曰:"此君与二顾同盟。而才不逮。纪温太真事,未畅,粗具体裁而已。元有此剧,何不仍之。"[1] 审视朱氏的《玉镜台》,其艺术风格特点颇有"梁、梅派头",且朱氏"与二顾同盟","二顾"既为梁辰鱼极赏而归入昆山派,朱鼎亦当属于昆山派。

二、昆山派作家作品一瞥

王世贞《艺苑卮言》[撰于嘉靖四十四年(1565)]指出:

> 吾吴中以南曲名者,祝京兆希哲、唐解元伯虎、郑山人若庸。希哲能为大套,富才情而多驳杂;伯虎小词翩翩有致;郑所作《玉玦记》最佳,它未称是。《明珠记》即《无双传》,陆天池采所成者,乃兄浚明给事助之,亦未尽善。张伯起《红拂记》洁而俊,失在轻弱。梁伯龙《吴越春秋》满而妥,间流冗长。陆教谕之裘,散词有一二可观……其他未称是。

王氏这里所说的"南曲",包括供清唱的南散曲和供舞台演唱的剧曲;而他提及的《玉玦记》《明珠记》《红拂记》《吴越春秋》(初稿《浣纱记》)都是昆腔传奇。

吕天成《曲品》所品传奇分为"旧传奇"和"新传奇"两部分:"旧传奇"是指元末至昆山腔改革前的南曲戏文作品;"新传奇"则是指按改革后的昆山腔新声创作的昆腔传奇。吕氏于"新传奇品"下有原注云:"每一人以所作先后为次,非有所甲乙也。"现将吕氏所品的属于昆山派的戏曲家列举于后:

中品
陆天池所著传奇二本:《明珠》《南西厢》
张灵墟所著六本:《红拂》《祝发》《窃符》《灌园》《宸廖》《平播》

---

[1] 中国戏曲研究院:《中国古典戏曲论著集成六》,中国戏剧出版社 1959 年。

梁伯龙所著传奇一本：《浣纱》
郑虚舟所著传奇二本：《玉玦》《大节》
梅禹金所著传奇一本：《玉合》
下品
屠赤水所著传奇三本：《昙花》《修文》《彩毫》
中上品
顾懋仁所著传奇一本：《五鼎》
顾懋俭所著传奇一本：《椒觞》
下上品
朱永怀所著传奇一本：《玉镜台》
中上品
作者姓名无可考：《鸣凤记》

　　《曲品》未作品评的昆山派戏曲家，则有许自昌。

　　由于昆山派戏曲家没有理论批评论著，要想准确地归纳和概括其传奇创作在思想和艺术上的共同特点，必须对昆山派戏曲家进行全面、深入的研究。限于篇幅，仅就上述《曲品》品评次序，对各家及其代表作先略作评介，然后再作综合分析。

　　陆采（1497—1537），名灼，更名采，字子玄（一作子元），号天池（一作天奇），别号清痴叟，江苏长洲（今苏州市）人。传世剧作有《明珠记》《南西厢记》《怀香记》，另有《分鞋记》和《椒觞记》已失传；著有《题铁瓶草堂》《冶城客论》《史余》（今存），《天池声隽》（未见）等。钱谦益《列朝诗集》丁集《陆秀才采》，说陆采年十九［正德十年（1515）］创作《明珠记》，曾得其兄陆粲的协助，并"集吴门老教师精音律者逐腔改定，然后妙选梨园子弟登场教演"，因而盛极一时。嘉靖三十二年（1553），梁辰鱼还曾为《明珠记》第二十出补写了五百字，说它可与《琵琶记》和《宝剑记》相提并论。（《江东白苎》卷上）吕天成《曲品》卷上列陆采于"上之中"品，评曰："天池湖海豪才，烟霞仙品，壮托元龙之傲，老同正平之狂。著书而问字旗亭，度曲而振声林木。"[1] 由此，可略窥陆采之思想性格和才学技艺之一斑。吕氏《曲品》列《明珠记》入"新传奇品"，评曰："无双事奇。此系天池之兄给谏陆粲具草，而天池踵成之者。抒写处

---

［1］　中国戏曲研究院：《中国古典戏曲论著集成六》，中国戏剧出版社 1959 年。

有境有情，但音律多不叶，或是此老未精解处。及其布局运思，是词坛一大将也。"[1] 此评实事求是，唯《明珠记》完稿于正德十年（1515），并非按魏良辅等人改革后的昆山腔新声的格律和排场创作而成，这是可以肯定的。那么吕氏为何又将其归于"新传奇"类，令人费解。至于陆采改编的《南西厢记》，吕氏《曲品》卷下评曰："天池恨日华翻改纰漏，猛然自为握管，直期与王实甫为敌。其间俊语不乏。常自诩曰：'天与丹青手，画出人间万种情。'岂不然哉。愿令优人亟演之。"[2] 陆采的《南西厢记》是否用昆山腔新声演唱，限于文献资料，亦难断定。

《明珠记》，又名《王仙客无双传奇》，本事出唐薛调《刘无双传》，见《太平广记》。这是部才子佳人戏，写王仙客与无双的悲欢离合的故事；而他们的悲欢离合，又与卢丞相的害人和朱太尉的作乱息息相关。剧情与唐传奇相似，唯无双父遇赦未死，最后父母重会。另外，又增无双赠与仙客明珠为信物，以为线索，故剧名《明珠记》。此剧不仅有梁辰鱼补写的五百字，更有李渔改写的第二十五出《煎茶》，其影响之大，由此可见。

《明珠记》首出《提纲》的【南歌子】概括了自古以来男女爱情的普遍规律："佳人才子古难并，苦离分，巧完成。离合悲欢只在眼前生。"在末出《荣封》的【意不尽】，作者又道出了创作动机和创作方法："东吴才子多风度，撮俏拈芳入艳歌，锦片也似丽情传万古。"可见陆采这位风度翩翩的"东吴才子"，创作《明珠记》为的是歌颂王仙客和无双这对才子佳人悲欢离合的"丽情"。因为这是"艳歌"，所以他采用了"撮俏拈芳"之法。换言之，作者走的是重文采的骈绮工丽之路。诚如祁彪佳《远山堂曲品·雅品残稿》所评："《明珠》记王仙客、刘无双。文人之情，才士之致，具见之矣。"[3]

《明珠记》除了歌颂矢志不渝的男女之情外，还赞美了"识人心，识时务"的侠士，挞伐了弄权奸佞的伤害善人、骄兵悍将的叛乱称帝。这都有其道德的教化意义。剧中人物，无论是生、旦主角王仙客和刘无双，还是反面人物卢丞相，甚至太监等人，上场自报家门，无不用四六骈体之文。有些折子虽不乏通俗的本色语，但就全剧而言，丽词藻句，刺眼夺魄，总的倾向只能用"骈绮"二字来概括。比如，第十出《送愁》，王仙客与丫鬟

---

[1] 中国戏曲研究院：《中国古典戏曲论著集成六》，中国戏剧出版社1959年。
[2] 中国戏曲研究院：《中国古典戏曲论著集成六》，中国戏剧出版社1959年。
[3] 中国戏曲研究院：《中国古典戏曲论著集成六》，中国戏剧出版社1959年。

对唱的四支【北红衲袄】，曲词本色通俗，颇有金元风味；可后面王仙客独唱的八支曲子，又一变为工丽典雅，且多典故。陆采，作为昆山派最早的一位戏曲家，他的传奇创作已奠定了昆山派艺术风格特点的基础了。

张凤翼（1527—1613），字伯起，号灵虚（或作灵墟），别号冷然居士，江苏长洲人。与弟献翼（字仲举，又字幼于）、燕翼（字叔贻），皆有文名，时人誉称吴郡"三张"。嘉靖四十三年（1564）举于乡，燕翼同榜中举。次年（1565），赴会试不第。万历五年（1577），再次落榜，从此绝意仕进，杜门不出，读书养母，卖字鬻书以自给。著述甚多，有《处实堂集》《梦占类考》《文选纂注》《海内名家工画能事》等。徐复祚《花当阁丛谈》，谓张凤翼"晚喜为乐府新声，天下之爱伯起新声甚于古文辞"。散曲有《敲月轩词稿》（未见原书，《吴骚合编》录其散套五套，小令一支；《太霞新奏》录其小令两支）。所作传奇多种，少年时作《红拂记》，演之者遍国中。后以丙戌［万历十四年（1586）］上太夫人寿，作《祝发记》，则母已八旬，而身亦耳顺矣。继之者则有《窃符》《灌园》《扊扅》《虎符》，共刻函为《阳春六集》，盛传于世。据吕天成《曲品》卷下评语可知，《扊扅》乃张氏得意之作，惜已失传。暮年受平定播州杨应龙事变的李应祥将军之托，创作了《平播记》。这虽是部时事新剧，但"衰年倦笔，粗具事情，太觉单薄。似受债帅金钱，聊塞白云耳"[1]，亦未见流传。

张伯起与梁辰鱼过从甚密，他俩都参与了魏良辅等人对于昆山腔的改革工作，并作出了各自的贡献。张氏不止雅善吹箫度曲，喜为昆曲新声，亦能粉墨登场。徐复祚《曲论》有记载说："伯起善度曲，自晨至夕，口鸣鸣不已。吴中旧曲师太仓魏良辅，伯起出而一变之，至今宗焉。常与仲郎演《琵琶记》，父为中郎，子赵氏，观者填门，夷然不屑意也。"[2] 张氏又擅书法，曾公开标价卖字养亲，但他耻以诗文字翰结交贵人，八十六岁时，尝撰诗曰："今年八十六，在我当知足。人富我不贫，人荣我无辱……修行诗一心，庶几亨五福。"吕天成《曲品》卷上概括张氏为人曰："灵墟烈肠慕侠，雅志采真，汪洋挹叔度之波，轩爽惊孟公之座；稽古搜奇于洞壑，养亲绝意于公车。"[3]

《红拂记》是张凤翼的代表作，这是一部融合唐人小说《虬髯客传》与

---

[1] 中国戏曲研究院：《中国古典戏曲论著集成六》，中国戏剧出版社1959年。
[2] 中国戏曲研究院：《中国古典戏曲论著集成四》，中国戏剧出版社1959年。
[3] 中国戏曲研究院：《中国古典戏曲论著集成四》，中国戏剧出版社1959年。

孟棨《本事诗》中徐德言和乐昌公主破镜重圆故事而成的传奇之作。张氏"烈肠慕侠",《红拂记》以女侠红拂为女主人公,《窃符记》中亦赞美了"女侠"式的人物,这绝非偶然。《红拂记》中的红拂女,虽是个杨素府中的女奴,却富有智慧,又敢于斗争;可以为情而私奔,不以自荐为耻,是作者热烈歌颂的心比天高的女侠。剧中红拂慧眼所识的英雄李靖,他扫除边患,安定国家,这在张氏生活的明代是人民心目中的理想人物。可惜在形象的塑造上,《红拂记》并不太成功。张氏创作《红拂记》,借古喻今之意显而易见。但明代评论家对此剧的取材和构思非议颇多。比如,徐复祚《曲论》认为,此剧"本《虬髯客传》而作,惜其增出徐德言合镜一段,遂成两家门,头脑太多"[1]。其实,作者如此构思,实有其良苦用心,意在暗喻当朝时事。又如,凌濛初因不满《红拂记》结尾,改作《北红拂》杂剧;冯梦龙则合并张凤翼、刘晋充《红拂记》,以及凌氏《北红拂》,重定为《女丈夫》。这也从一个侧面反映了当时人们对《红拂记》的另眼相看,对红拂这位"女侠"和"女丈夫"的爱慕和敬仰。

王世贞《曲藻》评《红拂记》曰:"洁而俊,失在轻弱。"汤显祖同样认为《红拂记》"短简而不舒"。王骥德《曲律》亦谓《红拂记》"体裁轻俊,快于登场,言言袜线,不成科段"。凌濛初《谭曲杂札》则认为张凤翼的传奇创作颇受梁辰鱼的影响。

张伯起也是个风流才子,《红拂记》清俊轻媚,"颇有一二真语、土语,气亦疏通"的曲子,如第十出《侠女私奔》、第十九出《破镜重符》;但由于用意修辞,醉心于工丽骈绮,故多堆砌拼凑,喜用典故,缺乏真情实感。突出的例子,如第十五出【卜算子】后短短一段有关弈棋的对白,连用了七个典故。第二出中渔人与李靖对唱的【古轮台】,渔人的八句唱语中连用了吹箫伍相、刺船陈孺和题桥司马三个典故。张氏又擅长引用或化用前人的诗词名句,如第十九出【山坡羊】的"他侯门一入深无底,陌路萧郎",第三出【一剪梅】的"梧桐叶落雨初收,新恨眉头,旧事心头",第二十六出【解三酲】的"几回剩把银釭照,犹恐相逢似梦中",第十七出【大圣乐】的"须知道红颜自古多薄命,只落得莫怨东风当自嗟"。人物上场白,多用四六骈体,连杨素府中衙役介绍老爷也用四六骈体。《红拂记》全剧仅三十四出,且多二、三、四支曲组成的短套出,这是值得赞赏的。王骥德所说"体裁轻俊,快于登场",当即指此而言。但有些短出,也有汤显祖所

---

[1] 中国戏曲研究院:《中国古典戏曲论著集成四》,中国戏剧出版社1959年。

说的毛病"短简而不舒"。值得一提的是，第二十一出髯客海归采用南北合套，这是剧中唯一采用南北合套的折子戏。从这工丽典雅与本色当行相融合的唱词，足可窥见张氏戏曲语言的功力。

梁辰鱼（1519—1591），字伯龙，号少白，自署仇池外史，江苏昆山人。出身望族，以例贡为太学生，但不求仕进。梁氏"风流自赏，修髯美姿容，身长八尺"[1]，与《浣纱记》中的范蠡一样"少小豪雄侠气闻"（《游春》中范蠡的上场白）。张大复在《皇明昆山人物传》卷八，对梁氏作了生动的描述："好任侠，喜音乐"；"行营华屋，招徕四方奇杰之彦"；"或鹖冠裼裘，拥美女，挟弹飞丝，骑行山石"；"千里之外，玉帛狗马，名香琛玩，多集其庭；而击剑扛鼎、鸡鸣狗盗之徒，乃至骚人墨客、羽衣草衲、世出世间之士，争愿以公为归"；"尚书王世贞、大将军戚继光特造其庐，辰鱼于楼船箫鼓中，仰天歌啸，旁若无人"。

梁氏自幼有"游癖"，他之"游癖"，一是谋生；二是欣赏名山大川；三是"与天下豪杰士上下其议论，驰骋其文辞，以一吐胸中奇耳"（文徵明《鹿城集·序》）。梁氏"逸气每凌乎六郡，而侠声常播于五陵"（梁辰鱼《拟出塞·序》）。他是有抱负之士，怀有为国建功立业的理想。可惜生不逢时，胸中不止有"逸气"，还有不平和垒块。试看《浣纱记》首出《家门》："骥足悲伏枥，鸿翼困樊笼。试寻往古，伤心全寄词锋。问何人作此，平生慷慨，负薪吴市梁伯龙。"由于梁氏与歌妓（如马湘兰）、盐客和各色江湖艺人（所谓"击剑扛鼎、鸡鸣狗盗之徒"）有密切交往，这使他带有浓重的市民气息。直到晚年，梁氏依然过着风流倜傥的生活："彩毫吐艳曲，粲若春花开。斗酒清夜歌，白头拥吴姬。家无担石储，出多少年随。"[2]

与张凤翼一样，梁氏不仅较早地接受了魏良辅等人改革后的昆山腔新声，对其不遗余力加以鼓吹；还创作了用水磨调演唱的《浣纱记》，以及供水磨调清唱的《江东白苎》。《昆新两县续修合志》卷三记载云："尤喜度曲，得魏良辅之传，转喉发音，声出金石。其风流豪举，论者谓与元之顾仲瑛相仿佛云。"徐又陵《蜗亭杂订》亦云："歌儿舞女不见伯龙，自以为不祥也。其教人度曲，设大案西向坐，序列左右，递传叠和，所作《浣纱记》至传海外。"

---

[1] 中国戏曲研究院：《中国古典戏曲论著集成八》，中国戏剧出版社1959年。
[2] 中国戏曲研究院：《中国古典戏曲论著集成八》，中国戏剧出版社1959年。

梁辰鱼的著作，戏曲有传奇《浣纱记》和《鸳鸯记》（已佚）。杂剧有《红线女》（收《盛明杂剧》）和《红绡》（已佚），另有《无双传补》，实为补陆采《明珠记》第二十出（收《江东白苎》卷上）。散曲则有《江东白苎》[所收散曲纪年，自嘉靖三十二年（1553）至万历三年（1575）]。诗有《鹿城集》，还有一卷《江东二十一史弹词》，见诸光绪年间所修《苏州府志》卷五十《艺文志》，借未见流传。

关于《浣纱记》的创作时间，文献资料并无明确记载。据沈德符《顾曲杂言·梁伯龙传》有关梁氏出游青浦，县令屠隆[据《鄞县志》知屠隆于万历七年（1579）调任青浦县令]酒宴间演唱《浣纱记》，并故意捉弄梁氏的轶事，可推知是剧最迟当创作于万历七年（1579）。徐朔方认为沈德符这条记载并不可靠，他推测《浣纱记》当作于梁氏二十至二十五岁之间，即嘉靖十七年（1538）到二十二年（1543）之间。[1] 又据万历元年（1573）刊本《鼎雕昆池新调乐府八能奏锦》，已选有《浣纱记》的三个折子戏：《别吴归国》《吴王游湖》《打围行乐》，从出目可判断它们选自初稿《吴越春秋》，因定稿系用两个字的出目。由此可推知，《浣纱记》定稿当完成于万历元年（1573）之后、万历七年（1579）之前这段时间。

张大复《梅花草堂集·笔谈》"昆腔"条，记载了魏良辅居太仓南关，与诸曲师乐工切磋改革昆山腔后，指出："梁伯龙闻，起而效之，考订元剧，自翻新调，作《江东白苎》《浣纱》诸曲，又与郑思笠精研音理，唐小虞、陈梅泉五七辈杂转之，金石铿然，谱传藩邸戚畹，金紫熠爚之家，而取声必宗伯龙氏，谓之昆腔。"[2] 由于梁氏紧随魏良辅等人参与了昆山腔的改革工作，并用昆山腔新声创作了《江东白苎》和《浣纱记》，成为第一批用昆山腔新声格律和排场创作传奇诸家中最有影响的人物，后世论及昆腔常将魏、梁相提并论。至今仍有不少论著说梁氏《浣纱记》是第一部用昆山腔新声创作的传奇。但这并不符合历史事实，因为《玉玦记》《红拂记》《鸣凤记》等昆腔传奇皆创作于《浣纱记》之前。

《浣纱记》末出下场诗云："尽道梁郎识见无，反编勾践破姑苏。大明今日归一统，安问当年越与吴？"可见当时的平庸之辈，对梁氏《浣纱记》处理吴越兴亡的故事是颇有非议的。更有甚者，则责问梁氏曰："君所编吴为越灭，得无自折便宜乎"？

---

[1] 徐朔方：《梁辰鱼的生平和创作》，载中山大学学报《古代戏曲论丛》1983年专刊。
[2] 中国戏曲研究院：《中国古典戏曲论著集成八》，中国戏剧出版社1959年。

其实,梁郎识见高天下。吴越春秋的老故事,经梁氏推陈出新,创作出《浣纱记》这部新传奇。作品并非发思古之幽情,而寓有借古喻今之深意:褒扬吴越两国的忠臣义士,抨击昏君奸佞,肯定越国君臣的卧薪尝胆、复国雪耻,总结历史的经验教训以为鉴戒。须知梁氏的时代,大明"归一统"已有两个世纪,与当年吴越争霸时代当然不可同日而语。但从内有昏君奸佞,外有北方边患和东南倭乱来看,一统的大明帝国,与吴越争霸时代的吴国,又有相似之处。而从个人的遭际和抱负来看,梁氏以吴越兴亡之事创作《浣纱记》,也是为了抒发个人的愤懑之情。梁氏多么希望像"豪雄侠气"的范蠡那样,为国为民,做出一番惊天动地的伟业啊!

《浣纱记》的主角,无疑是范蠡和西施,在历史上也是实存其人的。剧作以吴越兴亡的全过程为背景,这是符合历史事实的;剧中其他重要人物,如吴王夫差、太宰伯嚭、伍子胥,以及越王勾践、大夫文种等人,也都是历史人物。但是,作为情节主线的范、西悲欢离合,却大量采用了《吴越春秋》《越绝书》等的记载。至于西施为范蠡的未婚妻,范蠡进西施谋吴,西施负有特殊使命,以酒色迷惑吴王等关目,则是梁氏的发明创造。笔者认为《浣纱记》只可划入历史传奇剧范围,不能看作严格意义上的历史剧。剧作把范、西视为仙人下凡,这是命定论的解释,确实不足取。不过《浣纱记》以范、西泛湖收场,巧妙地揭露了越王勾践只可共患难、不可同欢乐的封建帝王的本质;又使为国立了大功的农家女西施不至落入被封诰命夫人的俗套,使急流勇退的范蠡也更见光彩。难怪《巢林笔记》作者如是云:"予于传奇最喜《泛湖》一出……每当月白风清,更阑人静,手拨琵琶而切响,曲分南北兮迭赓,且唱且弹,半醒半醉,恍若一片孤帆飞渡行春桥矣。"

乾隆年间的凌廷堪,在其《论曲绝句》中批评《鸣凤记》和《浣纱记》曰:"弇州碧管传《鸣凤》,少白乌丝述《浣纱》。事必求真文必丽,误将剪彩当春花。"在凌氏看来,"事必求真"和"文必丽"乃是这两剧的致命伤。此评有其正确的一面,但亦有偏颇。

在艺术上,《浣纱记》有三点值得肯定:其一,在艺术构思上,它把一生一旦的悲欢离合之情,与吴越兴亡的盛衰嬗变紧相结合,开创了昆腔传奇创作的新路子;其二,在艺术结构上,范、西的戏贯穿始终,主线分明,吴越双方对比鲜明,泛湖结局别出心裁;其三,虽用韵上也存在问题,但能恪守昆山腔新声的格律,又文采斐然,作者不愧骈绮派中的佼佼者。但是,《浣纱记》在艺术上的缺陷,也是显而易见的。

首先，语言上过分追求工丽典雅，过于雕琢，说白四六骈文多，本色自然语少；喜用典故，尤多用有关家国兴亡的历史典故；还喜化用古人著名诗词。其次，未能在描写历史事件中精心刻画人物，致使男女主人公的形象不够丰满，夫差、伯嚭等重要人物缺乏深度。再次，全剧长达四十五出，关目散缓，头绪纷繁，失之冗长，确有不少可删之处。最后，"事必求真"，忘记了戏剧与历史的区别。诚如谢肇制《五杂俎》所指出的："必事事考之正史，年月不合、姓字不同不敢作也。如此则看史传足矣，何名为戏？"[1]

郑若庸，字仲伯（一作中伯），号虚舟，江苏昆山人。生于明弘治八年（1495）至十年（1497）间，年八十余始卒，当在万历九年（1581）前后。"虚舟落拓襟期，飘摇踪迹。侯生为上座之客，郗郎乃入幕之宾。买赋可索千金，换酒须酬一石。"作为山人先达，郑氏与其后辈梁辰鱼属于一类人物。据钱谦益《列朝诗集》丁集介绍，郑氏"早岁以诗名天下。赵康王闻其名，走币聘入邺，客王父子间。王父子亲迎接席，与交宾主之礼。于是海内游士争担簦而之赵，以中伯与谢榛故也。中伯在邺，王为庀供帐，予宫女及女乐数辈。中伯乃为著书，采掇古今奇文累千卷，名曰《类隽》。康王薨，去赵居清源。年八十余始卒"。著作除《类隽》外，尚有《市隐园文纪》《郑虚舟尺牍》《蛣蜣集》；另据《四库存目》，还有《唐类函》《北游漫稿》。郑氏所作传奇，吕天成《曲品》著录二本，《玉玦记》有评曰："典雅工丽，可咏可歌，开后人骈绮之派。每折一调，每调一韵，尤为先获我心。"《大节记》则评曰："工雅不减《玉玦》。孝子事业有古曲，仁人事今有《五福》，义士事今有《埋剑》矣。"《大节记》已佚，《五福记》清初钞本已收入《古本戏曲丛刊》第三集，但未署作者姓名。

郑若庸可谓昆山派的开山祖，在此派中年纪最大；其传奇直承《琵琶》和《香囊》的艺术传统，以骈绮为美，工丽典雅，可咏可歌。其代表作《玉玦记》，全剧三十六出，也是部才子佳人戏。敷演王商与其妻秦庆娘的悲欢离合，赞美了"玉玦欢重会"（末出下场诗）。剧中有关王商因狎妓李娟奴而弃妻的情节，作者借以抨击了恶劣的"娼家行径"，因此，朱彝尊《静志居诗话》认为作者创作此剧，为的是"讪院妓"；由于演出效果良好，"时白门杨柳，少年无系马者"。值得指出的是，此剧还插入耿京、辛弃疾投宋抗金，张国安谋杀耿京，辛弃疾擒杀张国安等情节，既表彰了"烈妇

---

[1] 中国戏曲研究院：《中国古典戏曲论著集成三》，中国戏剧出版社1959年。

忠良世所稀"（末出唱词），也宣扬了"善恶到头终有报"（第二十三出唱词）。

徐渭"独不喜《玉玦》，目为板汉"，究其原因，就在于"故事太多"（《南词叙录》中《玉玦记》后注语）。徐复祚批评得好："独其好填塞故事，未免开钉饾之门，开堆垛之境，不复知词中本色为何物，是虚舟实为之滥觞矣。"比如，第十二出《赏花》传唱颇盛，但末上场赞美西湖好景致的道白，无异于一篇小赋；而游西湖的【吴歌儿】套曲，也是工丽典雅的典范之作，与本色相去甚远。又如，第三出《博弈》，员外与解帮闲、张鬼熟赌围棋、双陆、骰子和象棋时所唱【皂罗袍】一套曲，第二十出《观潮》，员外观潮，与云游道士喝酒取乐时的说白和唱词，皆是作者逞才的典型例子。另外，作者喜引用或化用古人的诗词作品，也是掉书袋的一种表现。

梅鼎祚（1549—1615）是昆山派的后起之秀，也是这派代表性的戏曲家，故明人有"梁梅"派头之说。梅氏字禹金，号胜乐道人，安徽宣城人。吕天成《曲品》评梅氏云："禹金名家隽胄，乐苑鸿裁。贡京同贾谊之入秦，作客似陆机之游洛。著述不遗鬼妓，交游几遍公卿。"由此略可窥见梅氏风流才子的气派。[1] 滥觞于郑若庸《玉玦记》，以骈绮为最大特点的昆山派，至梅氏"组织渐近自然，故香色出于俊逸"，遂成词场中难得的"艳手"。[2]

梅鼎祚学问渊博，著述丰富。王世贞非常推重，所作《四十咏》（《弇州山人续稿》卷二）之一，即咏《梅秀才鼎祚》。梅氏著有《鹿裘石室集》《青泥莲花记》等，编辑有《历代文纪》。所作传奇有《玉合记》《长命缕》，杂剧有《昆仑奴》，均有刻本流传。梅氏与汤显祖是知交，汤氏《寄梅禹金》云："半百之余，怀抱常恶。每念少壮交情，常在吾兄。"万历八年（1580）八月，梅氏携《玉合记》访显祖。显祖为之题词。梅氏晚年所作的《长命缕》，与《玉玦记》相比较已有所变化，所谓"调归宫矣，韵谐音矣，意不必使老媪都解，而亦不必傲士大夫以所不知"（《长命缕·序》）。但他推重的仍然是梁辰鱼和张凤翼，《长命缕·序》云："曩游吴，自度曲而工审音，深为伯龙、伯起所慑伏。道人亦谓，梁之鸿邕，屈于用长；张之精省，巧于用短，然终推重此两人也。"梅氏的《昆仑奴》颇受祁

---

[1] 中国戏曲研究院：《中国古典戏曲论著集成六》，中国戏剧出版社1959年。
[2] 中国戏曲研究院：《中国古典戏曲论著集成八》，中国戏剧出版社1959年。

彪佳之青睐，《远山堂剧品》归入"妙品"，评曰："阅梅叔诸曲，便觉有一种妩媚之致。虽此剧经文长删润，十分洒脱，终是女郎之唱'晓风残月'耳。"

《玉合记》以唐代安史之乱为背景，敷演诗人韩翃与柳姬悲欢离合的故事。韩翃游长安，在豪侠之士李王孙的帮助下，与柳姬结为夫妻。安史之乱中，柳姬被归顺于唐朝的沙咤利抢走，侠客许俊夺回柳姬，韩翃终与柳姬破镜重圆。可见这也是一部才子佳人的悲欢离合与家国兴亡相结合的剧作。与《玉玦记》《红拂记》《浣纱记》一样，剧中才子佳人的情爱都有一件信物为证，从"玉玦"和"玉合"的分合，以及"红拂"和"浣纱"的重现，反映了才子佳人的悲欢离合之情，这是昆山派戏曲家擅长的写作套路。《玉合记》中才子佳人的悲欢离合，既抓住了"情"字，第十出【普天乐】云"人生都只为这个情字，管多少无明烦恼"；又突出了豪侠之士的作用，故首出【满庭芳】曰"风流节侠，千古播词场"。

李调元《雨村曲话》卷下指出："曲不欲多，尤不欲多骈偶。如《琵琶》黄门诸篇，业且厌之；而屠长卿《昙花》白终折无一曲，梁伯龙《浣纱》、梅禹金《玉合》终本无一散语，其谬弥甚。"与昆山派的其他戏曲家一样，梅氏《玉合记》的戏曲语言，确实存在李氏所说的毛病，白多骈偶，曲多骈语且多典故，虽文采斐扬、工丽典雅，但筵前台畔，即使文人士大夫能解作者也不多。另外，梅氏《玉合记》亦喜逞才炫学。比如，第四出《宸游》写唐明皇与杨贵妃游曲江，一开始高力士的上场白，用的是长篇四六骈文；接着宫女唱【字字双】和有关白想、红想、黑相、黄想、绿想、青想、紫想的插科打诨，就是最典型的逞才炫学的例子。值得一提的是，白想、红想……与陆采《明珠记》第二十三出《巡陵》中太监与张如花、李似玉唱【字字双】有关海菜、山菜、水菜……的插科打诨如出一辙。

屠隆（1542—1605），字长卿，又字纬真，号赤水，又署冥寥子、婆罗馆居士、鸿苞居士、一纳道人，浙江鄞县人。吕天成《曲品》评曰："屠仪部逸才慢世，藻句惊时。太白以狂去官，子瞻以才蒙誉。偃恣于娈姬之队，骄酣于仙佛之宗。"可见屠氏是个风流才子，既狂逸放荡，又笃信仙佛。据沈德符《顾曲杂言》记载，屠隆于万历十二年（1584）十月任礼部主事时，刑部主事俞显卿论劾屠隆与西宁侯宋世恩"淫纵"，"且云与西宁侯宋世恩夫人有私"。结果，屠隆与西宁侯俱削职为民。沈氏还说："西宁夫人有才色，工音律。屠亦能新声，颇以自炫，每剧场，辄阑入群优中作技。夫人从帘箔中见之，或劳以香茗，因此外传。"

屠隆曾与梅鼎祚、吕玉绳、潘之恒等组成"白榆诗社",并经常观摩昆班的演出。他对汤显祖极为推重,其《栖真馆集》卷十六《与汤义仍奉常书》,对汤氏被罢官深表劝慰:"足下亦自以为空天绝地,只古单今,意气诩诩盛也。乃求之当世,实有如足下者几人?"屠隆被劾削籍归里后,汤显祖亦有《怀戴四明先生并问屠长卿》,表示劝慰:"赤水之珠屠长卿,风波宕跌还乡里。……古来才子多娇纵,直取歌篇足弹诵。情知宋玉有微词,不道相如为侍从。此君沦放益翩翩,好共登山临水边,眼见贵人多卧阁,看师游宴即神仙。"

屠隆传奇《凤仪阁三种》:《昙花记》《彩毫记》《修文记》,皆有传本。屠隆"骄酣于仙佛之宗","晚年自恨往时孟浪,致累宋夫人被丑声",创作《昙花记》,不无自我忏悔之意。《昙花记》长达五十余出,结构松散,关目烦冗,不仅走骈绮之路,"且音律未甚叶,于搬演情节未甚当行"(臧晋叔《昙花记·小序》),且"以传奇语阐佛理"(《昙花记·自序》),屠隆"家乐"虽经常演出,但影响并不大。唯《昙花记》中有好几出戏,只有宾白而不填一曲,不失为形式上的一种改革。长达四十八出的《修文记》,又名《仙子修文记》,亦敷演仙佛事,"以传奇语阐佛理"。

《彩毫记》可谓屠隆的代表作。万历三十年(1602)重阳节,屠隆曾在嘉兴烟雨楼排演《彩毫记》。吕天成《曲品》评《彩毫记》云:"此赤水自况也。词采秀爽,较《昙花》为简洁。"《彩毫记》首出【满庭芳】云:"洒落天才,昂藏侠骨,风流千古青莲。"末出下场诗又谓:"英雄天放作闲身,三寸如龙不可驯。拈出当场豪举事,青莲千载为传神。"显而易见,屠隆创作《彩毫记》是为李白树碑立传、歌功颂德。剧作写诗人李白供奉翰林时的春风得意和疏狂行径,以及"三寸彩毫生祸胎"(第十七出《知几引退》唱词)的经历。安史之乱中,永王璘拜李白为军师,李白指责永王"勾连叛臣,反戈内向,妄窥神器,自取诛夷",被拘下狱。安史之乱后,李白又因《永王东巡歌》被远谪夜郎。剧作突出了李白的忧国忧民,以及他那"安能摧眉折腰事权贵,使我不得开心颜"(《梦游天姥吟留别》)的风骨。全剧以安史之乱为背景,插入了永王璘的叛乱、郭子仪的平乱,以及唐明皇和杨贵妃的不少故事;又因李白"原是天上星官,谪居尘世"(第三出《仙翁指教》),便引出了"仙翁指教""访道仙翁""仙官列奏"等宣扬出世思想的无聊情节关目。所以全剧显得结构松散、头绪纷繁,许多情节关目可删,不少折子则可合并。词曲工丽典雅,骈绮派的特点异常鲜明。

许自昌（1578—1623），字玄祐，号霖寰，别署梅花主人，江苏长洲甫里（今苏州甪直镇）人。以赀选，授文华殿中书。万历中，许氏弃官家居，蓄"家乐"以奉父娱老（其父许朝相是当地大富商）。李流芳《檀园集》卷九《许母陆孺人行状》云："中书虽以赀为郎，雅非意所屑，独为奇文异书，手自雠校，悬之国门，暇则辟圃通池，树艺花竹，水亭山榭，窈窕幽靓，不减辋川、平泉，而又制为歌曲传奇，令小队习之，竹肉之音，时与山水映发。"许氏的梅花墅（遗址在今甪直东市下塘街 80 号）为吴中名园，钟惺《梅花墅记》、陈继儒《许秘书园记》，都甚赞此园。据《康熙苏州府志》卷六十七小传，许氏著有《樗斋漫录》《樗斋诗草》《秋水亭草》《唾余集》《捧腹集》，惜均已失传。传奇《水浒记》《橘浦记》《灵犀佩》，均有刻本传世。《传奇汇考标目》还著录许氏剧作四种：《报主记》《弄珠楼》《临潼会》《瑶池宴》，亦均未流传。许氏还改订过汪廷讷《种玉记》和许三阶《节侠记》，俱存。

祁彪佳《远山堂曲品》"能品"，评许氏《水浒记》云："记宋江事，畅所欲言，且得裁剪之法。曲虽多稚弱句，而宾白却甚当行，其场上之善曲乎？"又评《橘浦记》云："余阅黄山人所撰《柳毅》传奇，嫌其平衍，乃此又何多骈枝也！于传书一事，情景反不彻。词喜用古，而舌本艰滞，便为累句。惟钱唐君数北调，有豪举之致，故拔入能品。"从祁氏之评，可略见许自昌传奇思想和艺术之一斑。

许氏《水浒记》是部颇有影响的水浒戏，剧中的《借茶》《前诱》《后诱》《杀惜》《活捉》等出，在昆曲舞台上是常演的折子戏。《水浒记》以宋江为中心，敷演了与宋江关系密切的晁盖、吴用、公孙胜、白胜等智取生辰纲（唯无阮氏三雄）及劫后上梁山火并王伦、宋江杀阎婆惜、浔阳江宋江题反诗、梁山好汉劫法场等水浒故事，与《水浒传》所叙大致相同。剧作赞颂"义士公明，轻财任侠，由来豪杰倾心"；肯定了梁山泊的替天行道，英雄们的"忠义尽传纲"。（首出《标目》【满庭芳】）剧中宋江、阎婆惜、张三，以至梁山头领、喽啰出场时，无例外地采用词赋体自报家门，并叙事写景；唱词中亦喜用典。比如，第九出《慕义》中梁山喽啰的定场白，用赋体铺叙梁山形势，长达千余言，无异于一篇"梁山赋"；第十一出《约婚》，宋江所唱【红衲袄】，短短八句，就用了八个典故，阎婆惜同曲八句，用了七个典故。由此即可窥见其追求骈绮的倾向。当然，诚如祁彪佳所指出的，剧中也不乏当行本色的宾白、通俗有趣的曲词。

关于《鸣凤记》的作者，明清时代的重要曲录和曲话，记载不一。概括地说，有这样几种说法：

一是王世贞作，如《古人传奇总目》、凌廷堪《论曲绝句》；

二是王世贞门人和王世贞合作，如焦循《剧说》；

三是无名氏作，如吕天成《曲品》；

四是王世贞门客作，如《曲海总目提要·鸣凤记提要》；

五是某学究作，如明万历本《李卓吾评传奇五种》"总评"有一则云："如《鸣凤》原出学究之手，曲白尽佳，不脱书生习气，而大结构处，极为庞杂无伦，可恨也。"

笔者根据清嘉庆七年（1802）刊刻、由王昶等所纂的《直隶太仓州志》一则记载，认为《鸣凤记》实出于太仓名不见经传的士子唐仪凤之手，但它的传世则与王世贞颇有关系。《直隶太仓州志》卷六十《杂缀》三"纪闻"引《凤里志》云：

> 唐仪凤，吾州凤里人。（引者按：太仓城北有双凤镇，凤里不知是否即双凤）才而艰于遇，弃举子业。撰《鸣凤》传奇，表椒山公（引者按：杨继盛字仲芳，别号椒山，人称杨椒山）等大节。梦椒山谓曰："子当为鸡骨哽死，今以阐扬忠义，至期吾当救之，更延一纪。"觉而异之。一日，偕友游马鞍山（引者按：昆山又名玉山、马鞍山），食肆中鸡汁面，楚甚不堪，几至垂毙。抵暮恍见一手自空而下，直探其喉，取骨出而愈。后果又活十二年乃终。传奇之成也，曾以质弇州先生，先生曰："子填词甚佳，然谓此出自子，则不传；出自我，乃传。盖势有必然，吾非欲掠美，正以成子之美耳。"仪凤许之，弇州乃赠以白米四十石，而刊为己所编。然吾州里皆知出自唐云。或又谓：唐初无子，作此（引者按：指《鸣凤记》）后梦椒山公抱送二子。

这则记载，虽杂有封建迷信的荒诞传说，却非常清楚地说明了《鸣凤记》的作者情况，以及他与王世贞的关系。尽管尚无其他材料佐证，但根据明清人有关《鸣凤记》作者的诸多记载，笔者认为唐仪凤作《鸣凤记》是可信的。万历以后所修的各种《太仓州志》中，均无关于唐仪凤的任何记载，这也足见他确是个"才而艰于遇"的默默无闻之士。唐仪凤因同乡关系，当与王世贞有过一定的交往，也很可能曾为王氏门客。至于他在创作《鸣凤记》的过程中，曾得到王氏的指点和帮助，甚至如焦循《剧说》

所说，王氏还自填《法场》一出，这同样也是很有可能的。

至于《鸣凤记》的创作时间，据目前所掌握的材料，笔者认为，初稿完成于嘉靖四十一年（1562）之前，初演于严嵩父子垮台之际。后来作者对剧本又作了增补，从第三十七出《雪里归舟》到第四十一出《封赠忠臣》所写严嵩父子关目，内容皆是发生于嘉靖四十一年（1562）到隆庆元年（1567）之间的事，便说明了这一点。另外，《群英类选》选有六出《鸣凤记》的折子戏，又说明万历前期《鸣凤记》曾盛演于各地舞台。因为胡文焕所编《格致丛书》各书自序皆作于万历二十一年（1593）到二十四年（1596）间。

与上述诸家传奇不同的是，《鸣凤记》取材于时事，是明代流传至今的一部优秀的时事新剧。吕天成《曲品》评《鸣凤记》曰："纪诸事甚悉，令人有手刃贼嵩之意。词调尽邕达可咏，稍厌繁耳。"吕氏此评是符合剧作实际的允当之论。

明嘉靖年间，权奸严嵩结党营私，倒行逆施，专权朝政二十一年之久。后经杨继盛等清忠耿介官吏前赴后继的斗争，终于树倒猢狲散。《鸣凤记》即以此震惊朝野的时事为题材创作而成。剧中的重要人物和故事都是真人真事，大关节目也都有历史依据，即便虚构的穿插，如《陆姑救易》一出中的严府家奴彭孔，也见诸史籍。当然，对于史实，作者还是下了一番改造制作的功夫的，有增饰（如《吃茶》写杨继盛晤赵文华），也有改动（如《写本》写杨继盛灯前修本，"乃摘取蒋钦事"），并不拘泥于真人真事。作者唐仪凤的艺术家勇气，不止表现在当严嵩父子炙手可热之日，蛰居凤里创作了及时反映重大时事的传奇；更表现在批判的矛头直指纵容、庇护严嵩权奸集团的当朝皇帝。至于末出《封赠忠臣》【节节高】所云"忠魂醒，义气伸，芳名振，非干明圣无聪听，荣枯生死，皆由天命"，如此宣扬命定论，当然不足为训，乃是历史的局限。

《鸣凤记》全剧长达四十余出，严嵩权奸集团与反严嵩权奸集团的斗争贯穿全剧始终，写得惊心动魄。在传奇体制和结构方面，剧作突破了一生一旦为主、一人一事为主脑的习惯写法。从各个角度，采用多种方式描绘了众多忠臣义士反权奸的斗争事迹，或个人立传，如杨继盛、郭希颜；或二三人合传，如夏言、曾铣合传，邹应龙、林润和孙丕扬合传。但全剧"以邹、林为主脑，以杨、夏为铺张"（丁耀亢《表忠记》第八出批语）。另外，《鸣凤记》中反权奸集团的斗争牺牲了不少忠臣义士，对忠臣义士之牺牲如处理不当，既可能令世上的忠臣义士灰心丧气，又可能无法引人入胜。十分可喜的是，作者根据不同情况，匠心独运，把杨继盛之死（《夫妇死节》）、夏言之死（《二臣哭夏》）、郭希颜之死（《邹孙准奏》和曾铣之死（《忠良会边》），写得各极其妙，特犯而不犯。

《鸣凤记》"词调尽鬯达可咏，稍厌繁耳"。究其原因在于，作者在艺术上同样追求骈绮之美，词工白整，出场人物的说白，人人用骈体，个个喜堆砌典故。如第五出和第九出中典故之多，实在令人"厌繁"。第三十九出丑扮妇人告状，说白中嵌入了几十支曲牌名，显然也是卖弄才学的表现。

三、昆山派的艺术风格特点

根据上述对昆山派戏曲家作品的简要评介，参照明清戏曲批评家的有关评论，笔者认为在艺术风格上，昆山派有以下特点。

首先，昆山派戏曲家追求骈绮之美，故被目为骈绮派。讲究骈绮，以骈绮见长，可谓昆山派最突出的特点；在万历前期的昆腔传奇创作领域，骈绮之美也最为时尚。所谓骈绮，主要是指宾白尽用骈语，"用意修辞""词善用古""词调组诗而成""饾饤太繁""爱故实"，甚至"填垛学问"。当然，昆山派戏曲家的骈绮特点，也有程度上的不同，因人而异。像郑若庸这样的编戏如编类书，如梅禹金这样的"嵌宝，拣金""终本无一散语"也并不多见。骈绮最大的缺陷，也最为人所诟病的，在于远离本色，不便当场，缺乏生动之色。必须指出的是，为了增强剧作的文采，昆山派戏曲家创作传奇，擅于引用或化用古人的诗词名句，张凤翼《红拂记》就是突出的一例，其曲白大量引用、化用《诗经》《楚辞》《古诗十九首》，以及唐宋诗词。又如，梁辰鱼《浣纱记》末出《泛湖》【南锦衣香】和【南浆水令】二曲，几乎一字未改，照搬元末杨维桢的【双调·夜航船】。为了增强吴地的地方特色，有人还喜采用吴歌，如《浣纱记》第十出《送饯》勾践夫妇所唱的【古歌】，第三十出《采莲》中西施所唱的越溪【采莲】；又如《玉合记》第三十五出中，苍头、女奴所唱的【吴歌】。

其次，昆山派中有不少人是第一批以改革后的昆山腔新声的格律和排场创作传奇的戏曲家，因此昆山派戏曲家能恪守昆山腔新声的格律，剧作"可咏可歌"，虽不本色，却均能搬诸场上，盛演不衰的剧作不少，流传后世的折子戏更多。王骥德《曲律》尝言："南曲自《玉玦记》出，而宫调之饬，与押韵之严，始为反正之祖。迩词隐大扬其澜，世之赴的以趋者，比比矣。"可见在恪守昆山腔新声的格律方面，后来的沈璟也只是"大扬其澜",进一步发展了昆山派的长处而已。当然必须指出的是,昆山派中有不少戏曲家或因生活于昆山腔新声逐步完善之日,或因逞才使气,逸才慢世,丽句惊时,也难免失韵落调,音律未谐。沈德符《顾曲杂言》曾批评说:"近年则梁伯龙、张伯起,俱吴人,所作盛行于世。若以《中原音韵》律之,俱门外汉也。"臧晋叔《昙花记·小序》则指责屠隆"音律未甚谐,音调未甚叶"。

最后,吕天成《曲品》卷下引言指出:"括其门数,大约有六——一曰忠孝,一曰节义,一曰风情,一曰豪侠,一曰功名,一曰仙佛。"昆山派戏曲家的创作,其"门数"除此六种之外,尚有时事剧和水浒戏,其题材的多样性,由此可见一斑。值得注意的是,从昆山派戏曲家创作题材与结构处理方面来作审视,他们热衷于将忠孝、节义、风化、豪侠和功名在不同程度上结合起来,其中最突出的是以才子佳人的悲欢离合与忠臣义士的家国兴亡之感这两条情节线索贯穿全剧始终,或借才子佳人的离合悲欢,写忠臣义士的家国兴亡之感;或借忠臣义士的家国兴亡之感,写才子佳人的离合之情。《浣纱记》(当然范蠡和西施,并非一般的才子佳人)是前者的佼佼者,《玉玦记》和《玉合记》则是后者的代表作。由于昆山派戏曲家大多是风流才子,是词场中的艳手,无论是前者还是后者,他们最擅写才子佳人的爱情戏,香色出于俊逸,自有其艺术的魅力。

在昆山腔经改革而勃兴之后所形成的第一个曲派——昆山派,它具有上述艺术风格特点,绝非偶然,自有其复杂的原因可寻。

其一,是受了前后七子的拟古诗风和文风的影响。关于这一点,凌濛初有十分允当的分析,《谭曲杂札》云:

> 曲始于胡元,大略贵当行不贵藻丽,其当行者曰"本色"。盖自有此一番材料,其修饰词章,填塞学问,了无干涉也。……自梁伯龙出,而始为工丽之滥觞,一时词名赫然。盖其生当嘉、隆间,正七子雄长之会,崇尚华靡;弇州公(按:王世贞)以维桑之谊,盛为吹嘘,且其实于此道不深,以为词如是观止矣,而不知其非当行也。以故吴音一派,竞为剿袭。靡词如绣阁罗帏、铜壶银箭、黄莺紫燕、浪蝶狂蜂之类,启口即是,千篇一律。甚者使僻事,绘隐语,词须累诠,意如商谜,不惟曲家一种本色语抹尽无余,即人间一种真情话,埋没不露已。至今胡元之窍,塞而未开,间以语人,如锢疾不解,亦此道之一大劫哉!

其二，八股时文，特别是"以时文为南曲"的不良创作倾向，对昆山派戏曲家也是颇有影响的。徐渭《南词叙录》指出，"以时文为南曲"的始作俑者是邵璨的《香囊记》，它在艺术上的弊病，突出地表现在以《诗经》和杜诗二本"语句匀入曲中，宾白亦是文语，又好用故事作对子"。"至于效颦《香囊》而作者"，更是"一味孜孜汲汲，无一句非前场语，无一处无故事，无复毛发宋元之旧"。对于传奇创作领域里出现的此种不良倾向，"三吴俗子，以为文雅，翕然以教其奴婢，遂至盛行"。以骈绮为其突出标志的昆山派，把《香囊记》以及"效颦《香囊》而作者"的某些做法和主张，"以为文雅"而接受了。因此，他们所创作的昆腔传奇，也在一定程度上受到了"以时文为南曲"的恶劣影响。

其三，昆山派戏曲家大多是很有学问、著作等身的风流才子。因此，在创作传奇时容易患"才多"之病，"用意修辞""以诗为曲""填垛学问"等问题，无不与风流才子的满肚皮学问和逞才使气有关。还要指出的是，昆山派艺术风格特点，与昆山派所处的政治背景亦有关系。

崔时佩、李景云《南西厢记》首出《家门正传》【顺水调歌】云：

> 大明一统国，皇帝万年春。五星聚奎，偃武又修文。托赖一人有庆，坐见八方无事，四海尽归仁。如此太平世，正是赏花辰。遇高人，论心事，搜古今。移宫换调，万象一回新。惟愿贤才进用，礼乐诗文。一腔风月事，传与世间闻。

又孙柚《琴心记》首出《家门始终》【月下笛】则云：

> 屈指少年，无端过了几番寒食。流光可惜，白驹驰，锦梭掷。频教燕子留春住。尽力留他不得。但黯然春去，落红成阵，暮云凝碧。
>
> 无那新愁积，把才子文章，美人颜色，全凭翠管，了将一段春织。风流写入宫商调，劝取骚场浪客，愿休辞潦倒，看俯仰古今陈迹。

崔时佩、李景云和孙柚，虽非昆山派戏曲家，但他们这二曲有关创作的独白，却很能概括昆山派戏曲家创作昆腔传奇时代的政治背景，以及作为风流才子的创作心态。【月下笛】后，孙柚还这样说："今日是满座风流才子，四方儒雅先生，喜听锦囊佳句，愿闻白雪新声……"这段对观众所说的话，也透露了这样的消息：当时不少文人雅士所创作的昆腔传奇，往往首先由"家乐"搬演，其主要听众就是"风流才子"和"儒雅先生"。而昆山派戏曲家大多是这样的文人雅士，在上述政治背景和创作心态下，他们创作的昆腔传奇尤其是敷演才子佳人悲欢离合故事的艳歌，自然而然在艺术风格上形成了上述特点。

四、昆山派的影响

诚如吕天成《曲品》所指出的，《香囊记》"词工白整，尽填学问。此派从《琵琶》来，是前辈最佳传奇也"。而从《琵琶》来的《香囊记》又对昆山派颇有影响，从渊源上来考察，昆山派对后世产生影响，也是自然而然的，此其一。其二，昆山派戏曲家所创作的昆腔传奇，万历前期被视为时尚，相当受欢迎，曾被"家乐"和民间戏班到处演唱，其影响也是显而易见的。其三，昆山派随着昆山腔新声的诞生而形成，此派戏曲家的传奇也随着昆山腔新声的广泛传播而流传各地。昆山派的形成和日趋壮大，对昆山腔新声和昆腔传奇的传播，也起到一定的推动作用，这也是不争的事实。

昆山派的影响，既有其积极方面，也有其消极方面，只强调其中的一个方面，显然是不科学的。以笔者之浅见，昆山派的积极影响，首先表现在积极地推动了昆山腔新声的传播，促进了昆腔传奇的发展。其次，昆山派戏曲家将男女主人公的悲欢离合与忠臣义士的家国兴亡之感紧相结合的艺术构思，为后世同类型的昆腔传奇作品导夫了先路。《浣纱记》将范蠡与西施的个人情爱与越国的兴亡紧密结合，对于清初吴伟业创作《秣陵春》、孔尚任创作《桃花扇》这样的"借离合之情，写兴亡之感"的典范作品，其积极影响是毋庸置疑的。再次，唐仪凤《鸣凤记》所开创的时事新剧的新路子，对后世的时事新剧，尤其是明末清初揭批魏忠贤阉党罪行的传奇创作，也是大有启示的。可惜明末清初为数众多的时事新剧，大多已经失传，人们只能从祁彪佳《远山堂曲品》和《远山堂剧品》等论著中找到一些剧目的简短评语。最后，在戏曲作品中，写男女之情爱、才子佳人的悲欢离合，运用信物，这并非昆山派戏曲家的首创，早在金元杂剧、戏文中就有了。但无可否认，男女爱情信物，如明珠、玉玦、玉合等，运用得如此频繁和娴熟，乃是昆山派戏曲家的一个小小的特色，它对后世的昆腔传奇，如《玉簪记》《桃花扇》等的创作，不能说没有影响。

至于昆山派的消极影响，最集中地表现在片面地追求骈绮之美，使昆腔传奇远离本色当行，也远离了广大的平民百姓。讲究文采，注意词藻之美，本无可厚非。但昆山派戏曲家追求骈绮之美，走上了极端，掉入了恶趣，则必然走向反面，令读者生厌，令观众少兴，观众难以尽情地欣赏戏曲艺术的场上之美。对昆山派的此种消极影响，当时的有识之士，无不持否定和批评的态度。除了上文中所援引的戏曲理论批评家的真知灼见之外，我们还可以看看戏曲创作家们的卓识。

吾邱瑞《运甓记》首出《家门始末》【齐天乐】云：

……遍观乐府，尽丽曲妖词，宣淫导颇；过眼生憎，细追寻风化终无补。

暂且移宫换羽，劝君休觑做等闲俦伍。宛转莺喉，轻敲象板，诉忠良肺腑。

再看单本《蕉帕记》首出《开场》【满庭芳】：

净洗铅华，单填本色。从来曲有他肠，作诗容易，此道久荒唐。屈指当今海内，论词手几个周郎。笑他行非伤绮语，便落腐儒乡。……

当然，说昆山派戏曲家喜写也擅写才子佳人戏，是"宣淫导颇，过眼生憎，细追寻风化终无补"，这是不公平的，也不符合他们剧作的实际。昆山派戏曲家冲破了高明"少甚佳人才子，也有神仙幽怪，琐碎不堪观"的束缚，在题材上主张多样性，喜写也擅写才子佳人戏，戏中也不乏"神仙幽怪"。昆山派戏曲家虽然扬弃了高明"不关风化体，纵好也徒然"的主张，但是其传奇创作仍然相当重视戏曲艺术的教化作用。（以上引文均见《琵琶记》首出《副末开场》【水调歌头】）

说到昆山派的消极影响，不能不提汤显祖未完稿的处女作《紫箫记》〔约创作于万历八年（1580）〕。从艺术上来审视，《紫箫记》可谓地地道道的追求骈绮之美的传奇。全剧丽语藻句，刺眼夺魄，典故迭见，填垛学问，宾白尽用骈语，晦涩难懂；且结构松散，情节枝蔓，与《浣纱记》《玉玦记》《玉合记》等毫无二致。汤氏与梅禹金、屠隆是挚友，传奇创作的理念相似,其早期创作的《紫箫记》追步"梁、梅派头",也不奇怪。汤氏后来将《紫箫记》修改成《紫钗记》,时在万历十五年(1587),仍然"第修藻艳,语多琐屑";而汤氏最为得意的《牡丹亭》,虽重视"意趣神色",汰其骈绮芜颣,"妙处种种,奇丽动人,然无奈腐木败草,时时缠绕笔端",即此一端,亦可见昆山派消极影响之深远!

壬辰年(2012)深秋于吴门莳溪轩

(原载《中国昆曲论坛》,苏州大学出版社2013年版;《中华艺术论丛第21辑》转载)

昆腔传奇的宝库
——评《六十种曲》

在中国戏曲史上，最为人熟悉和重视的戏曲全本选集，当推明万历年间编刻的《元曲选》和崇祯年间编刻的《六十种曲》。《元曲选》选刻了元人百种杂剧，保存了元人杂剧的精华；《六十种曲》所选六十种剧作，除王实甫《西厢记》系北曲杂剧之外，其余皆为南曲系统的戏文和昆腔传奇作品，为数最多的是昆腔传奇作品。[1] 在流传至今的明人所编刻的南曲戏文和昆腔传奇的全本选集中，《六十种曲》流传最广、影响最大，也最有价值。今天的治曲者要研究元末和明初的南曲戏文，不能不查阅《六十种曲》；要研究明中叶后的昆腔传奇，更不能不查阅《六十种曲》。《六十种曲》堪称昆腔传奇的宝库，从昆腔传奇的视角对《六十种曲》作深入的研究，是明代戏曲史和明清传奇史的一个重要课题。遗憾的是，至今研究《六十种曲》的论文寥寥无几，更遑论专著了。笔者不自量力撰此拙文，意在引起海内外方家、同好的关注，欲使大家重视对它的研究。

一

明代中叶，随着昆山腔全面革新的成功，第一批昆腔传奇诞生并搬诸舞台，昆曲艺术由吴中向四方传播。万历以降，昆曲风靡天下，被誉为"正声""雅音""官腔"；按昆曲格律和排场创作的传奇和南杂剧，如雨后春笋般涌现，并由各地的"家乐"和戏班在舞台上盛演，形成了"四方歌

---

[1] 关于明清传奇的分界，学术界尚有分歧。或曰传奇是南戏进入明代后的改名和专称，或曰应以《琵琶记》划界。在《中国戏剧文学的瑰宝——明清传奇》第一章中，笔者认为"明清传奇的诞生，是与明中叶革新后的昆山腔新声紧相联系在一起的"，凡是不依昆山腔格律和排场创作的剧本，一概不属于明清传奇范畴而不予论列。同门学长吴新雷先生则主张："明清传奇的狭义概念是指从《浣纱记》开始的昆曲剧本，广义概念则是指明代开国以后，包括明清两代南曲系统各种声腔的长篇剧本（但不包括元末南戏）。"参见吴新雷：《中国戏曲史论·论宋元南戏与明清传奇的界说》，江苏教育出版社1996年。

曲必宗吴门"，昆曲艺术称雄全国剧坛的局面。吕天成《曲品》[自序撰于万历三十八年（1610）]云："博观传奇，近时为盛。大江左右，骚雅沸腾，吴浙之间，风流掩映。"沈宠绥《度曲须知》[初刻于崇祯十二年（1639）]则曰："名人才子，踵《琵琶》《拜月》之武，竞以传奇鸣，曲海词山，于今为烈。"随着昆腔传奇和南杂剧作品的大量出现，中国戏曲艺术进入了第二个黄金时代，从万历到明末，各种体制（北曲杂剧、南曲戏文、昆腔传奇和南杂剧，以及时曲和杂调等）、各种形式（单出、全本、零曲、作家专集等）、各种声腔（昆腔、青阳腔、弋阳腔等）的戏曲选本的编纂和镌刻蔚然成风，其中尤以北曲杂剧、昆腔传奇、南杂剧的选集数量最多。[1] 昆腔传奇和南杂剧选集的大量涌现，乃是昆曲艺术进入鼎盛时期的重要标志之一；而它们的大量涌现，又极大地推动了昆腔传奇和南杂剧的发展，促进了昆曲艺术的繁荣。

《六十种曲》是晚明为数众多的戏曲全本选集中的佼佼者，它的编纂和镌刻，既是昆曲艺术和昆腔传奇大发展和大普及的必然产物，又与编刻者毛晋的戏曲艺术造诣和高见卓识息息相关。

毛晋（1599—1659），明末著名的藏书家和出版家。初名凤苞，字子久，晚年改名为晋，字子晋，号潜在，别号汲古阁主人，江苏常熟人，诸生。毛晋通明好古，强记博闻，曾受业于钱谦益门下，与戏曲家凌濛初、冯梦龙交往甚密，与著名诗人兼戏曲家吴伟业友谊颇深，与藏书家陆贻典为姻亲。一生以收藏和刊刻图书为业，筑目耕楼和汲古阁，藏书八万四千余册，多宋元善本和秘籍。曾镌刻过《十三经》《十七史》《津逮秘书》等六百多种古籍。编著有《隐湖题跋》《和古今人诗》《野外诗题跋》《虞乡杂记》《毛诗陆疏广要》等。毛晋汲古阁后有楼九间，藏书板多达十万块；楼下两廊及前后均为刻工所居。当时，"毛氏之书走天下"（钱谦益《隐湖毛君墓志铭》），"邑中为之谚曰：'三百六十行生意，不如鬻书于毛氏。'"（荥阳悔道人《汲古阁主人小传》）。

必须指出的是，毛晋绝非一般的书商，而是极具文化素养的藏书家和

---

[1] 自明代嘉靖年间开始直到清末，北曲杂剧、南曲戏文、昆腔传奇和南杂剧，以及杂调、时曲和京剧等戏曲选集大量涌现，数量惊人、形式多样，这是一宗宝贵的戏曲遗产，值得整理和研究。各种各样的戏曲选集的编刻，涉及编纂者、出版者、作者和读者，关系到戏曲作品的影响和接受。可惜20世纪的中国戏曲研究，对各类曲选的研究不甚重视，迄今仍是薄弱环节。近年徐州教育学院的吴敢教授潜心研究这个课题，已发表《中国古代戏曲选本·剧本选集叙录》（上下），刊载于《徐州教育学院学报》1999年第2期、第3期。

出版家，又是富有艺术造诣的戏曲行家。在明清易代之际，毛晋也是一位富有民族气节的志士仁人。清顺治五年（1648）吴伟业夜宿毛晋家的一则逸事，足以说明这一点。

顺治五年（1648）秋，吴伟业作常熟之行。吴伟业除了探访老友瞿式耜的故居，写下了《东皋草堂歌》之外，还曾专访毛晋，并夜宿于毛家。毛晋特取家酿好酒招待吴伟业，并请当地文士作陪。深夜，毛晋引道客人观赏藏书，还打开了一间手钞本藏宝室，特地从中选择了一卷明成化年间书法家吴宽的手钞作品，钞的是南宋诗人谢翱的《登西台恸哭记》。吴伟业即席赋《毛子晋斋中读吴匏庵手钞宋谢翱西台恸哭记》，诗中有"文山竟以殉，赵社终为屋。海上悲田愤，国中痛王蠋"。

《六十种曲》，全称《汲古阁六十种曲》，编刻于崇祯年间。分六套陆续出版，每套收十种剧作。初印本并无"六十种曲"总名，只在每套第一种扉页上题"绣刻演剧十本"，故此书又有《绣刻演剧十本》《绣刻演剧》之称。清康熙年间的重刻本（扉页标有"汲古阁订"和"本衙藏板"，仅存首套"弁语"），因系一次六套同时重印，始有《六十种曲》之称。《六十种曲》所收剧本，除元杂剧一种（王实甫《西厢记》），元末和元明之际的戏文六种（《琵琶记》《荆钗记》《白兔记》《拜月亭》《杀狗记》《寻亲记》）之外，其余五十三种皆为明初戏文和昆腔传奇，其中又以昆腔传奇数量最多。

《六十种曲》全书无总序，初刻本每套前有"弁语"一篇（今本第六套缺"弁语"）。《演剧首套弁语》文末署"登高日阅世道人题"；《题演剧二套》文末署"阳生日得闲主人题"；《题演剧三套》文末署"仲秋巧前一日静观道人题"；《题演剧四套》文末署"花朝雨过闲闲道人题"（以上"弁语"均为手写体）；《题演剧五套》则为排印体，文末署"长生日思玄道人题"。以上五篇"弁语"均未署年月，而撰者阅世道人、得闲主人、静观道人、闲闲道人和思玄道人，到底是何许人，亦难以肯定。或曰出于凌濛初、冯梦龙、陆贻典等人之手，但亦无文献可证。从内容来考察，笔者以为这些署名当均为毛晋的化名，其情况犹如《三言》之《叙》，分别署名为绿天馆主人、可一居士和无碍居士，其实皆出于编纂者冯梦龙之手。另外，由于五篇"弁语"对各套所收剧作的版本来历未作说明，故后人对《六十种曲》所收剧作的版本均不清楚。编纂者毛晋虽注意选取善本、稿本和钞本，但缺乏精细的校勘。因此，版本不明，校勘不精，错误甚多，这是《六十种曲》的最大缺陷。

现存《六十种曲》的版本，有崇祯年间汲古阁原刻本、1935年开明书店排印本。开明本"弁语"只收一篇，故有人误以为是全书的总序。1955年文学古籍刊行社用开明本纸型重印，重印前据汲古阁原刻本和一些传奇的明刊本，由吴晓铃作了校订，补入了四篇"弁语"，排列次序亦有所调整。文学古籍刊行本，1958年转由中华书局出版，1982年重印。2000年，吉林人民出版社出版了《六十种曲》的新校注本（黄竹三、冯俊杰主编），包括原文、前言和附录，每出有注释和简评。

二

《六十种曲》所选的六十种剧作，分别属于中国古代三种最重要的戏曲形态：北曲杂剧、南曲戏文和昆腔传奇，而以昆腔传奇为主。就作者的时代而言，所选六十种剧作，元人杂剧一种，元末和元明之际的南曲戏文六种，明人剧作（包括昆山腔革新之前的南曲戏文和昆腔传奇）五十三种（其中昆腔传奇占绝大多数）。如此选材，应该说是符合戏曲发展的实际情况的，也是极有识见的。或曰：把北曲杂剧、南曲戏文和昆腔传奇杂编于一集，体例不纯。此说尚可商榷。

其一，明清戏曲选集从来就有混合编选的习惯或传统。混合选集，既有多朝（代）之混，也有多类（别）之合。比如，早于《六十种曲》的《六合同春》（万历间师俭堂刻本，无名氏选辑，陈继儒评点），选收了元杂剧一种（王实甫《西厢记》），元末南曲戏文二种（施惠《幽闺记》、高明《琵琶记》），昆腔传奇三种（张凤翼《红拂记》、高濂《玉簪记》、薛近兖《绣襦记》）。在体例上，《六十种曲》与《六合同春》如出一辙。

其二，毛晋将元末和元明之际的六种南曲戏文作品选入《六十种曲》，不仅是因为《琵琶记》被时人誉为"南戏之祖"，"荆刘拜杀"被赞称为"元末四大传奇"，而《寻亲记》也因其有较多宋元戏文特点而为明代曲家所看重；更是由于元末和元明之际的戏文，与明初的南曲戏文，均是昆腔传奇的前身，从形式体制来考察，与昆腔传奇并无性质上的区别，完全是一脉相承的，只是在唱腔、格律上，昆腔传奇有所新变而已。（这也是有些研究者把明初南曲戏文归并入明清传奇范畴的原因）因此，毛晋将元末和元明之际的《琵琶记》《寻亲记》和"荆刘拜杀"选收入《六十种曲》，是有充分的理论依据的。至于将《西厢记》选收入《六十种曲》，似乎有些匪夷所思，因为这一本北曲杂剧破坏了其余五十九种剧作皆属南曲系统的戏文和传奇的体例，那么，我们应该如何来看待和评价这种现象呢？

众所周知，《西厢记》自诞生之日，直到晚明，其文学剧本和舞台演唱一直为各阶层的群众所喜爱，这部被朱权誉为"花间美人"的北曲压轴之作，在明代版本之多、有关"作者是谁"争辩之激烈，皆从侧面反映了它空前的社会影响；而"愿普天下有情的都成了眷属"的旨意，则鼓励了一代又一代青年男女争取恋爱、婚姻自由。毛晋将《西厢记》收入《六十种曲》，与此当然有密切关系。另外，有明一代有识见的戏曲家，无不推重北曲杂剧，并"动辄以元曲绳人"（李渔《闲情偶寄》评臧晋叔语）。[1] 毛晋甘冒体例不严之憾，将《西厢记》选收入《六十种曲》，意在提醒昆腔传奇作者不忘从北曲杂剧中汲取养料，将昆曲艺术推向前进。

《六十种曲》容易引起争议的另一个问题，是关于各套入选剧作的编排，亦即分类问题。

首套十种，选收元末南戏：高明《琵琶记》，柯丹邱《荆钗记》；元明之际南戏：范受益《寻亲记》；明初南戏：邵璨《香囊记》，姚茂良《精忠记》，沈采《千金记》，沈受先《三元记》；昆腔传奇：王世贞《鸣凤记》，梁辰鱼《浣纱记》，徐元《八义记》。

第二套十种，选收元人杂剧：王实甫《西厢记》；元末南戏：施惠《幽闺记》；昆腔传奇：李日华《西厢记》，陆采《明珠记》，高濂《玉簪记》，张凤翼《红拂记》，汤显祖《还魂记》《紫钗记》《邯郸记》《南柯记》。

第三套十种，所收皆为昆腔传奇：王錂《春芜记》，孙柚《琴心记》，朱鼎《玉镜台记》，陆采《怀香记》，屠隆《彩毫记》，吾邱瑞《运甓记》，叶宪祖《鸾鎞记》，梅鼎祚《玉合记》，陈汝元《金莲记》，谢谠《四喜记》。

第四套十种，所收亦都是昆腔传奇：徐霖《绣襦记》，顾大典《青衫记》，徐复祚《红梨记》《投梭记》，王玉峰《焚香记》，无名氏《霞笺记》，袁于令《西楼记》，杨柔胜《玉环记》，无心子《金雀记》，无名氏《赠书记》。

第五套十种，所收也都是昆腔传奇：周履靖《锦笺记》，单本《蕉帕记》，汤显祖《紫箫记》，许自昌《水浒记》，郑若庸《玉玦记》，张凤翼《灌园记》，汪廷讷《种玉记》《狮吼记》，张四维《双烈记》，沈璟《义侠记》。

---

[1] 有关明人对北曲的推重和研究，笔者将另作专文阐述，这里不赘。

第六套十种，选收元明之际南戏：徐㬢《杀狗记》；昆腔传奇：屠隆《昙花记》，杨珽《龙膏记》，张景《飞丸记》，沈鲸《双珠记》，无名氏《四贤记》，硕园删改本《还魂记》等。[1]

从上述统计可见，《六十种曲》各套入选剧作的编排，显得有些杂乱，令人难以把握其编纂的原则（标准）。编纂者一不以入选剧作的戏曲形态来编排；二不以作家作品的时代先后来编排；三不参照北曲杂剧和南曲戏文的传统分类来编排。这种现象值得思考和研究。

如众所知，北曲杂剧的分类，最权威的是朱权《太和正音谱》的"杂剧十二科"（神仙道化，隐居乐道，披袍秉笏，忠臣烈士，孝义廉节，叱奸骂谗，逐臣孤子，铍刀赶棒，风花雪月，悲欢离合，烟花粉黛，神头鬼面）；南曲戏文的分类，最有影响的当推吕天成《曲品》卷下"引言"所概括的六大"门数"（忠孝、节义、风情、豪侠、功名、仙佛）。与《六十种曲》同时问世的《古今名剧合选》[有明崇祯六年（1633）原刊本]，共选收名剧五十六种，其中元杂剧三十四种，明杂剧二十二种。虽是一部北曲杂剧选集，编纂者孟称舜却别出心裁，他以艺术风格为标准，把所选五十六种杂剧，大别为两类：一曰《新镌古今名剧柳枝集》，选取艺术风格婉约的剧作，取柳永"杨柳岸晓风残月"意；一曰《新镌古今名剧酹江集》，选取艺术风格豪放的剧作，取苏轼"大江东去，一樽还酹江月"意。应该说，孟氏《古今名剧合选》的分类编排，既有创意，又极为简明。相比之下，《六十种曲》的分类编排，则存在明显的缺憾。

由于《六十种曲》缺乏统一明确的分类标准，各套入选剧作的编排，似乎有一个主题（中心），但又不太严格。换言之，每套缺乏一个能统率十种剧作的主题（中心），这是造成杂乱的原因。

从入选剧作的戏曲形态来看，三、四和五套所收全属昆腔传奇，一、二和六套则混收元人杂剧、元末和元明之际南戏、明初南戏及昆腔传奇，其中又似无规律可循。

就所收剧作的题材内容而言，首套"弁语"强调剧作为了"追维过去"和"接引未来"，"俾天下后世启孝、纳忠、植节、仗义"，必须宣扬"纯忠孝，真节义"。在毛晋看来，此套所收的《琵琶记》《荆钗记》《八义记》《三元记》诸剧，皆符合高明早就倡导的"风化之本"。不过笔者认为，《浣

---

[1] 其中，少数剧作是属昆腔传奇，还是属明初戏文，限于文献，尚难判定，有待查考，为免枝蔓，这里不一一考证。

纱记》，尤其是《鸣凤记》，虽亦有鼓吹"纯忠孝，真节义"的内容，但毕竟另有深刻的思想意蕴，与前者不可同日而语。

第二套"弁语"劈头就说："世宙逆旅也，今昔驹隙也，春花秋月实无常！"而"《会真》以下十剧，挑逗文心，开发笔阵，乃知此类实情种，非书酒也"；肯定"谑浪皆是文章，演唱亦是说法，从来风流罪过，早已向古佛前忏悔竟矣"。可见收入此套的，一是男女情种的情爱戏；二是《邯郸记》《南柯记》之类的感叹人生的悟道戏。但是，在笔者看来，这两类戏归并在一套，毕竟有些牵强，缺乏内在联系。

第三套"弁语"指出，自古不止"天下有心人"怜才，"即儿女子聊复尔尔"。所收诸剧，多演文人雅士，因其"文心道气之胜"，而获美满婚姻之韵事。只是不同人与事，其情况和意义，亦颇有差别。

第四套"弁语"所述中心最为明显，所收剧作皆属"杂剧十二科"之"烟花粉黛"，亦即明代所谓之青楼戏。"弁语"认为"日演《绣襦》诸剧"，"从来烟花小史，名媛盏囊，俱可束之高阁矣"，对此类青楼戏的评价颇高，这是有识之见。

第五套所收剧作的题材和内容亦较复杂，既有《紫箫记》《玉玦记》《锦笺记》《蕉帕记》等"风花雪月"和"悲欢离合"戏，又有属于"铙刀赶棒"类的《水浒记》和《义侠记》；既有《灌园记》《双烈记》这样为巾帼英雄、捐躯烈士立传之作，又有风情喜剧《狮吼记》。"弁语"指出，这套十剧的共同特点，在于情节怪诞，故事离奇，这亦不无道理。

入选第六套的剧作，亦较杂乱，按吕天成的六大"门数"，在此套中绝大多数可以找出其代表作。惜此套无"弁语"，编者之用意，不得而知。

值得一提的是，《六十种曲》的五篇"弁语"，虽不能精确地概括这五套剧作入选的原因，读者亦难以从中准确地洞察编纂者挑选剧作的标准。可是，毛晋的戏曲观能借此窥测其大略。首先，毛晋能从"追维过去"和"接引未来"的高度，看待戏曲艺术的社会功能，十分重视戏曲的"风化"作用。其次，对言情之作，亦有正确的认识，在他看来，"谑浪皆是文章，演唱亦是说法"。再次，毛晋认为，"亘上下古今，人事不齐"，出现各种奇奇怪怪之作，这是十分自然的。这种观点，对运用浪漫主义手法创作的诸剧大开了绿灯，也是可取的。最后，毛晋主张戏曲作品的题材和风格应力求多样化，反对"屏郑哇而放吴歈，排燕伧而摈楚鸩"。毛晋的戏曲观虽表述得并不充分，但对《六十种曲》的编纂还是有指导意义的。或者说，《六十种曲》比较充分地体现了毛晋的戏曲观。应该说，在晚明，毛晋的戏曲观是与昆腔传奇和南杂剧的剧本创作和理论批评的现状相适应的，对昆曲艺术的发展是有促进作用的。

三

《六十种曲》的各套剧作，尽管在分类和编排方面，存在缺乏中心、稍显杂乱的缺憾。但是，仍然可以看出编纂者的慧眼独具和别出心裁，入选剧作自有许多值得重视和另眼相看之处。毋庸置疑，《六十种曲》所收的绝大部分剧作，在思想和艺术上个性鲜明、成就突出，不仅在明代戏曲史上占有重要地位，放眼整个中国戏曲史也有其研究的价值。

首先，必须指出的是，《六十种曲》所选的六十种剧作，皆为风行剧坛、盛演不衰之剧作。汲古阁原刻本的各套扉页上，特别标明"绣刻演剧十本"，意在强调所选剧作皆非案头之书，而是久经"家乐"和戏班盛演而为大众喜闻乐见之剧。《六十种曲》虽无注释和评点，对入选剧作的底本及校勘，亦未作著录和说明。但是，根据汲古阁之镌刻，一贯重视善本、秘本、稿本和钞本的特点，以及入选的《鸣凤记》《明珠记》《琴心记》《玉镜台记》《金莲记》《青衫记》《水浒记》《狮吼记》《白兔记》《杀狗记》等，较其他明刊本均有明显的优点，我们完全可以推测：编纂者是重视入选剧作的版本选择的，也曾采用戏班手钞本作过校勘。而《精忠记》《八义记》《三元记》《春芜记》《怀香记》《彩毫记》《运甓记》《鸾鎞记》《四喜记》《投梭记》《赠书记》《双烈记》《龙膏记》《双珠记》《四贤记》和硕园删改本《还魂记》等十六种剧作，在此之前皆未见刊本，更说明编纂者十分重视收集那些已在"家乐"和戏班盛演，而尚未镌刻的剧作。

其次，《六十种曲》对汤显祖剧作可谓另眼相看，其地位显得十分突出，这是值得赞赏和深思的。《六十种曲》不仅收入了"临川四梦"，还收入了《紫箫记》，以及硕园删改本《还魂记》。这种绝无仅有的做法，充分说明了毛晋对于汤氏及其剧作的推重。在吕玉绳、沈璟、臧晋叔、冯梦龙、硕园等纷纷窜改《牡丹亭》时，《六十种曲》却选收了汤显祖的全部剧作，其眼力和意义自不待言。而在诸改本中，独钟情于硕园删改本《还魂记》，也很耐人寻味。毛晋对晚明的"汤沈之争"持何种观点，限于文献，不得而知。但《六十种曲》仅收沈璟《属玉堂传奇》中的《义侠记》一种，两相比较，已足以说明毛晋的倾向性了。

再次，笔者以为毛晋编刻《六十种曲》主要是为了适应晚明昆腔传奇和南杂剧大普及、大提高的需要，以推进昆曲艺术的发展。故其重点无疑在昆腔传奇，入选《六十种曲》的绝大多数剧作也是昆腔传奇。为了突出昆腔传奇这个重点，《六十种曲》将明代昆腔传奇三大曲派（昆山派、吴江派和临川派——这是吴梅的首创之见）的代表作，几乎囊括殆尽。所收昆山派剧作有：梁辰鱼《浣纱记》，张凤翼《红拂记》《灌园记》，郑若庸《玉玦记》，梅鼎祚《玉合记》，陆采《明珠记》《怀香记》，李日华《西厢记》等；所收吴江派剧作有：叶宪祖《鸾鎞记》，顾大典《青衫记》，徐复祚《投梭记》《红梨记》，汪廷讷《种玉记》《狮吼记》，沈璟《义侠记》，袁于令《西楼记》。万历年间爆发"汤沈之争"时，吴江派人多势众，而汤显祖则是孤军奋战，其时临川派尚未形成；但心仪汤氏和"临川四梦"者，则大有人在，吴炳、阮大铖、孟称舜是其中的翘楚。可是，《六十种曲》却未收吴、阮、孟三氏之作，不知何故。以笔者之浅见，最大的可能是，当毛晋编刻《六十种曲》时，吴炳的《粲花别墅五种》、阮大铖的"石巢四种"和孟称舜的《娇红记》等剧作尚未问世。[按：崇祯二年（1629）吴炳主持福建乡试，受陈况作弊案牵连，于次年回到宜兴。其从事传奇创作当于此时开始，直到崇祯八年（1635）][1]《粲花别墅五种》今有明末金陵两衡堂刊本。阮大铖的《春灯谜》成稿于崇祯六年（1633）。孟称舜的《娇红记》，据自序可知完稿于崇祯十一年（1638）前；是年阮大铖的《牟尼合》也已撰成并上演（《花近楼丛书补遗·留都防乱揭》）。阮大铖的《燕子笺》《双金榜》《狮子赚》《赐恩环》则皆创作于崇祯十一年（1638）避居祖堂寺时，其中《燕子笺》有韦佩居士撰于崇祯十五年（1642）阳月之序。孟称舜的《二胥记》和《贞文记》，则创作于崇祯十六年（1643）春夏之际（分别参见孟氏的题词和马权奇题词）。另外，《六十种曲》亦未收吴县派代表李玉及其同派戏曲家的传奇，其原因恐怕同样是《六十种曲》编纂时间较早，而李玉等人的剧作问世时间较晚。据沈自晋在顺治四年（1647）定稿的《南词新谱》"入谱总目"，沈氏于《一捧雪》后注云："所著《一笠庵传奇》十余种，未尽刻。"可见，李玉至明亡时已创作了十余种传奇，其中刊刻者今仅见《一笠庵四种曲》；而《一笠庵四种曲》之一《一捧雪》，祁彪佳于崇祯十六年（1643）十月初曾在吴中观看过（《祁忠敏公

---

[1] 王永宽、王钢《传奇春秋》认为吴炳《绿牡丹》写考试舞弊是针对万历四十三年（1615）乡试沈同和舞弊事，当作于次年或稍后，参见王永宽、王钢《中国戏曲史编年（元明卷）》，中州古籍出版社1994年。于成鲲《吴炳与粲花》认为《绿牡丹》写作于崇祯五六年间（1632—1633），参见于成鲲：《吴炳与粲花》，复旦大学出版社1991年。

日记》)。《六十种曲》的编刻时间，迄今尚未发现相关文献记载，难下结论。但根据上述未选收吴炳、阮大铖、孟称舜和李玉等人的传奇作品，笔者的浅见是，《六十种曲》当编刻于崇祯初年［六年（1633）之前］。

最后，《六十种曲》选收的昆腔传奇作品，不止囊括大家、名家、各流派代表人物的代表作；还充分注意到二、三流戏曲家那些在思想和艺术上别具一格的剧作，比如王錂的《春芜记》、陈汝元的《金莲记》、谢谠的《四喜记》、无心子的《金雀记》、无名氏的《霞笺记》、单本的《蕉帕记》、周履靖的《锦笺记》、沈鲸的《双珠记》、张四维的《双烈记》和张景的《飞丸记》等。至于所收剧作的性质、题材和风格，则力求多样化。悲剧、喜剧、悲喜剧百花齐放，比如，所收悲剧有《鸣凤记》《八义记》《焚香记》等；喜剧有《狮吼记》《东郭记》等，悲喜剧则有《浣纱记》《紫钗记》等。在题材方面，除吕天成所概括的六大"门数"剧作之外，尚有水浒戏、青楼戏和时事新剧，以及那些在戏曲史上具有特别意义和影响的剧作，如"以时文为南曲"的代表作《香囊记》。至于艺术风格，《六十种曲》所收剧作或偏重豪放，或讲究婉约；或严守音律，或崇尚文采；或注重风化，或追求浪漫；或沉浸骈绮，或心仪灵动……可谓姹紫嫣红开遍。当然，《六十种曲》在选收剧作方面也存在局限，比如，沈璟的剧作，仅收《义侠记》，显然不无偏颇；也有该选而失收的佳作，如周朝俊的《红梅记》［王稚登序撰于万历三十七年（1609）］。另外，崇祯初年，随着魏阉的下台，戏曲界出现了竞作揭批魏阉罪恶传奇的热潮，可是这方面的大量时事新剧，却没有一部被选收进《六十种曲》，这是令人十分遗憾的事。

［原载台湾《中国书目季刊》2006年第40卷第3期，《中国昆曲论坛2006》（古吴轩出版社2007年版）转载］

"岂徒狭邪之是述,艳冶之是传也哉!"
——明代昆腔传奇青楼戏探赜

明末清初的余怀用心撰著的《板桥杂记》,"聊记见闻,用编汗简,效东京梦华之录,标崖公蚬斗之名"。书中所记,虽离不开秦淮名妓和狭邪荡子的风流韵事,但确实"岂徒狭邪之是述,艳冶之是传也哉"(《板桥杂记·自序》)。诚如尤侗题词所说:"未及百年,美人黄土矣!回首梦华,可胜慨哉!"笔者由此联想到,明代昆腔传奇中的青楼戏,历来颇受作者之青睐和读者、观众之喜爱,不少折子戏久演不衰,至今仍活跃在昆曲舞台上。青楼戏离不开青楼妓女和风流才子的悲欢离合之情,但自有其独特的审美情趣和社会意义;同样"岂徒狭邪之是述,艳冶之是传也哉"。那么,昆腔传奇青楼戏有哪些独特的审美情趣和社会意义?为何为时人和后人所喜闻乐见?拙作试以《六十种曲》选收的十种青楼戏为研究对象,略述管见,以就正于方家和同好。

一、明代昆腔传奇青楼戏概观

探讨明代昆腔传奇青楼戏,还得从郑若庸的《玉玦记》谈起。吕天成《曲品》列徐霖的《绣襦记》为"上下品",评曰:"词多可观,虽不逮《玉玦》,而亦非庸品。尝闻《玉玦》出而曲中无宿客,及此记出,而客复来。词之足以感人如此!"[1]《远山堂曲品·雅品残稿》对《绣襦记》的评论,亦有"闻有演《玉玦》而青楼绝迹,诸妓醵金构此曲,为红裙吐气,为荡子解嘲"[2]。清初的朱彝尊也有同样的记载,只是将《绣襦记》的著作权归于薛近兖。其《静志居诗话》卷十四云:"中伯尝填《玉玦》词,以讪院妓,一时白门杨柳,少年无系马者。群妓患之,乃醵金数百,行薛生

---

[1] 中国戏曲研究院:《中国古典戏曲论著集成(六)》,中国戏剧出版社1959年,第249页。
[2] 中国戏曲研究院:《中国古典戏曲论著集成(六)》,中国戏剧出版社1959年,第124页。

近充作《绣襦记》以雪之。秦淮花月，顿复旧观。"当然，如此评论《玉玦记》和《绣襦记》，也太夸大这两部青楼戏的社会作用了。不过，《玉玦记》对后来的昆腔传奇青楼戏有相当大的影响，这倒也是事实。其一，青楼戏少不了"讪院妓"，即揭露院妓贪婪狠毒的丑恶行径。其二，青楼戏中往往穿插有关家国兴亡的情节关目（或作为社会背景）。其三，不忘表彰沦落风尘而一心从良、忠于爱情的青楼女子；歌颂为国为民的忠臣良吏、拔刀相助的侠士；鞭挞朝廷叛逆者和外族入侵者，以及卑鄙无耻的奸佞小人。其四，鼓吹善恶到头终有报，既进行惩恶扬善的道德教育，又灌输封建迷信思想。上述四个方面，乃是《玉玦记》为后来的昆腔传奇青楼戏所开创的创作思路，包括《绣襦记》在内被选收入《六十种曲》的十种青楼戏，可说没有一种能超越此创作思路的。

《六十种曲》共分六套，每套选收十种剧作，其中第四套选收的十种剧作皆为青楼戏：《绣襦记》（亚仙）、《青衫记》（兴奴）、《红梨记》（素秋）、《焚香记》（桂英）、《霞笺记》（丽容）、《西楼记》（素徽）、《投梭记》（缥风）、《玉环记》（玉箫）、《金雀记》（彩凤）、《赠书记》（轻烟）。编者毛晋为了突出剧中的青楼女子，在剧名之后特别标注了她们的大名，这也是耐人寻味的。《六十种曲》，青楼戏十种，占全书所收剧作的六分之一，比重不可谓不大，这正足以说明毛晋对青楼戏的重视；毋庸置疑，这也反映了当时读者和观众对青楼戏的偏爱。另外，《六十种曲》第四套的"弁语"，出于闲闲道人之手，其《题演剧四套》认为："日演《绣襦》诸剧"，"从来烟花小史，名媛盒囊，俱可束之高阁矣"。对明代昆腔传奇青楼戏作如此评价，也是颇有识见的一家之言。

《六十种曲》所选收的昆腔传奇青楼戏，出于吴江派戏曲家之手的最多，有三位戏曲家的四种剧作：顾大典的《青衫记》，徐复祚的《红梨记》和《投梭记》，袁于令的《西楼记》。无名氏创作的两种：《霞笺记》和《赠书记》。其他四种则分别为徐霖的《绣襦记》，王玉峰的《焚香记》，杨柔胜的《玉环记》和无心子的《金雀记》。

《六十种曲》所选收的六十种剧作，皆为风行一时、盛演不衰之剧，故汲古阁原刻本的各套扉页上，特别标明"绣刻演剧十本"，意在强调所选剧作皆非案头之书，而是久经"家乐"和戏班盛演而为大众喜闻乐见的场上之作。第四套所收十种青楼戏，当然亦不例外。据不完全统计，这十种青楼戏被明清两代的曲选和曲谱选收的折子戏，多达二三十出（乾隆年间所编《缀白裘》所收《红梨记》的折子戏，就有十出），时至今日，仍有不少折子戏还因经常演唱而为观众所喜闻乐见。

就创作题材而言，这十种青楼戏，既有根据个人亲身经历的实事而创作的《西楼记》，也有为传统故事做翻案文章的《焚香记》。但最多的乃是取材于前人的诗歌、小说、笔记、杂著，又参考了金元杂剧中同题材作品加以改编而成的新传奇：《青衫记》敷演白居易《琵琶行》，又参考了元代马致远的《江州司马青衫泪》；《绣襦记》本事出于唐人小说《李娃传》，又参考了元代高文秀的《郑元和风雪打瓦罐》、石君宝的《李亚仙花酒曲江池》；《红梨记》本事出于《情史·赵汝州传》，但主要参考了元代张寿卿的《谢金莲诗酒红梨花》；《玉环记》本事出于唐人小说《玉箫传》，又参考了元代乔吉的《玉箫女两世姻缘》；《金雀记》有关潘岳掷果本事出于《晋书》本传，亦见刘义庆《世说新语》，但主要参考了元代高文秀的《五凤楼潘安掷果》；《霞笺记》则据《燕居笔记》和《情史·心坚金石传》敷演成剧；《投梭记》有关谢鲲和缥风本事出于《晋书》本传；《赠书记》所敷演的谈麈与贾巫云的姻缘，本事出处，则无考。

从戏曲家的创作动机和创作思想作审视，《六十种曲》中的青楼戏也有多种情况。徐霖创作《绣襦记》是基于"匹配本自然，人情信有缘"（末出下场诗），有意识地为有情有义的汧国夫人树碑立传。顾大典《青衫记》，是在"利牵名惹迨巡过"（首出【看花回】），隐居故乡画堂时，在雅会之余，借白居易《琵琶行》诗意，抒发了个人对于"文章事业，风流才调"（末出【越恁好】），以及"仕路从来是戏场"（末出下场诗）的感慨。徐复祚是在"喜转眼间悲欢聚别，也非关朝家事业，也非关市曹琐屑，打点笑口频开，此夜只谈风月"（首出【瑶轮第五曲】）情况下创作其《红梨记》的；面对剧中佳人才子的苦尽甘来，"富贵风流都占了"（末出【尾】），联系自己"论卖文，生涯拙"，难免"抱膝长吟""壮心暂折"（首出【瑶轮第五曲】）。徐氏的《投梭记》则借"古人豪"，以发胸中之垒块（首出【瑶轮第七曲】）。王玉峰的《焚香记》，有意识地为王魁做翻案文章，以教育人们"莫把海誓山盟作等闲"（末出【尾】）。《霞笺记》作者，则借李玉郎和张丽容"偶相逢，霞笺诗句相酬和"所引出的悲欢离合故事，宣扬"国正天心顺，官清民自安，妻贤夫祸少，子孝父心宽"（末出下场诗）。袁于令根据个人亲身的经历和感受创作的《西楼记》，着眼于一"情"字，赞美"风流节侠"，剧作的"悲欢离合处，从教打动人肠"（首出【临江仙】），这是汤显祖《牡丹亭》后又一部歌颂"情至"的佳作。杨柔胜创作《玉环记》，借"玉箫两世姻缘"的老故事，以宣扬"想姻缘宿世"（末出【大环着】第四支），"一夫二妇天之与，岂人集为？鸳鸯宿世须偿矣"（末出【越恁好】）的传统思想。无心子的《金雀记》，则通过潘岳掷果引出的悲欢离合故事，鼓吹"晋代风流迥不同"（二十九出下场诗）。无名氏的《赠书记》，借"年少书生"与"工容淑女"的一段奇情，阐明了"不因风浪，怎显得团圆一室多奇样"（末出【越恁好】）之理。

综上所述，《六十种曲》中的青楼戏，题材来源虽多种多样，作者的创作动机和创作思想亦不尽相同，却皆能通过一个独特的切口——青楼妓女与狭邪士子的相识相爱，以及由此引起的悲欢离合，真实地反映明代中叶以后的社会现实，描绘世态人情，揭露妓院的丑恶和娼妓制度的罪恶，表达作者鲜明的是非爱憎和伦理道德观念。将沦落风尘的青楼女子作为第一号女主角并加以赞颂，这可说是明代昆腔传奇青楼戏作者最值得赞赏的艺术创造，从中不难窥见其艺术家的勇气和识见。

二、明代昆腔传奇青楼戏是变相的才子佳人戏

明代昆腔传奇青楼戏中的男主人公，除本身是官吏，如《青衫记》中的白居易、《投梭记》中的谢鲲等人之外，大多是出身于官宦世家的风流才子，其父不是现任官吏，就是致仕官吏。他们从小接受的是儒家的正统教育，其具体情况，在青楼戏中就有所反映。比如，《绣襦记》第二出《正学求君》，写郑儋和夫人虞氏教育儿子元和曰："知本末重纲常，彬彬文质好行藏，看先行孝弟，余力学文章。……尝闻得从来白屋出朝郎。荣亲显祖名扬，汝当励志继书香，早把皇猷黼黻，步武位岩廊。"（【榴花泣】）。又如，《霞笺记》第二出《中丞训子》，李栋教训儿子李玉郎的内容，可用志诚、惜阴、苦读、忠正和发迹来概括。接受儒家正统教育的男主人公走的是读书—应举—做官之路；立身处世则能恪守传统道德，正直有守，有追求和理想。至于他们的爱情婚姻观，则主张男女双方应有色、有才、有情，认为佳人合配才子，反对父母包办婚姻，但又肯定一夫多妻制；认为只要双方志同道合，感情融洽，即使娶青楼女子为妻妾，也是天经地义的；对自己所钟爱的青楼女子，也能坚守盟誓，始终不渝。

正由于男主人公肯定一夫多妻制，他们或已婚娶，后又钟情于青楼知己；或既钟情于青楼知己，又因种种外在原因，后与千金小姐结为夫妻；明代昆腔传奇青楼戏中的女主人公往往不止一个，但青楼女子却始终是第一号女主角。经过了作者有意识的净化和美化，青楼戏中的第一号女主角，

虽名义上是烟花妓女，但实质上从外貌、禀赋、举止、言行，以至于气质和理想，都已成了标准的封建淑女。换言之，在青楼戏作者的心中和笔下，青楼戏中的风尘女子就是佳人，她们与风流才子相识、相爱，历经磨难而最后终成眷属，完全符合天意与人情，值得赞美和宣扬。诚如《青衫记》末出【尾】所高唱的：“佳人才子从来少，荣辱升沉何足道，白雪还须续彩毫。”

明代昆腔传奇青楼戏的作者，对剧中青楼女子的净化和美化，主要表现在这样三个方面：

其一，青楼戏的第一号女主角，大多数出身教坊，而《绣襦记》中的李亚仙、《焚香记》中的敫桂英、《赠书记》中的魏轻烟，则出身名门后误落风尘。不管出身教坊，还是误落风尘，她们皆身在娼门，心比天高，一心从良，拒绝接客。《金雀记》第十出《守贞》，巫彩凤上场白云：“向人羞作倚门妆，自负守贞处子。身偶堕于烟花，心伤薄命佳人。”诚哉此言，这是出身官宦之家的风流才子会爱上烟花女子（薄命佳人）的重要原因。

其二，青楼戏的第一号女主角，无不才貌双全，知书达理；有理想，有胆略，有见识。《西楼记》第三出《砥志》中，妓女刘楚楚劝穆素徽说："我每行院人家，那里认得真；只好随花逐月过日子。"可是，包括穆素徽在内的青楼戏中的第一号女主角们，就是不肯"随花逐月过日子"，对生活、对爱情婚姻皆"认得真"。她们的抗争精神来源于此，而遭受的磨难也由此而来。在第三出戏中，穆素徽与刘楚楚还有一段对话，也很耐人寻味：

刘："毕竟什么样人，方称得你意。比似有才无情，有情无才，总不入你眼睛。"

穆："咳！姐姐，那见有才的没有情，惟真正才人，方是情种。"

刘："倘王孙公子，要娶你起来，怎么处？"

穆："儿曹，任他白璧黄金，一点儿芳心难讨？漫无缘，可不空负了求凰琴操。"

刘："佳人才子，原是天生的配偶，只是王嫱远聘，虞姬嫁迟，姻缘事非偶然也"

具有如此心态、如此见识、如此抱负的青楼女子，怎能不博得出身世家的风流才子们的青睐和赞赏？

其三，与知心的情种相识和相爱之后，青楼戏中的第一号女主角，均能坚守盟约；纵然经历坎坷，磨难不断，她们也都能忠贞于自己所爱和寄托终身的良人。这一点，特别能感动剧中的男主人公，也博得了男主人公家人的赞赏；而有关的情节和关目，也最能吸引读者和观众。

明代昆腔传奇中的男主人公——风流才子（大多出身于官宦世家，大多是应考士子），总是既才貌双全，又正派可靠；而作为第一号女主角的青楼妓女（大多是正旦应工，也有贴旦应工，如《赠书记》中的魏轻烟），则无不色艺俱佳，有情有义。而在风流才子与青楼妓女初次见面之前，青楼妓女或早为一曲【楚江情】而倾倒于风流才子（《西楼记》）；或已风闻"男中赵汝舟，女中谢素秋"而暗暗得意（《红梨记》）。风流才子则或见"霞笺题诗"而赞叹不已（《霞笺记》），或为精湛的琵琶技艺而大为惊讶（《青衫记》）……因此，一旦邂逅相识，风流才子与青楼妓女便会一见钟情。尤其是"只想着从良"，"巴不到一鞍一马遂心苗"（《青衫记》第三出）的青楼妓女，她们见到了自己中意的情种，便把全部希望寄托在情种身上。《赠书记》中的魏轻烟在尘埃中"识别"谈麈，便情不自禁地唱道："浊世佳公子，云霄一羽毛。令人一见心倾倒，因此不惭堕落红尘渺，私心期尔谐姻好。我久迓膏车光耀，今日才得喜上眉梢，觌面追陪欢笑。"（《青衫记》第五出【江儿水】）可是，好事多磨，或因只爱钱财不顾女儿终身大事的鸨母，"惟耽钞，下金钩把儿郎钓"（《青衫记》第三出），串通有钱的财主、富商，或有权势的官吏、衙内，耍阴谋，施诡计，迫使真心相爱、山盟海誓永不分离的风流才子与青楼妓女，不得不劳燕分飞，天各一方，引出了悲欢离合的故事，如《绣襦记》《焚香记》《西楼记》；或因外族入侵，奸佞作祟，天下大乱，风流才子所深爱的青楼妓女，落入奸佞之手，从而引出了惊天地泣鬼神的悲剧，如《红梨记》《青衫记》《投梭记》。

明代昆腔传奇青楼戏中的风流才子和青楼妓女的爱情婚姻，能博得人们的同情、肯定和赞美，其原因就在于他们是有情人的结合。正因为有情，男女主人公虽身处逆境，备受磨难，但面对有钱、有势、有权的强者的威胁利诱，仍能忠于爱情，信守盟约。在这方面，青楼妓女的表现堪称表率，而风流才子的行为，亦值得称道。《绣襦记》中的李亚仙和郑元和是个突出的例子。两人相爱后，郑生因迷恋李亚仙入魔，上了老鸨的圈套，受尽屈辱，最后被赶出妓院，又无脸回家见父母，最后沦落街头，进了卑田院，成了唱丧歌的乞丐。在这样的情况之下，李亚仙仍"坚贞立志脱风尘"，"思着那酸子，终日掩镜悲啼，再不肯接人"（《青衫记》第二十四出）。她公然强硬地对抗鸨母，收留了郑元和，用她真诚的爱，改变了落难公子进退无路的窘境；她还"绣襦护体，乳酥滋胃"，且"剔目劝学"，使郑元和重振精神，最后得以"登科参军之任，父子萍逢"。（引语均见首出）剧作第三十五出写郑元和高中状元之后，曾学士欲招他为婿，央崔尚书做媒。郑元和回答说："学生与李亚仙有婚姻之约，老先生所知者，况盟言在耳。岂可相背？"青楼戏中风流才子之有情有义，以及他们对于青楼妓女的真挚之情，由此也可见一斑。

才子佳人戏，歌颂才子和佳人的"至情"，他们不惜为情而私奔，甚至为情而死。这在一定程度上冲击了"父母之命，媒妁之言"的封建婚姻制度，为封建时代的青年男女争取爱情和婚姻自由打开了一个缺口，这是才子佳人戏的价值和意义所在。明代昆腔传奇青楼戏，作为变相（或特殊）的才子佳人戏，又扩大了已被打开的缺口，冲击了封建婚姻制度中门当户对的观念。沦落风尘的从良妓女，不仅名正言顺地成了世家子弟的妻妾，还被皇上册封为诰命夫人。青楼戏如此为从良的青楼妓女翻案和立传，充分显示了它的社会意义。至于青楼戏的历史局限性，实质上也就是才子佳人戏的历史局限性。

从思想层面来看，明代昆腔传奇青楼戏的历史局限性是显而易见的：首先，作者和剧中人把希望（主要是青楼妓女从良，以及与风流才子终成眷属）寄托在男主人公科举高中之上；其次，肯定一夫二妻的合理性，结果无不以夫荣妻（或妾）贵的大团圆结局；最后，无论是青楼佳人，还是风流才子，他们的相识和结合、逆境和脱困，以及最后的大团圆，一切皆是命中注定的，所谓"姻缘本是前生定"（《霞笺记》第三十出）。而拨乱期间的奸佞或小人，都无好下场，命定论和因果报应的思想十分突出。

从艺术层面作审视，明代昆腔传奇青楼戏，也存在一些缺憾。其一，总体构思落入俗套：风流才子与青楼妓女一见钟情，海誓山盟——第三者（富商、衙内、外族入侵者、叛乱头目）的捣乱破坏——有力者（官吏、侠士）的干预协助——苦尽甘来，大团圆结局。其二，正因为总体构思落入俗套，所以故事情节常大同小异，缺乏新奇的关目，不少关目似曾相识。其三，戏不够，神来凑：剧中有不少涉及神仙鬼怪的不伦不类、匪夷所思的情节关目。诚如祁彪佳《远山堂曲品》所指出的："一涉仙人荒诞之事，便无好境趣。"[1] 其四，不少剧作结构冗长、松散，过场戏太多，可以删减或合并的戏较多。

---

[1] 中国戏曲研究院：《中国古典戏曲论著集成》，中国戏剧出版社1959年，第31页。

三、《西楼记》《焚香记》《红梨记》简评

《六十种曲》选收的十种昆腔传奇青楼戏,如从思想和艺术的创新视角作评审,笔者认为,《西楼记》可谓杰作,而《焚香记》和《红梨记》亦属上乘佳品;其余诸作也各有其值得称道之处。限于篇幅,这里仅对《西楼记》《焚香记》《红梨记》略作评论。

《远山堂曲品》评《西楼记》为"逸品"。评曰:

> 写情之至,亦极情之变;若出之无意,实亦有意所不能到。传青楼者多矣,自《西楼》一出,而《绣襦》《霞笺》皆拜下风,令昭以此噪名海内,有以也。[1]

张岱《答袁箨庵》,批评袁氏的《合浦记》"狠求奇怪","怪幻极矣";而推重《西楼记》为袁氏之《还魂记》,说:"兄作《西楼》,只一'情'字。《讲技》《错梦》《抢姬》《泣试》,皆是情理所有,何尝不闹热,何尝不出奇?何取于节外生枝,屋上起屋耶?总之,兄作《西楼》正是文章入妙处,过此则便思游戏三昧,信手拈来,自亦不觉其熟滑耳。"

祁、张二氏对于《西楼记》的精彩评论,已成为今天研究袁氏《西楼记》者的共识。以笔者之浅见,研究袁于令,评论《西楼记》,首先必须确认这样两个前提:其一,袁氏是一位多才多艺的风流才子。吴伟业尝谓袁氏乃"吴郡佳公子,风流才调,词曲擅名"(《梅村诗集·赠荆州守袁大韫玉》)。据说袁氏少年时,曾牵连进一个因妓女而引发的案件,后被开除学籍,《西楼记》即据此风流韵事而作。其二,作为吴江派的后起之秀,袁氏既严守吴江之律,又瓣香玉茗,鼓吹"情至",并强调"情真"在戏曲艺术中的重要作用。在《焚香记·序》中,袁氏对此作了精辟的论述:

> 乐府之淫滥,无如今日矣!所称江南胜部,自王实甫、高则诚而下,王弇州首推《拜月》,犹曰:"所嫌者,曲终不能使人泪下。"斯言也,真深得词家三昧。盖剧场即一世界,世界只一情人。以剧场假而情真,不知当场者有情人也;顾曲者尤属有情人

---

[1] 中国戏曲研究院:《中国古典戏曲论著集成(六)》,中国戏剧出版社1959年,第10页。

也；即从旁之堵墙而观听者，若童子，若瞽叟，若村媪，无非有情人也。倘演者不真，则观者之精神不动；然作者不真，则演者之精神亦不灵。

《西楼记》首出《标目》的【临江仙】下阕曰："试看悲欢离合处，从教打动人肠。当筵谁者是周郎？纵思敲字句，无敢乱宫商。"袁氏就是在上述这种创作思想指导下创作其《剑啸阁传奇》的，《西楼记》则充分体现了袁氏既重视音律美，又强调"情真""打动人肠"的曲学主张。

《西楼记》写的是才子和名妓的恋爱故事，凭借作者的艺术才情和生活体验，加上社会上广为流传的有关穆素徽的逸闻轶事，这部传奇在明末清初曾盛演不衰，影响不小。陈继儒《墨憨斋重定西楼楚江情·原叙》云：

> 自《西楼记》出，海人达官文士，冶儿游女，以至京都戚里，旗亭邮驿之间，往往抄写传诵，演唱殆遍。想望西楼中美少年风流眉目，而不知出于金阊袁白宾氏也。白宾氏侠骨才情，天赋无两。其游戏调笑，虽单调片语，可附《世说》。《西楼记》其有为为之。极幻，极怪，极艳，极香，读之可想见其人矣！

陈氏的这段话，既具体地介绍了《西楼记》演唱大获成功以及在当时大受欢迎的实况，又生动地描述了袁于令的性格和才情。对《西楼记》的艺术特点，则作了耐人寻味的评点。

张岱慧眼独具，指出《西楼记》"只一情字"，可谓袁于令之《还魂记》。这为我们理解和评价它的思想内容提供了一把钥匙。《西楼记》继承了《牡丹亭》歌颂"情至"的反封建性理的精神，剧作通过于叔夜与穆素徽的悲欢离合，强调"婚姻事难论高低"（末出【朱奴儿】），赞美男女主人公生死不变的罕见情真。

在艺术上，《西楼记》从构思、关目、曲词到梦境描写，亦颇有《牡丹亭》的"意趣神色"，但又有自己的特色。全剧四十出，"死生一曲【楚江情】"贯穿于于、穆的悲欢离合，既主脑突出，又引人入胜。其中《讲技》《错梦》《抢姬》《泣试》等出，皆是情理所有，脍炙人口。另外，剧作"奉谱严整，辞韵恬和"[1]，在音律美和语言美上也达到了较高的水平。

---

[1] 中国戏曲研究院：《中国古典戏曲论著集成》，中国戏剧出版社1959年，第270页。

"岂徒狭邪之是述,艳冶之是传也哉!"

在"王魁负桂英"已经家喻户晓的晚明,出现了一部王魁不负桂英的《焚香记》,在众多有关敷演王魁和敷桂英故事的剧作中,这是一部值得另眼相看的剧作。而在明代昆腔传奇青楼戏中,《焚香记》更是一部匠心独运的佳构。

《焚香记》作者王玉峰,江苏松江(今上海市)人。《曲海总目提要》卷十四《焚香记》提要,人民文学出版社编者按曰:"此剧为明王玉峰撰。玉峰字同谷,别号月榭主人。江苏松江人,所作传奇四部,《焚香记》《钗钏记》,今存,《羊觚记》《三生记》,佚。"此论尚可商榷。吕天成《曲品》卷上,品王玉峰为"下之上";另列月榭主人,品为"下之中"。姚燮《今乐考证》"著录"六"明院本",著录月榭主人传奇一种,即《钗钏记》;"著录"七"明院本",又著录王玉峰传奇一种,即《焚香记》。显而易见,吕、姚二氏并未将王玉峰与署名月榭主人的戏曲家看作同一个人。

王玉峰的生平事迹,尚有待查考。但有两位戏曲家对《焚香记》的评论,不能不引起我们的关注。

其一,传为汤显祖所撰的《〈焚香记〉总评》(《古本戏曲丛刊》初集《玉茗堂批评〈焚香记〉》)曰:

> 此传大略近于《荆钗》,而小景布置,间仿《琵琶》《香囊》诸种。所奇者,妓女有心;尤奇者,龟儿有眼;若谢妈妈者,盖世皆是,何况老鸨!此虽极其描画,不足奇也。作者精神命脉,全在桂英冥诉几折,摹写得九死一生光景,宛转激烈。其填词皆尚真色,所以入人最深,遂令后世之听者泪,读者颦,无情者心动,有情者肠裂。何物情种,具此传神手!独金垒换书,及登程,及招婿,及传报王魁凶信,颇类常套,而星相占祷之事亦多。然此等波澜,又氍毹上不可少者。此独妙于串插结构,便不觉文法沓拖,真寻常院本中不可多得。

在许多出戏的出末点评中,这位评点者还一再称赞作者"胸有余墨",誉之为"词坛妙手";说他"填词如说话,此文家最上乘,亦词家最上乘也,妙绝!妙绝","曲白色色欲真,妙手也!词坛有此,称化工矣"。(明刊本《焚香记》卷前)

其二,袁于令在《焚香记·序》中,指出:"兹传之总评,唯一'真'字足以尽之耳。何也?桂英守节、王魁辞婚无论,即金垒之好色,谢妈爱财，无一不真。所以曲尽人间世态炎凉、喧寂景状，令周郎掩泣，而童叟村媪亦从和之，良有以已。然又有几段奇境，不可不知。其始也，落魄莱城，遇风鉴操斧，一奇也。及所联之配，又属青楼，青楼而复出于闺帏，又一奇也。新婚设誓，奇矣；而金垒套书，致两人生而死、死而生，复有虚讣之传，愈出愈奇。悲欢沓见，离合环生。读至卷尽，如长江怒涛，上涌下溜，突兀起伏，不可测识，真文情之极。其纤曲者可概以院本目之乎？"

从上述两则评论，不止可以了解当时人对《焚香记》的推崇，也能窥见王玉峰的为人和思想之一斑。王玉峰既是个"情种"，又是位富有"真情"的"词坛妙手"，其能独出心裁，创作出王魁不负桂英的《焚香记》，也就不足为奇了。

《焚香记》至迟创作于万历十年（1582）之前，其时正当昆腔传奇的鼎盛时期。在争奇斗艳的剧坛，传统题材的剧作，若不花样翻新，独辟蹊径，很难博得戏班的青睐和观众的喜爱。以王魁和桂英的故事为题材的剧作，若仍然在王魁负桂英、桂英死后复仇等情节关目上做戏文，是很难推陈出新的。于是，王玉峰创作《焚香记》，便走"王魁守义，贵不易妻；桂英坚志，死不改节"（《辨非》出海神语）之路，淋漓尽致地渲染了王魁和桂英生死不渝之情，在"焚香盟誓"和"阴告"这些大关目上做足了戏文，意在告诉人们：真正的有情人总会"重欢庆"，"莫把海誓山盟作等闲"（《会合》出【尾】）；而"施奸计巧安排"（《会合》下场诗）的恶人，虽能得逞于一时，但最终不会有好下场。

就《焚香记》所着重表现的"情"来看，剧中男女主人公忠于"焚香盟誓"，不把"海誓山盟作等闲"，就是执着于"情至"。这与当时汤显祖所热烈鼓吹的"情至"新观念是完全一致的。歌颂"情至"，是《焚香记》具有时代精神的主要方面。而剧作对观众所进行的扬善惩恶、忠贞守义等说教，虽有其消极面，但在世风日下的晚明，也有其积极意义。如果联系晚明社会的丑恶世态和人情，我们更可看出《焚香记》为王魁翻案的良苦用心。明代后期，一方面政治腐败，内外交困，社会异常黑暗；另一方面，随着资本主义萌芽的出现，产生了一批"钱虏"（《盛明杂剧·一文钱》栩庵居士眉批），他们不知传统道德为何物，也不知天下有"羞耻"二字，凭借手中的金钱为所欲为，无恶不作。《焚香记》中的金大员外，就是这样的"钱虏"。借王魁不负桂英，唾骂"钱虏"，针砭俗肠，这也是《焚香记》出新的一个重要方面。

"身荣又向豪门赘"（《明冤》出），写王魁负桂英的剧作，其立意和构思，显然着重在对负心薄情郎王魁的抨击。在晚明这个特定的历史时期，虽然有其现实意义，但缺乏时代精神。把王魁塑造成一个"贵不易妻"、坚守"焚香盟誓"信义的至诚情种，作者既可以满腔热情地通过王、敫的悲欢离合，鼓吹"情至"观念；剧作批判的矛头也自然地转向了利用金钱处心积虑破坏王、敫美满婚姻，不择手段谋夺桂英为妾的财主"钱虏"金垒，以及为了金钱逼令养女改嫁甚至接客的鸨母，这样的立意和构思，比之谴责"贵易妻"的负心薄情郎，也就有了更多的时代色彩、更为深刻的社会意义。

常熟戏曲家徐复祚，出生于明嘉靖三十九年（1560），卒年约在崇祯二年（1629）之后。祖父徐栻官至南京工部尚书，为人正直，曾得罪严嵩而贬官，又因言忤张居正而罢官归里；父徐禹江性简淡，布衣终生。徐氏"才度两美"（《柳南随笔》），有"琴川贵公子"之誉（钱谦益《初学集》卷八十五《徐复祚小令·序》）。自祖父去世之后，家族多难，家道中落，个人又连蹇坎坷。万历十三年（1585），徐氏应乙酉乡试，结果无端遭人评讼，不仅举人失之交臂，且冤案拖了十年之久。四十余岁时，开始从事戏曲的创作和研究，传奇《红梨记》、杂剧《一文钱》和戏曲研究著作《曲论》，皆出类拔萃；其他著作甚富，亦多高见卓识。可是，名不见经传，同时代的吕天成，其《曲品》竟未提及徐复祚其人，也不录其剧作。明末清初，不少戏曲家对于《红梨记》和《一文钱》评价很高，却不知作者是谁。比如，凌濛初《谭曲杂札》评曰："《红梨记》一记，其称琴川本者，大是当家手，佳思佳句，直逼元人处，非近来数家所能。才具虽小狭于汤（显祖），然排置停匀调妥，汤亦不及，惜逸其名耳！"[1] 徐氏内心之痛苦、愤懑和不平，从其自署忍辱头陀、休休生、三家村老也可窥见一斑。而在《红梨记》首出《荟指》中也有所反映，【瑶轮第五曲】下阕云："论卖文，生涯拙，岂是夸多，何曾斗捷。从来抱膝便长吟，觉一霎时壮心暂折。也无甚搬枝运节，也无甚阳秋究钺。若还见者吹毛，甘骂老奴饶舌。"

据徐复祚《曲论》，可知《红梨记》作于万历三十八年（1610）。在明末和有清一代，它是剧场演唱脍炙人口的著名昆腔传奇之一。乾隆年间编撰的《缀白裘》所收《红梨记》折子戏多达十出，占了全剧的三分之一。

虽然，徐氏自谓《红梨记》"也非关朝家事业，也非关市曹琐屑，打点

---

[1] 中国戏曲研究院：《中国古典戏曲论著集成（四）》，中国戏剧出版社1959年，第255页。

笑口频开，此夜只谈风月"（首出【瑶轮第五曲】）。但实际上，徐氏诸剧均有"阳秋尭钺"，《红梨》更是如此。在明代昆腔传奇青楼戏中，它是很有艺术特色和思想深度的佳作，借青楼妓女和风流才子的离合之情，揭权奸罪恶，就是此剧最大亮点。

《红梨记》以金兵南犯汴京，北宋徽、钦二帝被掳这段家国兴亡的动乱历史为背景，通过山东解元赵汝州和汴京名妓谢素秋的悲欢离合，有力地抨击了残害平民、卖国求荣的佞臣，揭示了"奸邪用法原非法"（第九出《献妓》下场诗）的乱世社会现实。联系徐氏创作这部传奇时万历年间的腐败朝政以及边患，更可见其所蕴含的深刻寓意。至于《红梨记》在艺术上的特色和成就，前引凌濛初的评论，已可见其大略了。尚应指出的是，此作关目新颖，针线亦密，构思巧妙。《咏梨》《计赚》等出，虽以元杂剧为基础，但艺术处理别具风采；曲词虽多借鉴之处，但并无蹈袭痕迹，反而有创新之意。另外，全剧三十出，生旦早于第二出就已有情诗交往了；可是直到第二十九出，两人才"初会"，而这时赵汝州尚不知与他相会的女子，即是自己思慕已久的谢素秋；也就是说直到剧作尾声，他俩才真正团聚相爱。如此新颖的关目和布局，在青楼戏和才子佳人戏中都是十分罕见的。

癸巳年（2013）酷热大伏挥汗成稿于吴门葑溪轩
（原载《戏曲研究第116辑》，文化艺术出版社2021年版）

大诗人的昆曲情结
——论吴伟业的戏曲创作

明清易代之际,是昆曲艺术大发展、大普及、全面繁荣的鼎盛时期。昆腔传奇和南杂剧的创作,流派纷呈、大家辈出、名作如林,乃是其重要的标志。当时,吴江派不乏后起之秀,临川派则涌现了吴炳、孟称舜这样的大家,吴县派更是大显身手。难以归派的戏曲家也各有千秋,其中以吴伟业为代表的戏曲家所创作的昆腔传奇和南杂剧,有两个显著的特点:其一是"借古人之歌呼笑骂,以陶写我之抑郁牢骚;而我之性情,爱借古人之性情,而盘旋于纸上,宛转于当场"(吴伟业《北词广正谱·序》);其二是尽情抒发主观情感,曲词的创作重于排场的安排,更适合于案头的品味,而不便于场上的敷演。它们在文人士大夫中有较大的影响,所谓"只今宇内新声异,梅村祭酒推举觯。按就银筝几断肠,歌成玉树都流涕"。

吴伟业是明清易代之际最杰出的诗人之一,毋庸置疑,其文学成就主要在诗歌创作方面,"梅村体"更是风靡一时、影响深远。像明代许多诗人兼擅昆腔传奇和南杂剧一样,吴伟业在明亡后隐居家乡之时(1646—1653),也创作了传奇《秣陵春》,以及南杂剧《通天台》和《临春阁》。为什么吴伟业在倾尽全力创作反映明清易代家国兴亡的系列史诗作品,"梅村体"誉满诗坛之日,也染指戏曲创作?他的戏曲创作与时事有什么关系,与其处境和系列史诗作品又有什么内在联系?这是很有意义的研究课题。笔者对此苦思良久,今不揣浅陋,略述浅见,就正于海内外的方家同好。

一、"天下大苦人"

吴伟业(1609—1672),字骏公,号梅村,又号灌隐主人、大云道人,江苏太仓人。明崇祯四年(1631)举进士,会试第一,殿试第二;崇祯帝曾亲阅其试卷,笔书"正大博雅,足式诡靡"八字定评。授翰林院编修,充东宫讲读官;又迁南京国子监司业。南明弘光朝,任少詹事。甲申

（1644）之变，欲自尽死节，未果；隐居家乡，潜心经史，创作诗文，尝以复社名宿主持东南文社活动。顺治十年（1653），迫于征召，在父母严促下，出任秘书院侍讲，迁国子监祭酒。顺治十三年（1656）年底，以继母丧丁忧归里，遂不出，家居十余年直至逝世。吴伟业的诗文，近人综合成《吴梅村全集》，清代乾、嘉之际先后有靳荣藩、吴翌凤等人为之笺注，今人钱仲联则有补笺。

吴伟业、钱谦益、龚鼎孳并称清初"江左三大家"。虽然，吴、钱、龚三人皆失节事清，但吴氏的情况，既不同于龚氏，亦有异于钱氏。舒位关于"君子爱其才，愈以悲其遇矣"（《瓶水斋论诗绝句二十八首》注语）之评，乃是合乎情理之论。论诗艺，龚氏难与吴、钱二氏相比；而就诗学观念而言，吴氏与钱氏亦颇有分歧。学长严迪昌教授《清诗史》（台湾五南图书出版公司1998年版）第二编第二章《江左三大家》，特列《三大家辨说》，所论颇有独到之见，可资参考，兹不赘述。

顺治十年（1653），吴伟业的被迫出仕，乃是其一生的转折点。虽然仕清短短几年，可是这几年却使吴伟业的内心苦不堪言，一直影响到他最后的十余年生活。吴伟业在给儿子的遗嘱中，直谓"天下大苦人"。这并非夸张之言，确是他自顺治十年（1653）直至病死这十余年生活的真实写照。究其原因，就在于被迫出仕，深感内疚，后悔不已。在《与子暻疏》［康熙十年（1671）十一月二十八日］中，吴伟业沉痛地表白说：

> 唯是吾以草茅诸生，蒙先朝巍科拔擢，世运既更，份宜不仕。而牵恋骨肉，逡巡失身。此吾万古惭愧，无面目以见烈皇帝及伯祥诸君子，而为后世儒者所笑也。

由于"牵恋骨肉，逡巡失身"，吴伟业只想以诗人的身份留诸青史，故弥留之时嘱言："吾死后，敛以僧装，葬吾于邓尉、灵岩相近，墓前立一圆石，题曰'诗人吴梅村之墓'，勿作祠堂，勿乞铭于人。"（顾湄《吴梅村先生行状》）吴氏失身而悔，以至于此，其真诚之心由此可见。后世之人，"爱其才""悲其遇"，给予其同情与宽恕，这是十分自然的。虽然吴伟业《临终诗四首》之一曰："忍死偷生廿余载，而今罪孽怎消除？受恩欠债应填补，总比鸿毛还不如。"但他对自己的诗作还是有所期望的："吾诗虽不足以传远，而是中之用心良苦，后世读吾诗而能知吾心，则吾不死矣！"吴伟业期望并深信"后世儒者"，以及广大读者，能从其诗作中理解其良苦用心，原谅其被迫"失身"之罪孽。[1] 笔者以为，吴伟业同样期望并深信"后世儒者"，以及广大读者，能从其戏曲作品中理解其良苦用心，原谅其被迫"失身"之罪孽。

吴伟业的一生，以甲申（1644）、乙酉（1645）为界，可大别为前后两个阶段。前一个阶段，明万历三十七年（1609）至南明弘光元年（1645），也即清顺治二年（1645）：青少年读书时期；崇祯四年（1631）中进士后，出仕崇祯朝时期；以及乙酉（1645）出仕南明弘光朝时期。后一个阶段，顺治三年（1646）至康熙十年（1671）：家居八年（1646—1653）时期；被迫出仕四年（1653—1656）时期；母丧得假南归至死十几年（1656—1672）家居时期。

从情感的层面作分析，吴伟业的一生，则可大别为三个阶段。甲申、乙酉之前，吴伟业对风雨飘摇之中的明王朝深怀挚爱，忧国忧民之情异常深沉；甲申、乙酉之后，崇祯帝自缢而亡，明王朝与南明弘光朝先后覆灭，这激起了吴伟业强烈的兴亡之感；顺治十年（1653）被迫出仕之后，吴伟业沉溺于"失身"而悔的痛苦之中，郁郁寡欢。吴伟业的这种心路历程，凝结成为他诗歌和戏曲创作的主旋律。忧国忧民是吴伟业第一阶段诗歌创作的主旋律；兴亡之感是吴伟业第二阶段诗歌创作的主旋律；失身而悔是吴伟业第三阶段诗歌创作的主旋律。而怀念故国旧君，深怀"失身"之悔，以及在新朝的恩威并施之下如何自处，则可谓吴伟业戏曲创作的主旋律。

二、"歌行近体，上下初盛"

对于吴伟业的诗文和词曲创作，暖红室本《秣陵春》寓园居士序文有评曰：

> 灌隐五古，直逼汉魏；歌行近体，上下初盛；叙记之文，不愧唐宋大家；而寄兴词曲，复推宗匠，又一奇也！[2]

---

[1] 陈寅恪就是这样的"后世儒者"之一。他在《柳如是别传》（上海古籍出版社1980年版）中针对侯朝宗等人应举行为分析云："盖建州入关之初，凡世家子弟曾充声庠序之人，若不应乡举，即为反清之一种表示，累及家族，或致身命之危险……关于此点，足见清初士人处境之不易。后世未解当日情势，往往作过酷之批评，殊非公允之论也。"顺治八年（1651）侯方域三十四岁，被迫参加河南乡试，中了副榜，追悔莫及。因此将新建楼堂取名"壮悔"，文集亦题名为《壮悔堂文集》，《壮悔堂记》还云："夫知过而能内自讼，君子许之。"其情况颇似以后来的吴伟业。

[2] 乾隆帝弘历也喜吴伟业诗，耐人寻味。其《御题梅村诗》（《四库全书·梅村集》附录）云："梅村一卷最风流，往复搜寻未肯休。秋水精神白雪句，西昆幽思杜陵愁。"

就诗而言，吴氏尤所擅长而成就和影响最大的，无疑是世称"梅村体"的七言长篇歌行，这在清代中叶已成定评。严迪昌《清诗史》誉之为"吴诗的灵魂及标志"[1]，笔者深表赞同。七言长篇歌行，确是吴伟业在继承前人（如杜甫《塞芦子》，白居易《长恨歌》，元稹《连昌宫词》，韩愈《元和圣德诗》等）诗文基础上的创新诗体。诚如《四库全书总目提要》所说："诗律本乎四杰，而情韵为深；叙述类乎香山，而风华为胜。"七言长篇歌行，最能体现吴伟业诗歌的史家胆识和艺术个性，故迪昌兄誉之为"吴诗的灵魂及标志"，是极为精当的。

吴伟业的七言长篇歌行有这样一些特点。

其一，"指事传辞，兴亡具备"（程穆衡《娄东耆旧传》），"其所咏多有关于时事之大旨者"（赵翼《瓯北诗话》卷九），具有史诗的性质。吴伟业的七言长篇歌行具有史诗的性质，与他"自幼尤喜三史"，曾任史官，撰写过《绥寇纪略》不无关系；而与其认为"诗与史通"，"有关世运升降、时政得失者"的诗作可谓"史外传心之史"的诗学观点更是密切相关的。（以上引语均见吴伟业《且朴斋诗稿·序》）

其二，吴伟业的七言长篇歌行，不是一二单篇，而是自成体系。赵翼《瓯北诗话》曾列举吴氏的十多篇代表作并评论曰：

> 梅村身阅鼎革，其所咏多有关于时事之大者。如《临江参军》《南厢园叟》《永和宫词》《洛阳行》《殿上行》《萧史青门曲》《松山哀》《雁门尚书行》《临淮老妓行》《楚两生行》《圆圆曲》《思陵长公主挽词》等作，皆极有关系。事本易传，则诗亦易传，梅村一眼觑定，遂用全力结撰此数十篇，为不朽计，此诗人慧眼，善于取题处。白香山《长恨歌》、元微之《连昌宫词》、韩昌黎《元和圣德诗》，同此意也。

明清易代之际的重大历史事件，在吴伟业的七言长篇歌行中多有反映，从吴伟业的系列歌行中，明清改朝换代的轨迹清晰可见：

《洛阳行》反映了万历十五年（1587）至四十二年（1614），围绕建储、福王之藩的党争；以及崇祯十四年（1641）正月，李自成破洛阳，杀福王朱常洵；崇祯十七年（1644），朱常洵子朱由崧在南京建立弘光王朝。

---

[1] 严迪昌：《清诗史》，台湾五南图书出版公司1998年，第375页。

《临江参军》反映了崇祯十一年（1638）清兵侵入京畿重地，宣大总督卢象昇英勇殉国。

《襄阳乐》反映了崇祯十五年（1642）二月，张献忠破襄阳，杀襄王朱翊铭。

《松山哀》反映了崇祯十五年（1642）二月，清兵攻占松山，洪承畴被俘降清。

《雁门尚书行》反映了崇祯十五年（1642）十月，李自成军破潼关，孙传庭战死。

《永和宫词》《琵琶行》反映了崇祯十七年（1644）三月，李自成攻入北京，崇祯帝自缢，周皇后等自杀；五月，福王朱由崧在南京建弘光王朝。

《圆圆曲》反映了崇祯十七年（1644）四月，吴三桂乞清兵入关，清兵占领北京。

《楚两生行》反映了顺治二年（1645），弘光朝左良玉与马士英、阮大铖内讧，左梦庚降清。

《临淮老妓行》反映了顺治三年（1646）四月，清兵下泗州，刘泽清降清。

《听女道士卞玉京弹琴歌》反映了顺治三年（1646）五月，清兵攻占南京，弘光朝覆灭。[1]

其三，吴伟业的七言长篇歌行故事性强，极富传奇色彩，读来引人入胜，感人肺腑，发人深思。

吴伟业的七言长篇歌行，不止"所咏多有关于时事之大者"，且擅用"传奇笔法"，精心结构，写活了人物，目为诗歌体的传奇小说，亦不为过。比如，《临江参军》和《读杨参军悲巨鹿诗》，记叙了卢象昇苦战于巨鹿悲壮殉国、杨廷麟痛哭悼念之事，凸显了"磊落真奇材"的卢尚书，以及"横刀高揖卢尚书"的杨参军的高大形象。《琵琶行》从明代的琵琶高手和曲调变迁一路写来，不仅写出了琵琶艺人的高超技艺，又寄寓了对明朝故国的深切缅怀。《圆圆曲》以秦淮名妓陈圆圆的经历为线索，反映了明朝覆灭与清兵入关的历史巨变。全诗从吴三桂开关降清，追击李自成军写起，先倒叙，再顺叙，最后又多角度地进行了总结和抒情。诗中不仅记叙了陈圆圆前后的传奇经历，也写出了她早年同伴的凄凉晚景。《听女道士卞玉京

---

[1] 程相占：《吴伟业的诗史思想》，载《苏州大学学报（哲学社会科学版）》1995年第4期，第39页。

弹琴歌》，以秦淮名妓卞玉京的行踪为线索，以弹琴作枢纽，揭露了弘光小朝廷的腐败，以及清兵下江南时的残暴罪行。

其四，吴伟业的七言长篇歌行，激情洋溢，褒贬鲜明，寓有深意，耐人寻味。

通过明清易代之际重大历史事件和重要历史人物的描叙，吴伟业在七言长篇歌行中淋漓尽致地抒发了自己的忧国忧民之情，以及亡国之痛和兴亡之感，诗人的爱憎和褒贬异常鲜明，其寄寓的深意，读者不仅能够体会，且深受感动。入清之后，吴伟业的七言长篇歌行，诚如严迪昌《清诗史》所指出的："哀婉未改而气韵渐见衰飒，具体说来是情多于事，在伤感氛围中'史'多泯灭于事中。"[1] 比如《赠陆生》《悲歌赠吴季子》等，由于写人记事隐没了背景，故事性和传奇色彩远不如甲申、乙酉、丙戌年（1644、1645、1646）之前的作品，但兴亡之感依然十分强烈。

三、昆曲情结和戏曲观点

吴伟业在甲申、乙酉（1644、1645）朝更世变前后的诗歌创作，尤其是"梅村体"长篇歌行，已经取得了丰硕的成果，产生了巨大的社会反响。为什么在隐居家乡时期，突然染指昆腔传奇和南杂剧，接连创作了《秣陵春》《通天台》《临春阁》？究其原因，笔者以为强烈的故国之念和兴亡之感已使多愁善感的诗人痛苦不堪；而在清廷的恩威并施之下，如何自处，吴伟业面临着两难的抉择：既难忘故国旧君的恩泽，又无法抗拒新朝天命的征召。诗歌，哪怕是"梅村体"长篇歌行，已经难以充分表达诗人内心的痛苦、矛盾、探索，以及其他纷纭复杂的思想感情。吴伟业原本就存在昆曲情结，于是便自然地想到了通过昆腔传奇和南杂剧的创作，借古人古事，翻弄新声，以便更全面、更细致、更深刻、更生动地表达和抒发郁结于深心的那种"剪不断，理还乱"的抑郁牢骚。

吴伟业具有昆曲情结，这并不奇怪。

首先，吴伟业的故乡太仓，虽非昆山腔的发源地，却是明代中叶昆山腔全面改革时的大本营。这次改革的中心人物魏良辅，就寓居于太仓的南码头，故后有"南码头腔"之说。吴伟业在《琵琶行》中，曾怀着敬意提到了魏良辅和梁辰鱼："百余年来操南风，竹枝水调讴吴侬；里人度曲魏良辅，高士填

---

[1] 严迪昌：《清诗史》，台湾五南图书出版公司1998年，第381页。

词梁伯龙。"另外，吴伟业的同乡先辈王世贞，身为嘉靖年间的文坛盟主，也染指昆曲，不仅著有《曲藻》，还曾参与昆腔时事新剧《鸣凤记》的创作和出版。而曾为首辅的另一同乡先辈王锡爵，酷爱昆曲，其"家乐"演唱《牡丹亭》，影响深远，以至于引起了杜丽娘乃影射其女昙阳子的民间传说。王锡爵子王衡，亦是明末万历年间著名的南杂剧作家，所作杂剧五种，现存四种：《真傀儡》《郁轮袍》《再生缘》《裴湛和合》。太仓的昆曲氛围浓郁，吴伟业从小耳濡目染，对昆曲艺术产生浓厚的兴趣，岂非自然之事？

其次，吴伟业生活的明清易代之际，战乱四起，朝更世变，天下大乱，可是，昆曲艺术却全面繁荣，昆腔传奇和南杂剧的创作以及理论批评，更进入了鼎盛时期。当时著名的戏曲家李玉、李渔、尤侗、袁于令、吴绮、邹式金、邱园等人，皆与吴伟业往来过从。吴伟业尝为李玉的《清忠谱》和《北词广正谱》、尤侗的《西堂乐府》、邹式金的《杂剧三集》撰写序文。《六十种曲》编纂者毛晋，与吴伟业也过从甚密。顺治五年（1648）秋，吴伟业到常熟，曾登门造访毛晋，夜宿毛晋家。毛晋特地打开手钞本藏宝室，选择了一卷明成化年间书法家吴宽的手钞作品（钞的是南宋爱国诗人谢翱的《登西台恸哭记》），供吴伟业赏玩。吴伟业即席赋《毛子晋斋中读吴匏庵手钞〈登西台恸哭记〉》。值得一提的是，吴伟业十分欣赏昆曲名曲师苏昆生，尝力荐给冒襄："大梁苏昆生兄，于声音一道，得其精微，四声九宫，清浊抗坠，讲求贯穿于微妙之间……水绘园中不可无此客……"（《同人集》卷四）直至晚年，吴伟业仍爱看昆剧、爱听昆曲、所谓"狂从剧孟千场博，老爱优旃一曲歌"！（吴伟业《观〈蜀鹃啼〉戏有感》）

最后，标志着我国戏曲成熟的南曲戏文和北曲杂剧，虽皆起源于民间，但其日臻完善，均得益于文人士大夫的积极参与。"书会才人"是金元杂剧创作的主力军，但"名公士夫"的作用亦不可低估。而明代中叶昆山腔革新能取得成功，既离不开以魏良辅为代表的大批民间曲师、乐工的创新实践，亦与以梁辰鱼、张凤翼为代表的文人士大夫的巨大贡献密切相关。自此之后，文人士大夫纷纷蓄养"家乐"，在吟诗作文之余，积极参与昆腔传奇、南杂剧的创作和理论批评，成为推进明清两代昆曲艺术全面繁荣的中坚力量。晚明，文人士大夫积极参与昆腔传奇的创作和理论批评，甚至当串客粉墨登场，成为一种时尚文化。因此，作为大诗人的吴伟业，染指昆腔传奇的创作亦是合乎情理之事。

吴伟业生活于昆曲艺术的鼎盛时期，但当时恪守传统道德规范的文人士大夫，仍"多以帖括为业，穷研日夕，诗且不知，何有于曲"（吴伟业《杂剧三集·序》)。作为一位著名诗人，吴伟业具有高度的文化艺术修养，不仅酷爱昆曲艺术，而且深知曲理和曲律。吴伟业的三种戏曲作品，是在他的戏曲观的指导下创作的。虽然吴伟业非戏曲理论家，但他的戏曲观也值得重视。

首先，吴伟业认为"曲亦有道""可以为劝，可以为鉴"（吴伟业《杂剧三集·序》)。他对元曲评价甚高，说"真可与汉文、唐诗、宋词连镳并辔"。在吴伟业看来："今之传奇，即古者歌舞之变也；然其感动人心，较昔之歌舞更显而畅矣。"（吴伟业《北词广正谱·序》）另外，从邱园以吴伟业从兄吴志衍（成都令，死于张献忠之难）为题材的传奇《蜀鹃啼》所作诗篇，亦可窥见吴伟业对戏曲艺术力量的认识。诗云："平生兄弟剧流连，高会南楼尽少年。往事酒杯来梦里，新声歌板出花前。青城道士看游戏，白发衰翁漫放颠。双泪正垂俄一笑，认君真已作神仙。"（杨恩寿《词余丛话》卷二）

其次，吴伟业主张戏曲的创作和选本，在题材上应该多样化："忠烈孝节之事"，固然有意义；"放荡邪慝之事"，亦不应排斥。在他看来，"有其事则不能禁其传，有其传则不能禁其选……言之者无罪，选之者岂任过乎"。（吴伟业《杂剧三集·序》）

最后，吴伟业欣赏李玉《清忠谱》这样的"事俱按实"，而"目之信史可也"的时事新剧。因为这样的剧作，可"使百千岁后观者泣，闻者叹"。（吴伟业《清忠谱·序》）可是，限于政治气候和个人处境（包括其思想性格上的弱点），吴伟业不可能创作出《清忠谱》这样的时事新剧，尽管他亲身经历了明清易代这场天崩地裂的历史巨变，对世道人心也参得十分透彻，完全有条件创作出反映朝更世变的时事新剧杰作。吴伟业力主戏曲创作要"借古人之歌呼笑骂，以陶写我之抑郁牢骚"（吴伟业《北词广正谱·序》)。诚然，这也是昆腔传奇和南杂剧创作的一条路子，明末清初，鼓吹者也并非只有吴伟业，尤侗和嵇永仁就是他的同志。尤侗提倡："假托故事，翻弄新声，夺人酒杯，浇己块垒，于是嬉笑怒骂，纵横肆出，淋漓极致而后已。"（尤侗《西堂杂俎》二集卷二《曹顾庵南溪词·序》）嵇永仁在其《续离骚·引》中亦云："歌呼笑骂，情之所钟也。仆辈遘此陆沉，天昏地惨，性命既轻，真情于是乎发，真文于是乎出。"

四、"于兴亡盛衰之感三致意"的《秣陵春》《通天台》《临春阁》

吴伟业三种剧作的创作时间，皆无确切的文献记载，研究者的意见亦颇有分歧。

据蒋瑞藻《小说考证》卷五引《花朝笔记》，吴伟业是受了夏完淳《大哀赋》的启示和影响，才创作《秣陵春》的。谓《大哀赋》流传后，"吴伟业见之，哭三日，《秣陵春》传奇之所由作也"。据白坚《夏完淳集笺校》，《大哀赋》作于顺治三年（1646）秋。沈自晋《南词新谱》引用了《秣陵春》的曲文。《南词新谱》编纂于顺治二年（1645）至四年（1647）之间，《重定南词全谱凡例续纪》撰于顺治四年（1647）秋。据此，吴伟业创作《秣陵春》，当在顺治三年秋至四年秋（1646—1647）之间。

有研究者据徐釚之话，认为《秣陵春》作于顺治九年（1652）。徐釚《词苑丛谈》云："吴祭酒作《秣陵春》，一名《双影记》，尝寒夜命小鬟歌演，自赋【金人捧露盘】词云……时祭酒将复出山。晋江黄东崖诗云：'征书郑重眠餐损，法曲凄凉涕泪横。'"也有研究者认为，吴伟业的三种戏曲，皆创作于顺治九年（1652）。[1]

郑振铎《通天台·跋》谓："诸剧皆作于亡国之后，故幽愤慷慨，寄寓极深。"笔者以为，将吴伟业三种剧作的创作时间，定在顺治三四年（1646—1647）至九年（1652）之间，也就是明和南明覆亡之后，顺治十年（1653）吴伟业被迫出仕之前，是比较妥当的。因为这段时间，在清廷软硬兼施之下，曾出仕明朝的文人士大夫，既害怕清廷的迫害，又难拒功名利禄的诱惑，纷纷变节事清。吴伟业是清廷笼络的重点对象，地方政府曾一再推荐。面对严峻的现实，吴伟业的思想处于极度的矛盾和痛苦之中。为了尽情抒发胸中的抑郁牢骚，固有的昆曲情结让他产生创作戏曲作品的强烈冲动，于是吴伟业先后创作了传奇《秣陵春》，南杂剧《通天台》和《临春阁》。

关于《秣陵春》的创作，吴伟业在自序中这样说："是编也，果有托而然耶？果无托而然耶？即余亦不得而知也。"如此闪烁其词，恰恰说明了《秣陵春》乃是寄寓极深的"有托"之作。剧作的故事纯属虚构，它以南唐亡国之后为背景，借徐适与黄展娘的离合之情，抒发了作者的亡国之痛和兴亡之感。"谁解梅村愁绝处，《秣陵春》是隔江歌。"（钱谦益《牧斋初学集》卷十一《读豫章仙音谱漫题八绝句》）剧中的曹善才，犹如《长生殿》中的李龟年，通过他的琵琶弹拨，作者淋漓尽致地抒发了故国之思，以及对旧君的思念和依恋。联系崇祯帝对吴伟业的知遇之恩，剧中有关李

---

[1] 胡世厚，邓绍基：《中国古代戏曲家评传》，中州古籍出版社1992年，第510页。

后主对徐适的种种知遇之恩，无疑寄托了吴伟业对崇祯帝的感恩戴德之情。

但是，《秣陵春》并非单纯借古人的离合之情抒作者兴亡之感。其思想内容的复杂性，还表现在通过徐适回到阳间，受到赵宋王朝"非常知遇"的情节关目，揭示了"赵官家，催得慌"，"当今圣上宽洪量，把一个不伏气的书生款款降"，指出了改朝换代之际文人士大夫出处问题的严峻性。剧中徐适的人生出处问题，当时同样摆在吴伟业以及明代遗民的面前。吴伟业之所以在徐适向赵宋王朝"款款降"的问题上，如此煞费苦心地敷演，就是因为他当时同样面临着"当今皇上"对他所施展的"催得慌"和"宽洪量"的两手伎俩；同时，吴伟业深知自己思想性格上的软弱性，预料也难逃徐适向新王朝"款款降"的可悲命运。所以他希望世人对徐适的人生出处抉择，持谅解和同情的态度；也就是期待世人对自己未来被迫出仕新朝，未能为故国旧君守节，持谅解和同情的态度。

尤侗《西堂杂俎》指出："《通天台》《临春阁》《秣陵春》诸曲，亦于兴亡盛衰之感，三致意焉，盖先生之遇为之也。"与《秣陵春》相比较，《通天台》和《临春阁》之兴亡盛衰之感更为明显。

郑振铎《通天台·跋》评云：

> 《通天台》本于《陈书·沈炯传》，……或谓炯即作者自况，故炯之痛哭，即为作者之痛哭。盖伟业身经亡国之痛，无所泄其幽愤。不得已乃借古人之酒杯，浇自己之块垒，其心苦矣。《通天台》第一折，炯之独唱，悲壮愤懑，字字若杜鹃之啼血。其感人，盖有过于《桃花扇·余韵》中之【哀江南】一曲也。

《通天台》同样洋溢着"感伤时世，凭吊一身"[1]的色彩。首出中沈炯主唱的【忆秦娥】和【赚煞尾】，可谓"感伤时世，凭吊一身"的最强音。难怪杨恩寿《词余丛话》评曰："苦雨，凄风，灯昏，酒醒时读之泠泠者不觉湿透春衫。较之'我本淮南旧鸡犬，不随仙去落人间'之句更为凄婉。"由此亦可见，吴伟业的戏曲作品比诗歌更能抒发作者之衷情，感动读者之心。或曰《通天台》是"为弘光解嘲"。杨恩寿《词余丛话》则认为："吴梅村《通天台》杂剧，借沈初明流落穷边，伤今吊古，以自写其身世！"

---

[1] 吴梅欣赏《秣陵春》开场一引，其《顾曲麈谭》指出词中"欲眠还起"，"一番桃李"，"春光谁主"，"皆感伤时世，凭吊一身也"。

笔者赞同杨氏之说。吴伟业"自写其身世"，在剧中主要表现于亡国之痛，以及基于"故国苍茫，才士坎坷"的个人出处的矛盾和痛苦。或曰，《通天台》中汉武帝对沈炯不必为"兴亡陈迹"烦恼的开导，实为作者找到了精神解脱的证据[1]，笔者以为这样的看法尚可研究。因为直到逝世，吴伟业仍然怀着"失身"仕清的内疚和悔恨，他并没有找到精神解脱的良药。

《临春阁》取材于《隋书·谯国夫人传》和《陈书·张贵妃传》，剧作主旨同样是抒发兴亡之感。剧作通过对谯国夫人、张丽华等女性的肯定和赞美，反衬了南朝陈国君臣的昏庸腐败，是一部弘光小朝廷的写照之作。需要指出的是，《临春阁》不仅歌颂了冼夫人，还为历来被看作"祸国尤物"的张丽华翻了案。作者的这种神来之笔，明显受到了李卓吾、徐渭等批判男尊女卑，宣扬男女平等新思想的影响；也为后来洪昇《长生殿》"一洗太真之秽"（朱彝尊《长生殿·序》），创造全新的杨贵妃的艺术形象导夫了先路。

吴伟业的三种剧作艺术特点也是十分鲜明的。

首先，"借古人之歌呼笑骂，以陶写我之抑郁牢骚"，这是三剧的共同特点。无论是虚构编造（《秣陵春》），还是据事生发（《通天台》和《临春阁》），作者通过古人古事淋漓尽致地写其心、抒其怀、寓其意，艺术地表现了明清易代之际"大苦人"的忧国忧民、兴亡之感，以及面临为故国旧君守节与被迫入仕新朝抉择时内心的矛盾和痛苦，具有强烈的主观抒情色彩，感伤之情异常浓郁。吴伟业三种剧作的这一特点，虽然导致了不太讲究"当场敷演"的案头化倾向，但严格讲此三种剧作还不是纯属"写心"的案头之作。清代中叶的徐爔，其《写心杂剧·自序》云："写心剧者，原以写我心也。心有所触，则有所感；有所感，则必有所言；言之不足，则手之舞之足之蹈之而不能自已者，此予剧之所由作也。"徐爔《写心杂剧》中的《哭弟》《祭牙》等剧的主角，即是作者本人，内容即是作者亲历之事。更有甚者，如廖燕的《柴舟别集》所收四种"写心"杂剧，主人公即用作者姓名，自报家门云："小生姓廖名燕，别号柴舟，本韶州曲江人也。"这类剧作往往"纯然自述之作"。与徐爔、廖燕的杂剧相比较，可知吴伟业的剧作三种尚不能归于后来的《写心杂剧》这样的案头之作。

其次，作为一个具有昆曲情结的杰出诗人，吴伟业的戏曲创作，不仅文词华美、格律谐和，而且抒情性极强，诗情浓郁，意境深远。作者特别

---

[1] 胡世厚，邓绍基：《中国古代戏曲家评传》，中州古籍出版社1992年，第512-513页。

重视剧作的情感结构，与其七言长篇歌行，有异曲同工之妙。换言之，吴伟业擅以戏曲的眼光来构思和创作其七言长篇歌行；又善用七言长篇歌行的技法来设置剧作的情节关目，精心撰写曲词。

最后，吴伟业的戏曲创作，不仅深受汤显祖"情至"观念的启迪，也借鉴了"临川四梦"的浪漫主义艺术手法。《秣陵春》全剧四十一出，有阴间与阳世两条情节线索，人鬼自由出入于阴阳之间。黄展娘魂魄离开肉体半年有余，追随徐适在阴间游荡，最后又在阳世与真身复合。这显然是对元杂剧《倩女离魂》和汤显祖《牡丹亭》的继承借鉴。至于《镜影》《影现》《魂飘》诸出，对于《牡丹亭》的《惊梦》《寻梦》《魂游》的模仿痕迹更是显而易见。吴伟业也曾借剧中人之口，点出了这一点："投朱李于带边，无烦梦寐；遇玉箫于帐里，不假丹青。假假真真，宁云错认，生生死死，匪曰还魂。"另外，《通天台》中沈炯在通天台下的一梦，其戏剧情境也借鉴了汤显祖的《南柯记》和《邯郸记》关于时空背景的艺术处理技法。

五、小结，余论

其一，明清易代之际的戏曲创作，就其思想内容而言，诚如邹式金《杂剧三集·小引》所指出的：

> 迩来世变沧桑，人多怀感。或抑郁幽忧，抒其禾黍铜驼之怨；或愤懑激烈，写其击壶弹铗之思；或月露风云，寄其饮醇近妇之情；或蛇神牛鬼，发其问天游仙之梦。

吴伟业的三种剧作，不是"抑郁幽忧，抒其禾黍铜驼之怨"，就是"蛇神牛鬼，发其问天游仙之梦"。其创作手法偏向于浪漫主义，但剧作内容却贴近现实生活，揭示了特定历史时期的某些本质方面。

其二，从明清戏曲发展的视角作审视，吴伟业的《秣陵春》，受到了梁辰鱼《浣纱记》的影响，也是一部借离合之情，写兴亡之感的昆腔传奇。而《秣陵春》的这个立言神旨，对稍后"南洪北孔"所创作的《长生殿》和《桃花扇》，又有积极的启示。至于吴伟业的《通天台》和《临春阁》，就借古人古事浇作者块垒这个特点来说，乃是明末清初南杂剧颇为流行的一种类型，它们可谓清代中叶"写心"杂剧的先声。

其三，吴伟业的三种剧作，虽抒发了汉族文人士大夫深沉的兴亡之感，但与那些鼓吹国破家亡后进行不屈反抗斗争的剧作，如王夫之的《龙舟会》、陆世廉的《西台记》、茅维的《秦廷筑》等比较，其消极面是显而易见的。不过，《秣陵春》《通天台》《临春阁》也自有其独特的认识和美学价值。因为它们真实地展示了明清易代之际汉族文人士大夫的复杂心态：既难忘故国旧君，有强烈的兴亡之感；又在新朝威逼和利诱之下，动摇于守节与出仕之间。

其四，吴伟业的三种剧作，用心于主体思想感情的抒发，相对忽视了戏剧排场的精心安排，都有不同程度的案头化倾向（杂剧比传奇更为明显）。但是，它们与纯粹"写心"杂剧，尚不能等量齐观、相提并论。《秣陵春》曾全本演出过，这有文献记载可稽。《通天台》和《临春阁》是否搬诸过舞台，尚有待查考。

吴伟业的【金人捧露盘】词，题为《观演〈秣陵春〉》。由此可见，《秣陵春》曾演出过。问题在于，吴伟业"寒夜命小鬟歌演"，与吴伟业《观演〈秣陵春〉》后作【金人捧露盘】的那次演出，是否为一回事？笔者以为，吴伟业"寒夜命小鬟歌演"，只是演唱剧中的折子戏或片段，不可能是全本。因为吴家并未蓄养"家乐"，故徐釚是谓"命小鬟歌演"，而非谓"命'家乐'歌演"。而令吴伟业观看后不胜感慨，故而创作了【金人捧露盘】的那次演出，当是某"家乐"或某戏班的全本演出。诚然，《秣陵春》在康雍乾三代确实极少演唱，但究其原因，并非只在于它不便俗唱、不便当场，还在于吴伟业其人，以及《秣陵春》比较敏感，演唱容易遭到不测之祸。其情况犹如洪昇《长生殿》乾隆年间极少全本演唱，只盛演无关政治的折子戏；孔尚任《桃花扇》则连折子戏也极少演唱。

其五，吴伟业的七言长篇歌行，借鉴了戏曲艺术有关情节、关目、结构、排场等方面的技法；而他的传奇和南杂剧的唱词，则得力于七言长篇歌行的技巧和经验。无论七言长篇歌行，还是传奇和南杂剧的创作，又都与吴伟业的史学修养密切相关。令人遗憾的是，限于主客观的原因，吴伟业未能像七言长篇歌行那样，选取有关时事之大旨敷演成剧，不得已只能借古人古事抒发胸中之抑郁牢骚！

戊子年（2008）初夏初稿，深秋定稿于吴门荇溪轩
[原载《东南大学学报（哲学社会科学版）》2009年第4期]

王介人生平考略

明末清初的王介人,以诗词闻名于当世,又创作过《红情言》《榴巾怨》《词苑春秋》《博浪沙》等剧本。可是,清代的曲录、曲话和诗词选对王介人生平和创作的著录,出入颇多,存在不少问题。近年出版的《中国戏曲曲艺词典》(上海辞书出版社 1981 年版)关于王介人的介绍,则既不全面,又有讹误。笔者撰写本文,意在提供一些新的材料供同好深入探索这位戏曲家和诗人。

梁廷枏《曲话》卷一,提到王介人作《红情言》,把王介人列为"国朝"戏曲家;同时又记载王翃创作有《红情言》《榴巾怨》《词苑春秋》《博浪沙》,并说王翃是"明人"。显而易见,梁氏并不知王介人就是王翃。

黄文旸《重订曲海总目》,在"明人传奇"类,记载说:"王雄,字介人,嘉兴人。《红情言》《榴巾怨》《词苑春秋》《博浪沙》。"在这里,王翃变成了王雄。

沈德潜《明诗别裁》卷十一,选有王介人的《村居》和《客中九日》两诗,评曰:

> 王翃,字介人,嘉兴布衣。介人七言,如"周道秋风行黍稷,汉宫春雨长蒲桃";"西蜀谕通司马檄,中山谤满乐羊书";"夜月旌旗五马渡,秋风草木八公山",极工铸语,无竟陵习气。

同书卷十二,沈德潜选有周筼的《怀旧为亡友王翃作》,诗云:

> 南浦惊心忆往年,送君独上子猷船。乌衣旧巷看犹在,马首长途信可怜。烟树瘴深过岭日,寒潮风急渡江天。宁知陆贾遗归橐,空为王孙给墓田。

周筼,亦是嘉兴布衣,与王介人同里巷,相与晨夕,唱和达十余年之久。[1] 这首怀旧诗,为王介人坎坷的一生作了很好的艺术概括,颈联还暗指他南下岭南和客死京口的悲剧遭遇。

焦循《剧说》卷四,引《明诗综》云:

> 王翊介人,嘉兴布衣,能诗。沈山子云:"介人所居,止破屋一间,种牵牛花小庭中,晓露未晞,对花吟咏,日课数诗。旁精词曲,有《红情言》《榴巾怨》《词苑春秋》《博浪沙》诸传奇。"

《今乐考证》则于"国朝院本"类,著录了王介人的《红情言》《榴巾怨》《词苑春秋》《博浪沙》。著者姚燮按曰:"翊字介人,嘉兴人,自署其名曰:太原介人。"

综上所述,王介人是嘉兴布衣,作有《红情言》等四种剧作,这是诸家记载一致的地方。至于王介人之名,则有雄、翃、翊三说。或将王介人作品归入"明人传奇"类,或将其视为"国朝"戏曲家,这倒可以理解,因为他生当明清易代之际。

谈迁的《北游录》,其"纪文"中有《王介人传》。[2] 又查光绪二年(1876)杨谦修纂的《梅里志》,亦有王介人的小传,以及王介人从弟王庭等人为王介人的诗词集所撰的序文。这为我们查考王介人的生平事迹和文学创作,提供了不少有价值的材料。

关于王介人的生卒年,以及他最后两年的行踪,《王介人传》有明确的记载:

> ……隃五旬不子,妇晚妒,又坐他累,大破其产,心邑邑不乐。族弟庭守广州,遂游粤。[3] 道值暴客,尽失其稿。迨至广州,日哦诗,为鼠所蠹,不可句。嗟乎,谷征见矣。癸巳,还宿排湾,有雅(鸦)噪于舟樯,语笑自如,中夜暴卒。……

---

[1] 关于王介人与周筼的交谊,参见光绪二年(1876)杨谦纂《梅里志》卷十五"著述",王庭《二槐堂诗存·序》。周筼有《投壶谱》一卷、《采山堂集》一卷,王介人曾为之作序。

[2] 谈迁,浙江海宁人,明诸生,《国榷》的作者,明末清初著名史学家。他与王介人过从甚密,对王介人了解颇深。

[3] 王庭,字监卿,号言远。顺治己丑[六年(1649)]进士,出知广州。参见王晫《今世说》、朱彝尊《王言远全集·序》。

介人年五十二。诗稿虽失,友人周公祯、朱锡鬯颇录十之七。其词佚,不存。又《隅史》二卷,亦隽永可喜。其如绿林何!介人素善谑,惜不以李益语之,彼地下得毋胡卢我乎!

　　癸巳,即顺治十年(1653),介人年五十二,遽逝于由粤来归的路上。由此上溯五十一年,王介人当生于明神宗万历三十年(1602)。

　　关于王介人的出身、经历、思想和性格,以及文学才能,谈迁的《王介人传》亦有概括的介绍:

　　㩵里南三十里曰梅溪里(引者按:今王店镇),以布衣称诗,则吾友王介人也。……介人名相,父业染,少不治帖括。塾师兰阴唐生能诗,聆其绪论。寻废学,日坐肆门绍父业,则手书不辍,涅思刻至。粗研如砥,喻縻之汁,濡楮特庄谨。人以钱帛问,忽忽漫应,稍折阅,一市人皆笑以为狂。又,同里之阅,误谓王生佻达,有微词,殊不长者,速之讼,而介人性疏豁。其称诗龂龂少所可,于阴阳捭阖,非其素也。田租三十钟,足支伏腊。盖治诗,数百篇骤得之,俨若一敌国。寻见于李氏(按:指李楚柔)所,被褐极论,虽铜盘会食,猛然欲戟钜鹿下。自后数过从,诗日进。兼工词曲,高自标目,雏视诸名家。下士闻之,渺若河汉,仍谓王生狂。而终不贬口,奋膺决膺,听者弥骇,出者弥戆。然介人才特俊,字组句烹,姿媚横生,朝霞夕烟,霏霏笔墨间,琢以天斧,润以清渭,其诗若词,洵足传矣。又传奇、杂剧数种,雄丽极变;王敬夫、卢次楩而在,未之或先也。既诗著,绅弁络绎相引重,徒谬为恭敬,不能充君橐。尝浮江淮,弥节彭城之上,观楚汉战场,仅纳履而去。又渡钱塘,上禹穴。司理陈卧子大善之,序其词,推冠当代,今见《平露堂集》中。

　　《梅里志》卷十"隐逸"王介人小传的内容,与谈迁《王介人传》基本相同,但也有一些新的材料。现录全文如下:

　　王翃,字翀父,号介人。父顺甫,家故贫,业染。日坐阛阓间,一手挟古今书以观,一手数钱,与市贩菜佣相应答。饮少而嗜酒,屏绝庆吊,自处名教外,为诗文,高自矜。翃好制曲,作

《纨扇记》，忌者诬以诋毁里绅，讼之官。家计日落，然诗日益有名。既遭乱，多感愤叹咤，见之篇章。张深之，北方名贤，赁居南湖，每置酒召客，伎乐杂陈。翃辄散发赤足，叫呼号啸，虽严客无所避，人多以祢正平、杜子美目之。游山阴，与陈章侯善，王季重见其诗，嗟赏焉。陈卧子作序，谓有盛唐之风。其旧作曰《春槐堂集》，后作曰《秋槐堂集》，共千余首。壬辰舟次赣州，被盗，皆没于水，深自痛惜，每夜拥被记忆。后入粤，惘惘自失，复作二百余首。买舟而北，其稿又为鼠啮，不可缀补，益不乐。四月泊京口，无疾而卒。朱彝尊曾有选钞一帙，其弟庭梓之以传，谓其风尚沉雄，间有和厚幽淡之句，不可一类求也。

根据谈迁所述和《梅里志》的记载，就有关王介人的生平诸问题条举为述。

其一，关于王介人的名、字和号。

谈迁只说王介人名相；《梅里志》所有关于王介人的记载，均称王翃，无一例外。小传说："王翃，字翀父，号介人。"朱彝尊为王介人从弟王庭的《王言远全集》所作序亦称谓"先生世居长水之南梅会里，少与从兄翃介人以诗唱和"。可见上述《剧说》所引《明诗综》说"王翊介人"，乃"王翃介人"之误。其实从"王翃，字翀父"，已可肯定王介人之名应作王翃，而非王翊或王雄。"翀"，向上直飞也；"翃"，亦指虫飞貌，故"翀"和"翃"，都有奋飞之意。而"翊"与"翀"和"翃"之意均无关；至于"雄"，显系"翃"之误刻。

其二，关于王介人的为人和性格。

除了谈迁的《王介人传》和《梅里志》中小传所介绍的以外，尚可补充一些事例。

王晫《今世说》云：

> 王介人与郡司李严方公善，王无子，严赠之妾。妾故有夫，兵驱散后，访至王所。王哀怜，立还，妾重妻其夫。

> （王介人）家故贫，自攻诗，贫益甚。居室如斗大，一长须侯门，婢汲浆，妇执爨，给饔飧。王树膝苦吟，落落不问家人产。

> 好奇计，多大言。遇知己，岸帻抵掌，谈论不休。

《梅里志》小传后,有一则"补"曰:

> 翃本狂者,操行高洁。张冢宰慎言,严司李正规,先后欲官之,不顾。与里中诸子相唱和,因有"梅里派"之称。

其三,关于王介人的戏曲创作。

清人仅知王介人创作过四部剧作,而据《梅里志》小传,可知他还有一部《纨扇记》。从"忌者诬以诋毁里绅,讼之官"一事推测,此剧当是取材于现实生活的时事剧。可惜已失传,亦不见明清曲录和曲话记载。王介人从事戏曲创作,当始于弱冠之年。《今世说》有则记载云:

> 王名翃,浙江嘉兴人。少失学,《论》《孟》不卒读,识字而已。弱冠偶览《琵琶》传奇,欣然会意,曰:"此无难,吾亦能之。"即据案唔唔学填词,竟合调。自后学不少懈,乃工词曲,又进工诗。

王介人的剧作,谈迁赞之为"雄丽极变",惜乎均未见流传。《今乐考证》援引其《红情言·自序》云:

> 会稽史氏(按:指史磐)作《唾红》传奇,情事兼美,盛为演者传习。甲戌[按:崇祯七年(1634)]春日,偶得之于友人斋头。然词甚潦草,不堪寓目。余窃叹其不工,友人曰:"无伤,第因其事易之以词,则两善矣。"余然其言……抽思三月而成,因题曰《红情言》云。

王介人于弱冠之年开始创作戏曲作品,《红情言》当成稿于崇祯七年(1634)或之后,时年至少三十三岁,可见此并非王氏之处女作。

其四,关于王介人的诗词创作及其影响。

"启、祯之间,大雅不作。介人专尚唐音,毅然以起衰自任。"(《明诗综·诗话》)

王介人的《春槐堂集》和《秋槐堂集》(合称《二槐堂诗存》),共收千余首诗,不幸于顺治壬辰[九年(1652)]"舟次赣州,被盗,皆没于水"。是年到广州寓居王庭府中,复作二百余首。可惜次年北归时,"又为鼠啮，不可缀补"。同里好友朱彝尊曾有王介人诗作的"选钞一帙"，后王庭收集王介人存诗约二百首，为之刊刻，并撰写了序文。（《梅里志》卷十五"著述"王庭《二槐堂诗存·序》）

王介人虽"服膺杜甫"（谈迁《王介人传》），但转益多师，故其诗风格多样。朱彝尊等人一致认为："介人诗不齐，有沉雄悲飒似杜者，其夙所崇尚也。有和厚似王；有幽淡似韦；有秾纤诡丽似长吉、义山二李，意兴所托，不可一类求。晚年务趋奇险，致人大怪，要非老天，文学不能为之。介人所正变各殊，不离大雅，其诗之名也，合之众论，故不虚也。"（《梅里志》卷十五"著述"王庭《槐堂词·序》）

至于王介人的词作，陈子龙为其作序时，已有千首。"已而介人又尽搜长短诸调之全，计字多少，序次成集，必备诸调，调复备诸体，春、秋二槐堂词，遂及三千，良古今词家所未有。迨遭盗尽沉之江流，身亡之后，散落无可寻觅。"（《梅里志》卷十五"著述"王庭《槐堂词·序》）陈子龙对王介人词作评价极高，"推冠当代"。在《槐堂词·序》中，陈子龙评云：

> 宋人不知诗而强作诗，其为诗也，言理而不言情，故终宋之世无诗焉。然宋人亦不免于有情也，故凡其欢愉愁怨之致，动于中而不能抑者，类及于诗余。故其所造独工，非后世可及。……篇什既多，触景皆会，天机所启，若出自然。虽高谈大雅，而亦觉其不可废。……本朝以词名者，如刘伯温、杨用修、王元美，各有短长，大都不及宋人。里中王介人，示余所著词不下千首，自前世李、晏、周、秦之徒，未有多于兹者也。其小令、长调，动皆擅长，莫不有俊逸之韵，深刻之思，流畅之调，秾丽之态，进而与昇元父子、汴京诸公联镳竞逐，即何得有下驷耶！王子真词人也！已而王子示余以诗，则又瞻宕庄雅，规模古人，远非宋代可望，而后知王子深远矣。王子非词人也！（《梅里志》卷十五"著述"。又见《王介人诗稿》、《安雅堂未刻稿》卷三）

《梅里志》卷十五"著述"，著录王介人的著作有：《二槐堂诗存》《词苑春秋》《红情言》《纨扇记》《榴巾怨》《槐堂词》。另有《博浪沙》。王介人的几部剧作，除《红情言》可以肯定是传奇之作外，其余四部是传奇，抑是杂剧，缺乏文献记载，不得而知。

根据现有资料，可以为王介人作小传如下：

　　王介人，原名相，后改为翃，字翀父，号介人，又署太原介人，浙江嘉兴府梅里人。生于明万历三十年（1602），卒于清顺治十年（1653），终年五十二岁。父顺甫，家故贫，业染。介人少时日坐肆门绍父业。少失学，《论语》《孟子》不卒读，识字而已。弱冠学填词、作曲，学而不懈。后工词曲，亦善诗。性格疏狂，操行高洁，素善谐谑，遇知己岸帻抵掌，谈论不休。入清后，不屑科举，友人屡欲官之而不顾。所作戏曲作品数种，雄丽极变。今知剧目者有：《纨扇记》《红情言》《词苑春秋》《榴巾怨》《博浪沙》，除《红情言》传奇有清初刊本（已收入《古本戏曲丛刊》三集）外，其余均未见流传。与同里周青士、朱彝尊等相唱和，有"梅里派"之称。曾作诗一千二百余首，集为《二槐堂诗存》；填词多达三千首，集为《槐堂词》。朱彝尊称其诗"专尚唐音"，陈子龙赞之为"真词人"。惜《二槐堂诗存》和《槐堂词》因遇盗尽沉之江流。所存部分诗词，由其从弟王庭整理付梓。其他著作有《隅史》等，亦已散佚。

1982 年 11 月初稿
2013 年 9 月修定于吴门荇溪轩

清代戏曲家张坚生平考略

在"南洪北孔"之后,张坚作为一位有特色的传奇作家,其《玉燕堂四种曲》走"临川四梦"的路子,是有一定成就的。同时代的戏曲家和评论家对张坚的《梦中缘》《梅花簪》《怀沙记》《玉狮坠》(时人称之为"梦梅怀玉")评价很高。比如《古柏堂曲》十七种的作者唐英认为,张坚的传奇"结构新奇,文辞雅艳,被诸管弦,悦耳惊眸,风流绝世"(唐英《梦中缘·序》)。夏纶在一首【蝶恋花】中,一面就自己的《新曲六种》说"自愧巴词徒献丑,输君戛玉敲金手";一面又赞扬张坚"说梦谭空真谛剖,更羡《怀沙》,古艳谁其偶"(《〈梦中缘〉题词》)。梁廷柟称许《怀沙记》为"曲海中巨观"(《曲话》卷三),杨恩寿则谓《梦中缘》"排场变幻,词旨精致,洵为昉思(洪昇)后劲,足开藏园(蒋士铨)先声,湖上笠翁(李渔)不足数也"(《词余丛话》)。朱奕亦说:"梦梅怀玉","即便'临川四梦'放出一头,直令湖上笠翁投来五忏"。(《〈梦中缘〉题词》)可是,囿于乾隆之后昆山腔传奇作家何足道的传统观念,历来治戏曲史者对张坚的传奇作品注意甚少,评价极低。对张坚其人,介绍最详细的学者还得数日本的青木正儿,但他的《中国近世戏曲史》所列举、援引的材料亦没有超出《玉燕堂四种曲》中有关序、跋、题词的范围。笔者认为,要深入地研究"南洪北孔"之后的昆山腔传奇,必须认真评价张坚及其"梦梅怀玉";要科学地考察明清戏曲史上是否有一个"玉茗堂派"(或称"临川派"),张坚也是位不可忽视的重要人物。正是由于这样的原因,笔者根据目前所能见到的材料,对张坚生平作一考略。不揣谫陋,意在抛砖引玉,以质高明。

一、关于张坚生卒年

张坚,字齐元,号漱石,又号洞庭山人,别署三崧先生,江苏上元(今南京)人。张坚的生年,并无明文记载。但是,根据有关他八十岁时的一条记载,完全可以确定其生年。

洛川王汝衡（相垣）乾隆二十五年庚辰（1760）春，曾于汉中会晤张坚，在《玉狮坠·序》中，他说张坚"时年八十，鬓白如银，而体严矍铄，精气流露眉宇"。

乾隆二十五年（1760），张坚八十岁，由此上推七十九年，张坚当生于康熙二十年辛酉（1681）。

至于张坚的卒年，袁枚《随园诗话》卷六有明确记载：

> 乙丑［乾隆十年（1745）］，余宰江宁。有张漱石名坚者，持故人陈长卿札，求见。赠云："他年霖雨知何处，记取烟波有钓徒。"后岁丙子［乾隆二十一年（1756）］同杨洪序来随园，年七十余，喜所居不远，日下时时过从。别三十年，杳无音耗。丙午（乾隆五十一年，1786）二月，过洪武街，遇老人，乃其子也。方知先生八十三岁委化陕中。为黯然者久之。次日，其子抱先生全集，属为点定。偶成云："细雨潇潇欲晓天，半床花影伴书眠。朦胧正作思乡梦，隔院棋声落枕边。"鄂文端公为苏藩司，选《南邦黎献集》，擢君第三。

袁枚的这则记载应该是十分可信的。张坚八十岁时作幕僚于汉中知府王时薰官署，八十三岁委化陕中，时间和地点都是吻合的。所以，张坚的卒年应当是乾隆二十八年癸未（1763），恰与曹雪芹同年谢世。

台湾孟瑶的《中国戏曲史》，说张坚卒于乾隆三十六年辛卯（1771）。由于孟氏没有引用有关文献资料，不知证据是否确凿。据现存材料，笔者尚未发现有关张坚在乾隆二十八年（1763）后的行踪记载。

二、张坚的生平概况

张坚给后世留下了《玉燕堂四种曲》，可是，他身后萧条，迄今为研究者所轻视；生前尽管博学多才、心怀壮志，却落落无所大遇。不过，正由于他一生穷愁不得意，他才决定用戏曲来排穷消愁，创作了"梦梅怀玉"。他曾经作过这样的自白：

> 无事则嘿坐，或强弄丝竹，已而寂寥益甚。愁来思驱以酒，饮少辄醉，醉辄醒，而愁复来。乃思一排遣法，借稗官遗事谱入

宫商，代古人开生面，操管凝神，则愁魔远避而去，得一佳句，便自愉悦。

限于文献资料，有关张坚的生平事迹，只能叙其大概。

张坚出身于书香门第，从小接受的是儒家的传统教育。青年时代的张坚，"负隽才，多奇气，乃扼于时命之不偶"。结果，"举于乡，屡荐不售，因而作《江南一秀才歌》以自嘲"。（杨榳《梦中缘·序》）

从《江南一秀才歌》中可知，张坚"十年壮志几曾灰"，在考中秀才之后，他希望沿着举人、进士的科举之路青云直上，好"致君尧舜匡时策"。可是，事与愿违，直到"霜堆两鬓"还是"江南一秀才"，不是"长作诸侯客"，就是"课子灯窗下。"

张坚"少攻时艺"（《玉狮坠·自叙》），为什么"屡荐不售"呢？究其原因，有以下三点。

首先，张坚"富于才华，磊落不可羁绁，为文不阿时趋尚"[1]。

其次，"漱石诗古艺文，诸体悉臻其妙，磳磋磅礴，并驾马、枚"（沈大成《怀沙记·序》）；可是，他娴于音律，更醉心于戏曲。年十九，即创作了《梦中缘》。他曾回忆说：

> 忆昔从父师受业时，偷看《西厢》《拜月》诸传奇。偶一游戏，背作《梦中缘》填词。惧见嗔责，藏之箧底。十余年后始出以示人。继作《梅花簪》《怀沙记》，今又成《玉狮坠》一种。（《玉狮坠·自叙》）

最后，赏识张坚的人，无力推举他；而力能推举他的人，又不赏识他。在《玉狮坠·自叙》中，他曾愤慨地说到这种炎凉世态：

> 余少攻时艺，乡举屡荐不售。焚稿出游，转徙齐、鲁、燕、豫间。有怜我者，有爱我敬我者，有利诱我、礼虚拘我、权术机诈而役我者，即又有忌我、病我、嫉我、讪我、思挤排驱逐我者。盖知我者，率无力；而力能举我者又苦于不知我，且知我而不尽，

---

[1] 徐孝常《梦中缘·序》。杨榳《梦中缘·序》亦指出张坚"为文立意孤而取神远，不趋时好"。

则不如无知。故交游日益广，而穷困如故也。

如此性格，如此爱好，在封建社会末世，张坚不得志于科举，坎壈终身，这是不足怪的。

雍正元年到三年（1723—1725），鄂尔泰任江苏布政使。这时年过四十的张坚受知于这位西林相公。[1]

雍正三年（1725），鄂尔泰"延其属江苏七郡与外邦流寓之士，凡六十人，集会于学舍之春风亭"（姜兆锡《春风亭雅集记》，载《南邦黎献集》卷六）。鄂尔泰举办春风亭文会，以及编刻《南邦黎献集》，目的在于"签宣圣德"，因为从此"足见圣朝文教之隆，南国人才之盛"。正由于此，与会宾客中，不仅有沈德潜这样的名卿士夫、杨潮观这样的文苑名流，像张坚这样的"江南秀才"亦能躬逢其盛，大展宏才，创作了不少诗文词赋。

据前引袁枚的《随园诗话》，可知鄂尔泰刻《南邦黎献集》曾擢张坚的作品为第三。在春风亭一月盛会结束之日，鄂尔泰曾"于慎时哉轩中扫筵布席，唯此含桃竹芽期，与群贤清味，殆不忘做秀才咬菜根故态也"。他延张坚于门下，非常赏识其才学和作品，大概与"不忘做秀才咬菜根故态"不无关系吧。

由于鄂尔泰的垂青，张坚三十多篇作品收入《南邦黎献集》，张坚由此知名。可是，这个时期张坚的思想却相当复杂，这从他被收入《南邦黎献集》的诗赋中可见一斑。

前半生的坎坷困顿，使张坚对现实和人生感慨不已：

> 头角当年露一班，那知终岁困柴关。萧条莫讶人情异，阅历方知世事难。绿柳辞春先作絮，老梅经雪自开颜。穷愁正好工文字，羞逐浮名爱住山。
>
> 布袍落落半操觚，满院桐荫复草庐。贫贱岂能穷国士，勋华端不授凡夫。自从世眼轻虞骨，多少英雄哭阮途。我自拥书眠短榻，潇潇风雨一灯孤。[2]

---

[1] 鄂尔泰自称西林学者，见《南邦黎献集》署名。《南邦黎献集》有鄂尔泰作于雍正三年（1725）冬十二月的序。

[2] 《南邦黎献集》卷十五张坚《咏怀诗》十首。以下引不注出处者，均见《咏怀诗》。

这类诗作所抒发的思想感情，与《江南一秀才》的基调是一致的。可是，诗人对"人情"和"世事"的认识显然已经更深一层了。

在题为《七发》的"拟七"赋中，张坚通过自谓"盲于道，昧于时，闭处岩穴"的"可可生"和开导他的"非隐先生"的论辩对话，一方面否定了功名富贵、谈玄说佛和归隐山林，另一方面又表明了自己的情趣和理想。

"非隐先生"问富，"可可生"答曰："此农圃之行，非吾志也，吾弗敢从。"

"非隐先生"讲贵，"可可生"答曰："此纨绔之行，非吾志也，吾弗敢从。"

"非隐先生"谈逸，"可可生"答曰："此游猎之行，非吾志也，吾弗敢从。"

"非隐先生"说佛，"可可生"答曰："此空虚寂灭之学，非吾志也，吾弗敢从。"

"非隐先生"道仙，"可可生"答曰："此清静无为之教，非吾志也，吾弗敢从。"

"非隐先生"提出科举考试时，"可可生"答曰："此特功名之士耳，无与于大道，犹不足毕吾志，愿先生更有以教我。"

最后，"非隐先生"描绘了一个在"圣帝"治理下的理想王国，这时"可可生"便"避席而前，改容而礼"曰："信善哉，夫君子怀道抱德，所以安天下，定四国。昔夫子之所称，非余心之所忆。从夫子致我于王者之朝，责我以名世之职，虽余才之戋戋，岂余情之默默。"谨稽首而谢曰："圣天子在上，敢不既予心策予力。"

"可可生"有裨于大道之"志"，从中可见其大概。毋庸置疑，《七发》中的"可可生"的答话，真实地反映了张坚在不惑之年的复杂思想。张坚所谓的"怀道抱德"，并没有超出儒家"达则兼济天下"的范围。可是，他在这里歌颂"圣天子""安天下，定四国"的"王者之朝"恰恰说明了现实世界并不存在"圣天子"，而像他这样胸怀大志的才人，亦无人"责我以名世之职"，作者的愤世嫉俗和怀才不遇之情，可说溢于言表。

> 抱膝匡床漏正长，醉酣狂啸出山庄。风雪万壑林声静，月挂千山树色凉。兴有来时诗善行，愁无去路酒能忘。逍遥行乐乾坤广，得意何曾定庙廊。

> 年来高卧扃茅檐，乞米如珠突不黔。囊到全空输杜甫，腰无可折胜陶潜。漫夸作赋云堆案，犹喜翻书月在帘。世昧久从闲里谈，羲皇有梦自神怡。
>
> 世事如棋竞著先，要知得失总欣然。莫愁白日将人老，得买青山对我眠。常醉已倾三岛药，旷怀多对五湖烟。相如岂是穷寒骨，未赋长门也乞怜。

《七发》中的"可可生"虽否定了隐逸思想，但张坚对自己"逍遥行乐"的生活，却作了美化。这也是他复杂的世界观的真实反映。

可是，恬淡的田园生活，毕竟不是张坚的追求。因此，他怀念礼贤下士的汉帝和燕王，希望有朝一日像冯谖遇到孟尝君一样：

> 早晚生涯书半床，静中偏觉十年长。风尘半老山川眠，冷暖全消冰雪肠。香柏楼前怀汉帝，黄金台下想燕王。且将冯谖轻弹去，自拟人间有孟尝。
>
> 外物浮云一掷轻，蓬门冷落见参横。偶寻闲事翻花史，欲遣愁魔仗酒兵。腐鼠啄米何用吓，黔驴技尽未须惊。夜深兀自吹藜火，不信儒冠误此生。

鄂尔泰的器重，并没有改变张坚的社会地位和生活处境。从四十五岁起到逝世的后半辈子，这位"江南秀才"，"著作颇富"而不自收拾，携之出游。时人得其片语只字遂装而珍之曰"江南一秀才稿"。（唐英《梦中缘·序》）杨楫曾说，张坚"既乃穷困出游，隐而为人捉刀，以试其志学"（《梦中缘·序》）。其实，张坚"为人捉刀"，游于四方，乃迫于穷困，谈不上"试其志学"。何况，这个时期张坚已无意于仕进了，这有史实可以作证。

张坚"转徙齐、鲁、燕、豫间"（《玉狮坠·自序》），乾隆四年（1739）客居北京，直到乾隆九年（1744）才离开。乾隆四年（1739），同学好友徐孝常举进士，"以庶常散馆居稼部"。这时，张坚"由汴入都"，与徐孝常以及芮仙洲、伍绍南、龚茹千"暇则欢饮聚谈，共道儿时事，痛曦光如过隙，或唏嘘泣下"。恰在这时，乾隆皇帝"重曲乐"，"欲重制新声，设乐部，开音律馆，命大臣为总裁，募海内知音者勷其事"。于是有人便荐举张坚，而徐孝常亦劝张坚应召。可是，张坚却叹曰："吾幼读先人遗书，不能以科第显，今老矣，顾乃以伶瞽之事进而希荣利，窃耻为之。"（徐孝常《梦中缘·序》）由此可知，张坚五十岁以后，用世之心已极淡薄。而在此之前，他热衷科举，与父亲的遗教是分不开的。很可能其父亦当了一辈子秀才，故希望张坚"能以科第显"，可惜关于张坚的家世，迄今尚未发现有用的材料。

在张坚"穷困出游，隐而为人捉刀"方面，值得一提的是他曾在九江作唐英的幕宾。

戏曲家唐英（1682—1756），字隽公，号蜗寄居士。他久闻张坚大名，"喜为同调，思以礼罗致之"。由于张坚"游于四方，久之不得见"。乾隆十四年（1749）唐英官九江关监督，听说张坚在浙江，便"遣使往迎，（张坚）乃欣然来浔。公余之下，分韵课吟，殆无虚日"，正当唐英准备分俸刊刻《梦中缘》时，接到了调任粤海之命，匆匆就道，只写了篇序文。本来唐英邀请张坚一起去广东，张坚"以道远惮于偕往，复应接任九江惠公聘"，而留在九江。（以上引文均见唐英《梦中缘·序》）直到这年春暮，张坚才由九江回到浙江，与好友杨楫相见时，曾叹曰："秀才老矣！"也就在这一年，杨楫评点的《梦中缘》梓以问世。

从乾隆十五年（1750）秋暮，到十九年（1754）春，张坚一直客居钱塘。在这里，他与柴次山初识于吴山十二峰道院，两人相见恨晚。柴次山为其评点《梅花簪》并写了序。在序中赞许此剧"极尽文章奇事"，并指出："漱石金陵名士，怀其才不遇，乃隐于莲幕。"（柴次山《梅花簪·序》）乾隆十六年（1751）孟冬，嘉定张龙辅游浙，与张坚同寓湖上。张龙辅亦是个穷困不得志之士，故而两人相交甚欢。张龙辅自谓："是时也，余衣裘不足于体，肉食不充于肠，亦良苦矣。而不自苦也，则以得见先生故，则以得见先生而尽读其生平著作故。"（张龙辅《玉狮坠·序》）他评点了《玉狮坠》，并作了序。

最后十年，年逾古稀的张坚仍客居异乡。乾隆十九年（1754）春，云间沈大成游武林，听傅玉露、金江声说张坚亦寓居附近，便"乘夜叩其扉，执手欢若生平。坐达旦"。沈大成读了《怀沙记》赞为"宇宙至文"，曾"反复吟哦，逐加评点"。不久，张坚离开杭州到嘉兴，沈大成亦旋之广陵，故不及为《怀沙记》作序，[1] 直到乾隆二十三年（1758），沈大成才为

---

[1] 从沈大成《学福斋诗集》卷十《远游诗钞》[作于乾隆十九年甲戌（1754）春]的一些诗作，可以略知他与张坚的这段交往唱酬情况，如《为金陵张漱石题照》《初晴同漱石登西爽阁》《漱石招饮山楼》《舟中有怀漱石》等。另外，卷十一《近游诗钞》中亦有关于他与张坚交往的诗作，如《石门家鹤年招同漱石九峰尧佩陈礼门静思纯一集西爽阁得四绝句》《漱石就馆禾中归送不及辄吟长句》等。卷十六《百一诗钞》中也有怀念张坚的诗《去瑞石洞望钱塘江至天开图书阁，余旧馆也，有怀张漱石顾九峰》。

《怀沙记》写了序文。在序文中他指出："兹闻漱石游关内，适太仓王公古严为国郡守，见其写本（按：指《怀沙记》）叹为奇绝，怂付开雕，而来促余叙。"[1] 而沈大成作此序时，张坚"方客于秦，即昭王使张仪诈楚怀王见胁之地"（沈大成《怀沙记·序》）。

从乾隆二十二年（1757），直到二十八年（1763）逝世为止，张坚都客居陕西汉中。（王汝衡《玉狮坠·序》、袁枚《随园诗话》卷六）

三、张坚年表

张坚生平年表如下。

时间	年龄	事件
康熙二十年辛酉（1681）	一岁	生于江苏上元县
康熙三十八年己卯（1699）	十九岁	仲春，游南郊，归憩啸月斋，梦游幻境。有感而作传奇《梦中缘》四十六出，完成于是年冬
康熙四十九年庚寅（1710）	三十岁	与东田徐孝常（孟瑞）同受知督学使者海宁杨先生
康熙五十年辛卯（1711）	三十一岁	宿钱塘酒家，发现店主幼女生前爱诵的《梦中缘》钞本，内有题为《江上女子》的七律一首。诗云："拾得新词第一篇，携来妆阁晚风前。囊追贺锦才尤丽，笔吐江花句欲仙。自是有情偏有恨，几多无梦亦无缘。背人爱把丹铅点，独自闲吟独自怜。"
康熙五十一年壬辰（1712）	三十二岁	重访钱塘酒家，不见去年所遇老妪。感而赋诗一章吊之。诗云："怜才独尔爱新词，况是深闺未嫁时。胜读江东犹取貌，似空冀北尚余痴。亭园香冷花魂碎，环珮声销月影迟。落落知音尘世寡，欲封文冢傍坟堆。"
康熙五十七年戊戌（1718）	三十八岁	与入都的陈震（伯谦）告别于金陵。从此两人直到乾隆十二年（1747）才重会于金陵

---

[1] 乾隆二十一年（1756），张坚曾访随园，赠袁枚诗一首。参见《随园三十八种·续同人集·过访类》。可见这年他曾回过金陵。

续表

时间	年龄	事件
雍正元年癸卯（1723）	四十三岁	受知于江苏布政使鄂尔泰（西林相公）。雍正三年（1725），鄂尔泰和当地及流寓金陵的名卿士夫、山林隐士、文苑名流六十余人，会文春风亭，最后编刻了《南邦黎献集》。鄂尔泰为此书所作序文，撰于雍正三年（1725）十二月。张坚亦参与盛会，诗赋作品被选入《南邦黎献集》者多达三十四篇
雍正二年甲辰（1724）	四十四岁	
雍正三年己巳（1725）	四十五岁	
乾隆四年己未（1739）	五十九岁	芮仙洲、伍绍南、龚茹千咸客京师，时徐孝常举进士，以庶常散馆居稼部。张坚由汴入都。暇则欢饮聚谈，共道儿时事，不胜感慨。夏与同学先屿（仙洲）相遇，诗酒过从五年
乾隆九年甲子（1744）	六十四岁	秋暮，徐孝常以病告假，旋由京退里。在饯宴上，徐孝常劝其谋归计。答曰："吾归恐无以自遣。行将取《梦中缘》传奇付诸梓人，售书贾取其值以供杖头野饮资，亦可与二三子优游娱岁矣。"请徐孝常为之序，徐就席成文。归安韩缙绅（垂）为《梦中缘》作序
乾隆十年乙丑（1745）	六十五岁	持陈长卿札求见袁枚，赠云："他年霖雨知何处，记取烟波有钓徒。"时在金陵
乾隆十二年丁卯（1747）	六十七岁	与由京返里的陈震久别重逢。夏，陈震为《梦中缘》作序
乾隆十四年己巳（1749）	六十九岁	在浙，九江关监督唐英慕名遣使往迎，欣然来浔。公余之下，分韵课吟，殆无虚日
乾隆十五年庚午（1750）	七十岁	春，在唐英资助下，《梦中缘》付刊刻。请同里好友杨楫（字古林，又字济川）作校勘、评点。春暮，唐英调任粤海，邀张坚偕往。以道远婉谢，复应接任九江惠公聘，留在九江。唐英于浔阳江琵琶亭再次为《玉燕堂四种曲》作序。秋暮，自九江归金陵，执杨楫手叹曰："秀才老矣！"在钱塘，与柴次山相遇于吴山十二峰道院，恨订交之晚
乾隆十六年辛未（1751）	七十一岁	《梦中缘》刊刻工竣。孟冬与嘉定张龙辅（叔宝）同寓西湖，相交甚欢。张龙辅《玉狮坠·序》当作于这时或稍后

续表

时间	年龄	事件
乾隆十七年壬申（1752）	七十二岁	寓钱塘。上元，柴次山踏雪寻访拥炉联韵。嘱柴为《梅花簪》评点作序
乾隆十九年甲戌（1754）	七十四岁	春，与云间沈大成相识于吴山天开图书阁附近寓所。不久，往禾中（嘉兴）。沈大成有《漱石就馆禾中归送不及辄吟长句》。初夏武林傅玉露（玉笈山人）为《怀沙记》题词：调《玉宇琼楼》
乾隆二十一年丙子（1756）	七十六岁	访随园，赠袁枚诗一首
乾隆二十三年戊寅（1758）	七十八岁	游关内，《怀沙记》开雕，沈大成为之作序
乾隆二十五年庚辰（1760）	八十岁	在汉中，与洛川王汝衡（相垣）会晤于署中。王汝衡为《玉狮坠》作序
乾隆二十八年癸未（1763）	八十三岁	卒于陕中

（原载《文学遗产》1985 年第 3 期，与徐雪芬共同署名）

《红楼梦》与《玉燕堂四种曲》

《玉燕堂四种曲》包括《梦中缘》《梅花簪》《怀沙记》《玉狮坠》四部传奇，时称"梦梅怀玉"，是曹雪芹同代人张坚所作。近年陆萼庭先生《读〈红〉碎录》认为，《红楼梦》第一回关于石头的来历和太虚幻境一段，其"设想构思与清代剧作家张坚的《梦中缘》(《玉燕堂四种曲》之一)有些瓜葛"。他指出，《梦中缘》传奇第一出《笑引》这个戏曲楔子，与《红楼梦》第一回这个小说缘起，"性质、布局、意境也都近似，这就绝不是偶然的巧合"；并据此推测，"酷嗜戏曲艺术的曹雪芹可能读到过《梦中缘》的钞本"。所论给人颇多启迪。笔者想在陆文的基础上，就《红楼梦》与《玉燕堂四种曲》这个问题，申述若干浅见，希望得到陆先生和方家同好的指教。

一

张坚，字齐元，号漱石，又号洞庭山人，别署三崧先生，江苏上元（今南京）人。生于康熙二十年辛酉（1681），卒于乾隆二十八年癸未（1763），终年八十三岁。张坚青年时代"负隽才，多奇气，乃扼于时命之不偶"，结果"举于乡，屡荐不售，因而作《江南一秀才歌》以自嘲"。直到"霜堆两鬓"，他还只是个"江南一秀才"，不是"长作诸侯客"，就是"课子灯窗下"。张坚"富于才华，磊落不可羁绁，为文不阿时趋尚"；"为文立意孤而取神远，不趋时好"。在这一点上，恰恰与曹雪芹有相通之处。

张坚"诗古艺文，诸体悉臻其妙，磳磋磅礴，并驾马、枚"（沈大成《怀沙记·序》）。他娴于音律，更醉心戏曲。从父师受业时，就偷看《西厢记》《拜月亭》等作品。年十九，即创作了《梦中缘》，"藏之箧底，十余年后始出以示人。继作《梅花簪》《怀沙记》，今又成《玉狮坠》一种"（《玉狮坠·自叙》）。其一生兴趣和成就不在传统的诗文，而在通俗文学的戏曲、小说方面，这也是张坚与曹雪芹的一个共同点。

雍正元年到三年（1723—1725），胤禛宠臣鄂尔泰任江苏布政使。这时，张坚年过四十，受知于这位西林相公。雍正三年（1725），鄂尔泰"延其属江苏七郡与外邦流寓之士，凡六十人，集会于学舍之春风亭"。鄂尔泰举办春风亭文会，编刻《南邦黎献集》，目的在于"签宣圣德"，"足见圣朝文教之隆，南国人才之盛"。正由于此，应邀与会宾客中，有沈德潜这样的名卿士夫、杨潮观这样的文苑名流。像张坚这样的"江南一秀才"，亦能躬逢其盛，大展宏才。据袁枚《随园诗话》卷六记载，鄂尔泰选刻《南邦黎献集》，擢张坚的作品为第三。

由于鄂尔泰的垂青，张坚三十多篇诗赋被选入《南邦黎献集》，张坚由此名声大振。可是，这个时期张坚的思想却相当复杂，这从他被选入《南邦黎献集》的作品中，可以窥见一斑。

鄂尔泰的器重并没有改变张坚的社会地位和生活处境。从四十五岁直到逝世的后半辈子，这位"江南一秀才"曾转徙齐、鲁、燕、豫间，过着"为人捉刀"的幕宾生活。杨楣《梦中缘·序》中说张坚"既乃穷困出游，隐而为人捉刀，以试其志学"。其实，张坚"为人捉刀"，游于四方，纯粹迫于穷困，谈不上"试其志学"。何况乾隆以后，张坚已无意仕进了。

乾隆四年（1739）张坚由开封来到北京，直到九年（1744）才离开。恰在这时，弘历"重典乐"，"欲重制新声，设乐部，开音律馆。命大臣为总裁，募海内知音者勷其事"。于是便有人荐举张坚。中进士不久，"以庶常散馆居稼部"的同学徐孝常，亦力劝张坚应召。可是，张坚却叹曰："吾幼读先人遗书，不能以科第显。今老矣，顾乃以伶瞽之事进而希荣利，窃耻为之。"（徐孝常《梦中缘·序》）由此可见，张坚五十岁以后的用世之心已极淡薄，而在此之前，他热衷于功名，是与乃父的遗教分不开的。值得一提的是，张宜泉《题芹溪居士》有"羹调未羡青莲宠，苑召难忘立本羞"之句。张坚耻为皇家"音律馆"的官员，曹雪芹亦不愿进皇家画苑供奉，两人的思想、情操和遭际何其相似！

年迈的张坚在余生的最后十多年里，仍四方漂泊，或旅食会友，或"为人捉刀"。从乾隆十五年（1750）秋暮，到十九年（1754）春，张坚一直客居钱塘。乾隆二十二年（1757），张坚由关内，转道到了陕西，从此，张坚一直客居于汉中，直到乾隆二十八年（1763）逝世止。

关于张坚的生平，限于文献资料，目前仅能述其大略如上。关于张坚是否做过曹寅的座上客，与曹雪芹有没有交往，尚无确切证据。

我们现在要探讨的是，曹雪芹的《红楼梦》在哪些方面继承、借鉴和吸取了《玉燕堂四种曲》。

二

笔者认为，《红楼梦》首先应该是以宝玉、黛玉、宝钗为中心的大观园正、副、又副群钗的悲剧性的情史，或者扩大一点，它是贾家荣宁二府中各种不同类型的女性的悲剧性的情史。荣宁二府，或"四大家族"的罪恶史和衰亡史，是围绕这种悲剧性的情史来展开的，也是通过这种悲剧性的情史来表现的。而这样的总体艺术构思和小说旨意，与晚明以来一直存在的那股鼓吹"情至"的社会思潮，则有着直接的、历史的逻辑联系。

众所周知，有意识地大力鼓吹和热情歌颂"情至"，以此对抗封建主义之"性理"，这是晚明站在时代前列的戏曲家和小说家（包括评论家）创作、编纂作品的最高任务，也是封建社会进入末世之后，以戏曲、小说为主的通俗文学最有价值的民主性精华之一。鼓吹和歌颂"情至"，成为自晚明以迄清代前期的一种反响极大的社会思潮，这也是形成于明代中叶的资本主义生产关系萌芽在意识形态领域的一种必然反映。正由于此，优秀的戏曲、小说作品所宣扬的"情至"，蕴含追求自由、平等、博爱等新意识，带有初步民主主义的色彩，理所当然成为对传统的思想，即孔孟之道和程朱理学的一种反动。

李贽提倡"绝假纯真"的"童心"，推崇《西厢记》和《水浒传》等戏曲、小说为出于"童心"的"古今至文"；抨击有碍于"童心"的儒家经典，指责六经，说《论语》《孟子》"有头无尾，得后遗前"，"乃道学之口实，假人之渊薮也，断断乎其不可以语于童心之言"。汤显祖向往"有情之天下"，反对"灭才情而尊吏法"。他的得意杰作《牡丹亭》，用迷人的舞台上的艺术形象阐说了这样的"情至"观念："情不知所起，一往而深，生者可以死，死者可以生。生而不可与死，死而不可复生者，皆非情之至也。"冯梦龙不仅在"三言"和《墨憨斋定本传奇》中鼓吹"情至"，还特地编纂了一部文言笔记小说集《情史类略》。在序言中，冯氏对"情至"作了更进一步阐述，他说：

> 天地若无情，不生一切物。一切物无情，不能环相生。生生而不灭，由情不灭故。四大皆幻设，惟情不虚假。有情疏者亲，无情亲者疏。无情与有情，相去不可量。我欲立情教，教诲诸众生。

一言以蔽之，冯梦龙是要用"情事之美者"，"使人知情之可久"和"惟情不虚假"，然后再以"情教"来改造社会。[1]

以李卓吾、汤显祖、冯梦龙等人开端的这股鼓吹民主主义"情至"、反对封建主义"性理"的社会思潮，在清代前期，既突出地表现在"南洪北孔"和张坚的传奇创作上，也充分地体现于《红楼梦》的艺术形象体系中。正由于此，我们认为，《红楼梦》与《玉燕堂四种曲》在思想渊源上是一脉相承的。

杨楫《梦中缘·序》说：

> 夫"临川四梦"，评者谓《牡丹》情也；《紫钗》侠也；《邯郸》仙也；《南柯》佛也。今漱石四种，则合女烈臣忠，配以义侠，参之仙佛，而总于一情。观其梦寐，可以感通死生，莫肯逾贰，履患难而不惊，处污贱而不辱。虽天龙神鬼，物类无知，而情之所在，莫不效灵，咸为我用。呜呼，异矣！

这段评论，相当概括地指出了张坚四种传奇基于"情至"新观念的指导在思想内容和艺术形式方面的特点。

"《梦中缘》感于梦而作者也。"在《自叙》中，张坚详细地记叙了康熙三十八年（1699），他"游南郊归憩啸月斋，隐几假寐"时所做的一个奇怪的美梦。这个奇怪的美梦，与《红楼梦》中贾宝玉的神游太虚幻境相比较，虽然内容没有后者丰富多彩，但相似之处还是显而易见的。即此一端，说曹雪芹创作《红楼梦》时曾借鉴过《梦中缘》，大概也不能说是无稽之谈吧。

《梦中缘》第一出《笑引》，起笔新奇，它突破了一般传奇"家门"的写法，别出心裁地让姑苏虎丘寺内的一尊布袋和尚，上场便鼓吹"情至"：

> 【西江月】情种无生无灭，因缘是色是空。一灵咬住不销融，枉被天公磨弄。
> 世事渔歌樵唱，浮生暮鼓晨钟。呵呵大笑悟无穷，今古情场

---

[1] 以上引文见《情史·序》。在《情史类略》中，冯梦龙将"古今情事之美者"分为二十四类：情贞、情缘、情私、情侠、情豪、情爱、情痴、情感、情幻、情灵、情化、情媒、情憾、情仇、情芽、情报、情秽、情累、情疑、情鬼、情妖、情外、情通、情迹。这二十四类"情"，在《红楼梦》中都有程度不同的艺术反映。

一梦。

在这出戏中,这位布袋和尚大讲天上的神仙有"情",释门的佛祖有"情"。正当他与众罗汉大谈有情、无情之时,寓居寺内的男主人公钟心(谐音钟情)上场来了。接着,布袋和尚便介绍了这位"真情种"的"一生分缘",亦即剧情大意。读到这样的传奇"家门",很自然地会联想到《红楼梦》第一回中一僧一道交代"石兄"来历的一节文字,它受《笑引》影响的痕迹是再明显也不过了。

晚明形成的那股矛头直指封建主义"性理"的社会思潮,它所宣扬的"情至"观念,含义是比较广的,绝非仅指男女之情。洪昇《长生殿·传概》曾说:"看臣忠子孝,总由情至。"可见在明清易代之际,对待家国兴亡的态度,亦有一个是恪守封建主义"性理",还是按照"情至"立身行事的问题。像《牡丹亭》这样歌颂男女之情的传奇作品,亦有借古喻今、关涉当时政治的内容。钱宜"偶言:言情之书都不及经济。夫子(按:指吴吴山)曰:不然。观《牡丹亭记》中骚扰淮扬地方一语,即是深论天下形势"(吴吴山三妇合评本《牡丹亭》卷首吴吴山《还魂记或问十七条》)。至于"南洪北孔"的《长生殿》和《桃花扇》,都是"借离合之情,写兴亡之感"的新传奇作品,"借情谈政"的特点更加明显。

《红楼梦》写的是"千红一哭""万艳同悲"的悲剧性的情史,但曹雪芹除了借此抨击封建婚姻制度,提倡男女自由恋爱之外,也确有"借情谈政"的良苦用心,而且他所谈之政,涉及的广度和深度,远远超过了以上杰作。考虑到当时的政治条件,以及曹家的特殊处境,他不能不采用"真事隐去""假语村言"的"狡猾之笔"。为此,他担忧后世的读者不了解他的苦心,仅把《红楼梦》看成单纯的悲剧性的情史,于是发出了这样的感叹:"满纸荒唐言,一把辛酸泪。都云作者痴,谁解其中味?"

令人感兴趣的是,张坚亦有类似的担忧和感叹。在《梦中缘·牝纲》中,他借剧中人唱出这样的曲文:

【北紫花拨四】笑人生一味胡谈,动不动佳人才子把妍媸鉴,唤不醒痴情汉梦境沉酣,怎得俺整牝纲,代把愁魔斩?

【玩仙灯前引】奇怪文章,谁解得翻新花样?(杨古林眉批:作者自道。)

《梦中缘》写的是"痴情汉梦境沉酣"的故事，用的又是"梦醒不辨""真假难明"的艺术手法，这就是张坚担忧人们不了解他"奇怪文章"真正用心的原因。另外《梦中缘》的结局，亦比较别致。王鲁川在《梦中缘》跋文中指出：

> 始《幻缘》，终《后梦》，全篇结构已自燎然。《戏圆》一出，特为舞席歌筵而设，原非正文。然其异想天开，回环顾映，恰与正文相缩合，似亦不可无此一出者。如女娲炼石补天，宛然是天，不见为石，岂非至文？

第二出《幻缘》，男主人公钟心"今已一点情痴，堕入魔境"，于是，布袋和尚根据他与女主人公命中注定的姻缘，"略示灵奇"，将钟心的梦魂引入金陵秦淮河畔文家花园，让其与文小姐欢会。然后，《梦中缘》通过四十余出戏，历演了"一生二女"的悲欢离合、真假难明的"奇怪文章"。第四十五出《后梦》，让奉旨成婚的翰林钟心，又在梦中回到文家花园，先见贾俊才（假钟心）入赘文府，又见文、阴二位小姐争夺夫人名分的情景。与王鲁川所见略同，杨古林在批语中也认为："一梦始，一梦终，此书正文已完，故直结到填词，与前冲场《满庭芳》语竟相应。《戏圆》一出又作者闲心闲笔，挥洒成文，为傀儡场上一博葫芦耳！读者须另俱心眼乃得。"王、杨二氏强调正戏到《后梦》已结束，欣赏"一梦始，一梦终"的构思布局，而把"一生二女"大团圆收场的《戏圆》视为"闲心闲笔"，"特为舞席歌筵而设"，这可说深谙作者用心。

王希廉在《〈红楼梦〉总评》中指出《红楼梦》"立意作法，别开生面"的"前后两大梦"，以及它们所蕴含的深意，很可能受到过《梦中缘》"一梦始，一梦终"的启发。

《梦中缘》在"真假"二字上大做戏文，第一出《笑引》下场诗云：

> 梦易醒，醒又梦，梦醒不辨；真当假，假冒真，真假难明。
> 姐救妹，女装男，皆由侠气；帕作媒，花设誓，总是痴情。

在末出《戏圆》中，作者又借剧中人之口宣称：

> 【雨中花】游戏那论真共假，幻中幻行来堪诧，留与人间酒阑

灯炧一段风流话。

"真当假，假冒真，真假难明"，既是剧作的许多重要关目构成要素，又是作者巧于运用的艺术手法。第三十四出《美合》，丫鬟轻云说："自用计驱逐那假钟生，原待那真钟郎成其好事。谁知老爷始既认假为真，后复以真当假。"在这里，杨古林有则眉批说得好：

> 所谓假冒真，真当假，真假不辨者，乃一篇之大穿插、大结构也。今于轻云口中乃特作提纲挈领语，便通身眉目一现，骨节俱灵，真具千钧笔力。

无独有偶，《红楼梦》在"真假"二字上也是大做文章的。"假作真时真亦假，无为有处有还无"，太虚幻境石碑坊两边的这副对联，以及有关"真事隐去""假语村言"的提示，甄贾（谐音真假）两个宝玉的设计，等等，无不透露了曹雪芹在"真假"二字上做文章的信息。两者比较，说《红楼梦》在艺术构思上曾受到过《梦中缘》的影响，大概也不能说是主观臆想吧。

三

关于《梅花簪》的创作思想，张坚《自序》说：

> 余《梦中缘》一编，固已撇却形骸，发情真谛。犹恐世人不会立言之旨，徒羡其才香色艳，赠答相思之迹，故复成此种。梅，取其香而不淫，艳而不妖，处冰霜凛冽之地，而不与众卉逞芳妍，此贞女之所以自况耳。若徐如山，本有情而似无情，巫素媛于无情中而自有情，郭宗解为贞情所感触而忽动，其侠情是皆能不失其正，而可以风矣！

第五出《箴女》中，作者让杜小姐看《列女传》后发表了这样的感想："受百种艰危，也都为一点情痴；笑他宇宙纲常，到要裙钗维系。"与《梦中缘》一样，《梅花簪》写的也是"一生二美"的佳人才子的爱情故事。可是，面对"可惜义侠情豪不再来"（《重圆·尾声》）的丑恶现实，剧作赞美了节妇（杜冰梅）的"情真"，牢头（郭宗解）的"情侠"，书生（徐如山）的"情幻"和小姐（巫素媛）的"情痴"，进而肯定"只要一灵咬定情根在，死生患难皆无害"。（《重园·节节高》）

《怀沙记》不是爱情戏，而是为爱国诗人屈原鸣冤叫屈、树碑立传的大悲剧，可说是张坚集中"谈政"的长歌当哭之作。在张坚看来，屈原的时代"君贪而愚，臣佞而幸，才不见容，忠而被放，皆足激发人心之不平，以垂戒于后世，乌可以无传也。……每叹千古才人之文，莫奇于屈子，而蒙冤被抑，亦莫悲于屈子"。于是，张坚结合屈原的史实，把《离骚》《九歌》《九章》敷演成戏，用浪漫主义方法塑造了屈原的形象。发人深思的是，张坚心怀不平地创作《怀沙记》，为的是"愿与不遇千古才人同声痛哭"（《述原·玉宇琼楼》），"伸正真之气，褫奸雄之魄"（《凡例》），显然不无借古喻今的寓意。可是，在第一出《述原》介绍创作缘起时，张坚还说了些歌功颂德的话语，什么"自幸微生，遭逢尧舜重熙祝，文明济济尽登朝，窃耻泥涂辱"。由此可见，在乾隆时代，涉及政治问题的戏曲、小说作品，作者玩弄"狡猾之笔"，讲些言不由衷的堂皇话语，并不是绝无仅有的事。

《玉狮坠》"故事蓝本《情史·玉马坠》，而稍变易之"，这也是一本言情传奇。剧中由"玉狮"显灵，为男女主人公的婚姻穿针引线，所谓"灵物多情缔好缘"（末出《坠仙》下场诗），还出现了八仙之一的汉钟离和龙王、龙女等神仙人物，故事似乎有点荒诞不经。可是，这部传奇宣扬"情至"的立意是非常鲜明的。至于"玉狮"的显灵，神仙的帮忙，不过是一种浪漫主义手法："这的是为冤家风流偿孽债"（《伏狮·天下乐》）；"非是俺做神仙情偏滥，没来由是非闲揽"（《遣祟·端正好》）；"则为他恁痴情可怜，不由俺仙家的做意周全。那争个凤倒鸾颠，都则是心同意串缠绵"（《坠仙·绣带引》）。

在我们看来，《梅花簪》和《玉狮坠》"谈情"的立意，以及诸如神仙帮忙和"玉狮"显灵等浪漫主义手法，对后世传奇创作都有借鉴作用[1]；

---

[1] 笔者认为，张坚在他的四部传奇中，歌颂"真情种"，批判"假情种"，强调"恩爱淫邪须辨"，反对无情"宣淫"，为《红楼梦》否定"皮肤臭滥"，提出"意淫"这个新奇的命题，导夫了先路。另外，《玉狮坠》中的"玉狮"，使人很容易联想到贾宝玉脖子上的那块"宝玉"。《伏狮》出说"玉狮""向土钟灵，从石结胎，受阴阳把日月精华采，还亏他神工思匠巧安排，出实的毛体备，神气该"（【元和令】）。还指出"玉狮"幻形变改，神通广大，能"显出宝玉胞胚"（【情歌儿】）。可见，"玉狮"也是一块"宝玉"。

《怀沙记》借屈原故事抨击黑暗的政治，对《红楼梦》打破"传统的思想和写法"也都是有积极影响的。

在艺术上，"梦梅怀玉"，"以想造情，以情造境"。"假仙鬼以觉世"，"以幻笔写空境"，浪漫主义色彩异常浓烈。《梦中缘》的《幻缘》《后梦》等出中有通过梦境写真情的戏文；《梅花簪》除了着意刻画"情真""情侠"和"情痴"之外，还尽情渲染了"情幻"；《怀沙记》不仅有屈原"魂游""升天"等关目，在《天问》《山鬼》《湘宴》等出中，亦有对幻境的描绘，其"取屈子二十五篇之文，猎艳辞，揽华藻，发激楚，被文服"的总体艺术构思，更渗透着浪漫主义的异彩奇思。至于《玉狮坠》，凭借玉狮成精显灵，引出了男女主人公的悲欢离合，幻中生幻，"其人奇，其事奇"，"其文亦奇"。

《红楼梦》虽是部现实主义巨著，但它不仅有浓郁的浪漫主义色彩，而且还运用了象征主义的艺术方法。根据上述的简略介绍，说《红楼梦》在创作方法方面对《玉燕堂四种曲》有一定的继承和革新，笔者认为也是言之成理的。

《红楼梦》中跛足道人所念的《好了歌》，以及甄士隐为它所作的"解注"，对于理解这部小说复杂的思想内容是至关重要的。值得注意的是，在张坚的"梦梅怀玉"中亦有一些曲词，从内容到形式均酷似《好了歌》及"解注"（限于篇幅，这里恕不援引）。

另外，《玉狮坠》第二十七出《化医》中，汉钟离所唱的充满哲理的十二支《道情》曲，都以"无根树"起兴，亦值得玩味。现举第五支和末支为例：

> 无根树，花正红，摘尽红花一树空。空为色，色即空，识破真空在色中。了了真空色相法，相法常存不落空。号圆通，祭大雄，九祖超升上九重。
>
> 无根树，花正繁，美貌娇容赛粉团。防猿马，劣更顽，挂起娘生铁面颜。提着青龙真宝剑，摘尽墙头朵朵鲜。趁风光，载满船，怎肯空行过宝山？（张龙辅眉批：归到不动心为工。）

无须再作说明，这些曲词对于《好了歌》及"解注"的影响，是一望而知的。

《玉燕堂四种曲》的批语出于四家之手。四家从思想到艺术对"梦梅怀玉"进行评论，这些评论对于我们理解和评价张坚及其传奇创作，很有参考价值。从戏曲美学的角度来看，亦不乏精辟之见。笔者怀疑脂砚斋等人曾研究过《玉燕堂四种曲》及其批语。因为他们对《石头记》（《红楼梦》）的批语，与"梦梅怀玉"的批语在风格上极为相似，有些句法和用语甚至如出一辙。读了《玉燕堂四种曲》的批语，再看《石头记》的批语，总给人以似曾相识、青出于蓝的感觉。

（原载《江海学刊》1984年第2期）

《长生殿》也是"借离合之情，写兴亡之感"的传奇[1]

听了昨天的发言，很受启发。我想先谈几点对大家发言的看法。

第一，我同意吴国钦同志说的，《长生殿》患了"先天不足"症，但对"主题分裂"说还难以苟同。《长生殿》的"先天不足"，主要是因为，洪昇要在李杨的钗盒情缘上，寄托自己的爱情理想。具体来说，就是洪昇要通过李杨的帝妃之情，表现在当时具有进步意义的爱情理想。我并不否认，《长生殿》中的帝妃之间有爱情，而且洪昇对这种爱情的描写也是十分精彩的、相当成功的。其精彩，在于真实地写出了帝妃之情的特点和色彩。其成功，在于作者借李杨情缘表现了自己进步的爱情理想。这个问题我不想展开了。我在那本小册子（《洪昇和〈长生殿〉》）里已经谈过。我不同意"主题分裂"说，并由此得出结论："《长生殿》是一部杰出的历史剧，蹩脚的爱情剧。"这两者其实是统一的，统一在"借离合之情，写兴亡之感"。作者对此有明确的表示，作品实际上也充分表现了这一点。

第二，我同意刘辉同志的看法，《长生殿》在爱情描写方面，是《牡丹亭》的继续和发展。不过与《牡丹亭》相比，若在《长生殿》中只看到爱情主题，那是很不够的。《长生殿》宣扬的"情"既与《牡丹亭》宣扬的"情至"一脉相承，又有新的发展。发展在哪里呢？《长生殿》的"情"，除了儿女真情之外，还包括家国兴亡之际的"臣忠子孝"之情。这一点洪昇在《长生殿·例言》里说得非常清楚。前者（儿女真情）是《牡丹亭》全力描绘的，后者（"臣忠子孝"之情）是《长生殿》着力渲染的。这就是发展。洪昇在《长生殿·例言》里讲，"棠村相国尝称予是剧乃一部闹热《牡丹亭》"，我以为这一点很值得玩味。

第三，周续赓同志提出要深入了解《长生殿》的思想，必须联系《桃花扇》。这一点我很同意。（他不同意用"主题"这个概念，我认为用也无

---

[1] 此文为笔者1987年在中山大学《长生殿》专题讨论会上的发言。

妨）或者说，应该把"南洪北孔"和他们的代表作《长生殿》《桃花扇》作为一个艺术整体来研究、来对待。作为昆腔传奇艺术的最后一个高峰，"南洪北孔"有许多惊人的相似之处；作为明清传奇第一流的杰作，《长生殿》和《桃花扇》也有许多惊人的相似之处。洪孔都生活在朝更世变的时代，在传奇创作上走的是同一条路子，也就是梁辰鱼《浣纱记》所开创的"借离合之情，写兴亡之感"的路子。同时他们又都能"以临川之笔协吴江之律"，因此《长生殿》和《桃花扇》都是既有思想深度，又有高度文学性、艺术性，且案头场上两擅其美的杰作。这是听了昨天同志们的发言后我的一点想法。下面谈谈我对《长生殿》主题的看法。

我对《长生殿》主题的看法，还是那本小册子里所谈的。我认为《长生殿》同《桃花扇》一样，也是一部"借离合之情，写兴亡之感"的作品，既歌颂了儿女真情又突出了兴亡之感，其中突出兴亡之感是主要的。《长生殿》的总体艺术结构、典型环境、人物形象，最能说明这一问题。这一点我不想多说，我想主要补充以下四点。

一、朝更世变的时代，需要"借离合之情，写兴亡之感"的传奇

洪昇生于顺治二年（1645），主要活动在康熙年间。这一时期，清王朝已经从动荡不安转向相对稳定。但是，各种形式的反清斗争仍在继续，大批明代遗民反清复明的思想仍相当强烈。所以我认为，洪昇还是处于明清易代的时期。用《桃花扇》中的话来说，这是一个"朝更世变"的时代。在这样的时代，什么样的传奇最符合时代精神，而为当时的人们所喜闻乐见呢？是单纯写儿女离合之情的作品吗？虽然这类作品在晚明曾经起到过重要的进步作用，但我认为在风雷激荡的明清易代之际，这类纯粹的言情之作显然已不能满足时代的需要。取材于当时的现实斗争，站在反清复明的立场上直抒兴亡之感，当然更有战斗性。但如此又容易为清廷干扰、迫害。所以，选择一个历史题材，借儿女之情写兴亡之感，既能满足朝更世变的时代需要，又能把时代精神、政治内容隐含于儿女私情中，在一些作家看来，这是两全其美的事情。吴伟业的《秣陵春》传奇实际上也是同一性质的作品。紧接着，《长生殿》《桃花扇》问世。这并不是偶然的巧合，而是思想敏锐、有艺术独创性的戏剧家顺应时代要求所走的必由之路。

王季思先生引用洪昇的一段话，对这个问题所作的精辟论断对我们很

有启发。王先生在《洪昇集笺校·序》里说:"洪昇在《定峰乐府题辞》中说'二十一史中理乱兴亡、纲常名教之大,往往借房帏儿女、里巷讴谣出之',为我们理解《长生殿》把'安史之乱'和李杨爱情结合起来描写的艺术构思提供了钥匙。"这一点我认为很精辟。

我刚才说到,棠村相国说《长生殿》是一部闹热《牡丹亭》,什么叫"闹热《牡丹亭》"?这一问题很值得深思。理解这一问题有助于我们认识《长生殿》的主题。

《长生殿》中的主人公和《牡丹亭》中的很不相同,但在思想和艺术上两部作品一脉相承。《牡丹亭》是一部爱情戏,但不是一般的才子佳人戏,更不是庸俗的儿女风情戏,而是"情至"的颂歌,是借生死之"情"反封建之"理"的作品。洪昇对《牡丹亭》有深刻的理解,他提出:《牡丹亭》"肯綮在死生之际",杜丽娘的"自生而之死""自死而之生","搜抉灵根,掀翻情窟",足以惊天动地。在儿女之情这个问题上,洪昇的观点与汤显祖是完全一致的。《长生殿》第一出《传概》中的【满江红】,可以说是继《牡丹亭》之后又一篇"情至"的宣言。通过男女主人公的生死爱情,《牡丹亭》歌颂了"生生死死为情多",《长生殿》则赞扬了"情根历劫无生死"。在鼓吹"情至"观念上,两部作品也是完全一致的。

不过,由于历史时代不同,洪昇在《长生殿》中所鼓吹的"情"中,包含了汤显祖《牡丹亭》没有强调的内容。这就是家国兴亡之际的臣忠子孝。在洪昇看来,不仅要歌颂"精诚不散""真心到底"的儿女情缘,更要表彰"感金石,回天地,昭白日,垂青史"的"臣忠子孝"。他强调"先圣不曾删郑卫,吾侪取义翻宫徵",不仅表明他在《长生殿》中歌颂儿女之情并不违背"先圣"之教,还暗示人们他要像孔子那样,从郑卫之音这类描写儿女之情的作品中,取其"大义",并给予热情宣扬。这"大义"就是借李杨爱情写安史之乱中的臣忠子孝,以抒发兴亡之感。这一点他的学生汪熷在《长生殿·序》中讲得很清楚。根据时代的需要,洪昇按照自己的总体艺术构思,在《长生殿》中突出安史之乱臣忠子孝的内容,于是在剧作中出现了一系列引人注目的人物、情节和关目。例如,《合围》《侦报》《陷关》《剿寇》《刺逆》《收京》等出,对安禄山叛乱进行了多侧面的描写;《骂贼》《献饭》《私祭》《弹词》等出,则洋溢着怀念故国的深厚情感。以上这些描写,在《牡丹亭》中或者不突出,或者根本没有出现。相比之下,《长生殿》要"闹热"得多。可见,《长生殿》之所以被称为"闹热《牡丹亭》",就是因为它既歌颂了儿女真情,又赞美了"臣忠子孝"之情,是一部"借离合之情,写兴亡之感"的作品。换句话说,洪昇的时代,需要的并非《牡丹亭》之类"情至"的颂歌,而是"闹热《牡丹亭》",即《长生殿》之类"情"的颂歌。

二、洪昇的生平和思想,决定他必然会创作"借离合之情,写兴亡之感"的传奇

时代只是作家创作的客观因素,主观因素还在于他本人的生平遭际和思想。

我们知道,明代是钱塘洪家自南宋以来又一个黄金时代。从洪昇的六世祖以降,洪家便深受朱明王朝的恩宠。可入清以后,昔日显赫一时的洪家,却受到诬陷和敲诈,所谓"外虞兵燹,内急豪强,公私之费,不绝追呼,睚眦之仇,方当窃发"。洪昇的父亲洪武卫"不汲汲于名场,无营营于宦牒,抚琴书以自适,与花鸟而相亲",与明清易代之际的政治形势及洪家的艰难处境当有密切关系。入清以后,洪家虽有人做清代的地方官,但已日趋衰落。这对洪昇的影响是不可低估的。

洪昇虽生于顺治年间,却有相当浓厚的遗民思想,这从他的诗集中看得很清楚。为什么会这样呢?

首先,他生活于朝更世变的时代,一些明代遗民或自杀殉国,或遁入空门,或隐居山林,为朱明王朝的覆亡悲悼不已。出身于名门世家的洪昇,由于家族衰落和个人遭遇坎坷,触景生情,萌生兴亡之感,怀念故明,是不足为奇的。其次,洪昇的三位启蒙老师,陆繁弨、毛先舒、朱之京都是明代遗民。洪昇十岁开始接受儒家正统教育,也深受遗民思想熏陶。面对当时相当激烈的抗清斗争,洪昇早在少年时代就已产生兴亡之感。这在《啸月楼集》卷五《钱塘秋感》中可以看出来。随着年龄的增长和交往的增多,洪昇的遗民思想愈发强烈,效法遗民学者和诗人的行为成为洪昇的一种理想。再次,洪昇对清廷的态度有个演变的过程。"仗剑辞南郡,看花赴上林",他二十四岁国子监肄业时对前途满怀憧憬,他思想单纯,一心想走祖先的人生老路,由科举入仕途,为皇家效劳,光宗耀祖。他在太学见到康熙皇帝的时候,激动不已地写下几首"颂圣"之作,就是这种心态的反映。可是"颂圣"之作并没有影响他对社会生活的观察和认识。"疏狂"的性格又使他不会对朝廷卑躬屈膝、歌功颂德。结果"十年弹铗寄长安,依旧羊裘与鹖冠",在北京做了二十多年太学生,洪昇并没有得到一官半职。

最后，演《长生殿》之祸使他对清廷彻底失望。总之，由于家族的衰落和个人遭遇的坎坷，他对现实产生不满，怀念曾经给他的家族以殊荣的朱明王朝是很自然的。既然处于朝更世变时代的洪昇对清王朝没有好感，对现实不满，有浓重的遗民思想，那我们就很难设想，他"三易其稿"的《长生殿》，会满足于写李杨的钗盒情缘，而不借此来抒发"国殇"与"家难"之痛，表达广大人民群众的兴亡之感。

三、李杨故事要推陈出新，只能创作"借离合之情，写兴亡之感"的传奇

李杨爱情是一个家喻户晓的老故事，自中唐以来有不少这一题材的作品。选择这样一个题材可谓有利有弊。利在有前人作品的成败得失可资借鉴，弊在要想超过前人则难度较大。焦循在《剧说》中说洪昇"撰《长生殿》杂剧，荟萃唐人诸说部中事，及李、杜、元、白、温、李数家词句，又取古今剧部中繁丽色段以润色之，遂为近代曲家第一"。笔者认为，《长生殿》能成为千百年来以李杨故事为题材的作品中无可比拟的杰作，固然与他善于批判地继承前人成果有关，更重要的是由于他处在朝更世变的时代，在"情至"观念的指导下，确立《长生殿》的旨意，凭借高超的艺术手腕，对这个流传了千百年的老故事，作了推陈出新的再创造。

在《洪昇和〈长生殿〉》这本小册子里，笔者曾经把《长生殿》之前以李杨故事为题材的作品分为两类。一类是把历史上的帝妃李杨净化、美化为传说人物，"凡史家秽语概削不书"，这一类以《长恨歌》为代表，《梧桐雨》也属于这一类。另一类则是把唐明皇写成好色荒淫的昏君，视杨贵妃为误国乱阶的"尤物"，突出地描绘了"史家秽语"，同时又化用民间传说，让他们在月宫中重圆，以示生死不渝。这一类以《天宝遗事诸宫调》为代表，《天宝曲史》也属于这一类。《长生殿》无疑属于前一类作品，但它的推陈出新也是显而易见的。这种推陈出新，即洪昇所说的"借太真外传谱新词，情而已"。这个"情"包括儿女之情和"臣忠子孝"之情。在洪昇看来，李杨的钗盒情缘也是一种儿女情缘。值得注意的是，作者采取各种艺术手段，成功地把李杨情缘写成真心到底的爱情悲剧，并借此宣扬了具有进步意义的爱情理想。仅就歌颂儿女情缘来说，《长生殿》已经高于同题材的其他作品。更为难能可贵的是，《长生殿》还借钗盒情缘，通过安史之乱，写出了"情至"观念中的另一内涵，即"臣忠子孝"之情，歌颂了

"抗安扶唐"的将领,多侧面地抒发了沉痛的兴亡之感,从而使作品中洋溢着明清易代之际的时代精神。"旧霓裳,新翻弄。唱与知音心自懂,要使情留万古无穷。"在结束全剧的这支【尾声】中,洪昇又一次强调了《长生殿》的主题,并对剧作能青出于蓝作了解释。吴舒凫在眉批中说,这支曲子"结作者之意",真可谓"知音心自懂"!洪昇意识到,要想使儿女之情和"臣忠子孝"之情能"万古无穷",必须"旧霓裳,新翻弄"。这里的"旧霓裳",不仅指《长生殿》的二稿,也泛指以前的以李杨故事为题材的作品。"新翻弄",新在何处呢?新在通过钗盒情缘"乐极哀来"的发展过程,探究国家兴衰之理,以便"垂戒来世",这就是"新翻弄"的重要内容。

四、巨大的社会反响,充分证明《长生殿》是"借离合之情,写兴亡之感"的传奇

《长生殿》问世后,产生了巨大的社会反响。这可从两个方面考察。

其一,从上流社会到下层群众,无不爱听爱看《长生殿》,所谓"爱文者喜其词,知音者赏其律","一时朱门绮席,酒社歌楼,非此曲不奏,缠头为之增价"。康熙三十六年(1697)秋天,洪昇出游苏州,由江苏巡抚宋荦主持,在虎丘演出《长生殿》,出现了"倾城倚画楼""画船灯万点"的盛况。康熙年间的《长生殿》热,是由于这部传奇写了李杨钗盒情缘吗?当然,"两家乐府盛康熙",这与《长生殿》《桃花扇》案头场上两擅其美的艺术成就是分不开的。可是,"借离合之情,写兴亡之感",表达了广大群众的心声,这才是"勾栏争唱孔洪词"的根本原因。

其二,《长生殿》的巨大反响,还反映在演《长生殿》之祸上。

笔者有一个相当顽固的看法,认为演《长生殿》之祸的根本原因,在于《长生殿》的思想内容。或者讲,演《长生殿》之祸与《长生殿》思想内容有密切联系。"国忌日演唱"只是表面原因。黄六鸿的揭奏,只起了一个导火线的作用。我们需要联系洪昇时代的政治形势,透过现象看本质,从当时和后代人的有关记载中,不难看出,这是清廷出于政治需要而制造的一起案件。"欲杀何尝非李白,闻歌谁更识秦青",洪昇的挚友吴雯的诗句,不是透露了这方面的消息吗?演《长生殿》引起一场轩然大波,固然同当时的"南北党争"有关,但更关键的还在于洪昇的"疏狂"以及《长生殿》的思想内容危害了清廷的统治。洪昇门人吴作梅的《长生殿》跋文

很值得玩味。陈玉璂《〈长生殿〉题辞》说"君才小露《长生殿》，便尔惊人放逐归"，指出了演《长生殿》之祸与洪昇恃才"疏狂"的关系。而李天馥"无端忽思谱艳异，远过百首唐宫词；斯编那可亵里巷，慎毋浪传君传之；揶揄顿遭白眼斥，狼狈仍走西湖湄"等语，更隐约点出了《长生殿》思想内容与这个政治案件的关系。

《长生殿》脱稿、搬演之日，距明亡不过四十多年，广大人民对于易代的悲剧还记忆犹新；而西南和东南地区抗清斗争的壮烈场面，更是历历在目。因此，京师伶人争唱《长生殿》，广大观众喜爱《长生殿》，绝不仅仅是因为欣赏李杨的钗盒情缘，更是因为他们与这本寓有深沉的兴亡之感的传奇，在情感上产生了强烈的共鸣。这不能不引起清廷极大的惊恐和关注。

从史料看，清乾隆年间最高统治者对于写"明季国初"和"南宋金朝"之事的剧本，到了神经过敏的程度，要求"一体饬查"，"删改抽彻"，"但须不动声色，不可稍涉张皇"。乾隆时代尚且如此，康熙时代更可想而知了。《长生殿》表面上并无"违碍之处"，内容既非"明季国初"之事，也不涉及"南宋金朝"之间的斗争，很难因它是"关涉本朝"的剧本而加以严禁；也不便私下里"删改"和"抽彻"了事，因为它早已名扬天下了。康熙非常精明能干，他知道《长生殿》表面上写李杨情缘，实际上有很多"关涉本朝字句"，与大清王朝是很有关系的。如果任其"勾栏争唱"，大演特演，则将对其统治大为不利。于是"不动声色"，不显一丝"张皇"地制造了一个国丧期间"非时唱演"的公案，给了作者洪昇，还有那些尚不驯服的汉族士大夫和太学生以狠狠的打击。

需要指出，演《长生殿》之祸发生后，《长生殿》热并没有因此消失，反而有愈挫愈勇之势。但不能以此反证演《长生殿》之祸与《长生殿》"借离合之情，写兴亡之感"的思想内容无关。

（原载《长生殿讨论集》，文化艺术出版社1989年版）

评顾笃璜的《长生殿》节选本

由顾笃璜先生节选、整理并任总导演，苏州昆剧院王芳、赵文林领衔主演的三本二十八出《长生殿》，经过一年多的艰苦排练，今年三月在台湾首演一举成功，使台湾同胞为之倾倒；六月底在苏州公演，又轰动了苏城。

笔者为苏州昆剧院演员严格按照传统的昆曲演出方式所演出的二十八出《长生殿》所激动和陶醉，更赞赏顾先生匠心独具地为《长生殿》节选、整理了一个新的演出本。在激动、陶醉和赞赏之余，笔者不揣谫漏，想对顾先生节选、整理的二十八出《长生殿》演出本，以及有关昆曲遗产的抢救和保护问题谈一些管窥之见，以就正于海内外的方家同好。

本文的中心议题是评论顾笃璜节选、整理的二十八出《长生殿》演出本。鉴于《长生殿》的全本、节本和折子戏在清代演出的情况，对今天节选、整理《长生殿》颇有启示，故在评论顾节本之前，先对这方面的情况作一个简单的历史回顾。

一、清代《长生殿》演出的回顾

《长生殿》于康熙二十七年（1688）问世后，立即产生了巨大的社会反响，深受各阶层人士的喜爱。在康熙年间出现了"勾栏争唱"的局面，以至于"家家收拾起，户户不提防"成了俗谚。而整个有清一代二百多年，《长生殿》的全本、节本和折子戏并存，同时搬诸舞台演唱，始终盛演不衰，有着不朽的舞台生命力。

在洪昇生活的时代，喜爱昆曲艺术的人，无不爱看、爱听和爱唱《长生殿》。吴舒凫所说"爱文者喜其词，知音者赏其律"（《长生殿·序》），并非溢美之词。徐麟《长生殿·序》也指出，此剧诞生之后，"一时朱门绮席，酒社歌楼，非此曲不奏，缠头为之增价"。尤侗亦谓："一时梨园子弟，传相搬演。关目既巧，装饰复新，观者堵墙，莫不俯仰称善。"（《长生殿·序》）还有位署名容安弟者，在《长生殿·序》中，则认为："昉思此剧，不惟为案头书，足供文人把玩。近时燕会家纠集伶工，必询《长生殿》有无，设俳优非此，俱为下里巴词。一如开元名人潜听诸妓歌声，引手画壁，竟为角胜者。"当时，《长生殿》不仅经常演唱于贵族豪门、名公士夫和文人雅士之家，也流入内府，曾达"御览"。金埴《壑门吟带·题阙里孔稼部尚任东塘〈桃花扇〉传奇卷后》用诗的语言证实了这个情况：

> 两家乐府盛康熙，进御均叨天子知。
> 纵使元人多院本，勾栏争唱孔洪词。

而王应奎《柳南随笔》卷六则有记载说，《长生殿》初成，授京师内聚班演唱，"圣祖览之称喜，赐优人白金二十两，且向诸亲王称之。于是诸亲王及阁部大臣，凡有宴会必演此剧"。董潮《东皋杂钞》卷三亦有记载曰："康熙戊辰［按：二十七年（1688）］中，既达御览，都下艳称之。"

一部名剧问世之后，人们（尤其是贵族豪门、名公士夫、文人雅士）一开始总要窥其全豹，过了一段时间才会把兴趣转向其中最为精彩的折子戏。这应该是戏曲艺术欣赏的一般规律，《长生殿》当然亦不例外。因此，笔者认为康熙年间《长生殿》的演出当以全本为主，例如，下面笔者略作介绍的几次有影响的演出，应该都是全本演出。

康熙二十八年（1689），洪昇招友朋在北京寓所演出《长生殿》。由于"国丧期间""非时演唱为大不敬"而遭祸，结果洪昇被逮下刑部狱，革去了国学生籍；观看演出的人，凡有官职的一律免职，洪昇好友赵执信被革职，从此再也没有被录用。因而有"可怜一曲《长生殿》，断送功名到白头"的俗谚流传。这次演出就是中国戏曲史上的所谓"演《长生殿》之祸"。

康熙三十六年（1697）秋，洪昇游苏州，由江苏巡抚宋荦主持，在虎丘演唱《长生殿》。洪昇门人王锡《啸竹堂集·闻吴门演〈长生殿〉传奇一时称盛，不得往游与观有作并小序》，有"况演《长生殿》，倾城倚画楼"，"画船灯万点，争看《舞霓裳》"的形容，并说当时"水陆观者如蚁"。

康熙四十二年（1703），洪昇友人孙仪凤招伶于杭州吴山演《长生殿》，恰遇洪昇。洪昇观看了演出，并赠诗孙氏，孙氏亦有《和赠洪昉思原韵十首》（载其《牟山诗钞》）。从孙氏之诗可以看出，此次吴山演唱《长生殿》，洪昇颇为得意，显得风流潇洒。请看诗：

> 吴山顶上逢高士，广席当头坐一人。

短发萧疏公瑾在，看他裙屐斗妆新。（原注：余于吴山演《长生殿》剧，是日恰遇昉思）

康熙四十三年（1704）春末，洪昇应江南提督张云翼之聘，往游松江；张氏"开宴于九峰三泖间，选吴优数十人搬演《长生殿》。军士执殳者，亦许列观堂下，而所部诸将并得纳交昉思"（金埴《巾箱说》）。此次虽是厅堂唱演，但"吴优数十人搬演"，演出的是全本，这是可以肯定的。五月，洪昇又应江宁织造曹寅之邀去南京，曹寅"集江南江北名士为高会，独让昉思居上座，置《长生殿》本于其席。又自置一本于席。每优人演出一折，公（曹寅）与昉思雠对其本，以合节奏。凡三昼夜始阕。两公并极尽其兴赏之豪华，以互相引重，且出上币兼金贶行。长安传为盛事，士林荣之"（金埴《巾箱说》）。也就在此次南京雅集之后，洪昇返舟杭州路上，于六月初一在乌镇附近不慎失足落水而死。

金埴的记载，为我们提供了康熙年间此次演出全本《长生殿》所用的时间——三昼夜（当然包括用膳、休憩等所费时间），以及贵族富商、名公士夫和文人雅士如何欣赏演出的情况。三昼夜始能演唱全本《长生殿》，时间是够长的了。当时上流社会既有闲暇，又有昆戏之癖，只要能欣赏精湛的演唱技艺，品评杰出传奇的韵味，即使"三昼夜始阕"，也是乐此不疲的。但是，下层群众的情况就不同了，他们虽亦喜爱昆曲，欣赏《长生殿》，但不可能三昼夜均沉浸于全本的《长生殿》演出之中。因此，民间戏班往往演出艺人们"妄加节改"的《长生殿》。

尚须指出的是，明清传奇动辄上下两部四五十出。若演出全本，就会出现这样的情况："舞榭歌楼，曲未终而夕阳已下；琼筵绮席，剧方半而鸡鸣忽闻。"（王鲁川《梦中缘·跋》）由于篇幅过长外加头绪纷繁，情节庞杂、主题分散、倾向不明，往往成为明清传奇创作的通病。《长生殿》虽为思想和艺术俱属上乘的传奇精品，但全剧分上下两部，长达五十出，明清传奇创作的通病也没有完全克服。到《埋玉》出，戏剧冲突已经结束，故后半部分关于李杨的情悔、追思和重圆，纯为抒情之作，在结构上显得重复和冗漫。对于"伶人苦于繁长难演"的事实，洪昇自己也是认识到的。他在《〈长生殿〉例言》中指出：

今《长生殿》行世，伶人苦于繁长难演，竟为伧辈妄加节改，关目都废。吴子愤之，效《墨憨十四种》，更定二十八折，而以虢国、梅妃别为饶戏两剧,确当不易。且全本得其论文,发予意所涵蕴者实多。分两日唱演殊快。取简便,当觅吴本教习,勿为伧误可耳。

由此可知,由于"伶人苦于繁长难演",便出现了"妄加节改,关目都废"的演出本。这种演出本当出于戏班艺人或混迹于戏班的下层文人之手。尽管洪昇和吴人见到这种《长生殿》节本(恐怕还不止一种)很不满意,甚至愤怒扼腕,但它们的流传恐怕已很广泛,搬诸舞台也较为普遍。为了解决"繁长难演"的实际问题,又不使"伧辈妄加节改,关目都废"的演出本泛滥成灾,吴人便仿效明末冯梦龙更定十四种传奇名剧的方法,把五十出《长生殿》更定为二十八出。由于《长生殿》中有关虢国和梅妃的几出戏皆寓有深意,并非可有可无的闲笔。故吴人更定的二十八出《长生殿》,虽把这些戏割爱了,但又特作"饶戏两剧"(吴语中,"饶"字有另加的意思,"饶戏"即"饶头戏")。这"饶戏两剧"既与二十八出正戏有内在的关系,又能独立敷演,供戏班灵活备用。洪昇不仅对吴人的《长生殿》"论文"(评点)给予了很高的评价,对其更定的二十八出《长生殿》和"饶戏两剧",也持肯定态度。笔者猜测,吴人更定的二十八出《长生殿》演出本,以及有关虢国、梅妃的"饶戏两剧",康熙年间当为各地民间戏班所采用,可惜既无文献记载,也未见剧本流传。至于"伧辈妄加节改,关目都废"的戏班演出本,更未见流传,这同样是十分可惜的。

雍正年间,《长生殿》的演出情况,文献记载极少。但当时《长生殿》在上流社会的流传和演出情况,从名伶项生年轻时在江淮某大吏家演唱《长生殿》的精湛技艺和豪华排场(厉鹗《樊榭山房文集》卷八《书项生事》),亦可窥见一斑。

乾隆年间,《长生殿》的演出情况,从《红楼梦》的有关描写,以及《纳书楹曲谱》和《缀白裘》等曲谱、曲选所收入的《长生殿》折子戏,李斗《扬州画舫录》卷五,铁桥山人等的《消寒新咏》中有关伶人擅长剧目的记载,可以略知一二。需要指出的是,康、雍年间,《长生殿》在上流社会以演出全本为主,在民间则以演唱节本(吴人更定的二十八出本,各种"伧辈妄加节改"的俗本)为主,到了乾隆年间,《长生殿》在上流社会和民间均以演唱折子戏为主,罕见演出全本戏。至于各种节本,估计仍在民间演唱。

乾隆年间,昆曲演唱折子戏蔚然成风,并不是偶然的。首先,"南洪北孔"之后，再无杰出的戏曲家和昆曲传奇问世，而昆曲在舞台表演上却日臻完美，行家、知音和普通观众对昆曲艺术的兴趣也便由全本戏转向精彩的折子戏。因此，肇始于明代嘉靖年间的折子戏演唱，到乾隆年间便蔚然成风。《长生殿》的演出情况，当然亦不例外。其次，"家乐"和戏班演出传奇全本戏，费时、费力和费财，还往往吃力不讨好。演唱名剧的折子戏（含折子戏集锦），既省力又讨好。因此，在明末清初演唱折子戏日趋兴盛而大受欢迎之后，乾隆以降，演唱折子戏便成了昆曲的主要演出形式，除有特殊需要才演全本戏或节本戏。《长生殿》的演出，亦复如此。最后，由于乾隆年间思想控制加强，文字狱蜂起，最高当局对戏曲题材有着严格的规定，对于"明季国初之事"，有"关涉本朝字句"，甚至"南宋与金朝关涉词曲"，皆在删改和抽彻之例（《大清高宗纯皇帝实录》卷一千一百十八乾隆口谕）。《长生殿》敷演的虽非"明季国初之事"，亦与"南宋与金朝"无关，但是，剧中有安禄山率领番兵番将的叛乱，以及雷海青的"骂贼"，郭子仪的"剿寇"……演出全本《长生殿》仍有遭祸的风险。若演唱其中的折子戏，则完全可以避开有关李唐兴亡的内容。焦循《剧说》卷六，有条已删的记载很值得玩味：

> 班中演《长生殿》者，每忌全演，相传全演则班必散。乾隆三十几年，长白伊公按醝两淮，故令春台班演全部《长生殿》以试之，乃是秋春台班竟以他故散去。赵仰葵所云。

戏班演《长生殿》，"每忌全演"，原因就在于担心有关李唐兴亡和安禄山叛乱"关涉"清廷统治，带来不测之祸。"全演则班必散"，以及春台班演全部《长生殿》"竟以他故散去"，值得深思。

梁廷枏［卒于咸丰十一年（1861）］《藤花曲话》卷三曰：

> 《长生殿》至今百余年来，歌场舞榭，流播如新。每当酒阑灯炧时，观者如至玉帝所听奏《钧天》法曲，在玉树金蝉之外，不独赵秋谷之"断送功名到白头"也！

《长生殿》确实不仅在康、雍、乾三朝家传户诵、脍炙人口，嘉、道以降，直至清末民初，也始终是人们喜闻乐见的昆曲传奇经典剧目。只要翻阅一下《清代燕都梨园史料》中有关著名艺人的记载，查看一下创刊于同治十一年（1872）的《申报》戏目广告，也就不难了解晚清《长生殿》的折子戏在各地舞台演唱的情况了。值得一提的是，光绪十一年（1885），四乐斋主人著有《长生殿》时剧八折《听政》《洗儿》《平番》《演猎》《逼反》《劝行》《誓师》《刺逆》，全剧本采用七字、十字句，其中以第六折最精彩。此剧于光绪二十三年（1897）排印出版（周明泰《道咸以来梨园系年小录》）。这本八折的《长生殿》虽系时剧，而非昆曲，却同样说明直到清末，《长生殿》仍为作家和观众所喜爱。

二、顾笃璜的《长生殿》演出本评议

三百多年前，由吴人更定而为洪昇所首肯的二十八出《长生殿》节本，早已佚失，而为洪昇所斥责的"伧辈妄加节改，关目都废"的演出本，更未见流传，这是令人深感遗憾的事。可喜的是，今天我们不仅可以拜读顾笃璜先生节选、整理的二十八出《长生殿》演出本，还可以尽情欣赏苏州昆剧院成功的舞台演唱。

吴人和顾笃璜的《长生殿》演出本，均为二十八出，这虽然是巧合，但亦不无"英雄所见略同"之意。令笔者颇感兴趣的是，相隔三百多年的两种《长生殿》演出本，不仅出数相同，看来路子亦很相似。洪昇《〈长生殿〉例言》指出，吴人效《墨憨十四种》"更定二十八折……分两日唱演殊快。取简便，当觅吴本教习"。可见吴人对《长生殿》的"更定"，主要是节选和精简，而不是伤筋动骨的改编。洪昇用"更定"二字是十分确切的。有意思的是，在台湾方面所打印的二十八出《长生殿》演出本上，顾先生于"原著洪昇，改编顾笃璜"处，用铅笔勾出"改编顾笃璜"，并作批云："不能称改编，节选而已。"确实，二十八出《长生殿》，不能称顾先生"改编"，但亦不止"节选而已"。笔者再三斟酌，最后用"节选、整理"四个字概括顾先生所做的工作，自觉实事求是，但是否妥当，尚请顾先生和方家指教。说顾先生做了节选、整理工作，这并不是轻视这种工作的意义，亦非贬低其成果的价值。在笔者看来，胡编乱造的"改编"，远不及科学的"节选、整理"有意义、有价值。这是必须首先说明的一个问题。

从五十出的《长生殿》原本，到二十八出的《长生殿》演出本，笔者认为，顾先生做了三个工作。第一是精选。基于对《长生殿》的思想和艺术的理解，从原作的五十出中精选出二十八出。第二是整理。将精选的二十八出，重新整合成三本，以供三个单位时间演出，每次演出时间为两个半小时。第三是删节。为了确保每本的演出时间不超过两个半小时，对精选出的二十八出逐一作了认真的删节。

顾先生面对的不是一般的昆曲传奇作品，而是案头场上两擅其美的经典名作《长生殿》。虽然它也并非十全十美，亦有不能免俗的传奇通病，但要从这部思想内容和艺术形式均代表着昆曲传奇最高水平的剧作中精选一部分、割爱一部分，并对入选的部分逐出进行删节，并重新整合成完整的演出本，绝非轻而易举之事。无论是精选、整理，还是删节，都既要考虑到洪昇的创作意图和总体构思，以及《长生殿》的大旨和人物形象体系，又要照顾到原作中那些盛演不衰和脍炙人口的折子戏，以及今天观众的审美情趣和娱乐要求。顾先生节选、整理的二十八出《长生殿》演出本（以下简称"顾节本"），应该作何评价呢？笔者的评价可概括为十二个字：取舍得当，整合合理，删节巧妙。苏州昆剧院的舞台实践，证明顾节本是一部既忠实于原作，又适合当今观众口味的优秀演出本。

所谓取舍得当，是指顾先生的精选，一能紧扣剧作的中心主题，歌颂真心到底、生死不渝的李杨钗盒情缘；二能充分注意到三百多年来剧中那些具有不朽舞台生命力的精彩折子戏；三能重视排场，比如文武、冷热、重头戏和过场戏的合理搭配。依据这样的思路，顾先生从《长生殿》原作的五十出中，精选出二十八出，并把它们重新整合成三本。所谓整合合理，是指三本戏的组合，以及每本中各出戏的搭配和排列，做到了合乎情理、过渡自然、衔接紧凑，从而保证了全剧结构的完整。下面笔者将对顾先生所选的二十八出，以及所割爱的二十二出，作一番简析，具体考察这个新演出本在取舍和整合方面的情况。

第一本，共十出。

第一出《定情》：男女主角出场，这是李杨钗盒情缘的开始。

第二出《贿权》：反面角色安禄山和杨国忠亮相。他们也是李杨钗盒情缘悲剧的制造者。

第三出《闻乐》：杨妃梦魂被仙女引入月宫听曲，嫦娥点出杨妃"前身原是蓬莱玉妃"，这为后来杨妃回归太真院和李杨月宫重圆埋下了伏笔。

第四出《制谱》：杨妃将在月宫听到的仙曲制成新谱，博得了"知音好乐"的唐明皇的赞赏。

第五出《禊游》：曲江之游，渲染了杨氏的"一门荣宠"；在《贿权》之后，再次刻画了安禄山和杨国忠的性格。原作中此出在《闻乐》和《制谱》之前，为何移后？似尚可斟酌。

第六出《进果》：杨妃爱吃鲜荔枝，进果使臣飞驰赶路，踏坏禾苗，踏死盲人。以此点出李杨钗盒情缘给国家和百姓带来的祸害。

第七出《舞盘》：唐明皇设宴长生殿以庆贺杨妃生日，杨妃的"霓裳羽衣"新曲和"翠盘"妙舞，压倒了梅妃的"惊鸿"。

第八出《权哄》：杨、安二奸的"权哄"，可谓互相揭发了祸国殃民的罪恶。"弛了朝纲"的唐明皇特命安禄山为范阳节度使，这为后来安禄山叛乱埋下了伏笔。原作中此出在《进果》和《舞盘》之前。

第九出《夜怨》：在"霓裳羽衣"和"翠盘"压倒了"惊鸿"之后，梅妃又复邀宠幸，这使杨妃惊讶、痛心和怨恨。

第十出《絮阁》：清晨，杨妃直闯翠华西阁，嘲笑、指责唐明皇，唐明皇自知理亏，确认杨妃"情深妒亦真"。

《絮阁》是原作的第十九出，这就是说在前十九出中，顾先生精选了十出，割爱了以下九出：《传概》（原是开场，而非正戏）；《春睡》（渲染杨妃"定情"后的娇美，反映了唐明皇对她"红玉一团"的专爱）；《傍讶》《幸恩》《献发》《复召》（皆由唐明皇与虢国夫人入宫陪宴生发，顾先生精简了虢国夫人的关目，删去这四出理所当然）；《疑谶》（为郭子仪立传，写其官卑而忧国，有整顿乾坤的壮志）；《偷曲》（《制谱》的延伸，写李謩在宫墙外偷听、偷记和偷吹"霓裳羽衣"曲）；《合围》（安禄山在范阳暗图大事，借秋猎习武）。

第二本，共八出。

第一出《侦报》：灵武太守郭子仪派探子侦察安禄山军情，表现郭子仪关注边事和忧国之情。

第二出《密誓》：这是钗盒情缘的重头戏。七夕密誓之时李杨爱情进入了新的阶段。

第三出《陷关》：安禄山发动叛乱，势如破竹，直奔潼关。哥舒翰被俘投降，潼关失守，叛军杀奔长安。此出虽为过场戏，却与大旨不无关系。

第四出《惊变》：御花园李杨散步、小宴，情同普通恩爱夫妻；惊变后唐明皇草草安排幸蜀之事，为破坏了他和杨妃的欢乐而痛心。

第五出《埋玉》：这是原作上下两部的分界处，是钗盒情缘的转折点。杨妃"一代红颜为君尽"，唐明皇则为保社稷而被迫割爱。

第六出《献饭》：野老献饭，反映了百姓对李唐王朝的拥护，对奸相逆藩的鞭挞，对唐明皇"占了情场，弛了朝纲"的批评。

第七出《冥追》：马嵬坡杨妃自缢后，"痴情一点无摧挫"，其灵魂追随唐明皇车驾前去，土地神奉命保护好杨妃肉身，安顿好杨妃魂魄。

第八出《闻铃》：唐明皇入蜀行至剑阁，听到风声、雨声和铃声，勾起了对杨妃的强烈思念和深深内疚。

《闻铃》为原作的第二十九出，这就是说从第二十出到第二十九出，顾先生精选了八出，仅割爱《窥浴》《骂贼》二出。《窥浴》，宫女"窥浴"不无猥亵描写，但点出了唐明皇对杨妃肉体美的迷恋；《骂贼》，乐工雷海青所骂之贼，包括"抢占山河"的安禄山，以及"摇尾乞新衔"的伪官吏，最后大义凛然的雷海青被杀。

第三本，共十出。

第一出《剿寇》：肃宗即位灵武，朔方节度使郭子仪领兵讨贼，大败贼兵，杀奔长安。

第二出《情悔》：杨妃忏悔自己的"重重罪孽"，并承担"弟兄姊妹，挟势弄权"之罪。但她对钗盒情缘并不忏悔，更不放弃对唐明皇之痴情。土地神的"路引"为杨妃的"游魂"提供了方便。原本中此出在《剿寇》之前。

第三出《哭像》：哭像实为哭奠，唐明皇哭出了对杨妃的一片真情。

第四出《神诉》：织女仙子听马嵬坡土地神有关钗盒情缘的诉说，赞美杨妃的忠于誓盟。此出前与《密誓》照应，后为《尸解》复奏仙班张本。

第五出《尸解》：杨妃由鬼魂变为仙女。她嘱咐土地神将锦囊放在墓中，为《改葬》张本，而太真仙子（杨妃）执着于誓盟，又为《补恨》《寄情》《重圆》埋下伏笔。

第六出《见月》：唐明皇回銮长安，途经扶风，清夜独步庭院，见月想起杨妃"冷骨荒坟"，更觉伤心内疚。此出引出《驿备》和《改葬》。

第七出《雨梦》：还京的唐明皇秋夜独坐，倍觉孤独伤感，于是"惊梦"，梦醒后，唐明皇对高力士的吩咐，又为《觅魂》张本。

第八出《寄情》：道士杨通幽到蓬莱仙山探望太真仙子（杨妃），传达唐明皇对杨妃的一片真情。杨妃要杨道士交给唐明皇一股金钗和一扇钿盒，待到月宫重圆时合而为一。

第九出《得信》：宫女转达杨道士探望太真仙子的结果——中秋之夕邀唐明皇到月宫相会，并出示钗盒作信物。

第十出《重圆》：李杨在月宫重圆，剧作借道士、月主和李杨之口，对"情至"作了集中的歌颂。

《重圆》为原作的末出，这就是说从三十出到五十出，顾先生精选了十出，割爱了以下十一出：《收京》（点明"今上告庙"和"上皇回銮"）；

《看袜》（李暮、郭从瑾和女贞观主看杨妃遗留的锦袜，反映了人们对杨妃悲剧的不同评价）；《弹词》（梨园乐工李龟年弹词"话兴亡"，是全剧的重头戏之一）；《私祭》（出家为尼的旧宫女永新和念奴私祭杨妃，巧遇李龟年，"白首红颜"对话兴亡）；《仙忆》（已成仙子的杨妃沉醉于对钗盒情缘的回忆）；《驿备》（马嵬驿丞准备迎接上皇驻跸，又忙于重建杨妃坟茔。与《仙忆》《见月》一样，关目单薄，不无闲冗、硬凑之弊，插科打诨庸俗无聊）；《改葬》（改葬杨妃，墓中仅存香囊，新坟也只能"空伴香囊留恨俱"）；《怂合》（牛女双星七夕相会，评议李杨对于钗盒情缘的态度）；《觅魂》（杨通幽上天入地寻觅杨妃魂魄）；《补恨》（织女召见太真仙子细探其衷曲，太真仙子再次表示"倘得情丝再续，情愿谪下仙班"）；等等。

通过对上述入选和割爱剧目的简析，不难看出顾节本取舍之得当和整合之合理。下面再谈删节之巧妙。

昆曲传奇，每出戏同样由词曲、宾白和科介三要素构成，但其音乐结构比北曲杂剧要复杂得多。一套曲子由引子、过曲和尾声组成。一出戏中可以变换宫调，同时往往有几套曲子，还常用集曲。洪昇精通曲律，《长生殿》在曲词、宾白、科介动作和舞台提示，以及人物的上场诗和全出的下场诗等方面，无不匠心独具。因此，剧中无论南曲折子、北曲折子，还是南北合套折子无不具有较高的艺术性。面对这样的昆曲经典名剧，要对入选的二十八出戏作精简工作，不是简单容易的事，绝不能随心所欲。但是，为了在限定的时间之内，完成演出任务，必须对二十八出戏进行删节。顾先生或节或删，或删节较多（如《进果》《絮阁》《雨梦》《哭像》），或删节极少（如《权哄》《陷关》《惊变》《埋玉》），无不深思熟虑，惨淡经营，做到了恰到好处，堪称巧妙。

顾先生对精选的二十八出戏的删节主要表现在三个方面。

一是删除与人物、情节关系不大的曲词、宾白、科介动作、舞台提示、上场诗、下场诗。尤其是下场诗，除个别保留之外，几乎都删除了。这方面的例子所在多有，不再赘引。

二是删除与人物、情节关系不大的关目（含与此关目有关的曲词、宾白、科介动作和舞台提示等）。比如，《禊游》删除了众人的调笑嬉戏和插科打诨，《进果》删除了使臣与驿子的关目，《献饭》删除了成都使臣解来春彩、明皇赐彩的关目，《冥追》删除了杨妃魂见虢国夫人魂和杨国忠魂的关目，《情悔》删除了杨妃月下把玩钗盒的关目，《雨梦》删除了入梦之前和梦中见"猪龙"的关目，等等。

三是对与人物、情节关系密切的曲词和宾白，则作节录，保留一部分，割爱一部分。比如，《情悔》不止删去了第二支【三仙桥】，第三支【三仙桥】亦删去了开头两句，以及"说到此悔不来……匹聘"。另外【斗黑麻】删去了"你本是蓬莱籍中有名……难返仙庭"和"荡荡悠悠，日隐宵征"。《哭像》删去了【滚绣球】【叨叨令】【满庭芳】【快活三】【五煞】【一煞】六曲。《重圆》不止删去了开头从【谒金门】至【嘉庆子】部分，【豆叶黄】中又删去了"至今日满心惭愧……万万千千"，【姐姐带五马】保留了【五供养】，【江儿水】【三月海棠】【羽衣第三叠】亦皆删去。

另外，为便于当场，顾先生还依据《纳书楹曲谱》和《缀白裘》等曲谱、曲选所收入的《长生殿》折子戏（主要来源于"家乐"和戏班演出本），对《絮阁》《密誓》《闻铃》《冥追》等出的某些曲词、宾白、科介动作和舞台提示作了改动。

顾先生准确地把握了《长生殿》的创作意图和大旨，他既谙熟昆曲的艺术规律，又能灵活地运用李渔所总结的传奇创作理论。因此经其大手笔所节选、整理的演出本，虽只从原作中精选了二十八出，并对每一出作了或多或少的删节。但这个演出本保持着原作的故事架构和艺术风貌，仍然是一部主旨鲜明、人物丰满、情节生动、故事完整、排场适宜、语言流畅的昆曲传奇剧本。和吴人、叶堂一样，顾先生亦不愧为《长生殿》之功臣。我们也可以套用当年洪昇对吴人更定本的赞语来赞美顾节本《长生殿》：顾子精选更定二十八出，确当不易，分三本唱演殊快。取简便，当觅顾本教习，勿为伧误可耳！

当然，顾节本《长生殿》亦非十全十美，其美中不足主要表现在基本上删除了有关抒发兴亡之感的折子（包括盛演不衰、脍炙人口的精彩折子），使原作复杂多元的《长生殿》大旨，变得单一了。须知抒发兴亡之感，这原是洪昇创作《长生殿》的意图之一，是剧作大旨不可或缺的部分。顾先生并不是无视抒发兴亡之感对于《长生殿》的重要性，更不是不欣赏《骂贼》《弹词》《私祭》等折。他毫不留情地删除了抒发兴亡之感的情节线上的重头戏，乃是为了便于当场，是不得已的真正意义上的割爱。

观看顾节本的演唱，观众听不到李龟年的千古绝唱，终究是一大遗憾！为此，笔者建议：第二本中要演出《献饭》（顾先生选了此出，也排练了，因限于时间排而未演），宁可压缩删节其他折子，或适当延长时间；第三本中务必增加《弹词》（当然亦可作些删节），宁可删掉《见月》或《雨梦》。不知顾先生和方家以为何如？

三、顾节本的现实意义

在笔者看来，顾先生潜心节选、整理《长生殿》为二十八出的演出本，苏州昆剧院严格按照传统的演出方式演出二十八出的《长生殿》，这就是对昆曲遗产的抢救和保护。而顾节本《长生殿》的公演，获得了海峡两岸昆曲知音和观众的热烈欢迎，又一次证明，通过别具慧眼的节选、整理，使"繁长难演"的传奇名作，成为适应今天观众的审美情趣和娱乐要求，便于当场的新演出本，乃是抢救和保护昆曲遗产切实可行、行之有效的途径和方法。顾节本《长生殿》的演出成功，又一次指明了抢救和保护昆曲遗产应走之路。

笔者绝不反对改编昆曲的经典名剧，亦不鄙视新编昆剧。但是，笔者欣赏的是由精通昆曲艺术的大手笔所改编的昆曲名剧，如浙江昆剧团改编演出的《十五贯》和《西园记》，北方昆剧院演出的《晴雯》（王昆仑和其女儿编剧）和《李慧娘》（孟超编剧），梅兰芳、俞振飞和言慧珠主演的昆剧电影《游园惊梦》，江苏省昆剧院张继青主演的《牡丹亭》……因为它们都是货真价实的昆剧。对于那些不知昆剧为何物的作者，以及虽知昆剧为何物，却热衷于改革和创新的作者所改编和新编的剧作，笔者则不敢恭维。因为，这类剧作虽亦冠以昆剧的美名，但改编本既不忠实于原作，又远离了昆剧独特的品质和神韵。这些剧作纵然有好的立意和形象，却实难令人认同它们是昆剧。

尚须指出的是，目前有些改编和新编的昆剧，其演出方式往往花样翻新，亦远离了昆剧的传统演出方式。这类"昆剧"从剧本到演唱，虽然看起来时尚和热闹，颇能吸引不少年轻的观众，其票房价值可能也比昆剧的传统折子戏要高得多。但是，依笔者的浅见，它们既无助于昆曲艺术的普及（因为它们误导了观众对昆曲艺术的认识），更谈不上抢救和保护昆曲遗产（因为它们根本不能称为昆剧）。

采用顾先生的方法节选、整理古典昆曲名剧，可以有多种成果，除了三本二十八出《长生殿》这样的多本连台戏之外，尚可整合成新单本戏和折子戏集锦（只作精选、删节而不改动）。明清传奇有许多原作只有二三十出的剧作，比如明末清初以李玉为杰出代表的吴县派（或称苏州派）剧作家的作品，已一改传统动辄上下两部、长达四五十出的习惯，大多只有二三十出。李玉《清忠谱》二十五出，有的本子仅二十三出，他的成名作

"一人永占"(《一捧雪》《人兽关》《永团圆》《占花魁》)多的三十三出,少的二十八出;朱佐朝《艳云亭》三十二出;朱㿥《翡翠园》二十六出;叶稚斐《琥珀匙》二十八出;邱园《党人碑》二十八出。这些就很适宜于节选、整理成八出左右一次演唱的单本戏。

笔者深信,如能节选、整理出一二十种像顾节本《长生殿》这样的高水平演出本,昆曲遗产的抢救和保护将更上层楼,振兴昆剧的局面将大为改观。

甲申(2004)夏挥汗成稿于吴门葑溪轩

(原载《千古情缘——〈长生殿〉国际学术研讨会论文集》,上海古籍出版社2006年版)

《长生殿》出评

前言

洪昇是清代初期的著名戏曲家,他的代表作《长生殿》是明清传奇的瑰宝,也是古典悲剧的杰作。

洪昇(1645—1704),字昉思,号稗畦、稗村,又号南屏樵者,浙江钱塘人。出身于名门望族,从十岁开始,师从陆繁弨、朱之京和毛先舒等明代遗民学者。从小接受了儒家的正统教育,又深受明代遗民思想的熏陶。入清以后,在朱明时代曾煊赫一时的洪家,屡遭诬陷和敲诈,洪昇之父亦曾"被诬遣戍"。虽然外祖父黄机,在康熙年间官至礼部侍郎、吏部尚书、文华殿大学士,但洪昇在北京当了二十多年的国子监生,并没有得到一官半职,依旧是个"贫贱者"和"狂措大"。正是由于家族的衰落,亲人的横遭迫害,以及自身遭际的坎壈,洪昇对现实也由充满信心,到产生怀疑,最终日趋不满。

洪昇从小聪颖过人,才华横溢。十五岁时便"鸣笔为诗,覃思作者古今得失,具有考镜"(柴绍炳《柴省轩文钞》卷十《与洪昉思论诗书》),已闻名于作者之林。弱冠之年,便有了许多诗文词曲的创作。二十四岁国子监肄业时,更"以诗鸣长安,交游宴集,每白眼踞坐,指古摘今,无不心折"(徐灵昭《长生殿·序》),深受李天馥、冯溥、王世贞和施闰章等名士的赏识。

洪昇一生创作过许多诗词散曲,传世的诗集有《稗畦集》《稗畦续集》《啸月楼集》;他创作的传奇和杂剧有十余种,流传于世的只有传奇《长生殿》和杂剧《四婵娟》。

《〈长生殿〉例言》明确指出:"史载杨妃多污乱事,予撰此剧,只按白居易《长恨歌》、陈鸿《长恨歌传》为之。"当然,洪昇也广泛地借鉴了有关天宝遗事和李杨爱情的诗文杂著,以及各种类型的戏曲作品。诚如焦循在《剧说》卷四中所指出的,洪昇"撰《长生殿》杂剧,荟萃唐人诸说部中事，及李、杜、元、白、温、李数家词句，又刺取古今剧部中繁丽色段以润色之，遂为近代曲家第一"。

关于《长生殿》的创作过程，洪昇在《〈长生殿〉例言》中，有详细的交代。约康熙十二年（1673），洪昇有次与友人严定隅在杭州皋园，"谈及开元、天宝间事，偶感李白之遇，作《沉香亭》传奇"；康熙十八年（1679）左右，洪昇客居京师时，"亡友毛玉斯谓排场近熟，因去李白，入李泌辅肃宗中兴，更名《舞霓裳》"；康熙二十七年（1688），再次修改后，着重写唐明皇和杨贵妃的钗盒情缘，定名为《长生殿》。由此可见，洪昇取材于天宝遗事和李杨爱情的传奇作品，经过十余年三易稿的苦心经营，最终形成以钗盒情缘为中心线索的《长生殿》，对现实的揭露和批判越来越明显，对"情至"的鼓吹和歌颂也越来越突出，时代的气息越来越强烈，艺术上也越来越光彩夺目。《长生殿》比其前身《沉香亭》和《舞霓裳》，更显得完美、动人，除了得益于艺术上的精益求精之外，主要还在于，在这十余年中，洪昇的生活和思想及他对现实社会的认识，都发生了巨大的变化。

《长生殿》取材于人们所熟知的唐明皇和杨贵妃的故事，主题思想有一定的深度，时代气息相当强烈；再加上作者有很深的文化、艺术造诣，精通音律，谙熟舞台，剧作在艺术上有突出的成就，适宜于场上搬演。因此，它不仅在康熙年间勾栏争唱，声闻内廷，而且整个有清一代都盛演不衰，脍炙人口；不少折子戏，作为昆曲的传统剧目，直到今天，仍然歌场舞榭流播如新。像上海昆剧团所演出的新改编本，也为海内外的观众所喜闻乐见。作为文学剧本，《长生殿》在中国文学史上同样占有重要地位，列于同时代的世界戏剧名著之林，也是毫无愧色的。

《长生殿》于康熙二十七年（1688）问世，三百多年来，"爱文者喜其词，知音者赏其律"（吴舒凫《长生殿·序》），评点、研究者更是络绎不绝，论著可谓汗牛充栋。可是至今对于《长生殿》的思想内容和艺术成就，依然存在不同的理解和评价，争鸣之说此起彼伏，各家高论众说纷纭，它始终是中国戏曲史研究中的热门课题。

笔者对洪昇和《长生殿》，亦情有独钟。早在20世纪60年代初，负笈南京大学攻读研究生时，就曾在先师陈中凡教授指导下，撰写了硕士毕业论文《洪昇和〈长生殿〉研究》。80年代初，应上海古籍出版社之约，笔者把硕士毕业论文改写成通俗读物《洪昇和长生殿》，此书于1982年出版，1993年台北万卷楼图书出版公司又出版了台湾版。1987年6月，在由中山大学中文系主持召开的《长生殿》专题讨论会上,围绕剧作的主题思想,笔者作了长篇发言(《长生殿讨论集》,文化艺术出版社 1989 年版)。在拙著《中国戏剧文学的瑰宝——明清传奇》(江苏教育出版社 1989 年版)中,也有专章论述《长生殿》和《桃花扇》,并对"南洪北孔"作了比较研究;在拙著《汤显祖与明清传奇研究》(台湾志一出版社 1995 年版)中,也有关于《长生殿》故事演变的长篇论文。1998 年,笔者应春风文艺出版社之约,为"插图本中国文学小丛书"撰写了《洪昇》(已于 1999 年出版),该书全面论述了洪昇的时代、家世和生平,以及他的诗文词曲创作,并对《四婵娟》和《长生殿》的思想和艺术作了评析。

笔者对于洪昇和《长生殿》的理解和评价,在以上所提及的论著中已作了阐说。鉴于《长生殿》问世三百余年来,尚未有人对剧作进行过每出的评析。笔者不揣谫陋,特试作出评,想通过微观的评析审视全剧的思想和艺术成就。初次尝试,难能尽如人意,敬请海内外的专家和同好不吝指教。

每出评析

第一出 传概

《传概》虽是家门,不属正戏,但对理解洪昇的创作思想,以及研究《长生殿》的主旨,皆至关重要。从【满江红】可见,作者创作《长生殿》,是为了赞美"真心到底"的"儿女情缘";也是为了歌颂"总有情至"的"臣忠子孝"。此词继汤显祖《〈牡丹亭〉题词》之后,又一次热情地鼓吹了"情至"观念,可谓"情至"的又一次宣言。

"情至"("至情")是明代中叶资本主义萌芽出现之后,在意识形态领域出现的一种新观念、新思想,它与封建主义的性理针锋相对,具有初步的人文主义精神。在戏曲创作领域,汤显祖的《牡丹亭》是以"情至"对抗封建主义性理,并战而胜之的第一部剧作,而《〈牡丹亭〉题词》则从理论上对"情至"作了概括和阐说。

由于时代和题材的局限,《牡丹亭》所鼓吹的"情至"偏重于追求男女的爱情和婚姻自由,以及个性解放。虽然它也涉及了民族矛盾和家国兴亡,但未作重点描写。而《长生殿》除了歌颂"真心到底"的"儿女情缘"之外,还突出了家国兴亡之际的"臣忠子孝",并明确地把这种"臣忠子孝"纳入"情至"的范畴。这既是明清易代之际的客观需要,也是"情至"内涵的新发展。

第二出　定情

　　唐明皇、杨玉环先后出场，一出场即"定情"。所谓"定情"，实乃唐明皇为山河一统、天下太平、寄情声色、终老温柔，而册封绝代佳人杨玉环为贵妃。洪昇在李、杨的关系上，"凡史家秽语，概削不书"（《长生殿·自序》），他把杨玉环作为宫女来处理，就是一例。这既是剧作通过李、杨的钗盒情缘歌颂"情至"的需要，也反映了作者在妇女问题上的初步民主主义思想。

　　在这出戏中唐明皇"特携得金钗、钿盒"作为与杨贵妃的"定情"之物。剧作让李、杨反复咏唱"惟愿取，恩情美满，地久天长"。可是，此时的李、杨实际上并无真情可言。唐明皇是为"终老温柔"，选中了"德性温和，丰姿秀丽"的杨玉环；而杨玉环虽感到"喜从天降"，但既面临着"三千粉黛"的嫉妒（所谓"六宫未见一时愁，齐立金阶偷眼望"），又"不胜陨越之惧"。如此一对性质特殊（帝与妃）、结合特殊（帝册封宫女为妃），而又各有打算的男女，"定情"之后，绝不可能太平无事，安享爱情之乐。

　　此出曲词不仅文采斐然，且极有表现力。比如，【东风第一枝】和【玉楼春】，刻画唐明皇和杨贵妃的心态可谓惟妙惟肖；而分别由生、旦、宫女和内侍轮唱的【念奴娇】，对于李、杨的"定情"，则从各个侧面作了描绘和渲染。

　　采用或化用历代著名诗人、词人的名句，是《长生殿》在戏曲语言上的一大特色。在这出戏中，作者就恰到好处地采用和化用了王建、杜甫、谢朓、周邦彦等人的诗词名句，起到了画龙点睛的作用。

第三出　贿权

　　紧跟着男女主人公唐明皇和杨贵妃之后，剧中的两个反面角色——安禄山和杨国忠也亮了相。安禄山是唐明皇的臣子，杨国忠是杨贵妃的族兄。从李、杨钗盒情缘的悲剧视角来审视，安禄山和杨国忠是李、杨的对立面，钗盒情缘悲剧的制造者。

　　"失军机"的安禄山，被节度使张守珪"宽恩不杀，解京请旨"。安禄山为了免遭斧钺，通过丞相府的干办张千，向炙手可热的杨国忠行贿。两个反面角色在一出戏里亮相，足见作者用心之良苦，剧作结构之精巧和严密。

　　明清传奇中反面人物首次登场，其"自报家门"（通过上场曲、上场诗和说白作自我介绍），常常采用"自我丑化""自我嘲讽"的手法。《长生殿》却未落此俗套。在这出戏中，安禄山的"自报家门"，强调其"异志""悍气"，以及"权时宁耐"；杨国忠的"自报家门"，则突出了他的"炙手威风"和"纳贿招权"，皆具有历史的真实性。至于杨国忠的老奸巨猾，则通过一个典型的细节描写，作了有力的揭示：为了避免"圣上之疑"，他不是直接为安禄山求情，而是"授意兵部"召安禄山"御前试验"，他则"于中乘机取旨"。

第四出　春睡

这出戏对"定情"后的钗盒情缘作了描写和评价。四支【祝英台近】，细腻地描绘了"定情"后杨妃之娇美，反映了唐明皇对她的"专爱"。前二支通过"理妆"，从正面描写了杨妃的"姿容艳丽"和"百种娇娆"；后二支则借唐明皇的眼睛，渲染了春睡中的杨妃的娇美情态。从艺术描写可见，此时唐明皇确实"专爱杨娘娘"，但他爱的是杨妃的"红玉一团"，以及"一片美人香和"，显然偏重于肉体感官上的"终老温柔"，尚未深入情感领域。后来唐明皇与虢国夫人的调情、杨妃与梅妃的争宠，皆证明了这一点。

《定情》出杨妃不便"自报家门"，故在《春睡》出上场时作了弥补。不止介绍家世，更点出了杨妃位列贵妃以后，杨氏的"一门荣宠"。这就为下出《禊游》作了铺垫。从宫女永新、念奴的闲谈，自然地引出了梅妃已迁上阳宫东楼的关目，这又为后来的杨、梅争宠埋下了伏笔。"遵旨试验安禄山"，作幕外戏处理。但在此出戏的结尾，杨国忠复旨，又巧妙地交代了安禄山的免罪和"授职在京"。诸如此类，皆可看出作者文心之细，作品结构之巧。

第五出　禊游

这出戏通过唐明皇和杨贵妃的上巳日曲江之游，既渲染了杨氏的"一门荣宠"，又刻画了安禄山和杨国忠的性格。从三国夫人（韩国夫人、虢国夫人、秦国夫人）一路上的"遗珥坠簪"，杨国忠的趾高气扬，以及"皇上口敕：韩、秦二国夫人，赐宴别殿，虢国夫人，即令乘马入宫，陪杨娘娘饮宴"，充分显示了杨氏的"一门荣宠"。从安禄山感叹唐天子之风流和尊严，可窥见其"异志"；而从他的纵马乱窜，"馋眼迷奚"地放肆目视三国夫人，则可看出他的"悍气"。至于杨国忠与安禄山"照面"，安禄山"回马急下"；以及杨国忠"沉吟"，结果方悟安禄山的"藐视皇亲"，"无礼厮混"，愤怒之极，即吩咐"把闲人打开"。杨国忠之为人，及其内心世界，于此亦可见一斑。

整出戏，上场人物众多，场面热闹活跃，又多变化。村妇、丑女、卖花娘子、舍人等的调笑嬉戏，插科打诨，不仅增添了喜剧情趣，也突出了三国夫人的"遗珥坠簪"。

结尾处，唐明皇口敕虢国夫人入宫陪宴，则引出了他与杨妃的第一次冲突。

第六出　傍讶

这出戏通过高力士的"疑怪"，以及宫女永新的介绍，从侧面描写了李、杨"定情"后的第一次冲突。"傍讶"者，高力士之惊讶也。高力士的惊讶，来自李、杨双双游幸曲江，结果杨贵妃先自回宫，唐明皇则隔天才回，又不进西宫。永新说明了其中的缘故，高力士认为杨贵妃"娇痴性天生忒利害"。

杨贵妃为"固宠"，先向唐明皇"喝采"虢国夫人的天然之美，想借曲江之游，姊妹俩"暗中筑座连环寨"，以"哄结"唐明皇。后又"嫌猜"，怕虢国夫人"夺了恩宠"。于是风流的唐明皇与虢国夫人的调情、偷情（《幸恩》），便引起了娇痴的杨贵妃的愤怒、妒忌和泼醋。

永新说李、杨曲江禊游的风波，原是杨娘娘"自己惹下的"，这虽不无道理，但回避了唐明皇的责任，亦未免偏颇。其实，李、杨的冲突是不可避免的。这充分说明他们的钗盒情缘尚有待于净化和深化。

第七出　幸恩

所谓"幸恩"，是指虢国夫人的"独承恩幸"。与《傍讶》一样，这出戏仍然采用侧面描写的手法。不同的是，这出戏由当事人虢国夫人自述曲江陪宴"邀殊宠"的具体情景：唐明皇的"和哄"，杨贵妃的"讥讽"，以及自己的"惊恐"，这比宫女永新的介绍，当然更为具体、详尽和真切。

值得注意的是，《傍讶》和《幸恩》，从表面上看来，是就事论事；实际上却多侧面地刻画了"定情"之后杨贵妃的思想性格。所谓"倚贵添尊重"，"越发骄纵"，"使惯娇憨"，"一谜儿自逞心胸"，等等，皆是虢国夫人冷眼"细窥"和"漫参"杨贵妃的言行情态所得出的结论。从中不难看出入宫当了贵妃的杨玉环的思想和性格。

结尾处，传来杨贵妃"忤旨"被送归丞相府中的消息，便自然地过渡到下一出戏。每出戏的结尾，皆有巧妙的悬念设置，这也是《长生殿》戏剧性强、引人入胜的原因之一，读者须细加玩味，切勿等闲视之。

第八出　献发

这出戏细致地刻画了杨贵妃被谪遣杨府后的内心活动。她"抚躬自悼"，痛定思痛的中心内容是：痛"失宠"，"怜薄命"，"忆深恩"。她最伤心的是："天乎太忍，未白头，先使君恩尽"；"无定君心"，导致了"长门隔，永巷深"。而她最盼望的是："冀回心重与温存。"

杨贵妃的"忤旨"，"生性娇痴多习惯"固然是一个原因；但她的"未免嫌疑生抱衾"是出于对唐明皇专一的宠爱的要求，含有追求"情至"的积极方面。这是杨贵妃与虢国夫人之流不可同日而语之处。

唐明皇"独坐宫中，长吁短叹"，杨贵妃决定"献发"，并要高力士"转奏圣上，说妾罪该万死，此生此死，不能再睹天颜，谨献此发，以表依恋"。这个以守为攻的行动，充分显示了杨贵妃的聪慧和狡黠。杨贵妃绝非等闲之辈，自有得到唐明皇的"固宠"之术，这也是虢国夫人之流所望尘莫及的。

第九出　复召

《献发》出刻画了杨贵妃被遣回杨府的内心活动，突出了杨贵妃的伤心；《复召》出则描绘了唐明皇独在深宫的内心活动，突出了唐明皇的悔恨。两相映照，说明李、杨心心相印，谁也离不开谁。正因为有这样的感情基础，他们的钗盒情缘才能得到发展。

这出戏中，写唐明皇迁怒于请他上膳和宴饮的内侍们，以表现其遣出杨贵妃后的"委无聊赖"，以及"欲待召取回宫，却又难于出口，若是不召他来，教朕怎生消遣"的两难心理，可谓惟妙惟肖。高力士献上杨贵妃之发，唐明皇见发抒怀，也显得真情毕露。此等关目，皆能撼动人心。

传奇一套曲子，最典型的体式是：引子加过曲加尾声。《复召》由【南吕·虞美人】作引子；【南吕·十样锦】（由十支曲集合而成）为过曲，这是这套曲子的主要部分；最后是简短的【尾声】。此为传奇南套曲的典型体式。

第十出　疑谶

这出戏是为郭子仪立传。郭子仪是作者心目中的英雄人物。

该出写郭子仪到京谒选，为"暂遣牢骚"（牢骚则来自忧国忧民）到新丰馆买醉一回。结果，在酒楼上他看到了"私门贵戚"的"竞豪奢，夸土木"，"一般儿公卿甘作折腰趋"；看到了"野心杂种"安禄山的封王晋爵，"逞妖狐"。因此，非但未能"暂遣牢骚"，反而"气惹千愁"，"冲冠发竖"。这个关目的设置，既揭露了唐明皇的昏庸、朝政的腐败，又表现了郭子仪官卑未敢忘忧国的爱国精神，以及他那"把乾坤重整顿"的雄心壮志。

郭子仪看到酒楼上李遐周所题五绝，联系时事，似有所觉，但又难以领会,故曰"疑谶"。这出戏以《疑谶》为出目,无非是为了增添一些传奇色彩。

第十一出 闻乐

在对李、杨的钗盒情缘作现实主义精细描写的过程中,精心地设置一些富有神话色彩的关目和人物,巧妙地运用浪漫主义的艺术手法,这是《长生殿》在艺术上的一大特色。在这一出戏中,嫦娥和月中侍儿出场,众多仙女奏乐,"杨妃梦魂"被引入月宫听曲,以及对杨妃梦境和月宫仙境的描写、渲染,无不显示出浪漫主义的奇美。

由嫦娥点出杨妃"前身原是蓬莱玉妃";以及当"杨妃梦魂"要求"月主一见"时,月中侍儿回说:"要见月主还早。"这又为后来的杨妃回归蓬莱太真院,李、杨的月宫重圆,埋下了伏笔。

第十二出 制谱

杨贵妃梦游月宫,记取了天上仙曲。于是灵机一动,拟翻新谱,以便压倒梅妃的"惊鸿"妙舞。这既反映了杨、梅二妃正在进行着激烈的争宠,又表现了杨贵妃的精于音律、工于心计。

"知音好乐"的唐明皇,朝罢回宫,看到杨贵妃所谱之曲,拍案叫绝,誉之为"千古奇音",并称赞杨贵妃"绝调佳人世真寡"。杨贵妃不仅色艺俱绝,且灵心和聪颖,"也堪压倒上阳花"。唐明皇此评,既是杨贵妃最后战胜梅妃之原因所在,也是李、杨之间尽管还会发生冲突,但钗盒情缘最终得以净化为"情至"的重要因素。

在闲话中交代特擢郭子仪为灵武太守,这也是巧妙的伏笔。

第十三出 权哄

这是继《贿权》之后,杨国忠与安禄山二奸之间的第二次正面交锋。与第一次相比,确如安禄山所说,"彼一时,此一时"也。杨国忠受贿救了安禄山,可谓引狼入室。当安禄山"固宠君心"、加封王爵之后,"跋扈咆哮",与杨国忠的争权夺利愈演愈烈。二奸的"权哄",无异于互相揭发,他们祸国殃民的罪恶行径昭然若揭。作者的艺术手法巧妙之极。

二奸的"权哄"闹到了唐明皇面前。"占了情场,弛了朝纲"(《弹词》)的唐明皇,却不察安禄山的"异志腹藏刀",特命他为范阳节度使。如此放虎归山,当然为安禄山实现"异志",大开方便之门。就戏剧情节而言,安禄山满怀怨恨离京师,赴范阳,这为后来其发动叛乱埋下了伏笔。

第十四出 偷曲

这出戏写华清宫朝元阁上,梨园子弟正在演习"霓裳羽衣"曲,李暮则在宫墙之外，偷听、偷记、偷吹此美妙的乐曲。作者生花妙笔，不仅借李謩之口，对"霓裳羽衣"曲作了评价；还塑造了李謩这个酷爱音乐的疯魔少年形象，引出了在安史之乱后将有重头戏文的李龟年、雷海青等内廷乐工。李謩在安史之乱之后，也还要出场。

《长生殿》有它的总体艺术构思，五十出戏，前后两大部分，以及各出之间，皆有着巧妙的内在联系；在关目和场面的设置上，也充分注意到了冷与热的调剂，天上与人间的映照，以及宫闱秘事与民间活动的搭配，等等。《偷曲》既刻画了民间艺人，又联系了内廷活动，虽属冷戏（没有矛盾，没有冲突），却极富戏剧情趣。而作者刻画人物、描写场景的别出心裁，于此亦可见其大概。

第十五出　进果

李、杨是皇帝和妃子，他们的钗盒情缘带有特殊的性质和色彩。

唐明皇宠爱杨贵妃，"占了情场"，不止造成"后宫佳丽三千人"（剧中以梅妃为代表）的痛苦，也导致"弛了朝纲"，给国家和百姓带来祸害。杨贵妃爱吃鲜荔枝，唐明皇便令从海南和涪州"进果"，使臣飞驰赶路，一路上踏坏了禾苗，踏死了行人。这出戏中的金城东乡所遭之难，只是一个典型而已。

出于初步民主主义思想，作者对净化后的李、杨钗盒情缘是歌颂的，因为它是"情至"的具体化。但是，作者对唐明皇的"占了情场，弛了朝纲"，包括"进果"，导致后来安史之乱的发生，则持严厉的批判态度。

两地使臣的"进果"，以及在小小驿站上所发生的风波，在作者的大手笔下，既有丰富的内容，又极为生动。发人深思之处甚多，宜细加体会。

第十六出　舞盘

为庆贺杨贵妃的生日，唐明皇特设宴长生殿，并演奏"霓裳羽衣"新曲。从四川和海南飞驰进贡的鲜荔枝，也成了寿筵上的佳果。如此精巧的安排，使宫廷与民间，李、杨的赏心乐事和百姓的祸从天降，形成了鲜明、强烈的对比。

杨贵妃谱"霓裳羽衣"新曲，为的是压倒梅妃的"惊鸿"妙舞。生日宴上，杨贵妃的"翠盘"一舞，同样压倒了"惊鸿"。这出戏中，作者对于"霓裳羽衣"曲和"翠盘"舞，皆有生动的描绘。【羽衣第二叠】对于杨贵妃舞姿的描绘，尤为精彩传神。

洪昇在《〈长生殿〉例言》中指出："《舞盘》及末折演舞，原名《霓裳羽衣》，只须白袷红裙，便自当行本色。细绎曲中舞节，当一二自具。"

他还批评说:"今有贵妃舞盘学《浣纱舞》,而末折仙女或舞灯、舞汗巾者,俱属荒唐,全无是处。"由此可见,洪昇不仅重视文学剧本的创作,对舞台演唱也有严格的要求,他同样精通剧场艺术。

第十七出 合围

正当唐明皇和杨贵妃在深宫陶醉于"霓裳"新曲、"翠盘"妙舞之际,"夙怀大志,久蓄异谋"的安禄山,施展其阴谋诡计,在范阳"暗图大事"。他眼见"羽翼已成",于是便借秋猎之机,大合围场,演习武艺,鼓动士气,伺机发动叛乱。唐明皇的"占了情场,弛了朝纲",与国家衰败的命运关系至密,于此又一次得到了证明。

这出戏中,对番兵、番将和番姬,从装束、外形到饮食习惯,从马术、武艺到歌舞动作,皆有精细、生动的描绘。

第十八出 夜怨

李、杨第一次风波之后,尽管杨贵妃"久邀圣眷,爱结君心",但被迁置上阳宫东楼的梅妃,仍然是她的一大威胁。虽然,"霓裳"和"翠盘",压倒了"惊鸿",但杨贵妃仍听到"万岁爷已宿在翠华西阁"的消息。这突然的打击,使杨贵妃惊呆了,哭泣了。因为她日夜担心之事,终于发生了。

"梅精"的"复邀宠幸",使杨贵妃"寸心如剪",她恨唐明皇"虚情假意",怨"君心霎时更变"。可是,面对现实,杨贵妃非但不采纳宫女的"迎合上意,力劝召回"梅妃之计,反而想深夜大闹翠华西阁。这充分说明杨贵妃要的是唐明皇的专宠和独爱。作为一个女子,这种要求是正当的,合理的,也是完全符合"情至"观念的。

这出戏对杨贵妃以"怨"为核心的复杂心理,有着真实、细腻的刻画。以此关目改编的苏州评弹开篇,题名为"宫怨",也很受欢迎。

第十九出 絮阁

杨贵妃"一夜无眠乱愁搅",一清早就来到翠华西阁。杨贵妃掌握把柄,兴师问罪;唐明皇自知理亏,故意虚与委蛇。相关的曲词、夹白和科介动作,把置身于特定情境的李、杨这两个典型人物写活了。

杨贵妃直闯翠华西阁,惊扰了唐明皇的好梦,还冷嘲热讽他"春情颠倒",义正词严地指责唐明皇,立逼他"早出视朝"。杨贵妃如此无礼,唐明皇为何不恼羞成怒,再次遣送她出宫呢?究其原因,其一,唐明皇自知理亏,承认"风流惹下风流苦"。其二,由于杨贵妃超人的色艺和聪慧,这时钗盒情缘已有所发展。其三,杨贵妃泼醋大闹翠华西阁,为的是要唐明皇"真心向故交",而唐明皇也承认杨贵妃是"情深妒亦真"。之后,唐明皇视朝回来，杨贵妃悲凄地提出"望赐斥放"，并交还定情之钗盒。这种以守为攻的策略也起了作用。正由于上述诸种原因，李、杨的第二次冲突，终于以唐明皇认错、两相和好而喜剧收场。

第二十出　侦报

探子报告军情，在戏曲中亦已成固定模式。但《侦报》不止表现了郭子仪的关注边事、心怀忧国，为"外有逆藩，内有奸相"而怒发冲冠；还从侧面描写了安禄山的谋反新动向，以及他与杨国忠的争权夺利。

杨国忠上本"请皇上亟加诛戮"安禄山，而安禄山则"誓将君侧权奸灭"，双方的矛盾冲突，已发展到了白热化的程度。从杨国忠的"激禄山速反"，以及安禄山的"献马"诡计，又可窥见"逆藩"和"奸相"之居心叵测，预示着天下大乱之灾，即将降临。

第二十一出　窥浴

李、杨的钗盒情缘，经"絮阁"风波的考验，显然又深化了一层。但是，帝王和宠妃之间的爱情，难免要损害宫中其他的妃嫔。这出戏中顺便交代的梅妃的悲剧结局（"自翠阁中忍气回来，一病而亡"），说明了这一点。

唐明皇专宠杨贵妃，为的是"终老温柔"。因此，他在激赏杨贵妃之娇容、伎艺和灵慧的同时，也深深着迷于杨贵妃的肉体之美。《制谱》和《舞盘》渲染了前者，《窥浴》则点出了后者。

唐明皇与杨贵妃的双浴，以及宫女的"窥浴"，虽不无猥亵描写，但此等关目，对刻画唐明皇的形象（"占了情场"的风流皇帝），无疑是大有好处的。

第二十二出　密誓

《密誓》既是李、杨钗盒情缘发展过程中的关键，又是整个剧情"乐极哀来"的转折点。七夕对月密誓之时，李、杨爱情美满。可是，杨贵妃在长生殿中乞巧（杨贵妃之所以在长生殿中乞巧，李、杨之所以在长生殿中密誓，是因为长生殿"名曰集灵台，以祀天神"——《旧唐书·玄宗纪下》）时，会触景生情地祈求牛、女双星，保佑"钗盒情缘长久订，莫使做秋风扇冷"，后来又要求唐明皇"乞赐盟约，以坚终始"。其原因就在于直到此刻，杨贵妃仍然"只怕日久恩疏，不免白头之叹"。这不仅可见杨贵妃的聪颖和慧黠，以及她作为一个女子对于平等、专一的爱情的追求；也充分说明了李、杨钗盒情缘的特殊性质和色彩。

这出戏，作者用现实主义手法细致地刻画了特定情境中杨贵妃的内心世界；又用浪漫主义手法，生动地描绘了富有神话色彩的牛郎、织女的鹊桥相会。天上人间，交相辉映；"仙偶""尘缘"，鲜明对照。天上的牛、女和人间的李、杨，虽然都是带有特殊性质和色彩的夫妻。可是，通过牛、女一年一度的相会（极富诗意），李、杨不离须臾的恩爱（耐人寻味），作者形象地宣扬了自己的爱情理想。这种巧妙的构思和处理，洋溢着诗情画意，蕴含着人生哲理，有极强的艺术感染力。

第二十三出　陷关

久怀谋反"异志"的安禄山，终于"假造敕书"，在冠冕堂皇的"清君侧"的旗帜下，于范阳起兵，发动了叛乱。一路攻城略地，烧杀掳掠，直奔潼关。老将哥舒翰仓皇应战，大败，被俘投降；潼关失守，于是安禄山大军便杀奔长安而来。安禄山叛乱，势如破竹，这是唐明皇"弛了朝纲"、杨国忠专权误国的必然结果。这出戏与《侦报》相照应，虽是过场戏，但与李唐王朝的兴衰，以及李、杨的钗盒情缘关系密切。

《长生殿》写两军相争，不事铺张。但"陷关"是大事，场上演出时必须大战数合，不可草草了事。

第二十四出　惊变

这出是《长生殿》前后两大部分的分界线。

"密誓"之后，李、杨的钗盒情缘发展到了一个新的阶段。"惊变"的前半部分（昆曲演唱，习惯上称之为"小宴"），通过御花园的散步和小宴，渲染了唐明皇和杨贵妃夫妻感情的甜蜜美满。这正是作者所向往的。后半部分（昆曲演唱，习惯上称之为"惊变"），当唐明皇听到叛乱的安禄山"破了潼关"、杀奔长安的消息，只草草地安排了"幸蜀"之事。面对如此重大的变故，唐明皇惊慌之余，叹息的是"正尔欢娱，不想忽有此变"；他深感痛心的是连累杨贵妃"玉貌花容，驱驰道路"。这里极写唐明皇对杨贵妃的多情挚爱，恰恰反映了唐明皇的昏庸。

《长生殿》北曲折子（一出戏全用北曲）的艺术功力相当深厚，可谓深得北曲之三昧；南北合套（一出戏间用南北曲），则刚柔相济，特别动人心弦。这出戏前半部分，唐明皇唱北曲，杨贵妃唱南曲，一生一旦，一南一北，一遒劲一婉约，轮流歌唱，渲染了御园的"秋色斓斑"，描绘了李、杨的"浅斟低唱"；对杨贵妃的醉态，摹写更为入神，令人击节赞赏。

第二十五出　埋玉

马嵬坡"六军不发"，在杨国忠被哗变的士兵杀死之后，杨贵妃为保李氏宗社，甘愿自尽；唐明皇虽有犹豫，但面对现实，权衡得失，也只得

"勉强割恩",真可谓"一代红颜为君尽"!

唐明皇的"弛了朝纲",杨国忠的专权误国,诚然与杨贵妃有一定的关系。但是,杨贵妃也是封建政治斗争的牺牲品,把她看作乱国的祸水是不公正的。真正祸国殃民的是安禄山、杨国忠这类逆藩和权奸,而"弛了朝纲"的唐明皇,当然亦不能辞其咎。

对李、杨的钗盒情缘来说,杨贵妃被迫自尽,是一大转折。杨贵妃死后仍执着于长生殿的"密誓",唐明皇亦难忘对杨贵妃的至情,从此一直生活于内疚、悔恨的痛苦之中。作者对李、杨,以及他们的钗盒情缘,从此也越来越同情,极尽净化和美化之能事。

这出戏在六军逼迫唐明皇赐死杨贵妃时,对唐明皇和杨贵妃外部表情和内心世界的刻画细致入微。杨贵妃临死之前,对高力士的嘱咐;以及杨贵妃自尽之后,唐明皇见白练后的反应,同样写得真情毕露、惊心动魄。钗、盒的殉葬,则为后来的戏文埋下了伏笔。

第二十六出 献饭

扶风野老向唐明皇献麦饭,并直言安史之乱的罪魁祸首。这既反映了百姓对李唐王朝的衷心拥护,对逆藩安禄山的愤怒挞伐;也表现了他们对奸相杨国忠的切齿痛恨,对唐明皇"弛了朝纲"的委婉批评。

第三支【降黄龙】,抒发唐明皇的自我忏悔,是真诚的。郭从谨既献麦饭,又直言批评,触动了唐明皇的心。后半出戏,唐明皇不忍连累随驾远行的龙武军将士,允许他们各自回家,同样是真诚的。或谓唐明皇"深通驾驭之术,有此一件安排,正是还他本色",笔者不以为然。因为这种看法并不符合艺术描写实际。

面对现实,唐明皇意识到了自己"弛了朝纲"的严重后果;在失去了杨贵妃之后,他痛定思痛,开始怨恨自己,忏悔过去。在作者看来,真情是生死不渝的,"败而能悔"也是可取的。故而杨贵妃死后,李、杨的钗盒情缘还在发展。《长生殿》的后半部,就建立于唐明皇和杨贵妃既执着于"情至",又"败而能悔"的基础之上。

全出曲子质朴本色,颇有金、元人的风范。

第二十七出 冥追

马嵬坡杨贵妃被迫自缢之后,"痴情一点无摧挫",她的魂魄望着唐明皇的车驾,"追随前去",这是杨贵妃忠于长生殿"密誓"的具体表现。

杨贵妃见到杨国忠和虢国夫人的魂魄,被鬼卒押往枉死城和酆都城的可怕情景,深感自己"形消骨化,忏不了旧情魔"。与唐明皇一样,杨贵妃也"败而能悔"。正由于杨贵妃执着于"情至",又"败而能悔",因此,其结局与恶有恶报的杨国忠和虢国夫人迥然不同。

杨贵妃原系蓬莱仙子,马嵬坡土地神奉岳帝之命,保护其肉体,安顿其魂魄的关目,为后来李、杨之间富有浪漫主义神话色彩的戏文埋下了伏笔。

唐明皇所唱【步步娇】,刻画了伤心人的意绪;杨贵妃所唱【山坡五更】和【新水令】,则画龙点睛,点出了她对唐明皇的"痴情一点"。此类曲词皆有极强的艺术表现力和感染力。

第二十八出 骂贼

同情下层人民,歌颂扶风野老郭从谨、乐工雷海青的"忠肝义胆",这也是《长生殿》初步民主主义的表现。

雷海青,历史上实有其人;他因骂贼而殉国,亦实有其事。后世人对此壮举,无不赞颂备至。明遗民诗人申涵光《咏史》诗云:"纷纷丝管绕梨园,兵起渔阳法驾奔。莫笑歌声随风起,海清凝碧解酬恩。"(《申端愍公诗集》卷八)

《骂贼》通过雷海青的骂贼(有当面之骂,也有背后之骂;所骂之贼,包括"抢占山河"的安禄山和"摇尾乞新衔"的伪官吏),以及他的大义凛然、不屈而死,歌颂了微贱的乐工雷海青的"忠肝义胆",表现了作者的民主思想。

这出戏采用强烈的对比手法,突出了感人至深的雷海青的形象,而投敌伪官的"花花面"的丑态也暴露无遗。结尾四伪官的"自家写照"(自我解嘲),对雷海青的崇高精神,更是起了妙不可言的反衬作用。

戏中的"砌末"(道具)琵琶,运用得极好。雷海青是梨园乐工,手抱琵琶理所当然。但这次他手抱琵琶并非为了演唱,而是为了骂贼,因此最后琵琶便成了掷向安禄山的武器。"雷海青琵琶,遂可与高渐离击筑并传。"(吴舒凫评语)

第二十九出 闻铃

唐明皇入蜀,行到剑阁栈道,听到风声、雨声和铃声,触景生情,勾起了他对杨贵妃的强烈思念和深深内疚。"提起伤心事,泪如倾。""对这伤情处,转自忆荒茔。"越近蜀中,唐明皇越加思念埋于马嵬坡荒坟中的杨贵妃,也越加悔恨"仓皇负了卿"。风声、雨声和铃声,引出了唐明皇悲凄的哭声,而唐明皇悲凄的哭声,又应和着风声、雨声和铃声。如此交相迸发,唐明皇一往情深、凄然欲绝之缠绵哀怨,也就格外地动人心弦。两首【武陵花】，前曲夹白较多，后曲一气呵成，淋漓尽致地抒发了唐明皇"闻铃"前后的内心世界。

这出戏系唐明皇的抒情重头戏之一，信笔交代"传位太子"，则为后面的郭子仪辅助肃宗扫清群寇等关目作了张本。

第三十出　情悔

唐明皇在剑阁"闻铃"而大伤其情。那么，在马嵬坡土地神保护下的杨贵妃的魂魄，又如何呢？《长生殿》的情节主线是李、杨的钗盒情缘，生、旦之戏当然最引人入胜。紧接着《闻铃》之后，便敷演《情悔》，作者在艺术结构方面的匠心，于此可见一斑。

"长眠泉下"的杨贵妃，她"心不死"，怨恨无穷。她留恋"与上皇在西宫行乐"；她怨恨"红颜断送""孤魂淹滞"。杨贵妃更难忘与唐明皇的七夕旧盟，为此她作了真诚的忏悔。杨贵妃把玩金钗、钿盒时所唱的三支【三仙桥】，既抒发了她的理想："两情坚如金似钿"，又表现了她的"情悔"："忏愆尤，陈罪眚"。不过，杨贵妃虽然承认和忏悔自己的"重重罪孽"，并甘愿担当起"弟兄姊妹，挟势弄权"的滔天罪恶。但她对唐明皇的"一点那痴情"绝不放弃，更无丝毫悔过之意。杨贵妃并不期望重做蓬莱仙子，却有与唐明皇"有日重圆旧盟"的强烈愿望和执着追求。

土地神的"路引一纸"，为杨贵妃"重寻钗盒盟"的"魂游"，提供了方便，也为李、杨的最后重圆作了张本。

第三十一出　剿寇

借李、杨的钗盒情缘，抒发兴亡之感，这是《长生殿》主题的重要方面。而家国兴亡之际的"臣忠子孝"，在洪昇看来，与"真心到底"的儿女之情，同样"总由情至"，都应该大力表彰。在剧作的后半部分，作者运用了浪漫主义艺术方法，对李、杨的生死不渝之情作了突出的描写。但是，通过雷海青的"骂贼"而殉国，李龟年的"弹词"话兴亡，以及郭子仪的"剿寇""收京"等关目，剧作都相当强烈地表现了家国兴亡之感，歌颂了"臣忠子孝"。因此，不能把《骂贼》《剿寇》《弹词》等出，仅仅看作李、杨钗盒情缘的背景；更不能把《剿寇》和《收京》等出，仅仅看作为了调剂而设置的争斗戏。理应联系洪昇的时代、家世和生平，体会《长生殿》借古喻今的良苦用心。

第三十二出　哭像

唐明皇来到成都，以太上皇的身份，特敕成都府为杨贵妃建庙，命人用檀香木雕成杨贵妃的神像，并亲自将神像送入庙中供养。"哭像"关目由此而来。这是继剑阁"闻铃"之后，唐明皇第二次为悼念杨贵妃而大伤其情。"哭像"，唐明皇对着杨贵妃的神像而哭，是哭奠。唐明皇哭得伤心，哭得沉痛，哭出了他对杨贵妃的一片真情。

这出戏描写了唐明皇"哭像"的全过程，昆曲折子戏演出，习惯上将其分作"迎像"和"哭像"两部分。"迎像"，写唐明皇对马嵬坡悲剧的回忆，突出了唐明皇的悔恨交加：悔的是当时自己惊慌失措，"全无主张"，未能"将身去抵搪"；恨的是陈元礼和六军将士发动兵变，"直犯君王"。"哭像"，极写唐明皇对着杨贵妃神像伤心悲痛哭泣的情景：他神思恍惚，见杨贵妃的神像，犹如见到了杨贵妃的真人；他异想天开，与神像并行前进；他触景生情，回忆往日的宫闱乐事；他痛心疾首，内疚自己的辜负前盟。杨贵妃神像的"满面泪痕"，虽然只是浪漫主义的表现，但不止反衬了唐明皇对杨贵妃的一片真情，也别有一番情致和意蕴。处于由鬼变神过程中的杨贵妃也被唐明皇的真诚所感动，这是很耐人寻味的细节描写。

《长生殿》的曲词有极强的艺术表现力和感染力。《哭像》用北曲套曲，由唐明皇一人独唱，对唐明皇"败而能悔"的内心活动的刻画，已到了出神入化的程度。《长生殿》中的北曲特别精彩，值得认真欣赏、细加品味。

第三十三出　神诉

作为李、杨长生殿密誓的见证人，织女仙子行经马嵬坡上空，发现下界"怨气模糊"，便召见土地神，询问当年杨贵妃的惨死情景。

土地神认为杨贵妃之死，是"为国捐躯"；由于她的慷慨赴难，唐明皇才能安全入川。这实际上是洪昇对杨贵妃的一种新的评价，而这种评价，与他要借天宝遗事和钗盒情缘，歌颂"情至"（含"儿女真情"和"臣忠子孝"）的剧作大旨，显然存在着内在的联系。

织女仙子谴责李三郎薄情，指责他违背了长生殿盟誓；赞美杨贵妃"愿永证前盟夫妇"的真情，既突出了杨贵妃的"痛悔前愆"，也为杨贵妃由马嵬坡的"苦游魂"，变成蓬莱山的"旧仙侣"，作了张本。

"悔深顿令真元露，情坚炼出金丹固，只合登仙，把人天恨补。"这是织女仙子对杨贵妃的悲剧所发出的感慨，也可说是作者处理《长生殿》后半部分李、杨钗盒情缘的基本观点。

《神诉》，前与《密誓》照应，后为《尸解》的复奏仙班张本，从全剧结构看，绝非草草过场之戏。剧中由马嵬坡的土地神替杨贵妃向织女仙子申诉，既增强了剧作的神话色彩，又收到了出人意料的艺术效果。

第三十四出　刺逆

这出戏写李猪儿奉安庆绪之命，刺杀了安禄山。虽属过场戏，却有着多方面的意义。

其一，反映安禄山集团内部矛盾重重，安庆绪和安庆恩争夺"太子"，导致安禄山被刺身亡。其二，从安禄山的口中，透露叛军攻下长安之后，各路诸将均被郭子仪杀得大败。其三，正面描写李猪儿刺杀安禄山的场面，意在强调恶人绝无好下场。

就艺术表现而言，李猪儿的上场词、说白、唱词和科介动作，皆本色当行，颇有元人风范。细节描写也颇具匠心：四军巡更的故作惊疑，烘托了紧张的气氛；安禄山的佯醉，揭露了他的荒淫丑态。

第三十五出　收京

《长生殿》中的重头戏，作者无不倾注全力精心构思；非重头戏（包括过场戏）亦能做到别出心裁、寓有深意。《收京》又是一例。这出戏虽主要是为点明迎请"今上告庙"和"上皇回銮"，以便将李、杨的钗盒情缘引向高潮。但是，它不止进一步刻画了郭子仪的形象，也表现了李唐王朝的中兴之象。全出写得气象雍容，曲白亦复古雅典，切合特定情境。

郭子仪向诸将解释"始悟新丰壁上诗"的关目，与《疑谶》相照应。"事皆前定"之说，虽宣扬了命定论，却也增加了天宝遗事和钗盒情缘的传奇色彩。至于郭子仪向诸将请教中兴大事，则丰富了这出戏的内容，也显示了郭子仪作为大唐中兴名将的风范。

第三十六出　看袜

马嵬坡杨贵妃之死，是李、杨钗盒情缘发展过程中的重要转折点。因此，《长生殿》中的好多出戏，皆以此关目为眼目。《冥追》和《神诉》如此，《看袜》和《改葬》亦然。

酒家老妇的收袜，李暮、郭从谨和金陵女贞观主的看袜，看似随笔带出，绝不费力，实则惨淡经营，煞费苦心。《看袜》构思巧妙，且大有深意存焉。三个人面对杨贵妃的一只锦袜所持的态度，以及由此引发的感想也各有不同，它生动地反映了人们对李、杨钗盒情缘，以及杨贵妃悲剧的不同评价。

李暮，这个当年曾偷听和偷记"霓裳羽衣"曲的音乐家，把玩杨贵妃的锦袜，感慨"绝代佳人绝代冤"，对杨贵妃的悲剧充满了惋惜和同情。郭从谨，这个当年曾献麦饭，并直言批评唐明皇的野老，见了杨贵妃的锦袜，"好不痛恨"。他痛恨的是，唐明皇宠爱杨贵妃，弄坏朝纲，结果"乐极惹非灾，万民遭害"。金陵女贞观主，身为道姑，她见杨贵妃的锦袜，想起"绝代红颜，风流顿歇"，"此袜虽存，佳人难再"，发出了"幻影成何用"的虚无叹息。

李暮和道姑都想用重金买下杨贵妃的锦袜，郭从谨则斥责曰："这样遗臭之物，要他何用？"三个人看袜的反应，孰是孰非，作者未作评说，读者和观众自能辨别。但就艺术欣赏而言，李曲情痴，郭曲悲愤，道姑之曲观空，各照本色，色色入妙。

第三十七出 尸解

杨贵妃魂游西宫，宫苑依旧，但往日风流已成梦幻；重温旧梦，感慨系之。杨贵妃闪出宫门，在渭桥上凝眸远望西川，对唐明皇是无限思念，一片痴情。被风吹回马嵬驿，看到佛堂、梨树——当年的"断香零玉沉埋处"，杨贵妃虽"伤心泪重"，但并不后悔。她耿耿于怀的是"一段情缘，未能始终"。正是由于杨贵妃死后不忘长生殿盟誓，执着于"情真"，又能"悔过真诚"，玉帝才委派织女赍捧玉旨，召取杨贵妃魂灵，复籍仙班，仍居蓬莱仙院。

这出戏中有关"太阴炼形之术"（"尸解"）的描写，增强了神话色彩，使杨贵妃的形象更为浪漫迷人。杨贵妃躯壳与魂魄最终合二为一，她是继元杂剧《倩女离魂》中离魂再合的张倩女，明传奇《牡丹亭》中死而复生的杜丽娘之后，在戏曲舞台上创造的又一个"形神重圆"的浪漫主义艺术形象。

"尸解"之后，成了仙女的杨贵妃，嘱咐土地神将锦囊放在坟墓中，这成为后来《改葬》的张本；而回到蓬莱山太真院的太真仙子，仍然执着于"牢把金钗钿盒收"的盟誓，这又为《补恨》《寄情》《重圆》收结李、杨的钗盒情缘埋下了伏笔。

第三十八出 弹词

这出戏虽非李、杨主唱，却亦是《长生殿》的重头戏之一，在昆曲舞台上盛演不衰，以至于出现了"家家收拾起，户户不提防"（李玉《千忠戮·惨睹》的【倾杯玉芙蓉】首句曰："收拾起大地山河一担装。"《弹词》【一枝花】首句则云："不提防余年值乱离。"）的说法。

洪昇借李、杨的钗盒情缘，在赞美儿女真情的同时，通过三类场子，鼓吹和讴歌"臣忠子孝"，抒发"兴亡之感"。第一类场子是郭子仪兴唐除寇的喜剧场子；第二类场子是野老郭从谨献饭、直谏的正剧场子；第三类场子则是乐工雷海青的骂贼殉国、李龟年的弹词"话兴亡"，以及出家为尼的旧宫女永新、念奴和李龟年的私祭杨贵妃，"白首红颜，对话兴亡"等悲剧场子。相比而言，第三类悲剧场子，更发人深思和感人肺腑，舞台效果也最好。《长生殿》中的这三类场子，关乎剧作主题的复杂性和深刻性，不可等闲视之；把它们仅仅看作钗盒情缘的背景，显然是不可取的。

李龟年弹词"话兴亡"，穿插李謩追问《霓裳》全谱的关目，既恰到好处地刻画了曲痴李謩的形象，又起到了调剂场面的作用。

全出运用元杂剧《货郎旦》中的【九转货郎儿】，敷演天宝遗事和李、杨的钗盒情缘。关于【九转货郎儿】，洪昇好友徐灵昭有眉批曰："此调凡用九转，每转各用一韵，此定格也。……所转之调不同，故章句亦异。"洪昇另一好友赵执信尝谓《弹词》"实胜国所无也"，他认为明代的汤显祖、冯惟敏等皆不及洪昇，洪昇"足追比王、白（王实甫、白朴）"。

第三十九出　私祭

这出戏敷演出家为尼的旧宫女永新、念奴清明节私祭杨贵妃，巧遇梨园乐工李龟年，于是"白首红颜，对话兴亡"，也是极为动人的悲剧场子。

《私祭》，可谓《弹词》的继续。旧日宫中的宫女和乐工私祭杨贵妃，并为她鸣冤叫屈："那里是西子送吴亡，错冤做宗周为褒丧。"这既反映了下层人民对杨贵妃的一种评价，也透露了作者的不同于视杨贵妃为祸水的传统之见的观点。

洪昇在《骂贼》中为雷海青树碑立传，又在《弹词》和《私祭》中，借李龟年之口，一再表彰雷海青的骂贼而死，"忠魂昭白日"，这不止表明作者对雷海青的无限景仰，显然也是为了强调他那强烈的"兴亡之感"。

《长生殿》的针线细密，实在令人拍案称绝。这出戏中永新和念奴检经时的闲谈，与《看袜》呼应照会；她们与李龟年叙旧时，又顺便交代了贺怀智等人的结局，以及秦国、虢国二夫人的下场，也是这方面的很好例证。

第四十出　仙忆

杨贵妃由鬼魂变为仙女，回到蓬莱山太真院后，仍然"定情之物，身不暂离，七夕之盟，心难相负"，于是便引出了《仙忆》这出戏文。

"仙忆"者，杨贵妃回忆也。已为神山仙子的杨贵妃，回忆在人间时与唐明皇的钗盒情缘。她不仅回忆往昔，也憧憬着"缘重续，人重会"，甚至说出了"折鸳鸯，说甚仙班"的愤激之语。显而易见，杨贵妃宁愿下凡人间与唐明皇重圆，也不愿孤独地生活在神山仙院，靠回忆来度日。由此可见，杨贵妃生前执着于儿女真情，死后成了鬼魂，也执着于儿女真情，如今成了仙子，仍然执着于儿女真情，这种儿女真情，就是作者大力歌颂的

"情至"。

月中仙子寒簧,奉嫦娥之命,到蓬莱山向杨贵妃索取《霓裳》新谱的关目,与前半部分的《闻乐》遥相照应。杨贵妃"仙忆"关目,情节比较单薄,有此穿插,稍可弥补一二。

第四十一出　见月

唐明皇自成都回銮长安,路经扶风,驻跸凤仪宫。此地距马嵬坡仅有百里,唐明皇特派高力士星夜前往马嵬坡,催督杨贵妃新墓工程,以便改葬。唐明皇清夜独步庭院,见月想起了杨贵妃"冷骨荒坟",愈觉伤心,回思当年七夕对月密誓,更是深感内疚。他是"孤独愧形骸",但愿"早赴泉台",与杨贵妃"死后重逢"。唐明皇对杨贵妃的痴情,对钗盒情缘的执着,以及他的"败而能悔",在这里又一次得到了强化。

从情节来看,《见月》与前一出《仙忆》,都比较单薄,并无多少戏剧性可言。但是,杨贵妃的"证仙"和唐明皇的"回銮",皆是大事和重要关目。同时,《见月》引出《驿备》和《改葬》,《仙忆》引出《重圆》中的"奏乐",又都是必不可少的场次和场面。

第四十二出　驿备

《长生殿》后半部分,有不少戏显得闲冗,不无硬凑之弊。《仙忆》《见月》等出就已呈现出闲冗、硬凑之端倪,其关目实在不足以构成一出戏文。《驿备》更是如此。

插科打诨,是中国古典戏曲的"戏剧眼目"(王骥德《曲律》),李渔则把成功的插科打诨视为"看戏人之人参汤"(《闲情偶寄·词曲部》),自有其多方面的艺术功能。比如,插科打诨用得好,插得巧,做到雅俗同欢,智愚共赏,不止能增加情趣,亦能起到警醒人的奇特作用。但是,《驿备》中的插科打诨,既庸俗无聊,又冲淡了悲剧气氛,实在是败笔。大师如洪昇亦有败笔,这是毋庸讳言的。

第四十三出　改葬

这出戏的过曲用【山坡羊】和【水红花】两曲,而且重复【山坡羊】中的"号呼,叫声声魂在无?歔欷,哭哀哀泪渐枯"。悲剧的色彩相当浓郁,唐明皇的伤感悲痛之情呼之欲出。

唐明皇途经马嵬,触景生情,哀悼杨贵妃,已够伤感悲痛的了。何况,打开杨贵妃之墓,只见空穴,仅存香囊,新坟之中也只能"空伴香囊留恨俱",这当然更加剧了唐明皇的伤感悲痛。老妇献上杨贵妃的锦袜,唐明皇"一钩重睹",想起当年翠盘之舞,他的伤感悲痛之情达到了极点。郭子仪奉肃宗之旨，恭迎太上皇回京，这虽然给了唐明皇以安慰，但从此他也只能退居南内（兴庆宫），靠思念杨贵妃度余生了。

第四十四出　怂合

这出戏牛、女七夕相会，一方面将天上仙缘（牛、女双星）和人世夫妻（李、杨帝妃）作了对比，另一方面又评议了李、杨对于钗盒情缘的态度。

织女感慨李、杨"尘缘浅，有变移"，远不如"好会年年天上期"。她希望"人世上夫妻辈"，都像她与牛郎"永远成双对"。织女赞美和表彰杨贵妃的"独抱情无际，死和生守定不移"，又为杨贵妃的"千秋第一冤祸奇"大鸣不平。对唐明皇，织女则谴责其"情轻断，誓先隳"的薄幸行为。当牛郎为唐明皇辩解时，织女又表示，若唐明皇"果有悔心，再为证完前誓"。如此艺术构思和处理，既巧妙地宣扬了作者在爱情、婚姻问题上的初步民主主义思想，又为李、杨的"月宫重圆"，以及钗盒情缘的长恨结局作了铺垫。

第四十五出　雨梦

还京退居南内的太上皇，秋夜独坐，对着"一庭苦雨，半壁残灯"，耳听雨打梧桐之声，倍觉孤独，听到梨园旧人所唱【雨淋铃】曲声，更回忆起"蜀道悲惨，愈加断肠"。就在这样的伤感情境下，唐明皇"惊梦"了。唐明皇的"惊梦"是他极度思念杨贵妃的结果，也是安史之乱、马嵬之变和退居南内一系列跌宕经历在其心理上留下震动的反映。

这出戏的构思，深受元代白朴《唐明皇秋夜梧桐雨》第四折的影响，但在梦境和幻觉的描绘上，又有自己的特色。全出曲词化用唐诗、宋词和元曲，不留斧凿之痕，洪昇确是填词高手。

唐明皇梦醒后对高力士的吩咐，又为杨通幽的"觅魂"，以及李、杨的"重圆"作了张本，使后半部戏文趋向高潮和结局。

第四十六出　觅魂

临邛道士杨通幽大显神通，施展法术，上天入地，寻觅杨贵妃的魂魄。这虽然夹杂着迷信成分，但为李、杨的钗盒情缘增添了浪漫神秘的色彩，可看性极强。

这一出戏也是《长生殿》后半部分的重头戏之一。因为没有杨道士的"觅魂"，也就不可能有李、杨的"重圆"。不过，从舞台演唱的角度来审视，如【混江龙】【后庭花滚】【青哥儿】等曲，显系作者逞才之作，皆不便于当场，并非绝妙好曲。

这出戏借杨通幽之口，赞美了唐明皇的"单子为死离生别那婵娟，牢守定真情，一点无更变"；"单则为老君王钟情生死坚，旧盟不弃捐"。继牛郎为唐明皇辩白之后，杨道士又一次为唐明皇作了辩白。天上的牛郎和人间的道士，皆为唐明皇说情，终于打动了织女之心。于是，她为杨通幽指明了玉妃的住处，这样也就引出了《长生殿》的最后几出动人戏文。

第四十七出 补恨

就情节而言，这出戏是织女在听了牛郎和道士先后为唐明皇辩白之后，又一次让杨贵妃为唐明皇开脱罪责，杨贵妃表示："傥得情丝再续，情愿谪下仙班。"从剧作旨意来看，则是借织女探究杨贵妃衷曲，织女召她细说"生前与唐天子两下恩情"，作者又一次把李、杨的钗盒情缘提到了"情至"高度，并作了肯定和歌颂。"单则为一点情根，种出那欢苗爱叶。他怜我慕，两下无分别。"正由于李、杨生生死死执着于这样的"情至"，所以作者"嘉其败而能悔"，最后"稍借月宫"，促成他们的钗盒情缘。虽然"情缘终归虚幻"，可是，李、杨不忘"定情钗盒那个节"，"彼此精诚"，"痴情恁奢"，还是很能感动人心的。

第四十八出 寄情

作为"唐家天子人间使"的杨通幽，飞到海上的蓬莱仙山，探望太真玉妃，目的在于"寄情"，即为尚在人间的太上皇李隆基传达他对死后已成神山仙子的杨玉环的一片真情。

金钗和钿盒，是李、杨的定情之物，在剧中的关键处曾一再提及，这是贯串全剧的重要砌末，犹如《桃花扇》中的桃花扇。此种手法，自《浣纱记》开始，为传奇家所惯用。在这出戏中，"分钗一股，劈盒一扇"，作为信物，由杨通幽带回人间，交给李隆基，待到李、杨月宫重圆，再合而为一，所谓"同心钿盒今再联，双飞重对钗头燕"是也。至于杨通幽提出要玉妃提供他人不知的"当年一事"，献与上皇取验，则是为了强调七夕长生殿李、杨的密誓。

第四十九出 得信

这出戏既是《寄情》的延伸，又是《重圆》的前奏。它渲染了太上皇李隆基对杨玉环的痴情，表达了他与神山仙子杨玉环"重圆"的强烈愿望。

对李隆基"得信"前后的心理刻画，虽不无夸张，但颇有艺术表现力。诚如吴舒凫批语所指出的："病身陡愈，才见痛想妃子真切，原无他病，此种写法，岂浅人所知。"

第五十出　重圆

首曲即借杨道士之口,对"情至"又一次作了热烈的歌颂。吴舒凫批得好:"作者本意与《传概》【满江红】相发明。普天下有情人皆当稽首作礼。"末尾的【永团圆】,又由重圆的李、杨咏欢了"情至"。【尾声】则结作者之意,即再次表明了《长生殿》鼓吹"情至"的创作缘起和剧作大旨。一出之中,从三个角度强调"情至",实堪玩味。

在艺术上,这出戏极富神话色彩,令人神往,耐人寻味。作为皇帝和宠妃,李、杨的钗盒情缘,到《埋玉》已宣告悲剧结局。后半部分有关天上人间、两处相思、一片真情所化出的一系列情节关目,则是作者对"情至"的想象和期待。比如李、杨月宫重圆关目中,李、杨于中秋之夜,在《霓裳》舞曲中,于月宫重圆,并双双"潇洒到天宫"永为夫妇。这是作者(包括与作者持同一观点的观众和读者)对这个流传千古、脍炙人口的帝妃爱情故事所作出的一种评价(道德的和审美的),寄托了他们具有初步民主主义成分的爱情理想。

这出戏中,对舞女的外形和装束、舞姿和情态的描绘,细致、形象而生动,能使人从字里行间领略到舞蹈的动势和动感。于此同样可以窥见《长生殿》曲词高度的文学性和舞台性。

1997年2月初稿

2002年12月修改于姑苏莳溪轩

(原载日本九州大学《中国文学论集》2003年第32号)

何谓"闹热《牡丹亭》"

——与黄天骥、徐燕琳先生商榷

洪昇《长生殿·例言》谓:"棠村相国尝称予是剧乃一部闹热《牡丹亭》,世以为知言。予自惟文采不逮临川,而恪守韵调,罔敢稍有逾越。盖姑苏徐灵昭氏为今之周郎,尝论撰《九宫新谱》,予与之审音协律,无一字不慎也。"黄天骥、徐燕琳《闹热的〈牡丹亭〉——论明代传奇的"俗"和"杂"》(刊载于 2004 年第 2 期《文学遗产》,转载于 2005 年第 2 期《汤显祖研究通讯》),引用了"棠村相国尝称予是剧乃一部闹热《牡丹亭》,世以为知言。"这样说:"《长生殿》是够闹热的,殿堂上轻歌曼舞,沙场上刀光剑影。游月宫、上天堂,排场之盛,令人目不暇给。不过,洪昇这句话的弦外之音,给人的感觉是:汤显祖的《牡丹亭》,场面并不热闹。唯独他的《长生殿》才属标准的'场上之曲'。"黄、徐二位先生还认为:"《牡丹亭》并非不闹热。弄清楚这一点,不仅有助于正确对待汤显祖的创作,还牵涉如何理解明代传奇的形态以及戏曲艺术发展趋势等问题。"他们的论文,也就从"《牡丹亭》并非不闹热"切入,论述了"《牡丹亭》舞台演出的闹热和俗、杂,意在通过对它的分析,揭示明代传奇戏剧形态的一个重要方面。希望从为人们所忽视的罅隙中,窥见明代传奇演出的本来面貌"。但是,在拜读黄、徐二位先生的大作之后,在何谓"闹热《牡丹亭》",《长生殿》是一部"闹热《牡丹亭》"等问题上,笔者认为他们的解读是可以商榷的。为此不揣浅薄,略述管见,祈请黄、徐二位先生和同好批评指正。

一

首先要指出的是,上引《长生殿·例言》,并非洪昇之自诩,且这则例言也没有"唯有他的《长生殿》才属标准的'场上之曲'的弦外之音"。黄、徐二位先生在援引此则例言时,删掉了"予自惟文采不逮临川……无一字不慎也",这也是值得商榷的。在笔者看来,此则例言,洪昇指出了两点:其一,棠村相国梁清标尝称《长生殿》"乃一部闹热《牡丹亭》",对此精辟的评论"世以为知言"。不言而喻,洪昇当然也是首肯的。其二,洪昇"自惟文采不逮临川,而恪守韵调,罔敢稍有逾越",并特别指出,《长生殿》能在"恪守韵调"上做得十分出色,乃是与徐灵昭之"审音协律"分不开的。在恪守昆曲韵调上,洪昇倒是十分自诩的,确有《牡丹亭》不及《长生殿》的言外之意。但是,从这则例言实难得出"唯有他的《长生殿》才属标准的'场上之曲'的弦外之音"。

当然,问题的症结并不在于洪昇是否自诩,亦不在于《长生殿》是否为标准的"场上之曲"。因为三百多年来的昆曲舞台实践,已经回答了这个问题,何须再作研讨?笔者以为,问题的症结在于何谓"闹热《牡丹亭》"?对棠村相国这句言简意赅的名言,应该如何理解和解读?是着眼于《牡丹亭》和《长生殿》的情节关目及其安排处理作生发,还是立足于这两部昆腔传奇杰作的大旨进行探究。在这问题上,笔者之浅见,与黄、徐二位先生的解读存在明显的分歧。黄、徐二位先生的大作,是着眼于剧作的情节关目及其安排处理,在明代传奇的"俗"和"杂"上作了生发;而笔者则认为,应该抓住剧作的大旨,方能正确地理解和解读《长生殿》乃"闹热《牡丹亭》"的深刻内涵。

《牡丹亭》不闹热吗?非也。黄、徐二位先生在论文中,从汤显祖"怎样处理人物性格冲突",以及"汤显祖在酣写爱情闺怨的时候,是注意到让戏剧场面冷热交替、动静互补的",具体地分析了《牡丹亭》的"闹热",甚至认为:"光是《劝农》与《冥判》,就可以见出《牡丹亭》的闹热程度,不会亚于《长生殿》。洪昇的自诩,未免有一叶障目之嫌。"并由此作出了这样的论断:"《牡丹亭》是闹热的,实际上,明代传奇的演出,也多是闹热的。作者们让剧作闹热起来的方法,与上述汤显祖所作所为如出一辙。"

众所周知,注意剧作排场的冷热相济,包括通过各种途径安排"闹热"的内容,比如运用插科打诨增加"闹热"的气氛,乃是中国古代戏曲家创作剧本的共识,也是搬诸舞台的艺术需要,且已成为戏曲创作的艺术规律。明清的著名曲话,如吕天成《曲品》、王骥德《曲律》、潘之恒《亘史》和李渔《闲情偶寄》等著作,早已作出了理论性的总结。汤显祖的《牡丹亭》当然也存在"闹热"的折子和场面、人物和关目,这是毋庸置疑的。但是,《牡丹亭》毕竟以"冷"戏为主,"冷"戏最精彩,最动人,也最富意蕴,最启人思索,此其一;其二,无论从剧作的题材和总体构思来审视,还是就折子和场面、人物和关目作比较,《长生殿》比《牡丹亭》都更为"闹热",或者说"闹热"得多,这也是不争的事实。说"光是《劝农》与《冥判》,就可以见出《牡丹亭》的闹热程度,不会亚于《长生殿》",未免有些夸张,难以令人信服。

二

笔者认为,只有抓住《长生殿》和《牡丹亭》的大旨,才能正确地理解和解读《长生殿》乃"闹热《牡丹亭》"的深刻内涵。

《长生殿》与《牡丹亭》,题材迥异,男女主人公的身份亦大不相同,他们"生死恋"的性质和意义也不可同日而语。但是,这两部昆腔传奇杰作,"皆才人游情之谈"(陈石麟《玉茗堂全集·序》),在思想和艺术上存在一脉相承之处。

《牡丹亭》是一部爱情戏,但并非一般的才子佳人戏,更不是庸俗的儿女风情戏。而是"情至"的颂歌,堪称"借生死之情,抨封建性理"之作。众所周知,洪昇对《牡丹亭》的大旨有着深刻的理解。他曾指出,《牡丹亭》"肯綮在死生之际",在于杜丽娘的"自生而之死"和"自死而之生",其中"搜抉灵根,掀翻情窟,足以惊天动地"(吴吴山《三妇评牡丹亭记》所载洪之则跋文)。在儿女情缘的问题上,洪昇的观点与汤显祖是完全一致的。《长生殿》首出《传概》中的【满江红】,可说是汤显祖《牡丹亭》题词之后的又一篇"情至"宣言。通过男女主人公的悲欢离合之情,《牡丹亭》歌颂了"生生死死为情多",《长生殿》则赞美了"情根历劫无生死"。在鼓吹"情至"观念上,这两部昆腔传奇是完全一致的,皆可谓"情至"的颂歌。不过,由于作者所处的历史时代不同,以及家世和遭际的相异,洪昇在《长生殿》中所鼓吹的"情至"观念,包含着汤显祖在《牡丹亭》中所没有强调的内容,这就是家国兴亡之际的"臣忠子孝"。在洪昇看来,家国兴亡之际的"臣忠子孝",同样"总由情至",他的《长生殿》不止要歌颂"精诚不散""真心到底"的"儿女情缘";还要表彰"感金石、回天地、昭白日、垂青史"的"臣忠子孝"。洪昇强调"先圣不曾删郑、卫,吾侪取义翻宫、徵",不仅表明他在《长生殿》中所歌颂的"儿女情缘",并不违背先圣之教;也暗示人们,他还要像孔子那样,从"郑、卫"这类描写"儿女情缘"的作品中,取其大义,给予热情的宣扬。显而易见,这大义就是借李、杨钗盒情缘这个悲剧性的情史,重彩浓墨地描绘安史之乱时的"臣忠子孝",以抒写兴亡之感。汪熷洞察乃师的良苦用心,故他评《长生殿》曰:"事与曩符,意随义异。"

根据明清易代之际的时代需要,洪昇按照其总体艺术构思,在《长生殿》中突出了安史之乱时期有关"臣忠子孝"的内容。不同于《牡丹亭》中的李全、杨婆之乱,《长生殿》中有关安史之乱的情节关目不仅为李、杨的钗盒情缘提供了一个时代背景,也是作者精心构思而关系到剧作大旨的关键部分。正由于此,《长生殿》便出现了一系列引人注目的人物和情节、关目和场面。比如:《合围》《侦报》《陷关》《剿寇》《刺逆》《收京》等出对安禄山的叛乱、李唐复国的多侧面描写;《献饭》《骂贼》《弹词》《私祭》等出对憎恨入侵者、怀念故国之情的渲染。以上这些,在《牡丹亭》中,或虽有描写,但并不突出;或根本没有涉及。相比而言,有了这些戏文,从场上之表演来看,《长生殿》也就显得更为"闹热"。从剧作之大旨来考察,《长生殿》既歌颂了"真心到底"的"儿女情缘",又赞美了家国兴亡之际的"臣忠子孝";《长生殿》与《牡丹亭》一样,是"情至"的颂歌,但其"情至"的内涵,比《牡丹亭》更为复杂,也更为丰富。

《长生殿》的大旨比较复杂,争论不断,至今尚多分歧。大致有"政治说""爱情说""双重说"三大类,在同一类中,各家之说亦不尽相同。

持"政治说"者,认为洪昇是借李、杨爱情故事来表现自己的政治思想。至于表现了什么政治思想,或谓"抒写亡国之痛",或谓"垂戒来世",或谓以李、杨二人的私生活为线索来反映整个时代,等等。

持"爱情说"者,由于对李、杨形象的塑造,以及作者通过钗盒情缘所表现的思想理解不同,他们对李、杨爱情的分析,也有种种差异。

持"双重说"者,则认为《长生殿》包括了爱情与政治两方面的内容。不过,对这两方面的关系,各家亦颇多歧见。大体可归纳为矛盾、主副、一致三种。

笔者对洪昇和《长生殿》情有独钟,对其大旨也曾作过一番钻研,一贯持"双重说"。在《洪昇和长生殿》(1982年上海古籍出版社出版)中,笔者提出《长生殿》也是部"借离合之情,写兴亡之感"的传奇:《长生殿》当然写了李、杨的钗盒情缘,并寄托了作者的爱情理想,但它通过李、杨的钗盒情缘,还抒发了兴亡之感。1987年6月在中山大学中文系主持召开的《长生殿》专题讨论会上,笔者在发言中,曾从四个方面(朝更世变的时代,需要"借离合之情,写兴亡之感"的传奇;洪昇的生平和思想,决定了他必然会创作"借离合之情,写兴亡之感"的传奇;李、杨故事要推陈出新,只能创作"借离合之情,写兴亡之感"的传奇;巨大的社会反响,充分证明《长生殿》是"借离合之情,写兴亡之感"的传奇)详细阐说了《长生殿》的大旨。[1] 目前,笔者对《长生殿》的大旨,又有了新的认识,《长生殿》的大旨,应包含三个层面:写情、谈政和探秘。

《长生殿》大旨的第一层是写情:写李、杨的钗盒情缘,这是帝王和妃子之情。或曰封建帝王和妃子之间毫无爱情可言,这是偏颇之见。其一,笔者以为,应该承认,封建帝王和妃子之间也会有真情,《长生殿》中李、杨的钗盒情缘是生死不渝之情。其二,必须看到,封建帝王和妃子之情,有特殊的性质和色彩。《长生殿》中李、杨的钗盒情缘,与《西厢记》中莺莺和张生的"有情人终成眷属",《牡丹亭》中杜丽娘和柳梦梅的"生生死死为情多",以及《红楼梦》中贾宝玉和林黛玉的"木石姻缘",显然不可同日而语。首先,《长生殿》中李、杨的钗盒情缘,是建立在百姓痛苦的基础之上的。这不仅表现在李、杨的"逞侈心而穷人欲"上(比如进贡鲜荔枝的快马一路"踏死百姓,损坏庄稼"),更表现在李隆基宠幸杨贵妃和杨家之人,导致"占了情场,弛了朝纲",酿成了安史之乱,使百姓遭受战乱之苦。同时,李、杨的钗盒情缘,也是建立在"后宫佳丽三千人"不幸的基础之上的,梅妃的悲剧就是一个缩影。其次,李、杨对于爱情的执着追求中都杂有卑劣的企图。唐明皇是为了享受杨贵妃超人的色艺,以便"终老温柔";而杨贵妃则要借唐明皇的专宠,达到"一门荣宠"。最后,他们的爱情难以专一而平等,也不可能白头偕老、天长地久,马嵬之变充分说明了这一点。李、杨的"情缘总归虚幻",月宫重圆,只是作者的美好理想而已。

《长生殿》大旨的第二层是谈政:除了批判李隆基的"占了情场,弛了朝纲"之外,剧作还抒发了作者(也是清初汉族士人和百姓)的兴亡之感。《长生殿》洋溢着浓重的感伤气息,而这种感伤气息是与作者(也是清初汉族士人和百姓)深沉、强烈的兴亡之感息息相关的。《长生殿》这种深沉、强烈的兴亡之感,不止表现在有关安史之乱和李唐复国的情节关目之中,表现在"败而能悔"的李隆基对于杨贵妃的追思和怀念、内疚和悔恨之中,也表现在剧作对李、杨故事的推陈出新,以及剧作的总体艺术构思之中。《桃花扇》是"借离合之情,写兴亡之感"的昆腔传奇作品的典范。就剧作

---

[1] 中山大学中文系:《长生殿讨论集》,文化艺术出版社,1989年。

的"谈政"旨意而言,《长生殿》亦复如此。或曰:《长生殿》是"借兴亡之事,写离合之情"。不管如何理解,《长生殿》抒发了作者(也是清初汉族士人和百姓)的兴亡之感,这是剧作艺术描写的客观存在,也是《长生殿》大旨中"谈政"层次的主要内容,决不能等闲视之。

《长生殿》大旨的第三层是探秘:探索人生和人性之奥秘。在《长生殿》中,洪昇探索了哪些人生和人性的奥秘呢?以笔者之见,一是"占了情场,弛了朝纲",这是帝王的现实政治。二是"乐极哀来",这既是封建统治阶级的历史教训,也是平民百姓的人生悲剧。三是"败而能悔",这是人生哲学,不仅适用于帝王后妃,同样适用于平民百姓。不是什么人都能做到"败而能悔"的,只有久经历练,在人生道路上大起大落,而后大彻大悟者,方"败而能悔"。因此,剧中李、杨之"悔"是真诚的,也是值得同情的。四是"情缘总归虚幻",这是命运哲学。"总归虚幻"之情缘,不是正常的情缘。帝妃中此种情缘比较普遍,统治阶级的男女中,此种情缘亦比比皆是,寻常百姓亦可能有这种情缘。

综上所述,《长生殿》的大旨是如此的复杂,其内涵又是这样的丰富。为了多侧面生动地表现这样的大旨,《长生殿》在人物设置、情节关目和结构排场等方面,不能不与之相适应,其"闹热"也由此而来。尽管同样是"情至"的颂歌,且一脉相承,可是作者所处的时代和遭际不同,也导致《长生殿》的大旨远比《牡丹亭》复杂,剧中带有"闹热"色彩的人物、情节、关目、场面,也远比《牡丹亭》丰富和生动。这就是棠村相国尝谓《长生殿》"乃一部闹热《牡丹亭》,世以为知言",而作者洪昇也深表赞同的根本原因。

(原载《中国昆曲论坛2007》,古吴轩出版社2008年版)

"从此看去，总是别有天地"
——《桃花扇》批语初探

在明清两代大量的戏曲名作批语中，《桃花扇》的眉批和出末总批是值得另眼相看的。这些批语是孔尚任所看重的，也曾经过他的手订。[1] 这些批语出现于我国戏曲史上的"南洪北孔"时代，这是一个在戏曲理论和实践上都取得了辉煌成就的时代。《桃花扇》的批语，不仅数量多（共有八百五十余条），从总体上审视，其质量也是相当高的。认真研究这些批语，不仅有助于人们对《桃花扇》的理解和评价，对于今天的戏剧创作亦有借鉴作用。

一

从剧作的内容到形式，从作者的思想到时代，《桃花扇》批语，包罗万象，是极为丰富的。评点者对于作者的用心了如指掌，也深表赞赏；对剧作的评析深中肯綮，颇多发明。让我们先从剧作的大旨谈起吧。

探究《桃花扇》的大旨与作者的创作意图，以及从剧作中自然流露出来的艺术趣味，这是评点者非常重视的，为此，其写下了许多批语。

《桃花扇》是思想深度和艺术独创性兼而有之的"时事新剧"。应该如何来阅读、鉴赏，才能正确地领略剧作的大旨和艺术趣味？

关于《桃花扇》的大旨，在《凡例》和《小引》[2] 中，孔尚任和友人徐旭旦是点得十分清楚的。在试一出《先声》中，作者又借老赞礼之口，

---

[1] 《桃花扇》康熙四十七年（1708）介安堂原刻本已有批语，此批语出于何人之手？尚需考证。孔尚任在《桃花扇·本末》中曾谈过这些批语："读《桃花扇》者，有题词，有跋语，今已录于前后。又有批评，有诗歌，其每折之句批在顶，总批在尾，忖度予心，百不失一，皆借读者信笔书之，纵横满纸，已不记出自谁手。今皆存之，以重知己之爱。"李慈铭的《荀学斋日记》则谓《桃花扇》批语乃孔尚任手笔。

[2] 《桃花扇·小引》实为徐旭旦所作，原题为《桃花扇题词》，载徐氏《世经堂初集》卷十七。

把剧作的大旨更概括为"借离合之情，写兴亡之感"，并在此出下场诗中，特别指明了剧作写的是一件"兴亡案"，而非一般的"花月缘"。尽管孔尚任说得如此明白，但是关于《桃花扇》的大旨，在清代仍有着不同的评论。诚如包世臣所说："浅者谓为佳人才子之章句，而贵其文辞清丽，结构奇纵；深者则谓其旨在明季兴亡，侯、李乃是点染，颠倒主宾，以眩耳目，用力如一发引千钧，累九丸而不坠者。"包氏认为，后者的看法是符合剧作的实际的，并进而指出，由于作者是个大手笔，故"其意旨存于隐显，义例见于回互，断制寓于激射，实未苟然而作"。（《艺舟双楫·书桃花扇传奇后》）

《桃花扇》的评点者无疑属于"深者"之列，评点者的批语，对剧作的大旨作了多方面的阐说；对如何从"显隐"中去发掘其深刻的大旨，以及作者为了在"显隐"中表现深刻的大旨而采用的回互、激射等艺术手法，也进行了深入的分析。《听稗》出，在柳敬亭所唱的第三支【懒画眉】"废苑枯松靠着颓墙，春雨如丝宫草香。六朝兴废怕思量，鼓板轻轻放，沾泪说书儿女肠"处，有一则眉批曰：

  一部《桃花扇》，从此看去，总是另有天地。

所谓"从此看去"，根据剧作的艺术构思，联系全部批语，也就是说，要真正理解《桃花扇》的大旨，一要透过儿女的离合之情，看到国家的兴亡，绝不能为风情绮丽的"花月缘"迷住了眼。因为，"暗红尘霎时雪亮，热春光一阵冰凉"（眉批："此《桃花扇》大旨也，细心领略，莫负渔郎指引之意。"）。二要懂得只有像柳敬亭、苏昆生、李香君这样的人，才算得上是当时有"志气"、有"高义"的英雄。三要不忘那些造成南明亡国的罪魁祸首，即昏君弘光和马士英、阮大铖等误国奸佞，若不是他们倒行逆施，就不会产生侯方域、李香君的离合之情，或许也就不可能有南明的亡国悲剧。显而易见，如能这样来欣赏《桃花扇》，确可以从"显隐"中去领略剧作的深刻大旨。

  上本之末，皆写草创争斗之状；下本之首，皆写偷安宴游之情。争斗，则朝宗分其忧；宴游，则香君罹其苦。一生一旦为全本纲领，而南朝之治乱系焉！（《媚座》出总批）
  借血点作桃花，千古新奇之事，既新矣，奇矣，安得不传！

> 既传矣，遂将离合兴亡之故，付于鲜血数点中。闻《桃花扇》之名者，羡其最艳、最韵，而不知其最伤心、最惨目也！（《寄扇》出总批）
>
> 此折写香君入宫，与侯郎隔绝，所谓离合之情也。而南朝君臣荒淫景态，一一摹出，岂非兴亡之感乎！（《选优》出总批）

由此可见，在评点者看来，通过桃花扇点染侯、李之情，而借侯、李之情暴露南明"私君，私臣，私恩，私仇"（《拜坛》眉批）的本质，从而揭示出南明小王朝覆灭的历史必然性，这就是剧作的大旨。而将离合兴亡之故，"付于鲜血数点中"，则是作者在艺术上的高明之处。我们认为，《桃花扇》批语对于形成"借离合之情，写兴亡之感"的共识，是非常有意义的。实际上，有关这方面的批语，也是对当时"浅者"评论《桃花扇》的一种批评。

《桃花扇》评点者对于剧作的大旨不仅体会深刻，而且颇有独到见解。第四十出《入道》，写侯、李历尽艰苦，好不容易最后相会了。可是剧作者并没有让他俩苦尽甜来，而是一反传奇生旦大团圆的俗套，作了个意味深长的悲剧结局：正当侯、李絮絮叨叨，只顾诉情之时，张道士拍案而起，"裂扇掷地"，当众斥责，终于促使侯、李这"两个痴虫"醒悟过来，在国破家亡、地覆天翻的情况下，割断"花月情根"，分别走向南北两山，"修真学道"去了。为什么作者要"脱出离合悲欢之熟径"呢？且看这样一条总批：

> 离合之情与兴亡之感，融洽一处，细细归结。最散，最整；最幻，最实；最曲迂，最直截，此灵山一会，是人天大道场。而观者必使生旦同堂拜舞，乃为团圆，何其小家子样也！

说得似乎有些玄妙，但只要我们着眼于剧作的大旨，并联系当时一些文人士大夫的现实表现，就不难理解其言外之意了。"灵山一会，是人天大道场"云云，当然并不可取。可是，"最幻，最实；最曲迂，最直截"之论，确大有深意。所谓"最幻"者，是指并无侯、李在栖霞山道场上重会和惜别的历史事实；"最实"者，是说类似侯、李在《入道》出的表现，明清易代之际的现实生活中不乏其例。也就是说，国破家亡之时隐逸山林者不乏其人，而执着"花月情根"者亦大有人在。身处地覆天翻之时，面对国破家亡的惨剧，钱谦益躲在绛云楼中醉心于宋版书；而冒辟疆剃发之后，则沉溺于失去董小宛的哀痛之中，就是实例。作者按照戏曲艺术的规律进行创作、表达大旨。剧作大旨并不是采用直说的方式呈现，而是通过合情合理的情节和场面，借张道士之口来点出，所以既是"最曲迂"的，又是"最直截"的。剧作也可以让侯、李最后"同堂拜舞"，如此处理亦符合剧情的发展，以及侯、李的性格逻辑，但这样的结局，却不符合作者在艺术上必须独辟蹊径的美学见解，更违背了作者的创作意图和剧作的大旨。批语所说的团圆结局是"小家子样"，这是极有见地之论。[1]

《桃花扇》的"意旨存于隐显，义例见于回互，断制寓于激射"，为了充分表现剧作的大旨，作者采用了对比、跌宕、回互、激射的方法，调动了各种艺术手段。就以每出戏的下场诗来说吧，作者也能始终着眼于"兴亡之感"，作精心安排。

一般的明清传奇，其下场诗，"集唐""选唐"也好，自制也好，往往刻意求工，"可怜无补费精神"，并没有引起读者玩味的兴趣。究其原因，就在于脱离了剧作的大旨，为写下场诗而写下场诗，甚至玩弄文字游戏、卖弄才学。可《桃花扇》的下场诗却让人耳目一新，耐人寻味，评点者对此也作了不少颇为精彩的批语。

《余韵》出下场诗的眉批云："下场诗亦是绝调，上本末出，五言八句；下本末出，七言八句，总是对待法。"在处理下场诗这个小问题上，作者同样表现出了脱窠臼的创新精神。例如《劫宝》出，由于最后黄得功一剑刎死，所以"此折独无下场诗，将军已死，谁发呜咽之歌耶"（总批）。评点者不止看到了剧作下场诗在形式方面的不同凡响，更可贵的是，还指出了它的紧扣大旨、自铸伟词。《听稗》出下场诗的眉批指出："四十二折下场诗，皆用本折宫词，簇新指出，有旨、有趣，可作南朝本事诗。"全剧最后一出《余韵》有则总批曰：

> 水外有水，山外有山，《桃花扇》曲完矣！《桃花扇》意不尽也！思其意者，一日以至千万年，不能仿佛其妙。

《桃花扇》能够曲完而意不尽，以至于几百年后的今天，仍然那么激动人

---

[1] 戴不凡：《学习古典戏剧理论札记》，载《剧本》1961年第4期。该文对本文的写作启示颇多，这里还吸收了戴不凡的一些见解和材料。

心，关键就在于孔尚任能从生活实际出发（所谓"实事实人，有凭有据"），运用高超的艺术手腕，借着一柄小小的桃花诗扇，真实动人地反映了甲申、乙酉年间这一场天崩地裂的大事变，热情地歌颂了下层人民和爱国将领，强烈地谴责了昏君和奸佞，对南明一代兴亡作了深刻的历史总结。由于孔尚任创作之情真，故剧本之大旨深，于是提供给观众和读者的艺术之味也就显得浓郁芳香，久久难散了。《桃花扇》评点者，在有关作者的创作之情、剧本的深刻大旨方面所作的批语，已经接触到了戏曲美学的重要问题，这对我们当然是很有启示的。

二

《余韵》出有几则眉批云：

> 南朝作者七人，一武弁（指张瑶星），一书贾（指蔡益所），一画士（指蓝田叔），一妓女（指卞玉京），一串客（指丁继之），一说书人（指柳敬亭），一唱曲人（指苏昆生），全不见一士大夫。表此七人者，愧天下之士大夫也。
>
> 渔樵问答，关目高绝。
>
> 偏有老赞礼来凑趣。老赞礼者，一部传奇之起结也。赞礼为谁，山人自谓也。

这里所说的"南朝作者七人"，除柳、苏以外，其他都不是作者倾全力描绘的重要人物。至于老赞礼这个角色，作者显然寓有深意；而从这个角色的处理上，则明显可以看出作者的艺术独创性。值得重视的是，孔尚任慧眼识英雄，在剧中把出身下层的人物作为正面人物来加以歌颂；对公子、秀才这些士子，却常用春秋笔法给予讽刺；对非庸即奸的帝王将相则极尽揭露、批判之能事。而评点者同样睿目识人才，看到了剧作"表此七人者，愧天下之士大夫也"。因此在有关人物的大量批语中，爱憎之情溢于言表。

剧作对说书人柳敬亭和唱曲人苏昆生是极为重视的，对他俩的刻画是倾注热情的，而这两个舞台艺术形象也是塑造得极为成功的。他们的音容笑貌，如在眼前；他们说的书、唱的曲，如闻其声。至于他们身上体现出的下层人民的爱国精神、崇高品质和智慧胆识，则更令人永难忘怀。柳敬亭是个来自下层的说书艺人，又是个交游广泛的江湖名士，也曾作客阮大钺家，所以是个见多识广、幽默风趣的人物。《听稗》出，作者借侯方域之口称赞他"人品高绝，胸襟洒脱"，"说书乃其余技耳"。在《修札》出，侯方域要柳敬亭只拣热闹爽快的故事说一回时，他回答说："相公不知，那热闹局就是冷淡的根芽，爽快事就是牵缠的枝叶。倒不如把些剩水残山、孤臣孽子讲他几句，大家滴些眼泪罢。"针对这几句颇含哲理的话，有则眉批云："柳老明眼利舌，令人猛醒！"评点者对这位富有正义感和爱国心的民间艺人是十分尊重的，在这出戏的一则批语中还称他为"柳老英雄"，赞扬他的"英雄本色"。在《草檄》出，还有这样的眉批："敬亭传书而来，传檄而去，皆是冒险仗义。"对于苏昆生这个民间曲师，评点者同样称颂备至，甚至说"昆生高义，百世可师"（《草檄》出眉批）。

李香君是《桃花扇》的女主角，她是个色艺非凡的秦淮名妓，却做到了大义凛然，是作者倾注感情塑造的正面人物。从《却奁》到《骂筵》，剧作通过一系列富有个性色彩的动作和曲白，突出地表现了李香君对爱情的坚贞不二，对迫害她的马、阮等奸佞的勇敢反抗（不言而喻，屡遭屈辱、迫害，又与马、阮等奸佞针锋相对的李香君，她的形象已由秦淮名妓升华为当时被压迫人民的一个代表了）。评点者怀着和作者一样的思想感情，在批语中对李香君这个感人的舞台艺术形象，给予了高度的评价。《选优》出，当福王赐给香君一把红色的桃花宫扇时，评点者眉批曰："歌场之扇，真桃花扇也，况出天子所赐乎，而香君弃之如遗矣！"因为香君视若珍宝的乃是侯方域给她作为定情礼物的那柄诗扇，"拿住情根，香君手段"（《栖真》出眉批），这是不错的。追求真正的爱情是香君的理想，而真正的爱情又是她与昏君、奸佞进行殊死抗争的精神支柱，这就是香君不稀罕福王所赐扇子的原因，由此也足见其心比天高的品性。

评点者对香君真可说是赞不绝口。在《却奁》出，批语称她是"慧心明眼人"。因为作为秦淮名妓，在梳栊之喜日，她能对杨龙友"拮据作客"，"为何轻掷金钱，来填烟花之窟"，提出疑问。当侯方域反阉党余孽的立场有所动摇之时，香君立即严词怒斥侯生；接着便"拔簪脱衣"，高唱："脱裙衫，穷不妨，布荆人，名自香！"看到香君有这样的政治觉悟和品性，评点者情不自禁地连续加眉批曰："巾帼卓识，独立天壤。""何等胸次！""香字妙！"在《守楼》出，评点者对香君"取扇在手"，义正词严地发了一通"堂堂之论"，又连批三次"好利口，好主意"。而在总批中，则正确地指出了"《却奁》一折，写香君之有为；《守楼》一折，写香君之有守"。香君之"有为"和"有守"，当然与她"拿住情根"这一点是分不开的。若非坚持正义立场、忠于爱情,则香君既不需要"却奁",也用不着"守楼"了。《拒媒》出,评点者针对香君不为势逼,不受利诱,坚决拒绝田仰这件事,有则眉批云:"他人艳羡而不得,香君弃之不顾,所谓人各有志。"香君之志,确实值得肯定、赞美。由于"拒媒"而"守楼",结果香君血溅诗扇。在评点者看来,香君之"心血",远胜于"南朝三忠之血"。《劫宝》出总批评得好:

> 桃花扇乃李香君面血所染,香君之面血,香君之心血也,因香君之心血,而传左宁南之胸血,史阁部之眼血,黄靖南之颈血,所谓血性男子,为明朝出血汗之力者,而无如元气久弱,止成一失血之病。奈何!

生活于三百多年前的批评家,能作出如此评论,不能不说难能可贵。香君的不幸遭遇,既与南明王朝的腐败密切相关,又是得志小人阮大铖对复社文人挟私报复的必然结果。对此,评点者也有正确的认识,并作了深刻的分析:

> 南朝用人,行政之始,用者何人?田仰也;行者何政?教戏也。因田仰而香君逼嫁,因教戏而香君入宫,离合之情,又发端于此。(《拒媒》出总批)

《桃花扇》对于马、阮等反面人物的揭露是深刻的,批判是有力的。马、阮,尤其是阮的舞台艺术形象,是丰满、生动的。评点者对现实生活中的马、阮之流是熟悉的,对他们的乘机而起、祸国殃民是深恶痛绝的,这从批语的字里行间可以看得很清楚。因此,批语对马、阮的分析是入木三分的,对他们的嘲讽是淋漓尽致的。同时从批语中还可以看出,评点者对作者刻画马、阮二奸的良苦用心,体会也是十分深刻的。

《传歌》出,鸨妓李贞丽在独白时提到杨龙友,由此顺便带出了马、阮二奸时,眉批就指出:"二奸名姓,先从鸨妓口中道出,绝妙笔法。"作者如此处理,显然寓有贬义;评者特作眉批评论,也足见其对二奸之恨。紧接着在《哄丁》和《侦戏》二出,作者便集中刻画了不得志时的阮大铖,突出了他那令人作呕的小人丑态和阴毒心理。《哄丁》出,阮大铖首次出场,评点者立即眉批云:"阮胡子如此出场,其如鬼乎!"在《侦戏》出,评点者则连写几条眉批，对于剧作将细致入微地刻画如鬼似的阮大铖，以及他那种"小人愧悔肺肝""小人报复肺肝""小人情形如画"，作了极好的提示。《阻奸》《迎驾》《设朝》三出，写阮大铖死灰复燃后的小人得志情态。评点者在批语中，不仅着重揭示了"阮胡奸才""阮胡奸识""奸才、奸识，皆以济奸心也"的反动本质；还指出了阮与马的狼狈为奸，所谓"马士英经济，皆大铖指授"。（以上引语均为《迎驾》出眉批）"有缝即钻，马非阮牵，寸步难行。"（《设朝》出眉批）《媚座》《骂筵》《选优》《逮社》《逃难》诸出则从多方面揭露了马、阮的弄权误国、倒行逆施、荒淫无耻。评点者在批语中，对此也作了有力的声讨，尖锐指出："此辈亦有三乐：父母俱忘，兄弟无干，一乐也；仰不知愧天，俯不知怍人，二乐也；得天下不才而教育之，三乐也。"（《媚座》出眉批）"三曲（按：指三支【香柳娘】）是马、阮心窝挖出，无非欺君误国，贪生怕死，好货恋色，树党结仇，死而不悔也。"（《逃难》出眉批）

《桃花扇》评点者的高见卓识，不止表现在具有批评家的勇气，同作者共爱憎，对香君和柳、苏等下层人民，以及他们的志气和高义、气节和胆略作了充分的肯定、热情的歌颂；还表现在对一些思想性格比较复杂的人物，也能从实际出发，把历史真实和艺术真实统一起来，进行恰如其分的评价。例如杨龙友，无论从其性格，还是从其戏剧冲突中的表现来看，都是剧作中最为复杂的艺术形象。作者根据这个历史人物的现实表现，以及剧作大旨，对杨龙友这个形象作了精心的艺术处理，取得了极大的成功，从剧作塑造的这个艺术形象，亦可看到作者出色的艺术才能。可喜的是剧作的评点者，善于体会作者处理人物的思想水平和艺术匠心，写了好多精当的批语。《媚座》出总批这样说：

> 香君一生谁合之？谁离之？谁害之？谁救之？作好作恶者，皆龙友也。昔贤云："善且不为，而况乎恶！"龙友多事，殊不可解。传中不即不离，能写其神。

这是评点者对杨龙友其人的总的看法，对剧作塑造的杨龙友形象的总的评价。应该说，这样的看法和评价，是符合杨龙友和剧作实际的。

《骂筵》出，杨龙友吊场说白处有眉批云："龙友与香君恨浅而爱深，故救其命，而幽其身。此间分寸，熟读乃知。"对待杨龙友这个人物，作者始终能掌握分寸，做到合情合理、恰到好处，根本原因在于作者并没有把杨龙友与马、阮二奸等量齐观,作为反面人物来处理。这在剧中杨、阮同时出场的几出戏中,可以看得非常清楚。正是在这些地方,我们可以看到评点者对杨龙友及作者如何处理这个人物所作的许多恰到好处的批语。《侦戏》出,杨龙友上场,说到"下官杨文骢,与圆海笔砚至交,彼之词曲,我之书画,两家绝技,一代传人……"处,眉批指出:"两家绝技,今俱传矣,以人品论,稍屈龙友。""以人品论",杨、阮不可相提并论,此其一;"龙友慷他人之慨,亦世局中不可少之人"(《眠香》出眉批),在当时特定的历史条件下,杨龙友也是不可或缺的角色,此其二。实际上,这既是作者艺术处理杨龙友这个人物的原则,也是评点者在批语中评论这个人物的出发点。《媚座》出,杨龙友"雅兴"大发,附和马、阮,提出"从来名花倾国,缺一不可……少不了一声'晓风残月'哩";当马士英吩咐长班传几名歌妓来伺候时,他又介绍说:"旧院李香君,新学《牡丹亭》,倒还唱得出。"对此,评点者大为反感,连续眉批斥责"龙友多事!""龙友更多事!"并指出:"龙友非多事也,稍衔恨香君耳。"杨龙友之"稍衔恨香君",无疑起因于"却奁"。香君为了与阮大铖划清界限而"却奁",杨龙友"稍衔恨"香君,以至于侯生,这是他的劣根性的表现。可是,当马、阮的魔爪伸向香君和侯生的紧要关头,杨龙友还是竭尽全力设法救护的。个中原因,诚如评点者所揭示的:"龙友良心不昧"(《媚座》出眉批),"触动龙友良心""龙友关情,诗能传之"(《守楼》出眉批),"龙友恐怕败露""龙友深心救护"(《骂筵》出眉批)。正由于作者和评点者看到了杨龙友的"良心不昧"和"深心救护",才会赞美其绘画才能,在《寄扇》出,作者详细描述了杨龙友"叶分芳草绿,花借美人红",用其生花妙笔,画出桃花扇的过程。评点者则在眉批中赞扬:"龙友妙想、妙手,为千古必传之妙事!"必须指出的是,杨龙友画桃花扇,显然不是出于雅兴,而是出于对香君和侯生离合之情的深切同情。《逃难》出,作者写马、阮狼狈逃窜,遭到百姓痛打之后,杨龙友却"冠带骑马从人挑行李"上场了,评点者眉批提醒曰:"龙友从容暇豫,胜于马、阮,亦非处丧乱之国之所宜也。"这种看法虽然不无道理,但作者如此描写,显然也是他掌握分寸的必然结果。故评点者在这出戏杨龙友下场时,又作眉批,点出杨龙友"却是到苏淞任,后为死节之臣"。可见评点者对待这个思想性格复杂的人物,同样能做到准确的理解和分析。

史可法和左良玉也是《桃花扇》中比较复杂的人物,评点者对史、左二人也有不少批语,同样分寸掌握适宜,不无神来之笔。限于篇幅,恕不赘述。

三

　　《桃花扇》这部巨著运用传奇这种形式，借一生一旦的离合之情，高度概括了"朝更世变之悲"（《孤吟》出眉批），深刻反映了南明一代的兴亡。剧作的思想深度与情节的丰富性、生动性又能有机地融合，因此具有强烈的艺术感染力。《桃花扇·凡例》曾提到"《桃花扇》本成，王公荐绅，莫不借钞，时有纸贵之誉"，而搬上舞台之后，"岁无虚日"，反响十分强烈。毫无疑问，《桃花扇》在艺术上有许多宝贵的经验值得继承和借鉴。

　　对《桃花扇》艺术上的独辟蹊径、不落俗套，给予了充分的肯定；对剧作的艺术表现技巧作了比较全面、精细的分析——这些可说是《桃花扇》批语中最有价值的部分。值得注意的是，评点者关于剧本创作和舞台演唱方面的许多见解，与作者在《桃花扇·本末》《桃花扇·凡例》中所总结的戏曲主张是完全一致的（这也许就是人们认为批语实是作者手笔的原因之一吧），与李渔《闲情偶寄》所阐述的戏曲理论也是一脉相承的。这种情况绝非偶然，说明随着戏曲艺术的发展，戏曲理论研究到清初已进入了一个新的阶段。笔者以为，《李笠翁曲话》固然应该重视，"南洪北孔"的戏曲主张，以及从汤显祖、沈璟等人到"南洪北孔"这一历史时期众多名剧的批语，也应进行认真的研究，如此方能完整地理解我国古代戏曲理论体系的独特性。

　　《桃花扇》批语中有关剧作艺术手法的评析，内容也是极为丰富的。这里且以剧作的结构艺术为例，略窥豹于一斑。

　　评点者称赞全剧结构严谨、精巧，天衣无缝。《媚座》出总批曰："一生一旦为全本纲领，而南朝之治乱系焉。"这种看法与作者的艺术构思是一致的。

　　首出《听稗》到十二出《辞院》，集中写一生一旦的相识、结合，以及合而分离，这是第一大段落。第六出《眠香》之前，从复社文人与阮大铖的斗争中，引出了侯、李的相识和结合；第七出《却奁》和第八出《闹榭》总批曰："《哄丁》之打，《侦戏》之骂，甚矣！继打骂之后，又驱逐之，甚之甚者也，皆为《辞院》张本。姻缘以逼而成，姻缘又以逼而散也。"并指出"以上八折，皆离合之情"。第九出《抚兵》，左良玉出场，作者对这个人物虽有所批判，但仍然作为正面人物来写。左良玉既与侯、李的离合之情有瓜葛，又直接与南明一代的兴亡有关。就出场后的情节来说，左兵东下就粮,侯方域修札劝止,柳敬亭携书投辕;而侯生的这个行动,又促成了"阮胡之诬",侯生为此不得不与香君分离去投奔史可法。《抚兵》总批说:"兴亡之感,从此折发端。而左兵又治乱之机也。"这是很有道理的。第十出《修札》,评点者认为:"此一折,敬亭欲为朝宗说平话,龙友来报宁南之变;后一折(《投辕》),昆生欲为香君演新腔,龙友来报阮胡之诬,皆天然对待之文。"到第十二出《辞院》,评点者对第一大段落作了小结:"左右奇偶,男女贤奸,皆会此折。离合之情,于此折尽矣,而未尽也。兴亡之感,于此折动矣,而未动也。承上启下,又一关纽。"(总批)从以上的第一大段落,已可清楚地看到,《桃花扇》的每出戏,都是丝丝入扣的。既脱脱洒洒,又始终不离"一生一旦为全本纲领,而南朝之治乱系焉"的结构原则,确如评点者所称道的:"匠心精细,神工鬼斧。"(《闹榭》出总批)

从第十三出《哭主》到第十六出《设朝》,为第二大段落。写李自成农民军攻破北京,崇祯自杀之后,在南方围绕着立君设朝的"贤奸争胜"。这是南朝"治乱关头"(《阻奸》出总批),斗争结果是"阴胜于阳"(《迎驾》出总批)。于是福王上台,马、阮得势,反对派史可法被排挤出朝,督师江北,侯生也便随史公到扬州去了。这一段落埋下了马、阮与左良玉冲突的伏笔,揭示了小朝廷的先天不足,初步显示了其终将覆灭的必然性。《设朝》出总批批得好:"前半冠冕端严,后半鼠狐游戏,南朝规模,定于此折矣!"同时,由于侯生站在史、左一边,也就为马、阮进一步迫害侯、李埋下了伏笔。

从第十七出《拒媒》开始,一直到第三十出《归山》,为第三大段落。这个大段落中有两条情节线索交叉发展,一条线索以旦为中心,包括《拒媒》《媚座》《守楼》《寄扇》《骂筵》《选优》《题画》,突出地描写了马、阮对香君的迫害,以及香君的抗争。既揭露了福王的昏庸,奸佞当道,南明朝政权的腐败(这是兴亡之感的继续深化);又表现了香君对爱情的忠贞,对奸佞的疾恶如仇(这是离合之情的继续深化)。另一条线索包括《争位》《和战》《移防》《赚将》《逢舟》《逮社》,则有层次地描写了史可法的登台,四镇的争位和内讧,高杰的移防被杀,以及马、阮挟私,复社罹祸,从而进一步激化了由"立君""设朝"所引出来的统治阶段内部的矛盾,也更深刻地揭示了南明朝的腐败及其覆灭的历史必然性。不言而喻,这一条线索以侯生为中心而有机地组织起来。评点者对此作了反复的评论,《争位》总批指出,史可法登台这件"极败意之事",反映出"朝中、军中,无处不难；佞臣、忠臣，无人可用。此兴亡大机也，有侯生参其中，故必费笔传出。传出者，传侯生也"。《移防》总批又云："和不成则移之，移高兵，并移侯生。侯生移，而香君守矣。男女之离合，与国家兴亡相关，故并为传出。"《赚将》总批再次强调："高杰之死，本不足传。而大兵从此下江南，则兴亡之大机也。况侯生参其军事，不为所信，致有今日，则侯生实关乎兴亡之数者也，安得不细细传出。"

第四大段落，从第三十一出《草檄》到第四十出《入道》，重点是写"江南江北事如麻"：由于侯生等复社文人被捕入狱，左良玉与马、阮的矛盾进一步激化，左兵东下，马、阮便南调黄、刘三镇，结果北兵南驱，扬州失守，造成了史可法的沉江、南明的灭亡。就在这亡国乱离之际，侯、李却久别重逢于栖霞山。可是，在"桃花扇底送南朝"的情况下，两人才合即离，终于各奔南北，入山修真学道，以悲剧结局。

作者曾在《桃花扇·凡例》中指出，他考虑剧作的结局时，有意识要"令观者不能预拟其局面"，为的是不落入"厌套"。但是，为了便于读者和观众掌握其艺术匠心，作者又根据传奇分上下二本的惯例，在上下本的开头和结尾，又别出心裁地精心编撰了四出戏：上本开场有试一出《先声》，下本开场加一出《孤吟》，作为上下本的序幕；上本结尾有闰一出《闲话》，为上本作"小结场"，下本结尾有续一出《余韵》，总结全剧。这四出戏绝非蛇足，亦不是故弄玄虚，而是全剧艺术整体的有机组成部分。它们不仅对于表现"借离合之情，写兴亡之感"很起作用，读者和观众亦可借此窥见作者在戏曲结构艺术上的独创性。《先声》出总批说："首一出《先声》与末一出《余韵》相配，从古传奇有如此开场否？"《孤吟》出眉批又指出："下本开场，又辟新境，真匪夷所思。"《余韵》出评点者在"开国元勋留狗尾，换朝逸老缩龟头"处有眉批云："续四十出成，山人自谦曰'貂不足，狗尾续'。谁知皂隶虽是狗尾，文章却是龙尾。"可见，评点者对于剧作开场"新境"和结局"龙尾"是充分肯定的。不过，他又正确地指出，即使这样的"新境"和"龙尾"，亦"可一而不可再也"；一味模仿因袭，就是"俗子""庸笔"（《先声》出总批），"后之传奇者，若效此为之，又一钱不值矣"（《入道》出眉批）。

谈到《桃花扇》结构艺术的成就，不能忘记老赞礼这个特殊的人物。限于篇幅这里只能略为提及。全剧四十出，老赞礼虽只在八出中出场、有戏，但他是个必不可少的重要角色。评点者在批语中指出，老赞礼既是剧情的介绍人，又是兴亡的见证人：

>　　老赞礼者，一部传奇之起结也。(《余韵》出眉批)
>　　老赞礼乃开场之人，仍用以收场。(《余韵》出总批)

老赞礼既是剧中祭祀的执事人，又是世局的冷眼旁观者：

>　　前之祭丁，今之祭坛，执事者皆老赞礼也。诸生未打，老赞礼先打；百官不哭，老赞礼大哭。赞礼者，赞天地之化育也。作者深心，须为拈出。(《拜坛》出总批)
>　　非冷眼人，不知朝堂是戏，不知戏场是真。(《孤吟》出眉批)

应该说，评点者对老赞礼在剧作中的地位和作用，以及作者安排这个角色的良苦用心，体会是深刻的，也是颇有见地的。

《桃花扇》在结构艺术上的成就，也表现在人物和情节的设计和安排上，剧作的人物处理，首先根据全剧的大旨，分清了对各类人物的不同态度，并确定了主次关系。这在《桃花扇·纲领》中，作者曾作了详尽的介绍。至于每个人物的出场及其最后的结局，不管主要的，还是次要的，正面的，还是反面的，甚至像张道士、老赞礼这样的穿插人物，徐公子这样的背景人物，作者都能安排得井井有条，交代得清清楚楚。剧作错综复杂的故事情节、重要的关目细节，其来龙去脉，也理得纹丝不乱。因此各色人物，都能"跳跃纸上，勃勃欲生"(《桃花扇·凡例》)。

《听稗》出，侯方域出场，总批指出：

>　　传奇首一折，谓之正生家门，正生，侯朝宗也，陈定生、吴次尾，是朝宗陪宾；柳敬亭是朝宗伴友。开章一义，皆露头角，为文章梁柱。

紧接着《传歌》出，李香君出场，总批又指出：

>　　传奇第二折，谓之正旦家门。正旦，李香君也，杨龙友、李贞丽，是香君陪宾；苏昆生是香君业师，故先令出场。

剧作不但对一生一旦的出场作了精心的艺术处理，对他俩由相识而结合，刚结合又被迫分离，以及历尽曲折，最后不期而遇和乍合永别的层次脉络，也组织得环环相扣、层层深入。更令人钦佩的是，一生一旦的每个活动和每件事情，又无不与兴亡之感息息相关。而在艺术表现上，则造成了一个又一个的悬念，富有强烈的戏剧性，引人入胜。

对于次要人物的出场及其结果的处理，作者也并不掉以轻心，同样是花了功夫精心设计的，因此也收到了良好的艺术效果。评点者对此同样有精当的评析，《闹榭》出总批云：

> 左部八人（指侯方域、陈定生、吴次尾、柳敬亭、丁继之、蔡益所、沈公宪、张燕筑），未出蔡益所，而其名先标于第一折。右部八人（指李香君、杨龙友、李贞丽、苏昆生、卞玉京、蓝田叔、寇白门、郑妥娘），未出蓝田叔，而其名先标于第二折。总部二人（指张道士、老赞礼），未出张瑶星，而其名先标于开场，直至闰折始令出场，为后本关纽。后本二十八、二十九、三十折，三人（指蔡益所、蓝田叔和张瑶星）乃挨次冲场，自述脚色。匠心精细，神工鬼斧矣！

什么人物在什么时候出场，在什么情况下结局，作者根据剧作大旨，以及剧情发展的需要，都经再三推敲。为了增强戏剧情节的生动性，切实做到"当年真是戏，今日戏如真"，作者还熟练地采用了"天然对待法"。例如：

> 未定情之先，在卞家翠楼；既合欢之后，在丁家水榭，俱有柳、苏。一有龙友、贞丽，一有定生、次尾，而卞、丁两主人俱不出场，此天然对待法也。（《闹榭》出总批）
>
> 此一折（指《修札》出），敬亭欲为朝宗说平话，龙友来报宁南之变。后一折（指《投辕》出），昆生欲为香君演新腔，龙友来报阮胡之诬，皆天然对待之文。（《修札》出总批）

四

《桃花扇》评点者从舞台表演这个角度对剧作作的不少批语，也颇有美学价值。

孔尚任在《桃花扇·本末》中提到，他最初是听到"香姬血溅扇，杨龙友以画笔点之"的佚事，"感此而作"《桃花扇》的。因为这件事"虽不见诸别籍",却"新奇可传",在剧作中,侯、李的离合之情与这一柄溅血的诗扇始终紧紧地联系在一起,并由此演出了"南朝兴亡,遂系之桃花扇底"的动人故事。可以说作者的创作冲动和艺术构思是从这柄小小的扇子开始的;而剧中作者充分发掘了这柄诗扇的戏剧因素,这一件极普通的砌末,对于剧情的发展、人物性格的刻画,以至大旨的表现,都起到了巨大的作用。这柄桃花扇为《桃花扇》增添了多少艺术魅力啊!扮演李香君的演员,若是位出色的艺术家,她在舞台上肯定会充分利用这柄桃花扇作出种种精彩的表演而令观众为之倾倒。

《桃花扇》批语十分注意这柄桃花扇,对作者在扇子上所显示出来的艺术才华极为赞赏。《眠香》出,侯生提出在随身所带的宫扇上题诗赠香君,永为订盟之物时,评点者即作眉批云:"《桃花扇》托始于此。"从此这柄诗扇便成了香君的至宝。在侯、李被迫分离的情况下,见诗扇犹如见侯生,倍觉亲切和珍贵。香君抗争时总是手不离扇,甚至以扇为"利剑"。《守楼》出不仅写出了香君对爱情的忠贞,也写出了她对阮大铖乘机对复社文人进行报复的这种阴谋诡计的反攻。当杨龙友和李贞丽力劝香君嫁给田仰时,香君愤怒地责问道:

> 妈妈说那里话来!当日杨老爷作媒,妈妈主婚,把奴嫁与侯郎,满堂宾客,谁没看见。现收着定盟之物。(急向内取出扇介)这首定情诗,杨老爷都看过,难道忘了不成?
>
> 【摊破锦地花】案齐眉,他是我终身倚,盟誓怎移,官纱扇现有诗题,万种恩情,一夜夫妻。(末)那侯郎避祸逃走,不知去向,设若三年不归,你也只顾等他么?(旦)便等他三年,便等他十年,便等他一百年,只不嫁田仰!

在这里,评点者连作四则眉批,提出:"取扇在手,看者着眼!"赞扬香君:"好利口!好主意!"并指出:"又一旧恨矣!"当李贞丽、杨龙友强迫香君梳头时,剧本写香君便"持扇前后乱打介"。

> (末)好利害!一柄诗扇,倒像一把防身的利剑。(小旦)草草妆完,抱他下楼罢。(末抱介)(旦哭介)奴家就死,不下此楼!(倒地撞头晕卧介)(小旦惊介)啊呀!我儿苏醒,竟把花容,碰了个稀烂。(末指扇介)你看血喷溅地,连这诗扇都溅坏了。(拾

扇付杂介)

此处评点者又在眉批中强调指出:"持扇乱打,观者着眼。""血溅诗扇,观者着眼。"("观者着眼"之处,理应也是演员着力、出戏的地方)最后评点者还正确地分析了血溅诗扇与全剧的关系,作者对血溅诗扇的看法及其与创作《桃花扇》的关系:

> 《桃花扇》正题本于此折。若无血心,何以有血痕,若无血痕,何以淋漓痛快,成四十四折之奇文耶!(《守楼》出总批)

批语对香君的"守楼"(以死抗拒奸佞的侮辱和迫害,从而维护人格和爱情的尊严)作了很高的评价。这使我们自然地联想到《桃花扇·小识》中的一段话:

> 桃花扇何奇乎?其不奇而奇者,扇面之桃花也;桃花者,美人之血痕也;血痕者,守贞待字,碎首淋漓不肯辱于权奸者也;权奸者,魏阉之余孽也;余孽者,进声色,罗货利,结党复仇,隳三百年之帝基者也。帝基不存,权奸安在?惟美人之血痕,扇面之桃花,啧啧在口,历历在目,此则事之不奇而奇,不必传而可传者也。

显然,评点者的评论与作者的观点是完全一致的。

《寄扇》也是一出很有戏的戏,扇子的作用也无异于《守楼》出。香君唱的一套【北新水令】,"一字一句,丝竹嘹亮。五曲次序井井,描出思前想后心情"(眉批)。第五曲完,香君独白:

> 独坐无聊,不免取出侯郎诗扇,展看一回。(取扇介)嗳呀!都被血点儿污坏了,这怎么处?
> 【甜水令】你看疏疏密密,浓浓淡淡,鲜血乱蘸。不是杜鹃抛,是脸上桃花做红雨儿飞落,一点点溅上冰绡。侯郎,侯郎,这都是为你来。

这一曲不仅"情境可怜",而且"《桃花扇》神理,一句道破"。评点者眉批的这种看法，是领会颇深的。当香君因伤心思念过度，一时困倦，在妆台压扇盹睡片刻时，杨龙友妙手一挥，借诗扇上的几点红艳血痕，画成了桃花扇，对此眉批赞云："点题处，鬼工天巧！"可见评点者仍在扇子上着眼。在该出总批（前文已引用）中评点者更是对桃花扇在表现"借离合之情，写兴亡之感"中所起的作用，作了精辟的分析。

在《题画》出，侯生身藏香君托苏昆生作为书信捎给他的桃花扇，好不容易回到金陵，重访媚香楼。可是当他穿着新衣兴高采烈地上楼，想轻轻推开香君卧室时，不料"萧然美人去，远重门锁"。"以为必然矣，而有必不然者，天下事真难料也！"（眉批）这时，剧情顿起波澜。侯生在彷徨之余，见到了文名震耳的画家蓝田叔。当听说香君被选入宫，侯生掩泪唱了曲【倾杯亭】，抒发了人去楼空、物是人非的无限感慨。在他面对盛开的桃花，取扇又唱【玉芙蓉】时，评点者又作眉批云："对桃花而展扇，又生出异样文心。"所谓"异样文心"，也就是说，在这样的规定情景之下，剧作绘声绘色地刻画了侯生的内心世界，并从侯生的角度，又一次赞美了香君对爱情的坚贞、对权奸的抗争。

《栖真》出，当丁继之和侯生、苏昆生不期而遇，询问香君入宫的消息时，侯生回答说："那得消息来，（取扇指介）这柄桃花扇，还是我们订盟之物，小生时刻在手。"评点者于此作眉批指出："桃花扇时刻在手，着眼勿忽！""侯郎亦拿住情根矣！"直到《入道》出，张道士"向生旦手中裂扇掷地"，一声割断花月情根，侯、李才"如梦忽醒"（眉批），他俩这件"五百年风流孽冤"，也便"有法有势"（眉批）地了结了。

从以上的简略分析中，我们可以清楚地看出，孔尚任题剧名为《桃花扇》，以及在剧中这柄桃花扇具有艺术魅力的原因。同时，我们不难理解，为什么桃花扇既系着南明的兴亡，也颇能展示香君的为人，窥测其深心。在戏曲大师孔尚任的手中，一柄诗扇竟会产生如此巨大的艺术魅力，不能不令人惊叹！评点者抓住扇子，发表了许多颇具艺术眼光的戏曲美学见解，同样不能不令人拍案叫绝！

（原载《艺术百家》2001年第4期）

沈起凤和他的《红心词客四种》

在"南洪北孔"之后,昆山腔戏曲艺术就剧本创作而言是日趋衰落了。可是,包括张坚、唐英、夏纶、桂馥、沈起凤、蒋士铨、杨潮观等在内的一大批作家的传奇和杂剧创作,还是很值得重视和研究的。其中"东张(坚)西蒋(士铨)"是佼佼者,而唐英、沈起凤和杨潮观的剧作又各具特色,各有贡献。

一

沈起凤(1741—?)[1],字桐威,号蘋渔,又号红心词客,别署花韵庵主人,江苏吴县(今苏州)人。乾隆三十三年(1768)中举,时年二十八岁。历官安徽祁门、全椒训导。"后赴春官不第,抑郁无聊,辄以感愤牢愁之思,寄诸词曲,所制不下三四十种。当其风行大江南北,梨园子弟登其门而求者踵相接。"[独学老人(石韫玉)《红心词客四种·序》]据其友石韫玉说,乾隆四十五年(1780)和四十九年(1784),弘历两次南巡,"扬州盐政、苏杭织造所备迎銮供御大戏",皆出自沈起凤之手。由于沈氏"生平著作不自收拾,晚年以选人客死都门,丛残遗草悉化灰烬"。石韫玉归田后,访求数十年,仅得其《红心词》一卷,又传奇四种(《报恩缘》《才人福》《文星榜》《伏虎韬》),石氏登诸梨枣,总其名曰《红心词客四种》(又名《沈氏四种》《古香林四种》等),并为之作序。在序文中,石氏指出:

> 先生博极群书,若出其胸中所蕴蓄,作为文章,自可成一家之言。既不遇于时,则所有芬芳悱恻之言,一切寓诸乐府。俾世之观者,可以感发善心,惩创逸志,虽谓其词有合乎兴观群怨之

---

[1] 石韫玉《红心词客四种·序》曰:"乾隆戊子科举于乡,年才二十有八。"乾隆戊子,即乾隆三十三年(1768)。此年沈氏二十八岁,由此上推,沈氏当生于乾隆六年(1741)。

旨可也。

沈氏所作传奇，姚燮《今乐考证》著录五种，除《红心词客四种》外，尚有《桐桂缘》。姚氏有按语曰："戴延年《药砰词》有《题沈蘋渔〈桐桂缘乐府〉词》。"沈氏《谐铎》卷三《镜戏》后按曰："犹记庚寅岁 [乾隆三十五年（1770）] 养疴红芍山房，戏制《泥金带》传奇，为天下悍妇惩妒。演诸宋观察堂中，登场一唱，座上男子，无不变色却走，盖悍妇之妒未惩，而懦夫之胆先落矣。"沈清瑞《谐铎·跋》说沈起凤尚有《无双艳》和《书中金屋》传奇，前后所作传奇"不下五十余种"。另据庄一拂《古典戏曲存目汇考》，沈氏还有《千金笑》和《黄金屋》传奇。除《沈氏四种》外，其余诸剧均已失传。

沈氏曾为扬州盐政和苏杭织造创作过不少"迎銮供御大戏"，但到底有多少，哪些剧作出自他的手笔，无材料可考。

乾隆四十六年（1781），沈氏曾客织造署，参与了"奉旨查勘曲谱之事"。沈氏为友人左潢[1]《兰桂仙》所作跋云：

乾隆辛丑岁，客惕庄全公尚衣署中，时奉旨查勘曲谱，所阅传奇不下七百余种。

对于这七百余种传奇，沈氏指出"其间大半痴儿呆女，剿说雷同；否则遁入诡异，窜易耳目，牛鬼蛇神，无理取闹。"

沈起凤卒于何年，亦无资料查考。但他的《周次岳公八旬寿·序》和《马太君寿·序》，皆撰于乾隆五十九年（1794）。由此可知，沈氏卒年最早不早于乾隆五十九年（1794）。

沈起凤是位多才多艺的作家，诗词、古文、戏曲、小说，皆有相当造诣，知名于当世。沈清瑞《谐铎·跋》说，沈氏"诗古体探源汉魏，近体亦入盛唐人堂奥。词凡三变，始秦、柳，继辛、苏，后宗石帚"。又说："先生好儒术，旧著《十三经管见》《人鹄》诸书，予请付开雕氏，先生曰：'当世固多贤智之士，而愚不肖者亦不乏。吾作腐儒讲学，恐听古乐者倦而思卧矣。'"沈氏的著作，今所能见到的，除《红心词客四种》《红心词

---

[1] 左潢，字巽毂，号古塘樵子，安徽桐城人，作有传奇《兰桂仙》《桂花塔》，沈起凤曾为其《兰桂仙》正谱。

《谐铎》《续谐铎》外，尚有《萍渔杂著》一种，这是沈氏死后流传于世的一个钞本。

《沈氏四种》，除石氏所刻古香林本外，在清代别无其他刻本。后吴梅先生把它收入了《奢摩他室曲丛》一集，并一一加跋。跋文除作评论外，还校正了刻本的差误。对于沈氏及其四种传奇，吴梅颇多赞词，他说："萍渔之才，既不可及，而用笔之妙，尤非藏园（蒋士铨）、倚晴（黄燮清）所能，笠翁自负科白，为一代能手，平心论之，应让萍渔。"（《才人福·跋》）

关于沈氏生平，尚有三事需作介绍，从中不难窥见其才学和思想之一斑。

清代多闺秀诗人。沈氏夫人张灵，字湘人，亦工词藻。闺中唱和，颇有赵（孟頫）、管（仲姬）之风。沈氏"尝泥其夫人，以金钗作贽，拜为闺师。为谱北曲一套，其事绝韵"。后张氏早卒，"萍渔遂托迹青楼，或饰巾折上氍毹，作优家生活，其抑郁不平之气，悉于曲中吐之"（吴梅《报恩缘·跋》）。

沈氏尝与友人吴枚庵（翌凤）、陈文澜（学海）、周浣初（宾）、陶净蘅（磐）、徐道耕（春福）、陈复生（元基）、戴寿岂（延年）、余式南（尚德）、林煜奇（蕃钟）结"水村诗社"，各有诗数十首，惜皆佚失。（吴梅《报恩缘·跋》）

沈氏著述，在当时以《谐铎》最播人口，几妇孺皆知。自蒲松龄《聊斋志异》问世之后，"士有口，道《聊斋》；士有目，读《聊斋》；而士之有手与笔者，莫不唯《聊斋》之文体是效"（《聊斋全集·序》）。这种"《聊斋》热"在乾隆年间仍然不衰，沈氏的《谐铎》亦是说鬼谈狐、侈陈怪异的笔记小说，颇有《聊斋》遗风。同时，《沈氏四种》中的《文星榜》和《报恩缘》，其故事情节颇似《聊斋志异》中的《胭脂》和《小翠》。由此亦可见《聊斋志异》对沈氏传奇的巨大影响。

二

《报恩缘》，作者"解题"曰：

> 戒负心也。白猿受谢生无心之庇，即一心报德，成就其科名，联合其婚姻。以视夫世间受恩不报者，其禽兽之不若哉。此剧可与《中山狼传》对勘。（《乐府解题四则》）

《报恩缘》叙嫦娥等司花仙子白于擅离玉阙,致使白猿盗取月宫秘书,文曲星折取月宫桂枝。为此,上帝将三位司花仙子同文曲星谪下尘寰,并借惩罚白猿以"完司花仙子与文曲星之奇缘","弄机关团成姻眷"。此剧虽披上了一层荒诞不经的神话外衣,实际上通过一桩"十五贯"式的"奇公案",描绘了一夫三女的悲惨遭遇,批判了势利人白丁赖婚、杀婿的丑恶行径,鞭挞了昏庸吏胡图的糊涂判案,反映的在在皆是人间的现实生活。与此同时,剧作"戒负心"的旨意也是十分鲜明的。末出《鼎圆》【尾】曰:

酬恩报德从来板,有多少学反噬的中山,怕俺把这报恩猿的传奇补调间。

在"中山狼"式的忘恩负义之徒比比皆是的封建末世,剧作赞扬白猿的"受谢生无心之庇,即一心报德"的行为,其积极意义是不言而喻的。

吴梅认为《沈氏四种》"以《才人福》为最,《伏虎韬》次之,《报恩缘》《文星榜》又次之"。并称赞说,《才人福》"事迹之奇,排场之巧,洵推杰作"(《中国戏曲概论》卷下"清人传奇")。沈起凤自谓"《才人福》慰穷士也。识字如祝希哲,工诗如张幼于,一沉于卑位,一困于诸生,特著此剧,以为才人吐气。若唐时方干等十五人,死后始成进士,奚不可者"(《乐府解题四则》)。作者虽举人中式,但春官不第。"为才人吐气",这里的"才人",既指剧中的祝、张等人,其实也包括作者这样的不遇之士。穷士慰穷士,才人惜才人,因此写来相当有感情。

《才人福》中的男主人公张幼于是明嘉靖年间长洲著名的"三张"之一,其兄是戏曲家张凤翼,其弟张燕翼早夭。幼于名献翼,一名敉。年十六以诗贽文徵明,文氏自叹勿如。当他在国子监就学时,祭酒姜宝曾停车造门。自京返苏后,刻意为诗,声名鹊起。兄、弟先后中举,独他名落孙山,为此郁郁寡欢。晚年颓然自放,常做出越轨任诞之事。万历二十九年(1601),苏州市民反税监斗争爆发后,昆山织工葛成舍己救人,自首入狱。张献翼曾撰文,并率士民生祭葛成;又致书于乡绅丁某及当局,要求宽恕葛成。当时有人以这场市民的反封建斗争为题材创作了传奇《蕉扇记》(已佚),歌颂葛成,并讽刺丁某,抨击当局。丁某系税监孙隆同党,孙隆当时正匿居丁家。丁某怀疑《蕉扇记》出于张献翼之手,便派歹徒暗杀了张献翼。

张献翼一生有颇多传奇色彩的逸闻轶事,可是《才人福》一切皆未之及,却以张献翼为主,以祝允明和唐伯虎为辅,虚构其婚姻。剧中的李灵芸、沈梦兰和秦晓霞,亦皆子虚乌有之列。为什么如此取材、构思,值得研究。在笔者看来,沈氏创作《才人福》,旨在借张氏的故事,抒自己的垒块,并没有塑造明代失意才子典型形象的意图。另外,历史上的张献翼连举人亦未中式,可是剧中的张献翼最后被荐点了翰林学士,还享受到了"金榜题名时,洞房花烛夜"之大乐。这样的虚构,亦只是一种阿Q式的自我安慰。所谓"笑当场游戏谁人懂,须不是说鬼坡仙万事空,也只愿天下才人将福分拥"(首出《双奔》【尾声】)。"才人福分从来少,喜洞房金榜都邀。今日里,把想不到的情缘,居然的同到老。"(末出《福园》【煞尾】)

就思想内容而言,《才人福》是一本才子佳人的风情喜剧,并无多大社会意义。在艺术上,《沈氏四种》颇受明末"狠求奇怪"不良创作倾向的影响。《才人福》中佳人扮才子,入赘秦府,代夫谋妻;才子装书僮,混入秦府,以辨真假,极尽怪奇之能事。为了用激将法促使张献翼奋发上进,改变其疏狂性情,全剧在误会和错认上大做文章,就是这方面的突出表现。当然,沈氏是真才子,他谙熟传奇创作之三昧,又服膺吴炳,效法《粲花别墅五种》。因此,《才人福》"其事虽臆造,而文心如剥蕉抽茧,愈转愈奇,总不出一平笔。传奇至此,极才人之能事矣"(吴梅《才人福·跋》)。

通过剧中人的上场白或插科打诨等方式,巧妙地针砭时弊,这是《沈氏四种》在思想内容上的可取之处。《才人福》的【奇标】出张敉上场白中说道:

> 只是如今诗教失传,词坛无主。膏粱子弟也学操觚,乞相郎君居然弄笔。本是全无点墨,反道得韦柳辈真传。有时故作聱牙,自命学汉魏人乐府。更可怪的读时文科甲,定有几篇传稿,无过是想其意谓的旧腔。最可笑者念小说女儿,也做几句歪诗,总不脱自从盘古的张本。还有一班村塾腐儒,江湖游客,老先生老名士借作标题,居然冠冕;某翰林某阁部乞为作序,谁敢批评。如此丑形,思之惶愧。

在这里,作者借剧中人之口,实际上对乾隆盛世的文苑歪风和诗坛积弊作了无情的暴露和讽刺。

《文星榜》故事酷似《聊斋志异》的《胭脂》,只是改动了人物的名姓,并增益了甘、向二家之事。此剧头绪纷繁,但"观其结构,煞费经营。

生、旦、净、丑、外、末诸色，皆分配劳逸，不使偏颇，而用意之深，如入武夷九曲"（吴梅《文星榜·跋》）。关于此剧命意，作者自谓"惩隐匿也"。《乐府解题四则》曰："扬生命本大魁，以淫行被黜；王生士行无玷，又因父居官严酷，几以冤狱丧身。士大夫观此，皆当自省。"

《胭脂》通过一桩相当复杂的人命案子抨击了东昌知县的草菅人命，批评了济南知府吴南岱的主观片面，歌颂了施闰章的"审思研察"，很有现实意义。"甚哉！听讼之不可以不慎也！"从蒲松龄创作这篇小说的动机，亦足以窥见其为民请命的进步倾向。可是，经过沈氏的改变，《文星榜》的旨意却变成了因果报应。在作者看来，科场不遇也好，飞来奇冤也好，一切皆是命中注定，只能听天由命。首出《天榜》中，仙子吴彩鸾就宣称：

> 我想科场一事，人间专重文章，天上全凭阴骘。
>
> …………
>
> 你看贪欢的遭黜贬，严刑的蒙罪愆。绕地里夺了巍科，受了官非，种下奇冤。这的是天道昭彰，这的是天道昭彰。前因后果，祸淫福善，抵多少格言惩劝。

从《胭脂》到《文星榜》立意的变化，以及《文星榜》中一夫三女大团圆的结局，可以明显地看出沈起凤世界观中的落后面。

《伏虎韬》，"此即袁简斋《子不语》中医妒一事，而加以点缀也。闻故老言，洪杨乱前，吴中颇有演此记者，往往哄堂大噱"（吴梅《伏虎韬·跋》）。

与《伏虎韬》同题材的剧作，明代有汪廷讷的《狮吼记》和吴炳的《疗妒羹》；沈作宗尚粲花，与汪作异趣。这类传奇，谴责妇人奇妒，而并不反对男子纳妾。因此，立意既不可取，格调亦不高。《伏虎韬》，作者说是"警恶俗也"，并大发其谬论曰：

> 妇人以顺为正，乃有凌虐其夫者。此阴盛阳衰之象，有关世道人心。此剧寓扶阳抑阴之意，亦以明妇人妒者必淫，淫者必悍，丈夫溺爱甚无谓也。真唤醒痴人不少。（《乐府解题四则》）

妇人奇妒，甚至"凌虐其夫"，固非美德，说它"恶俗"亦不妨。但是，鼓吹男子纳妾，甚至美化一夫多妻制，宣扬"妇人以顺为正"，高喊"扶阳抑阴"，显然不足为训。沈氏在这种男尊女卑的封建主义思想指导下创作的《伏虎韬》，虽然凭其技巧，演出时有"哄堂大噱"的效果，但对其陈腐落后的思想内容，无疑应该严加批判。

《伏虎韬》不止使纳有四妾的马侠君扬言："我来提倡男儿教，要把雌风压倒，做一个砥柱中流把积弊矫。"还让原来奇妒的方绣莲终于"伏吼"，并忏悔说："古来仕宦人家，原有三妻四妾，今后任凭相公罢。"而开始大耍雌风的轩辕生妻张氏，最后也向马学士求饶："大人在上，奴家今日得你一番游戏，犹如换骨良方，从此妒根尽拔，不敢与男儿争胜矣。"在剧终，作者颇为得意地宣称："要把这医妒奇方，都来场上演。"人们不禁要问，这"医妒奇方"到底是什么呢？说穿了，一味是妇女必须恪守三从四德；另一味则是男子三妻四妾实乃天经地义。在广大妇女身受封建礼教重重束缚的清代中叶，《伏虎韬》这类剧作到底是民主性精华，还是封建性糟粕，不是一清二楚的吗？

三

吴梅对《沈氏四种》在艺术上的长处和短处，在《伏虎韬·跋》中曾作过总的评论。他说：

> 大抵蒉渔诸作，意境务求其曲，愈曲而愈能见才；词藻务求其雅，愈雅而愈不失真，小小科白，亦不使一懈笔。其第一关键，在男女易妆，令人扑朔难辨。四记皆用此法，而此记更幻，佳处在此，而落套亦在此。故读蒉渔诸作，骤见其一，诧为瑰宝，徐读全书，反觉嚼蜡矣。又四记首折，皆从生旦前生着想，亦拾藏园《香祖楼》《空谷香》之牙慧，偶一用之，原无大碍，今四记皆如是，未免陈言，此则蒉渔短处也。此记收处，以假托城隍神结案，实亦本诸藏园，惟能令人不觉，所以为妙耳。

吴梅此论，一分为二，既精辟又中肯，完全符合《沈氏四种》的实际。不过，从中国戏曲史发展的角度来看，笔者以为沈氏传奇在艺术形式方面的若干特点尚有进一步探究之必要。

"南洪北孔"之后，不少戏曲家都在对传奇的艺术形式进行新的探索，力求在某个方面有所突破。比如，唐英的《古柏堂传奇》移植改编了不少地方戏为昆剧；夏纶的《惺斋五种》在"徇俗""从俗"方面的努力（徐徐村《南阳乐》批语）；蒋士铨《红雪楼十二种填词》"掺土音"的尝试（蒋士铨《一片石》自序）；等等。这种种探索尽管有成功的，也有并不理想的，但都是难能可贵的。

"南洪北孔"之后，传奇"家门"有两种不同于传统的新的写法。一种写法是张坚《梦中缘》的写法。《笑引》让姑苏虎丘寺内的一尊布袋和尚上场鼓吹"情至"，大讲天上的神仙有"情"，释门的佛祖有"情"。正当他与众罗汉大淡有情无情之时，寓居寺内的男主人公钟心（谐音钟情）登场了。接着，布袋和尚便趁机介绍了这位"真情种"的"一生分缘"，亦即剧情大意。这样的"家门"，比老一套的"副末开场"，显然新颖别致，更为引人入胜。另一种写法是蒋士铨《香祖楼》和《空谷香》的写法。用吴梅的话来概括，叫作"从生旦前生着想"。在首出中，先运用幻笔指明男女主人公前生是天上的神仙，因故被谪下凡，而在人世间的种种遭际又皆为前生所定。这种写法，诚如吴梅所指出的，"偶一用之，原无大碍"，也有一种新鲜感；若作为模式套用，就毫无价值了。

应该承认，沈起凤也是个在艺术上富有探索和创新精神的戏曲家。在"家门"的写法上，他突破了传统，这是值得肯定的。但是，他不是走张坚的创新路子；而是拾藏园之牙慧，且四记皆如是，不止落入俗套，更宣扬了因果报应的封建迷信思想。

《报恩缘》中的男主人公谢兰是文曲星下凡；白猿原系天上的神物。"双星天上来，四美人间现，愿天下有根器的人儿都来场上演。"（《报恩缘·谪凡》【清江引】）"有根器的人儿"，毕竟不同于凡夫俗子，他们从天上来到人间，演出种种悲欢离合和光怪陆离的情节，尽管有引人入胜之处，也难免因虚幻荒诞而失真。

《才人福》中的重要人物，也是"赤紧的动了尘心，尘心，携了双环，下了天宫"的神仙。连没有任何历史依据的张献翼和李灵芸的婚姻，"这的是夙世仙缘，仙缘"（《才人福·双奔》【小上楼】）。

《文星榜》首出，借生、旦的前生（神仙文箫和吴彩鸾）之口，宣称："任世人图谋万全，总难逃神目如电。这的是善恶关头，有个暗里公评，也在人心自转旋。"（《文星榜·天榜》【南红衲袄】）

《伏虎韬》写的是妒妇故事，纯属人间世俗之争。但在首出里，作者点出"观世音大士、罗刹女放胭脂虎下界，从此天下男子又堕粉香地狱矣"，进而又说天上神仙"齐心发下慈悲愿"，派了"伏虎学者"降生人世去降伏胭脂虎。

"家门"作为一种形式,归根结蒂是为剧作的内容服务的。《沈氏四种》每种的首出,虽突破了旧的俗套,又落入了新的模式,这是令人十分遗憾的。更严重的是,这样的"家门"又狂热地宣扬了封建主义。没有进步的世界观,形式上的创新也会出现种种局限。沈氏的教训是发人深思的。

《沈氏四种》的革新还突出地表现在戏曲语言方面。自昆山腔戏曲艺术盛行天下之后,行家里手和有识之士一再提倡"本色当行"。强调"传奇不比文章,文章做与读书人看,故不怪其深;戏文做与读书人与不读书人同看,又与不读书之妇人小儿同看,故贵浅不贵深"(李渔《闲情偶寄》),"传奇之体,要在使田畯红女闻之而趯然喜,悚然惧;若徒逞其博洽,使闻者不解为何语,何异对驴而弹琴乎"(徐复祚《曲论》)。可是,传奇和杂剧由于语言过于典雅、深奥、绮丽,"其曲虽极谐于律,而听者使未睹本文,无不茫然不知所谓"(焦循《花部农谭·序》)。平心而论,就总体而言,昆剧曲文始终未能达到妇孺能解、雅俗共赏的境地,这是它的一大弱点和缺憾,由于在发展中不仅没有克服这个弱点和缺憾,"南洪北孔"之后,反而变本加厉。昆剧终于日趋衰落,难逃"曲高和寡"的命运。乾隆年间,"曲文俚质"的"花部"勃兴,昆山腔系统的传奇和杂剧便遭到了严重的挑战。

面对这样的现实,《沈氏四种》为了使传奇通俗化,有意识地对戏曲语言作了多方面的革新。《沈氏四种》一反历来戏曲家重曲词、轻宾白的倾向,确实"小小科白,亦不使一懈笔"。沈氏的传奇白多曲少,且曲中插白较多;曲词通俗易懂,用典甚少,说白中更吸收了大量有表现力的方言俗语;生、旦之外的角色说白皆用吴语;十分重视人物语言的个性化。[1] 凡此种种,都是为了增强剧作的通俗化,冲淡它的典雅化,方向是对的。仅仅做到"曲文俚质",当然无法改变昆山腔戏曲艺术日趋衰落的命运,但是应该承认,沈氏的这种革新尝试在当日是有意义的,对今天昆剧的创新也不无借鉴作用。

沈氏的四种传奇,在当日流传不广,且极少演唱于舞台,这是事实。但是,戏曲史家对个中原因的解释却并不能令人满意。吴梅尝言:"惟《四种》说白皆作吴谚,则大江以上皆不能通,此所以流传不广欤?"(《中国戏

---

[1] 吴梅非常赞赏《报恩缘》中成衣出身的县丞胡图的语言"不脱裁缝口吻",《才人福》中舆夫联元的"语语是轿夫口吻"。

曲概论》卷下"清人传奇") 这种推测不无道理，但并非沈氏剧作流传不广的主要原因。至于有的论者认为，《沈氏四种》本是案头之作，这不符合事实。石韫玉的序和吴梅的《伏虎韬·跋》所提供的材料，就是有力的例证。

笔者认为，"南洪北孔"之后坚守昆山腔戏曲艺术阵地的戏曲家，不独沈起凤，其他诸家所作传奇或杂剧虽有特色和成就，亦都难逃流传不广和甚少搬诸舞台的命运。显而易见，这不是个别作家作品的问题，而是与昆山腔戏曲艺术日趋衰落的总形势有关。乾隆年间，在演唱折子戏集锦远胜于搬诸名家"全本"的情况下，又有哪个戏班能不顾"票房价值"而演唱当代戏曲家的剧作呢？

（原载《剧艺百家》1986年第3期）

附 录

大器难以晚成　探宝差可自慰
——五十年学术生涯回顾

20世纪50年代末60年代初，我负笈南京大学中文系，师从陈中凡先生，在极其艰苦的物质条件下，度过了三年的研究生生涯。当时报考的专业是"宋元明清文学史"。由于中凡师的学术研究方向，早在20世纪50年代初已由传统的古代文学和哲学转向近世的戏曲和小说，因此，我的专业学习也偏重于明清戏曲和小说。1962年12月研究生毕业，我作为教育部储备师资暂留母校从事《元曲大词典》的编纂工作。1963年9月底我被分配到江苏师范学院中文系工作。从此开始了长达半个多世纪的教学和研究生涯。

承蒙《戏曲研究》编辑部的厚爱，来电要我撰写有关治学的经验。考虑再三，一直犹豫不决。一来一个教书匠，教学和研究皆业绩平平，乏善可陈；二来半个世纪的往事，真不知从何写起。但《戏曲研究》编辑部的盛情难却，而借此回顾的机会，亦可思考和总结一下五十年来走过的路，于是我提起了笔。

1966年之前，我还谈不上从事学术研究。那时刚承担高校教学工作，尚无暇顾及科研；何况当时我辈小助教的科研亦无人重视，想发表学术论文，真是难于上青天。犹记我的第一篇学术论文《略论元剧"水浒戏"》，撰写于1961年，原是篇学期论文，后来署上陈中凡、王永健之名，才发表于《江海学刊》1962年第2期。我开始与教学同步，认真地（甚至可说拼命地）进行科研工作，一直要到1978年党的十一届三中全会之后。因此，若从1962年年底研究生毕业算起，迄今（2012年）我从事学术研究已整整五十年了。若从1979年算起，迄今我从事学术研究也有三十多年了。由于我一贯胸无大志，与世无争，加上十年虚度，近三十多年又不拼命，一切尽力而为，听其自然。因此五十年来（或三十多年来）有关明清戏曲、小说的研究，成果虽有一点，但大器难以晚成。

我牢记先师陈中凡教授的教导，治学文史并重，主治明清戏曲、小说（以戏曲为主），兼顾明清诗文。研究明清戏曲，以史论和作家作品为主，兼顾剧场艺术。近三十多年来的学术研究重点：一是昆腔传奇和南杂剧（含史论和作家作品）；二是昆曲［含史论和传统（或改编）的昆剧］。三十多年来，我一直坚持本科生的元明清文学史与戏曲选、小说选的教学工作；结合明清戏曲、小说专业硕士的培养，先后开设了"汤显祖研究""昆曲全盛时期的江苏戏曲家研究""《红楼梦》一家言""明清章回小说的艺术世界""古代悲剧名著赏析"等专题选修课。因此，我的学术研究始终与本科生、研究生的教学紧密结合，尚能相辅相成、互相促进。

从时间上来说，近三十多年来的学术生涯，可以明显地分为三个阶段：第一个阶段，从20世纪70年代末到80年代末；第二个阶段，从20世纪80年代末到90年代末；第三个阶段，退休至今。

一、全力以赴　全面出击

在党的十一届三中全会解放思想、实事求是精神的感召之下，古典文学研究领域掀起了正本清源、肃清极"左"思潮流毒的热潮，而戏曲、小说的研究更起了领头羊的作用。重新认识和评价一流作家和经典作品，重视和发掘二、三流作家和作品，对戏曲、小说史上一些根本性的问题展开争鸣，成了当时研究者共同关注的三个方面。而我第一个阶段的科研工作，同样紧紧地围绕这三个方面进行。

1982年10月，为纪念汤显祖逝世366周年，文化部、中国戏剧家协会和江西有关部门在南昌、抚州联合举办了纪念活动。我应邀出席并提交了两篇论文：《汤词沈律"合之双美"——略谈戏曲史上的汤沈之争》（收入江西省抚州地区纪念汤显祖逝世366周年领导小组办公室编《汤显祖研究论文选》，1982年9月，供会议用），《"玉茗堂派"初探》（收入江西省文学艺术研究所编《汤显祖研究论文集》，中国戏剧出版社1984年版）。早在江西盛会之前，我已开始研究吴吴山三妇合评本《牡丹亭》，撰写了《论吴吴山三妇合评本〈牡丹亭〉及其批语》［发表于《南京大学学报》（哲学社会科学版）1980年第4期］，《吴吴山〈还魂记或问十七条〉评注》［发表于《抚州师专学报》（综合版）1983年第2期］。出席江西盛会更激发了我研究汤显祖的浓厚兴趣，于是我开始为四年级本科生和进修教师开设"汤显祖研究"的选修课。1986年年底,我又应邀赴北京参加汤显祖逝世370周年的纪念活动,提交了论文《"因情成梦,因梦成戏"——试论"临川四梦"的梦境构思和描写》(发表于《戏曲研究第24辑》,文化艺术出版社1987年版)。

在研究汤显祖的同时,我又开始了有关洪昇和《长生殿》的研究。早在研究生时代,我就钟情于洪昇和《长生殿》。毕业论文即为《洪昇及其剧作研究》,1962年年底的答辩会上,这篇长达13万字的论文,受到了中凡师及钱南扬、陈瘦竹和徐铭延先生的好评。本想走上工作岗位后再作修改提高,争取出版。但当时的政治形势和工作环境均让我无条件从事此项工作,只得束之高阁。直到1981年春,应上海古籍出版社"中国古典文学基本知识丛书"编辑约稿,我将论文改写为《洪昇和长生殿》,于1982年出版。这虽是本仅有6.5万字的普及性小册子,但它是我的学术处女作,敝帚自珍,学术界反响亦还良好。1987年,中山大学中文系编辑的《长生殿讨论集》附录《建国以来〈长生殿〉研究综述》中就引用了拙作中的不少论述,作为一家之言。我关于洪昇和《长生殿》的研究,开始于研究生毕业论文,经历了我学术生涯的三个阶段,贯串了五十年。

1987年6月,为了推动学术研究的发展,中山大学中文系邀请国内研究《长生殿》的专家学者举行了一次为期五天的专题讨论会,我在会上作了有关《长生殿》主题思想的长篇发言。此次会议之前,我曾发表了评论章培恒《洪昇年谱》的论文(发表于《文学遗产》1981年第3期),以及有关《四婵娟》的论文(发表于《苏州大学学报》1983年第2期)。1989年1月,《长生殿讨论集》由文化艺术出版社出版。1990年,应约为张燕瑾、门岿主编的《中国历代爱情文学系列赏析辞典》撰写了有关长生殿故事演变的长篇论文《钗盒情缘总虚幻》。1997年,我为《长生殿》作了出评,2003年刊载于日本九州大学《中国文学论集》第32号。1998年,我应春风文艺出版社之约,为"插图本中国文学小丛书"撰写了《洪昇》,1999年出版。2004年,当苏州昆剧院成功演出顾笃璜节选、整理本《长生殿》之时,我撰写了评论《〈长生殿〉之功臣》,此文2005年10月提交给上海交通大学举办的《长生殿》国际学术研讨会,后收入上海古籍出版社2006年出版的《千古情缘——〈长生殿〉国际学术研讨会论文集》。

在第一个阶段,我除了重点研究汤显祖和"临川四梦"、洪昇和《长生殿》之外,还对明清传奇作家徐复祚、唐仪凤、冯梦龙、阮大铖、张坚、沈起凤等人作了研究,或考证其生平(如发表于《文学遗产》1985年第3

期的《清代戏曲家张坚生平考略》），或为其作评传（如收入山东大学文史哲研究所主编的《中国历代著名文学家评传 续编二》中的《阮大铖评传》，山东教育出版社1989年版），或评论其剧作和戏曲理论［如发表于《江苏师范学院学报》（哲学社会科学版）1981年第2期的《"三家村老"有卓识——略谈明代常熟戏曲家徐复祚》］。

1989年年底，拙著《中国戏剧文学的瑰宝——明清传奇》由江苏教育出版社出版。这部书可视为我第一阶段有关明清传奇研究的总结性成果。在这部30万字的专著中，我从历史和美学的观点出发对明清昆腔系统的传奇作了全面的论述，力图从宏观和整体上把握明清传奇；并就20世纪80年代学术界有关明清传奇的作家、作品、流派、理论、批评等方面的争论问题，发表了个人的一得之见。拙著问世后，各方反映尚佳。季国平先生曾在《艺术百家》1991年第4期发表评论《三十年探宝不寻常——读〈中国戏剧文学的瑰宝——明清传奇〉》，对拙著颇多溢美之词。张燕瑾、吕薇芬主编的《清代文学研究》（北京出版社2001年版）引用拙著之论也颇多。

学术生涯的第一个阶段，我刚过不惑之年，由于个人思想的解放，而学界争鸣又甚热烈，所以，凡是自己觉得有意义的课题我都跃跃欲试，只怪时间不够用。虽以明清传奇为戏曲研究的重点，但也撰写了有关明初杂剧和南戏的论文，评朱有燉《诚斋乐府》和李开先《宝剑记》的论文就撰写和发表于1984年和1985年。李渔认为戏曲、小说乃"同源而异派"，研治明清戏曲兼治明清小说可以相得益彰，对此我深为赞赏。20世纪80年代初，江苏先后成立了《红楼梦》学会和明清小说研究会，我参加了这两个学会，并被推选为理事和副会长。每次参加学术年会，我都提交论文。这一时期先后发表的有关明清小说的论文有十多篇，包括《从明初的"水浒戏"看〈水浒传〉祖本的成书年代》（《水浒争鸣》1984年第3期），《〈红楼梦〉与〈玉燕堂四种曲〉》（《江海学刊》1984年第2期），《论才子佳人小说》（《明清小说研究》1986年第4辑），《林兰香·金瓶梅·红楼梦》（《红楼梦学刊》1988年第3期），等等。1986年，我与同事合作点校的冯梦龙《情史》由岳麓书社出版。

二、重点突破　开拓新域

如果说第一个阶段，我的学术研究是"全面出击"的话，那么第二个阶段便转向了重点突破。此时我申请到两个科研项目："全祖望评传""'苏州奇人'黄摩西研究",这两个课题对我来说都是新的学术研究方向,必须集中精力和时间,于是相对减少了有关明清戏曲和小说的研究。

全祖望是清代著名的史学家,一生为明清易代之际的"故国忠义"树碑立传、歌功颂德,其全方位的史学研究具有独特的学术风貌。作为匡亚明主编的 200 位中国思想家评传的传主之一,如何撰著这部关于全祖望的史学著作,对我这个出身中文系的人来说,不啻是个崭新的课题,难度相当大。而被誉为"苏州奇人"的黄人(摩西),清末民初人,南社著名诗人,其肇始于 1904 年的《中国文学史》虽最后完稿稍后于林传甲的《中国文学史》,但就其体例、内容和篇幅、影响而言,林著无法望其项背。这是由国人所撰著的第一部具有中国气派和中国作风的中国文学史巨著,可谓前无古人,后无来者。黄人生活的时代虽离现在并不久远,但由于资料匮乏,如何从"奇人"的视角切入,研究其生平和思想,以及他的学术著作和诗文杂著,亦颇为棘手。

1988 年初冬,我去南京开会,承蒙时任南京大学中国思想家研究中心主任的同门学长吴新雷教授的鼓励和推荐,我鼓足勇气接受了《全祖望评传》的撰著任务。从此开始进入史学领域,研究明清易代之际和康乾盛世的复杂史传,探索头绪纷繁的宋明理学,并进入了全祖望的世界和灵魂,研究他的家世、生平、思想、人格,以及他的史学研究和诗文创作。从 1989 年起,我用了整整 4 年的时间,终于完成了 38 万字的《全祖望评传》。1990 年夏,为了更好地搜集资料,并亲身感受甬上(宁波)的自然和人文景观,我还作了一次宁波之行。此行最大的收获是在宁波博物馆赏玩了新发现的全祖望手迹:"倜傥指挥天下事,风骚驱使古人书",这副对联启发了我撰著评传的思路:用评、传相结合的方法,从主客观两个方面解答这样一个问题。全祖望为什么无法实现其"倜傥指挥天下事"的理想,而在"风骚驱使古人书"方面,却成就卓著,影响深远?1992 年初稿完成后,我登门拜访了吴泽先生,吴老在百忙中审正了拙稿,并约我畅谈达三小时之久,提出了许多宝贵意见。根据吴老的意见,我对全稿又作了修改。1996 年年初,《全祖望评传》由南京大学出版社出版,成为"中国思想家评传丛书"最早问世的 50 部评传之一;是年春,主编匡亚明在北京召开了 50 部评传问世的新闻发布会。1997 年年底,《全祖望评传》荣获江苏省哲学社会科学优秀成果二等奖。

1993 年夏秋之交,《全祖望评传》定稿送审后,我一面申报黄摩西研究课题,一面又转向明清传奇和小说的研究。到 20 世纪 90 年代末,共撰写发表了二十余篇论文，其中关于明清传奇的有 11 篇，关于明清小说的有 15 篇。其中重要论文有《关于昆山腔研究中的若干问题商兑》(《戏曲小说研究》1995 年第 5 辑)、《关于南杂剧的几个问题》(《艺术百家》1997 年第 2 期)、《红楼梦与吴文化》(严明《红梦释梦·代序》，台湾洪叶文化事业有限公司 1995 年版)、《"意淫"再探》(《红楼》1997 年第 4 期)、《红楼梦导读》(载《苏州大学学生必读书导读手册》，苏州大学出版社 1997 年版)。1995 年 11 月，我的首部戏曲论文集《汤显祖与明清传奇研究》由台湾志一出版社出版。

1994 年，"'苏州奇人'黄摩西研究"申报通过，于是我又开始专心致志于此项课题的研究和撰著。由于黄摩西执教东吴大学十余年之久，而东吴大学乃今日苏州大学的前身，故苏州大学图书馆藏有两部《中国文学史》，还有不少有关东吴大学的文献资料。更难得的是钱仲联先生对黄摩西其人，以及他多方面的学术成就研究有素，曾在《近百年诗坛点将录》《梦苕庵诗话》《辛亥革命时期进步文学家黄人》《南社点将录》等论著中对黄摩西给予极高评价，并搜集了许多弥足珍贵的资料提供给我。由于得到了钱仲联先生的关心和帮助，我的黄摩西研究进展顺利。在整合了现有的材料之后，我研读了黄摩西现存的全部诗文杂著，尤其精读了他的《中国文学史》。我不仅查阅了苏州大学图书馆、档案馆和苏州市档案馆有关东吴大学和黄摩西的相关资料，还拜访了东吴大学老教师张梦白先生，并去黄摩西故乡（常熟问村老街）访问了他的曾孙黄钧达先生。经过了两年的笔耕，《"苏州奇人"黄摩西研究》于 1995 年脱稿，交给了苏州大学出版社，总编徐斯年先生很快作了审阅，并写出了建议出版的报告。但由于课题比较冷门，出版社一直束之高阁。直到 1998 年为筹备苏州大学百年校庆，有关领导才决定出版拙著，并建议更名为《"苏州奇人"黄摩西评传》。1999 年春经修改定稿，2000 年 3 月出版。全书 40 万字，其中经我收集校点的黄摩西文录、诗录、词录、曲录和《中国文学史》选录约 20 万字。必须提及的是，钱仲联先生不仅为拙著题签，并宠赐序文，在序中对笔者和拙著奖掖有加。

三、退而不休　醉心昆曲

1998 年，按学校规定，我退休了，但返聘又工作了一年。1999 年起，正常的教学工作不再担任了，但退而不休，每年还得参加博士生的答辩工作。而有关明清戏曲、小说的科研工作仍在进行之中，有关戏曲、小说的学术会议照常参加。退休后，更自由了，选题任凭个人的爱好，写作也已无功利目的，更随心所欲了。更令人兴奋的是，我退休不久，昆曲于2001年5月8日被联合国教科文组织列为"人类口述和非物质遗产代表作"，它标志着昆曲的价值得到了世界的公认，这无疑为昆曲的抢救、保护和振兴带来了重大契机。顿时国内掀起了空前的昆曲热，作为昆曲发源地的苏州，从此便成为国内外昆曲活动的中心。中国昆曲博物馆建立，苏州昆剧院的演出活动日趋兴旺，苏州市政府与苏州大学联合成立了中国昆曲研究中心，并创刊了《中国昆曲论坛》，每年出版一辑。2003年11月，作为第二届中国昆曲艺术节的重要组成部分，首届中国昆曲国际学术研讨会也在昆山拉开大幕，从此每隔两年召开一次。我被聘为中国昆曲研究中心研究员，《中国昆曲论坛》编委。从2003年起，我连续参加了六届中国昆曲国际学术研讨会，在《中国昆曲论坛》上连续发表了7篇有关昆曲史论、作家论和剧评的论文。退休后，我的学术生涯与昆曲紧密联系在一起，研究昆曲便成了这个阶段的主题。

其实，我早在读研究生时就已爱上了昆曲。导师陈中凡教授，1917年毕业于北京大学哲学门，长期从事中国古代哲学和文学的研究，且造诣精湛、著述颇丰。但他也深爱戏曲和小说，对昆曲更是情有独钟。早在1921年任东南大学国文系主任的次年秋后，即聘请吴梅先生前来讲授词曲，吴梅先生当时离开任职已有四年的北京大学，举家南归。吴梅先生与中凡师在东南大学的二度合作（1919年3月在北京大学创办《国故月刊》，刘师培、黄侃为总编，吴梅为特别编辑，陈中凡为编辑），开创了东南大学重视通俗文学的风气，培养了一批后来蜚声海内外的词曲大家，如唐圭璋、王季思、卢冀野等。1954年，中凡师的学术转向，固然与院系调整后南京大学中文系的教学和师资情况有关，但我以为中凡师热爱戏曲和小说，尤钟情于昆曲，这才是主要的原因。1959年年底，我考上了"宋元明清文学史"专业研究生，但中凡师明确指示：以明清戏曲、小说为主，并再三嘱咐我在学期间要多读曲，多看戏。二年级时，还请了老曲师邬凯先生教我唱昆曲，每周一次，每次三小时，学唱一学期。当年，在邬先生的笛声伴奏下学唱《牡丹亭》《长生殿》《玉簪记》等折子戏名段的情景至今尚历历在目。1964年，我为江苏师范学院中文系三年级学生开设"戏曲作品选"课程时，也曾教学生学唱《牡丹亭·惊梦》中的曲子（事先印好简谱）。"文革"后，我开设"元明清文学史"和"戏曲作品选"课程，也都要安排学生观看相关的昆曲录像,或带领学生到苏昆剧团小剧场观摩专场演出。20世纪80年代末,我还与苏昆剧团的两位承字辈演员和一位笛师一起为大三学生开设了"昆曲"选修课。正由于这种昆曲情结,退休后我才会积极地参与昆曲的学术研究和各项活动,并乐此而不疲。

参加全国性和国际性的学术研讨会,是我五十年学术生涯的重要部分,它对我的教学和科研都有启示和促进作用。20世纪70年代末到90年代末的二十多年中,我就参加了十多次这样的会议。1999年至今(2014年),除了两年一次的中国昆曲国际学术研讨会之外,我还参加了数次有关昆曲和昆腔传奇的学术研讨会。比如,2006年9月,为纪念汤显祖逝世390周年,遂昌县政府和中国戏曲学会汤显祖研究分会联合在遂昌举办了"2006中国·遂昌汤显祖国际学术研讨会",我在会上作了《再论汤显祖剧作的腔调问题》的发言,论文后收入《2006中国·遂昌汤显祖国际学术研讨会论文集》(西泠印社出版社2008年版)。2008年秋,为纪念沈璟诞辰455周年,吴江市政府和江苏省昆曲研究会主办了"2008年沈璟暨昆曲'吴江派'学术研讨会",我在会上作了《沈璟和〈属玉堂传奇〉平议》的发言,论文后收入《2008年沈璟暨昆曲"吴江派"学术研讨会论文集》(山东画报出版社2009年版)。2011年5月,为纪念中国昆曲列入"人类口述和非物质遗产代表作"10周年、苏州昆剧传习所创办90周年,中国昆曲研究会和昆山千灯镇政府联合举办了"两岸三地高校师生昆曲研讨会",我在会上作了《抢救、保护、传承昆曲遗产的先驱者——纪念苏州昆剧传习所创办90周年》的发言,论文后发表于《苏州教育学院学报》2011年第3期,并收入《中国昆曲年鉴2012》(苏州大学出版社2012年版)。

退休以后,除了醉心于昆曲之外,我仍不忘有关明清戏曲和小说方面的研究,其间发表的重要论文有《大诗人的昆曲情结——论吴伟业的戏曲创作》[《东南大学学报》(哲学社会科学版)2009年第4期],《昆腔传奇的宝库——评〈六十种曲〉》(台湾《中国书目季刊》2006年第40卷第3期),《"砥柱洪流,抱琴太古"的"豪杰之才"——黄人〈中国文学史〉有关汤显祖论述平议》(《汤显祖研究通讯》2012年第1期),《独特的审美魅力 深厚的文化内涵——试论明清章回小说形式的中国作风和中国气派》[《东南大学学报》(哲学社会科学版)2003年第5期],《〈姑妄言〉艺术特色初探》(《福州师专学报》2002年第1期),《〈红楼梦〉与〈姑妄言〉》[《东南大学学报》(哲学社会科学版)2005年第3期]。2006年1月,我的第二部戏曲论文集《昆腔传奇与南杂剧》由我国台湾地区出版社出版,台湾地区著名学者曾永义在序文中的溢美之词，令人既感动又惶恐。此书收录我的16篇论文，其中有关洪昇和《长生殿》的6篇，有关昆曲史论的4篇，有关明清传奇作家作品的6篇。2011年11月，苏州大学出版社出版了我的小说论文集《但闻风流蕴藉——明清章回小说中的性情》，共收入28篇有关明清章回小说的论文。

五十年来，拙作和拙著，既有学人和学界关注的、赞许的，也有提出批评和商榷的，对此，笔者的态度是泰然对之，宠辱不惊。如今事过境迁，而我年已八旬，更能正确地对待这种关注和赞许、批评和商榷。学术总是在争鸣中发展的，关注和赞许、批评和商榷，皆是题中应有之义。遗憾的是，至今学术争鸣还很不够，有待同仁共同努力，在百家争鸣中推动明清戏曲、小说的研究工作更上一层楼。

（原载《戏曲研究》2014年第2期）

后 记

刚过九十初度，欣悉我的第九本学术著作不久就要出版了。我要由衷地感谢苏州大学文学院领导的热忱关怀和资助，感谢苏州大学出版社领导和责任编辑的认真审读和校订。

去年六月底，我不幸身患弥漫大 B 细胞淋巴瘤，手术后，在苏州大学附属第一医院血液内科做了六次化疗和靶向治疗。十二月底，又不幸感染新冠，住院治疗了一个多月。如此雪上加霜，折磨得我生不如死。如今，我静心在家疗养，并定期住院治疗，已无精力和兴趣再进行学术研究、论文撰写和学术出版了。因此，即将出版的有关明清传奇的论文集，将是我此生最后问世的拙作了。

古人云："大难不死，必有后福。"今年四月下旬，我花了一个多星期对拙著的清样做了一次认真的校订。不久之后拙著即将面世，这个好消息对于我这个逃过一劫"大难不死"者来说，可谓是最令人欣慰的"后福"，因为达观的态度和愉悦的心情，对我战胜病魔很有积极作用。

在校订拙著清样结束之时，我的心情如同南社诗人黄人（字摩西）的诗句所云："寸心得失自分明（《院试得晤同邑诸子别后却寄》），摩挲敝帚泪纷纷（《论文·其二十》）。"当然，对于自己的学术著作，我一贯的态度是：既敝帚自珍，又倾听批评。所以我真心诚意地祈请广大读者和方家对拙著不吝批评、指教。

王永健

2023 年 4 月 23 日于吴门葑溪轩